新诗美学

吴晓◎著

中国社会科学出版社

图书在版编目（CIP）数据

新诗美学/吴晓著．—北京：中国社会科学出版社，2018.3
（钱江新潮文丛）
ISBN 978 - 7 - 5203 - 1462 - 6

Ⅰ.①新…　Ⅱ.①吴…　Ⅲ.①新诗—诗歌美学—中国　Ⅳ.①I207.25

中国版本图书馆 CIP 数据核字(2017)第 279399 号

出 版 人　赵剑英
责任编辑　郭晓鸿
特约编辑　席建海
责任校对　王佳玉
责任印制　戴　宽

出　　版　中国社会科学出版社
社　　址　北京鼓楼西大街甲 158 号
邮　　编　100720
网　　址　http://www.csspw.cn
发 行 部　010 - 84083685
门 市 部　010 - 84029450
经　　销　新华书店及其他书店

印　　刷　北京明恒达印务有限公司
装　　订　廊坊市广阳区广增装订厂
版　　次　2018 年 3 月第 1 版
印　　次　2018 年 3 月第 1 次印刷

开　　本　710 × 1000　1/16
印　　张　27.25
插　　页　2
字　　数　409 千字
印　　数　1 - 1200 册
定　　价　109.00 元

凡购买中国社会科学出版社图书，如有质量问题请与本社营销中心联系调换
电话：010 - 84083683

丛书总序

浙江大学是一所人文璀璨、名师荟萃的全国重点大学，其前身是1897年创办的求是书院。百年浙大，一路风雨，一路辉煌。在这块深厚的土地上，它不仅哺育了马叙伦、马一浮、沈尹默、苏步青、王淦昌、贝时璋、张其昀、谈家桢、卢鹤绂等众多的文化名人和科学大师，而且在长期的办学中形成了堪称典范的求是精神。尤其是在竺可桢主政期间，于极其艰难的西迁办学中更是把这种“求是”精神发挥到极致，使浙大声名远播，成为“当时中国最好的四所大学之一”。

浙大中文系办学历史悠久。往远说，可追溯到林启主持的求是书院。办学伊始，书院即开设国文课程，先后延请宋恕、陈去病、马叙伦、沈尹默、张相等著名学者授业讲学——以此算起，中文系已历春秋百有十载；往近说，则源于1920年的之江大学国文系和1928年的国立浙江大学国文系——就此而言，中文系悠然已有九十余年历史。它前后历经西迁时期、龙泉分校时期，后又融合之江大学国文系、浙江大学国文系两大主脉。1952年全国高校院系调整，中文系被划归由浙大“母体”孵化出来的新的分支——新成立的浙江师范学院。嗣后1958年，浙江师范学院与新组建的杭州大学合并，称杭州大学；从这时开始，浙大中文系便进入了“杭大中文系”时代，迎来了一个新的发展阶段。“杭大中文系”的系名，一叫便是整整四十年，并已在社会和学界赢得良好的声誉。直到1998年，原浙江大学、杭州大学、浙江医科大学、浙江农业大学四校合并成立新的浙江大学，中文系在经历了一番分分合合之后又返回到了它的母体怀抱。现在的浙大中文系是以原杭大中文系为主体的，自然，它也整合了其他相关的师资力量。

浙大中文系建系以来，人才辈出，具有深厚的学术积累。祝文白、缪钺、刘大白、丰子恺、许钦文、夏承焘、姜亮夫、钱南扬、胡士莹、徐声越、陆维钊、任铭善、王季思、郑奠、王驾吾、孙席珍、王西彦、蒋礼鸿、徐朔方等一大批在国内外学界享有盛誉的杏坛名师、学术名流都曾于此任教。他们实践的“传承创造”的学术精神和追求的“卓然独立”的学术境界，为中文系的发展，包括有特色、有影响的学科的创建，也包括有特色、有发展后劲的梯队的形成，奠定了坚实的基础。百年沧桑，艰难困苦，玉汝于成。“近代科学的目标是什么？就是探求真理。科学方法可以随时随地而改变，这科学的目标，祈求真理，也就是科学的精神，是永远不会改变的。”回顾往昔，我们更加真切地体会到了竺可桢老校长在 20 世纪 40 年代所讲的这句话的深刻含意，也越发怀念为中文系发展做出贡献的诸多前辈和老师，并油然萌生了在前人基础上进一步拓宽和发展中文系的一种强烈的责任感、使命感。

我们高兴地看到，经过几代人不懈的努力，浙大中文系已发展成一个实力雄厚、在国内很具声誉和影响的系科。特别是自 1995 年被批准为国家基础科学研究与人才培养基地以来，更是在各个方面都有长足的发展，在全国同类专业的高校排名中一直居于前列。中文系也由原先单一的汉语言文学专业，发展成为由汉语言文学、中国古典文献学、编辑出版学三个本科专业和一个影视与动漫编导方向的立体多元、结构合理的“大中文”专业。目前，中文系已有中国语言文学一级学科博士点以及中国语言文学学科博士后流动站，汉语言文字学、语言学及应用语言学、文艺学、中国古代文学、中国古典文献学、中国现当代文学、比较文学与世界文学 7 个二级学科具有博士学位授予权。中国古典文献学为国家重点学科，中国古代文学、中国古典文献学、汉语言文字学、文艺学 4 个学科为浙江省省级重点学科。汉语史研究中心成为教育部人文社会科学重点研究基地。现有在编教师 50 人，其中教授 26 人（博士生导师 25 人），副教授 14 人。他们不仅在各个学科发挥重要的带头和骨干作用，而且在国内学界也具有举足轻重的地位和影响。正是在这批以四五十岁的青年学者为主体的学术核心的努力和引领下，由夏承焘、姜亮夫等前辈学者所开创的，吴熊和、王元骧等名师宿儒所光大的中文系学脉，方能做到承传有自、薪火绵延。

这次我们编辑出版的这套《钱江新潮文丛》，所收的是工作在教学和科研第一线的在职教师的系列学术论著。他们中有30多岁的学术新锐，也有五六十岁的年长或较年长一代学者。涉及的范围，包括汉语言文字学、语言学及应用语言学、文艺学、中国古代文学、中国古典文献学、中国现当代文学、比较文学与世界文学以及影视文学等不同学科。在这里，学科与学科之间，个体与个体之间，彼此是有差异的，思维理念也不尽一致，但有一点似乎是共同的，那就是都在努力追求和体现中文系传统的“求是博雅”学风。章学诚评价古代两浙学风时曾谓：“浙西尚博雅，浙东贵专家。”浙大中文系以“求是博雅”为系训，正是因为非求是则无以成专家，非博雅则无以成通儒。所谓“求是”，就是求真、求实；所谓“博雅”，就是求善、求美。这反映了我们力图贯通浙东西、融合古与今的学术视野与意识，以及从传统的学脉中创造新的浙江学派的愿望，也是我们的世界观、人生观、学术观的一个投影和富有理性的特殊呈现。尽管面对浙大中文系的百年历史和悠久传统，本丛书中的这些成果尚远不能说是“雏凤清于老凤声”，在这方面，我们深知与前辈相比还有一定的差距。但中文系数十位教师用心血和智慧浇灌出来的这些学术之果，毕竟从各个不同的角度对“求是博雅”作了新的诠释，这是很可欣喜的。可看作对中文系近十年学术研究的一次检验，一次富有意味的“集体亮相”。

这些年，由于种种原因，学术浮躁和浮夸之风盛行，违反学术道德和学术规范的不端行为也屡有发生。在这样的情况下，中文系老师“守正创新”，一方面继承百年来的优良学术传统，不盲从、不浮躁，以“板凳坐得十年冷，文章不写半句空”的严谨求实学风，孜孜不倦地潜心从事学术研究，坚守着学术正道；另一方面不囿陈说，锐意创新，力求在前人基础上有新的发现，为学术研究做出自己创造性的贡献，这十分难能可贵。而这一点，在这套丛书中也都表现得十分明显。

不尚空谈，不发虚词，以追求真理为目标，以崇尚事实为基础，强调学术研究的“实事求是”与“实事求是”的学术研究。我想，这就是浙大中文系生生不息的学术传统，它贯穿百年而又存活于当下，已内化为我们的一种精神生命，一种支撑当下中文系存在和发展、坚守学术家园的“阿基米德点”。我们出版这套丛书，目的就是弘扬浙大中文系这一学术传统，继往开来，进一步加强中国语言文学学科的建设，为提升和扩大其学术水平及影响尽一份绵薄之力。

本丛书的出版得到了中文系1984届校友、浙江通策集团董事局主席吕建明先生的鼎力相助。2007年5月，在浙江大学110周年校庆期间，他慷慨捐资百万元支持中文学科建设。他的善举和情意令人感佩，也催发了我们策划并编纂此书的积极性。源于此，我不仅对本丛书所反映的教师学术才华和追求感到欣慰，同时更对百年浙大中文学科未来的发展前景抱持一份坚定的信心。

钱潮天下奇观，故孙中山先生有“猛进如潮”之赞，学术创新，贵如潮水之猛进荡决；钱潮及期而信，故吴越王钱镠有“日夜波涛不暂息”之感，学脉传承，当如潮水之永不止息。“求是博雅”，就意味着学者既要有弄潮儿那般“溯迎而上，出没于鲸波万仞中”的锐气，也要有“晚来波静，海门飞上明月”的心境。本丛书以“钱江新潮”为名，其微意实在于此。

吴秀明

2009年4月15日于浙江大学

目　　录

导论：诗的最高境界：宇宙形式与生命形式 …… 1

第一章　诗本体：意象符号系统 …… 21
　第一节　诗——意象符号系统 …… 21
　第二节　意象与表象、情境 …… 26
　第三节　意象作为符号 …… 35

第二章　意象二维结构 …… 48
　第一节　意象的外在美感 …… 48
　第二节　意象的内在含量 …… 61

第三章　意象生成论 …… 75
　第一节　意象生成的思维转换 …… 75
　第二节　意象的直觉把握 …… 81
　第三节　意象的类型特质 …… 101

第四章　意象功能论 …… 109
　第一节　意象的表现功能 …… 110
　第二节　意象的表达功能 …… 115
　第三节　意象的建构功能 …… 120

第五章　艺术传达与诗美构成 …… 124
第一节　艺术传达 …… 125
第二节　传达期待 …… 136
第三节　诗人的内传达 …… 149
第四节　诗美构成 …… 170

第六章　传达切入：空间与时间 …… 177
第一节　缘起·切入·展开 …… 177
第二节　空间的叙事功能 …… 187
第三节　时间的叙事功能 …… 194

第七章　视角选择与意象创造 …… 202
第一节　视角与艺术表现 …… 202
第二节　视角的多维审视 …… 207
第三节　视角创新 …… 218

第八章　并置结构与组合 …… 230
第一节　组合原理：共时并置 …… 230
第二节　意象结构：由浅层到深层 …… 238
第三节　意象组合表述 …… 242
第四节　组合举隅 …… 245

第九章　诗的过程美：感觉 …… 264
第一节　感觉的优化 …… 265
第二节　光与色的感觉 …… 271
第三节　感觉的变异 …… 288

第十章　诗的过程美：情·思·悟 …… 299
第一节　情之美 …… 299
第二节　思之美 …… 310

第三节　悟之美 …… 320

第十一章　诗的整体美：情感空间 …… 329
第一节　情感空间：意象关系场 …… 329
第二节　意象密度与情感空间 …… 332
第三节　建构诗的情感空间 …… 336

第十二章　诗的整体美感效应 …… 356
第一节　空灵与朦胧 …… 360
第二节　清新与流动 …… 370
第三节　平易与荒诞 …… 379
第四节　静穆与沉雄 …… 389

第十三章　诗美接受 …… 397
第一节　诗美的实现 …… 397
第二节　面对现代诗 …… 408

余论　在传统与现代之间 …… 416

参考文献 …… 420

后记 …… 425

导 论

诗的最高境界：宇宙形式与生命形式

艺术被称为“有意味的形式”，这个“有意味的形式”究竟指向何物？笔者认为这个“有意味的形式”，其实就是“宇宙的形式”。人类自诞生始，即在探索宇宙形式。诗与科学在探索宇宙形式上殊途而同归。诗的宇宙形式，是借助于意象，将时空结构转化为意义结构的艺术审美形态。诗的宇宙形式具备以下特质：意象关系融和有机，具有某种隐含的形式结构，表达的是普遍性本质性的人类情感。现代诗探索宇宙形式、生命形式永远在路上。

一 “有意味的形式”：宇宙形式

著名艺术理论家克莱夫·贝尔把艺术称为“有意味的形式”。贝尔指出，在真正的艺术中都隐藏着一种形式，这种形式之所以是美的，是因为它具有一种难以言传的意味，这种意味并不等同于日常喜怒哀乐之情，也不在于它告诉的故事和描述的事件，而是从形式关系本身判断出来的。因而它具有一种“纯粹性”与“不寻常性”。贝尔最终把“有意味的形式”归结为一种“终极的实在”，这种“终极的实在”，就是人们称为“高居于万物之上的上帝”、“渗透于万物之中的韵律”、“殊相中之共相”或“自在之物”的东西。他说：“任你用什么名称去称呼它，我所论及的事物都是指隐藏在事物表象后面的、并赋予不同事物以不同意味的东西，这种东西就是物自体或终极的实在本身。”[①] 贝尔对“有意味的形式”的解释，多少带有一点神秘感与模糊性。那么，这种“有意味的形式”，这种“终极的实在”究竟意指何物？我认为它应该就是本书所要说的“宇宙的形式”。正如著名哲学家卡西尔所说的：“真正的诗不是个别艺术家的作品，而是宇宙本身——不断完美自身的艺术品。”[②] 既然真正的诗是宇宙“不断完美自身”的作品，我们是否也可以这样理解：真正的诗是表现了宇宙“自身”的形式的作品呢？笔者觉得这一理解应是合理、适宜的。因此，笔者认为，最好的诗，或者说诗的最高境界，就是这种“终极形式”：宇宙形式。

其实，对于宇宙形式的探索，可以追溯到人类文明的始点。人类一旦诞生，有了朦胧的自我意识，就开始关注自身的存在问题，由人的存在进而思考人类的家园——宇宙的存在。董仲舒对中国文字“王”解释说：“古之造文者，三画而连其中，谓之王。三者，天地人也。而参通者，王也。”其中“天”，思考的是我们从哪里来，“地”思考的是我们往何处去，“人”思考的是人类自身：我们是谁？我们因何而存在？上古神话中的盘古开天辟地、女娲补天、夸父逐日等传说，体现了人类对探索宇宙的强烈愿望。古天文学、星相学、古典哲学，留下了人类思考宇宙、探索天人关系的深邃智慧。

宇宙意识是人类最根本的意识，是人类与生俱来、最早产生的意识。对宇宙的存在及其运行规律的探索，寻觅宇宙形式、发现宇宙形式，是人类的执着追求。古典诗人更是宇宙形式最前卫的探索者。“遂古之初，谁传道之？上下未形，何由考之？冥昭瞢暗，谁能极之？冯翼惟像，何以识之？明明暗暗，惟时何为？阴阳三合，何本何化？……”屈原的《天问》以问语方式向苍天提出172个问题，涉及天文、地理、历史、哲学等诸多领域，是对于天地间一切事物和天理、天命、天道的全方位设

① ［英］克莱夫·贝尔：《艺术·前言》，周金环等译，中国文联出版公司1984年版，第10页。

② 转引自刘小枫《诗化哲学》，山东文艺出版社1986年版，第113页。

问。李白的《日出入行》《把酒问月》，也是在天人对视中思考天地自然法则与自我生命的意义，渗透着强烈的宇宙意识、宇宙精神。

然而人类文明发展到今天，在人们眼里，对宇宙形式的探索似乎与诗人无关，这神圣的事业被统统交给了科学家，似乎只有自然科学界在苦心经营。诗人似乎真的远离星空、远离宇宙而去。在浩瀚的宇宙面前，诗人何为？

有一点可以证明这一失落的存在，那就是在诗歌评价体系中，我们总是可以看到有如：语言美、情感美、节奏美、意境美、意象美、音乐美、色彩美、自然美、清新美等一大批词汇。这些语词用来评价一般的好诗歌、好作品，应该也是适用的。可是用来评价人类历史上那些最优秀、最杰出的作品，那就显得苍白、软弱无力了。我认为那些最优秀、万古流传的作品，仅仅说它意境美、音韵美、语言美，是大大不够的，甚至是严重的审美谬误！因为它们久远的艺术魅力、强烈的艺术震撼力，绝非来自这些表层因素。相反，我们应当从艺术的终极效果上进行深入追问，看到这些作品的真正价值在于表达了“终极存在”——宇宙形式！

下面我们就来看看那些表达宇宙形式的作品，看它展示了怎样的宇宙形式。在这里，首先需要交代的是，这些表达了宇宙形式的杰出作品，并非神秘难解之作，恰恰是人们最为熟悉、口耳相传的作品。其中的因由我们将在下文回答。先举一例，这是王维的《使至塞上》，其中有被王国维称为“千古壮观”的诗句：

大漠孤烟直，长河落日圆。

王维此诗，从整体上看是非常优秀的。而最使人过目难忘的，自然是这两个句子。对于这千古名句，一般的评论者是这样分析的：作者擅长写景，抓住沙漠中的典型景物进行刻画：一个“孤”字写出了景物的单调，紧接一个“直”字，却又表现了它的劲拔、坚毅之美。沙漠上没有山峦林木，那横贯其间的黄河，就非用一个“长”字不能表达诗人的感觉。落日，本来容易给人以感伤的印象，这里用一“圆”字，却给人以亲切温暖而又苍茫的感觉。一个“圆”字，一个“直”字，不仅准确地描绘了沙漠的景象，而且表现了作者深切的感受。概括起来，这首诗无非是，作者擅长写景、善于用字，情融于景，画面开阔，意境雄浑，如此等等。

这样的理解与评论其实是相当无力的。擅长写景，用字精准的诗不是很多吗？境界阔大、气象雄浑的诗也为数不少，而唯独这两行诗句如此震撼人心，这里面的深层次原因又是什么？

笔者认为，最根本的原因只能是，这两行诗展示的是一种宇宙形式。

首先，看这四个意象，大漠、孤烟、长河、落日，从视觉形态上看，它们分别代表了平面、直线、曲线和圆形。点（圆）、线、面可以认为是宇宙的基本图形，在这里都存在了。

其次，看诗句中意象呈现的色彩：落日——红；大漠——黄；孤烟与长河——青。我们知道，红、黄、青，是自然界唯一存在的天然的颜色，被称为三原色，是自然界中的基本色，而这，短短的两行诗句都包含了。

再次，根据五行学说，五行是构成宇宙的基本物质元素，宇宙间各种物质都可以按照这五种基本物质的属性来进行归类。五行指水、火、木、金、土。这些宇宙基本元素，诗中也都包含了：河——“水”；落日——“火”；烟——“木”“火”；大漠、落日——“金”；大漠——“土”。

也就是说，这两行诗句，表现了宇宙的基本图形、基本色泽、基本物质结构，可以说，在一定程度上揭示了宇宙的本真存在。而人类生命也是宇宙的产物，生命的结构也是宇宙给予的，对于表现宇宙的基本结构的诗句，人的心理结构能不潜在地产生感应吗？

以上是将意象拆分开来解说。更重要的，当然是从整体上把握这两行诗句所体现的运动中的宇宙图景：

两行诗句，表达了有限向无限转换的宇宙瞬间存在。大地、大漠（地球）是尚可局部把握的存在，宇宙则是无可把握的存在：

落日照长河，无限向有限；

落日将消失，有限向无限；

孤烟向长空，有限向无限；

长河日夜流，有限向无限。

“有限”与“无限”，“把握”与“不可把握”之间的这种瞬间转换，给人的是无比沉醉的神秘感、神圣感，弥漫的思绪，持久的吸引力。

再看诗句所呈现的空间与时间：

空间性：深邃、广袤、高远、静默、无限；

时间性：它所呈现的是宇宙诞生，或者说“创世”之初的鸿蒙初辟的图景，所谓“天地玄黄，宇宙洪荒”的原初形态，那种鸿蒙美、洪荒美、神圣美。

还有“瞬间性”：落日坠河，是短暂的瞬间；孤烟，也是瞬间；长河与大漠，是永恒，但如果这个画面中只有大漠长河，就显得平面，立不起来；落日，代表宇宙的力量；孤烟，代表生命的力量（弱、小），瞬息之间把有限的、寂静的世界衬托起来，突现出来！

于是，我们看到了，宇宙的有限与无限转换的瞬间存在形态。凭借地球的一角，我们窥见到了宇宙本相！

于是，置身地球的洪荒一角，似能进入宇宙的深处，看到无限深邃的宇宙之心，体验到“天地玄黄，宇宙洪荒”的境界！

是的，真正的诗是介入宇宙的，真正的诗人，会在瞬间把弄中透露或揭示宇宙存在的某种奥秘。

艺术就是生命对于宇宙的发现。然而艺术天生属于大自然，属于宇宙，甚至是宇宙的赐予。面对浩瀚无垠的宇宙，诗不会缄默。作为一个有意味的形式，诗的最高境界，就是宇宙形式。

二　诗与科学探索宇宙形式殊途而同归

宇宙是人类最根本的存在，人类的生命家园。寻觅宇宙形式、发现宇宙形式，是人类的执着追求。关于宇宙，《文子·自然》解释：“往古来今谓之宙，四方上下谓之宇。”“宇”指的是一切的空间，包括东、南、西、北、中，无边无际；“宙”指的是一切的时间，包括过去、现在、未来，无始无终。

人类从多个方面开启对宇宙形式的探索：一是科学，二是哲学，三是文学艺术。

例如，牛顿的万有引力理论、门捷列夫的《元素周期表》、爱因斯坦的相对论、当代的量子理论等。古希腊毕达哥拉斯学派认为，“凡物皆数”，“数”构成“宇宙的秩序”。阿恩海姆认为：宇宙是“力的结构”，“力”是宇宙的本质。在中国，古人认为“宇宙”的本质是虚无。虚无是宇宙万象之源泉，万物之归宿。又认为“气”是宇宙的基本元素，天人同构，自然界的一切，包括人，都是由一种流荡不息的东西——“气”凝聚化合而成。《易传》提出阴阳学说，所谓“一阴一阳之谓道”。“易有太极，是生两仪，两仪生四象，四象生八卦。”（《易传·系辞上传》）道家说：“道生一，一生二，二生三，三生万物。”万物由“道”演变而来，道是万物存在以及运行的根本。至于太极图，被认为是图式最简单、内涵最丰富、造型最完美的图案，古今中外没有哪个图案有如此深刻的内涵，它可以概括宇宙、生命、物质、能量、运动、结构等方方面面的内容。上述理论或学说，都旨在阐明宇宙的存在状态和规律，表达了宇宙的部分真谛，可认为是“宇宙的形式”。

文学与诗，同样在探索宇宙，表达宇宙形式。这里有一个内容惊人相似的例子：

《周易》八卦中的八种卦形，即乾、坤、巽、震、艮、兑、坎、离，分别代表天、地、风、雷、山、泽、水、火。这八个卦象，居然与古诗《上邪》中的意象基本重合，全被表现出来：

上邪，
我欲与君相知，
长命无绝衰。
山无陵，　　　——（山，艮卦）
江水为竭。　　——（泽，兑卦；水，坎卦）
冬雷震震，　　——（雷，隐含闪电之火，震卦与离卦）
夏雨雪。　　　——（水，隐含风，坎卦与巽卦）
天地合，　　　——（天，乾卦；地，坤卦）
乃敢与君绝！

如果八卦是对宇宙存在的一种揭示，那么这首《上邪》不也是对宇宙形式的展示吗？不同的是，它更形象，更灵动，更具有美感，更能直击人类的心灵。

人类所有的思维都是通向对宇宙形式的发现和把握。不过，自然科学，如物理、化学、数学等学科，对于宇宙形式的表达，大都表现为公式、定律、原理等。诗的宇宙形式，则通过美的意象来呈现。诗与科学探索宇宙形式殊途而同归。

且看张若虚《春江花月夜》：

> 江畔何人初见月？江月何年初照人？人生代代无穷已，江月年年只相似。不知江月待何人，但见长江送流水！

对此诗，闻一多在《宫体诗的自赎》一文中给出震撼评价：“那是更迥绝的宇宙意识！一个更深沉，更寥廓，更宁静的境界！在神奇的永恒面前，作者只有错愕；没有憧憬，没有悲伤。……这里一番神秘而又亲切的，如梦境的晤谈，有的是强烈的宇宙意识，被宇宙意识升华过的纯洁的爱情，又由爱情辐射出来的同情心，这是诗中的诗，顶峰上的顶峰。”① 闻一多这里讲的是“宇宙意识”，其实，这“诗中的诗，顶峰上的顶峰”，在“春”“江”“花”“月”“夜”的审美意象结构中，呈现的是“人生代代无穷已，江月年年只相似”的宇宙形式。

又如，陈子昂《登幽州台歌》：

> 前不见古人，后不见来者。念天地之悠悠，独怆然而涕下。

“前”与“后”既指空间，又指时间；“天”和“地”既指空间，也指时间。天地六合，上下茫茫，登上高台，与天、地更接近，更能在大地之上反观自身，于是更凸显了人的孤独处境。在时空的无限中，诗人是那么的透彻、绝望，诗人的“怆然”，不纯粹是个人的，已上升为对人

---

① 《闻一多全集》（第3卷），上海古籍出版社1998年版，第17页。

类根本处境的感悟，是哲学对人的生存本质的表达。《登幽州台歌》的独特意义在于，在无限的广度、高度，和无可把握的茫茫宇宙时空的永恒绵延之中，提供了一个“支点”，支撑起弥满天地、永难挣脱的人类作为个体存在的生命独感和怆然宿命！这就是此诗的宇宙形式、生命形式。

再看王维的《鸟鸣涧》：

人闲桂花落，夜静春山空。
月出惊山鸟，时鸣春涧中。

诗中这些意象有着自在与他在的依存关系。第一句，“人闲”指日落而息，人因了闲、静，才能感知花的开落。人静花动，人与花互为存在。第二句，“静”与“空”是互文关系，夜是静、空的，山也是静、空的。以上两句，可视为“月出”之前的铺垫，突出“闲”“静”“空”的自在状态。第三句，月光惊醒了山鸟，借鸟的惊飞来表达月色的皎洁，惊奇于月的明丽。这个“惊”字，含有惊动、惊讶，甚至惊喜之意。第四句，“春涧”是鸟的驻足处；涧水有声，隐指鸟声如涧声一样美妙。这个世界物物互动，充满生机，是宇宙生命力的表现。

其次，从物象的空间关系看，这个由月、树、山、涧构成的空间，具有开放性、延伸性。月、夜、流水、声响，都是无限的；这个空间，又因为“月”的存在，而显示了大宇宙的背景，是宇宙大系统中的一部分，是小系统呼应了大系统。宇宙的存在是生命化的存在，宇宙的运动是静默中的运动。这体现了宇宙精神。

全诗具有十分丰富的层次，展示了空与实的关系、动与静的关系、明与暗的关系、声与色交错的关系，以及人与自然的关系、人与鸟的关系、物与物的关系等，还原了一个原生态的生命小系统，展示了生命有机存在与运动的宇宙图景。

再看张继的《枫桥夜泊》：

月落乌啼霜满天，江枫渔火对愁眠。

姑苏城外寒山寺，夜半钟声到客船。

这里的生命形式又是什么？诗的首句就展示了严酷的生命环境："月落"是无边黑暗，黑夜本身就给人带来迷失感与恐惧感。"乌啼"，是因为无处可以栖息，深夜尚且不能安定，这应该跟后面的"霜满天"有关，寒霜满天，冷气逼人，生命岂能安生？果然，"江枫渔火对愁眠"，一幅生命被严重压抑的状态：江枫的红已被夜色遮掩，渔灯（渔火）只是微微透出一点亮色，表明生命尚存。第三句，"姑苏城外寒山寺"，这里可不仅仅在指示地点和方位，而是将"姑苏城"与"寒山寺"二者构成对比：一是尘世的世界，肉体和灵魂睡着；一是脱离红尘的佛界，一切都醒着。一是低处，一是高处（精神）。"寒山"本是人名，"寒"却有"高""思索"之意。（如"广寒宫"；苏轼"高处不胜寒"等），突出精神之高。这句诗非常关键，为下文作了铺垫。第四句，"夜半"意味临界、转折、希望、新生。"到"指客船到达码头，也指钟声到达客船。总之，"钟声"与"客"（羁旅者、漂泊者）对接，羁旅者身心沐浴在钟声里，获得了神奇的暗示。

旅者夜半才到，内心自然有着寻找归宿的迫切需要。加之首句所述黑夜霜天大环境对生命的严峻压迫，此种需要更甚。而"钟声"的出场正当其时，给困境中的生命带来某种抚慰和召唤。那是佛的召唤，也是灵魂的自我召唤。所以这首诗是用宗教的方法解决"在路上"的人的精神归宿，解决"到哪里去"的问题。

所谓宇宙形式，是指宇宙万物与宇宙生命的具有本质意义的存在与运动的形态与方式。诗中的宇宙形式，是借助意象将时空结构转化为意义结构的艺术审美形态。其特点一是离不开感性意象；二是时空结构转化成为意义结构；三是作为人类创造的艺术审美形态，自身灵动有机，独具生命。

这里所说的"形式"，指其结构简略，其内容可以复制、替换，正如数学、物理中的公式与定律一样，可以反复运算、永远有效。

宇宙形式是具有空间结构与时间结构的一种存在，是自然形态与生命结构的统一、物理形式与心理形式的统一、可视性与想象性的统一。宇宙是无限的、多层次的，宇宙形式也具有宏观、中观、微观的无限多样性和丰富性。它以多种角度多个侧面，揭示宇宙本相、真谛、规律、规则。

宇宙形式的生命化，即为生命形式。

诗的最高境界，就是宇宙形式与生命形式。为什么上面所举的作品都能万古流传，常读而常新？这与人的心理结构实乃宇宙所造所赐有关。人是宇宙的产物，人的心理结构与宇宙形式同构对应，人与宇宙万物全息相通。当你阅读那些表达宇宙形式的诗作时，其审美内涵、审美结构早被你心理结构中的潜意识接受了，被同化顺应了。然而你的显意识却不一定明白，不知道是怎么回事，你只觉得此诗写得好，却不知其好在何处。这就是宇宙形式的作品震撼人心而又不明就里的原因所在！

三　诗的宇宙形式的审美特质

诗的宇宙形式，是借助意象将时空结构转化为意义结构的艺术审美形态。下面我们将从诗的意象关系层面、艺术结构与形式层面、情感与意义层面，进一步阐释具有宇宙形式作品的审美特质：

（一）融和有机的意象关系

具有宇宙形式的作品，其意象与意象之间融和有机的关系，表现在空间上融洽互补、相衬共存，在情感与意义上相依相生，形成一种意义生成的圆融互补的意象结构。例如，杜甫的《绝句》：

两个黄鹂鸣翠柳，一行白鹭上青天。
窗含西岭千秋雪，门泊东吴万里船。

全诗的意象选择和布局十分融和：空间方位上，东（东吴船）、南（门）、西（西岭）、北（未明确说，但从“一行白鹭上青天”可推测：“上青天”象征人生仕途的追求，唐朝的京城在长安，位置居于北方，由此可判断“白鹭”往北飞）的意象都有了；高（青天、西岭）、低（柳树、船）、远（东吴）、近（翠柳等），意象错落有致、舒展自如。感官上，视觉的色彩（黄鹂的黄、翠柳的翠、青天的青、千秋雪的白）、听觉（鸟鸣）、温觉（翠柳之暖意、千秋雪之寒意）互补互渗，相得益彰。更有凝固的雪，又有流动的水与船，静中含动，动静得当。这一灵动的世界，足以承载万物生命。这个空间，是现实空间也是诗人的心理空间，方正广远；历史时间与现实时间、未来时间交织互补。那千秋雪，含而不露，千年不融，如同历史的底蕴，却是生命之源，一同承担着生命的出场。这是一个万物生机萌动、精神伸张的生命形式。全诗的意象关系，融和有机，均衡互补。

（二）隐含着的形式结构或形式感

所谓“形式”，就是意象的结构显示出来的某种形态特征，具有简洁性，类似于一种“纯粹的形式”。具有宇宙形式的作品，其意象呈现的视觉形式往往比较简易，并不芜杂，因为它本身就是在宇宙万象中感觉到并“抽象”出来的，所以线条简洁、结构简略，易于把握。而这种简洁的形式关系，又具有极大的概括性，表现了诸多深层的内涵；另外，这种形式又类似于“图式”，是可以直观感受的，可视可闻可触，抽象性与图像性兼备。

如陈子昂的《登幽州台歌》，诗人登上高台，面对的是无限的天、广袤的地，此时诗人只是天地交会中的一个小小的“点”。这个构图相当简洁，类似于一个“X”图形，天地万象的信息均集中到“我”，又由“我”生发开去，与无限对接。既然这是一个“形式”，它是可以进行替换操作的，也即处于这个“点”上的“我”，不仅仅是诗人陈子昂，也可以是每个阅读此诗的读者，每个读者均可取代之，并获得自我的情感体验。这就使诗获得更多的意义生成。

又如李白的《静夜思》：

床前明月光，疑是地上霜。
举头望明月，低头思故乡。

这里面隐含的形式是“圆”。何以见得？首先是天上的明月之圆；其次是大地上隐藏着的一个圆：井的圆。诗中的“床”即“井的围栏”。先人凿井而饮，历史久远，据说始于黄帝。无论是土井、石井、瓦井、砖井，均以圆形居多。钱钟书说，“形之浑简完备者，无过于圆”。对满溢清泉的圆圆乡井的依恋、认同，已内化为人的集体无意识，成为乡土的象征、乡愁的符号，有乡必有井，无井不成乡。此时月光落在井栏上，天上与地下的两个圆，瞬间打通、照亮。但两个圆相比较，地下这个“圆”更深层次地埋在人们的心底，天上的那个圆，只起到了传递媒介的作用。因此，表层看全诗有着月亮崇拜，但在人的深层心理是“圆”的崇拜和人生圆融完满的追求，这就是此诗的生命形式。

（三）普遍性、本质性的情感和意蕴

苏珊·朗格认为，艺术表达的是人类的“普遍情感”，人类“情感的本质”[①]。具有宇宙形式、生命形式的作品，其表现的是普遍性、本质性的生命存在形式，普遍性、本质性的人类情感和意蕴。我们看杜牧的《清明》一诗：

> 清明时节雨纷纷，路上行人欲断魂。
> 借问酒家何处有？牧童遥指杏花村。

这里的人类的“普遍情感”“情感的本质”是什么呢？或许有人认为是因为“清明”这个特定时节缅怀先人及“雨纷纷”两个因素共振引发了“欲断魂”的愁绪。其实不然。诗的关键节点在于问路者的“问”。这个问路者是什么人，是长途而来的行人，还是祭祖的当地人？笔者认为应该是前者。如果是祭祖的当地人，岂能不知道酒家何处？故必是远行人无疑。远行人之所以远行，无非是受功名利禄的驱使，或在官，或为求官，或为经商。远行人为何发问？原来，发问本是人的本能和本分。人一出生，就处于“在路上”的状态，永远是一个“问路者”，有问的迫切需要：人应该走向哪里？下一步怎么走？去向何方？人的归宿又在哪

① ［美］苏珊·朗格：《情感与形式》，中国社会科学出版社1983年版，第10，11页。

里？……所谓“问”，其实就是因为内心迷茫，无所适从，不知去路和归路。所幸这里的指路者是“牧童”，乃拥有一颗自然纯洁的心灵，是未经社会功利文化熏染的真实之人。因而他所指点的方向有着回归生命原真的意味。所指的方向，遥而不远，有点遥才美，太近则不美。带理想色彩，但仍在视觉可及的现实距离之内。那原生态的村庄，是人类的家园，花开花落，酒旗隐约。酒虽然是物质的，酒在传统文化中却是精神的载体，深邃地蕴藉心灵。饥渴疲惫的路人在此找到了现实与理想交融的归宿，或许也悟到了生命的价值。

这里的生命形式就是“问”。“问”是人的生命需要：问天，问月，问花，问人，问童子……

诗的结局不在于“杏花村”的意境之美，而在于给出了安顿心灵的去处。这就是此诗揭示的人类“情感的本质”。

总之，最优秀的诗，都是由简洁而抵达无限的丰富，以形式的简略、有限，达到意义的超限、无限。这是上述宇宙形式作品的总体特点。

四　现代诗探索宇宙形式永远在路上

在现代新诗中，卞之琳的《断章》，也正是这种“简洁到无限的丰富”的杰出之作：

你站在桥上看风景，看风景的人在楼上看你。
明月装饰了你的窗子，你装饰了别人的梦。

《断章》写于1935年10月，收入《鱼目集》（上海文化生活出版社1935年12月）。次年4月12日，李健吾用刘西渭的笔名，在《新诗》月刊上发表《鱼目集——卞之琳先生作》一文，认为这首诗“寓有无限的悲哀，着重在‘装饰’两个字”。5月1日，卞之琳在《大公报·文艺》撰文回答，认为不是这样的。他说：“‘装饰’的意思我不甚着重，正如在《断章》里的那一句‘明月装饰了你的窗子，你装饰了别人的梦’，我的意思也是着重在‘相对’上。”（《关于〈鱼日集〉》）

由于李健吾是第一位评论者，卞之琳又是该诗的作者，他们之间的对话形成了对该诗主题意蕴的两种不同认识，这就是“人生悲哀”说与“相对”说。尤其是后者，因为是作者的夫子自道，更影响了后来读者对此诗的理解。钱理群等在《中国现代文学三十年》中认为：“通过对常见的‘风景’的刹那感悟，讨论了主客体关系的相对性。”[①] 朱栋霖等主编的《中国现代文学史》也认为：“《断章》哲理与形象巧妙融合，写出了事物的相对性。”[②]

李健吾与卞之琳的两种观点，各有一定道理，但都不全面。它们都只是作品的局部的含义，而非整体的意蕴。李健吾的说法，其实只是一种个人感想，仅仅抓住诗中“装饰”二字做文章，觉得人生只是装饰了别人，毫无个人的独立价值可言，因此有“不尽的悲哀”。这种感悟固然有其深刻之处，却离文本较远，有点偏了。难怪诗作者对此不以为然，给予否定。其实，“装饰”二字，在诗中并不那么负面，“装饰”与美的创造有关联，是美的行为，“明月装饰了你的窗子”，是美；“你装饰了别人的梦”，你固然是被动的、不知不觉的，试想如果你作为美好的事物进入别人的梦，被人惦记和评价，未尝不是好事，很难说有多少悲哀。

卞之琳自己说这诗的意思重在事物的“相对”上。但仔细考察诗歌文本，也值得质疑。相对，是一个事物与另一事物相互面对，两个事物之间应该有一种互动的关系，互相制约影响。在诗中，“你站在桥上看风景”的“你”，与“看风景的人”，并不产生互动，后者看前者，前者浑然不觉。第三、四句“明月装饰了你的窗子/你装饰了别人的梦”，“明月”“你”仍是“不觉”。因此，它们之间的关系，与其说是“事物的相对性”，不如说是“连环性”更妥当。即甲进入乙，乙进入丙……以致无穷，但甲中没有乙，乙中也无丙的存在，所以这只是一种单向连环，后者对前者发出信息，但前者对后者不进行信息反馈，“站在桥上看风景的人”并不知楼上有人看他（她）。所以这种无反馈的信息链条是无效的信息链条。相对关系指的是你中有我、我中有你，你我互动，可诗中并不是

---

① 钱理群等：《中国现代文学三十年》，北京大学出版社 1998 年版，第 368 页。

② 朱栋霖等主编：《中国现代文学史》，高等教育出版社 1999 年版，第 220 页。

这样。作者自己说“世间人物、事物的息息相关，相互依存、相互作用”，诗作在这方面并无多少展示。即使确实存在这样的相对关系的话，我们也要考虑，这种相对关系是如何产生的，是建立在何种基础之上的？

此外，也有人认为是爱情诗。持此观点者作如此解释：桥头的“你”在白天是楼上人心目中的风景，在夜晚是楼上人梦中的“装饰”。一个是白天夜晚都在关注着、想念着心中的人；另一个是被别人深爱着的人，自己却没有感觉。写的是单恋式的爱情。这种停留于表层的解释属于误读。上面说过，诗中人物组成的是一个无效的信息链条，也指人物之间“爱”的情感关系是不存在的，但却成就了审美关系的存在。因为“看风景的人在楼上看你”，始终是把“你”当作审美对象，当作风景中的一个组成部分，甚至最重要的部分来看。装饰，《辞源》解释为“装者，藏也，饰者，物既成加以文采也”，指的是对器物表面添加纹饰、色彩等以达到美化的目的。装饰物不能代替本体物。装饰物对被装饰物不是全部的介入，更不是代替，在这句“你装饰了别人的梦”中，“装饰”二字明确地告诉我们这是一种无实际功利性的审美介入，“你”只是别人的审美对象而非恋爱对象。“你”作为美的形象出现在他人的梦中，所以只是一种“装饰”。“别人”还是“别人”，不是爱人。不是爱情，单恋也不是，因为不论“看风景的人”也好，“别人”做梦也好，都只是因为“你”是美的对象，而看而梦的。

那么我们应该如何更合理地、真正贴近文本地作出解读？笔者的观点基于以下认识：诗是一个意象符号系统，作品的意义是由诗的全部意象参与而生成的，意象的存在及其相互作用，推动了作品的意义发展。因此挖掘意象的内涵，对意象的结构及其相互关系等作品所提供的全部审美信息予以深入探究，是获得精准解读的前提。

笔者认为《断章》的主题非常直观，写的就是人的审美活动。“你站在桥上看风景”，是对大自然的审美欣赏；“看风景的人在楼上看你”，看的既是大自然，同时又把人作为审美对象；“明月装饰了你的窗子”，是自然美与人工美的结合，一种美的较高级形态；“你装饰了别人的梦”，是人作为审美对象，最终进入“梦”的想象活动，这里的“梦”，可以理解为更高层次的美的创造。

全诗就是在这样一个有序而错杂的陈述中，表露出作者的审美理念、审美思考。

先看几个意象：桥、楼、窗。桥，作为人工建筑物，安放在大自然中，有“沟通”“引导”的意义；同时我们在它身上也看到了人们对大自然向往的态度，那就是接近、亲和。这体现了人与自然的平等关系，让人走向自然。楼，其对大自然的态度与桥有相似之处：人在自然边建造栖居之所，应该不是凌驾于其上，或侵入自然，而是对自然的接近，尤其是高楼，借其高，望其远，期望对大自然有更多的了解。这就有了窗，窗子向自然敞开，向自然遥望，是一种姿态，也是心情。

这些都是人工意象。它们的低处是“风景”，高处是“明月”。风景、桥、楼、窗、月亮，这就构成了空间的无限性。白天向夜晚的时间转换，增加了神秘的美感。美的世界，为审美预设了极多的可能，期待着主体的出场。

再是两个动态意象：看与装饰。前后两个“看”，看的内容不同：前者看的是自然风景；后者不仅包含自然，也包含人，把人类自身作为审美对象。所以，在这里，“人是审美的主体又是审美的客体”被真正体现出来。两个看风景的人，都是审美主体，只不过看的内容后者更丰富而已。在这样一个世界中，加上人物的出场，我们读到了什么？

——桥、楼、窗的建造，是为了看，看得更多、更远、更高；看风景是生命的需要。看人，是对人类生命的自身观照。人的美是世界上最丰富最深刻最动人的，是美的核心。另一个动词“装饰”，也是一种审美行为，前文已述。这里涉及人的审美需要。

——“桥”意象的“引导、亲和、返回”之意，表明人与自然的平等、亲近，包含对大自然的向往、仰慕与尊重；人是自然之子，本质上是大自然的一部分。这种审美关系是人与自然的最高原则。这幅图中，月处在最高处，表明自然美有难以企及的高度。但明月“居高”而“临下”，又表明自然物也非无情物。这里涉及了审美原则。

——看与被看，装饰与被装饰，梦与被梦，主动与被动二者构成审美关系。同时，人与大自然也存在主被动的交互关系，自然是被动的，人是主动的；但自然有时候也会从被动走向主动：明月装饰了你的窗子，即为主动。主被动的变换，使审美关系显得无比丰富。这里，人与自然、生命与美、人与艺术、空间与时间、现实与梦想，构成了多层次的审美关系。以上是关于审美关系的隐喻。

——北宋画家郭熙在《林泉高致》中说山有“三远”：自山下而仰山巅谓之高远；自山前而窥山后谓之深远；自近山而望远山谓之平远。这种山水画的创作方式，也可以看作人对大自然山水的观察方式与欣赏方式。此诗的空间有三个可供凭借的视点：桥、楼（窗）、明月。各表示平远、深远、高远。其中桥和楼，是人可以直接驻足的，“月”却是人凭借它得以看到更广阔的一个世界。此处涉及审美视角问题。

——桥、楼、窗、月、梦，既有空间上的低、高、更高的层次感，又有平面的距离感，形成错落变化的空间结构和时间结构，是立体的，且又跳跃变动，显得灵动而有生气。人在其间占据着主导地位。桥、楼、窗、月，这四个点属于“实”，而“目光”“月光”“梦”属于“虚”，这种虚实相生的意象系统，具有意义的生成能力。这里涉及审美结构。

如何理解“你装饰了别人的梦”中的“梦”？难道只是为梦而梦吗？非也。我觉得这里应该理解为“梦想”“想象”，将其归属审美创造范畴也无不妥。胡适有首诗，题为《梦与诗》，其中有：

都是平常经验/都是平常影像/偶然涌到梦中来/变幻出多少新奇花样

胡适把做梦与作诗相提并论，强调了做梦与作诗的创造特质。那么以此来理解《断章》中的梦意象也完全是合适的。由此，“你装饰了别人的梦”，即可理解为，“你”作为美的对象，或美的元素，进入了“别人”（创造者）的创造活动中，最终完成了美的实现。以上涉及人的审美创造。

从上述分析可见，诗的全部内容，写的就是人的审美活动，涉及审美需要、审美原则、审美视角、审美创造、审美结构、审美关系等多个方面，显示了诗人对美的追求和思考。

诗是生命形式的呈示。

《断章》短短四行，写到人物就有六处（其中4个“你”，1个“看风景的人”，1个“别人”）。这些人物都是审美主体，具有审美的主体性特征。

美是自由的象征，在审美活动中，审美对象是独立自由的存在，审美主体更是独立自由的存在。在本诗中，它们被组合成整体审美形式，凭借的却是“距离”。

此诗的生命形式就是“距离”。而距离，就是生命存在的本质。

距离构成了此诗的核心形式。桥上看风景，人与风景的距离虽然拉近了，可距离毕竟还是存在的；看风景的人在楼上看你，这是人与人存在距离；月与窗，距离遥远，在“装饰”的瞬间距离拉近。“明月装饰了你的窗子”，似乎明月是实施装饰的主体，其实这里应该有一个潜在的观察者，只有这个潜在的观察者，他才能够选择一定的角度，把握到明月临窗、窗户被月儿装饰的美妙风景。做梦的人与被梦的人，距离当然很大。以上的人或物，都是独立的存在，借助“目光”“月光”“梦”思维，把距离、生命的独立性显示了出来。独立性是对主体性的肯定。

在这里，本来作为客体的“明月”似乎有了主体性。其实，写明月，写窗的美，还是为了暗示、衬托“窗中人”的美，表达“窗中人”的纯洁、高贵、雅致的品质。所以这句诗，仍是对人的审美主体性的肯定。

不仅是空间上的距离，更重要的还是心理上的距离。前文说过，诗作中的几个主要意象，构成了一个无信息反馈的连环，这个连环的后一节对前一节发出信息，但却不被反馈。这恰恰反证了人与人之间的距离的绝对性。这种距离，从社会学角度看是隔膜，是断裂；从艺术的角度，却成就了无功利的审美。

作者卞之琳是个擅长创造“距离美”的诗人，他对距离情有独钟。他的另外一首诗《距离的组织》，可以证明他对“距离”的喜好。他是距离的组织者，也是距离美的创造者：

想独上高楼读一遍《罗马衰亡史》，/忽有罗马灭亡星出现在报上。/报纸落。地图开，因想起远人的嘱咐。/寄来的风景也暮色苍茫了。/（醒来天欲暮，无聊，一访友人吧。）/灰色的天。灰色的海。灰色的路。/哪儿了？我又不会向灯下验一把土。/忽听得一千重门外有自己的名字。/好累呵！我的盆舟没有人戏弄吗？/友人带来了雪意和五点钟。

全诗意象跳跃变换，形成空间、时间、心理的形形色色的距离：《罗马衰亡史》、罗马灭亡星、报纸、地图、远人的嘱咐、一千重门外的名字、盆舟等，久远的时间与空间，现实与历史的交叠，造成变幻莫测、恍惚迷离的距离感，主体与客体、真实与虚幻、物与物、人与人之间，距离无处不在。而这些纵横交织的距离是如何被组织的呢？当然是诗人的心灵，是诗人渴求与世界交流、与现实交往的心态，展示和组织了它们。可见诗人是认可生活中的种种距离的。距离，恰恰显示了心灵空间的宽广；同时，这些“距离”，又是在登楼、读书、看报、查阅地图、收邮、午睡、访友与被访的平常活动中产生的，这也肯定了普通人日常生活的意义。

现在可以回答诗作者强调的相对性是什么，是如何产生的，是建立在何种基础之上的？所谓相对性，只是人在审美过程中，拥有主体、客体的双重身份，是作为审美主客体而因时因地相互转化，而不是社会学意义上的“相互依存，相互作用”。是人在审美活动中必然产生的身份转换，这与“悲哀”无关。

《断章》一诗，表达的就是人类的审美情感，以及由此产生的审美活动。全诗书写的是多个主体参与的审美行为，通过对距离的强调，肯定了审美的主体性与独立性，并以“梦”的方式达到了美的实现。

在现代新诗中，具有上文所说的宇宙形式、生命形式的作品，应该说还不是很多。这或许是因为时代给予了诗人太多的负重，使得诗人无暇顾及；也或许是诗本身，承载了太多非诗的功能，远离了诗自身的高贵品格和追求，失却了诗的唯美和纯粹。然而，中国新诗历经了方方面面的磨难与浮躁，最终必将回归其自身，继续走它应走的路程。

诗人郑敏在谈及心目中的好诗时就说：“只要它能将人的心与宇宙间万物沟通起来，使它能领悟天、地、自然的意旨，有一次认识的飞跃，也就得到了审美的满足。这样的诗就是我心目中的好诗，因为它将我封闭狭隘的心灵引向无穷变幻的宇宙。"[①] 优秀的诗人都拥有一颗真正的可贵的诗心，它与宇宙相伴相随，其艺术触角必定是指向茫茫宇宙的。

现代诗探索宇宙形式、生命形式永远在路上！

① 郑敏：《诗歌与哲学是近邻——结构—解构诗论》，北京大学出版社1999年版，第309—310页。

第一章

诗本体：意象符号系统

本体论原是一个哲学概念，探究的是世界的本原或基质、结构。与本体论相关的术语有实在、实体、存在、本身、本原、本质、本性、本源、本是等。这些语词均指向或表明世界的存在和探究方向。本书认为诗作为人类的精神产品，虽非康德所说的“自在之物”，但一经产生，也必获得某种本体的性质或地位。这里的“诗本体”，更愿意取“实体”“自身”“本相”之意，是指诗本身的存在形式或状态，旨在更接近地呈示诗实体。据此，认为诗是一个独立自足的意象符号系统，意象成分与非意象成分的结合构成了诗本身。而意象大于语言高于语言，意象来自表象，意象运动的最终目的是创造诗的情境。

第一节　诗——意象符号系统

这似乎是一个永恒的困惑：在诗人们创作着难以计数的优秀诗篇的同时，人们又常常苦于回答这样一个问题：诗是什么？

这的确是一个难以回答又不得不作出回答的艺术难题。数千年来，古今中外的诗人与哲人们，都试图以自己的语言加以解答，自亚里士多德“模仿”说以降，对诗的本义的解释何止千百种。但每一解释又都无法尽如人意，为人们所普遍接受。存在先于本质，这个存在主义的命题似乎又在人类的精神产品——诗歌中显示出来。诗在不断产生着，诗是什么却继续叫人迷茫，缪斯女神总不愿袒露其真面目。诗，与这个大千世界一样，神秘、亲近，而又无法解说。

但尽管如此，那种种纷纭繁富、各呈异彩的对诗的本质的阐释，那种种精辟独到的陈述，都在丰富着诗歌艺术本身，引导着人们向着诗的本质逼近。

可是，当我们对这些阐释作进一步考察的时候，却发现这些对于诗的解释总是与诗本身隔着那么一层。有的从诗与现实的关系出发，认为诗是“反映”与“再现”；有的从诗与人生出发，认为诗是生命的翻译，是生命存在的方式；有的从诗与理念、精神出发，认为诗是智慧的产物，是虚幻的世界，是重新创造的一种价值体系；有的是从诗与感觉、情感出发，认为诗是感知，是情感的宣泄……这种种阐释，都是那么精辟、独到、深刻，但不能不说是站在诗的外部作遥远的观照！因为上述说法，与其说是在解释诗，不如说是研究与诗有关的各种问题，或诗与他者的关系。

可否摆脱上述关于诗的来源、内容、功能等外在依据的考察，而作出更切近的回答呢？

的确，如果我们走近一些的话，我们首先可以发现，诗是由那么一些文字或者说语言符号所组成的。

如果我们再进一步，跨越文字或语言符号外壳，那么，我们接触到的则是：意象。

于是，我们发现，诗是由意象开始的，而且意象贯穿到底。

我们无法回避这一事实：当诗人进入构思时，首先把握的是意象；在创作进行过程中，他要处理的，也是意象；在作品完成时，仍是意象！意象思维构成诗歌创作的全过程。

我们同样无法回避这一事实：读者读诗，也首先是接触到意象，由意象的引领进入诗的审美世界……

这样，我们发现：诗，是由一系列意象构成的，意象的组接、发展、转换，组成了诗。这就是诗的存在状况，也就是诗的真实！

当然，意象所占的比例在每首诗中并非相同。按意象成分的多寡，诗歌大体可分为两类：一类诗是完全由意象构成的，而另一类诗则是由意象成分加上非意象成分构成的。如舒婷的《思念》《往事二三》等诗，自始至终都由意象组成，而她的《赠别》一诗，大部分诗行是意象成分，最后出现的，则是非意象成分：

要是不敢承担欢愉与悲痛
灵魂有什么意义
还叫什么人生

以上两种情况可以说明：诗的基本构成成分就是意象。一首诗中，意象成分是不可或缺的，应当占主导地位。意象成分越充分，诗的成分相对也就越完满。因此，意象成分也就是诗的必有成分。意象是诗的基本特征，有没有意象，是诗与非诗的根本区别。没有意象，诗就成了直白与说明，换言之也就不能称为诗。诗的创作，就是诗人捕捉意象、创造意象，然后加以有序化组合的过程。

那么，对于诗中的非意象成分该如何看？诗中的非意象成分，乃是由意象成分派生出来的，是意象的附属成分。它的作用是用来说明、阐释意象意义，它服从于意象，是意象的延伸与扩张，本身并没有独立性。因此，归根结底，即使是那些由意象与非意象成分构成的诗作，也仍然可以看作一个由意象构成的系统。

关于意象与诗的关系，诗人郑敏有过十分形象的比喻，她说："诗如果是用预制板建成的建筑物，意象就是一块块的预制板。"① 她又说，意象"像一个集成线路的元件……它对诗的作用好像一个集成线路的元件对电子仪器的作用"②。这话，也指出了意象即是诗的基本成分这一事实，一首诗也就是一个有机组合的意象系统。

由此，我们可以这样说：诗，就是意象符号的系列呈现。这是动态

① 郑敏：《英美诗歌戏剧研究》，北京师范大学出版社1982年版，第52页。
② 同上书，第3页。

的表述。静态的表述即为：诗，是一个独立自足的意象符号系统。

所谓独立自足，是指这个系统自身完整，独具生命。

在这里，我们把诗看作一个“意象符号系统”，认为诗是意象符号的组合，这与把诗看作一种“语言艺术”，是普通语词的组接，是两种完全不同的说法。两种说法，既体现了对诗本体认知上的差异，也表明了对诗的思维方式属性的不同认识。“意象符号”说是把诗歌置于艺术思维范畴，而“语言艺术”说则将诗置于非艺术思维范畴，因为诗歌意象与普通日常语言有着完全不同的性质。

首先，普通语言符号是人类族群集体的产物，语言一经产生，对于每个社会成员就有一种约束力，每个社会成员都必须强制性地接受并习得这种语言，不如此就无法进行思想的交流与沟通。而意象符号则是诗人直接感受所得，它是感性的、直觉的、个别的和不可重复的，是诗人在情感驱动下要求作艺术表现的产物，具有个性化创造物的特点。科林伍德曾指出普通语言描述与艺术表现的不同：“描述一件事物，就等于把这件事物归到某某类中……而表现却恰恰相反，表现是将这件事物个性化。”[①] 这就是说，普通语言仅仅是一种现成的操作，而作为艺术表现的意象，却是诗人所独创的，具有诗人的情感生命。意象派诗人休姆曾把语言分为直接的与非直接的两种：“直接的语言是诗，诗是直接的，因为它和意象打交道。不直接的语言是散文，因为它运用已经死了的、成为修辞用法的意象。”[②] 意象是“直接”的，因为它是诗人直接感知而得并有感而发创造出来的，日常语言（散文）则是已经褪色、陈旧、僵死的东西，正是被诗所淘汰的。创造意象是诗人表现情感的基本手段，诗人将独创性的意象符号提供给读者，使读者得到情绪感染，产生心理上的审美共鸣，进而被更深刻地接受、理解与认同，这是普通语言所无法做到的。

---

① 转引自［美］布洛克《美学新解》，滕守尧译，辽宁人民出版社 1987 年版，第 171 页。

② ［英］彼得·琼斯编：《意象派诗选·导言》，裘小龙译，漓江出版社 1986 年版，第 28 页。

其次，在一般语言中，语词所指称的对象是客观存在的外物，因此语词具有客观性、指称的直接性；而意象是主客观结合的产物，它所指谓的是物的观念而非物本身，因此带有较强的主观性。普通语言，词义的指称性明确而单一，非如此则不能起到交流思想的功用。而意象却具有丰富性与多义性，并竭力避免单一与直接说出。它虽然以词的形式出现在诗中，但却没有词的明晰性、确定性。可以说，意象是超语义的，甚至无法解释穷尽。庞德说："意象在任何情形下都不只是一个思想。它是一团，或一堆相交融的思想，具有活力。"① 因此，意象比语言层次更高，更具独立性、生命性。在艺术审美经验中，有着许多难以用语言说出的东西。在那些已理解又未理解的无可名状的审美愉悦中，无论何种语言要描述它都显得力不胜任。正如康德所说："审美意象是指想象力所形成的某种形象呈现，它能引人想到许多东西，却又不可能由任何明确的思想或概念把它充分表达出来，因此也没有语言能完全适合它，把它变成可以理解的。"② 所以意象的功能大大强于普通语词，其作用是一般语言所不可比拟的。

最后，艺术所建构的意象符号系统，既是传递情感的手段，又是目的。而在日常交际语言中，语言只是交际信号的工具，意义一经传达，信号系统就不再起作用，因此它是一维性的。而在诗中，创造独特的意象符号，本身就是目的，是一种美的形式，具有审美意义，这种意象关系是"同步"的，"共时"存在的。所以对于普通语言来说，仅仅告诉我们是什么，其任务即告完成，而意象仅仅告诉我们是什么那就不够了。它还要考虑怎样表现的问题，还要考虑意象的角度、意味、意象与意象之间的关系等问题。一般语言只需要呈现逻辑的有序性，而意象则相反，可以或者说需要打破语言逻辑及理性逻辑的规范，追踪"情感逻辑"与"想象力的逻辑"的发展而不断推进。在一个意象向另一个意象转换的时候，一般也是由潜意识驱使着进行的，内中的心理变化也无法以语言言明。

---

① 转引自郑敏《英美诗歌戏剧研究》，北京师范大学出版社1982年版，第12页。

② 转引自［美］布洛克《美学新解》，滕守尧译，辽宁人民出版社1987年版，第232页。

总之，无论从意象的产生过程看，还是从其作用与功能看，都是大大超越于语言的，因此庞德说："意象是超越公式化了的语言的道。"[①] 在诗歌中，应该这样说：其直接现实是意象，而不是语言，或者说诗使用的是"意象语言"，而不是文字语言。意象才是诗的特定"词汇"。意象是诗歌艺术的基本单位。诗人在进入创作构思时，并非是用语言进行的，而是运用意象进行的，正如一个画家总是用色彩、线条、形体去思考，一个音乐家总是用乐音去思考一样。而传统的看法，认为文学（诗）是语言的艺术，而不认为是意象的艺术，因此出现"语言的色彩美""语言的绘画美"等说法，其实"语言"是没有色彩可言的，只有"意象"才有色彩。因此，那种把诗说成"语言的精华"也好，"最高语言艺术"也好，都无法说明诗的实际存在，也无法说明诗的本质。如果非要说文学（诗）是"语言的艺术"，语言也必须借助文字才能进入文学（诗），因此是否可以说文学（诗）是"文字的艺术"？显然这也是说不通的，文学不是"文字的艺术"，文字只不过是文学的记录或载体而已。

第二节　意象与表象、情境

意象大于语言高于语言，意象有语言无可比拟的功能。然而，意象的传达还是必须通过语言这个媒介。因此，我们还需要从语言学的角度来对意象作进一步的认识。

宗白华曾说："艺术的境界是感官的……艺术是感官对象。"[②] 艺术是直接诉之于人的感官的，诗歌意象也是如此。从语言的角度看，表示诗歌意象的那些语词大都是可感的。这就是说，可感性语词担任了意象的语言外壳。

---

① ［英］彼得·琼斯编：《意象派诗选·导言》，裘小龙译，漓江出版社 1986 年版，第 33 页。

② 宗白华：《美学散步》，上海人民出版社 1987 年版，第 202 页。

所谓可感性语词，是指描述人的感官经验、感官感受的那一类语词。人的感官有视觉、听觉、味觉、嗅觉、触觉之分，合称五官。五种感官都是连接心灵与外部世界的桥梁。人类每天都在观看、倾听、品尝和触摸外物，大至广袤的星空、浩瀚的宇宙，小至一沙一石、一声一息，均是人类感知的对象。人类通过五官获得关于周围世界的种种信息，在此基础上进行情感活动与认识活动，使人类的经验与认识水平不断向更高层次发展，使宇宙万物之真相得以逐渐阐明。在此同时，人类自身的感知能力也在得到不断的发展与完善，变得更为敏锐，更富于洞察力与创造性。人类感官对于世界的认知具有绝对的意义，“不通过感觉，我们就不能知道实物的任何形式，也不能知道运动的任何形式”[①]。五官感知的内容是人类理性地认识世界的基础，同时又是美感活动的基础。可感性语词即是对人类五种感官所领受内容的文字转换、文字描述。

人的五种感官中，视觉与听觉是起主要作用的，也是运用得最多的。《文心雕龙》说的“物沿耳目”，即是以“耳目”指代五官。耳与目又被称为“距离的感官”，是构成美感的主要生理条件。五官各司其职，又互为联络、互为补偿、互为交错，因此五官所感受的范围十分广阔宏大，所感知的对象也无比富丽多彩。可感性语词即是反映客观事物的形状、色彩、声响、气味、硬度、重量、温度等内容的语词。

然而并非一切可感性语词都可以进入诗成为意象，也并非这些可感性语词等待着供诗人随便撷取即可成为诗。对于诗人来说，创造意象是第一位的，采撷与捕捉新意象是诗人永恒的任务，而语词只是意象存在的语言外壳，或者说，是这些语词表示了意象的某种可感性而已。诗人对这些可感性语词的使用都不是被动、现成和随意的，而需要作心灵的糅合和再创造。伊奥乃斯柯曾说过：“诗人当然不能发明新字眼……但他们可以在对语言的使用中获得新生。对于读者来说……也必须能够接受这种新的‘童贞’。”[②] 可感性是在诗人创造性构思中实现的。可感性语词

---

① 列宁：《唯物主义和经验批判主义》，《列宁全集》（第 14 卷），人民出版社 1988 年版，第 319 页。

② 转引自［美］布洛克《美学新解》，滕守尧译，辽宁人民出版社 1987 年版，第 180 页。

承担了独创性意象的语言外壳。

关于意象，意象派诗人庞德在《意象主义的几“不”》一文中下的定义是“在一刹那呈现理智和情感的复合物的东西”[①]。这里所说的“情感”，包含主观的感觉、情绪、经验、感受等；而“理智”是指原则、道理、万物之理等独立于主观以外的事物规律。一个意象既非单纯的主观感受，又非单纯的客观真理。它是二者在一瞬间突然遇合而成的综合物，始终伴随着诗人内心的精神体验。庞德就曾经回忆过他创作《地铁车站》时的心理过程，那是“那一刹——那一刹中一件外向的和客观的事物使自己改观了。突变入一件内向和主观的事物”[②]。庞德反复强调时间的短暂和快速，有其合理之处。但笔者认为，意象的产生是否在一瞬间完成，须由不同诗人不同情形而定。有时，意象的出现可以是短暂的瞬间之内，有时，则可能需要长时间的静思默想、苦心经营。

对意象的定义，意象派诗人的看法大体相近。福特认为：“诗的思想最好通过塑造具体的物体得到表现”[③]；弗莱契说意象是“存在于形式、颜色和声音中的情绪的关系”[④]。《意象派诗选》的编者琼斯也认为“意象派诗的具体中包含很强烈的抽象意义”。他们都注意到意象具有主客观的双重内容这一特点。

意象是诗人主客观关系的遇合。国内论者也作如是观，在此摘录四家供参考。

钟文说：“意象是诗人在感情、情绪的能动作用下，对万事万物进行全面改造以后的、主观的、变形的具象。”[⑤]

翁光宇说，意象“是诗人的主观意念和外界的客观物象猝然撞击的产物，是诗人为了表现自己的内心世界，把客观的物象经过选择、提炼，

---

① ［英］彼得·琼斯编：《意象派诗选》，裘小龙译，漓江出版社1986年版，第152页。
② 同上书，第45页。
③ 同上书，第8页。
④ 同上书，第21页。
⑤ 钟文：《诗美艺术》，四川人民出版社1984年版，第126页。

重新组合后而产生的一种含有特定意义的语言形象”①。

李元洛说：“意象是客观的生活场景和诗人的主观的思想感情相交融，通过审美的创造而以文字表现出来的艺术景象或境界。”②

周发祥说：“意象的本质是‘意’与‘象’的结合，主客观的交汇，而这个主观上的‘意’内涵相当复杂，又隐藏在‘象’的背后，令人难以把握。”③

由以上论述可以看出，意象是诗人感情外化的一种表现形式，或云“意志的外射或对象化”（朱光潜语）。意象的产生，是诗人的主观情志与大自然客体密切契合的结果，是主观精神呈以具体感性形态，具体感性形态表现主体的思想感情，意象有着感性与理性的双重内容。

至此，我们可以结合上文所阐述的，给意象作简短的界定：

所谓意象，即是以可感性语词为语言外壳的主客观复合体。

为了进一步了解意象这一概念在人类思维中的位置，了解意象的来龙去脉，有必要对与意象相关的一组概念作一番梳理。这些概念是：表象、意象、情境。这三个概念相互关联，构成了相互影响、不断递进的关系，即意象来自表象，意象运动的最后结果或最终目的是创造诗的情境。

所谓表象，是人的记忆中所保留的感性映象，它的本源是客观外物。人的五官将客观外物的形状、色彩、体块、线条、音响、气味等内容反映于大脑，留存于记忆，即成为表象。按照格式塔心理学的看法，任何“形”（表象）都是知觉进行了积极组织或建构的结果，所以“表象”也可以被当作“事物的观念”理解。又因为它是从客观事物得来的，因而也可以被当作“事物的外相”理解。总之，感觉、知觉、观念都对事物本相起着反映与摹写的作用，故以上内容都可以称为表象。

表象的获得，有直接与间接两种途径。直接的表象感知，是面对对

---

① 翁光宇：《郑愁予的〈错误〉赏析》，见《青年诗坛》1983年第5期。

② 见流沙河《流沙河诗话》，新星出版社2012年版，第295页。

③ 同上。

象时直接在心中所生之象，是具体、生动、直观的。这类表象，一部分可以由于情感的作用直接上升为意象，一部分也可作为知觉内容留存在大脑之中，作为表象信息储存，一旦有机会被灵感唤出或情感催动，也可成为诗的意象。间接的表象，是通过图片、影视、文字资料、传闻等方式习得或通过想象而推知的表象，它同样可以作为表象内容留存于记忆之中作为意象的材料。

表象是人们对客观外物最基本、最初步的感知，它随着人的认识活动的深化而深化。这种深化分两条路径发展：由于理性的作用，表象上升为概念；也可由情感的作用，表象上升为意象。因此，大量的丰富的表象储存与积累是意象活动的重要前提，诗人要使自己的意象创造充满活力，就需要积极拥抱世界以积累表象。

意象是表象之上的一个概念。美学家鲍姆嘉腾说："意象是感情表象。"[①] 表象上升为意象的过程，洪毅然是这样描述的：诗人在表象的基础上，"唤起种种相关的生活经验之联想（这种联想，科学认识虽然也有，多被有意排除），包括以往接触过的类似事物，乃至相反事物，以及直接、间接与之相涉之事物，及其曾对生活所起之作用，与其所曾有的种种愉快或不愉快的回忆等，由此及彼地不断泛化、深化、丰富化，遂给'表象'染上情绪色彩，注入主观内容，而与一定情意相结合起来，于是乃在脑中、心目中逐渐形成为饱含思想、感情、审美意趣而表现精神意境之'意象'（艺术审美意象）"[②]。表象一旦进入诗人的情感范围，原来的表象就不是原先的纯自然之物，而被赋予了意义，成为融注着诗人感情的意象，具有审美价值。正因为如此，同一表象，由于诗人不同情感的作用，也就产生了不同的意象，如"天空"这一表象，在芒克《雷雨之前》中，它是"一片充满阳光的牧场"，而在另一首诗中，天空则是"血淋淋的，犹如一块盾牌"；而在多多的眼里，天空又成了"一个哑默的剧场"。这都因不同的情感作用使然。表象与意象相比，前者虽是记忆之中的，但仍属外在的成分居多，而意象是经过诗人更大的心灵作

① ［德］鲍姆嘉腾：《美学》，简明等译，文化艺术出版社1987年版，第133页。

② 洪毅然：《形象与意象》，《文艺研究》1987年第4期，第26—30页。

用的产物，已转化为诗人内在生命的一部分，成为情感表现的一种形式，具有个别性与独创性。

诗既是意象符号的系列呈现，那么由表象的情感化而形成的这一系列意象，在诗中排列组合，其最终目的又是什么呢？即诗人创作一个作品的最终效果是什么呢？

对此，普遍的看法都认为诗的目的是“塑造形象”。有人就认为，抒情诗就是“通过感情信息直接呈现诗人的自我形象”，读者“可将心屏上接收的诗人情感信息，迅速还原或幻化出一个‘象’，这‘象’便是诗人‘我’的形象，抒情诗的主人公往往是诗人自己”。[①] 也有人认为，“就艺术创作的全过程来看，其起点，不能不是作者对生活的感受，亦即人对客观对象事物以其本身固有之‘形象’（自然形象）呈现于人，引起人的一定审美兴趣，由感而知逐渐孕育酝酿，形成审美‘意象’——即‘艺术意象’。然后又将主观‘意象’外化为新的物化形态之‘艺术形象’”。因此，艺术创作的过程就是：“自然形象—艺术意象—艺术形象”。[②] 根据以上两种说法，这“形象”就包括了两种含义：其一为抒情诗人的主体形象，其二为所描写的自然客体的形象。以上两种说法笔者认为均不确切。

回答这个问题，笔者认为应当从抒情诗的性质与功能上来认识。抒情文学与叙事文学的性质与功能是不同的。对于叙事文学，它以情节的发展变化为主要手段，所描述的对象是作品中的主人公等系列人物形象，作品通过对主人公的命运、行为与心理变化等的交代，来刻画主人公的性格，因此在叙事文学中，“塑造形象”或“刻画典型”的说法是可以成立的。但将“形象”二字用到抒情作品中来，那就不恰当了。别林斯基曾经对抒情诗与叙事诗中的主体与对象的关系的差异作过论述，他说：“在叙事诗中，主体被对象所淹没，在抒情诗中，主体不但把对象包含在自身之中，溶解它，渗透它，并且还从自己的内心深处吐露那些和对象

① 陈良运：《关于新诗的感情境界》，见《诗刊》1985年第2期。

② 洪毅然：《形象与意象》，见《文艺研究》1987年第4期。

发生冲突时所激起的感受。”[①] 这就是说，在叙事诗中，“对象”占主导地位，因而我们可以说它是“塑造形象”的；而在抒情诗中，“对象”的地位下降，主体的地位上升，主体包含了对象，诗所表现的是主体“和对象发生冲突时所激起的感受”，起主导作用的，不是抒情对象，而是诗人的审美情感，因此再说“塑造形象”就不能成立了。

那么，既然抒情诗传达的是诗人的情感，是否就意味着塑造抒情主体——诗人的自我形象呢？回答也是否定的。按照文学作品刻画艺术形象的要求，艺术形象的塑造总是需要通过多侧面、多层次的描绘才能完成的，而抒情诗呈现的大都只是一两个画面、一两个场景，其目的根本不在于展现诗人自我性格的形成、发展、变化的全程。换言之，即在几十行的诗篇中根本无法容纳一个艺术形象塑造的整个过程。如果认为一首抒情诗就塑造了抒情主体的自我形象，那无疑就是说，写了几百首、几千首诗歌的某一位诗人就塑造了几百几千个诗人自我形象了，这显然不符合诗人的创作实际。这种理论的出发点，即苏珊·朗格所批驳过的艺术是“自我表现”的理论。“自我表现”论宣称艺术家所努力追求的最大目标就是“表现自己”，对此，苏珊·朗格指出，“纯粹的自我表现不需要艺术形式”，而她认为艺术表现的是人类社会中存在着的普遍情感，是人类情感的本质，是经过改造、整理、组织、升华的人类情感。而这种表现又是通过诗人独特的创造、与特定的外物相遇合后被激活而得以表现的。因此，我们可以说，郭沫若在戏剧《屈原》中塑造了屈原形象，却不能说郭沫若在其诗歌《女神》中塑造了郭沫若的形象。这就是抒情文学与叙事文学的区别。可见“形象”或“形象塑造”之类的用语只能用于叙事文学，它完全可以而且应该从抒情诗的评判范畴中被请出去。

那么抒情诗是否塑造自然界存在的客观物的形象呢？回答同样是否定的。按照符号学理论，艺术即是人类情感符号的创造，而符号的基本含义是以某一事物来代替另一事物或意义（下文将详加论述）。因此，诗人描写自然物，其目的不在于再现、塑造自然物形象，而在于表达诗人

① ［俄］别林斯基：《诗歌的分类和分科》，《别林斯基选集》（第3卷），满涛译，上海译文出版社1980年版，第59页。

对此物的情感。有人认为，古今一切艺术作品，所描绘的都不是对象，而是创作者本人对对象的观念——印象或经验。这一说法不无道理，其对于抒情诗来说，笔者认为是完全恰切的。19 世纪社会哲学家约翰·斯图华特·米尔（Stuart Mill）曾经说过：在一个艺术家声称要画一只狮子时，他实际做的却是描绘自己的感情。[①] 的确如此，在诗中，诗人全身心所关注的，与其说是自然物本身，不如说是诗人自己。艾青写《礁石》、写《鱼化石》，并不是为了塑造“礁石”与“鱼化石”的形象，而是为了表达自己的特定情感，郑敏写《金黄的稻束》《珍珠》，也同样是如此。严格地说，对于这些客体形象的认知，不是艺术的任务，而是科学的内容，就是说，若要真正把握“礁石”这一客体，需要的是地质学、海洋学的知识，要把握“鱼化石”这一客体，需要的是考古学的知识。就李璟“丁香空结雨中愁”这句词，徐书城分析道：“这种抒情诗歌的形式中虽然也摹拟了某些外界物象，但所要表现的真正艺术内容，却决非这些自然物本身——‘雨丝’也好，‘丁香’也罢，都与气象学和植物学知识无关。诗人在这个艺术形象（形式）中倾注入的内涵，和他所要表述的东西，都不是对这些事物的‘本质’的什么‘认识’，而只不过是间借了这些本来同人世间的‘愁’情风马牛不相及的自然物象来表征它罢了。”[②] 在抒情诗中，无法避免对自然物象的描绘，自然物象是作为诗人情感的异质同构体、作为情感的形式进入诗的，自然物象只是表现情感的手段，而非目的。因此，抒情诗塑造自然物形象的说法也是不能成立的。

那么，意象运动的目的应该是什么呢？笔者的看法是，意象系列运动的最终目的，应该是创造诗的“情境”。

何谓“情境”？“情境”二字，与“意境”并列，最早出现在唐代王昌龄（689—约 757）所作的《诗格》中：

> 诗有三境：一曰物境，欲为山水诗，则张泉石云峰之境极丽艳秀者，神之于心，处身于境，视境于心，莹然掌中，然而用思，了然境

① 参见［美］布洛克《美学新解》，滕守尧译，辽宁人民出版社 1987 年版，第 175 页。
② 徐书城：《走向现代艺术的四步·译者弁言》，中国文联出版社 1987 年版，第 14 页。

象，故得形似。二曰情境，娱乐愁怨皆张于意而处之于身，然后驰思，深得其情。三曰意境，亦张之于意而思之于心，则得其真矣。

这里，王昌龄将物境、情境、意境三者并列，无疑有利于了解三者的区别：物境，乃感觉之境，表现的是感觉；情境，乃情感之境，表现的是情感；意境，乃意念之境，表现的是意念。感觉、情感、意念，乃是人与周围世界认识过程中逐渐深化的三个阶段、三个层次。先有感知，再有情感，后有意念。以后的文论，前面二境渐渐不提，而由意境一词取代了前面二境的内涵与功能，故意境包容了物境与情境，意境也即物境与情境。如清代诗人潘德舆的《养一斋诗话》中，对意境的解释大体包含了物境、情境的内容："神理意境者何？有关寄托，一也；直抒己见，二也；纯任天机，三也；言有尽而意无穷，四也。"今人也有这样认为的："意境是艺术家的主观情意与客观物境的融合。"① "意境是通过艺术构思所创造的并表现于艺术品中的形象化和典型化的社会环境或自然环境和深情或深意的完美统一。"②

然而，在艺术中，这"三境"，何者最具代表性呢？是"意境"吗？笔者认为不是"意境"，而是"情境"。因为艺术的本质特征是表达情感，虽然并不排除理念的浸透与加入。传统理论对诗的解释，大都认为是"情"与"景"的交融，如谢榛云："夫情景交融而成诗。"③ 胡应麟云："作诗之料不过情景二端。"④ 这些说法都指出了"情"是诗歌的根本特质。陈良运说："诗是情感的艺术，广义地说，一切诗境都是情境。"⑤ 由此观之，情境具有普遍性，"情境"二字应比"意境"二字更能表征诗之本质。

当然，由于"意境"已说了千百年，目前人们普遍沿用的仍是这一概念，故我们也不妨继续使用下去，我们也不妨将"情境"这一体现诗

---

① 陈良运：《试说"情境"》，见《诗探索》1984年第11期，第156页。

② 杨安岑：《美学初论》，湖南人民出版社1980年版，第103页。

③ 谢榛：《四溟诗话》卷四。丁福保辑《历代诗话续编》，中华书局1983年版，第1224页。

④ 胡应麟：《诗薮》，中华书局1958年版，第61页。

⑤ 陈良运：《试说"情境"》，见《诗探索》1984年第11期，第169页。

歌艺术本质的概念重新挖掘出来，使之获得应有重视，因为这一概念更切近诗、更能表达诗的特质。

由此，我们可以说，诗歌意象运动的最终目的，是创造诗的情境。这里的境，是指物境、场景、氛围，也即情感所寄寓、所构成、所创造之可感画面、立体空间。而情境，概而言之，是诗人的情感、意念与客观物象交融合一而成的诗的整体审美形态。

第三节　意象作为符号

意象作为艺术符号，具有符号的基本意义。将意象视为符号是对意象的高要求，使得意象更具有艺术的纯粹性与相应内涵。意象符号具有“能指”与“所指”两个基本构成成分，具有自足性、模糊性与非独立性等特性。

一　意象作为符号的意义

创造符号、运用符号是人类最基本的文化活动。人与动物的根本区别就在于人能创造文化。文化由符号组成，并通过符号得以广泛而久远的传播。因此，没有符号也就没有文化、没有历史，也就没有人类的今天。符号活动与人类自身的发展息息相关，人类正是以各种各样的符号形式（文字的、宗教的、艺术的、数学的等）共同构筑了整个人类精神文明的发展史，因此卡西尔说：“符号化的思维和符号化的行为是人类生活中最富于代表性的特征。”[①] 符号使人类从对自然界的完全依赖中解放出来，从对自然实在的迷茫、混沌与蒙昧中摆脱出来，重建了一个真正人化的世界，使人类获得对于宇宙本体的更大自由。符号使人类丰富自己、发展自己，进而提高自己。符号是人类的宇宙。

何谓符号？艺术符号学的创始人卡西尔的解释是：“所有在某种形式

① ［德］恩斯特·卡西尔：《人论》，甘阳译，上海译文出版社2003年版，第35页。

上或在其他方面能为知觉所揭示出意义的一切现象都是符号，尤其在当知觉作为某些事物的再现或作为意义的体现，并对意义作出揭示之时，更是如此。”[①] 符号的产生与人类的“给予意义”的行为有关，即所谓“给予某种事物以某种意义，从某种事物中领会出某种意义”[②]。因此，凡是人类所承认的“有意义”的事物都属于符号，简而言之，符号是一种用来代替其他事物或含义的东西。符号现象是很广泛的人类现象，是人类主观精神的产物，凭借符号，人们可以去把握那些难以捉摸、无可名状与不定型的观念性的事物。

几千年来，人类创造了多种形式的符号系统，最基本的形式有如下两类：一类是直接表征抽象意义的符号，也即“推论性”的符号；另一类是表征具象意义的符号，也即表象性的符号。前者是由“代表不同事物或动作的单一的名称用某种语法规则联结起来”的一般语言符号；后者是“同线条、色彩、体块等直接接合成”的艺术符号。诗歌的意象符号即属于艺术符号中之一种。

艺术符号学把艺术的一切表现形式都看作符号。卡西尔认为，“艺术可以被定义为一种符号的语言”，“美必然地而且本质上是一种符号”。[③] 苏珊·朗格也指出：“一个表现形式归根结底就是一个符号形式。”[④] 艺术创造的基本过程，即是运用物质传达手段使情感客观化、对象化的过程，因此物质的、客观的因素与精神的、意义的因素的结合，必然带有符号化性质，每个艺术传达都构成了特定意义的符号形式。

然而“艺术符号”与“艺术中的符号”是有区别的。苏珊·朗格说：“艺术中使用的符号是一种暗喻，一种包含着公开的或隐藏的真实意义的形象；而艺术符号却是一种终极的意象。”[⑤] 俄国美学家鲍列夫则说：“符号是艺术篇章最基本的元素，符号构成了艺术的表述。”[⑥] 鲍列夫所说的

---

① 转引自孟庆艳《文化符号研究的哲学维度》，《国外理论动态》2007年第6期。
② ［日］池上嘉彦：《符号学入门》，张晓云译，国际文化出版公司1985年版，第3页。
③ 转引自朱狄《当代西方美学》，人民出版社1984年版，第122、124页。
④ ［美］苏珊·朗格：《情感与形式》，刘大基等译，中国社会科学出版社1986年版，第446页。
⑤ ［美］苏珊·朗格：《艺术问题》，滕守尧等译，中国社会科学出版社1983年版，第134页。
⑥ ［俄］鲍列夫：《美学》，冯申等译，上海译文出版社1985年版，第489页。

显然是艺术中的符号。那么在诗歌中，作为基本元素的意象，即属于“艺术中的符号”。

将诗歌意象称为艺术中的符号，这是因为意象具有符号的一切特性。根据符号学的定义，符号一方面是物质的呈现，另一方面它又是一种精神的外观，在符号中，主体与客体达到了完满统一。而诗中的意象，根据意象派诗人的说法，也是主客观的统一物，在“意象诗的具体中包含着强烈的抽象意义”（彼得・琼斯）。在意象派诗人眼中，诗的意象不仅是它们所代表的东西，而且成了“理性的概念和永恒的形式”。所谓“理性的概念和永恒的形式”，就是说理性和意义获得了感性形式的表现。这些说法都与符号的定义相吻合。

之所以将意象看作符号，更重要的一点还是出于对意象的高要求，也即诗人应当以艺术符号的要求来看待意象，创造真正艺术符号化的诗歌意象。为什么这样说呢？首先，根据苏珊・朗格对艺术符号所下的定义，艺术符号这一概念是在艺术作为表现人类情感的形式这一理论基点上提出的，这就把模仿与简单再现的艺术排除在符号之外。根据这一定义，那些对现实生活照相式的反映、模拟的诗歌，就不可能有真正严格意义上的意象符号。

其次，根据符号的基本定义，艺术符号必须能恰如其分地将抽象的意义具体表现出来，使之鲜明、生动。滕守尧指出：“大凡是符号形象，都是某种无形的、模糊的、不可捉摸的概念、含义、感情的具体例证，它将无形的变为有形的，把不可知的变为可知的，把埋藏在心理深层的变为可见的。它们大都简明扼要，说明性强，因而能将深刻的道理简化，将不可表达的变为可表达的。”① 这就向诗歌意象提出了鲜明、生动、扼要、简约的原则，诗人应当在如何使无形的、模糊的、不可言说的概念、含义与情感化为可见可触的意象上多下功夫，以避免意义的直接表达。

最后，根据艺术符号的定义，诗歌意象应当有丰厚、超重的含量，每一意象的使用都不是任意的，应当有比自身更丰饶的普遍性的符号意义。例如，宋琳的诗句“使我的情感如此美丽起来的是冬天的第一场

① 滕守尧：《审美心理描述》，中国社会科学出版社1985年版，第219页。

雪”，这里的“雪”由于与“情感如此美丽起来”相配置而具有更带普遍意义的符号特征：圣洁、明丽与宁静。孙晓刚写的“城市悬挂一双拳击手套”，这里的“拳击手套”由于给了它特殊的时空，因而具有了比自身更广泛的符号意义：男性的力量、阳刚之气与现代城市的拼搏精神等。意象的这种超乎寻常的表现力，来自诗人对于意象的独具匠心的处置。

总之，符号化要求是对意象的高要求，也与艺术的求新、求异、求精的本质规律相通。把意象看作一种艺术符号，也就是把以上三点要求看作意象的题中应有之义。创造具有真正符号意义的意象，就应当成为诗人的自觉行为。可以这样说，符号的自觉，是情感表现形式化的自觉，也是根本的诗的自觉。

二　意象符号的能指与所指

符号有两个基本构成成分，即表示成分（能指）和被表示成分（所指）。罗兰·巴特说：“表示成分（能指）和被表示成分（所指），它们的联合构成了符号。这是最高的主张。”[①] 表示成分组成了表达方面，而被表示成分则组成了内容方面。

但在语言符号与意象符号中，二者的所指与能指的含义是有所不同的。在语言符号中，一个词的表示成分（能指）指的是这个词的音与形，被表示成分（所指）指的是语义（观念）；而在艺术符号——意象符号中，其表示成分（能指）是指事物的表象，被表示成分（所指）是指这一符号所表示的情感与意义。如牛汉在《华南虎》中写的：

在桂林
小小的动物园里
我见到一只老虎

“老虎”一词，若作为普通语言符号（如放置于动物学著作中），那

① ［法］罗兰·巴特：《符号学美学》，董学文等译，辽宁人民出版社1987年版，第34页。

么当说话人发出“老虎”这一声音时，受话人联想到的应该是“动物名称，属哺乳纲猫科。头大而圆，前额有似‘王’字形斑纹，夜行性，能游泳，捕食野猪、鹿、獐、羚羊等动物；同时也伤害人类。肉可食，骨可做药”，这是作为普通语言符号所表达的内容。而在牛汉的诗中，“老虎”作为意象符号出现，其“能指”是指老虎这一动物的表象，而不是作为一个词的音、形；“所指”是指这诗中所表达的意义：一个勇猛的灵魂被囚禁、被局限所产生的痛苦、困惑与不屈。

在语言符号中，能指与所指的联系是任意的，这在意象符号中也是如此。在意象符号中，能指与所指的联系是由诗人凭借自己独特的艺术创造个性建立起来的。如“带水珠的花朵”这一意象，既可表示活泼、新鲜、纯洁的符号意义，又可以表示悲愁、伤感、欺凌的符号意义，也还可以是其他意义，这全由诗人不同情感表现的需要而定。可以这样说，诗的创新就是意象符号的创新，而符号的创新有赖于新的能指与所指关系的建立。

能指与所指关系的任意性给诗人的创造开辟了广阔的天地。但由于传统与习惯的作用，艺术符号的能指与所指关系必然受特定的文化背景、心理、习俗等的影响。如“花朵”一般都指向美好的情感，“阳光”总是与温暖、振奋、希望相联系。对此诗人是不能不予以考虑的。但这并不意味着不可突破与违反，只要是合乎于诗中特定情境与情感逻辑的，就有存在的理由，应该大胆地去开拓。

三　意象符号的自足性、模糊性与非独立性

任何事物的各个组成部分总是在整体组合中显示其性能的。作为诗歌组成的基本元素的意象，也是在部分与整体的关联中显示其独特的意义的。具体说来，诗歌意象符号具有以下三个方面的特性。

（一）意象的自足性

所谓自足性，是指意象具有自在的形态及丰沛的意蕴。这一特性，足以使意象承担起其在诗中叙事、表情、创意的功能。

一个意象，包含其作为自然物而存在的客观成分，又包含人类认识过程中的文化因素与情感因素。就其自在的形态来说，它是可感可触、鲜活生动的；就其在历史中形成的文化意蕴来说，它是不断丰富、不断增殖的。因此，意象的意义无比丰富。意象不是一个词，是一个意义的世界。有人因此说一个意象本身就是一部“词典”。

意象来自表象，表象是客观事物的影像，意象的这一特质决定了，某一事物的全部“物性”均从属于某个意象。人们通常所说的“第一物性”有：物质的形状、大小、运动速度以及相关的物理的、化学的初级自然质；“第二物性”有：物体的色、香、声、味等，还包含事物的内在结构、组成事物的各个部分、各个因素、事物各部分的组成方式，以及事物的性质、特征、功能等。必须明白的是，事物的“物性”既是其本身所有，也是在与世上万物的联系中呈现出来的，这种关联性更增添了事物“物性”的丰富性与可能性。以“一棵柳树”为例，它的关联物就相当丰富，可以是清晨、牛羊、牧童、欢唱的小鸟、微风、细雨……也可以是黄昏、归鸟、炊烟、斜阳、弯月……这些动态变换的世界衬托出柳树的意义都是不尽相同的。

至于事物的文化内涵，也同样丰饶。正如谢班斯基说的：“文化是人类活动的全部物质和精神成果、价值以及受到承认的行为方式……”① 人类的历史，就是与世间万物打交道的历史，文化就像是人类呼吸的清风，又像是人类的目光，几乎把世界的每一事物都抚摸了一遍。今天我们所接触的每一事物，都留下了文化的印痕，包容着深刻而丰富的文化内涵。如“鱼”意象，鱼与人类的生活息息相关。鱼首先是人类食物的来源，鱼的数量极多，凡有水处即有鱼，因此鱼是丰收的象征。鱼的繁殖能力极强，人们因此把它当作自身种族繁衍的象征，希求自己的家族兴旺、绵延不绝。由于鱼的生殖能力强，鱼也成了生命力的象征。鱼的上述特征与人类的婚姻、生育相联系，鱼就成为求偶、爱情的象征。故闻一多说：“在青年男女间，若称其对方为鱼，那就等于说：你是我最理想的配

---

① 庄锡昌等编：《多维视野中的文化理论》，浙江人民出版社1987年版，第378页。

偶。”[1] 因此在一些地方，青年男女相互探望，有以鱼作为礼物的习俗。随着生产力的发展，人类对自身种族繁衍的担忧日渐降低，因此鱼的隐喻婚媾、生殖的意义随之减弱。相反，“鱼”与“余”谐音，鱼的吉庆、丰盛的意义为人们普遍认同。

无数事实表明，在我们生活的世界里，任何事物都已打上一定的文化标记与情感印痕。物世界的这些内容都可以成为诗歌意象的符号意义。因此，凡真正的意象符号，意蕴丰满，本身形式与意义之间又有着极大的对应性，这也就构成了意象的自在自足性。

（二）意象的模糊性或不确定性

意象符号能够将抽象的意义与情感具象化，它以隐喻的方式进行表达，而不是用明确无误的日常语言说出，因而带有较大的模糊性与不确定性。同时，每一个意象符号，不管是简单的还是复杂的，其意义结构都是多层次多侧面的。因此，任何一个意象符号，与它所表示的意义之间的关联，并不都是那么严格、确定与清晰的。滕守尧说：“一个符号可以引起深层无意识的反应，它会调动或激起大量前逻辑的、原始的感受，还会引起许多完全属于个人的感受上的、感情上的或想象的经验。”[2] 由此可见，意象作为一个独立结构具有多层次的内涵。例如，对于“树”这一意象，当它单独出现在我们面前时，可以说它是坚韧刚强的，可以说它是崇高正直的，可以说它是热烈缠绵的，也可以说它是孤独的、疯狂的……这些意义的所属层面显然并不相同，有潜意识的，有纯感受的，有情感的，也有智性的。那么意义如此不确定，层次如此众多，意象是否就不可把握了呢？那也不是的，这种模糊性，随着意象进入作品，就相应地得到减弱，而明晰性却在逐渐增强。例如，曾卓《悬崖边的树》，那树显得孤独而不屈 \ 倔强而骄傲；舒婷的《致橡树》，那树显得热烈而缠绵、自信又自尊；而艾青的《矮小的松木林》，树则显得朴实、灰暗、亲切；埃利蒂斯的《疯狂的石榴树》，树则有几分纵情、活跃与狂热，并

① 闻一多：《说鱼》，《神话与诗》，北京联合出版公司 2014 年版，第 109 页。
② 滕守尧：《审美心理描述》，中国社会科学出版社 1985 年版，第 232 页。

带有较多幻想的成分。即使如此，意象的模糊性也并非已全然消失。由于意象是由隐喻与暗示来表达情感与意义的，总有许多语言难以描述的成分包含其中，这就只能凭借读者的想象、感受，联系自身的体验去加以阐释、理解。

意象的模糊性是构成意象的多义性、宽泛性的内在依据。模糊性表明丰富性以及留给读者的创造余地；明晰性则表明意象的一部分意义的丧失与另一部分意义的突现。诗人应当利用意象的这一特性，创造具有多义性、深邃性乃至解释不尽的作品。

（三）意象的非独立性

意象的非独立性是指单个的意象在表意时有着明显的局限性，它无法展现情感的复杂变化的进程，也难以将一件事实产生的前因后果和它发展的可能性表述清楚。要达到以上目的，就必须借助于意象符号的组接，以展示情感活动的相互作用及其发展变化等复杂关系。

意象的非独立性首先表现在意象的相互制约之中，每个意象既影响别个意象，同时又受别个意象的影响。布洛克说："诗的独特意义完全来自它的各个部分和各个部分之间的独特的结合方式。虽然理解其中每件事物之一般意义时所需要的那种普遍经验不可缺少，但它的意义主要还是来自其中各个部分之间的相互作用和影响。"[①] 这对艺术作品的理解是十分精辟的。

每个意象都是可变体，一旦进入作品，都将发生一定的改变，由于与它组接的意象不同而呈现不同的意义。例如，同是"大海"这个意象，若与"浪花""彩霞"相结合，就与"船""海鸥"相结合所产生的意义不尽相同，前者显出静态的色彩之美，后者则显出动态的生命之美。若与"风暴""乌云"组合，其效果则更为不同，另有一种压迫、变幻、危机之感。由此可知，每个意象符号之间是相互作用和交流的，向各自的伙伴发出信息并得到反馈，意象的意义向某方面倾斜．突出了某方面的特征，各意象之间互相映衬、对照，起着互补、互渗的作用。

① ［美］布洛克：《美学新解》，滕守尧译，辽宁人民出版社 1987 年版，第 270 页。

意象的非独立性还表现在各个意象的搭配是为了共同指向整体情感（或主题、意蕴），是为了整体有效地行使功能。艺术各部分的搭配与组合具有不同寻常的作用，意象一旦完成组合，就获得作品的整体生命。这个整体生命大大超越各个意象的简单相加之和。在艺术的有机实体中，每个意象都各有其位，作为有机体的一部分而存在。亚里士多德曾说："要是某一部分可有可无，并不引起显著的差异，那就不是整体中的有机部分。"① 这些有机部分组成一个意象网络，传递与扩大主体情感，载承诗的整体意义。

布洛克曾对黛兰·托玛斯的《冬天的童话》中意象的关系作过十分精到的剖析。托玛斯的诗如下：

这只鸟儿躺下了，
身边聚集着一群精灵，它似乎睡了，
又好像死了。
它曾振翅飞翔，在赞歌中举行了婚礼，
它欣赏着新娘诱人的大腿，
前有女人挺起的乳房，上有茫茫苍天，
鸟儿被迫下降，
它在女人的爱床上烧毁了，
在爱的漩涡中，在温情脉脉的幸福拥抱中，
在情欲的蓓蕾中，
她终于同它一起"升起"来了，
在被她溶化的白雪中，花儿开放了。

对诗中意象的关系及其意义的扩大，布洛克是这样分析的：第一行中的"鸟儿"，肯定是一只普通的鸟，而一旦它与第二行中的"同伴"和第三行中的"赞美"联系起来，鸟儿似乎又成为天使和圣灵（基督教中的鸽子象征着天使和圣灵）。这一扩大了的意义又因为与"床""睡""大

① 伍蠡甫主编.《西方文论选》（上），上海译文出版社1979年版，第64页。

腿”“新娘”“乳房”“新娘的爱床”等字眼之间的联系得到了进一步的加强和改造，由于上述字眼都明显含有“爱情”“性爱”“婚姻”的含义，所以就很自然地包含和暗示了代表圣灵的鸟同耶稣的母亲玛丽之间的“准一性爱”关系。“这只鸟儿”的含义，又由于同“烧毁”和“溶化的白雪”之间的联系，进一步得到扩大，因为“烧毁”等字眼很自然使人想到“从自己尸体燃烧的灰烬中飞出的凤凰”。这样一来，就使诗过渡到另一套关系中。因为诗中的“蓓蕾”和“花儿开放”同“凤凰”和“升起”相联系，就生发出“复活”的概念。布洛克从诗中各个意象出现的先后次序，每个意象所隐含的意义，及意象之间的相互交流、暗示，破译出这首诗的整体含义。如果意象之间的关系不是如此有机、融洽，就很难从“小鸟”揭示出“复活”这一意义。在这诗中，每一个意象都有其自身的位置，并非可有可无，但同时又不能单独存在，它们之间相互作用，共同完成了对主题的表达。

意象的自足性、模糊性、非独立性是每个意象都具有的基本性质，这表明意象符号自身具有生命活力，具有意义的生成能力（或称“构成能力”）。这一能力在整体组接之前就已存在，在组接之中得以实现。

四　从意象出发

意象一词，在我国历史上最早出现时是两个词、两个独立的概念：意与象。如王弼在《周易略例·明象》中说，“圣人立象以尽意”，“夫象者，出意者也”，“象生于意，故可寻象以观意”。意与象虽属两个词，但其联系与统一的特点也十分明显。第一个将意象合为一词而用于诗歌理论的，是南朝的刘勰，在其《文心雕龙·神思》中曾有“窥意象而运斤”的说法，并将其看作“驭文之首术，谋篇之大端”，放到艺术构思的首要位置上看待。此后，王昌龄、白居易、司空图等诗人和诗评家多有论及。明朝胡应麟在《诗薮》里说：“古诗之妙，专求意象。”清代沈德潜在《说诗晬语》中评孟郊的诗时说：“孟东野诗，亦从风骚中出，特意象孤峻，元气不无斫削耳。”字面上虽已合一，意象仍是两者意义之相加，即意与象。故宋代梅圣喻在《续金针诗格》中说：“诗有内外意，内意欲尽其理，外意欲尽其象。”何景明在《与李空同论诗书》里提出：“意象应曰合，意象乖曰离。”所以，意是指心意，象是指物象，意象即意与象的有机结合。说到底，意象被认为是情景交融、寓情于景的一种艺术处理方法。

在西方文论中，意象是独立完整不可分割的一个词——“image”。意象原系哲学概念，由康德首先将其引入美学领域，他在《判断力批判》一书中指出：“审美意象是一种想象力所形成的形象显现。”[①] 可见，早期西方理论对“意象”的解释侧重于“象”，相当于认识范畴中的表象。“意象”一词被广泛使用是在20世纪初意象主义诗派的出现之后。意象诗派在20世纪第一个十年里首先在美国出现，接着在英国迅速发展和传播，代表人物有庞德、罗威尔、艾略特、乔依斯等人。意象主义的哲学基础是柏格森的直觉主义。意象主义理论奠基人休姆从直觉主义出发，得出唯意象论的结论：艺术＝直觉＝意象，艺术家的任务就是通过直觉捕捉生活中的意象。根据这种理论，意象的形成来自诗人的内心经验，它具有感性和理性两方面的内容。正如庞德说的，意象是“理性和感性的复合体”。意象的使用，使情绪情感找到准确具体的“对应物”，使诗人的主观感受通过感觉印象含蓄地表达出来，代替了浪漫主义诗歌主观情绪毫无节制的宣泄，使诗增强了凝练性、客观性和具象性。例如，意象派的重要诗人佛灵特的《天鹅》一诗，原诗写成后有69行，被庞德选进意象派诗选时，压缩成十余行：

在百合花的荫影下，/在金雀花和紫丁香/倾泻在水面的/金色、/蓝色和紫色下/鱼影颤动。

在又绿又冷的草叶上，/天鹅的脖子仿佛显出/涟漪荡漾似的银色/天鹅嘴仿佛是暗淡的铜色，/朝着黝黑的水深处，/在那一座座拱门下，/天鹅缓缓地游动。

天鹅游入那座黑色的拱廊，/天鹅游入我忧伤的漆黑深处/衔着

① 伍蠡甫主编：《西方文论选》（上），上海译文出版社1979年版，第564页。

一朵白玫瑰般的火焰。[①]

全诗色彩艳丽，明暗对比强烈，画面清新，动静相宜，通过天鹅与拱廊两个主意象，传达出诗人心情处于悲哀幽暗之时忽见到白天鹅的刹那间的感受。从此诗，我们可以看到意象派诗具有下列特征：

第一，诗中不直接抒发感情表达议论，而把主观感受渗透于意象中，使诗表现的世界具体可感；

第二，诗中光色明丽，景象清晰，有着油画的浓郁色彩；

第三，运用诗人的直觉，注重捕捉诗人刹那间的印象，如上诗中白天鹅如“一朵白玫瑰般的火焰”的描绘。

意象理论为20世纪的现代诗创作开辟了新的途径。意象派作为一个诗歌流派，它的存在虽然只有1912—1917年短暂的几年时间，但意象派的理论和实践，却对现代诗歌的发展起了巨大推动作用。意象这一艺术表现手法，亦为诗人所广泛重视并运用。

我国对于意象艺术的重新重视，借助于西方意象诗派的介绍。意象诗派的介绍，第一次是胡适，时间是五四运动前；第二次是《现代》月刊主编施蛰存，时间是1932年。第一次是借来“助战”的，以攻打古典诗的形式主义旧堡，创建白话诗；第二次是为了“迷人”。[②] 真正对意象艺术进行平心静气而又广泛研究的，则是新时期的十年，由对朦胧诗的探讨而引发。一些论者从对意象的研究中找到认识诗的新角度，对意象的重要性给予了高度的肯定。如陈良运在《意象、形象比较说》一文中说：“以‘意象’品诗，更能准确地表述诗人构思谋篇过程中的审美心理活动及其呈现在诗中的形态与情态，也更能准确地表述读者阅读鉴赏时所获得的审美快感。”[③] 骆寒超说：“重视诗的意象艺术，大力采用这种意象抒情，对于诗歌技巧现代化将具有方向性的意义。”[④] 冯国荣也认为，“艺术思维只能是意象思维”“意象思维的提法体现了我国传统艺术思维

① ［英］彼得·琼斯编：《意象派诗选》，裘小龙译，漓江出版社1986年版，第56—57页。

② 流沙河：《意象派一例》，《星星》1984年第10期。

③ 陈良运：《诗学·诗观·诗美》，江西高校出版社1991年版，第60页。

④ 骆寒超：《中国现代诗歌论》，江苏人民出版社1984年版，第362页。

重主观、重情志、重写意、重主客观统一的民族特色。……还反映着重象征、重含蓄、重精约、重虚活的其他民族特色”。①

笔者在这里阐述的意象观，既不是为了单纯发掘我国古代文论中的意象理论，也不是为了移植西方意象派艺术；既有别于我国古代文论中的意象观，又不同于西方意象主义诗派的意象观。我国古代文论中的意象，主要是艺术思维中情景交融的一种表现手法；意象派诗歌的意象，主要是一种艺术主张，为含蓄地表现情感，诗人寻找情感的客观对应物，以使诗歌摆脱19世纪末浪漫主义的感伤情调和矫揉造作、无病呻吟的弊病。他们虽然也把意象放到很高地位，但仍然未能从诗的本体上加以认识。笔者则从诗的本体论意义上来看待意象，认为意象是诗的最初出发点，又是最终目的地，其运动与组合构成诗的整体效果。因此，诗就是意象符号的系列呈现，是意象的一种运动形式与展开形式。

对意象的创造，贯穿于诗歌创作的全过程。优秀的诗人，总是在生活的广袤原野上和主观感受的浩瀚天地里追逐和捕捉美的意象，给读者以思想启示和审美感受。因此，诗人辛笛说：“诗歌既属于形象思维的产物，首先就必须从意境（现代化说法是指印象、意象等）出发。”②

是的，从意象出发，将把你导入诗的辉煌殿堂；从意象出发，将使你探得诗歌宇宙的真正奥秘，从而建构诗歌艺术的全新时空。

---

① 冯国荣：《当代中国诗歌发展走向窥探》，山东文艺出版社1986年版，第215页。

② 辛笛：《辛笛诗稿·自序》，人民文学出版社1983年版，第3页。

第二章

意象二维结构

意象既然是主客观复合物，客观物象与诗人主观情思的融合，是“意”与“象”的高度统一，那么意象必然是一个具有主客观因素的二维结构。这“象”即为客观物，或者说人的感觉中的客观物；这“意”即是主观内容——不单指“意义”或“思想”，它应该包括人的潜意识、感觉、感受、情感、思维等全部的心理内容。车尔尼雪夫斯基说过：“形象在美的领域中占着统治地位。”① 意象的二维结构中除了意象的外在美感，还包括意象的内在情感含量。

第一节 意象的外在美感

意象的外在形式美是直诉人的感官的，包括视觉、听觉、触觉、嗅觉、味觉等各个方面。意象的外在美感是以视觉为主要感受器的感官领受；意象的可感性传达出物象的形态美；动态化表达对于增强意象的外在美感与表现力具有极其重要的意义。而色彩美又是视觉美的主要内容。

---

① 北京大学哲学系美学教研室编：《西方美学家论美和美感》，商务印书馆1980年版，第251页。

一　意象的外在美感是以视觉为主要感受器的感官领受

意象的外在形式美感给人的感官感受是直接而又丰富的，或单纯清新，或邈远壮阔，或雄劲刚健，使人悦之于“目”而赏之于“心”。意象的外在美感，就是意象的客观因素（具象物）所呈现于人的感官的那种审美的愉悦，具体为视觉美、听觉美、触觉美、嗅觉美、味觉美等。优秀的诗作，其意象总有着明丽丰美的外在美感。如辛笛的《弦梦》一诗：

浓荫绽开着棋子的白花
静的长街上
繁促的三弦响
一人踏着步来了
又竟自去了
而遗下一团绿的梦
怅惜的梦
他是个失落了光明的人呢
不怕光明就照在他风尘的颊鬓
可照不亮他的眼睛
往日徒然是青的烟
给他往怅惜里缠
他是去寻找那失落了的边沿么
不　弦语已尽够他温存着了
怅惜原是他的本分

诗写的是一个盲人怀抱三弦缓缓走过夏日长街的情景。这里有视觉意象：浓荫、棋子般的白花、静的长街、光明、青的烟等；有听觉意象：繁促的三弦、孤独的脚步声等。这一系列描述性意象，组成一幅夏日正午明媚静谧然而带有几分怅惜的风情画。作者抓住对盲者“颊鬓”与“眼睛”的细部状写，点出了“光明就照在他风尘的颊鬓/可照不亮他的眼睛”的悲哀。这里，满街的光亮与看不见光亮的眼睛构成了一组强烈反差的悲剧性对照物。作者已无须花费更多笔墨去描绘这位失明者的人生坎坷与无限悲憾，两行诗句，浓缩了盲者的全部哀痛与怅惜，令读者久久咀嚼个中况味。画面清新明朗，可感可触，富有清晰的视觉效果，又满含情韵。而听觉意象“繁促的三弦”又给人以更多的联想，由弦声的繁促，想到生命的匆促，由声音之繁，想到生活的烦闷、琐碎与无望。

诗歌意象的外在美感直接作用于人的感官，但在人的各种感官中，视、听两种感官乃是审美传达的主要通道。视觉与听觉，作为“距离”的感官，能在更为广阔的范围对客体进行感觉、认知与理解，并直接参与人的高级精神活动，包括审美活动。但这样说，并不排除其他官能对于审美的参与及所起的作用。例如在欣赏山水风光、面对草木花卉、观摩雕塑绘画作品时，温觉、嗅觉、触觉等都在不自觉地参与并发挥作用。此外，人的五种感官可以互相沟通，产生感觉的挪移，起交互说明的作用，这就是人们常说的“交感”。这种感觉的沟通，也使得非主要感官起到对主要审美感官的补充作用。如“晨钟云外湿”（杜甫）是触觉对听觉的补充，“风来花底鸟声香”（贾唯孝）是嗅觉对听觉的扩大，“含着药味的月色”（陈耀炳）是味觉对视觉的说明，“城市的夜，恬静得像一杯冰镇汽酒”（宫辉）则是触觉与视觉、听觉的交汇，等等。但人的审美活动的主要参与感官是视、听觉，这应是没有疑问的，人的审美快感，主要是得之于“感受音乐的耳朵，感受形式美的眼睛”。

在诗歌艺术中，视觉与听觉相比较，又是以视觉感官对形式美的传达为主要通道。车尔尼雪夫斯基曾说：“美感的主要特征是一种赏心悦目的快感”（《美学论文选》）。物象的外在形态美，直接诉之于人们的视觉感官，积淀成为人的“直观经验”。王昌龄所说的“处身于境，视境于心”，也是这个意思。进一步分析下去，视觉美又可以分为形体美（包括线条美）、色彩美、动态美等，而这中间，又是以光与色的美最为主要。诗要追求意象的外在美，很重要的一条就是处理好光与色的描绘。正如R. 阿恩海姆所指出的：“严格说来，一切视觉表象都是由色彩和亮度产生的。”[①] 光和色能最直接地作用于人的视觉，使物象鲜明可见。客观事物都有其不同的色彩，传统绘画讲究所谓“随类赋彩”，就是按照被描绘对象的不同特色给以色彩的表现。在大自然面前，诗人更不应色盲，更应对色彩保持敏锐的感觉，不仅“绘形”，而且“绘色”，以呈现大千世界色彩缤纷的美好形态。

二　意象外在美感与物象形态呈现

意象的外在可感性，传达出物象的形态美。

从客观方面来说，事物均在特定的时空中呈现其自身的外在形体、状态。诗歌对此进行描述所产生的意象，其外在美感就指向了事物的存在形态。形态美，主要是指诗人对事物的静态或动态进行描摹所呈现的事物外在形式之美。

物质世界处于永恒运动之中。物质世界的运动是相对的静态与绝对的动态的统一。艺术家把握到这一点，就运用静态与动态相结合的方式表现事物之美。我国古代著名的描写美人的两段文字即为静态与动态的结合：一是《诗经·卫风·硕人》，“手如柔荑（嫩草），肤如凝脂（凝固的脂膏），领如蝤蛴（脖颈像蚕蛹），齿如瓠犀（瓜子）”，这是写女子的静态；接下去写女子的微笑产生的美，“巧笑倩兮，美目盼兮”，动静结合，生动传神；二是宋玉《登徒子好色赋》，写“东家之子”之美，“增之一分则太长，减之一分则太短；著粉则太白，施朱则太赤；眉如翠羽，肌如白雪；腰如束素，齿如含贝”，此为静态。接着也是写笑态：“嫣然一笑，惑阳城，迷下蔡。”显然，动静结合能产生最好的美感，因而成为展示事物形态美的基本方式。然而，静态美与动态美又有其各自的魅力。

① ［美］阿恩海姆：《艺术与视知觉》，滕守尧等译，中国社会科学出版社 1984 年版，第 454 页。

（一）静态之美

第一，静态美的魅力来自静态事物的外在形式美。黑格尔指出，自然物只要符合整齐一律、平衡对称、合于法度、和谐整一等规律，就会具有外在的形式美。如自然风景，直接呈现给人们的是“一系列复杂的对象和外表联系在一起的许多不同的有机的或是无机的形体，例如山峰的轮廓，蜿蜒的河流，树林、草棚、民房、城市、宫殿、道路、船只、天和海、谷和壑之类”，风景之所以美，是因为“在这种万象纷呈之中却现出一种愉快的动人的外在和谐，引人入胜”①。所以，那高耸入云的奇峰、逶迤起伏的峻岭、一望无边的海洋、飞泻而下的瀑布、蜿蜒曲折的江河、陡如斧削的绝壁，都能使人从其形状姿态中领略到美。因此陶弘景说：“山川之美，古来共谈。高峰入云，清流见底。两岸石壁，五色交辉。青林翠竹，四时俱备。晓雾将歇，猿鸟乱鸣。夕日欲颓，沉鳞竞跃。实是欲界之仙都。”（《答谢中书书》）形态之美直接作用于视觉，极易唤起人的审美感应。

第二，静态事物的外在形式不仅本身和谐动人，而且具有力量、意义和表现性。帕克就说过：“水平线传达一种恬静的情感；垂直线表示庄严、高贵与向往；扭曲的线条表示冲突与激励；而弯曲的线条则带有柔软、肉感与鲜嫩的性质。”② 根据格式塔心理学的理论，形式本身就具有一定的内容。阿恩海姆认为，一根神庙中的立柱，之所以看上去挺拔向上，是因为那精心设计出来的立柱的位置、比例和形状中就包含了一种力量或表现性，这种表现性与人的内心发生共鸣，因而感到它有一种力量的美。

第三，在静态的形式中包含生命之美。阿恩海姆指出，一个贝壳或是一片树叶的形状，是产生这些自然事物的那些内在力的外在表现，当一棵树的形状呈现在我们面前时，它就把生长这棵树的全部生长力的活动展现在我们眼前了。大海的波浪、星球的球形轮廓、人体的复杂轮廓

---

① ［德］黑格尔：《美学》（第一卷），朱光潜译，商务印书馆1986年版，第170页。

② ［美］帕克：《美学原理》，张今译，商务印书馆1965年版，第165页。

线，这一切都反映了那些创造这些形状的力的活动。对象本身具有一种独立的旨趣，在它身上显现出的是“自然的自由生命”，于是也就与具有生命的主体产生契合。这种自由生命无处不在人在大自然的树木花草中都能感受到这种生命美感。

第四，静态的形式中包含变化因素，变化也产生美。荷迦兹说：“一种逐渐的减少也是一种变化，也可以产生美。金字塔由它的塔基到塔尖慢慢形成尖顶，还有漩涡形成螺旋形，逐渐缩小到它的中心，都是美的形状，还有那些看起来是如此，虽然实际上并不如此的物件，也具有同等的美：就像远景，尤其是建筑物的远景，总是悦目的。”①

第五，事物的静态形式中包含时间因素，时间的积淀产生的悠远感也能产生美。一座神庙或一座神庙的遗址、一个远古的陶罐、一堆原始人留下的灰烬，都能引起肃穆感、庄严感、神秘感。

此外，静态的景物、静谧的环境，其幽静无声，或可诱发想象、思索，也能产生与美感相接近的愉悦。

（二）动态之美

世界万物都在运动。事物在运动中显示出美。大至日月行空、江河行地，小至蜂翔蝶舞、鸟飞鱼跃；强如狂风骤雨、潮汐海啸，弱如微波细浪、风摇杨柳，即使如外表静止的高山和大地，也以其高低起伏、错落变化的节奏显现其动态美。

罗丹说：“动是一切物的灵魂。只有这样的创作是永远有价值的，即它在自己内部具有着力量。”② 动之所以能产生美感，是因为动是生命的象征，动是生命的表现。所以拉玛佐说：“一幅画，其最优美的地方和最大的生命力，就在于它能够表现运动，画家们将运动称为绘画的灵魂。”③

从审美心理的发生来说，人都喜欢变化中的事物。荷迦兹说：“人的

---

① 北京大学哲学系美学教研室编：《西方美学家论美和美感》，商务印书馆1980年版，第103页。

② 转引自《文艺论丛》（10），上海文艺出版社1980年版，第381页。

③ ［美］阿恩海姆：《艺术与视知觉》，滕守尧等译，中国社会科学出版社1984年版，第508页。

各种感官都喜欢变化，同样地，也都讨厌于千篇一律。耳朵因为听到一种同一的、继续的音调会感到不舒服，正像眼睛死盯着一个点，或总注视着一个死板板的墙壁，也会感到不舒服一样。”① 所以动态给人以美感，首先就是因为动态的东西最能引起视觉注意，进而产生视觉美感。经验表明，运动的事物，能唤起人的感觉较为持久的关注；而静止的事物，人的感觉则不需要多作停留。在观察运动的事物时，还能产生更多的情感的、心理的反应。正如杜勃罗留波夫所指出的，人的感情总是被生动的对象引起的，而不是被一般的概念所引起的。动对于感觉的召唤是特别强烈的。也因此，大量的诗篇选择了事物动态作为描绘对象。这方面诗例很多，且举一首相传为杨玉环的诗，题为《赠张之容舞》：

罗袖动香香不已，
红蕖袅袅秋烟里。
转云岭上乍摇风，
嫩柳池边初拂水。

四句都写舞姿之美，首句是直接写，接着是设喻：秋烟红蕖、摇风转云、拂水嫩柳，均是形容女性舞者优美舞姿极贴切的意象，而“乍”“初”二字尤显得动人。

事物在运动中，能充分展示美的丰富性。有人曾这样描绘雨后初晴黄山云海的变动之美：“那云海白浪滚滚，无边无际，有的浪花高卷，漫上峰顶，给远近的山岳披上一层透明的轻纱；有的烟消云散，只有几丝云气在空中飘荡，那云气浴着阳光，呈现出各种色彩，时而白如雪，时而黄如金，时而幻成紫色，忽然一瞬间又扩展成愈来愈浓的漫天大雾……而那远近的山峦也便时而拔空挺立，崭露出那洗尽云气、秀色葱翠的峰顶；时而又在云蒸雾荡中渐渐隐去……”② 观云海如此，观钱塘江潮、观泰山日出等，也均如此，对象的美在运动当中能充分展示出来，

① 北京大学哲学系美学教研室编：《西方美学家论美和美感》，商务印书馆 1980 年版，第 103 页。

② 严昭柱编著：《自然美》，漓江出版社 1984 年版，第 23—24 页。

使你目不暇接。不仅事物的自身运动，而且自然光、条件色的运动变化也能引起对象的变化，明代张大复所云“天上月色能移世界”，即此道理。

动态给人以美感，还因为事物的运动本身能产生节奏、线条、旋律等外在形式，这种运动的形式（痕迹）也给人以美。柳条的摆动、波纹的荡漾、鸟飞行的弧线等，都是在运动中才产生的。至于乐曲通过音符的运动产生的旋律、舞蹈通过身体的运动产生的形体节奏就更不待说了。

雕塑艺术表现人的运动是通过塑像的姿态变换来实现的。罗丹说：“所谓运动，是从这一个姿态到另一个姿态的转变。”① 诗歌艺术要在描绘物体美时能和其他艺术争胜，拿莱辛的话来说，只能采取“化美为媚”的方法，莱辛说：“媚就是在动态中的美。”②

抒情诗是一种没有故事情节的艺术，它无法像小说或散文那样通过情节的变化发展来表现流动美。要使抒情诗具有流动美，最直接有效的方法显然是注重选择动态物景，加以再现。

艾青的一首诗，就采用了直接描述法：

> 江水泛滥了——/它卷带着/从山顶崩下的雪堆，/和溪流里冲来的冰块，/互相拼击着，飘撞着，/发出碎裂的声音流荡着，/那些波涛/喧嚷着，拥挤着，/好像它们/满怀兴奋与喜悦/一边捶打着朽腐的堤岸，/一边倾泻过辽阔的平野，/难以阻拦地前进着，/经过那枯褐的树林，/带着可怕的洪响，/汹涌到那/闪烁着阳光的远方去了……
>
> ——艾青《解冻》

这是一个流动的画面，诗人将一系列动态意象组集在这里：泛滥的江水，它所夹带的雪堆、冰块，互相拼击、飘撞着、洪响着，难于阻拦地浩荡向前，具有生命感与强大力量。它们经历的路程是山顶—溪流—

① ［法］罗丹口述，《罗丹艺术论》，沈琪译，人民美术出版社1978年版，第36页。

② 北京大学哲学系美学教研室编：《西方美学家论美和美感》，商务印书馆1980年版，第149页。

平野—树林—远方，一个巨大的空间在动态中展现出来。诗所表现的是流动的画面，故以描述性意象为主，同时拟情性意象又给具象物以生命（“喧嚷着，拥挤着”“满怀兴奋与喜悦”），而整个“解冻”场景又构成了一个总体的象征。

张德强《冲浪》中所写的，除了直接的描述，还带点比拟和想象：

风，怂恿着/混浊的群山连绵不断/急速地向我奔涌/仿佛动荡的历史/从眼前一页页闪过/我的脚下/只有一页飘浮的大地/因疲惫而喘息/突然的陷落/换作更高昂的上升

这里，动态意象是“风”“混浊的群山”（隐喻“浪”）“飘浮的大地”（隐喻“冲浪板”），冲浪者与波浪的相对运动，给人以目乱神迷的感觉，风的呼啸、浪的喧哗扑面可闻，把冲浪者驰骋搏斗的豪迈气势与畅快情绪直接烘托出来。“历史”“大地”的隐喻，“突然的陷落”“高昂的上升”的描绘，使动态意象有了更深层的含义。

精致地表现作者自我思绪的流动，仍能造成动态的效果。如卞之琳的《距离的组织》一诗：

想独上高楼读一遍《罗马衰亡史》，
忽有罗马灭亡星出现在报上。
报纸落。地图开，因想起远人的嘱咐。
寄来的风景也暮色苍茫了。
（醒来天欲暮，无聊，一访友人吧。）
灰色的天。灰色的海。灰色的路。
哪儿了？我又不会向灯下验一把土。
忽听得一千重门外有自己的名字。
好累呵！我的盆舟没有人戏弄吗？
友人带来了雪意和五点钟。

根据诗题，写的是“距离”，这距离的确遥远而且多变，时间数千

年，空间数千光年，思绪在古与今、梦幻与现实之间飘忽转换，把动态的距离“组织”在了诗人的心间。

（三）静态事物的动态化表现

阿恩海姆曾说：“运动，是视觉最容易强烈注意到的现象。”[①] 动既然是艺术的灵魂，静态向动态的转换自然就成为艺术珍视的一个课题。转换有多种方式。

（1）静态世界与动态生命的嫁接。若所描绘的对象是静态的，可将有生命的事物嫁接到这个对象上，静态世界就会产生出动态效果。这是胡学武的《垦荒》：

> 烧荒的野火为冬天的骸骨举行葬仪之后/沉雷在充血的天空里不安地躁动/荒原一阵悸动，忍受着分娩前痛苦的宫缩/在苜蓿最早启绽的微笑里/被开垦的处女地赢得了母亲的荣誉/公蛙疯狂的求爱之鼓粉碎了沼泽里虚伪的寂静/太阳吸吮着黄土的芬芳，孤岛的胸膛上已经乳浆迸流/噢　四月的大陆，呈现出旺盛的情欲和顽强的生殖能力……

荒原在视觉中是静止的，但却有许多生命体在跃动：野火、沉雷、苜蓿的微笑、公蛙的求爱之鼓……嫁接上这些生命体，静态的荒原也就开始颤动、荡漾起来。

（2）静态事物从情感或意义上延伸而产生动感。里尔克曾经说：“这乃是艺术家所听到的召唤：事物的愿望即为他的语言。艺术家应该将事物从常规习俗的沉重而无意义的各种关系里，提升到其本质的巨大联系之中。”[②] 此语的意思是，艺术家必须对世界进行透视，揭示事物所含的内在本质意义。象征主义把世界看作一座“象征的森林”，也即意义的森

---

① ［美］阿恩海姆：《艺术与视知觉》，滕守尧等译，中国社会科学出版社 1984 年版，第 513 页。

② ［奥］里尔克：《关于艺术的札记》，袁可嘉等编《现代主义文学研究》，中国社会科学出版社 1989 年版，第 832 页。

林。诗人揭示出静态事物的意义，在感觉中似乎也产生了向深度延伸的动态之感。这是朱增泉的《山》：

山，是安静的典范/它们沉稳端坐/或者干脆仰天长卧/决不随意走动

这是一种苦苦的修炼/需要彻底静下心来/摒除酒香肉肥/或者别的什么诱惑/假如喜马拉雅山也学会了酗酒/踉踉跄跄走下荒凉高原/这艘风雨中行驶的船/肯定会摇晃得手忙脚乱

沉寂于悠远的展望/沉寂于永存不灭的期待/这才是极有分量的存在

山是一种静态，而对山的想象及意义的拓展却是动态，静态的山和动态的意义相加，遂也产生了动感。

(3) 人化自然产生动感。为了化静为动，诗人往往对物象作拟喻性的表现，或将无生命的物象比作有生命的物象，或将运动感不明显的化为较明显的，而使意象获得动态美。如辛笛的诗句"如猫的雾/爬行于路上"，雾的移动不一定很明显，将雾比作猫，难以把握的雾变成有生命的猫，其"爬行"的动态就可感得多了。傅天琳写旷野上的黄桷树："它伸直的手臂/像要抓住破碎的云片/捎去/并不破碎的盼望"(《七层塔顶的黄桷树》)，给树赋予了人的肢体与心理，并给以动作感，写出了一种动态。而杨炼的诗句"悬崖被狂风抽打得支离破碎/而大地的一百五十六层阶梯依然向上流动"(《布达拉宫》)，第一句是以过去的动态(狂风抽打)来衬写现在的静态(悬崖支离破碎)，第二句是以水的流动来隐喻静态的阶梯的"向上"延伸。

因此，移情、拟人等手法，均能使静态事物产生动感。这是杨炼的《休眠火山》：

一千张嘴现在是一千只眼/它注视着自己脚下累累碎石/那儿有风，在玄武岩的洞穴中筑巢/有水，珍藏着一万年前的波涛/太阳，猛烈扑打青苔遮掩的悬崖/而整个蓝天向上伸展/仿佛一把测量沉默

的透明的尺子/它对自已无情，在最深的睡眠里醒着

“休眠火山”自然是静态之物，诗人将其人化：有嘴有眼，能睡能醒；风能像鸟一样筑巢，水懂得“珍藏”波涛，太阳能像鹰一样“猛烈拍打”悬崖……静中生出了动，可感受到休眠火山醒着一个巨大的灵魂。这种化静态为动态的手法，也使得意象的表现力得到了强化，给人的视觉效果十分强烈。

此外，叙述角度的转变、叙述层次与节奏的变化、意象的跳跃组接等叙述手段的运用，均能使静态向动态转换，产生动态效果。例如韦法明的《秋色和静观方式十一种》，选择了十一种角度或视点来“静观”秋色，试录其中几种：

之三：经霜的枝柯上/生命的骚动，成熟为一枚鲜艳的秋果/苍凉的天籁中，灵魂/缄默得饱满而辉煌

之四：秋水枯瘦/……石块噙满古老的/泪光；那春之软语/夏之喧嚣，从神秘的纹理中，/汩汩流溢

之六：寂院深深/紫色的牵牛花/开一园梦幻氛围/断砖及残瓦/沉湎于烟逝的华贵

这里面动态意象并不多，画面由静态加静观构成，但由于每首之中均有视点的变化，放在一起，便有了蒙太奇的效果，产生了动感。

大自然许多事物的运动，并不一定表现在位置的变化上，特别是从瞬时的角度看，往往如此。但艺术却有必要使静态化为动态。艾略特曾这样说：“一个中国式的花瓶，虽然是静止的，但看上去却似乎在不断地运动着。”[①] 每个诗人对于静止的事物都需要有这种眼光，学会运用变幻莫测的笔触，化静为动，使你的意象生机灵动。

① 转引自［美］阿恩海姆《艺术与视知觉》，滕守尧等译，中国社会科学出版社 1984 年版，第 569 页。

“一切视觉形状都是力的式样”①，意象的动态化表现，就在于将这种“力的式样”加以呈现。运动是生命与力量的体现，动之所以能产生美，是因为它与生命相连，故拟喻手法常被采用。诗将宇宙生命化、人格化，赋予了静态物以充沛的生机与意志，可以说，动态化表现不仅使意象产生视觉美效果，而且对于意象增强其内在生命力、表现力都具有极为重要的意义。

意象的外在美感是明晰美与模糊美的结合。明晰是指意象的外在形式，模糊主要是指其内在蕴含。意象的外在形式总是具体的可把握的，哪怕是处于运动与变幻之中。而内在蕴含则因多义性而较难以把握。例如“带雨珠的花朵”这一意象，既可表示活泼、新鲜、纯洁的符号意义，又可以表示悲愁、伤感、欺凌的符号意义，当然还可以表达其他意义，具有朦胧性、模糊性。但“带雨珠的花朵”从形式上看则是可感的明晰的。另外还有一种情形，从意象形式的外观上看是朦胧不清的，如表述雾境、月境的意象等，但从形式的性质上看，仍是明晰的。

还应当把单个意象的美感与整体意象的美感区别开来。作为单个的意象，由于其特定的外在形式与文化心理内涵，其美感特点具有相对稳定性与可把握性，但进入系统后，就会与其他意象构成整体意象系列，产生整体美感效应。这整体美感效应与单体意象的美感显然不是同一回事。例如“落日”意象有温暖、绚丽、神秘等美感，在王维笔下是“渡头余落日，墟里上孤烟”，而在杜甫笔下则是“马鸣风萧萧，落日照大旗”。二者的整体美感效应就很不一样。此外，诗的整体美感效应与诗人的独特艺术风格关联密切，诗人的不同审美经验、艺术追求将促成意象的不同组合，产生独特的整体审美效应。总之，单个意象的美感基本稳定，整体意象的审美效应的创造则有多种可能性。

① ［美］阿恩海姆：《艺术与视知觉》，滕守尧等译，中国社会科学出版社 1984 年版，第564 页。

第二节　意象的内在含量

意象二维结构的另一维即是意象的内在含量，指的是意象所包含的诗人主观潜意识、感觉、感受、情感、思维等内容。诗歌艺术的意象化原则必然使意象具有内在情感含量。情与理的关系是主导与渗透的关系，丰厚的意象内涵来自诗人心理智能的综合运用与意象的“简化”；意象必须指向人类的深层意识。

一　意象化原则带来的情感内涵

意象是情感的物化形态，意象的创造，基于诗人对事物外部和内在特征的强烈感受和深刻认识，是“主观世界与客观世界最愉快的邂逅”[①]。优质的意象，不仅应有明丽优美的外在形态，而且更重要的是必须渗透诗人强烈的主观感受，应融化诗人深沉的思想意念和饱和的情感。因此，意象的内在含量，既表明意象本身的质量，也表明诗人感受生活的深浅程度。

表达真情实感，是诗人创造意象的基本目的。意象在诗中，不是内容干瘪、徒有形式的装饰品，也不是某种思想的代号。它的自身有着饱满完美的内容，既有新鲜可观的感性形式，又有情感的丰厚蕴含。

请看艾青的《我爱这土地》，此诗写于1938年，中国人民正处于抗战的艰难时期。诗人以鸟作比拟，表达自己热爱祖国、誓为祖国母亲歌唱直到死亡的挚情：

假如我是一只鸟
我也应该用嘶哑的喉咙歌唱：
这被暴风雨所打击着的土地，

① 艾青：《诗论》，人民文学出版社1982年版，第215页。

这永远汹涌着我们的悲愤的河流，
这无止息地吹刮着的激怒的风，
和那来自林间的无比温柔的黎明……
——然后我死了，
连羽毛也腐朽在土地里面。

为什么我的眼里常含泪水？
因为我对这土地爱得深沉……

这里的中心意象是“鸟”，这鸟用嘶哑的喉咙歌唱土地，直到死后用羽毛肥沃土地，以这样的“鸟”来比拟诗人自我，情感的厚重可想而知。此外，围绕中心意象出现一系列派生意象，也都富有自身内涵：“被暴风雨所打击着的土地”暗示民族解放战争残酷而伟大的时代，“永远汹涌着我们的悲愤的河流”暗示侵略者铁蹄下人民的苦难和愤怒，“无止息地吹刮着的激怒的风”和“来自林间的无比温柔的黎明”暗示战争必胜的信念和希望。所有这些意象，又都渗透着诗人的爱祖国爱土地的赤子之情。

再看辛笛的这首诗：

一生能有多少/落日的光景？/远天鸽的哨音/带来思念的话语；/瑟瑟的芦花白了头/又一年的将去。/城下路是寂寞的，/猩红满树，/零落只合自知呢；/行人在秋风中远了。

——《秋思》

这里诗人用了“落日”“鸽”“芦花”“城下路”“树”及“行人”六个意象，这些意象的情绪色彩和所构成的气氛，与秋思的寂寞悲凉十分融洽，是诗人情绪和感觉的物化形态。透过这些意象，读者可以体会到诗人“秋思”的那份沉甸甸的情绪。

意象的情感含量，是情感意象化原则的体现。意象作为情感符号，这一概念的题中应有之义即是情感的表现必须通过意象的呈现来完成。

人的情感，是“人类对世界的主观倾向性”反应，人出于生存、生活与发展的需要，有表达情感的要求。人的情感表现大致可分为两类，一为情感的自然表现，二为情感的艺术表现。情感的自然表现指人们在日常生活中的喜怒哀乐等情感反应的直接、明确的发泄与表露。情感的艺术表现则是情感表现中的高级形式，是人类对自我内心生活的认识、丰富和发展。两种表现方式各有其特点，前者以直接的“发泄”与“自我暴露”来实现；后者则通过情感的“形式化”或“意象化”来实现。卡西尔曾说：“艺术确实是表现的，但是如果没有构型（formative）它就不可能表现。而这种构型过程是在某种感性媒介物中进行的。”[①] 即通过意象进行的。根据科林伍德的看法，艺术表现是对某种内在情感“明朗化”的过程，所谓“明朗化”，其中就包含“意象化”。艺术表现与日常表现的根本区别，即在于前者通过意象表现，后者采用直接表现。“艺术家在表现一种情感时，并不是像日常人那样，不由自主地将它发泄出来，在发怒时不一定暴跳如雷，在欢乐时不必蹦蹦跳跳、手舞足蹈，而是首先进入想象境界，将情感化为意象——一幅画面、一种情景、一桩事件等等。……表面上看去是在描述景物和事件，实则是表达自己的感情，或是对自己内心情感进行解释和披露。”[②] 可见有没有意象出现、情感是通过意象来表现还是直接表现，这是艺术表现与非艺术表现的根本区别。诚如苏珊·朗格所说，一个孩子号啕大哭时的情感比一个艺术家歌唱时的情感表现不知要强烈多少倍，可又有谁愿意花钱去剧院欣赏一个孩子的号啕呢？这充分说明情感的形式化、意象化对艺术创造的重要意义。

艺术表现给情感以形式（也称“外形化”处理），情感在这种形式里得到了传达并得以长久保留。这是情感的自我发泄与日常表现所无法比拟的。杜威说：“发泄即解脱和消除，表现却是保持、向前发展，不断加工直至完成。”[③] 而日常表现则带有粗糙、表浅、原初的痕迹，缺少形式感与完整性。不仅如此，情感只有通过外形化处理，才能得到深化与发

① ［德］恩斯特·卡西尔：《人论》，甘阳译，上海译文出版社2003年版，第180页。

② 滕守尧：《审美心理描述》，中国社会科学出版社1985年版，第173页。

③ 同上书，第215页。

展。因为某种情感状态的存在是一回事，自我对这种情感的认识与发展又是一回事。要赋予情感以形式，必然要求对情感作深入认识，才能给情感以完美充分的表现。总之，艺术表现的过程是对情感本身进行探索与发现，进而赋予它完美的形式呈现出来的过程。这种过程也有人称为给情感以“栖身之所”。

二　情与理：主导与渗透

根据苏珊·朗格的说法，艺术品是表现人类情感的符号。那么，除了表现情感外，是否也可以表现人类的理性认识呢？考察朗格对艺术表现对象的一系列论述，可以发现，她并未把理性内容排除在艺术表现范围之外。

其实苏珊·朗格对于“情感”概念的解释是十分宽泛的。在《艺术问题》一书中，曾有两处对情感和情感活动作过解释。她认为“任何可以被感受到的东西——从一般的肌肉觉、疼痛觉、舒适觉、躁动觉和平静觉到那些最复杂的情绪和思想紧张程度，还包括人类意识中那些稳定的情调”[①] 均在情感之列。她又说：“所谓情感活动，就是指伴随着某种十分复杂但又清晰鲜明的思想活动而产生的有节奏的感受，还包括全部生命感受、爱情、自爱，以及伴随着对死亡的认识而产生的感受。”[②] 在这里，她把人的最基本的内感觉活动（生理的、心理的）以及一切情绪活动都划到情感范围之内，即“人所能感觉到的一切”都属于情感活动，而理性的思索、思想活动则作为情感的伴随物，参与情感活动。不仅如此，她在谈到抒情诗的创作时，还进一步指出“沉思”对于诗的必要性，理性认识可以成为诗的表现内容。她说，抒情诗的结构“是一种偶然产生的思想，而不是外在的偶然事件，沉思是抒情诗的本质，它激发甚至

① ［美］苏珊·朗格：《艺术问题》，滕守尧等译，中国社会科学出版社1983年版，第14页。

② 同上书，第109页。

包含着表现的情感”①。她认为，抒情诗人在诗中所做的工作是“抒发着自己瞬间的情感与思绪”②。她甚至提出：“诗歌中应该允许含有炽热的说教，假如它能够为诗人的目的服务的话。”③ 朗格所反对的是把诗当作直接“阐明理性思维的工具”，抽象地表达社会学、伦理学、玄学的某些结论，从而使诗“远离任何艺术”。

诗表现的是情感，而直接呈现出来的则是感觉，理性则是隐蔽在其后面的东西。成熟的意象，既包含感觉因素，又包含情感因素与理性因素。感觉、情感与理性，这三者在一个意象里构成由外到内的渐进关系。

关于理性与感性（感觉、情感）的关系问题，诗人杨炼曾有过这样一个十分精当的比喻，他说：“对于长久以来人们争论不息的理性与感性的关系，我愿使用‘在思想的深处感觉’这个命题。……诗人的思想像钻杆，感官像钻头，诗里表达的感觉是钻头触及的不同地层：黄土或矿石。具备深刻的感觉本身就体现了深刻的思想，但没有深刻的思想作底蕴也不会具备深刻的感觉。”④ “在思想的深处感觉”，我的理解是将深刻的思想融化在情感与感觉形式之中，使感觉、情感同具深意。

意象的理性成分，体现诗人的洞察力、思索力。在世界面前，诗人不仅是歌者，而且应是哲人，是运用意象进行思辨的思索者。诗人的这种思索力，来自对时代、人类命运的关注，来自对客观事物精细的观察，对其本质的独到的思考。然而在艺术的感觉、情感、理性三者中，起主导作用的是情感，情感涵盖一切，但情感与理性一样都不能赤条条地表现。只有感觉是站在最前列的，它捕捉信息，传达情感的主观倾向，接合主客体关系，给读者以最直接的美感传达。情感和理性必须融化在感觉之中，“如果没有特殊的感觉作为情感的激活点，哪怕是很强烈的情感和理性也缺乏诗的生命”（孙绍振语）。

而理性对于情感与感觉，只能是渗透的作用，始终必须处在隐蔽的

---

① ［美］苏珊·朗格：《情感与形式》，刘大基等译，中国社会科学出版社1986年版，第310页。

② 同上书，第301页。

③ 同上书，第270页。

④ 老木编：《青年诗人谈诗》，北京大学五四文学社1985年，第79页。

地位。理性来自感性（情感与感觉），理性一经产生，即呈现两种情况：一种理性是与感性相脱离，最终成为压抑的力量；一种理性经过沉淀，又重新取得感性的形式，回复到感性的状态，有了更为高级丰厚的内涵。诗所需要的理性只能是后一种。理性自感性出，感性又包容、融合理性，人类真正优秀的精神产品都是如此，诗的意象也应该如此。一个完整的意象必须具有感性与理性的双重成分。意象的感性成分表明了诗人对世界的感受深度，意象的理性成分则表明诗人对世界的理解深度。

三　丰厚的意象内涵来自诗人多重心理机能的综合运用

诗人对于外在世界的情感反应主要来自如下三种心理机能的交互作用：一为感受力，二为想象力，三为理解力。感受力指诗人在情感驱使下观察生活在他心中的反应的能力，感受力的强弱表明情感的强弱。想象力是心灵受外物撞击后对记忆表象的联翩思索，它能突破时空，激活记忆仓库中的有关信息，进一步强化情感。而理解力是对生活表象的本质把握，其作用为深化情感。意象丰厚的内在含量来自这三种心理能力构成的内宇宙的综合体验。

宗白华说，艺术的境界“诞生于一个最自由最充沛的深心的自我”[①]。这种内在心灵，如司空图所说，能“妙造自然”“吞吐大荒”“生气远出，不著死灰”“行神如空，行气如虹”，因而能进行追随“真宰”的艺术创造。一些诗人也认识到充实的内在心灵对于诗歌创造的必要，如杨炼曾说：“如果没有内心的充实，所谓感觉纯属一种幻影。”林莽说：“为了追求和开创，让灵感走入自然，走入社会，走入人的灵魂。在时代的节奏中，不停地转动自己的触角，让诗的意念，在陆地、天空、宇宙和人的思绪间飞翔。”[②] 诗所创造的世界，是一个与现实相对应又相超越的世界，这是一个融注历史精神、民族文化意识、理性与审美追求的立体建构，是现实、历史、人类精神的多重投射。为了完成这个建构，诗人就必须

① 宗白华：《美学散步》，上海人民出版社 1987 年版，第 69 页。

② 老木编：《青年诗人谈诗》，北京大学五四文学社 1985 年，第 84 页。

运用自己不同于旁人的感受力、想象力、理解力等心理智能，将自我投入深沉的感受与痛苦的思索中，与所处的时空一道呼吸，“跟着宇宙所有的气息而震动”（罗曼·罗兰语）。

感受宇宙精神，与宇宙气息相通，这是诗人的必备特质。狄德罗说：“精神的浩瀚，想象的活跃，心灵的勤奋，就是天才。”① 与时代、历史一同思索，你也将得到它们更多的赐予。这种感受与思索，也必将给你的诗歌意象带来丰厚而饱满的内在蕴含。

试读艾青的诗作《春》：

春天来了/龙华的桃花开了/在那些夜间开了/在那些血斑点点的夜间/那些夜是没有星光的/那些夜是刮着风的/……而这古老的土地呀/随时都像一只饥渴的野兽/舐吮年轻人的血液/顽强的人之子的血液/于是经过了悠长的冬日/……在东方的深黑的夜里/爆开了无数的蓓蕾/点缀得江南处处是春了//人问：春从何处来？/我说：来自郊外的墓窟

这首诗写于1937年。“桃花”，是一个由诗人的感受力、想象力、理解力综合而获得的意象，这个意象满含情感与理性意义：它暗示了烈士的流血牺牲，暗示了时代的腥风血雨、大夜弥天，暗示了革命志士为民族、为自由而斗争的从容壮烈和胜利必然到来的信念。那对于“夜”“土地”的象征性描述，对于春天“来自郊外的墓窟”的独特而深刻的感受与警悟，给意象注入充沛的情感生命，给人以强烈的冲击和感染。

再看舒婷的《致橡树》，渗透了新时代女性对人生与爱情的全新思考：

我如果爱你——/绝不像攀援的凌霄花，/借你的高枝炫耀自己；/我如果爱你——/绝不学痴情的鸟儿/为绿荫重复单调的歌曲；/……我必须是你近旁的一株木棉，/做为树的形象和你站在一

① 《古典文艺理论译丛》（第6辑），人民文学出版社1963年版，第129页。

起。/根，紧握在地下，/叶，相触在云里……

新时代的女性，对待爱情，既不是为了高攀，也不是为了寄托温情，男与女之间是相依相靠完全平等的关系，共同分担寒潮、风雷、霹雳，分享雾霭、流岚、虹霓。这种爱情的全新观念，都融合在“凌霄花”及“木棉树”两个意象之中。这也是感觉、情感、理性所构筑的世界，是人格化、人情化的宇宙，每个意象都具有独立的生命和弥漫的活力。

诗是对外部世界的重建，又是对自我心灵世界的重建，唯有充沛的心灵，才能创构和重建一个意义丰满的诗美世界。华兹华斯说：“一朵微小的花对于我可以唤起不能用泪表达出来的那么深的思想。”① 诗人要把自我的内宇宙变得广阔些、深沉些，使自己的感受力、想象力、理解力健全而敏锐，以创造具有真正内在生命的意象符号。

四　意象的“简化”达到意象内涵的强化

情感的艺术表现需要通过意象，但不是所有的意象都能准确地表现情感。只有与情感相契合、相合拍的意象才能表现这种特定情感，与这种情感“相会、见面”。这种意象与情感，拿格式塔心理学的话说，是一种“异质同构”的关系，因而具有深刻的表现力。这种表现力意味着审美对象的深邃内涵与创造主体的情感体验互相遇合、印证，意象耀亮了情感世界，情感世界顿然生辉，并达到最大的强度。而这种具有深刻情感内涵与表现力的意象的获得，离不开意象的“简化”。

要提高意象的内在含量，其基本前提是要对情感作出深邃的认识，以便找到与情感相契合的“客观对应物”。但艺术所要表现的情感，并非日常生活中已经确定、十分明确的那些情感，而是自身想理解而尚未理解的，处于模糊状态、莫名躁动中的微妙情感。对于诗人来说，重要的是更本质地把握这一情感特质，为确定意象找到独特的出发点。在此基

① 转引自《朱光潜美学文集》（第一卷），上海文艺出版社 1982 年版，第 42 页。

础上，将芜杂的意象进行清洗、梳理，留下最能体现这种情感特质的意象来表现情感。这一选择过程，其实就是意象的简化。

诗人在进入创作状态时，意象可能是纷至沓来的，但并不是每一个意象都可以进入诗。歌德曾在对狄德罗《画论》的评论中说："艺术并不打算在深度和广度上与自然竞争……它有着自己的深度，自己的力量。它借助于在这些表面现象中见出合规律性的性格、尽善尽美的和谐一致、登峰造极的美、雍容华贵的气氛、达到顶点的激情，从而将这些现象的最强烈的瞬间定型化。"这就是说，只有"现象的最强烈的瞬间"进入艺术才最有意义。这是针对绘画的，对诗歌来说此理相通。而这"现象的最强烈的瞬间"，可以认为就是整个现象的简化形式。

简化是艺术的普遍规律。苏珊·朗格说："一个符号总是以简化的形式来表现它的意义。"贝尔也说："没有简化，艺术不可能存在，因为艺术家创造的是有意味的形式，而只有简化才能把有意味的东西从大量无意味的东西中提取出来。"① 可见真正意义上的简化，是将有意味的东西从大量无意味的东西中提炼出来的过程，而这正是提高意象内涵所必需的。

与简化相对的，则是面面俱到，事无巨细全盘罗列。此外，若在一首诗中，出现的意象不能指向同一情感目标，这也是未作必要的简化的表现。这就要把多余的、对情感表现价值不大的意象删去，使剩下的意象与诗人的情感切合无间。因此意象的简化一方面是浓缩、精减，另一方面是理顺意象关系，使意象与情感方向保持一致与和谐。

意象的简化，同时是概括化与抽象化。艺术的抽象不是导向原理与公式，而是获得更本质的理解，是不脱离具象的抽象。苏珊·朗格指出："艺术中的抽象过程却又完全不同于科学、数学和逻辑中的抽象，艺术中抽象出来的形式不是那种帮助我们把握一般事实的理性推理形式，而是那种能够表现动态的主观经验、生命的模式、感知、情绪、情感的复杂形式。"② 艺术抽象所获得的结果仍是具象物，然而这个具象

① ［英］克莱夫·贝尔：《艺术》，周金环等译，中国文联出版公司1984年版，第150页。

② ［美］苏珊·朗格：《艺术问题》，滕守尧等译，中国社会科学出版社1983年版，第168页。

物却包含了比现实事物多得多的内容，具有某种普遍意义。经过抽象后，具象物的外观与内涵都达到高度的自我完满，是既不脱离个别又容纳更多意味的东西，因而更简化，具有情感符号的特点。如你写纤夫，不仅仅是你所见过的那一个特定的纤夫，你还应把共时与历时的所有纤夫的生活、命运、遭遇融注入你的构思；你也不应写纤夫无别于常人的生活琐事，而应表现其最有特征与内涵的事件。越是简化的、概括的东西，表现的人类感情就越普遍，因而看上去就越深刻。大凡成功的作品，总是高度简化的，也是高度概括的。真正的概括，乃是诗人完善其意象的手段。许多著名的诗篇，原先是几十行，定稿后只有数行、十数行，这类例子不胜枚举。同样的内容，以三言两语说出，可以是非常精辟的，而以洋洋千言道来，必然平淡如水。好的诗，应该如同一座冰山，它的主要部分在水面之下，其表现出来的，只是海面上的一小部分。如臧克家的《三代》："孩子/在土里洗澡；/爸爸/在土里流汗；/爷爷/在土里葬埋。"仅三句六行，浓缩了土地上的人的永恒的命运，表现了三代人的生活，使意象"土地"的情感内涵得到了极大的拓展，意味极为深长。诗的艺术是简练的艺术，应当在尽可能少的语句中提供更多的情感与审美信息。

简化不是简单化，不排除艺术的多样化，是多样化与"节省律"的统一。简化的结果，是使每个意象更具意义。库尔特·贝德特把艺术简化解释为"在洞察本质的基础上所掌握的最聪明的组织手段"[①]。这是颇有见地的。在诗中，简化后的意象应该具有与情感本质相一致的那种特征。诗人将意象的这种特征充分展现，写足写透，使情感得到最充分最完美的表现，也就使意象产生最强的表现力，意象的内在含量也因此得到了强化。

情感必须通过意象来表现，意象必须提高自身的含量，以获得最强的表现力。情感与意象的关系就是这种双向对流的关系。

---

① ［美］阿恩海姆：《艺术与视知觉》，滕守尧等译，中国社会科学出版社 1984 年版，第 67 页。

五 意象必须指向深层意识

意象的内涵是情感（包括内感觉）与理性的结合，情感与理性必须通过外感觉得以呈现。然而人的感觉，既可能是特异的、深邃的，又可能是表浅的、浮泛的。至于情感，也是同样。人的情感虽有多种类型，但最基本的为两类，一为深层的情感，一为表浅的情感。前者关注人与宇宙的根本性的问题，是生命的本质体验；后者常与生活事件、日常事务相关联。前者是深厚的、凝重型的，后者是即兴的、冲动型的。前者较有持久性，将情感深深积蓄、埋藏，有时也奋发，但绝不滥施，不随意消耗，“蓄之既久，发之乃烈”；后者则较外露，易生也易灭。前者具有更多的个人凝思的色彩；后者则倾向于纳受与输入，个性特点相对较弱……而理性的思索也同样可作如是分，一种来自既有的输入，是流行的观念、原则、条文的复写；另一种则是独到的自我精神历险，是个体对世界的深邃领会和“顿悟”。前者虽也有思索，但与群体的、传统的无多大区别，是重叠、复映与传播的东西，乃是“水平线以下的思想的平均分数”（鲁迅语）。后者强调个性精神，是诗人对世界的回答，他用诗与世界对话，并以此传达给更广大的人群，丰富人类的精神建筑。两类感觉、两类情感、两类理性，表现于诗作中，其品性大异其趣，能给予人的也大为不同。

如何使诗歌不至于停留在生活的粗浅表象和情与理的表层，而给人以深邃的情感震撼呢？那就要求诗人在自我的心灵世界与外部世界进行深沉体验的基础上，使意象指向人类的深层意识。

人类意识是一个相对闭合的系统结构，在表现形态上有无意识、非自觉意识、自觉意识三个既相联系又有区别的层次。无意识作为内驱力和潜在的意识能量，积极地、随时地与自觉意识发生相互作用，其表现形式为非自觉意识。非自觉意识是无意识活动的显现形式，具体表现为直觉、想象、灵感，具有感性特征，一般以表象的联结、转换来把握世界。非自觉意识与自觉意识之间，后者是在对前者的反思基础上产生的，而前者则需要后者的引导，得以从无意识中显现出来。非自觉意识是建立在自觉性基础上的具有自由、能动性，并可以觉知的意识，其理性形式即是审美意识。艺术活动是在无意识驱动下的非自觉意识的创造性活动。

研究者认为，无意识是人类心灵中的最大区域，其神秘与未知的程度，犹如未开发的一块大陆，它那未被认识的边界伸展到了无限远的地方。人类最伟大、最基本的活动是无意识，在人类意识系统中，无意识构成其最庞大的主体，自觉意识仅仅是其表面的一部分。人类生命的本能冲动、情感的发生与积累等，均来自无意识的活动。

我们说的人类的深层意识，即处于人类意识系统的无意识层次之中。无意识又可分为个人无意识与集体无意识。瑞士著名精神病理学家融恩认为，在真正的“符号化的艺术作品”中，激发艺术家创造性想象的本源并不是艺术家的个人无意识，而是人类共有的集体无意识的、种族的和历史的沉积，这种沉积物至今仍可在我们心灵深处找到。他说：“生活中的一些重大问题……总是和集体无意识的原始意象有关。……这种意象是几千年生存斗争和适应的经验的沉积物，生活中每一种意义巨大的经验、每一种意义深远的冲突，都会重新唤起这种意象所积累的珍贵贮藏。”[①] 这种集体无意识出现在每个人的内心之中，是超个人的，因此艺术不属于个人，而属于集体，艺术与其说是表现艺术家个人的心灵的回声，不如说是表现人类心灵的回声。为了表现这种人类心灵的回声，艺术家必须从人类的原型意象中去获得力量，这种原型意象，是无意识中的某种“力场”或意义核心，是一种“活的心理力量”。艺术的意义，就在于“抓住了这种从最深的无意识中产生出来的原型意象，把它纳入到与意识价值的关系之中，并按照当代人的接受能力，使这种意象通过变形而为人们所能接受”[②]。他以歌德创作《浮士德》为例阐述了集体无意识的作用，认为《浮士德》“所表现的只是早就存在于德国人的灵魂中的一些深奥的东西，歌德只不过是帮助它产生出来而已”[③]。这种“集体无

① 转引自朱狄《当代西方美学》，人民出版社 1984 年版，第 31 页。

② 同上书，第 34—35 页。

③ 同上书，第 35 页。

意识的原型表象”虽然很难得到确证，但融恩对于艺术要揭示人类深层意识——集体无意识的肯定，对于我们的创作无疑是一种有益的启示。

杨匡汉指出：“成功的诗创造往往是人的表层意识对于人的深层心理的诱发，是物态化了的一定历史、时代和社会的心灵结构的对应品。”[①]卓越的诗人，总是把自我投置于宇宙、历史、人生的巨大环流与旋涡中进行深沉体验与博大思考，并以独创的建构，表达人类与这个世界的回响。对此，一些诗人也表达了这一自觉，如岛子认为：“只有思索的触角深入到意识的各个遥远部落，意识和记忆里过去与现在极其复杂的见解才会相互渗透。”[②]石光华则认为，“通过对民族深层文化心理和全人类复杂经验的把握，从而在更广阔和深刻的历史背景上，表现人类的自由本质，表现以社会——实践方式存在的个人的创造能力，这已成为中国现代诗愈来愈强烈的运动趋向”[③]。诗，不能不是人类心灵深处的交响。尽管将诗降格为一次性消费的即兴创作仍然为一些人奉行，那种在生活表面滑行的意象充斥诗坛，但诗总是诗，作为文学中的文学，诗应当有涵盖一切精神产品的超越性、深邃性与独具的风范。

意象指向人类的深层意识，是使意象的内涵真正丰厚与博大的根本途径。然而人类心理结构中的深层意识具体又是指哪些呢？笔者认为主要有三类，这就是关于人自身的存在、发展的生命意识，表达社会和文化环境的历史意识，以及表达人类生存的自然环境的宇宙意识。

生命意识就是由生命引发的关于人的存在问题的根本性思考。历史是人类的作品，历史的脚步湮没在荒丛、莽原、灾难、死亡之中，历史是人类精神的巨碑。“在远古的年代的道路上，历史出现了，它迎面走来和我们相见。”诗的历史感是更深层的、浸透在历史中的东西，它是体现在历史文化中的人类的本质力量和精神，是诗人面对浩瀚的历史而发出的心灵的回声。宇宙意识是人与宇宙、自然交汇之时产生的一种灵气，没有数学的精确，只能感受，难以理会，只可悟解，不可言传。在作品

① 杨匡汉：《缪斯的空间》，花城出版社1987年版，第118页。

② 老木编：《青年诗人谈诗》，北京大学五四文学社1985年，第158页。

③ 同上书，第165页。

之中也只能是“渗透”，是模糊的笼罩，是朦胧的存在，而不是独立在外、凌驾其上，或依附其表的。宇宙意识不是独立的山峰，不是孤耸的岛屿，它是漫盖在人类头顶的光与云，是穿透旷野的风，又似万古不语的星空；它不仅仅属于远古、原始、历史，它与人类是并行的，与诗人心心相印，在诗人不安的灵魂里永恒悸动；它同样也属于现代，涵盖未来。

宇宙意识不是飘浮无定的神秘之物。它虽则空灵，但并非无根底。既然宇宙意识是人与宇宙的交会，那么内中也就必然蕴含人的意识、人间意识。问题在于这种人间意识须表现得非同一般。被沈德潜称为“有吞吐宇宙气象”的《观沧海》一诗，其结句“日月之行，若出其中。星汉灿烂，若出其里”，写得何其沉静，通篇无一字提及人与自我，而仍然可以感受到人在其间的位置。宇宙意识不是高处不胜寒的玉宇琼楼，却有与现实人生相依的内在机理；也不是与现实意识相对立而是包容涵纳现实意识，是最高层次的对现实的注视。诗人以宇宙意识俯仰万象，观照人间，就更真切明了，昭然彻然，以之审察人生，体悟痛苦，也便更为清明澄澈、肃穆深邃。

有人说得好，哲学语言的终点往往就是诗的起点。宇宙意识即哲学的思辨意味对世界的烛照。宇宙是人类的生存境地，也是人类永恒的精神家园，对宇宙，人类的依恋与迷茫并存。宇宙与人间同样都是人类的探究对象，又都是无法深究穷尽的，但人类仍然会探究不息，具有恒久的执着与热望。维特根斯坦有句名言：“凡是不可以言说的，对之必须缄默。”对此，我们可以在后面再加上一句：以缄默之心，走向接近。

第 三 章

意象生成论

意象的生成由两步完成：前意象状态的表象分解和确定意象的表象选择。前者属于感知与认识，尚未真正进入艺术思维范畴；而只有当诗人经过对表象的选择，意象得以确认，这才进入艺术思维。而这种选择与意象的创造，更多的是借助直觉完成的，直觉对于意象的创造具有十分重大的作用。

第一节 意象生成的思维转换

在前文中，我们已经说明，意象是由表象经过情感处理后产生的“情感表现”，是表象之上的一个概念。那么，在表象上升为意象这一过程中，其具体的思维步骤又是怎样的呢？这是我们需要详加阐述的。

由表象上升为意象，基本前提是需要有客观表象的存在。但这时作为前意象状态的表象，其本身也还是模糊的，尚处于未被意识显现与把握的状态中，这就需要通过对外部世界的分解活动而使表象清晰起来，然后选择与情感相契合的，成为意象。因此，由表象到意象的生成，这一过程中的诗人思维活动，大体可分为以下两个步骤：第一，前意象状态的表象分解；第二，确定意象的表象选择。

一　前意象状态的表象分解

表象的分解，又称为“分想作用”，就是把某一个表象从整体物象中加以分离，并与相关的表象分开，以便单独提取出来。试读王维《鹿柴》：

空山不见人，但闻人语响。
返景入深林，复照青苔上。

进入空旷的大山，所见所闻必定充塞耳目，有树木、岩石、峰峦、小路、山花、野草、溪涧、蜂蝶、飞鸟……有人语、林涛、风声、水声、泉流、鸟啼……有云、雾、烟、岚、日光和水汽……大千世界是一个纷繁复杂的统一体，每一个表象都不是孤立的存在。客观物在人还没有深度感知时，以混沌、模糊、未分化的状态存在于人的浅层意识之中。如果对这个作为整体的大自然不进行分解，就无法一一感知，进而完成艺术的再创造。对此，朱光潜先生曾举例说：“比如我昨天在树林里看见一只鸦，同时还看见许多其他事物，如树林、天空、行人等等。如果这些记忆都全盘复现于意识，我就无法单提鸦的意象来应用。好比你只要用一根丝，它裹在一团丝里，要单抽出它而其他的丝也连带地抽出来一样。”① 在上诗创作过程中，诗人王维自然是对“空山”所见所闻作了分解，只不过这种“分解”活动并不是每次都十分自觉、明确的，有时候往往是在不自觉或潜意识的状态下进行的。经过这种“表象的分解”，诗人的情感与“空山”“人语”“返景”“深林”“青苔”这些表象发生了作用，进而作成这首品格素淡、意境清新的绝句。

表象的分解阶段，外部世界与心灵世界尚处于相对隔离状态。在两者接触之前，外部世界对于诗人的心灵来说，是一个模糊茫然、无序混沌的存在。诗人开放五官，世界以色、香、味等多种形式走向你，从局部的侧面个别的了解，到全面的正面的整体的把握，进一步深化了感觉、

① 《朱光潜美学文集》（第一卷），上海文艺出版社1982年版，第504页。

深化了认知。同时诗人不断对外部表象进行分化、整理、比照。通过分化、整理、比照，外部表象变得清晰而明朗，许多原先未呈现于意识的表象内容逐渐成为感知对象。这时候，在诗人眼里，外部世界再不是原先那么单调、划一，相反变得具体、细致、丰富，进而深刻。

表象的分解是与观察、感知紧密伴随的心灵活动。表象的分解，一般来说，分解得越细致越好，细致的分解来自细致的观察，观察的细致，也即是分解的细致。如“小荷才露尖尖角，早有蜻蜓立上头”“城中桃李愁风雨，春在溪头荠菜花”“疏影横斜水清浅，暗香浮动月黄昏”等诗句，都是细致的观察后做出的分解提取。假设，你到过某一处池塘，心里记下的仅仅是水面有几许荷叶、几朵荷花，如此而已，这种观察就是大略的、模糊的，其表象的分解也是粗糙的；假如你还看到荷茎有断折的，荷叶有破裂的，有浮于水面的，也有立于水面之上的，荷花是开放的，也有含苞的。此外，还对水中云影、日光、浮萍、蒸腾的水汽等记忆犹新，那么这种表象分解就细致多了。现代新诗中，表象细致精到的不乏其例。试读下诗：

> 虫声让我怀着夏日的绿意了/山气的幽深先取了天地的暖/光影明晦相成以去/……阳光里有野花地的笑/我听见灵魂的小语/曲直的松下/暮风吹起它的歌吹/相与永恒而在的/是这潭光和柘
>
> ——辛笛《潭柘》

短短的一首诗中，视觉表象有：夏日的绿意、山气、光影、阳光、野花、松、潭光和柘；听觉表象有：虫声、野花地的笑声、暮风的歌吹；此外还有触觉：天地的暖等。这一切都来自诗人精细的观察、感知与在此基础上的分解提取，丰富了诗的表现力，使画面具体可感，充满勃勃生机。

通过表象的分解，对象本身获得了清晰化明朗化效果，并使原先未呈现于意识的内容成为感知表象。经过分解后的表象世界已比原先未分解时丰富得多了。这就给表象的取舍提供了材料。因此可以说，有了分解，也才能有表象，分解又是获得表象的手段。经过分解后获得的丰富的表象，使得选择有了可能。但这些表象仍然是属于前意象状态的，具有原始、纷乱、无序的性质，哪些表象真正能与情感整合，能成为情感的表现形式，此时还是未知的，这就有待于下一步的表象选择。

二　确定意象的表象选择

在对表象作了精细的分解以后，第二步就是对表象进行选择、取舍，以确立意象。闻一多曾说："选择是创造艺术的程序中最紧要的一层手续，自然的不都是美的；美不是现成的。其实没有选择便没有艺术。"①此话指明了选择的必要性、重要性。选择不仅是取舍，而且是对自然的加工和提高，那些自在的散乱的表象还不是艺术。所谓选择，就是在混乱无序的情境中把用得着的成分提取出来，而把用不到的成分舍弃。例如雕刻家在一块顽石中雕出一座人像，画家面对一座大山描绘出一幅风景画，这就已包含着选择。所以朱光潜先生说："选择有时就已经是创造。"②

面对外界纷繁众多的表象信息，诗人采用的只能是其中的一部分，何以采用这部分而不采用那部分，则全由主体的"内在图式"起作用。由于经历、趣味、修养、心境等的不同，诗人只能接受与自己内宇宙相契合的那些表象来建立意象。但在实际的创作过程中，诗人对表象的选择常常是随机的、潜意识的，同时也不能排除诗人的习惯、爱好等因素的驱使。但选择的最根本标准，仍然要看其能否表现情感，这一表象能否被情感熔铸，成为情感最生动的形式而定。

诗人对表象的选择，贯穿于构思到成诗的全过程，具体分为两个阶段进行。第一阶段，诗人有了一定的生活感受，或者接触到某物，心弦有所触动，这时他心里考虑的是"写什么"或"不写什么"，这是构思中最初的选择。第二阶段，当思索现于文字，还需要不断修改润饰，这还是选择。甚至定稿后，作品发表了，有可能还在增删。可见表象的选择

① 《闻一多诗文选集》，人民文学出版社1955年版，169页。

② 《朱光潜美学文集》（第一卷），上海文艺出版社1982年版，第504页。

有可能是一个较长的过程。

表象的选择需要一个方向，即服从诗情表达和情绪抒发的需要。艺术创造当然不能随心所欲，兴之所至，见什么写什么，那就必然不伦不类，精芜杂陈，无法完成对诗主题的逼近。因此，诗人要对与主题表达不一致，不是情感表现所必需的表象予以坚决舍弃。

下面是两首《四月》同题诗，诗人写的都是“四月”，但由于抒情方向或主题不一样，加之作者的生活经历、爱好等的不同，所选择的表象也显出不同：

四月在西北不是一个季节/而是一次战争/春天皱着眉沿长城一线徘徊/焦急地拍着墙堞/登黄土高原望边塞/遍地峰峦起伏/起伏着严冬最后防线上的堡垒……

——周　涛

四月，黄黄的麦秸，像魔术师手中的魔杖/能变幻出许多东西来，许多叫城里孩子/羡慕得不安的东西，我们用它编饭碗/……我们也用它来吹我们的歌，这是最惬意的了/只要用指甲破一条缝，就立刻有歌飘出来……

——刘　犁

前者描述北方地区春天对残冬的驱逐，所选择的表象壮阔严峻；后者写南方乡下孩子在春的怀抱里所享受的童年欢乐，所选择的表象新奇可爱。可以说，两首诗的表象选择都与自身的主题表达保持了一致。两首诗虽然同题，其表象显然不能有任何置换的可能，因为二诗写的是完全不同的两个世界。哪怕二诗同是写北方或写南方，也仍是如此。这里就有一个诗的意向的表达问题，材料与格调一致的问题。

表象的选择还须把握描写对象的特征，选择最能表现事物本质特征的表象来写。选择是为了情景的最优表达，需沙里淘金，冲洗去杂质，以揭示描写对象的本质内涵，如下面这首诗：

北方/是群山和旷野/是剽悍的汉子/和烈马/是白毛风中飘扬的银麦秸/是悠长的无标题的牧歌和传说/是滚滚的黄河畔年轻的向日葵……/骆驼从大漠沙丘走来/飞天从敦煌石窟走来/冰雪从西伯利亚走来/雁和燕子/在温和与寒冷之间穿行……

——钱叶用《北方》

诗人的心灵驾驭着风云，驰骋于北方的天空，因而获得无比高远的视野，把握了北方最富于特征性的表象：群山、旷野、烈马、白毛风、银麦秸、骆驼、飞天、冰雪、大雁……诗人以粗犷而雄健的笔触，呈现了一幅具有历史感、生命感的北方旷野的壮阔画卷。

表象的选择过程，是“意与象的遇合”阶段。此时诗人的“内在生命”进一步呼应外在世界，外在世界进一步走入诗人内心。两者交流的结果，“意”找到了与之契合的表象，终于产生了艺术创造的最初生命元素——意象。在以上的心理过程中，诗人的各种心理能力充分调动起来，各种心理机制都处于兴奋状态，兴趣、注意、感觉、知觉、情感、情绪、理智、悟性，互相渗透、互相融合、互相照耀，使心灵和周围世界一片敞亮。正如丹纳所说，在诗的创造中，“我们所看见的每一个行动都包含着思考、感情以及新旧感觉之间的一个无限的联系”[①]。

表象一旦被选择认定，也就意味着意象已得到确立，表象也就完成了向意象的转变，被情感的作用升华为主客体的复合物而存在。但此时的意象，从理论上仍然是单独的个体，其意义与作用还须在所有意象构成的关系场中才能充分表现出来，与其他意象参与整体的组合。至于如何组合，将在下文中另行探讨。

应当指出，作为表象上升为意象的第一步的“分解”与第二步的“选择”，并不是可以明确区分的两个过程。相反，这种分解与选择却常常是融合在一起的，而对于成熟的诗人来说又常常是在未觉察的短时间中完成的，我们不能因此而无视分解与选择这两个思维转换步骤，否定分解与选择的作用。一句话，表象的分解与选择，是感知由浅入深、由

① 伍蠡甫主编：《西方文论选》（下），上海译文出版社 1979 年版，第 235 页。

外入内、由粗到精的深化过程，是认识思维向艺术思维转换的过程，并通过此过程，使自然物由感知对象达到向情感对象的转化。这一转化的实现，也就有了意象的生成。

第二节　意象的直觉把握

直觉是获取意象的基本方式，直觉活动分为三个基本层次：心觉、感知、领悟。直觉的不同层次产生不同特征的意象。对特定情调、氛围的传达，瞬间印象、直觉联想、直觉的心灵化表述，对情与理的总体透视等，是直觉采集意象的方式。直觉意象具有直观性、新奇性、指义深度等特质。

一　直觉——获取意象的基本方式

从认识论角度看，意象是表象之上的一个概念，它直接来自表象材料。而诗人在具体创作一个作品之时，那大量的意象又是如何获得的呢？对此，许多诗人的回答是十分迷茫的，有人觉得意象是“突然闯入自己的意识”，“说不清它形成的具体步骤”。的确，这种大量意象突然涌现的情况在诗人的创作经历中也是不少的，但应该说，获取新颖、鲜活、丰富的意象的根本途径或方式，乃是艺术的直觉活动。诗人之所以时有意象突然涌现的情况发生，那也是基于艺术直觉活动之上的一种灵感火花的闪现。

直觉，是人类心灵的一种能力，一种极为复杂的心理能力。

直觉首先属于感觉之一种，不过它是一种特殊的感觉。直觉有感性直觉和理性直觉之别，无论是感性直觉还是理性直觉，都离不开感觉。它们的区别仅仅在于所产生的结果的表述形式不同，理性直觉以科学结论的方式表达，感性直觉的结果则仍然保留其感性形式。

凯瑟琳·怀德认为：“直觉是主体对某种特殊实体的直接认识，它不像普遍认识那样，还要经过感觉和推理。"[①] 此话只讲对了一半，因为直觉是不需要"推理"而直接进入顿悟和理解的。但直觉既然是对"实体的直接认识"，又怎能不需要"感觉"。不进行感觉，既无法接触"实体"，更谈不上"认识"。

为理解这一概念，有必要对直觉的理论作一番介绍。

对于直觉思维，最早的研究者是把它作为理智的一部分来看待的。如西欧17—18世纪的唯理论者笛卡尔（1596—1650）、斯宾诺莎（1632—1677）、莱布尼茨（1646—1716）等人，或者认为直觉是理智的一种活动，"通过它即能发现作为推理起点的、无可怀疑而清晰明白的概念"；或者认为它是高于推理并完成推理知识的一种理智能力，"通过它才能使人认识到无垠的实体或自然界的本质"。到了柏格森（1859—1941）才把直觉从理智那里划分出来，但他把直觉和理智加以对立，从非理性主义的观点出发，认为经验和理性不能给人们真实的知识，"运用直觉即可直接掌握宇宙的精神实质"。

关于直觉思维，哲学界虽然有这样或高或低的评价，但人们并未给以足够的关注与研究。著名美学家克罗齐（1866—1952）指出这样一个事实：在日常生活中，我们常用到直觉的知识，有些真理不能下界说，不能用三段论式证明，必须用直觉去体会，然而，"直觉的知识在日常生活中虽然得到这样广泛的承认，在理论与哲学的区域中却没有得到同样应得的承认。理性的知识早就有一种科学去研究，这是世上所公认而不容辩论的，这就是逻辑，但是研究直觉知识的科学却只有少数人在畏缩地辛苦维护"[②]。他认为，"知识有两种形式，不是直觉的，就是逻辑的"，第一次把直觉知识与逻辑知识摆在了同样重要的位置，给予同等看待。

那么，什么是直觉呢？对此，解释是多样的。朱光潜阐释了克罗齐的观点，指出人的"知"的方式有三种：最简单、最原始的"知"是直觉，其次是知觉，最后是概念。直觉是"见形象而不见意义的知"，知觉

① ［美］苏珊·朗格：《艺术知觉与"自然之光"》，《艺术问题》，滕守尧等译，中国社会科学出版社1983年版，第58页。

② ［意］克罗齐：《美学原理·美学纲要》，朱光潜译，人民文学出版社1983年版，第1页。

则是“由形象而知意义的知”。所谓“由形象而知意义的知”，朱光潜举例说：看见一株梅花，你觉得“这是梅花”，“它是冬天开花的木本植物”，“它的花香，可以摘来插瓶或送人”等，这些都是梅花与其他事物的关系，也就是梅花的意义，这就是“名理的知”，即“知觉”了。可是，当你“在凝神注视梅花时，你可以把全副精神专注在它的本身形象，如像注视一幅梅花画似的，无暇思索它的意义或者它与其他事物的关系。这时你仍有所觉，就是梅花本身形象（form）在你心中所现的‘意象’（image）。这种‘觉’就是克罗齐所说的‘直觉’”[①]。

从以上解释中可知，克罗齐把直觉确定在较为狭小的范围之中，即只有在你凝神关注对象的瞬间，处于自我遗忘的时刻，才是直觉，除此之外就不是直觉了。然而生活中运用直觉的机会却是很多的，克罗齐本人也看到，“批评家在批判艺术作品时，以为荣誉攸关的是撇开理论和抽象概念，只凭直接的直觉下判断；实行家也每自称立身处世所凭借的，与其说是理智，不如说是直觉”[②]。可见，直觉不只表现于一时一事，而是时时处处伴随着人的行为，不仅用于观察、观赏，而且也用于判断、思索等。

郭沫若则把直觉与灵感等同起来，他曾作过这样的描绘：“我想诗人的心境譬如一湾清澄的海水，没有风的时候，便静止着如像一张明镜，宇宙万汇的印象都涵映在里面；一有风的时候，便要翻波涌浪起来，宇宙万类的印象都活动在里面。这风便是所谓的直觉、灵感，这起了的波浪便是高涨着的情调。这活跃着的印象便是徂徕着的想象。这些东西，我想来便是诗的本体，只要把它写了出来，它就体相兼备。”所以他认为：“诗＝（直觉＋情调＋想象）＋（适当的文字）。”（郭沫若《文艺论集·论诗三札》）直觉和灵感在产生的条件和进行的过程方面有某种相似之处。灵感“来不可遏，去不可止”（陆机《文赋》）。灵感在潜意识中孕育，一经成熟，即呈现于显意识。灵感到来的状态是：意象纷至沓来，文思潮涌。灵感与直觉，在表象和经验的积累，产生的突发性方面确有

---

① 《朱光潜美学文集》（第二卷），上海文艺出版社 1982 年版，第 51 页。

② ［意］克罗齐：《美学原理·美学纲要》，朱光潜译，人民文学出版社 1983 年版，第 1 页。

相似之处。

但直觉毕竟不是灵感，二者是有所不同的，二者的最大区别在于：灵感是由感觉到意象，直觉是由感觉到顿悟或理解（但不脱离感性外形）。直觉是对于感觉材料在意义方面的发现、延伸和超越，灵感则是感觉材料经过潜意识的储存，最终又寻找突破口一涌而出。

对于直觉思维，阿恩海姆认为是“对本质的直接知觉”，这与柏格森的解释可以相通。柏格森在《形而上学》导言中说：“所谓直觉，就是一种理智的交融，这种交融使人们自己置身于对象之中，以便与其中独特的，从而是无法表达的东西相符合。”我国古代有“神能知几”的说法。“神”即指注意力高度集中时的一种心理状态，“知几”即是对宇宙万物的幽深微妙的洞悉。这里说的也是人的直觉活动。以上都从“主体—对象—本质”的关系中寻找直觉的真义，其思路应当说是可取的。但柏格森、克罗齐都从反理性主义出发，认为直觉是由艺术家情绪状态的催眠性暗示而发生，或者是一种“独特的感情波”的释放，这不免给直觉蒙上一层神秘的迷雾。

苏珊·朗格的直觉理论，与上述二人的不同，则在于她把直觉看作理性思维的起点，没有把直觉与理性思维全然对立，指出了直觉与逻辑思维的联系与区别。她说，“直觉是逻辑的开端和结尾”，作为开端，它是“最基本的理性活动”，理性思维由此发展起来；作为结尾，它“是一种洞察力或顿悟能力”，其不同就在于逻辑思维需要推理，而直觉活动不需要推理过程。她强调形式对于直觉的意义，并指明直觉对于语义上的理解力，她说：“所谓直觉，就是一种基本的理性活动，由这种活动导致的是一种逻辑的或语义上的理解，它包括对各式各样的形式的洞察，或者说它包括对诸种形式特征、关系、意味、抽象形式和具体实例的洞察或识认，它的产生比起信仰更加古远，信仰关乎着事物的真假，而直觉则与真和假无关，直觉只与事物的外观呈现有关。”[1] 这段话的意思，一方面既承认直觉是基本的理性活动，另一方面又承认直觉与事物外观的呈现有关。因此在朗格看来，直觉是包含感觉、情感、想象与理性的

① ［美］苏珊·朗格：《艺术问题》，滕守尧译，中国社会科学出版社1983年版，第62页。

“多种心理功能的综合有机体”，直觉是“一个过程”，它不能离开人类经验，“它以全部人类精神为基础”。以上解释，应该说是较为全面且符合思维实际的。

从苏珊·朗格的解释中可以看出，直觉活动包含了感知、情感、想象与理解的全过程，它具有直接把握客观事物的外观形式和符号意义的能力，而诗歌意象，作为意与象的结合体，其采集和获取，正需要直觉的参与。人的观察和感受，都是直觉能力的运用，在主客体关系中，直觉总是站在最前列的。意象是情感直接作用的产物，直觉的观照，是获取意象最基本的方式和途径。

二　直觉活动的三个层次

马克思说过：“人不仅通过思维，而且以全部感觉在对象世界中肯定自己。”① 为此，对于直觉思维，我们有必要对其心理内容与表现特点作一番探究。直觉思维是一个复杂的过程，现不妨将这一过程的进展层次概略描述如下。

（一）第一层次：心觉

直觉的第一层次是心觉。所谓心觉，是人触物时最初的心灵反应，表现为心灵的被吸引的忘我状态。这种“心觉”，也有人称为“第六感官”。人在触物时，往往是这种“心觉”先于其他感官的知觉，特别是客观物的气氛或氛围，只能靠心觉来领受。例如，进入一座古老的神庙，首先是那凝重肃穆的气氛给你以心理的压力，造成一种庄严的心觉，这种心觉绝对不是某种单一感官所能领受的，而且这种心觉往往先于视觉对于神庙的形态结构、色泽的观察感知，听觉对神庙的寂然无声的领受等。此外，大海的壮阔感、田野的清新感、瀑布的冲动感，都包含有极大的心觉领受成分。这种心觉的领受，也不都是被动接受，还包含有人的心理因素在内。正如贡布里希所指出的：“看见不是被动的过程，不是

① 马克思：《1844年经济学哲学手稿》，人民出版社2000年第3版，第87页。

视网膜像感光底片一样地感受记录下来……心理学实验室天天都传出新异、惊人的证据，断定这种被动感受的看法（或者说是设想）完全不真实。”①

朱光潜解释克罗齐关于“直觉”含义的话“在凝神注视梅花时，你可以把全副精神专注在它本身形象”，这里所说的“凝神注视”和“全副精神专注”，其实就是一种心觉行为。事实上，没有这种心灵的投入，没有这种注意力的被吸引，就无法想象有所谓的“直觉”行为。所以，我们把心觉列为直觉的第一层次内容，表现为凝神观照和心灵领受。

（二）第二层次：感知

“直觉是最基层的知解活动。”② 即通过人的感官活动进行，是感觉器官对客观事物的直接反应（认识与把握），也可称为“感官领受”。但克罗齐认为，这种感官领受，只是事物对感官的刺激，感官处于被动的状态，还没有到“觉”的程度。因而是“直觉界线以下”的东西。

其实，人的感觉器官，只不过是心灵与外界的一个桥梁或中介，起着沟通的作用。“感官领受”不是被动的行为，例如，视觉对客观物体的轮廓、形状、色泽等的“领受”，也同时是一种“感知”；听觉对声音、旋律、节奏的“领受”，也同时是一种“感知”。此外，嗅觉、味觉、触觉等活动也然。正如阿恩海姆所指出的，古希腊的许多哲人、中国的老庄，都竭力强调过感知在人类生活中的巨大作用，认为感知是发现真理的源泉和起点，感知中就已经包含着高贵的理性和对真理的发现。亚里士多德甚至认为，直接的视觉是智慧的第一个也是最后一个源泉。③ 这种感知，是直觉的必要组成部分，是心灵与外界的最直接的也是最基本的接触。正是这种感官领受，使人的直觉处于一种具体、生动、新鲜的境地。

---

① ［英］贡布里希：《论艺术再现》，林夕译，《美术译丛》，浙江人民美术出版社，1985 年第 1 期。

② 《朱光潜美学文集》（第二卷），上海文艺出版社 1982 年版，第 448 页。

③ ［美］阿恩海姆：《视觉思维·译者前言》，滕守尧译，光明日报出版社 1987 年版，第 27 页。

（三）第三层次：领悟

领悟是直觉活动的完成阶段。人面对直觉的对象，有了某种感知之后，往往要快速作出反馈，得出具有本质意义或规律性的结论，这就是领悟。领悟即理解。这种理解，或者是事物某种规律的发现；或者是揭示生活的真谛，从而作出审美评价。

领悟，往往需要经验的介入。经验与知识对于直觉者是作为一种"基质"积淀于心灵之中的。因此，只有那些具有较丰富的经验与学识的人才有较强的直觉能力，才能透过现象的感知，直觉事物的本质和生活的底蕴。直觉力的强大，常常表现为"领悟"或"顿悟"的能力。这种顿悟，能使你对现象作出敏锐的透视，揭示蕴含于深层世界的事物特性与本质。

直觉活动包含以上这三个基本层次。诚如阿恩海姆所说："构成直觉思维过程的各组成部分的相互作用，是在一个整一连续的领域内进行的。"[①] 分出以上三个层次，只是为了认识上的方便。其实直觉活动是心理机制、生理机制的综合活动，要用清晰的语言描述其全过程，目前的心理学、生理学尚未达到这个水平。而这三个层次，也不是每一次直觉活动都须包含的。特别是在艺术创作中，直觉活动可以停留在第一层次（心觉），还可以停留在第二层次（感知），也可以抵达第三层次（领悟）。这要看诗人的情感、理智诸种能力的具体运用而定。直觉的多层次性也决定了直觉形式的多种多样。

以上是直觉活动的大体过程。这个过程虽然无法精确地描述，但我们根据直觉的表现，却可以把握它的一些基本特性。

其一，对客观世界的快速反应性。面对直觉物，人的反应往往具有"回声"式的快速。如对于某一场景，你的感受是崇高还是优美；对于某一社会环境，你是接受还是反感；对于某一事物，从外表变化而得出对其本质的理解，凡此种种，都在较短的时间里完成。

其二，思维的跳跃性。直觉思维不遵循一般逻辑思维的概念——推

① ［美］阿恩海姆：《视觉思维》，滕守尧译，光明日报出版社1987年版，第345页。

理——判断的常规程序，而是舍弃这一程序，从现象出发，直接抵达思维的终点，中间不作停留，也不需要媒介，正如爱因斯坦所说："从经验到提出思想，不存在任何必然的逻辑联系。"这种跳跃性，相对来说，使直觉活动具有较大的自由度，使人的思维不受约束与限制，这在艺术创作中尤为重要。

其三，思维的透视性。直觉具有把握事物本质的能力，从事物的外观形式直接把握事物内核，这就是透视性。正如巴尔扎克所说："这是一种透视力，能够帮助文艺家在任何可能情况下测知真象，说得确切点，这是一种难以明言的，把文艺家送到理想去的力。"（《驴皮记》初版序言）这种透视力，就作家来说往往表现在对题材的处理和主题的确立上的预感或预见，例如岗察洛夫在动笔写作《奥勃洛摩夫》之前，就直觉到这一题材的意义，"本能地感到俄罗斯贵族的东西都集中在奥勃洛摩夫身上"。

综上所述，直觉是人的一种认识活动，从心觉到感知、领悟，直觉有其出发点，也有其归宿，并有它自己的特点。可以说，直觉活动是一种独立的思维系统，与抽象思维、形象思维、情感思维一样，是人类思维的重要形式之一。现在，我们可以根据直觉思维的本身特点，将它与抽象思维、形象思维、情感思维作如下的界分。

抽象思维，摈弃感性材料和主观感受，运用抽象概念，通过逻辑推理过程，进行概括，综合与判断，揭示事物的本质。直觉思维在揭示事物本质这一点上，与抽象思维相同，但使用的材料则与抽象思维恰恰相反，摈弃抽象概念，运用感性材料和感受作为思维对象，并回避和省略通常的逻辑推理过程。

形象思维，借助于感觉，但偏重于形象的客观材料，思维的结果是塑造形象（典型人物）。再现性艺术中较多运用，如小说、叙事诗等。而直觉思维，较之形象思维来说，更偏重于主观感觉，同时也借助于形象材料，直接把握生活本质，或者创造一种境界，它较多地运用于表现性艺术，如抒情诗等。

情感思维，以情感和表情动作为材料，其结果是产生表情艺术，在音乐、舞蹈中较多运用。而直觉思维，虽然始终伴随人的情感活动，但所运用的材料较情感思维更为广阔、更讲究情与客观物的相互作用，其对客观世界本质的揭示，又是单纯情感思维所不能及的。

由此看来，直觉思维既包含了抽象思维揭示本质的特点，又包含形象思维借助于形象材料的特点，以及情感思维表达情感的特点，它是抽象思维、形象思维及情感思维三者高度有机结合的一种思维，但又不是以上三种思维的简单相加。它是融感官、心灵、理解等人类认识能力为一体的一种特殊的心理机能。

心觉、感知和领悟，直觉思维的这三个基本层次，反映了直觉活动的大体过程。一般来说，诗人运用直觉采集意象，直觉的每一层次都可以产生那一层次的“直觉品”，但由于诗人在直觉时，所表现的主观心理的强度，经验、联想等运用的不同，因而所产生的直觉品，远远不只是三个层次的三种类型。这种直觉意象，有的时候可以是某一层次的，有的时候也可以是几个层次的结合，有的时候则可能介于两个层次之间。现在试根据诗人的创作实践将意象采集所运用的不同直觉表现作一些介绍。

三　特定情调、氛围的直觉表现

诗人在进行直觉活动时，首先是客观对象的情调、气氛给人以某种笼罩、制约和感染。这种笼罩和制约，能最直接地打动诗人敏感的心灵。具有直觉敏感的诗人，十分重视采集这种置于特定情调、氛围中的意象，以传达此种感受，并以此感染读者。

直觉对这类意象的把握与传达，古典诗作中也不乏其例，如李白“蜀道之难难于上青天，使人听此凋朱颜”的感叹，就使得“但见悲鸟号古木，雄飞雌从绕林间。又闻子规啼夜月，愁空山”这一系列意象得以突现。现代诗人艾青，十分注重直觉氛围的传达。这是《旷野》中的一部分：

薄雾在迷蒙着旷野啊……//看不见远方——/看不见往日在晴空下的/天边的松林，/和在松林后面的/迎着阳光发闪的白垩岩了，/前面

> 只隐现着/一条渐渐模糊的灰黄而曲折的道路，/和道路两旁的/乌暗而枯干的田亩……//在广大的灰白里呈露的/到处是一片土黄，暗赭，/与焦茶的颜色的混合啊……/只有几畦萝卜、菜蔬/以披着白霜的/稀疏的绿色，/点缀着/这平凡，单调，简陋/与卑微的田野//……枯萎而弯曲的枝干/呆然站立在/从池面徐缓地升起的水蒸汽里//山坡上，/灰黄的道路两旁，感到阴暗而忧虑的/只是一些散乱的墓堆，/和快要湮埋了的/黑色的石碑啊//一切都这样地/静止，寒冷，而显得寂寞……

旷野，是诗人直觉的对象。诗人面对的旷野，被置于迷蒙的薄雾之中，背景模糊而朦胧。在这巨大背景之下，是“乌暗而枯干的田亩”，是“枯萎而弯曲的枝干”，是“散乱的墓堆”和“黑色的石碑”，这些意象都被蒙上悲凉、沉重、迷茫和惆怅的情绪氛围，把静止、寒冷、寂寞、简陋而卑微的北国深秋的旷野，直接呈露在读者面前，给读者心灵以氛围上的笼盖，产生极大的感染。

应该说，这类意象在现代诗人的创作中并不少见。如王家新的《空谷》：“没有人。这条独自伸展的峡谷/只有风/只有满地生长的石头/但你走进来的时候，你感到/峡谷在等着你/峡谷如一只手掌在渐渐收拢/你惊慌得逃回去，在峡口才敢/回过头来：峡谷空空如也/除了风，除了石头”。诗中反复强调“只有风/只有满地生长的石头”，“峡谷如同一只手掌在渐渐收拢”，这些意象把峡谷的死寂、可怕作了极度的渲染。在情调气氛的传达上，艾青的《旷野》显得较浑厚深沉，此诗则显得单纯一些。

这类意象是直觉第一层次中的产品。诗人在接物以后，其感官尚未真正全部投入，仅仅是心觉在发挥作用，因此只能对客观世界的特定情调、气氛进行感受、传递。这时候，感觉似乎尚处于迷蒙的未唤醒的阶段，但客观对象的强烈氛围与形式特征已在瞬间深深抓住了诗人的心灵，被吸附，被震慑。因此，这一阶段所获得的意象，主要指向这种气氛与情调。应该说，诗的气氛或氛围的传达，比起对个别意象的传达要难，但更有价值。这种渲染与传达，可以把读者直接带入直觉对象中去，参与直接的面对面的审美知觉活动，使得你对外部世界的感觉更为具体、丰富和强烈。

四　瞬间印象的直觉把握

在直觉的最初阶段，继情调、氛围对心灵的吸引与呼唤后，那就是诗人瞬间印象与感受的作用了。印象是“视觉后”的东西，这种“视觉后”的印象式意象，具有极强的表现性，留在诗人心灵中的印痕也是相当深刻的，因此诗人都会着力加以捕捉。如意象派代表诗人罗威尔的《池鱼》一诗：

在褐色的水中/一条鱼在打瞌睡/在阳光下闪着银白色的光/在芦苇的阴影里显得清亮/在芦梗的浓荫里/它悄悄躺着/突然它摆了一下尾/于是一条铜绿色的光带/在水下闪了过去/从水底现出/橄榄球的亮光/透过被阳光晒得混浊的水面/闪过一道桔黄色/是鱼儿在池塘穿游/绿色和铜色/暗底上的一道光明/只有对岸垂柳在湖中的倒影/被搅乱了

诗中对池塘和鱼的描写，都是以瞬间直觉印象为基础的，那鱼“在阳光下闪着银白色的光”，“一条铜绿色的光带/在水下闪了过去”，“垂柳在湖中的倒影/被搅乱了”等印象式意象，都是诗人瞬间直觉的捕捉，其变幻与交替都是那么快速，既是物体本身的表现，又体现了诗人的敏捷。通过池水和鱼相依相制的关系的表现，及褐色的水中不时变幻的光亮的对照描写，表达了诗人面对自由生命时的特定情感。

瞬间印象式的意象不仅来自直觉观察，而且来自直觉的变格——幻觉与错觉。而对幻觉与错觉的表现，同样能起到强化感受的效果。如辛笛的《航》中所写：“风帆吻着暗色的水/有如黑蝶与白蝶/明月照在当头/青色的蛇/弄着银色的明珠。”这里的“黑蝶与白蝶”“青色的蛇”“银色的明珠”，是由瞬间幻觉印象生发、捕捉到的意象。宫辉的《夜广场》中：“月光闪烁的沙洲/领带般飘动”，则是瞬间错觉造成的变异。这种瞬间幻觉、错觉，可以改变原来物体的色泽与形态，从而使意象更为新奇鲜活。

瞬间印象式意象也来自某种感觉的强化。如《城市印象》：

> 疯狂的车/紧拽着疯狂的路/整座城市/都在疯狂地跑/这是早晨七点钟/七点钟是打开的水龙头//这一刻，男人匆匆/女人也匆匆/孩子像一群受惊的马//这一刻，只有警察/站成了生根的树/枝叶在风中不住地摇

诗以七点钟的都市大街为直觉对象，诗人眼里的城市，"疯狂的车/紧拽着疯狂的路"，"七点钟是打开的水龙头"，"孩子像一群受惊的马"，"警察/站成了生根的树"，这些意象，是由直觉对于视觉感官的强化而得到的，十分生动地传达出都市生活的快节奏与动态感。

印象式意象具有对客观事物本相的变异作用。这种变异，或是强调某一方面的效果，或是弱化某一方面的作用，使其在某一瞬间的特征得以显现，因此它能使对象表现出新的姿态和形式特征，它更多地留有诗人主体把握接纳的成分，是客体对象留在心灵里的最初曝光。它是印象式的，所以在时间上有变动不定、快速更替的特点，在表现上可以产生某种"频闪效果"，因此印象式意象具有鲜明强烈而新颖的特性。它是瞬间的，故又要求诗人敏捷地加以捕捉。

五　直觉联想

联想是由一事物想到另一事物的心理现象。直觉联想与一般的联想相比，更限制在对直觉物的感官反应上，因此它比一般的联想，范围要小而可感性更强。直觉的联想必须以直觉的记忆为基础，如直觉甲物而联想到乙物，则你必须先有对乙物的直觉经验，这种直觉经验以记忆方式存贮在你的内心深处，到了你直觉甲物时，即豁然相通，连接起甲乙二物，从而完成直觉的联想。

直觉联想可以有单纯的和复杂的两种情况。单纯的直觉联想，可以产生精美的比喻，如"河水闪烁着银色的荧光，恰似一弯银弓丢落在草原上"（朗弗罗）、"太阳，是从自然的心底悄悄溢出的血滴"（雪莱）等。

直觉联想与诗人的艺术修养、审美情趣密切相关。《世说新语》中记载的这个故事更是众所周知：天下大雪，谢安考问他的子侄如何作比。一个侄子说，撒盐空中差可拟。侄女谢道蕴说，未若柳絮因风起。二者都是视觉直觉联想，但后者显然优于前者，从质感、速度、重量、大小形状上看，以柳絮作比更为贴切，更具美感。这正是一个人的艺术修养在潜意识地制约着他的直觉联想的缘故。

直觉联想较复杂的一种，即是运用直觉联想捕捉系列意象。王煦《给偶遇的姑娘》的开头："酷热的夏天一下子就消失了/你是春天/要不就是飘着桂花香的金秋/你是一棵愉快的摇动着的柳树/从我的眼睛里拂去了一层层忧愁。"写的就是与一位女子偶遇时的瞬间感受。这里，"春天""飘着桂花香的金秋""愉快地摇动着的柳树"三个意象，就是运用直觉联想而获得的。再如，杨炼的诗作《黄》，纯粹是从色彩着眼进行直觉联想，获得一系列情感饱和的意象："我的颜色就是民族的颜色/沙漠、手；落日、脸/我的颜色就是劳动的颜色/庄稼、茧；露水、汗/和那些没有果实的树木/和那些退潮后的沙滩……"这些意象都具有明显的直觉性质，它是由留存在诗人头脑中深刻的色彩印象作诱导，被直觉联想引发出来的。

直觉联想由于能够生发一系列意象，因而诗人常常运用这一方式进行造境活动，这种情况在听音乐时常有发生。例如巴黎大学一位教授说："听瓦格纳的《林间微响》时我明显地看见一丛青绿的橡树和棕榈，橡树高低如普通的橡树，棕榈有时高达三四米。……我隐约听见橡树的最高枝有一只夜莺在歌唱。……我想那只夜莺是黄色夹黑色，但是我并没有看见它。"无独有偶，诗人潞潞也有一首表现听音乐时进行直觉联想的诗作，他把这种直觉联想所获得的意象直接组合成一个完美的诗境：

> 管弦乐。独唱。小提琴五重奏/报幕员的甜笑。起落的金属指挥棒。/而后黑色额发一个潇洒的甩动，/崛起了小号，崛起/一片广阔起伏的高原，野牛的/长鬃风一般飘扬……/这不是上海，分明是我的北方。/有着苍劲的群山，燃烧的落日/有着白毛风、马群和男子气的北方。/金的号键，白皙的手指/激情——突破了上海/勇敢的野

牛之血啊//……不可抑制的音乐厅/腾起野牛疾驰而过的尘烟和轰响。/……压过来轰轰烈烈的北方……

——《城市与〈勇敢的野牛之血〉》

无疑，这里运用直觉联想造境是成功的。由音乐直觉出一系列意象，又以意象丰富着、补充着、阐述着音乐，构成互相映照、浑然整一的诗境，具有十分强烈的直觉性。

用直觉联想采集意象，需要诗人的记忆仓库里储存有丰富的直觉材料，没有丰富的直觉材料，其直觉的触发就不可能产生。因此，诗人平日的直觉锻炼显得分外重要。

六　直觉的心灵化表述

这是直觉第二层次的活动。这时候，五官开放，并全部加以调动，乃有色彩、声音、气息、味道、温度及硬度等的接触与把握。但由于直觉活动强烈的主观因素的作用，在感官感知时，会有更多主体改造的痕迹，这就是直觉的心灵化过程。

在这一过程中，由于诗人把强烈的感情外射于直觉对象，因而也使对象具有人的特性和感情。正如朱光潜所说："在凝神观照时，我们心中除开所观照的对象，别无所有，于是在不知不觉之中，由物我两忘进到物我同一的境界。"[①] 这种现象，也称为"宇宙的生命化"。

请看艾青在《旷野》中呈现的意象：

不驯服的山峦，/像绿色的波涛一样/横蛮地起伏着，黑色的岩石，/不可排解地纠缠在一起，/……那些村舍/卑微的，可怜的村舍，/各自孤立地星散着，/它们的窗户，/好像互不理睬/却又互相轻蔑地对看着，/那些山峰，/满怀愤恨地对立着；/远远近近的野林啊，/也像非洲土人的浓密的卷发，/芜乱的卷发，/在可怕的沉默

① 《朱光潜美学文集》（第一卷），上海文艺出版社1982年版，第37页。

里/在莫测的阴暗的深处，/蕴藏着千年的忧郁

诗人笔下呈现的旷野系列意象，极具人的性格、人的情绪。山峦是“不驯服”的，岩石“不可排解地纠缠在一起”，村舍的窗户“互不理睬/却又互相轻蔑地对看着”，山峰“满怀愤恨地对立着”，野林“蕴藏着千年的忧郁”。这一切，就是苦难中国的写照，又是劳苦大众生活和命运的象征。它来自诗人积郁在内心深处的忧患感、危机感对直觉对象的外射，这一外射使直觉对象人格化。这就是直觉带来的意象的心灵化表述。

直觉的感知由于是在人的知觉尚未十分清晰的状态下的感知，因而具有模糊性，或因为潜意识的加入，使主体处于非自觉状态，带来物我的浑然一体。如下诗：

故乡遍布旋涡的河面，是
我手上转动的粗瓷碗。
旭日初启
嵯峨的山廓却开始下沉
我的身后没有布景
迟钝的信天游捏住我的喉咙
阴暗的林间小路走入我的身体
草一样缠绕，我的心
我的心是荒草里潜埋的石头

——张锐锋《颤栗的原野》

这里，诗人的笔触峭拔奇峻，那感觉、那意象奇特得近乎怪诞（如“林间小路走入我的身体”），然而这却是更深层的直觉感受。嵯峨的山廓、林间的小路，经过诗人的心灵化处理，获得了某种强大的主体性；而“我”，却化为被动，主体向客体转化，变成了“荒草里潜埋的石头”。直觉的强烈的心灵化作用，使心灵与对象互摄互映、“两镜相入”，造成了主客体的交流、错位。这种错位，无疑加大了意象的情感容量，也加强了意象的表现力。

七　对情与理的总体透视

这是直觉诸层次中最高一个层次所产生的意象，也是相对完全的直觉活动作用的意象。它同时包含心觉与感知，也包含顿悟和领悟。直觉是一种对本质的洞察力，洛克称之为“自然之光”。直觉到了最高一个层次，即是“悟”。悟，不是对个别刺激作个别反应，而是对整个情境作出的总体反应。悟的过程，是观察、感受、经验、记忆、理智在瞬间的总的爆发，是从外到内的透视、由表及里的深化。悟是这样一种心灵状态：乐于接受印象，也乐于迅速地理解本质。由于所直觉的对象不一样，悟所产生的结果也不一样。有时候是对某一事一物作出深刻领会，从而使意象带有较多理性成分；有时候则表现为一种诗美境界的创造，从而使意象带有较多的感性成分。这两种情况，都是艺术创造中的高级心灵活动。而这种对情与理作总体透视的意象，则具有超重的内涵。下面分别加以阐述。

（一）意象的超重内涵指向对宇宙人生、客观物理的彻悟

人类原以自然界之一物而出现于地球之上，人类的生存依赖于自然，不可一息或离。马克思曾说：“自然界是人的非有机的躯体。”有了自然，才有人类，才有人类社会。这以后，自然性与社会性一并作用于人类自身。人类对大自然的思考分为两种形式，一是宏观的追问，如关于宇宙诞生、人类本原、历史与未来；二是微观的思索，如关于个人在群体中的地位、作用、生存忧虑及个人与环境的冲突、和谐等内容。在对这个宏观或微观世界的观照中，人类均会产生宇宙人生的思悟和客观物理的理解。

宇宙是如此宏大玄妙，人生又是如此恍惚迷离。这方面，历史上许多杰出的诗人都有不少的思索，其间的慷慨悲歌与清醒执着始终给后人以感染与启迪。如李白“今人不见古时月，今月曾经照古人。古人今人若流水，共看明月皆如此”；苏东坡“大江东去，浪淘尽，千古风流人物”。这些诗的意绪，并非都是消极悲观、宣扬超脱或逃离尘世的。它们都表达了诗人对宇宙人生的追思、彻悟和某种把握。虽是人生感慨，却

也激励了不少志士仁人，激扬奋发，求索进取。现代诗歌中，也不乏这方面的佳作，如艾略特的《荒原》、艾青的《光的赞歌》等，这些诗篇都在不同程度上表达了对宇宙人生的理解，给人们以久远的启示。

（二）意象的超重内涵使诗美境界壮阔高远

境界，不同于一般的意境。境界，是情绪、感性与理智融合后产生的高级表现形态。不是所有的诗都可以称得上有境界，只有那些意趣高远、情怀开阔的诗才称得上有境界。这种境界，“既使心灵和宇宙净化，又使心灵和宇宙深化，使人在超脱的胸襟里体味到宇宙的深境”①。创造境界有多种途径。

古诗中，杜甫《望岳》：“岱宗夫如何？齐鲁青未了。造化钟神秀，阴阳割昏晓。荡胸生层云，决眦入归鸟。会当凌绝顶，一览众山小。”此诗在天地云霓山岳之间作大开合，境界广远，气象磅礴，体势雄阔，情怀超拔，是在人与自然的关系中表达出来的。

现代诗中，北岛的《宣告》：“也许最后的时刻到了/我没有留下遗嘱/只留下笔，给我的母亲/我并不是英雄/在没有英雄的年代里/我只想做一个人//宁静的地平线/分开了生者和死者的行列/我只能选择天空/决不跪在地上/以显示刽子手们的高大/好阻挡自由的风//从星星的弹孔中/将流出血红的黎明。”这是以对光明的追求和自我的慷慨牺牲精神，表达出崇高的境界。

此外，舒婷的《致橡树》则以现代女性对爱情的全新观念、自身价值的肯定表达出诗的境界。

以上我们阐述了两种“悟”的表现。诗人的直觉在抵达悟的阶段时，你会有豁然开朗、独见天地的感觉。“悟”能帮助你把握这个天地，拓展与穷究这个天地，从而完成诗的整体构思。因此，悟是诗人的直觉创造力最旺盛时的表现。

当然，悟的情形不是经常能够发生的。诗人可以经常进行直觉活动，但不一定每次都得到“悟”。它需要诗人辛勤的思索，需要诗人艺术、生

---

① 宗白华：《美学散步》，上海人民出版社1981年版，第72页。

活、内心世界的多重积累。目光短浅、心灵渺小的诗人一辈子也不可能有这种“悟”。

在直觉的这一层次中，意象虽然具有极大的理性成分，但理性的内容并不直接说出。它始终是一个可感形式，由于“悟”的介入，因而蕴含厚重。

八　直觉意象的审美特性

综上所述，直觉是一个过程，是将感受、情感、想象、理性熔铸在一起的整体心理过程，它是意象采集的基本方法。直觉所采集的意象的审美特性，可概括如下。

（一）审美的直观性

直觉把感官直接领受到的东西传达给读者，使读者如临其境，直接参与诗人的审美活动，具有现场感、亲近感和生动感。直觉不是诗人道听途说的感受，而是通过诗人的感官直接传达给读者的感官，具有“纯感官”性质，因而更为真实可信，易为读者所接受。

当然也不能把直觉与直观两个概念混淆。直觉包含直观，直观不等于直觉。但克罗齐的直觉观基本上属于直观。他所说的直觉只有形象而无意义，这实际上是指“直观”。

直觉不同于直观，不是如直观那样随时随地可以发生的。它必须在表象的积累、情绪的催迫达到一定程度，并在丰富的经验基础之上才能进行。正如鲁枢元所说：“直觉是在经验的基础上，在情绪的推动下，在某种媒介的激发下，往昔那些不自觉地沉积下来的零星记忆，在思维主体的大脑中突发性的、序列化的复呈。”①

在诗的创作中，如果直觉仅仅停留在直观阶段，那显然是很不够的。直观能够提供新鲜的感觉，这自然十分必要。而诗中的直觉，则是全过

① 鲁枢元：《作家的艺术知觉与心理定势》，《创作心理研究》，黄河出版社1984年版，第29页。

程的，要求从感觉走向深层意义的透视把握，要求把一个具体事象与宇宙人生、古往今来的时空历程沟通关联起来，使诗人在感知有限之时进入无限。例如曹孟德《观沧海》中的宇宙气象、张若虚“江畔何人初见月？江月何年初照人？人生代代无穷已，江月年年只相似”中的追问，都具有生命感悟的直觉意味。

（二）视觉的新奇性

直觉活动有如下特性：一是判断的快速性。面对直觉物，人的反应如同“回声”般的迅疾。正如王夫之所说的“一触即觉，不假思量计较”。二是思维的跳跃性。直觉思维舍弃“概念—推理—判断”这一逻辑程序，从感觉到的现象出发，直接抵达思维的终点，中间不作任何停留，也不需要中介，而是如爱因斯坦所讲的，“从经验到提出思想，不存在任何必然的逻辑联系。”也如巴甫洛夫说的：“人记得最后的结论，却在其时不计及他接近它和准备它的全部路程。”[①]

由于上述原因，就给意象带来新奇感。同时，通过直觉的联想，可产生奇特的表象修饰。有一次，高尔基读到一位青年作者小说里的句子“黑黑的两眼，恰如上星期买来的新套鞋底隆起的后跟一样的闪光”时，提出批评：“眼睛的光辉和套鞋的光辉比较着，这样继续下去，作者不是甚至可以将格里西加的脸和刚刚用水泥涂过的屋顶比较了吗?”这种指责其实并不合理，用新套鞋的后跟来比喻眼睛，具有潜意识的随意性，恰恰产生了新奇的效果。如果对所有的比喻都须加以“崇高化”的操作，也就失去了自然，失去了心理活动的真实性。直觉活动对摆脱陈旧的思维定式，具有不可低估的意义。

（三）指义的深度

直觉的认识能把握事物的意义，这在许多理论家那里得到认可。例如柏格森认为“运用直觉即可直接掌握宇宙的精神实质”，贝弗里奇认为

---

① 中国科学院心理研究室编：《巴甫洛夫论心理学及心理学家》，科学出版社 1955 年版，第 11 页。

直觉是一种“突如其来的顿悟或理解”，阿恩海姆认为直觉是“对本质的直接知觉”；苏珊·朗格则认为直觉“是一种基本的理性活动”，“是一种洞察力或顿悟能力”。由此看来，直觉是一种直接导致对意义的理解或顿悟的知觉力。它既具有感觉的直接性，又有理解的直接性。这也是思维的透视性：从现象世界直接进入事物的内核，把握其本质。

直觉思维的这种洞察力，对客体进行透视、揭示本质内蕴的能力，给意象带来了情感与意义的深度，它不是抽象化概念化的说教，是与感性经验结合在一起的美的形式，所以易为读者接受。同时，这种深度，往往是抽象思维、纯理性思维所不能达到的。有时候，哲学也要借助于诗。感性生命永远比理性生命更具活力。

人们生活在充满符号的世界里，人们生来就必须接受“语义的强加”“概念的强加”。在人们眼里，似乎这世界就是“语义中的那样子”，而把真实的世界遗忘、冷落了。

概念化、理念化，是诗的大敌。在这符号文化不断发展的世界里，诗人必须与不断密集而来的概念作斗争。只有突破概念的围困，才能找到真实的世界、真实的自我，寻觅到具有自我个性的意象。

回避概念、强化感觉，这是诗对诗人的要求。可是感觉也有被现成的概念、语义污染的痕迹。所以我们要对感觉作一番自我清理，除去感觉中的语义成分，除掉被习惯所定型的感觉，恢复到直觉。

对于直觉，有更多的诗人已认识到它的重要性。张锐锋说：“诗的完整的获取，须依凭艺术的直觉才能得到实现。”于坚说：“诗人只要把直觉到的组合成有意味的形式，成为语感，他的生命就得到了表现。”① 直觉思维已在更多的诗人心中唤醒了。

直觉的唤醒，将给诗坛带来一股清新的风。开拓直觉能力，发展直觉思维，将给你的诗带来恒久的生机。

① 于坚等：《青春诗话》，《诗刊》1986年第11期，第31页。

第三节 意象的类型特质

意象一旦生成，在诗中就会呈现出自身的某种形态和特质。这种形态和特质，表现为某一意象，其所占主客观成分的多与寡；其在作品中所起的功能各有不同；从意象本身内容看，其来源也有不同，有的取自自然，有的取自历史，有的取自现实生活等；特别是其在作品中的存在状态，有可能显得十分复杂，甚至隐秘，虽然大多呈现为显意象，但也常常会以隐藏的、潜在的方式出现。所以意象的各种形态，也是值得加以关注的。根据其不同形态，也可以区分出意象的不同类型。现分别从意象的主客观成分、意象的功能和表现手法、意象在诗中的存在状况及意象的内容等不同角度加以区分，进而考察其类型物质。

从意象的主客观成分看，可有“主观的”意象与“客观的”意象；

从意象在诗中的存在状态看，可有景内意象与景外意象、显意象与潜意象；

从意象的来源和内容上看，可有自然意象、历史意象、现实意象。

一 “主观的”意象与“客观的”意象及其糅合

将意象分为“主观的”与“客观的”两类，是庞德的主张。他在《关于意象主义》一文中写道：

> 意象可以有两种。意象可以在大脑中升起，那末意象就是“主观的”。或许外界的因素影响大脑；如果如此，它们被吸收进大脑熔化了，转化了，又以与它们不同的一个意象出现。其次，意象可以是“客观的”。攫住某些外部场景或行为的情感，事实上把意象带进了头脑；而那个旋涡（中心）又去掉枝叶，只剩那些本质的、或主要的、或戏剧性的特点，于是意象仿佛像那外部

的原物似地出现了。[①]

庞德曾给意象下过“瞬间呈现的理性与感性的复合物”的定义，此处何以又将意象分为“主观的”与“客观的”呢？从以上引语可以看出，那“在大脑中升起”的意象，即为“主观的”；而那“攫住某些外部场景或行为”“像那外部的原物似地出现”的意象，即属“客观的”。庞德在这里并没有否定意象的主客观双重属性，在解释“主观的”意象时，指出它是由于外界因素的影响，在谈到“客观的”意象时，又指出它是“事实上把意象带进了头脑”。庞德之所以作如此分类，这里有个何者为先的问题。“主观的”意象，是头脑中已有的，之所以被唤起，是由于外界的刺激，然后运用联想或想象的方法得以产生；“客观的”意象，则主要是对于客观表象的有意注意引起情感反应，从而上升为意象。

联想与想象是获得“主观的”意象的主要途径。它们都以头脑中已有的表象储存为对象，由外物的刺激或灵感的闪耀而激活为意象。如杨炼的《黄》一诗，就呈现了由“头脑旋风”式的联翩思维而产生的一系列主观意象：

我的颜色就是民族的颜色
沙漠、手；落日、脸
我的颜色就是劳动的颜色
　庄稼、茧；露水、汗
　和那些没有果实的树木
　和那些退潮后的沙滩
一条以我命名的河流
吻过庄严的岁月，留下光荣
　　与痛苦，层层叠起
　　像记忆，像腐朽的雕栏

① ［英］彼得·琼斯编：《意象派诗选·导言》，裘小龙译，漓江出版社1986年版，第44—45页。

我的颜色也是耻辱的颜色
　堂皇的油彩在剥落
　金子从港口涌向海面
　涌向浑浊的波涛
　同我的河流的愤怒交织翻卷

诗中，民族、沙漠、手、落日、脸、庄稼、茧、露水、汗、树木、沙滩、河流等意象，原来都是作为主观的观念表象留在诗人记忆之中的，由于色彩词“黄”的激发，以及浑厚沉郁的民族意识与历史意识的加入而复活，完成了主观的表象向“主观的”意象的过渡。这一点，想象也同样如此，只不过想象中创造、整合的成分更强烈一些而已。总之，联想与想象能够超越时空限制，突破习惯思路进行“越界思维”，较大程度地挖掘生活积累，调动、复活潜意识中的记忆表象，扩大认识自我心灵世界的广度，并在此基础上进行精选，使意象更具新意。

“客观的”意象指直接来自诗人的即时感知而得到的那些意象，虽不乏主观情意的糅合，但客观的、即时的成分居多，如同王国维所说的“写境”。“客观的”意象一般以描述的方法产生。

二　景外意象、潜意象的意义拓展

从意象在作品中存在的状态看，可将意象区分为景内意象与景外意象。

我们看舒婷《群雕》的开头部分：

没有天鹅绒沉甸甸的旗帜
垂拂在他们的双肩
紫丁香和速写簿
代替了镰刀、冲锋枪和钢钎
……

此处，关于“群雕”的描述中，真正存在于景内的是“紫丁香”“速写簿”；而“旗帜”“镰刀”“冲锋枪”“钢钎”等对于新一代“群雕”来说则是非存在物。这些实际上并不存在的事物，作为意象出现于诗境，并不是完全没有用处的。这些意象的运用，表达了两代人的联系与区别，也表明了新一代对老一辈传统与精神的承继。我们把诗中实际存在的意象称为“景内意象”，而把不存在的意象称为“景外意象”。

景内意象与景外意象的共存，古诗中并不少见。如崔颢《黄鹤楼》所写的“昔人已乘黄鹤去，此地空余黄鹤楼。黄鹤一去不复返，白云千载空悠悠”。这里“昔人”与“黄鹤”为景外意象，“黄鹤楼”则为景内意象。

景内意象是一种“此在”的存在，景外意象是“彼时”的存在。景外意象的使用，可开拓诗的时空，不使感官局限于此时此物，引导读者驰骋想象，使诗产生多层次的时空与内涵，并对景内意象进行衬托、映照。如北岛写“岛屿”：“退潮中上升的岛屿/和心一样孤单/没有灌木丛柔和的影子/没有炊烟。”“灌木丛”和“炊烟”对于岛屿是一种映衬，愈显其“孤单”，而它们的出现，又可使视觉对象丰富起来，在“无”中看到“有”。

这种景外意象虽然是以“没有”“无”“不”等否定词出现的，但并不等于被否定，相反却在否定中得到了创造。这一情况苏珊·朗格早已注意到，她就曾对斯温伯恩的《普洛塞班的花园》最后一节中出现的这一情况作过富有启发性的分析。原诗如下：

那时星星要醒，不是太阳，
天光一点儿也没发亮；
大海不再摇晃呐喊，
声息、物影，一无闻见——
枯叶、春叶踪迹全无，
不见白昼，也不见它的事物。
唯有那永恒的睡眠，
在一个永恒的夜晚。

苏珊·朗格分析说，太阳、星星、天空、呐喊的大海、声息、物影、树叶以及白昼，即使被当作否定的事物，也还是都出现了。它们的出现，产生了背景的作用，把最后两行所肯定的事物衬托得更为突出，否定词因而起到了创造性的作用。[①] 景内意象与景外意象只是意象在实际图景中的存在状况不同，对于诗的整体来说，它们都是一种“存在”，共同创造了诗的情境。

景内意象与景外意象是诗中文字所呈现出来的，我们可将它们统称为“显意象”。除此以外，还有一种并未由文字显示的意象，我们不妨称之为“潜意象”。古人曾有“象外之象”的说法，即意象并未全盘托出，读者可凭借可见的意象，去发现未说出的那些意象。如梅尧臣写山中人家“人家在何处，云外一声鸡”。呈现的意象仅是“云外一声鸡”，其未说出的潜在意象可以是竹篱、茅屋、炊烟、柴垛、曲径、犬吠等。

潜意象的安排是达到诗的跳跃与含蓄所必需的。上面所引诗句，若将山中人家的所有意象都说出，必然有损诗的韵味，相反，以部分指代整体、以个别暗示普遍，却可以造成联类无穷的效果。

潜意象的安排同时又是加强意象表现力的一种手段。公刘写道：“数不清的衣衫发辫，/被歌声吹得团团打转。”此处的潜在意象是“风”，“歌声”被赋予了风的力量，能将衣衫发辫吹动，这就使得歌声不仅可闻，而且可视。宗白华有诗句“太阳的光/洗着我早起的灵魂”；艾青也有诗句“太阳的光/泛滥在街上”。阳光可以“洗”，可以“泛滥”，这里有潜在意象“流水”，阳光也就被赋予流水的液态属性，更具有某种质感。

此外，用典、暗示手法，使得神话、传说等原始意象都可以作为潜意象而隐现于诗中。

潜在意象在诗中是一种“可能存在”，凭借接受者的读解才可能最终出现。它具有诱导联想、深化诗意之功能。

景外意象与潜意象在诗歌中并不是偶然的、个别的存在，它们在诗

① 参见［美］苏珊·朗格《情感与形式》，刘大基等译，中国社会科学出版社 1986 年版，第 281 页。

中的出现，均出于诗人艺术匠心的独到安排。景外意象的使用，往往是诗人出于建立一个景内景外互相对照、互相映衬的结构，用以强化某一特定的情感之目的。所以它是艺术的强化手段在诗歌中的应用。而潜意象则与之相反，采取的是一种简化、省略的手法，即所谓“不着一字，尽得风流”，用以取得“以一当十”的艺术效果。强化（增加）和缩减是艺术辩证法的两个方面，景外意象和潜意象，一个是增加的部分，一个是缩减的部分（或未呈现部分），它们之间的互补，可望促使诗歌情感内蕴的多向扩张。

三　自然意象、历史意象、现实意象的特质

自然是人类永远的认识对象，也是人类永远的审美对象。大自然对于人类，最初是一种混沌、蒙昧的未被认知的存在。此时人类对自身的认识同样等于零。人类认识自身是从认识自然、认识周围环境开始的，严格地说，是大自然创造了人，而不是人创造了自己。因此，自然（对象）成了人认识自我的方式，也成了认识的尺度。

由对自然的觉醒进而部分地驱唤自然，这就使人的精神进一步升华乃至达到审美高度。审美活动是自然的人化过程。人给自然物以生命与情感，人以超越的精神驾驭自然，进而解蔽自然，使自然物向人的精神方向提升。由拟自然到超自然，是生命的进步、精神的觉醒，由此大自然也被纳入人类精神范畴，纯粹的自然变成了主体化的自然。自然意象是这一双向运动的结果，它有自然存在物的物质外形，又是人类精神的雕塑。

人类面对的一切美的形式，都来自大自然，色彩、线条、体块、明晦、音响、节奏、变幻等，都是大自然对人类感官的奉献。自然的形式无限丰富，人类对美的撷取也无穷无尽。培根把艺术定义为“人＋自然”，的确未有过分。

从形式上看，自然物本身即具有意义。山水草木，“莫不有性情”。情感与这些形式遇合，故有意象之产生。自然是人的精神的安慰、情感的寄托，人与自然最根本的关系是共生和谐。“天地与我并生，万物与我

为一。”（庄子）“人们的热情是与自然的美而永久的形式合而为一的。”（华兹华斯）这高度的统一观显示了人的气度。自然界的生生不息给人类的生命活动、艺术活动以永恒的启示。人为什么能在对自然的观照中获得审美愉悦？因为自然的内在意味总是与生命的存在、生命的精神相一致的。瑞士思想家阿米尔（Amiel）说“一片自然风景是一个心灵的境界”[①] 也为此意。自然也就成了人类情感的符号，作为情感尺度与标识而进入诗的领域。

历史意象的物质形式是已成为过去的那些历史遗存物，即与现实生活有较大时间跨度的人类的生存状态、人类的物质生产、精神生产活动，包括人类群落、社会组织、劳作、建筑、服饰、工具、礼仪、艺术活动及其他文化活动。它是由时间的流逝表现出来的空间，而且是人类活动的自我空间及其产品。诗和艺术凭借“思接千载”“视通万里”的想象达到情感的交合，使之成为诗的意象。时间的绵延引发的沧桑感、久远感是其重要的审美特性。

现实意象的表现对象是现实生活中的人类行为及其产品。诗人是现实社会中的一分子，生活于现实之中并被现实所推动着，因此诗不能不是与现实息息相关联着的。相对于历史的恒定、沉重来说，现实是前行的、多变的，诗人须追踪现实，以获得永远鲜活的心灵、永远鲜活的意象；然而现实又是错杂的，有时甚至是浮躁的，因此诗要善于抓取那些最内在、本质的东西加以表现。现实又是最具功利性的，诗需要排除这种功利目的，超越现实，以主体的充分自在自由的精神，透视现实，进而创造意象之美。

自然意象、历史意象、现实意象是诗主要的表现内容。自然是人类生存的大背景，历史是人类文化大背景，现实则是诗人所直接面对的生活。但对于诗人来说，三者又是等距的，有着同等重要的意义。而诗又天然地与自然更为亲近。正如华兹华斯所说：“高岩、大山以及深而幽暗的树林，它们的颜色和形式对于我简直是一种食欲、情感

---

① 转引自宗白华《美学散步》，上海人民出版社1981年版，第59页。

和爱。”[①] 而作为一个情感深沉、热爱生命的诗人，又天生地热爱自己民族的历史文化，关注身边旋转变异的现实。自然意象、历史意象与现实意象，是诗人的太阳、月亮与星辰，它们共同普洒着，给诗以不竭的生命之光。

---

① 刘若端编：《十九世纪英国诗人论诗》，人民文学出版社1984年版，第40页。

第四章

意象功能论

关于诗歌意象问题，诗学理论界一直十分关注。但对它的研究，基本停留在以下两个层面：一是着眼于对其内涵的界定；二是注重于探讨意象与相关概念如意境、形象的区分。上述视点对意象的本质与作用的理解虽不无裨益，但却未能使意象研究进一步深入。其间也曾发生意象与意境孰大孰小、孰高孰低的争论，究其原因仍是由于对意象在诗中的地位与功能缺乏充分认识之故。对于意象，中西古典文论早就将其放在十分崇高的地位上。如刘勰就说过“窥意象而运斤”为“驭文之首术，谋篇之大端”[①]。而康德则指出：“事实上，正是在诗的艺术中，审美意象的能力才能得到充分的展示。”[②] 何以能在诗中得到“充分的展示”？这是值得深思的。一些研究者虽也认为意象是诗的“元件”“基本的单位”，给了意象以近乎诗本体的地位；西方意象派诗人把意象看作情感的“客观对应物”，也仅仅把它看作表情的手段，上述认识仍是很不够的。其实，从根本上说，“诗就是意象符号的系列呈现”，这是动态的说法；从静态看，诗是一个意象符号系统。因为在诗中，除了意象与对意象的相关阐释外，几乎别无他物，诗的主要构成即是意象。诗人正是凭借意象，

① 刘勰：《文心雕龙·神思》。

② 伍蠡甫主编：《西方文论选》（上），上海译文出版社1979年版，第564页。

沟通了内在与外在世界，营造了瑰美的情感天地与深邃的意义空间，最终构建了一个“有意味的形式”。一个意象绝不只是那个单独的意象本身，仅仅表现了它自己。意象的功能是超越意象本身的。因此，从功能结构入手，探讨意象的品性，将对意象作为诗本体的意义带来更深入的认识。

意象既是诗的“最小单位”，同时“它是一团，或一堆相交融的思想，具有活力”[①]，这表明意象具有极大的自由度、灵活性以及对整体意义的生成能力，这也将保证它在诗中功能的“充分的展示”。意象的功能主要有表现功能、表达功能、建构功能等，下面试作具体讨论。

第一节　意象的表现功能

世上任何存在物均具有特定的“表现性”，这种“表现性”也就意味着意象具备了特定的表现功能。在谈到艺术符号的作用时，苏珊·朗格指出，通过“富于表达力的符号”进行表现，是艺术的主要功能与目的。诗歌意象是一种“表现性符号”，它的功能就在于“将经验客观地呈现出来供人们观照、认识和理解”。[②]“观照、认识和理解”属于人类经验的不同层次，此语同时也表明意象的表现功能具有多层次性、丰富性的特点。

意象的表现功能，或表现性，就是指事物的形式结构、外部特征所给予人的感觉，或内在特性以及历史上形成的文化内涵等，给予人的感受、暗示与认识。

按照格式塔心理学的说法，事物的“表现性”不是由人类的情感附加上去的，而是事物本身固有的特征，是该事物客观上与人类情感相通，具有“异质同构”的性质，所以人们能感受它、理解它。对于外界事物能表现人类情感这一事实，流行的说法是由于“感情的误置”“移情作用”“拟人作用”或“泛灵观”所产生出来的。对此，阿恩海姆并不认

① 郑敏：《英美诗歌戏剧研究》，北京师范大学出版社1982年版，第12页。

② ［美］苏珊·朗格：《情感与形式·译者前言》，刘大基等译，中国社会科学出版社1986年版，第8页。

可。他指出："事实上，表现性乃是知觉式样本身的一种固有性质。"他分析说："一棵垂柳之所以看上去是悲哀的，并不是因为它看上去像是一个悲哀的人，而是因为垂柳枝条的形状、方向和柔软性本身就传递了一种被动下垂的表现性；那种将垂柳的结构与一个悲哀的人或悲哀的心理结构所进行的比较，却是在知觉到垂柳的表现性之后才进行的事情。一根神庙中的立柱，之所以看上去挺拔向上，似乎是承担着屋顶的压力，并不在于观看者设身处地地站在了立柱的位置上，而是因为那精心设计出来的立柱的位置、比例和形状中就已经包含了这种表现性。只有在这样的条件下，我们才有可能与立柱发生共鸣。"[①] 因此，如果没有这种表现性，单凭移情作用是不可能与之产生共鸣的。

阿恩海姆还从"力的结构"这个角度进一步分析了这种表现性所产生的心理的或力学的基础，认为一切存在物的基本存在形式大致相同，均是"力"作用的结果。那推动人的情感活动起来的力，与那些作用于整个宇宙的普遍性的力，实际上是同一种力。这是宇宙的内在统一性的体现。因此，那些不具意识的事物，一块陡峭的岩石、一棵垂柳、落日的余晖、墙上的裂缝、飘零的落叶、一汪清泉，甚至一条抽象的线条、一片孤立的云彩或是银幕上起舞的抽象形状等，"都和人体具有同样的表现性"[②]。阿恩海姆的论述，表明事物的这种表现性是一种普遍的存在。例如，陡峭的岩石，给人以冷峻和压迫感；垂柳，给人以柔顺、飘逸感；落日余晖，给人以朦胧、迷茫感；墙上的裂缝，给人以苍凉、神秘感，等等。意象外在结构形式的这种表现性，构成了意象与人的情感交流的基础，是意象使人产生审美心理感应的依据。

对于自然界事物具有特定的表现性问题，清代学者张潮也曾说过："梅令人高，兰令人幽，菊令人野，莲令人淡，春海棠令人艳，牡丹令人豪。蕉与竹令人韵，秋海棠令人媚，松令人逸，桐令人清，柳令人感。"（张潮《幽梦影》）这里所说的人面对某种自然物而引起的这些特定心理

① ［美］阿恩海姆：《艺术与视知觉》，滕守尧等译，中国社会科学出版社1984年版，第624页。

② 同上书，第623页。

感受，虽然看上去主观因素居多，但实际上都与物体的形态、生存环境等因素直接关联，是由事物的特性引发的一种联想。

再看戴望舒这首《印象》：

是飘落深谷去的
幽微的铃声吧，
是航到烟水去的
小小的渔船吧，
如果是青色的珍珠；
它已堕到古井的暗水里。

林梢闪着的颓唐的残阳，
它轻轻地敛去了
跟着脸上浅浅的微笑。

从一个寂寞的地方起来的，
迢遥的，寂寞的呜咽，
又徐徐回到寂寞的地方，寂寞地。

这里呈现了多个意象，这些意象有大体相似的运动状态：如铃声，是飘向深谷去的，渐行渐远，趋于不闻；渔船，是航向烟水去的，也将被烟云遮没；珍珠，堕到了古井的暗水里，趋于消失；接着是残阳与微笑，也轻轻地收敛；最后是寂寞的呜咽，起来然后又徐徐地回到寂寞的地方，也是消失。所写的这些事物，都处在从有到无、从近到远、从高到低、从明到暗，从强到弱的消失过程的结束阶段，经历的时间也都在短暂的一瞬，这类似的表现性给人强烈的感受是：迷茫、失落、无望、无奈。而且，这些事物，都具有形体细小、分量轻微、色彩幽暗等特点，在广袤的世界里它们似乎占不到什么位置；诗中使用了多个叠词：小小、轻轻、浅浅、徐徐等，更给人以弱小无力之感，使人联想起前程的缥缈、美好时光的消失、生命的无助、未来的归宿不可知等，给人的印象十分深刻。阿恩海姆指出："表现性就存在于结构之中。"[①] 诗歌意象的表现性，是意象形态给人的一种直观感受，它通过五官感觉直接诉诸人的内心，沟通物我，相互印证，从而引起心灵的共振。

当然，仅仅从视觉外形上来说明事物的表现性还是不够的。中国画中以老虎的形象来象征力量、勇猛，并不主要来自老虎的外在形式，而是因为老虎本身具有力量、速度与凶猛的性格；以丹顶鹤来象征长寿，同样也因为在人们的心目中认为它存活得较为长久。因此，较完整的说法应该是：事物的"力的图式"及其内在特性，共同构成这一事物的表现性的依据。

意象的表现性，既直接产生于其外在形态特征等，也来自人类在认识外在世界过程中形成的文化内涵。每个事物都有它自身形成、发展、变异的历史。从艺术发生学的角度看，意象的产生与人类艺术的创造同步产生，随着人类文明的发展，意象在神话、哲学、宗教，特别是在文学艺术中被反复运用，成了饱含众多信息的"贮存器"，所以"看是孤立悬搁在个别文本情境中的意象，实则在其背后是一个蕴涵丰富的文化实体"[②]，成为浓缩了人类心理、感情与文化的载体。一个意象就是一个蕴含丰富的意义的天地，人们与意象的触摸，也就是对人类历史文化的触摸和对人类审美心理的呼应。也因此，意象的内在文化内涵，极大地丰富了意象的表现性。

由于意象的表现性，来自外部特征、内在特性及文化因素的影响与制约，所以在接受意象的表现性信息、阅读一个作品时，就需要通盘考虑内外，方能作出精准的读解。例如，北岛的《关于传统》一诗中：

野山羊站立在悬崖上

这里两个意象："悬崖"，险峻陡峭，面临深渊，给人以恐慌可怖之感；"野山羊"，一个外表弱小的生命体，站立在陡峭的悬崖之上，它几

---

① ［美］阿恩海姆：《艺术与视知觉》，滕守尧等译，中国社会科学出版社1984年版，第614页。

② 王立：《中国文学主题学——意象的主题史研究》，中州古籍出版社1995年版，第12页。

乎无法跨越，坠崖的可能性倒是极大，令人担忧。诗题是《关于传统》，因此这组意象的含义，让人极容易联想起“传统处于危机状态”的命题。但我们如果仔细了解野山羊的生活习性，就会得出相反的结论。野山羊生活在海拔500—6000米的山上，步履稳健，有极好的平衡能力，能够迅速、稳健地从一块岩石上跳到另一块岩石上。所以悬崖陡壁对它们来说几乎构不成威胁。因此，“野山羊站立在悬崖上”，对它们不是危机而是转机。联系诗题，这句诗的含义应该是“传统处于危机但呈现转机”。

这是从事物的特性来理解意象的表现性。下面我们还可以从事物的文化内涵进一步了解这种表现性。还是北岛的《关于传统》：

长夜默默地进入石头
搬动石头的愿望是
山，在历史课本中起伏

“长夜”象征漫长的时间，“石头”是长夜的凝聚物，应是有价值的东西，可以理解为传统的组成元素。这“石头”是山的一部分，随着山体作着缓慢的运动。显然，这种运动或者被“搬动”，还算是相对稳定与合理的，可以理解为“传统在时间的递进中不断修正和成熟”的一个过程，在这个过程中，“传统”保持着其真实性和某种活力。但最后出现的“历史课本”意象，却需要我们特别留意：何为“历史课本”？为什么随后用了幅度相对较大的“起伏”一词？其实，“历史课本”作为一个意象，它的外部特征提供给人们的是“严肃”“真实”的意味（表现性）。但“课本”本身又有其文化内涵和属性：所谓课本，实质是人的叙述，是人书写的东西。而人书写的，就可能存在极大的主观随意性，他可以根据自身的理解甚至某种需要，对“传统”进行任意阐释或改写，而不同的人的书写有可能存有天壤之别，因而“传统”自然是处于上下“起伏”的不定状态，其真实性、可靠性就该打折扣了。

可见，意象的表现功能，来自意象的外部特征、内在特性及文化内涵这三方面的综合外射。三方面不应偏废，否则极易造成审美谬误。

不过，在诗人创作之时，意象的文化积淀层，只是诗人所需要面对的背景内容，诗人仍然可以凭借当时的特定感受或写作目的进行自主写作，而不一定完全受其约束。诗人在意象的发现与创造过程中，内心的体验常常是“一种突然被解放的感觉”“突然成长壮大的感觉”[①]，这是一种美的发现过程，可能是对往常经验的超越与突破。这种超越与突破，对于特定意象获得新的内容与生命肯定是有助益的，从而增加了意象的表现性。可见，意象的表现性不是一成不变的，它是可以被丰富和发展的。

第二节　意象的表达功能

意象的表达功能首先在于它的描述性。任何一个符号，一方面是物质的呈现，另一方面又是一种精神的外观，意象也是如此，具有客观性特征和对外部世界的再现性因素。意象的描述性功能有两层含义：一是指单个意象具有客观性与再现性；二是指群体的意象链构成了整体的描述性。前者如“采菊东篱下，悠然见南山”，诗人没有说“菊”“篱”为何种色彩，“南山”是何种形状，却可凭借以往的经验重现这些视觉形象。后者如艾青《解冻》一诗，诗中呈现了一系列平野意象：

> 平野摊开着，/被由山峰所投下的黑影遮蔽着；/乌暗的土地，/铺盖着灰白的寒霜，/地面上浮起了一层白气，/它在向上升化着，升化着，/直到和那从群山的杂乱的岩石间/浮移着的云团混合在一起……/而太阳就从这些云团的缝隙/投下了金黄的光芒，/那些光芒不安定地/熠耀着平野边上的山峦，/和沿着山峦而曲折的江河。

这里，系列性的意象构成一个意象链，再现了解冻时的平野景象，具有描述性。这些意象显现的客体形象直接诉诸读者感官，真实而切近，而那光影水汽的交错变幻又极富层次感，因此它又是精约与凝练的。诗

① 陈良运：《诗学·诗观·诗美》，江西高校出版社 1991 年版，第 94 页。

人似乎在描摹实境，却是经过诗人改造、“因心造境”而得的虚境与幻象。意象的描述性不是被动地照抄对象，必须“感情将物象渗透，物象直射出感情”。上述诗中所呈现的意象，融合着诗人对这片土地迎来解冻时的喜悦和期待，但这种感情的表达却是较为隐蔽的，主客观之间偏重于客观。

当然在意象描述中伴随的情感作用也可以较为强烈。这种描述，主客之间不分彼此，主观生命对象化，客观物象生命化，如同朱光潜所说：“我和物的界限完全消灭，我没入大自然，大自然也没入我，我和大自然打成一气，在一块生展，在一块震颤。”[①] 如胡学武《垦荒》一诗，其中的描述性意象十分丰富：“沉雷在充血的天空里不安地躁动”“荒原一阵悸动、忍受着分娩前痛苦的宫缩”“苜蓿最早启绽的微笑”“公蛙疯狂的求爱之鼓粉碎了沼泽地虚伪的寂静”“太阳吸吮着黄土的芬芳，孤岛的胸膛上已经乳浆迸流”……诗人笔下的荒原，一切无生命之物都具有生命的躁动，都染上了人所具有的情感与性状，人与物的高度交融，给一块沉静的荒野，灌注了沛然生机。在这里主体对自然物象的情感浸润十分明显，但仍体现了描述特点。

意象是情感的物化形态，意象的创造，基于诗人对外部世界的深刻体验和强烈感受。因此，意象的第二个表达功能即是它的拟情性。拟情性也有两层含义：其一是由于意象系在人类历史上形成，已直接地带有了人的主体情感内容；其二是用拟人、比兴等手法将抽象的、不可见的情感具象化。它的作用是对情感进行阐释、转换，呈现为可感可触的景象与画面。也就是通常所说的找到情感的“客观对应物”。意象的拟情性功能，使抽象的情感具象化，使感官可以直接进行把握。

情感是人的一种内在心理活动，要将内在的心理反应传达于人，光靠单纯的情感概念作表述往往无法奏效。例如，在别离时说“我难受”“我忧愁”时，受话者很难理解难受与忧愁的强烈程度。而李白说：“请君试问东流水，别意与之谁短长。”（《金陵酒肆留别》）李后主说：“离恨恰如春草，更行更远还生。”（《清平乐》）分别以“东流水”衬托“别

---

① 《朱光潜美学文集》（第一卷），上海文艺出版社1982年版，第18页。

意”，以“春草”比拟“离恨”，运用具体可见的自然物展示抽象的情，最终使别意与离恨为受话者所把握。意象的拟情性即是化虚为实、化情为景，使不可捉摸的情感变得有声有形、有光有色。在这方面，何其芳是写情的能手。他在《祝福》一诗中写道：“我的怀念正飞着，/一双红色的小翅又轻又薄，/但不被网于花香。”给不可见的“怀念”安上了类似蜜蜂的“小翅”。而他的《欢乐》一诗则更把意象拟情的特征发挥到了极致：

告诉我，欢乐是什么颜色？/像白鸽的羽翅？鹦鹉的红嘴？/欢乐是什么声音？像一声声芦笛？/还是从簌簌的松声到潺潺的流水？

是不是可握住的，如温情的手？/可看见的，如亮着爱怜的眼光？……

欢乐是怎样来的？从什么地方？/萤火虫一样飞在朦胧的树阴？/香气一样散自蔷薇的花瓣上？/它来时脚上响不响着铃声？

“欢乐”被赋予了颜色、声音、温度、气味，甚至形体。这里，一个意象就是一幅画面，读者可从中获得十分生动具体的感官领受。这些意象以询问语式联翩推出，别具灵动、鲜活、丰美的情韵。

以上所举的诗句中，情感概念往往是明确标出的，如“欢乐”“怀念”等。但更多时候这种情感类型并不直接说出，诗人只是提供具体的意象，让读者自己去品味其中的情感含义。如北岛的诗作《一束》中：“我和世界之间/你是鸿沟，是池塘/是正在下陷的深渊/你是栅栏，是墙垣/是盾牌上永久的图案。”这里，诗要表达的情感性质并未加以标明，但从“鸿沟”“池沼”“深渊”共同所具有的断裂感，“栅栏”“墙垣”“盾牌”所具有的阻隔感，我们可以感受到诗人所要表达的是一种无法逾越的情感障碍。这类暗示式意象，其情感含量比较厚重，具有更持久的韵味。

意象表达功能的第三层次是意象的指义性，也即象征性。苏珊·朗格指出：“意象真正的功用是：它可作为抽象之物，可作为象征，即思想的荷载物。”① 美国人类学家怀特说：“象征可以定义为一件其价值和意义由使用它的人加诸其上的东西。”② 即象征是借助具体的“象”来表征意义的，具有指义性。如王昌龄的《出塞》：“秦时明月汉时关，万里长征人未还。但使龙城飞将在，不教胡马渡阴山。”此诗中“明月”与“关”是边塞历史的象征，“龙城飞将”是英勇善战的将士的象征，“胡马”象征异族侵略者，“阴山”象征中原国土。这些意象，既有本身的指谓，同时又有更广的指义。象征的作用是把思想隐藏在具体的物象背后，使得平中见奇，含而不露，并能使意义得到再生和扩大，使平常的物象焕发出异常的光彩。因此，象征是诗人对存在世界的艺术化发现，是将内心世界进行隐秘呈示的最佳方式。在辛笛的《航》中，我们可以看到这种隐秘呈示所带来的意象表意功能的强化：“从日到夜/从夜到日/我们航不出这圆圈/后一个圆，前一个圆/一个永恒而无涯涘的圆圈。”诗人有意设置的这个永远航不出的“圆”，具有非同一般的象征意义，它既指船桨所击出的水的圆形波纹，同时又指生命的局限，与诗中的另一意象“茫茫烟水”构成无限与有限的强烈对比，表露了深层生命意识中的迷茫、怅惘与困惑。象征把情感意蕴与自然物直接糅合，不将意义作单向摆动，从而产生了指义的多向性、宽泛性。

意象表达的象征性功能，一般通过三种途径来实现。一是通过意象的直接呈现。如舒婷《赠别》的开头所写：“人的一生应当有/许多停靠站/我但愿每一个站台/都有一盏雾中的灯……”这里的“停靠站”显然象征重逢、等待、欢愉，而“雾中的灯”则象征友谊、理解、关爱。而诗人对这两个意象均未作具体的刻画，所以它们是直接呈现的，具有象征性。第二种途径是借助重复来进行，如辛笛的《航》中运用“圆圈”二字的重复来强调，“圆圈”的反复出现，使读者明白诗人另有寓意。第三种途径是依赖描述性达到，如艾青的《礁石》：

① ［美］苏珊·朗格：《情感与形式》，刘大基等译，中国社会科学出版社 1986 年版，第 57 页。

② ［美］怀特：《象征》，庄锡昌等编《多维视野中的文化理论》，浙江人民出版社 1987 年版，第 239 页。

一个浪，一个浪/无休止地扑过来/每一个浪都在它脚下/被打成碎沫、散开……/它的脸上和身上/像刀砍过一样/但它依然站在那里/含着微笑，看着海洋……

这里对主意象“礁石”作了较多描述，并以“浪”“海洋”等来加以衬托。可见此诗中的意象具有描述性和象征性的双重功能。如何区别单纯的描述性意象和具有描述性功能的象征性意象，则要从一首诗的总体结构上来看。象征性意象的描述，往往有意要进行强调与突出，或是用意象反复出现的方式来强调，或是运用精雕细刻来突出。此外，判断单纯描述性意象与象征性意象，还要看这一意象在诗中是否以“终极形式”出现。象征性意象在诗中总是作为诗的终极形式而被创造出来，是诗人情感的依托物，也是目的地，成为审美关注的中心。而单纯描述性意象则仅仅作为情感的过渡，将情感加以展现而已。如果描述性意象是“目即之景”的话，那么象征性意象则是“神遇之景”。

意象表达的三种功能，在具体的作品中是有所侧重的，同时又是互相交错、糅合为一体的。其中描述性功能是意象的最基本功能，拟情性与象征性往往建立在描述性基础之上。而拟情性与象征性相比较，其区别为：象征性意象的情与物融合为一体，拟情性意象的情与物则构成比附、阐释关系。

完美的艺术符号应是“再现与表现”的成功契合。意象的描述性、拟情性、指义性（象征性）三种功能，正体现了“再现与表现”契合的艺术法则。描述性重在再现，拟情性、指义性（象征性）重在表现。尽管单纯以某一种功能而创造出好诗来的现象并不少见，然而营造具有多种功能的意象，使意象的三种功能更充分地得以发挥，对于创造意蕴丰厚、境界阔远的诗作肯定更为必要。如李白《赠汪伦》：“李白乘舟将欲行，忽闻岸上踏歌声。桃花潭水深千尺，不及汪伦送我情。”这“潭水”意象，既是描述性的（桃花色、深度），又是拟情性的（以“深千尺”拟深情），且又是象征性的（纯洁透明的潭水象征二人友谊的纯洁、两心的透明与赤诚）。由此可见，那些最优秀的作品，其意象的表述功能总是多维性、多层次性的。

第三节　意象的建构功能

美学家布洛克说："把一个柠檬放在一个橘子旁边，它们便不再是一个柠檬和一个橘子了，而变成了水果。"① 此话形象地表明了艺术作品中符号的建构性特征。的确，"朱门酒肉臭"和"路有冻死骨"本是两个无直接关联的现象，但将二者并列在一起以后，就会产生质的飞跃，产生出新的意义。在艺术作品中，形式乃是作品各个部分的一种安排，形式与内容具有相互依存、不可分离的特性。形式是内容的凝定，内容是形式的生展。在艺术传达之前，内容呼唤形式，在艺术传达完成之后，形式生展内容。艺术作品的这一特性，决定作品中的艺术符号——意象，具有形式与意义的双重建构性。

艺术符号是"共时性符号"。所谓"共时性符号"，是指作品中所有的符号同时显现在眼前才能把握其意义。共时性符号的主要特点就是并置。这种并置性在诗歌意象中表现得尤为明显，由此使意象产生更大的建构力。并置性包含同向性并置，如马致远《天净沙》中的句子"枯藤老树昏鸦"。当把枯藤的表象单独地呈现于人们的眼前时，诗人是无法达到其表现目的的，当诗人在枯藤旁边加上一棵老树和几只寒风中绕树盘旋的乌鸦后，情况就大不一样了。"老树、寒鸦与枯藤三者尽管有不同的表象，但都具有相同的内在性质：枯败、萎缩、饥寒、破落。再加之三者相互映照，相互加强，就把它们的这些相同性质大大突出出来。在这种情况下，人们就会只看到三者之间这一共同的性质，至于其他方面，如形状的差别、动植物之间的差别、不同植物类别之间的差别，在审美知觉中都完全消失了。"② 从这里，我们可以看出并置意象与单个意象的不同效果，并置，总是指向意义的同一性，没有并置意象的内涵将得不

① ［美］阿恩海姆：《艺术与视知觉》，滕守尧等译，中国社会科学出版社 1984 年版，第 636 页。

② 滕守尧：《审美心理描述》，中国社会科学出版社 1985 年版，第 270—271 页。

到显现。

不仅如此，诗人将那些处于情感两极、用来相互对照与映衬的意象，甚至是矛盾的意象加以并置，效果也是如此，这可称为对照性、矛盾性并置。如《诗·小雅·采薇》："昔我往矣，杨柳依依；今我来思，雨雪霏霏。"这里两个意象的对立性十分明显，情与景、景与景构成了双重对照，但仍指向最终情感——"今我来思"的欢悦。又如艾略特《荒原》中的句子"四月是最残酷的一月/从死的土地孕育出丁香"，这里的意象具有矛盾性，诗人对生和死、希望和残酷的瞬间把弄，就表达了二者互为条件互相转换的深刻哲理，具有艺术冲击力。此外，意象的线性叙述，本质上也是并置，此类并置运用得就更多，此处不赘。总之，艺术符号的并置，不论是同向、异向还是线性的，都能在意象之上产生一个意义的结合点，建构出意义的空间。

意象具有极大的建构力，首先表现为意象的可融性，即可组合性。每个意象都可以与别的任何意象相结合，只不过所呈现的意义各有不同。由此看来，意象符号之间是相互作用和交流的，向其中的每个成员发出信息，并得到反馈，最终意象的意义向某个方向倾斜，从而突出了某方面的特征。

意象的可融性还在于意象组合方式的多样性，如叠加式、贯串式、辐射式、嵌入式、复沓式等不一而足。而从语法上看，意象的组合可以是"零语法"的，如"鸡声茅店月，人迹板桥霜"（温庭筠），意象之间可以不用任何连接词；有时还可以反逻辑、反语法，颠覆语法结构，打乱词序，而意义不减反增，如"香稻啄余鹦鹉粒，碧梧栖老凤凰枝"（杜甫）。意象组合的多样性同时带来形式建构的多种可能性。

其次，意象的不确定性，给诗的意义的建构带来极大的空间。意象在表现情感时是凭它自己的表现性或可感性表达的，而不是以理性的语言直接说出的，因此它具有朦胧性与不确定性特点。加上诗人在创造意象之时，对自我情感的认识不一定都能达到非常清晰的程度，这就更有可能使这个意象增加不可捉摸的意味，给诗人的创造提供了自由。

意象作为一个独立结构，其内在性质与形态具有多样性，其性状的每一个侧面都可能被唤起而参与组合。例如，舒婷《珠贝——大海的眼泪》的组合是取其形似，陈敬容的《珠和觅珠人》的组合是出于珠与人之间内在生命的呼应。诗人还可以从主体的情感需要出发进行运作。例如，对于“太阳”这一意象，当它单独出现时，可以说它是光明的、温暖的、孤独的、宁静的、威严的、寂寞的，也可以成为希望、美好、生命、灿烂前程等的象征。这些意义的层面显然并不相同，你可以从感觉范围去捕捉它，也可以从情感范围去表现它，更可以把它作为象征物，而其象征意义又是因人而异。这就给意义的建构增加了无限可能。

意象的朦胧性、不确定性，尽管将在这个意象进入组合系统后逐渐消失、变得明晰起来，但却不可能彻底消失。一个成功的符号不可能解释穷尽，隐喻性的意象总有许多语言难以解说的成分包含其中，读者只能凭借感受、想象去进行体验品味。

意象的不确定性为创造诗的整体结构的多义性提供了可能。诗人可以凭借不确定性扩大意象的表意功能，而读者也可主动地参与其中，进行意义的再创造。

最后，意象的建构力还表现在意象角度的创新上，意象的角度变换或陌生化处理，使意义出新、增殖。一个意象，从静态上看，其意义已十分丰富，在诗人的具体运作中，由于角度的变换或其他陌生化手段的运用，其意义可以不断再生。朱光潜曾说：“换一种情感就是换一种意象。”[①] 我们同样可以说，换一种角度就是换一种意象。如臧克家的《洋车夫》“雨从他鼻尖上大起来”，雨被拉近到“鼻尖”上看，表面上是在写雨，实际是在写车夫风雨兼程的情形，这“雨”意象已有更多生命悲剧的意味在内。又如江河《填海》中写精卫鸟“白羽毛，衔着光洁的石头/海平静地等着一个岛溅落”，“石头”放大为“岛”，不只是镜头的推拉效果，更在于表现精卫鸟精神力量之“重”，使这“石头”意象又添一层新的含义。

相对来说，意象的建构力在意象密度高的诗作中较能得到发挥。所谓密度高，是指诗中意象成分所占比例较高，非意象成分所占比例较低。非意象成分是诗中对意象成分进行阐释、说明的部分，是对情感或意义

① 《朱光潜美学文集》（第一卷），上海文艺出版社1982年版，第509页。

的一种直白，而这常常会造成意义的流失。意象密度高的作品，意象形成全包笼性的结构，贯穿始终，构成独立自足、完整的表述系统。由于这种全包笼性，其意义不直接外泄，不作单向表白，“因为它什么也不是，所以它意味着一切”，因而具有产生多义性的更大可能。同时我们知道，用意象来表现情感，总比直接呼唤情感有更长的时间感，因为读者接受时需要一定的理解力和复现意象的时间，由此产生一定的注意力紧张。在阅读意象密度较高的作品时，读者注意力紧张的次数多，时间的感觉相对就长，读者需在作品中作较长时间的停留，以寻求作品的意义。因此这是一种包蕴着情感生命力、指义性丰厚、功能复杂的表述结构。

需要指出的是，在具体作品中，意象建构力的发挥，是意象整体性形式与局部性特点的辩证统一。在作品中，意象虽以整体形式出现，其对意义的建构，一般只取部分性质，即某方面或某几方面特点即可。另外，意象的这种独立自足的建构力，还须与创造主体的情感的契合及作品主旨的选择性相结合，才能更有效地发挥作用。

第五章

艺术传达与诗美构成

上文我们已从诗本体的角度对诗的存在状态作了探讨，下面我们将进入诗美如何创造这一话题。诗美的创造是人类的艺术传达行为，它来自人类的文化创造本能。本章我们将从艺术传达入手，进入诗美构成的探讨。艺术传达始于诗人的自我传达，可称“内传达”，即指诗人情动于衷、有所触动，酝酿与构思阶段之心理活动。而真正的艺术传达，要求这种内传达必须是指向外传达的，只有指向外传达、实现外传达的内传达，才属于艺术传达的范畴。传达的潜在机制是人的创造潜能，引导机制是人的审美意识，催动机制是人的审美体验，触发机制是人的审美感知。

至于诗的美，不是别的，乃是诗作为意象符号系统所显现的一种固有品性。诗美涉及的概念丰盈繁多，本书以“过程美”与“整体美”加以统摄，这更有利于我们宏观把握及论述的微观深入。

第一节　艺术传达

一　关于传达

（一）传达、艺术传达、传播

传达是人类传递信息、交换信息的行为。自从有了人类社会，就有人与人之间、人与社会之间的传达。

“传”字最早出现于周朝金文中。按《说文解字》的释义，传（繁体字作“傳”），左边义为“人”，右边义为“六寸薄”，“専”上半部为牵马之意。“传”的字意为行夫驾着马车，手持六寸长的竹简。这可以是君王向臣子传达命令，如《左传》中有“晋伯以传召伯宗”；也可以是臣子向君王传达自己的想法，《左传》也有传者“以车架马诣京师”；还可以是平级之间的传通，《说文解字》引“司马迁乘传行天下”。除了授、送之意外，还有“述”之意，如“传著于钟鼎也”；还有“说”之意，“传言犹出言也”。达，则有“通”“畅”“出”“彻”等意。“传”与“达”合在一起，有传通、传告、告知之意，其现代含义是“把一方的意思告诉给另一方”。这是指日常意义的传达。艺术传达的含义远非如此简单。下文出现的传达都指艺术传达。

在英文中，传达与传播是同一个词：communication。但是作为文艺学的传达与新闻传播学的传播，二者却有较大的差异。就内容来说，传达以情感为主，传播则以事件为主；传达是审美行为，传播则是非审美的；传达带有较强的创造性，传播则一般不具有创造性。由于以上不同，在思维深度上，一个显得较为深层，一个较为浅层；一个可以是大众参加的，另一个则只能由部分人（艺术家、诗人）进行。

“传达”这个词在古典文艺理论中本是一个极平常的用语。如在黑格尔的笔下就随处可以见到，试引两处：

诗人的想象和一切其他艺术家的创作方式的区别……在于诗人必须把他的意象（腹稿）体现于文字而且用语言传达出去。[①]

人一旦从实践活动和实践需要中转到认识性的静观默想，要把自己的认识传达给旁人，他就要找到一种成形的表达方式，一种和诗同调的东西。[②]

在黑格尔这里，“传达”是作为一个十分普通的词来使用的，未作特别强调。但在列夫·托尔斯泰那里，“传达”这个词显得十分重要，他说：

正像人们借以传达思想和经验的语言是使人们结为一体的手段，艺术的作用也正是这样。不过艺术这种交际手段和语言有所不同：人们用语言互相传达思想，而人们用艺术互相传达感情。[③]

此后，由于意大利美学家克罗齐彻底否定了传达的必要性，把传达从艺术创造活动中割裂开来，导致了一场激烈的讨论和批评。我国美学家朱光潜为此在其论著《文艺心理学》《诗论》中进行了专门的探讨。

（二）列夫·托尔斯泰谈传达

托尔斯泰认为，艺术是人类社会生活的条件之一，是人与人之间相互交际的手段之一。他指出艺术的交际手段与一般语言有所不同，“人们用语言互相传达思想，而人们用艺术互相传达感情”。他认为艺术活动是建立在人们能够受别人感情的感染这一基础之上的。因此，他说：“一个人为了要把自己体验过的感情传达给别人，于是在自己心里重新唤起这种感情，并用某种外在的标志把它表达出来——这就是艺术的起源。”[①] 他对艺术传达的作用与内容作了进一步的概括：

---

① ［德］黑格尔：《美学》第三卷（下），朱光潜译，商务印书馆1986年版，第63页。

② 同上书，第21页。

③ 伍蠡甫主编：《西方文论选》（下），上海译文出版社1979年版，第432页。

> 在自己心里唤起曾经一度体验过的感情，在唤起这种感情之后，用动作、线条、色彩、声音以及言词所表达的形象来传达出这种感情，使别人也能体验到这同样的感情——这就是艺术活动。艺术是这样的一项人类活动：一个人用某种外在的标志有意识地把自己体验过的感情传达给别人，而别人为这些感情所感染，也体验到这些感情。[①]

因此，在托尔斯泰看来，传达纯属一种手段。传达完全是为了感情内容而言的。他还认为，所传达的感情越是独特，这种感情对感受者而言就越有影响。他为此提出了艺术感染力的大小所取决的三个条件："（1）所传达的感情具有多大的独特性；（2）这种感情的传达有多么清晰；（3）艺术家的真挚程度如何，换言之，艺术家自己体验他所传达的感情时的深度如何。"[②] 他认为，感情越独特，给读者带来的欣喜越大，感情传达得越是清晰，感受者内心的满意也越大，而感情的真挚程度，"对艺术感受力的大小的影响比什么都大"。以上三个条件缺一不可，假如感情不独特，作品就不会有特色；假如表达不清楚，就难以理解；假如不是出于作者的内心，那就是虚伪的。"如果三个条件都具备，即使在程度上并不深，那末这还是一件艺术作品，虽然在质量上比较差些。"

托尔斯泰的传达观构成了他自己的体系。他的理论有如下两个特点：一是承认传达是外化行为，传达与作品紧密联系在一起；二是认定所传达的仅仅是艺术家本人的感情。

（三）克罗齐谈传达

克罗齐把传达叫作"外达"（L'estrinsecayione）。在他看来，艺术的完成并不需要传达，"心里直觉到一种情趣饱和的意象，便算是已完成一件艺术作品"。情感与意象猝然相遇而忻合无间，这就是直觉，就是表现，也就是艺术。它可以是诗，可以是画，也可以是其他。他认为把这个直觉到的意象，传达到一个外在的作品里，那是"为自己备忘或是为

① 伍蠡甫主编：《西方文论选》（下），上海译文出版社1979年版，第433页。

② 同上书，第439页。

便于旁人鉴赏，是一种有功利打算的实用活动，并非艺术活动”；传达出来的也只是物质的事实而非艺术的事实。因为传达与艺术无关，传达所用的媒介不同也不能影响艺术本身的性质。

对克罗齐的传达观，朱光潜作了较全面的批判，他认为克罗齐学说有以下几处疏忽与混淆。

第一，没有承认传达是一种艺术行为，没有肯定传达和传达技巧的重要性。艺术创作离不开传达。我们心中尽管想象出一棵美好的“竹”，可是提笔来画它时，却手不从心，不能把它画出来，或者画得与心中所想象的相去甚远。可见艺术家之所以为艺术家，不仅在于能够直觉（一般人所为），尤其在于能产生“作品”（艺术家所为）。传达是艺术活动的重要组成部分，不能抹杀。

第二，克罗齐把直觉与传达看成截然悬隔的两个阶段，二者之中没有沟通衔接的桥梁。朱光潜认为，直觉阶段已含有传达，传达媒介是沟通两阶段的桥梁。在实际创作中，往往要连传达媒介一起想。例如，画家想象竹子时，要连线条、颜色、光影等一起想；诗人想象竹子时，要连字的音义一起想。同时，媒介的变迁可以影响艺术的风格，壁画与油画不同，文言诗与白话诗不同，即可以为例。这也可以证明传达对于艺术的重要性。

第三，克罗齐没有分清有创造性的“传达”（语言的生展）和无创造性的“记载”（以文字符号记录语言）的不同，而朱氏认为这二者的区别很清楚。“传达”在克罗齐看来不是艺术活动，在朱氏看来却是很重要的艺术活动。①

从以上的分析中，我们觉得朱光潜对艺术创造活动的理解准确而精细。他充分肯定了传达的重要性，指明了传达与表现的不可分割性，阐明了艺术媒介的作用。

朱光潜把克罗齐的表现说列为下式：

① 参见《朱光潜美学文集》（第二卷），上海文艺出版社 1982 年版，第 81、82、452、453 页。

艺术创作：

第一阶段：情感＋意象

＝直觉＝表现＝创造＝艺术活动

第二阶段：直觉＋语言文字

＝外达＝物理的事实≠艺术活动

根据我们的理解，则可列为下式：

艺术创作

第一阶段：情感＋意象＋隐性语言

＝内心潜在传达＝艺术的酝酿

第二阶段：情感＋意象＋显性语言

＝表现＝传达＝艺术活动

在此式中，我们承认有艺术的酝酿活动，但艺术的酝酿活动是一种内心的潜在传达，这种潜在传达只有在指向外传达时，才属于艺术传达的一部分。

二　艺术创造与传达

（一）艺术传达包括情感传达与诗美传达

在古希腊，曾有“诗灵神授”的神话。那时候，诗人被看作“神的代言人”，即诗人充当着艺术传达者的角色。

传达是一种人类行为。清人恽格说：“春山如笑，夏山如怒，秋山如妆，冬山如睡。四山之意，山不能言，人能言之。”这里的“言之”，即传达。

人类离不开传达，人类的艺术活动更离不了传达。艺术传达作为人类的文化创造，是人类生存、发展以及追求内心境界的一种必然需要。狄尔泰在评价尼采的哲学观点时指出：人作为文化的创造者，首先是一个艺术家，然后才是科学意识。在尼采看来，艺术活动的重要性大于科学活动。艺术传达活动的承担者是艺术家、诗人。尼采这样说："天地间那如许尤物，唯诗人能与之梦魂相通。"[①] 白居易也说过类似的话："天地间有精灵气焉，万类皆得立，而人居多。就人中，文人得之又居多。盖是气，凝为性，发为志，散为文。"（《白居易集》卷五十九）尼采、白居易的话虽然讲得有点玄乎，说穿了就是一点：艺术家是艺术传达的主要承担者。

艺术传达活动是一种审美活动。客观世界作为审美对象，相对来说较为原始、自在、分散、粗糙，只有那双"发现美的眼睛"才能发现它。"眼睛如果还没有变得像太阳，它就看不见太阳；心灵也是如此，本身如果不美，也就看不见美。"普洛丁的这句话不无道理。相对来说，作为艺术创造者的诗人，他的审美感受力比一般人更敏锐，更易于激活，具有更大的超越性、渗透性，并以其独特的审美表现方式，更集中更凝练地传达出这种审美体验，让更多的人在诗人创造的意义世界中沉醉，享受敞亮的生命，使精神得到提升。因此，传达既是社会的需要，也是审美的需要。

艺术传达是一个系统。这个系统从表面上看，由艺术家—作品—读者三个环节构成，缺一不可。站在艺术作品这一个点上看，传达则是情感体验的传达与诗美传达的一致。胡经之认为："艺术是一种审美活动，而审美活动却不一定是艺术活动，是否有艺术传达（即艺术符号化）是艺术与审美的分水岭。"[②] 在这一点上，我们与克罗齐"艺术不需要传达"是不同的。因为诗人的审美体验只有传达出来才能成为艺术品，才能将个人的体验与感受传达给他人。在这里，我们也不赞同列夫·托尔斯泰所说的艺术仅仅传达情感，而不同时传达诗美本身的观点。艺术的传达应当包含情感的传达与诗美的传达这同一事物的两个方面。诗美与情感相辅相成，越是传达出诗美的，情感的传达越是完美成功。

---

① 转引自刘小枫《诗化哲学》，山东文艺出版社1986年版，第140页。

② 胡经之：《文艺美学》，北京大学出版社1989年版，第127页。

（二）传达是发现美、创造美的过程

艺术传达不是简单的“告知”，它是发现美、创造美的艺术工程。黑格尔曾说：“艺术家的这种构造形象的能力不仅是一种认识性的想象力、幻想力和感觉力，而且还是一种实践性的感觉力，即实际完成作品的能力。这两方面在真正的艺术家身上是结合在一起的。”[①] 这里所谓“认识性的想象力、幻想力和感觉力”指的是美的发现，后者“实践性的感觉力”是美的创造与完成。发现美与创造美二者构成了传达的完整过程。

艺术传达是一种全新的创造行为。“艺术活动就其本质而言，不是模仿，而是揭示；不是宣泄，而是去蔽；不是麻痹，而是唤醒；不是功利目的的追逐，而是精神价值的寻觅；不是纯然的感官享受，而是反抗的承诺和人类生命意蕴的拓展。”[②] 告知常常是一种被动的行为，或者是一种模仿性行为。艺术的传达是双重性的，一方面，艺术家作为精神的寻求者，努力去感受人类的真实境遇，感受焦虑、痛苦、欢乐和人类所承担的使命；另一方面，他们又不断地以形式的创新去完成和深化这种传达。

黑格尔还指出：“艺术作品之所以为艺术作品……不在它一般能引起情感（因为这个目的为艺术作品和雄辩术、历史写作、宗教宣传等所共有，没有什么区别），而在它是美的。”[③] 也就是说，艺术的关键不在于情感，而在于美。他强调的是艺术的美，美才是艺术的根本特征。

（三）传达的始点及内传达

艺术传达始于何时？一般的理论，是把艺术构思与传达并列，分为先后两个阶段，传达即始于构思成熟之后。克罗齐与之正好相反，他否定传达，认为艺术家在内心直觉到一个意象，即表现，即是传达，他把构思与酝酿当成了传达。本书认为，诗人的酝酿是一种内在传达或自我

---

① ［德］黑格尔：《美学》（第一卷），朱光潜译，商务印书馆1986年版，第363页。

② 胡经之：《文艺美学》，北京大学出版社1989年版，第19页。

③ ［德］黑格尔：《美学》（第一卷），朱光潜译，商务印书馆1986年版，第42页。

传达。在此期间，意象在心中几经反复，逐渐明晰化、定型化，是传达的潜在阶段，是外向传达的前期心理准备。换言之，在外向传达之前诗人仅完成了部分的传达——自我的内向传达。在此基础上，诗人下笔如有神，通过外向传达，完成了总体传达过程。

艺术的自我传达，与信息的自我（内向）传播性质类似。信息的自我传播，是每个人本身的自我沟通。作为客体的外部世界不时向主体的自我提供信息，而主体则在心理和生理上作出反馈。人在饱览大自然风光时的自我陶醉、自我表露、自我宣泄，是这种自我反馈的很好说明。而且它还可以表现为自我思考、内心冲突，乃至于自言自语、自吟自唱。演员心中的“潜台词”，电影中的画外音，文艺作品中人物的内心独白，都是这种自我传播的符号形式。自我传播与人际传播的不同之处在于，在自我传播中，信息的传播者与接受者是融为一体的，而且这种自我传播的互动过程，仅限于自身，常常不要求、不希望与他人共享。因此，人的自我传播的活跃程度决定了人脑信息库的内储信息量的多寡。[①] 艺术的自我传达亦同此理。联想、想象等心理活动都是一种自我传达，这种内在传达的活跃导致了意象信息的积累，是外向传达的必经阶段。内传达与外传达在艺术创造中是相依相存的。朱光潜指出：“画家想象竹子时，要连着线条、颜色、阴影一起想，诗人想象竹子时，要连着字的声音和意义一起想，音乐家想象竹子时，要连着声调、节奏一起想，其余类推。这就是说，克罗齐所谓直觉或创造，和他所谓传达或‘物理的事实’，在实际上是不能分开的。由创造和传达，并非是由甲阶段走到一个与甲完全不同的而且不相干的乙阶段。创造一个意象时，对于如何将该意象传达出去，心里已经多少有些眉目了。”[②] “想象之中就多少含有传达在内。”[③] 内传达中含有外传达的因素，外传达中包含内传达因素，在写作过程中的反复推敲、修改等都含有内传达活动。所以说内传达与外传达互为关联，不可截然分割。

① 参见吴文虎《传播学概论百题问答》，中国新闻出版社 1988 年版，第 7—8 页。

② 《朱光潜美学文集》（第一卷），上海文艺出版社 1982 年版，第 169 页。

③ 《朱光潜美学文集》（第二卷），上海文艺出版社 1982 年版，第 453 页。

总之，艺术只有经过“传达”，才能成其为艺术；诗也只有经过传达，才成其为诗。诗的传达包含情感的传达与诗美的传达两个方面，二者不可偏废。诗的传达活动始于酝酿与构思。内传达与外传达的结合，构成诗的整个传达过程。

三　传达：开拓意蕴与给定结构

宗白华在谈到艺术创造过程时说：“诗歌是艺术中之女王，艺术是自然中最高级创造，是精神化的创造。就实际来讲，艺术本就是人类……艺术家……精神生命的向外的发展，贯注到自然的物质中，使它精神化、理想化。”① 诗人的精神生命如何向外发展的呢？笔者认为，诗人的精神生命在向外发展时，一方面是精神的自我强化、清晰化，另一方面是“贯注到自然的物质中”，使之物化、形式化，或称符号化。

（一）开拓意蕴

这里的意蕴，指的是作品的内容，可以是黑格尔所说的“观念”，也可以是歌德所说的“现象的最强烈的瞬间”，当然，最主要的是诗人的内在情感。

真正的诗，都是诗人“有感而发，缘情而作”的产物。《毛诗·大序》这样说：“诗者，志之所之也，在心为志，发言为诗。情动于中而形于言。”情感是诗的主要内容，这点几乎是没有疑问的。但是诗并不只在传达情感。别林斯基曾说：“要想诗句成为诗的……只有感情也是不够的，还必须有思想，正是思想构成了一切诗的真实内容。”在诗歌中，思想可以使情感增大震撼的强度与力度。正如诗人公木所说的：“凡是有情感的作品，便不可能没有思想。而且只有当思想被深刻的情感浸透了的时候，它在文艺作品中才能获得自己的力量。”② 在诗人的创造活动中，情感反过来又会使思想产生某种飞跃。宗白华说过，艺术的境界“诞生

① 宗白华：《美学与意境》，人民出版社1987年版，第21页。

② 转引自谢文利《诗歌美学》，人民文学出版社1989年版，第53页。

于一个最自由最充沛的深心的自我”[①]。生命的质量意味着情感和思想的质量，并最终决定了艺术（诗）的质量。

情感与思想，合称为“情思”，构成艺术作品的意蕴。这与黑格尔的观点重合：艺术借助于其外在形式，“显现出一种内在的生气，情感、灵魂、风骨和精神，这就是我们所说的艺术作品的意蕴”[②]。

（二）外射与内敛

现代诗的意蕴、意义的开掘，一般从两个方向进行，一是外射型思路，二是内敛型思路。所谓外射，是诗人将自己的情思与时代精神、历史精神、民族精神、宇宙意识结合，使诗情得以提升与熔炼。诗人林莽曾作如下表述：“为了追求和开创，让灵感走入自然，走入社会，走入人的灵魂。在时代的节奏中，不停地转动自己的触角，让诗的意念，在陆地、天空、宇宙和人的思绪间飞翔，没有任何飞行器可以超越它的速度……人挣脱了束缚，与太阳一同行走。”[③] 杨炼也曾这样说：“以诗人所属的文化传统为纵轴，以诗人所处时代的人类文明（哲学、文学、艺术、宗教等）为横轴，诗人不断以自己所处时代中人类文明的最新成就‘反观’自己的传统，于是看到了许多过去由于认识水平原因而未被看到的东西，这就是‘重新发现’。……处在‘坐标交点’上的我们的诗，也因此具有了某种自觉的‘纵深感’：两个领域互相渗透，使它同时成为‘中国的’和‘现代的’。”[④] 外射思路是发散型的，时空距离拉得较大，诗的视野开阔舒展。

内敛思路与之相反，强调向诗人自我生命的内心深处作透视。岛子认为：“现代新诗的本质是人生复杂经验的聚结，只有思索的触角深入到意识的各个遥远的部落，意识和记忆里过去与现在极其复杂的见解才会相互渗透。”[⑤] 翟永明则提出要把诗的触角“深入内心隐秘的地方”，因为

---

① 宗白华：《美学散步》，上海人民出版社1981年版，第69页。

② ［德］黑格尔：《美学》（第一卷），朱光潜译，商务印书馆1986年版，第142页。

③ 老木编：《青年诗人谈诗》，北京大学五四文学社1985年，第84页。

④ 同上书，第73页。

⑤ 老木编：《青年诗人谈诗》，北京大学五四文学社1985年，第158页。

生命本身“具有一种远非我们的洞察力和意志力能够企及的本质”[①]；王家新也说：“诗，只能从自己的内部生长出来，但又必须经过开始而又超越自我，写的是现实而又把人导入超现实的境界。”[②] 以上种种观点，不管其实践的结果如何，对于我们认识自我、深化情思、开掘意蕴，都具有极大的启发意义。

根据接受美学的观点，作品的意蕴或意义是由创造主体与接受主体双方共同实现的。诗人是意义的第一给出者，而读者则是意义的第二给出者。诗美的传达只有在第二给出者参与下才算最后完成。这个问题，将在下文讨论。

（三）给定结构

意蕴的开掘与结构的凝定是在同一时刻进行的。不过，在艺术的酝酿期，这种结构或形式只是内在的潜在结构或形式，只有当它最后外化并凝定，才成为定型的外在形式。艺术作品是艺术家体验到的人类情感的形式化，只有当诗人胸有块垒不吐不快之时，才会去寻找其突破口，将这种情感凝铸为可感的物化形态。有人把这一情形比作河水与河床的关系：四方汇聚而来的洪水，根据地理规律与流向规律，冲刷出一条河床，河流就是河水与河床的统一体。对于河流来说，河水与河床缺一不可。但二者之间，总是先有前者，方有后者。但后者又使前者“形式化”，使之走向永久。

关于形式的生成，黑格尔的两个观点是可取的。首先，他认为形式是内容生发出来的，具体的内容“本身就已包含着它采取什么显现方式所依据的原则”[③]，“艺术之所以抓住这个形式……是由于具体内容本身就已含有外在的，实在的，也就是感性的表现作为它的一个因素”[④]。所以内容对形式有着决定和选择作用；其次，黑格尔认为，形式的价值“不只代表它自己”，还同时在于“指引到这意蕴”，显现着内容，即形式有着双重价值，它不仅指示内容，其本身具有审美价值，成了审美内容。

---

① 老木编：《青年诗人谈诗》，北京大学五四文学社 1985 年，第 149 页。

② 同上书，第 136 页。

③ ［德］黑格尔：《美学》（第一卷），朱光潜译，商务印书馆 1986 年版，第 94 页。

④ 同上书，第 89 页。

形式或结构的寻找与最后凝定，是一个不断生展的过程。它不是一蹴而就的，常常需要“十月怀胎”，方能“一朝分娩”。马雅可夫斯基曾说：“诗歌——是一种生产。最最困难的，最最复杂的，便是生产。”诗人们常常处在“意不称物，文不逮意”（陆机《文赋》）的痛苦之中。在某种意义上，艺术家所从事的只是一份工作：创造形式。

而诗人，其一生的痛苦奉献，就在于诗美形式的创造。

意蕴的给出，结构的凝定，意味着一个艺术品的最终诞生，对创造主体来说，即意味着艺术传达的完成。

第二节　传达期待

作为传达者，诗人是传达行为的施予者、主导者和积极承担者。诗美的发现只钟情于有准备的头脑，别林斯基说：“美都是从灵魂深处发出的……美隐藏在创造或观察它们的那个人的灵魂里。”为了寻觅美、创造美，诗人常常处于焦虑痛苦、深层求索的躁动不安之中，这种心态，就是艺术传达的期待心态。

传达期待是艺术创造者有别于旁人的主动、积极的心理准备。它是颤动着的碧波，随时折射高处投来的一束宇宙之光；它是一泓满溢的湖水，随时会越出堤围，一显其纵横捭阖的磅礴伟力。它时而澄明，时而朦胧，氤氲着一层神奇的光芒。

传达期待是诗人多种心理能力的综合活动。其中诗人的审美创造潜能是传达的潜在机制；审美意识是传达的引导机制；审美体验是传达的催动机制；审美感知是传达的激发机制。

一　传达的潜在机制——创造潜能

（一）创造、创造力、创造意识、创造欲、创造潜能

创造性是人的本质属性。卡西尔在对“人的本质”下定义时指出，

我们只能下个“功能性”的定义，而不能下一个“实体性”的定义。他认为，人的劳作怎样，人的本质也就怎样；人的创造性活动如何，人的面貌也就如何。人只有在创造文化的活动中才成为真正意义上的人，所以真正的人性无非就是人的无限的创造性。

创造是指“首创前所未有的事物”。这个词有多层次的外延，涉及以下多个概念：创造，是指一种行为；创造力，即从事创造活动的能力；创造意识，是有关创造的显在意识；创造欲，是意识之下的关于创造的欲望和冲动；创造潜能是指最内在的创造能力和素质。一个从事创造活动的人，必定是具有创造力、创造意识、创造欲望的人，一个有创造潜能的人。

有人考察了文学史上“创造”这个概念的产生和运用的历史情况，发现在古希腊时代文艺中只用“制造”而不用“创造”。从中世纪到文艺复兴时期，“创造”一词也未在文艺领域中出现。到了17世纪，才有人开始用“创造者”描述画家，这以后就被广泛使用，“创造者”成了诗人、艺术家的代名词。再后来，美学家们则索性说，所有的审美活动都是创造活动。

美国哲学家阿瑞提谈到，创造活动的作用是双重性的：“它增添和开拓出新领域而使世界更广阔，同时又由于使人的内在心灵能体验到这种新领域而丰富发展了人本身。”① 无论是一首诗或科学上的一项新发现，都在未知的大海中增添了人类构建的精神岛屿，这些先后出现的新岛屿构成了人类的整体文化。阿瑞提还把人类的创造力分为“普通创造力”和“伟大创造力”两种，认为“普通创造力提高人的道德品行”；“伟大创造力”“造成人类伟大成就与社会进步”。马斯洛则把创造性分为“有特别才能的创造性”“自我实现的创造性”。后者人人皆有，但不一定得到社会承认。艺术创造是一种“有特别才能的创造”，伟大作品自然是“伟大创造力”的产物。艺术家把创造力看作自己的生命，凡·高就说：“我在生活里和艺术里没有那亲爱的上帝也很能过得去，但我作为受苦难的人，我不能缺一件比我强的事物，它是我的

---

① ［美］阿瑞提：《创造的秘密》，钱岗南译，辽宁人民出版社1987年版，第5页。

真正的生命，它就是创造的力量。”[1] 创造力是艺术家的基本素质，是区别于常人的重要特征。

（二）创造性与敏感

国外心理学家对具有高度创造力的个体的个性特征作过大量的研究，他们将这种个性特征作了不同的归纳，但都少不了“敏感”这一特点。如托兰斯就强调：“创造力需要有敏锐的感受和独立自主性。”[2] 吉尔福德则发现“对问题具有综合概括的敏感性是具备创造力的一个先决条件”[3]。可见敏感对于创造主体的重要性，它是创造者的基本素质和重要心理能力。

诗人是敏感的。“秋风萧瑟，洪波涌起”是敏感，“人生如梦，一樽还酹江月”是敏感，“感时花溅泪，恨别鸟惊心”是敏感，“一颗沙里看出一个世界，一朵野花里一座天堂”也是敏感。敏感催绽了一束束诗花，使生命的一个个瞬间敞亮明澈。

敏感是主体对客体的一种迅捷反应，它能快速把握现象，并尽可能地指向理性认识，进入事物的核心或预感出某种意义。对于敏感的这一心理功能，黑格尔曾作如下描述：“‘敏感’这个词是很奇妙的，这用作两种相反的意义。第一，它指直接感受的感官；第二，它也指意义、思想、事物的普遍性。所以‘敏感’一方面涉及存在的直接的外在的方面，另一方面也涉及存在的内在本质。充满敏感的观照并不把这两方面分别开来，而是把对立的方面包括在一个方面里，在感性直接观照里同时了解到本质和概念。但是因为这种观照统摄这两方面的性质于尚未分裂的统一体，所以它还不能使概念作为概念而呈现于意识，只能产生一种概念的朦胧预感。”[4]

这里所说的“朦胧预感”，指出了敏感的预见性和不清晰的特性。敏感既是感性的直接观照，同时又是对于本质或概念的一种理解，但由

---

① ［德］瓦尔特·郝斯编著：《欧洲现代画派画论》，宗白华译，广西师范大学出版社 2001 年版，第 46 页。

② ［美］阿瑞提：《创造的秘密》，钱岗南译，辽宁人民出版社 1987 年版，第 442 页。

③ 同上书，第 443 页。

④ ［德］黑格尔：《美学》（第一卷），朱光潜译，商务印书馆 1986 年版，第 167 页。

于二者“尚未分裂”或明朗化，所理解的意义并不确定，因而只是“概念的朦胧预感”。黑格尔对敏感的这种心理状态的把握，可说十分准确而又精到。

敏感还有一个个体差异性与对象差异性问题。每一个体总是对某一个方面的现象显得特别敏感，而且受特定的心情、处境等的支配和影响。例如杨柳青青之于离人，风声鹤唳之于被围困者，一段草绳之于曾被蛇咬的人。但文学创作者所需要的艺术敏感是比较持久恒定的经常在起作用的心理机能。因此，英国美学家阿诺·理德指出：“伦理学家可能于道德价值有一种敏锐感觉，宗教神秘主义者则对一切现象后面的神灵有一种敏锐感觉；而对于艺术家来说，他是审美类型的人，他所重视的只是体现于他所感知事物之中的价值。艺术家的机体生来就对于感官印象有极强烈的感受力，并对这些印象有高度的辨别力，而且他的心灵能迅速地理解这些材料中所具备的那些对他的想象力特别有价值的意义。”

迅速地感知事物，理解隐蔽其中的价值与意义，给创作提供丰富的积累，这对诗人来说是非常重要和宝贵的。敏感使诗人的思维保持活跃，使人的精神不至于沉睡麻木。敏感的诗人，感觉与灵魂时刻苏醒着，他像植物一样伸展出生命，与世界交汇、对流，创造之风在四周畅流不息。

（三）创造潜能：情感向外象的转化力

艺术思维与科学思维的一个重要区别是，前者使用的是形象，后者使用的是概念。别林斯基对此作过这样的阐述：“人们看到，艺术和科学不是同一件东西，却没有看到它们之间的差别根本不在内容，而在处理内容时所用的方法。哲学家以三段论法说话，诗人则以形象和图画说话，然而他们说的都是同一件事。一个是证明，另一个是显示，他们都在说服人，所不同只是一个用逻辑论据，而另一个则用描绘而已。”① 两种思维方式形成了两种不同类型的创造者。如同科学家能把日常的经验上升为抽象的科学结论一样，诗人也有其独特的潜能，那就是迅速把握事物，将抽象的情感转化为具体可感的画面，把美的意象呈现给读者。

① ［俄］别林斯基：《别林斯基论文学》，梁真译，新文艺出版社1958年版，第20页。

隶属于心理范畴的情感本是一种不可捉摸的东西，但在诗人笔下，不管是“喜、怒、哀、欲、爱、恶、惧”这类单一型情感，还是复合型情感，都能够变得可见可闻，可感可触。如“思念”，一种不可见的情感活动，在诗人蔡其矫笔下，幻化成一幅气韵生动、色彩鲜丽的图画：

我对你的思念充满春意
前面是波纹鲜明的流水
背后展开一片绿色的原野
寂静的云彩下面
你的微笑有如鸟群翩飞

诗人很巧妙地把“思念”与“春意”建立起隐喻关系，并在此基础上幻化出一幅美好的想象图景，这幅图景空间异常开阔、坦荡：前有流水，后有绿野，上有云影，中有鸟飞，生气与灵气充溢流荡其间，令人神往。

再看另一首同样写“思念”的诗作，题为《等待》：

遗弃在森林中的路等待着
你轻盈的脚步
黑暗中的风静静地等待着
你亚麻色的头发
小溪默默地等待着
你热切的嘴唇
被露水打湿的小草等待着
而鸟儿在林中沉默不语
我们的目光相遇

在我们之间乌鸦飞翔
翅膀上阳光闪闪

——［冰岛］斯诺里·夏扎逊

与上诗比较，此诗在转化图像方面手法截然不同。上诗通过创构幻象世界来寄寓诗人的思念，此诗则通过对思念等待的现实场景的描绘表达“我”的急切等待之情。诗人巧妙地把情感转移于客体，采用的是“情感对象化”手法：似乎不是诗人自己在等待、在思念，而是“森林中的路”“黑暗中的风”“小溪”“小草”这些“无情物”在等待、在思念，而那鸟儿也善解人意，在等待中“沉默不语”。当所等待的人儿到来，于是“乌鸦飞翔/翅膀上阳光闪闪”，鸟儿们与人同喜共舞于新阳之中。此诗在思念的场景的构筑、氛围的渲染上堪称上乘。此外，作者还借助现场景物的描写，暗示了时间的流逝：“黑暗中的风”，指夜晚；“露水打湿的小草”大约在中夜；“翅膀上阳光闪闪”已是黎明后阳光初露了。而等待的时间久长也起到暗示思念的急迫的作用。

情感需要转化为意象，这是艺术的木质规定性所决定的。人类的情感表现有两类，一为自然表现，一为艺术表现。情感的自然表现是宣泄性的，如快乐时放声歌唱，悲伤时黯然垂泪，愤怒时暴跳如雷……这种自然表现是直接的、随意的、瞬间即逝的。而情感的艺术表现是通过呈现意象进行的：如通过一个景物、一桩事件、一幅画面等来实现。克罗齐认为，只有当情感转化为心中的意象，才算是艺术的表现，这是很对的。情感的艺术表现是审美的表现，它“带有创造、发现、整理、组织或探索感情之奥妙的性质，因此，它的主要着眼点不是放到情感的发泄上，而是对自我内在情感的形态或本质进行发现、认识，最后使它的完整形式呈现出来”①，从而使它得以永久保留。这就是艺术表现的特点。

将情感转化为意象，有时候是诗人瞬间完成的，有时候这种转化则可能相当艰难。马雅可夫斯基的这个经历是广为所知的：他为了写一个孤独的男人对他唯一的爱人的柔情，苦思冥想了两天。到了第三夜，他已想得头疼，便倒头去睡。夜间醒来，一个意象终于被他想到了：“我将保护和疼爱/你的身体，/就像一个在战争中残废了的，/对任何人都不需要了的兵士爱护着/他唯一的一条腿。”这时候他半醒半睡地跳下床，在黑暗中用一根烧焦了的火柴棍子在卷烟盒上写下了“唯一的腿”，就上床

① 滕守尧：《审美心理描述》，中国社会科学出版社1985年版，第176页。

安然睡着了。思虑很痛苦，结局很完美。马雅可夫斯基的这种情形可以说每个诗人都曾经历过，这是情感表现必须是意象表现的艺术规律支配下的自觉的创造活动。

（四）创造潜能：形式的期待

一个艺术创造者，必定有强烈的形式感与形式意识，这同样构成了传达的期待内容：形式期待。

与人类其他创造行为一样，构形同样是人类的本性之一。歌德曾这样说："人有一种构形的本性，一旦他的生存变得安定之后，这种本性就活跃起来；……因此野蛮人便以古怪的特色、可怕的形状和粗鄙的色彩来重新模塑他的椰子、他的羽饰和他自己的身体。而且虽则这些意象都只有任意的形式，形状仍旧缺乏比例，但是它的各部分将是调和的，原因是，一个单一的情感将这些部分创造成为一个独特的整体。"[①] 以上讲的是人类在绘画与体饰上的形式创造，诗人的形式创造也同样如此。诗人的"想象能使闻所未闻的东西/具有形式，诗人的莲花妙笔/赋予它们以形状，从而虚无缥缈之物/也有了它们的居所与名字"[②]。诗人创造活动中的最后一道工序就是确定形式，使意象各得其所，获得自身的位置。形式也包括艺术作品的内部结构与布局。有了形式，或形式一旦确立，艺术品就作为精神产品成为这个世界的一种独立的存在物。

每种艺术都有其独特的形式。在文学艺术中，小说、散文、诗歌各有其自身的形式。形式的作用十分巨大，对读者的阅读起到决定性的规范作用。作品的形式"教导人们学会观看"（达·芬奇语），教导人们学会以此种形式而非彼种形式去看。在阅读过程中，我们总会带着特定的形式意识或形式期待去接触作品，即阅读一篇小说时，你是把它作为"小说"来对待；阅读一首诗歌时，你也已经在心理上有把该作品当作

① ［德］恩斯特·卡西尔：《人论》，甘阳译，上海译文出版社2003年版，第179页。

② 《莎士比亚全集》（一），朱生豪译，凤凰出版传媒集团·译林出版社1998年版，第372页。

“诗”来阅读的期待，对散文、剧本等都是如此。一般情况下内容决定形式。但在这个时候，形式就已经规定了内容的文体属性。换言之，同样的一个内容，由于形式改变，其文体感也会随之变化。

比如说，某位作者对一个事件作如此陈述：

> 跃出水面挣扎着而又回到水里的鱼对跃进水里挣扎着却回不到水面的诗人说：“你们的现实确实使人活不了。”

这完全是一种散文化的叙述，据此，读者可能把它看作一则寓言，或者是一则幽默性的讽刺小品。但台湾诗人非马在把同样内容作了如下排列后，效果就截然不同了：

鱼与诗人

跃出水面
挣扎着
而又回到水里的
鱼

对

跃进水里
挣扎着
却回不到水面的
诗人

说

你们的现实确实使人
活不了

谁都会说：这是诗！一首绝妙的诗！意象单纯鲜明，对比十分强烈，意蕴深刻丰满，具有极大的概括力和现实意义，这一阅读效果，是散文化陈述所无法达到的。

这是一种“文体效应”。因为每种文体都有构成它的独特的“语言使用场”，有它自己的语言规定性。但当一种语言形式脱离了原来的文体，改变了原先的语言场后，它的功能就立即改变，接受了另一种规定性，产生了新的文体效应。

由此看来，诗人的形式意识、形式感就不能说是无足轻重的了。从历史上看，从《诗经》到古体诗时期，诗在形式方面的要求还较为宽松，律诗、绝句产生后，其形式上的规矩显得十分严厉，押韵、平仄、对仗、起承转合等诸如此类的规范，应有尽有。新诗的诞生，彻底改变了语言上的被捆绑状况，获得了空前的形式解放。但不论如何解放，凡是艺术，总得有其形式。早期白话诗太自由了，于是有人提出创造新的现代格律诗的主张。“戴着脚镣跳舞”的闻一多等就曾作过不少的探索。现代派诗人戴望舒也曾有这方面的写作经历，这是他的《烦忧》：

说是寂寞的秋的清愁，
说是辽远的海的相思。
假如有人问我的烦忧，
我不敢说出你的名字。

我不敢说出你的名字，
假如有人问我的烦忧：
说是辽远的海的相思，
说是寂寞的秋的清愁。

上下两节诗句内容相同，只不过第二节是把第一节的句子顺序倒过来排列而已。这样的安排，给人循环往复、终而复始的感觉，暗示了烦忧的“剪不断”之含义。

在短小的抒情诗中，重复模式、分行、分节技术等，对诗情的表达均会产生一定影响，值得尝试。但曾一度出现的“图案诗”，并无多大艺术探索价值，因为要用文字的堆积去追求图画的效果，这是拙愚的，有违诗的本质规定性。这种文字游戏式的写作，普通人不难做到，又何劳诗人？试举一例，题为《蜻蜓》：

︵
蜻　蜓

乃失去坐标航图
而飞行的十字架
在
极
深
极
深
深
秋
的
天
空
慌
飞
！

此种仿效事物外形的排列，似见不出更多的艺术价值。工整的十字架形体，又怎能体现“慌飞”的效果？诗是情感表现，不是机械的反映、再现。重回到模仿（而且是最表面的形体的模仿），若不是艺术的倒退，也属诗的降格。

然而，像《荒原》这样的史诗般的宏大作品，则是对诗人结构能力与形式意识的极大考验。形式的探求应当是、只能是指向内容的。因为一个优秀的作品，说到底就是对于最佳内容所作的最佳安排。

卡西尔说："艺术家是自然的各种形式的发现者，正像科学家是各种事实或自然法则的发现者一样。各个时代的伟大艺术家们全都知道艺术的这个特殊任务和特殊才能。"① 投向诗歌事业，意味着与诗这一形式结缘。艺术之门已经打开，创造者从形式的期待出发，进而走向形式的辉煌创造。

二　传达的引导机制：审美意识

（一）审美意识的特性

审美意识是人类意识的高级形态。它来自人的现实意识，并超越于现实意识，是比现实意识更全面、更自由、更具独立性的意识。

审美意识又是历史的积淀、民族文化心理的积淀及现实生活的折射这三者交融的产物。它的巨大背景就是人所生存的时空：历史时空和现实时空。正因为如此，人的审美意识有着极大的同一性。从历史上看，各个时代的文学艺术所折射的美学风范有其内在的共性，如远古时代龙飞凤舞的想象，青铜时代的狞厉之美，先秦文学的理性精神，楚汉时代的浪漫主义精神，人性觉醒的魏晋风度，嘹亮高亢的盛唐之音……在这时代的审美意识的共性中，我们又承认审美意识的历史变异性。

审美意识还有个体的差异性。文化修养、个性、情趣、爱好的不同会塑造每一个个体审美意识的差别。正因为有这种差异，才使我们的文化传统中拥有了屈原、陶潜、李白、杜甫、曹雪芹等风格迥异的巨人。随着时间的推移，个体的审美意识又显示出阶段性的变异：《光的赞歌》时期的艾青，已不同于《大堰河，我的保姆》时期的艾青；《夜歌和白天的歌》时期的何其芳，也不同于《预言》时期的何其芳。

审美意识既然是时代、历史、文化传统的结晶与沉淀，又受个性、修养、素质与爱好等的制约，因此是丰富性、多样性与选择性的统一。

① ［德］恩斯特·卡西尔：《人论》，甘阳译，上海译文出版社2003年版，第183页。

从传达者方面说，苏东坡既有“大江东去”的豪放粗犷，又有“花褪残红青杏小”的细腻柔婉；李清照有“寻寻觅觅”的缠绵悱恻，又有“生当作人杰”的沉雄悲慨。从接受者方面来说就更是如此。正因为有受时代、社会、民族文化背景制约的同一性支配，故能够充分容纳接受多种风范的艺术之美；又由于存在个人特定的美学修养与趣味爱好，而对某一特定的美学风格表示出更大的兴趣与热情。

审美意识包括了审美理想、审美情趣、审美标准等诸方面的内容。

审美理想是人对美的超前的设想和意愿。它在审美经验的基础上产生出来，是这种经验的概括与升华，也是感性与理性的统一。它既有概括性；又不失可感性；既有较明确的规范性，又带有模糊性，不易准确地把握和表达。它集中地折射了时代的、民族的历史必然的理性要求，表现为作家总体意识的审美追求。

审美趣味是人从一定审美需要出发对各种审美对象所产生的主观情趣、态度、兴味、好尚和趋求。审美趣味既有时代的、社会的、民族的共同性的一面，更有个性差异的一面。审美趣味的个性差异，一是表现为个人爱好、趣味的差异；二是表现为审美能力高下深浅的差异；三是表现为健康与消极、高尚与鄙下的性质差异。

审美标准是人在审美活动中表现出来的审美价值判断尺度，是审美理想、审美情趣等的具体实践和反映。虽是标准，却不是抽象的概念、数据或条文，是一种无法用量化表达的心理模式。

审美理想是对于美的高标准的追求，对审美情趣起着指导作用和规范作用。审美情趣有着更多的个性因素，它以主观爱好的形式表现出来，在对美的形态选择中有着广阔的自由。审美标准则是以上两者在审美实践中的评价尺度。审美理想、审美情趣、审美标准，构成了审美意识的主要内容。在传达活动中，审美意识起着引领、指导作用，是传达者从事创造活动的内在引导机制。

（二）审美追求在艺术传达活动中的多层次表现

诗是文学中的文学。文学创造活动是主体意识高度张扬的活动。诗则更是诗人主体意识高度张扬的产物。

诗人的主体意识，不仅体现在情感内容上，而且体现在审美的追求上。而这种审美追求又渗透在艺术传达活动的整个过程中，方方面面，里里外外，无所不及。我们试以新时期以来诗人们对审美追求、艺术主张的有关表述来说明此点。

(1) 关于诗的最高境界问题。江河认为："诗的最高境界是和谐，生机静静萌动。我若能在这样的心境里站上一会儿，该有多好。"田晓青则认为："诗所揭示的最高层次即'境界'。"什么是"境界"，他解释说："读后令人赞叹不已的诗固然是好诗；而有些诗读后却令人肃然无言，这无言即是'境界'高远的回响，难于表达，也难于测度。"而王家新追求的则是"朴素"，他认为："朴素是一种美，朴素同时又是一种难以进入的秘密。让我们一同进入这种更高的境界吧。"杨炼则认为诗的成功在于"整体综合的程度"，认为："层次的发掘越充分，思想的意向越丰富，整体综合的程度越高，内部运动和外在宁静间张力越大，诗，越具有成为伟大作品的那些标志。"

(2) 关于诗与现实的关系。"莽汉诗"提出要"以男性极其坦然的眼光对现实生活进行大大咧咧地最为直接的楔入"；"大浪潮"诗人则声称要"走出狭隘的现实圈的荧围"，"着力人生时空的拓展"，"走向民族文化心理的深层，走向大时空无边混沌的人类的存在，走进笼罩人类心灵的茫茫困惑"，并"把握困惑，破译困惑，在大困惑中呈现人的重量和质量"。岛子也说诗"不是不要反映现实，而是要反映精神深层次的现实，必须从临摹生活与自然的目的中解放出来……获得相对的自足"。以上诗人都对"现实"提出了有一定广度和深度的理解。

(3) 关于诗与自我问题。孙武军认为"自我"应是"一个充分摄入了社会、生活和人类的自我，这是诗人之所以成为诗人的最重要的东西，没有自我就没有灵魂没有个性"。杨炼认为"自我""不仅是个人本能的冲动，又不仅是集体共同的法则，恰是此二者的融合"。因此王家新提出了"超越自我"的概念，认为"如实地照搬生活与复写自我，都不会导致诗的产生"。以上观点均有其可取之处。女诗人翟永明则认为应把表现自我向表现内在生命深入，因为生命本身"具有一种远非我们的洞察力和意志力能够企及的本质"。因此诗人要"不顾一切地""深入内心隐秘"，"扩张自我心灵走向中那些最朴素的感觉”。这里表达的探索姿态，是极有意义的，因为人毕竟是一种生命现象，人有认识自我的责任与权利。

（4）关于诗表现人类经验问题。王家新认为：“写实与简单的抒情或思辨的时代已经过去。我更相信诗是经验——一种经过了艺术处理的经验。”刑天认为，“诗向我们提供的全部内涵就是体验”。杨炼说：“诗的威力和内在的生命来自对人类复杂经验的聚合。”以上诗人对在体验基础上形成的经验的重视，对于创作的意义不言自明。

（5）关于诗与语言问题。韩东说：“写诗似乎不单单是技巧和心智的活动，它和诗人的整个生命有关。因此，‘诗到语言为止’中的‘语言’不是指某种与诗人无关的语法、单词和行文特点。真正好的诗歌就是那种内心世界与语言的高度合一。”诗人田晓青则与之不同，认为“语言是诗人的最后手段”，“除非迫不得已诗人竭力避开语言”。[①] 他强调诗歌重在内在境界，而不在于语言如何。

总之，诗人的审美追求既体现在诗人创作时的心理活动过程中，又体现于创作的结果——作品中；既体现于内容上，又体现于形式上。在艺术跋涉的道路上，每个优秀诗人都会有独立的、自觉的审美追求，虽然并不一定显示于旗帜与宣言。

第三节　诗人的内传达

一　传达的催动机制：审美体验

（一）体验、审美体验、反思

生命是有限个体从生到死的体验的总和，它植根于人类整体的生命之中。生命表现为由情感出发去感受、去思索的体验。在人生与艺术创

① 上述诗人引语参见老木编《青年诗人谈诗》，北京大学五四文学社 1985 年。

造、艺术传达之间，其中心的关联是体验。

人类的体验分为审美体验与非审美体验两大类型。非审美体验包括日常体验、人生体验、宗教体验、道德体验等。审美体验也有两类，一类是直接的审美体验，另一类是由日常体验、人生体验转化上升而来的审美体验。日常体验、人生体验转化为审美体验的例子很多，如爱情诗、感遇诗大都是由日常的爱情体验、人生的感触转化而来的。转化是对体验的整理与深化，艺术传达使这种转化成为可能。如果没有这种转化，杜甫的悲秋之情只能是普通的悲秋之情，而不会有“无边落木萧萧下，不尽长江滚滚来”的优美诗句；李煜的亡国之痛也只能是一般的亡国之君的苦痛，而不会有“问君能有几多愁，恰似一江春水向东流”的动人辞章。在诗人身上，非审美体验与审美体验常常是重合的。

对体验这个词，人们并不陌生，但人们对“体验”这个词的含义及其美学意义往往缺乏真正深刻的理解。体验是主体的“经历”在主体身上留存下来的结果，它的形成过程正如伽达默尔所说：“只要某些东西不仅仅是被经历了，而且其所经历的存在获得了一个使自身具有永久意义的铸造，那么这些东西就成了体验。”① 体验是一种主体的给定性，和生命紧密相关联，因为体验的内容就是生命，“每一种体验……就是‘无限之生命的一个要素’”②。在这里，狄尔泰对体验的阐释极有启悟意义。他认为，体验有两个特性：第一是体验与生活的共生性。体验和生活二者难以分割，体验着就是生活着，生活着就是体验着。这是从总体上面来讲，从人的个体来讲，生活着不一定体验着。因此人有两种生活：一种是体验着的生活，另一种是非体验着的生活。生活本身是由命运、遭遇、诞生、死亡等要素组成的，这些要素也构成体验的要素。体验者必须要有一个内心要求：把感性个体与生活世界及其命运遭遇中所发生的许多具体事件结为一体，也即所谓“承担命运”。体验的目的即为从自身的命运和遭遇出发感受生活，力图去把握生活的意义和价值。狄尔泰指出：“诗与生活的关系是这样的：个体从对自己的生存、对象世界和自然的关

① ［德］伽达默尔：《真理与方法》，王才明译，辽宁人民出版社 1987 年版，第 87 页。

② ［德］伽达默尔：《真理与方法》，王才明译，辽宁人民出版社 1987 年版，第 98 页。

系的体验出发，把它转化为诗的创作的内在核心。于是，生活的普遍精神状态就可溯源于总括由生活关系引起的体验的需要。但所有这一切体验的主要内容是诗人自己对生活意义的反思。”[①]

第二是体验的内在性。内在性意指诗人在感受生活时必须有一个先在的意向结构，它决定了诗人感受的方式、向度和敏锐性。这个先在的意向结构，类似于皮亚杰的“内在图式”，它体现了生命的深度，也决定了感受的深度和向度。

因此，在狄尔泰看来，体验就是反思生活，把自己沉浸于生活之中，体味其中的真义，并审察自我内心，在自我内心中“反复琢磨关心自己的灵魂的去向”[②]。因为在狄尔泰看来，在人类社会中，由于历史、文化的影响，个人的命运就是人类命运的最为普遍的类型的表现，即使那些孤立偶然的事件，也蕴含着普遍的意义。

在狄尔泰的理论中，非常重视对生活的反思。他说：“每一种抒情诗、叙事诗或戏剧诗都把一种特殊的体验突进到对其意义的反思的高度。”[③] 这跟他对诗的功能的认识是有关联的，他认为，只要一个事件向我们披露了生活本质的某些侧面，这个事件便被理解成为有意义的。而诗就是理解生活的“感官”，诗人是明察生活含义的目击者。

狄尔泰关于诗与生活的关系的理解是可取的，他关于体验即反思生活、追寻意义、透视内心、承担命运的观点，闪耀着哲学的深邃光芒，只有这种体验才是具有诗学意义的体验。由此看来，那种以旁观者的姿态去“观察”，以俯视的姿态去“体验生活”的所谓“体验”，都只是纯粹的表面行为，不属于真正意义上的体验，自然也就不可能获得诗所需要的“中得心源”的东西。

（二）审美体验与移情

体验要求把自己摆进生活中去，这里就有一个主体与客体的关系问题。

---

① 转引自刘小枫《诗化哲学》，山东文艺出版社 1986 年版，第 168 页。

② 刘小枫：《诗化哲学》，山东文艺出版社 1986 年版，第 182 页。

③ 转引自刘小枫《诗化哲学》，山东文艺出版社 1986 年版，第 152 页。

任何一种体验活动，总表现为二者距离逐渐接近、消融并最终合一的过程，也即主体深入客体，客体深入主体，二者难分彼此，最终物我同一。李泽厚把这个过程分为“悦耳悦目”“悦心悦意”“悦志悦神”三个层次。胡经之把它归结为“注意”—“感动”—“共鸣”三个阶段。

但应当指出，体验过程中达到的这种“共鸣”，其程度是有强、弱之分的。据此可以把审美体验分为一般体验和高峰体验两类。高峰体验包容一般体验，一般体验则未必发展到高峰体验。一般体验是情绪情感相对平和恬静状态下的体验，正如尼采在《查拉图斯特拉如是说》中描绘的：“谁要是静卧青青草丛，或寄身寂寞山野，侧耳倾听，澄怀领会天地间的天籁；谁要是感受到那脉脉柔情，诗人们就会以为，那是自然在与他们交感；自然对他们悄然耳语，秘授天机，软语温存。”这是一种“契合感”“交感”，主客之间的交流表现得平静、从容、安宁、亲切、谐和。至于高峰体验，是人所体味到的最高的整合、同一和完善的感觉。心理学家W. 詹姆斯描述过这种情感体验的状态：“当美激动我们的那一瞬间，我们可以感到胸际的一种灼热、一种剧痛，呼吸的一种颤动、一种饱满，心脏的一种翼动、全身的一种摇撼、眼睛的一种湿润……以及除此而外的千百种不可名状的征兆。”[①] 由此看来，一般体验与高峰体验的情感震撼程度是相去甚远的。

审美体验时情感的巨大推动作用把主客体合而为一，这与心理学上的“移情”颇为相似。移情，原意是“感到里面去”，也即“把我的情感移注到物里去分享物的生命”。在移情时，物我达到高度同一，主客之间双向对流。正如象征派诗人波德莱尔所说：“你聚精会神地观赏外物，便浑忘自己存在，不久你就和外物混成一体了。你注视一棵身材停匀的树在微风中荡漾摇曳，不过顷刻，在诗人心中只是一个很自然的比喻，在你心中就变成一件事实：你开始把你的情感欲望和哀愁一齐假借给树，它的荡漾摇曳也就变成你的荡漾摇曳，你自己也就变成一棵树了。同理，你看到在蔚蓝天空中回旋的飞鸟，你觉得它表现‘超凡脱俗’一个终古

① 胡经之：《文艺美学》，北京大学出版社1989年版，第370页。

不磨的希望，你自己就变成一个飞鸟了。”[1] 由“比喻”变成一件“事实”，就是物我分离走向物我同一的过程。所以这种移情现象即是一种审美体验，而且具有主体的更大主动性特点。

但审美体验重在体验和感受，而移情则重在情感的向外“移植”。所以在有的作家那里，移情似乎带有了方法论色彩，可以反复运用而伸展自如了：

> 我有时逃开自我，俨然变成一棵植物，我觉得自己是草，是飞鸟，是树顶，是云，是流水，是天地相接的那一条水平线，觉得自己是这种颜色或是那种形体，瞬息万变，去来无碍。我时而走，时而飞，时而潜，时而吸露。我向着太阳开花，或栖在叶背安眠。天鹨飞举时我也飞举，蜥蜴跳跃时我也跳跃，萤火和星光闪耀时我也闪耀。总而言之，我所栖息的天地仿佛全是由我自己伸张出来的。[2]

这种高度自由的心灵，乃是审美所必需的。但这种浪漫移情与对现实生活的深层感受、体验显然存在着一定差距。任何事物如果都作如此移情，就可能趋向雷同，情感的浓度和差异就可能无法表达。在诗人的内向传达中，强调的更应该是自我内心的深层体验。

（三）审美体验的情感催动作用

在审美体验活动中，主客体关系的接近、界限的消弭，一般有两种方式，一种是直入式，如上述的浪漫移情；但更多的是采取另一种方式，即渗透式。这是由点到面，由部分到整体，并反复往还的过程。渗透表现为情感的渗透和认识的渗透两个方面。由于对生活的认识和对情感的把握都不是一件轻而易举之事，为了发现生活中的诗性，诗人总是执着而坚韧，以整个心灵去体验生活、感受生活。

审美体验是一种内向传达，主体既是传达者，又是接受者。在整个

① 《朱光潜美学文集》（第一卷），上海文艺出版社1982年版，第43页。

② 同上。

传达过程中，审美体验是艺术传达的催动机制，这种“催动”作用，表现在如下四个方面。

其一，催动对生活意义和价值的揭示与发现。这里所说的意义和价值不是指摆在外层伸手可取的具有明显的现实功利性质的那一类。物的意义被物遮蔽。诗人所要揭示的是人类生命、现实生活和历史中最内在最本质的意义，使生命敞亮、世界澄明。

其二，催动情感的明晰化，进一步把握情感的性质。人类的情感异常丰富多样，其表现过程的本身又是极为微妙、细腻和变幻莫测的。在情感产生初始，总是表现为一种模糊的兴奋或躁动，尚未在自我的经验中清晰地显现。诗人的情感体验，是伴随着情感理解的一种自我认识过程，它带有创造、发现、整理、组织和探索人类情感奥秘的性质。科林伍德描述这种情感体验的过程说：“首先，他意识到有某种情感，但是却没有意识到这种情感是什么；他所意识到的一切是一种烦躁不安或兴奋激动，他感到它在内心进行着，但是对于它的性质一无所知。”① 根据科林伍德的看法，艺术家表现自己情感时的那种着迷似的形式冲动，并不是来自一种想传递日常生活中种种已经确定的感情的愿望，而是来自自身想理解自己尚未理解的微妙感情的需要。而艺术的表现，是这种内在的模糊情感得到“明朗化”的过程。由模糊到“明朗化”，只能通过情感信息的不断的内向传达，伴随情感理解和情感认识，才能达到。

其三，催动情感的强化。我们知道，艺术是情感的表现。罗丹说：“艺术就是感情。”没有情感，就无以表现。一个缺乏情感、对人生和艺术抱着冷漠态度的人，也绝不可能有表现的欲望和冲动。欲想要有所表达，须先有表达的内容和要求；欲想感动别人，须先感动自己。人类对于情感的态度，一是发泄，一是表现，杜威说：“发泄即解脱和消除，表现却是保持、向前发展，不断加工直至完成。”② 这里的“保持、向前发展”即有不断强化之意。情感的不断强化、不断积蓄，一是可以驱迫你产生形式创造的冲动，二是如上文所说可以达到感动自己进而感动他人的效果。

① ［英］科林伍德：《艺术原理》，王至元等译，中国社会科学出版社1985年版，第112页。

② 转引自滕守尧《审美心理描述》，中国社会科学出版社1985年版，第161页。

其四，体验是获得真实、原初、独特的情感的基本条件。艺术的创造和创新，一个重要的前提正是自我深心的投入。没有亲临其境的体验就不可能有情感的真实性，而真实的情感才有可能感染人、打动人。相反，假借的情感、概念化的情感、矫揉造作的情感，则只能使人生厌。同时，只有亲临其境，才能激活头脑中的所有兴奋点，体会到种种微妙情绪，获得他人所没有的独特的感受。这种新颖独特的感受，很可能是他人有所感而不曾言的东西，具有集体无意识的内容，可望使接受者产生深刻的震颤。

二　传达的触发机制：审美感知

（一）感觉的交响与世界的呈现

在人与世界的关系中，感觉是站在最前列的，感觉是二者沟通的桥梁，感觉使人与世界相遇。

感觉和知觉统称为感知，是人类认识的初级阶段。心理学上对感觉和知觉作如下解释："客观事物作用于人的感觉器官，人脑中就产生了对这些事物的个别属性的反映。这种反映叫作感觉。"[①] "客观事物直接作用于人的感觉器官，人脑就产生了对这些事物各个部分和属性的整体的反映，这种反映叫作知觉。"[②] 感觉与知觉的区别是，前者是对外界事物的个别属性的反映，后者是对外界事物的整体反映。但知觉不是感觉的简单总和，在认知过程中，二者密不可分，往往是同时进行的。密不可分，并不意味着相同感觉必然导向相同的知觉。例如，蜡烛与粉笔给人的感觉十分相似，但在知觉世界里却是完全不同的两种事物。美国著名心理学家冈布里奇提到过，各个原始部族的人对夜空中的狮子星座进行观察，会产生不同的知觉现象：对这同一星座，有的部族把它看作一只白羊，有的部族把它看成一头狮子，也有的把它看作公牛、蝎子等，而南美的印第安人则把

① 曹日昌主编：《普通心理学》（上），人民教育出版社 1980 年版，第 100 页。

② 同上书，第 147 页。

它看成一只龙虾。这个例子试图说明，人的知觉与“内在图式”有着某种关联，经常与狮子接触的部族绝不会把它看作从未见过的蝎子，经常与水中龙虾接触的部族也不容易把它看作旱地上的白羊。这个例子的另一层意义则是，“内在图式”的固定，可能限制感觉和知觉作出新的探索。

审美感知同样包含了审美感觉与审美知觉两个方面。审美感知与普通感知的不同，在于它排除了对对象的功利性考虑，而专注于对象的外在感性的丰富性、独特性。

审美感知是伴随着情感的一种认知活动。艺术家带着情感看世界，进入神与物游的境界，这时知觉与情感浑然化为一体，相互渗透，相互加强。情感的加入使得知觉更为活跃、敏锐、自由。情感同时也规范了感知的向度，对感知的内容作出选择。

感知虽是认知的初级阶段，但感知本身有一定的理解力。人的感官是在物质生产和精神生产的实践中逐步发展完善起来的，随着人类社会的不断发展，人的各种感官变得日益敏锐，富有理性和创造性。马尔库塞认为，“感觉的强化能够达到直至把事物变形的程度，使得不能说的话说出来，使得其他方面看不见的东西成为看得见的”。马尔库塞讲的，也就是人的感觉的理解力、透视力。

世界是一个巨大的黑箱，如果封闭我们的五官，世界就会无声无息、混沌黑暗。人类正是凭借五官感觉，使世界逐步显现出来，并进而被逐步把握。马克思说：“人不仅通过思维，而且也通过一切感觉在对象世界中肯定自己。”艺术世界就是人类的“第二自然”，是人类通过审美感知建立起来的具有人性价值的第二重宇宙。它的起点就是审美感知。

在诗中，诗人如何运用感觉呈现世界？其最基本的方式即为运用五官进行分解。洛尔伽说：“诗人是他五官感觉的指导者。这五官，就是视觉、触觉、听觉、嗅觉和味觉。”在五官中视觉最为重要，90%的信息是通过视觉传递的。其次则是听觉。五官在分解外在世界的时候，有以下几种情形。

第一类情形是单纯以某一种感官对外在世界进行分解。通常是视觉感官，如蔡其矫的《榕树》：

我想再也没有一种植物，能像它那样

充分表现我故乡的性格。
它的青铜一样四处伸展的纠缠的根，
即使最坚固的岩石也要被分裂，
但是慈祥的长须在空中飘荡，
却亲抚般地拂弄着光明的大气；
它的枝桠豪爽地让许多生命栖息，
低处有寄生的弱草，高处有安巢的雄鹰，
它巍立在路边向下伸出四周的手臂，
好像要把地上万物都一起向高空举起。

这是视觉对一棵榕树的分解：先写其根，再写长须，后写枝丫，最后写它的手臂——枝条。视点自下而上，最后落在中部。一棵树，在人的经验之外本是一个整体存在，具有混沌模糊性。通过感觉的分解作用，将它的各个部分呈现出来，这棵树的整体形象也就清晰起来。树于是成了我们感觉中的树，进入了人的精神掌握之中。

第二类情形是以一种感官为主，以其他感官为辅进行分解。这是艾青的《船夫与船》，这种手法的运用最为多见：

你们的帆像阴天一样灰暗，/你们的篙篷像土地一样枯黄，/你们的船身像你们的脸，/褐色而刻满了皱纹，/你们的眼睛和你们的船舱，/老是阴郁地凝视着空茫，/你们的桨单调地/诉说着时日的嫌厌，/你们的舵柄像你们的手一样弯曲/而且徒劳地转动着，/你们的船像你们的生命——/永远在广阔与渺茫中旅行，/在困苦与不安中旅行……

这是对“船”的分解，主要使用视觉手段先写“帆”，继写“篙篷”，“船身”“船舱”“舵柄”，最后写总体的“船”。其中也糅入了听觉：“你们的桨单调地/诉说着时日的嫌厌。”

第三类情形是多种感官的同时并用。这是孟奇的《南方的河谷》：

白玉兰的清芬/从山谷深处漫出/平原和山坡/浸沐着温热的雾霭/时有菩提树的花瓣/金黄地一闪一闪

这样的日子/蜜蜂的航程是沉沉的了/阳光搅和着花粉/浓浓地/无边际地播放/花茎无声地兀立/似已进入一个迷迷的梦

河的那边/隐隐有风滑过/一浪一浪的草色/一浪一浪的光明/把牧牛人的目光/引向深邃的地平线

鸟儿不在正午鸣啭/却把歌的舞场/留给纺织娘的乐队/迷人的南方，迷人的河谷/生命饱和了/远远近近/是光的流波和生之奏鸣

此诗使用了多种感官。视觉与听觉自不必说，其中嗅觉内容有“白玉兰的清芬”和“浓浓”的“花粉”；触觉内容有“温热的雾霭”和“沉沉”的“航程”等。诗写的是南方的河谷，那种丰富绚丽的光、色、声、味和温热感，只有运用全部的感官才能得以表达。

孙绍振说：“诗人要进行自我感觉的培训，有了视觉的敏感也要有听觉的敏感，同时还要细致地驾驭两种以上的感觉交流的效果，把两种或两种以上的感觉交织起来就形成了一种感觉‘场’，许多奇异的功能就在诗行的空白处产生。”[①] 从艺术效果上看，“场”的效果是一种复合效应，要比单一的感觉运用，效果更佳。这就是“感觉的交响”，使你的世界声色俱现，生机勃然。

在呈现世界的过程中，感觉的分解作用与知觉的整理作用是同时进行的。就以上面所举艾青《船夫与船》这首诗来说，帆的“灰暗”是感觉，但说“像阴天一样灰暗”，就已经对这种“灰暗”作出一定程度的理解和判断，因此属于知觉。再如，篙篷是“枯黄”色的，也是感觉阶段，但诗人说“像土地一样枯黄”，也就进入了知觉。其他诗行也都如此。由此可见，感觉与知觉难以分割。知觉起到整理、组织的作用，有认知的参与，带有概念性、说明性。感觉则总是走在前头，它总是最直接地告知你世界的存在状态，回答你世界是“怎么样”的；而知觉则告诉你世界“是什么”，带有判断性了。

---

① 孙绍振：《文学创作论》，春风文艺出版社 1987 年版，第 400 页。

（二）审美感知的触发作用

感知是认识的始点，感知也是传达的发端。感知不仅启动了人的内向传达，而且提供了外部信息，作为内向传达的材料。外部的信息进入内部，诗人的内心随时作出反馈，这种反馈又进一步激活人的感觉器官，催动感官对外界作进一步的探索。孙绍振说："作家的观察的过程，就是从外部世界到内心世界，又从内心世界到外部世界不断互相说明，互相揭示的过程。"[①] 在传达的过程中，感觉可以调动情感，情感也可以支配感觉、调动感觉。信息的不断输入、不断反馈，终于使感觉表象与情感的积累达到一定的饱和度，最终内传达活动告一段落，进入下一阶段——外传达。

由此可知，感知激发内传达向外传达的转变是通过情感和思维的积蓄而进行的。没有一定的情感积累，就产生不了外传达的冲动。此外，感知到的材料必须经过情感的冲洗，糅合情感内容，才能进行传达。如果感知的内容直接进入外传达，那就必然成了照相式的反映、复现，与真正意义上的艺术传达相去甚远。

审美感知与审美体验是相辅相成、密不可分的心理活动，都是在与对象的关系中产生的人类的精神行为，二者互相渗透。但二者又有所区别。从内容上看，体验重在情感意义的把握，感知则重在传递外观形式；体验是在综合的基础上进行的，而感知则注重客体的方方面面。从进行的过程来看，体验有一定的持续时间性，而感知一般可以在较短暂的时间里完成。审美体验离不开审美感知。感知是审美体验的基础。

三　想象与联想：内传达的特殊形式

所谓内传达，是由外部获取信息向自我内心进行的一种传达。但想象和联想则是人脑的"信息库"中所储存的信息，因情感或感觉的激发，重新进入传达程序，因此是信息内传达的特殊形式。

---

① 孙绍振：《文学创作论》，春风文艺出版社 1987 年版，第 118 页。

（一）想象——诗的“黄金之邦”

想象是人类的天赋，是人的重要心理能力。狄德罗说：“想象，这是一种特质，没有它，人既不能成为诗人，也不能成为哲学家、有思想的人、一个有理性的生物、一个真正的人。”爱因斯坦把想象力看得比知识还重要，“因为知识是有限的，想象力概括着世界的一切，推动着进步，并且是知识进化的源泉”。人类凭借想象力，在精神的世界里自由翱翔。

艺术是靠想象而存在的，没有想象就没有艺术。诗人布莱克说：“有一种能力可以造就一个诗人：想象，神的视力。”席勒则认为：“诗只有两个领域，它要么在感觉世界里，要么在理想的世界里；它在概念领域或智力领域内是不能繁荣起来的。”① 这里所说的“理想的世界”即想象的世界。

心理学中关于想象是这样解释的：“想象是在头脑中改造记忆中的表象而创造新形象的过程，也是过去经验中已经形成的那些暂时联系进行新的结合的过程。”② 从这个定义可知，想象包含三个要素：其一，想象以记忆为条件；其二，想象以记忆中的表象为材料；其三，想象是创造性的，其结果必须产生“新形象”。三个要素中，记忆谁都具备，重要的是其他两个要素：记忆中的表象材料，即信息库中的储存信息必须较为丰富，想象才能活跃，进而创造出新的形象；而有否创造出新的形象，是想象活动成功与失败的标志。

作家莫泊桑十分强调想象的珍贵，他说，想象“是可以让创作思想焕发的最好的媒介物，是诗歌和散文的黄金之邦”。但这个黄金之邦，却不会与世隔绝，它诞生在现实的土地上。这现实的土地就是生活。狄尔泰说：“生活关联制约着诗的想象，并且在诗的想象中表达自己，一如它影响诗人的感知图景一样。”③ 也就是说，诗人的生活决定着诗人的感知图景，同时也制约着诗人的想象。屈原《离骚》中天上地下的求索过程、

---

① 段宝林编：《西方古典作家谈文艺创作》，春风文艺出版社 1980 年版，第 163 页。

② 曹日昌主编：《普通心理学》（上），人民教育出版社 1980 年版，第 282 页。

③ 转引自刘小枫《诗化哲学》，山东文艺出版社 1986 年版，第 173 页。

李白《梦游天姥吟留别》中“青冥浩荡不见底，日月照耀金银台”的瑰丽景象，也都受到现实生活图景的制约和启发。

生活制约想象，但想象却不应拘泥于生活。诗是诗人主体意识高度张扬的产物，不插上想象的翅膀，诗就飞翔不起来。艾青在这方面深有体会。他曾根据家乡人讲的游击队的真实故事写过一首《藏枪记》，但却是一首不成功的作品。而他写吹号者，写火把游行，并非实际经历，全凭想象，却成功了。这情形正如高尔基所说，光有观察、研究、认识是不够的，还必须“臆造”，没有臆造，就没有艺术。

想象还可以使生活达到更为高级的真实，也即艺术的真实。某地一条江边有个亭，其中有副对联：“云带钟声穿树去，月移塔影过江来。”这写的是生活真实。据说，“月移塔影过江来”原为“风吹塔影过江来”。如今这样一改，效果是更好呢还是逊色呢？改动者可能认为，“风吹”是不可能的，“月移”才是真实的。但这一改恰恰把想象排除掉了。“风吹塔影”，传达出一种江风强健的感觉，使人产生错觉，似乎塔影是风吹过江来的，写出了一种动态，也表达了一种心灵的感受。这就是想象中的真，艺术的真。这要比“月移”生动得多、逼真得多。这就是薄伽丘所说的“诗人把真理隐藏到表面看来好像不真实的东西后面”。英国批评家伊丽莎白·鲍温也说过：“想象是一种能表现出某种特殊的真实的幻想形式”。它能够“通过幻觉产生一个更高真实的假象”（歌德语）。

（二）想象激发表象信息的方式

席勒曾说：“想象越生动活泼，也就更多引起心灵的活动，激起的感情也就更强烈。”[①]想象力的积极活动，带动了心灵和情感的活动，而最终则是表现在潜伏于显意识之下的表象信息的重新被激活、被召唤，使之进入诗人的内传达过程。想象激发表象信息的方式很多，试作如下梳理。

将眼前感知信息与以往感知信息接通。诗人被眼前的景物触动，引动相类似的事物或情景的记忆，从而激发信息。如朱湘《雨景》：“我心爱的雨景也多着呀，/春夜春梦时窗前的淅沥；/急雨点打上蕉叶的声音；雾一般拂着人脸的雨丝；/从电光中泼下来的雷雨——但将雨时的天我最爱了。/它虽然是灰色的却透明；/它蕴着一种无声的期待。/并且从云气中，不知哪里，/飘来了一声清脆的鸟啼。”诗人因为眼前雨景而展开想象，所呈现的感知信息虽然看不出有多大改造、变异，但却经过诗人独具匠心的选择、组织，而选择和组织，也包含创造。

将内心对生活的感受与具体形象接通。如何其芳的《欢乐》一诗，通过一系列的发问：“欢乐是什么颜色?”“欢乐是什么声音?”“欢乐是怎样来的?”展开了一个个意象，构成了一幅幅动人的画面。再如刘虹的《思念》，“思念/是一枝盆景/无论晴天雨天/都躲在屋檐/臆数落红和飞雪/心事，绽在未雨绸缪时”，以一枝盆景所处的环境，与“思念”这个较抽象的意念接通。“思念”是不可把握的，但“盆景”却是可见的，从而带出了更多的感知表象。

将形体相类的物体接通而激发表象信息。如派司的《阳光》：“太阳是一只芒果/切开就是白天/不切开就是夜晚/我们吞吃阳光/强壮了肌肉/而当我们安寝/阳光汇入了血液/在我们的身体里旅行/它没有停歇/又遇上另一片阳光。”因为“太阳是一只芒果”，所以可以“切开”；所谓“吞吃阳光”，实指吞吃芒果。两个物体互相交融、互相说明，带出了一系列想象性的表象信息。又如，章德益《在地球的大线团上》，把地球看作一个大线团，而开拓者烧起的炊烟就是这个线团中的一根纱线，有了这两个意象的沟通，于是带出如下诗句：“让它只把一缕生活的真味，/缝进荒沙，缝进漠天，/即使淡吧，也会留下人世间的/真苦真甜。//在地球的大线团上，/我愿做一缕纱线般的炊烟。”一个事物往往较为单纯，两个事物就可以组成一个“场”，表象的信息也就显得更为丰富。

将人物与特定的物体接通而激发表象信息。如应修人的《妹妹你是水》：“妹妹你是水——/你是清溪里的水。/无愁地镇日流，/率真地长是笑，/自然地引我忘了归路了。”“妹妹你是水——/你是荷塘里的水。/借荷叶做船儿，/借荷梗做篙儿，/妹妹我要到荷深处来!”这里把“妹妹”与“水”接通，从而激出许多美的表象。又如芒克的《爱人》：“假如你的躯体/已变成春天的土地/那我愿意让自己/失去形体融化成水/我愿意让你把我吮吸得干干净净/那样我全部的感情/就会浸透你全部的身体。”这里把人与土地接通，“土地”的表象信息也就被带动起来。

在事物的因果关系上激发表象信息。这是台湾诗人陈锦标的《琥珀中的蚂蚁》："一抹闪光，照亮了三千万年的洪荒/隆隆的雷击声中，一棵擎天的松树应声而折/断痕处，伤痛的树汁滴下波涛/一只路过的蚂蚁，刹那间/被卷入时光的叫嚣中//三千万年的煎熬、禁锢/那小小的一声呼叫，出土成为明澈的琥珀。"由一颗琥珀，想象其产生的悠远历程，把目光投向了"三千万年"前的那一瞬。想象可以打破过去、今天、未来的界限，在想象世界中，时间不复存在，一切都是为了现在。所以想象就是时间的消失。在时间因素上想象，将现在与过去接通比较多，但也有开启未来的。与设想中的世界沟通，能进一步强化感情，诗歌意象的感染力也就更强。

在物象的特征上激发表象信息。章德益在其《开拓者谈地平线》一诗中，从地平线的形象特征出发，带出"云的荡木""天的床架""风的钢丝索""宇宙的卷尺""世界修长的眼帘"等意象，接着诗人又继续想象："去那里，去弹拨这条/交鸣的天地之音的地球的丝弦/去那里，去解开这条/拴系着幻想之舟的宇宙的长缆/去那里，与远天热恋，与风云热恋/与日出热恋/爱抚这条地球旋转给你看的/体态婀娜的世界的曲线。"诗紧扣"地平线"的空间特征展开想象，视野相当开阔，气势十分雄奇。当然，空间因素带动的想象，并不限于天上地下、海阔天空的物理距离。即使同一个地点，空间距离不变，同样可以引发想象。例如李钢的《在山上》起首，"我的思绪缠绕着山谷的臂膀"，"从一个梦境到一个梦境"，"逾越千年，跨过了/两个危岩之间的那一根朽木"，向历史延伸，空间与时间绞合起来；接着写"脚步明快的节奏，拍打着远处的山麓和原野/让紫杜鹃在沉思中/开放又凋谢"，这是进一步从视觉上开拓空间，选择意象；再后是"我要把心搭在/一棵扳弯的青竹上/射出一支快箭/穿透凝固的时间的厚壁/看着山脉从愚昧的腐土上/裸露出/铁矿和煤层/用我的拳头，敲击/黑色的灵魂和肌肉"，这是把想象延伸向地下的深层空间，进一步体现了人与山的情感和人对山的认识、理解。所以此诗的想象空间就有历史、现实、泥层这三个维度，引发的表象信息也就丰富多彩。

从音乐中展开想象接通人生经验。音乐有再现性音乐与情感性音乐两大类。作为听觉艺术的音乐，要将其转化为具有视觉内容的诗的意象，第一需要对乐曲本身的深切理解，第二更要靠诗人丰富的想象。诗人鲁萍在欣赏德彪西交响诗《海妖》时，写了这样一首同题诗：

海突然静了/没有任何回声/白水鸟传单似地/成群升起/岛在下沉

月亮帆的胸针/别在黎明的长裙/海水很黑/海水很凉/岛和岛在下沉

海突然静了/岛在下沉/海面很滑/像蛇的皮肤/岛消失了

岛完全消失了/歌声从海面上/烟般地升起/袅娜地升起/辽阔地升起了

海水依然很凉/海水蓝得发黑/歌声从海面上/烟般地升起/雾一样地漫开

在这海妖们/无词的合唱中/木纹似的海面/终于清晰地浮出/各种姿势的雕塑

诗人调动了多种感觉，描绘了海妖出现、海妖歌唱的动人情景，海面的静寂、海水的黑、海水的凉、海面的光滑、岛屿渐渐下沉、歌声逐渐升起，直至海妖浮雕般地出现，整个过程表达得多么细腻、多么富有层次感。色彩的对比、动静的变移、氛围的渲染，准确地传达出音乐的那种神秘感、表现力、幽美的境界。很显然，诗人的人生经验在这里起了作用，帮助诗人在理解音乐旋律的同时，又用文字再现了交响诗的美好意境。

从画面上接通人生经验。希腊诗人西蒙尼德斯（Simonides）说过："诗为有声之画，画为无声之诗。"[①] 诗画同质是古今中外一个普遍的艺术共识。比起音乐来，画与诗更为接近。因为画是直接诉诸视觉，诗是间接诉诸视觉。但画和诗毕竟是两种不同的艺术，要将画面转变为诗句，仍得凭借诗人的想象。文森特·梵高有幅《向日葵》，诗人王自亮在观赏后写下这样的诗句"在画室的一角，向日葵/生长着。渐渐地/遮蔽了整个世界/连生命的墓地上/也站着那群纵火者/在西边的天幕上/留下了余烬""葵籽/飘散在狂风里/把忧郁埋在道路上/在人们走过的地方/都长出

① 转引自《朱光潜美学文集》（第二卷），上海文艺出版社1982年版，第123页。

了一棵棵热情”“你把向日葵栽满了人类的瞳孔/最后种上你的奥威尔墓地”。绘画只能呈现向日葵的瞬间姿态和色彩，而诗却可以突破其时间限制，不仅写其巨大花盘，还可以写它的种子，写播种与生长，直至把整个世界都包容到这棵向日葵中去，这就是诗歌想象的超越功能。

狄尔泰认为想象的本质功能就是把“无限的东西引入有限”。所谓“无限”，是指心灵所感受、把握的世界，因为外在世界无限，所以心灵世界同样无限；所谓“有限”，是指将适合于表现情感的表象信息凝定到一个作品中。诗人里尔克十分强调心灵空间的深广度，他说：“不管‘外部空间’多么广阔，不管它的所有恒星间的距离多么长远，它仍不能与我们内在的深层维度相比附。这一维度几乎深不可测，它不需要宇宙的广袤无边来容纳自身。”① 这就是说，外部空间是无限的。“内在的深层维度”更为无限。当然，要把这“可能的无限”，变为“现实的无限”，全赖诗人的想象力去开拓。

（三）艺术联想的创造性特质

联想是由一事物想到另一事物的心理现象。罗蒙诺索夫在其《修辞学》中说联想是“那种和一件已有概念的事物一起能够想象出和它有关的其他事物来的禀赋，譬如：当我们心中想到船时，便一齐想到它航行的海，想到海便想到风暴，想到风暴便想到波浪，想到波浪便想到海岸中的响声，想到海岸便想到石子等等”。可见联想是人的一种基本禀赋，它思考的方式似乎较为简易自然。不过，这种简易自然、不费力气的联想，只存在于日常的普通联想之中。而艺术联想绝非如此，它要复杂、高级得多，艺术联想是诗人特有的禀赋。

艺术联想的丰富，标志着一个诗人内心世界的丰富。如果一个诗人具有丰富的生活经验、内心体验以及与众不同的艺术敏感，那么任何一种意念、一种物象都会转换成一幅生动活泼的物景或画面。

艺术联想植根于诗人的生活和记忆，同时也需要诗人渗透情韵的美

① 转引自［德］海德格尔《诗·语言·思》，张月等译，黄河文艺出版社1989年版，第134页。

感经验。如舒婷的《枫叶》所写的：

> 从某一片山坡某一处林边/由某一只柔软的手/所拾起的/这一颗叶形的心/也许并无多深的寄意/只有霜打过的痕迹//这使我想起/某一个黄昏某一条林荫/由某一朵欲言又止的小嘴/从我肩上/轻轻吹去的那一抹夕照/而今又回到心里/格外地沉重//我可以否认这片枫叶/否认它，如拒绝一种亲密/但从此以后，每逢风起/我总不由自主地回过头/聆听你枝头上独立无依的颤栗。

由一片枫叶，联想到过去的一段生活，联想到对一种亲密感情的拒绝，再联想到这以后因对方的独立无依而会产生的同情，表达了十分复杂的心理体验过程，诗的丰富的情感内容即是以联想为纽带组合起来的。

我们说，想象具有创造性，而联想是否也具有创造性呢？换言之，艺术联想是否需要创造性思维呢？回答应当是肯定的。若将想象与艺术联想的创造机制用图式表示，则是：

想象的创造性，表现在创造主体对原有的表象 a 进行加工、改造，产生出新的形象 A。

艺术联想的创造性，则表现在如下两个方面：其一为联想本体与联想客体二者关系的建立，即由 a 联想到 b，这关系的建立是最根本的；其二为新物象（联想客体）b 对原物象（联想本体）a 的反射作用。

联想关系的建立，以创造性思维为前提。一个人如果思维平庸，内在的表象信息十分稀少，就很难建立新颖而独特的联想关系。当联想关系建立之后，新物象往往会对原物象产生一种反射作用，以其特有的性质对原物象施加影响，使原物象的某些特性得到强化、丰富、凸显，或者在二者的对流中产生出新的关系。经过这种联想，原物象尽管还是原物象，但已被加入了新质。这就是艺术联想创造性的两个方面。

试以岑参的诗句为例：

北风卷地白草折，胡天八月即飞雪。
忽如一夜春风来，千树万树梨花开。

这里作者为我们建立了梨花与雪花的联想比附关系。梨花与雪花都属视觉对象，但一个属生命体，一个属非生命体，在当时，这种联想具有一定的创造性。但由于梨花与雪的质地不一样、气味不一样，而且一个生长在春天，一个出现在秋冬，当二者关系建立起来，雪不仅保留了与梨花相同的洁白，而且因为梨花的反射作用，雪花也具备了梨花那般“迎风绽放、纷繁灿烂”的精神。也就是说，梨花具有的特质与精神，雪花一定程度上也具有了。于是飞雪带给人们的不只是寒冷，而有了蓬勃鲜丽的色彩，甚至含有一丝丝春的暖意了。

又如下面的诗句：

农人沉默着/像一座黑色的岩石

小巷的路灯/仿佛一排钮扣熠熠发青

这里，“岩石”与“钮扣”，各以坚实有力的形态、闪烁圆亮的光芒，加强了“农人”“路灯”的内在或外在的特征。“黑色的岩石”，既表明“农人”沉默的时间的长度，又表明了沉默的力量，还隐隐透出沉默的那种气氛。“一排钮扣”，表明路灯的整齐，同时也表明灯的光芒不那么强大、明亮，只是“熠熠发青”；而“青”色，可能又隐含了周围树木的反射或夜色的压迫。

以上这一类联想，取的是其外形的相似性，并通过比喻、夸张等联想修饰，强化原来物象的某些特性，或植入新的内容，而给人新奇的美感享受。

艺术联想的创造性更多地表现在不同质的事物之间联想关系的建立。这就涉及一个联想跨度问题。跨度，就是两个事物属类之间的距离。联想跨度越大，给读者的冲击力也越大，其创造性也越大。为加强联想跨度，诗人总是在感觉的不同系统、心理的不同层面或事物的不同属性之间寻找关系，展开联想。如下面诗句：

鸟从我手上飞去/我感到它的羽毛/像些许钟声/一直飘向深山

下雪了，纷纷扬扬/是你洁白的思念/降落在我的手掌

“羽毛”与“钟声”的联想，已越过各自的感觉系统，在视觉表象与听觉表象之间建立了比喻关系；“思念”和“雪”则在抽象观念和具象物之间建立了比喻关系。以上两例，一为通感，一为虚实转换，有较大的联想跨度，其创造性也较强。

应当特别指出的是，有许多艺术联想，内中已包含有想象活动在里面，只是其表现结果（或形式）呈现为联想而已。如台湾诗人余光中的诗句：“小时候/乡愁是一枚小小的邮票/我在这头/母亲在那头//长大后，乡愁是一张窄窄的船票/我在这头/新娘在那头……”由“乡愁”而联想为“邮票”“船票”，较为奇特。我们可以设想，诗人之所以能有这样的联想，是以一系列回忆性想象为基础，并舍弃了大量生活内容而作出的。诗人首先想到少年时候，离家出走，每想念母亲，却身不由己，只能以书信寄托乡思与亲情，因此，寄信、购买邮票便成了经常的事，且强烈地保留在记忆之中。这样，将“乡愁——思念母亲——写信——寄信——邮票”这一生活链条中的中间环节去掉，就得出“乡愁——邮票”的大胆联想。同样，将“结婚——分居两地——乘船返家”中间环节弃去，也得出了“乡愁”与“船票”的联想。这类联想由于舍弃了衔接于中间的大量生活内容，给人的印象是十分新颖的。可以说，大量的艺术联想都是属于此类情况，它是想象活动的结果与表现方式，虽是联想，实为想象，既是联想，又是想象，二者几乎难以分割。

艺术联想之所以具有创造性，还因为它不同于一般的日常生活的联

想，脱离了一般联想的惯常进程，更多地掺和着诗人的主观感受，为诗人的情绪、思想、艺术意图所支配。

例如，街角出现一个修理钟表的小摊，惯常的联想会是什么呢？可能是想到自己的手表，“我的表早就该擦洗了”。也可能联想到“修理钟表的地方有了，再有个修理自行车的小摊该多好，——这附近连个打气的地方都没有!”这是一般性联想，是服从日常生活需要，或根据习惯思维而产生的。然而，假如是一个诗人，看到这个修理钟表的小摊，却可以写出这样的诗篇：

> 戴上天空般莹澈的放大镜/我检查一个劳损过度的机芯/仿佛检查时代的心脏/把遗失的年龄、理想和爱/从苏醒的嘀嗒声中找回/让金黄的齿轮衔接我金黄的信念/启动心灵中沉睡的潮浪/……啊祖国，古老沉重的钟啊/请把我换上吧/我是一根新型不锈钢的国产发条/上紧我吧/用我心灵紫红色的石英钟/校准冶炼太阳的中国时间/校准热气腾腾的中国
>
> ——许德民《一个修理钟表的青年》

由“劳损过度的机芯”联想到“时代的心脏”，由“嘀嗒声”联想到“遗失的年龄、理想和爱”，由“金黄的齿轮”联想到“金黄的信念”，由“我”联想到整个祖国……所有这些联想，都是诗人对生活的反思、对时代强烈的责任感、对未来的坚强信念灌注于“修理钟表”这一具体事件而产生的思绪腾跃。这种联想是在主观情韵和意念支配下进行的，具有极强的跳跃性与跨越感。而这一切，正是日常生活中的一般联想所无法做到的。因此，艺术联想是更具情感性、跳跃性，比一般的联想更高级的思维活动。

通过上述分析可见，艺术联想具有创造性，这已毋庸置疑。艺术联想是人们艺术思维中经常运用的思维方式，是创造性思维方式之一。在创造主体的内传达活动中，联想是最简便、直接的方式。从联想本体到联想客体，二者的思路接通往往较为快速。它反过来也就要求我们努力克服联想的思维定式，建立更带创造性的联想关系。可以说，艺术联想

是想象活动最基本的形式，同想象活动一样，运用于整个艺术创造工程。

第四节　诗美构成

一　诗美由意象系统所呈现

诗作为人类艺术地把握世界的精神产品，天生是与美紧密结缘的。提起诗，人们自然而然会想起“美”。在此不妨援引几例：

> 诗是开启哲学的钥匙，是哲学的目的和意义，因为诗建立起一个美的人世——世界的家庭——普遍的美的家园。
>
> ——诺瓦利斯《诗歌散文选》

> 诗是一种观感灵敏的将所感到所想象用美丽或雄壮之字句将刹那间的意象抓住，使人人可传观的东西；它能言人之所不能言，或言人之所言而未言的事物。
>
> ——李金发《诗问答》

> 诗歌是最美丽的情绪文学的一种。它常以暗示的文句，表白人类的情思，使读者能立即引起共鸣的情绪。
>
> ——郑振铎《何谓诗》

> 诗是依美学的原理，利用音乐的旋律，将作者的感情、思想、想象，用谐和的文字，主观地批评人生、解释人生，而富有感染性的一种文艺形式。
>
> ——蒋伯潜、蒋祖怡《诗》

而有的论者干脆把诗与“美”统一起来：

> 诗和春都是美的化身，一是艺术的美，一是自然的美。我们都是从目观耳听的世界里寻得她的踪迹。
>
> ——宗白华《美从何处寻?》

> 美就是真与善的感性显现。而在这种意义下所说的美，也就是诗；也只有在这种意义下所说的美，才就是诗。
>
> ——公木《诗要用形象思维》

是的，诗离不开美，甚至诗本身就是美。美是一切艺术的基本属性，更是诗的基本属性。没有美，也就没有诗。

然而，何谓“诗美”？对于一首具体的诗，人们或许能够作出美在何处的直接判断，而对于抽象的“诗美”概念，人们似乎有些束手无策。我们且看朱光潜关于“美”的论述：

> 有人问圣·奥古斯丁：“时间究竟是什么?”他回答说：“你不问我，我本来很清楚地知道它是什么；你问我，我倒觉得茫然了。”世间许多习见周知的东西都是如此，最显著的就是“美”。我们天天都应用这个字，本来不觉得它有什么难解，但是哲学家们和艺术家们摸索了两三千年，到现在还没寻到一个定论。听他们的争辩，我们不免越弄越糊涂。①

这确为实情。就诗来说，对那些众口不一的诗的定义加以归纳，即有言志说、缘情说、感觉说、想象说、反映说、表现说、语言艺术说等多种类别；就“美”的定义来说，也有主观说、客观说、主客观统一说、客观性与社会性融合说等，不一而足。

查阅辞海、辞源均没有“诗美”这一条目，查阅一些诗歌大辞典、

---

① 《朱光潜美学文集》(第一卷)，上海文艺出版社1982年版，第145页。

美学大辞典，也没有这一条目。一些谈论诗创作、诗学的著作，虽然也具体地讨论到诗的内容美、形式美、抒情美、意象美、意境美、音乐美诸如此类的诗美因素，但却回避了对“诗美”这一整体概念的正面探讨。这种情形正好说明了诗学理论所面临的困境。

此刻，我们也正面临这种困境。日本当代著名文艺理论家滨田正秀写道：“揭示精神世界奥秘的最棘手之处是，探索精神的武器仍然是精神。”① 此话说出了问题的症结之所在。用精神揭示精神世界，正如用一滴水来揭示大海的深广一样难以达到。

当然，对此我们并非一筹莫展。对于“诗美”问题，我们已经在前文的讨论中找到了解决思路。因为关于诗的定义，笔者已经提出“诗是一个独立自足的意象符号系统”“诗是意象的系列呈现”的观点。这一表述符合诗的实际，有利于把握诗本体是确定无疑的。

关于美的概念，本书采用如下说法：“美是人的某种本质、本质力量或理想的形象显现。”② 这里所说的“人的本质”，“就是人的自然和社会的性质同人的自然的和社会的关系的统一”。③ 所谓“人的本质力量”，“是指由人的自然本质和社会本质所决定的人的肉体和精神两个方面的本质力量”④；所说的“理想”，“是指人以主观形式所把握的人类生活发展的客观趋势”；所谓“形象显现”，“也就是感性显现，即通过具体可感的形象的形式，显现人的某种本质、本质力量或理想的内容”。同一位论者还说人的“本质、本质力量或理想，通过形象显现出来，才是美的”。可见，美是人的本质、本质力量或理想的感性显现，并且是“通过形象显现出来”的一种性质或品性。

对照上述诗与美的两个定义，我们可以发现二者惊人的一致和统一。意象是意与象的复合体，而这个“意”就包含“人的本质、本质力量或理想”，这个“意象的系列呈现”，即“感性显现”“形象显现”。因此，所谓诗美，也就是意象系统所显现出来的一种性质或品性，这种性质或

① ［日］滨田正秀：《文艺学概论》，陈秋峰等译，中国戏剧出版社1985年版，第15页。

② 黄海澄：《系统论控制论信息论美学原理》，湖南人民出版社1986年版，第83页。

③ 同上书，第84页。

④ 同上书，第89页。

品性符合人的本质、人的本质力量或理想，它给人以愉悦（悦耳悦目、悦心悦意、悦志悦神）或心灵的呼应与震撼。考察诗的美，就自然而然地需要与诗的意象符号系统一起来考察。

二　诗美构成：过程美与整体美

诗是意象符号系统，诗的美是这个系统所显现的独特品性。对于“诗美”的构成，笔者将避开以往的碎片化做法（如把诗美划分为语言美、节奏美、意境美等），而是从诗美形成的动态过程与形成后的整体形态，分为两大块，进行宏观与微观结合的系统性把握。这就可以把诗美构成的全部内容囊括进来：诗美构成——过程美与整体美。诗美是过程美与整体美的统一。过程美指向整体美，整体美来自过程美，但过程美与整体美又有其各自的独立性。

（一）诗美的动态把握：过程美

诗美的形成是一个动态过程，因此，诗美体现于诗人创作时心理活动的全过程。不妨从艺术发生学角度进行一番考察。

在其初始，外部世界与心灵世界尚处于隔绝状态。在两者接触之前，外部世界对于诗人的心灵来说，是一个模糊茫然、无序混沌的存在。诗人开放五官，世界以形、色、香、味等多种形式走向你，从局部的、侧面的、个别的了解，到全方位的整体把握，进一步深化了感觉、深化了认知。诗人同时在不断对外部表象进行分化、整理、取舍。通过分化、整理、取舍，外部表象变得清晰而明朗，许多原先未呈现于意识的表象内容逐渐成为感知对象。这时候，在诗人眼里，外部世界再不是原先那么单调、整一，变得具体、细致、丰富，进而深刻。

接着，诗人的“内在生命”进一步呼应外在世界，外在世界进一步走向诗人内心。两者交流的结果，“意”找到了与之契合的象，终于产生了艺术创造的最初生命元素——意象。在以上的心理过程中，诗人的各种心理能力充分调动起来，各种心理机制都处于兴奋状态，兴趣、注意、感觉、情感、情绪、理智、悟性互相渗透、互相融合、互相照耀，使心灵和周围世界一片敞亮。正如丹纳所说，在诗的创造中，“我们所看见的每一个行动都包含着思考、感情以及新旧感觉之间的一个无限的联系”①。

由此可见，艺术创造过程是创造主体的心理能力全面被激活的过程。创造活动既然是主体的一种心理过程，那么诗的过程美，实际上就表现为心理活动过程中每一个心理层次的具体美。

创造活动可以划分出哪些心理层次呢？人们对此的看法大同小异。华兹华斯曾在其《抒情歌谣集》序言中提出诗所需要的五种能力：第一是“观察和描绘的能力”；第二是“感受性”，即客观对象在诗人心中的反应；第三是“沉思”，它帮助诗人认识“动作、意象、思想和感情的价值”；第四是“想象和幻想”，也就是“改变、创造和联想的能力”；第五是虚构。在这五种能力之后，华兹华斯再加上一种能力：判断力。判断力是“决定应该以什么方式、在什么地方并且在什么程序上把上述几种能力中间的每一种能力都加以运用，以致较小的能力不被较大的能力所牺牲，而较大的能力不轻视较小的能力，不攫取比它应份得到的更多的东西，而对它本身有害”②。

美学家胡经之也把这种心理能力区分为六类，他说：“为着创造审美意象，艺术家必须调动自己的一切精神能力：感知、情感、理智、联想、想象、意志，并且要统一为一个完整的东西。”③

以上说法基本上点出了创造能力的总体结构，如果再加深究的话，则还可包含人的创造潜能、潜意识中的预感、冲动等。从宏观角度看，即包含感性与理性两大部分，正如布洛克所说：“艺术创造和艺术欣赏既非理性的，又不是非理性的，既非纯感性的，又非纯理性的。”④

诗的美就体现于这个动态过程的每一步骤之中，因此过程美体现为局部美与具体美。它包括感觉之美、情感之美、理性思辨之美、悟性之美等，而感觉则包含视觉、触觉、交感等内容。（详见第九、十章论述）

---

① 伍蠡甫主编：《西方文论选》（下），上海译文出版社 1979 年版，第 235 页。

② ［英］华兹华斯：《抒情歌谣集·一八一五年版序言》，伍蠡甫主编《西方文论选》（下卷），上海译文出版社 1979 年版，第 20 页。

③ 胡经之：《文艺美学》，北京大学出版社 1989 年版，第 229 页。

④ ［美］布洛克：《美学新解》，滕守尧译，辽宁人民出版社 1987 年版，第 259 页。

（二）整体美是“场”的效应

再从静态的意象系统结构看，诗的美则表现为由内到外、虚实相生的整体之美。由于诗歌艺术的可感性这一特征，诗的整体美并不排除诗的局部之美。

诗的各部分构成诗的完美整体，这是一个“关系场”，因此，诗的整体美即是这个“场”所产生的美感效应。整体美集中表现为诗的形式与内容高度统一的和谐美。诗是内容和形式的统一体。谈到形式与内容，有人曾作过如下阐述：“世界上不可能有无形式的内容，也不可能有无内容的形式。一部文学作品，它的内容在获得自己的形式之前，只是一种潜在的内容，即处于可能性阶段的内容。或者说，这时它实际上还不是文学内容。同样，文学的形式若没有它自身的内容，只是一种潜在的处于可能性阶段的形式，或者说这时它实际上还不是真正的文学的形式。只有当文学内容转化为文学形式的时候，内容被实在地确定下来了，而形式作为内容的载体或负荷者也诞生了。”[①] 艺术创造过程，是形式与内容的互相选择、化合、凝定的过程，内容在呼唤形式，形式在选择限定内容，这个过程就是“眼中之竹”向“胸中之竹”再向“手中之竹”的转化完成过程，也即“自然丘壑”向“胸中丘壑”再向“画上丘壑”的转化过程。一旦这个转化过程完成，也即意味着艺术创造活动的告一段落。这时候，内容与形式是直接同一、不能分离的，它们只有在审美关系之外的抽象中才可以分离开来。

在艺术形成过程中，内容对形式起着重要的决定作用。黑格尔指出：“艺术之所以抓住这个形式……是由于具体的内容本身就已含有外在的，实在的，也就是感性的表现作为它的一个因素。”[②] 内容之所以成为内容，是由于它已经包含在一个成熟的形式之内，只有内容与形式都表明为彻底统一的，才是真正的艺术品。

优秀的诗篇，都表现为形式与内容的和谐与统一。而诗的整体美，

---

① 杜书瀛：《文艺创作美学纲要》，辽宁大学出版社1986年版，第65—66页。

② ［德］黑格尔：《美学》第一卷（下），朱光潜译，商务印书馆1986年版，第89页。

又是通过诗的情境加以体现的。所以诗的整体美，必然表现为诗的情境之美。诗的整体审美效应，离不开诗作各部分的参与。因此，整体美并不排除各部分的局部的、具体的艺术因素之美。“整体大于各部分相加之和”，艺术的这个原则永远是有效的，但局部之美也仍然存在。

局部之美，侧重于艺术内容方面的有：色彩美、动态美、情感美等，侧重于形式要求的则有：精练美、排列美、结构美等。诗的整体艺术审美效应，由于诗人所表现的内容与表现手法的不同，其类型更是异彩纷呈、不胜枚举，其中有：空灵与超逸、清新与自然、凝重与深沉、粗犷与豪迈、朦胧与模糊、随意与平易、荒诞与奇诡、舒展与流动、空旷与静穆、细腻与柔婉等。（详见第十二章论述）

第六章

传达切入：空间与时间

叙述学理论认为文学是一种叙事行为。诗歌作为抒情性文学，它的所“叙”之“事”就是“情”。而诗中的“情”又是通过可感可触的意象进行的，因而诗的叙事，或诗美的传达，就形成了自身的特点。凡是叙事，均有其起始之点及路径。本章所要讨论的传达切入，就涉及叙事原点、叙事切入方式、叙事展开方式，以及空间与时间对于材料的组织等多个方面。

第一节 缘起·切入·展开

一 叙事缘起

诗的叙事原点一般始于诗的缘起。而诗的机缘常常在不期而遇中到来。不期而遇，仅仅指诗思的闪现与降临，而诗人的心智则应该是永处于期待之中的。只是这期待的心灵何时受外界刺激而契合并迸射火花，却是无法预设的。但诗之来临，常常会有种种的预感，一种莫名的冲动，甚至烦乱，让你无法自制。有的诗人形容这种心情如处于暴风雨前的低气压状态，不知风从哪一丛草叶间跃起，闪电从哪一片乌云中耀出。这时，情绪在急剧地膨胀，感情在强烈地冲撞，想象在疾速地驰骋，诗人的各种心理能力全方位地被呼唤调动起来，寻觅最后那个突破点。

每个诗人都有各自擅长的突破点。每一首诗也都有其不同的缘起。它可以是一个物象、一种观念、一缕情思、一个题目、一句话甚至一个字……法国著名诗人瓦雷里曾这样表述：

> 一个意外的事件、一个外界的或内心发生的小事：一棵树、一张脸、一个“题目”、一种情感、一个字就能触发人的诗情。有时诗这种游戏始于一种表达的欲望、一种把自己的感受再现出来的要求；而有时则恰恰相反，始于一种形式的因素，一种表达方式的轮廓。它在我头脑的空间里寻找根源和意义。……注意，在开始的方法上可能有二重性：要么是想表达某个东西，要么是想使用某种表现形式。[①]

瓦雷里谈到，他的《海滨墓园》就是从一种节奏感、一种“十音节的法语诗行”的节奏而开始的，逐渐地有几个闪动跳跃的字进入这种形式之中，接着主题慢慢就形成了。他的另一首诗《女巫》，则是从一行“不请自来的八音节”的诗句发展而来的，这一诗的片段犹如一个生命体流动着，进入他的“愿望和酝酿着的思想的这种环境之中”以后，它便开始增生、补缺，补足了它前面的几行诗，增加了后面的几行诗，诗就成了。

从一个句子开始产生一首诗，这种经历或体验，似乎不少诗人都曾有过。马雅可夫斯基就谈到，有一次从外地回到莫斯科，为了向一个在火车上同路的女人表示“我对她完全没有邪念”，对她说道：“我‘不是男人，而是穿着裤子的云’。”说了这句话以后，他立即考虑到此话可以入诗。但假如这句话传出去，那就白白滥用掉了，诗人十分焦急，差不

① ［法］保尔·瓦雷里：《诗，语言和思想》，袁可嘉等编《现代主义文学研究》（下），中国社会科学出版社 1989 年版，第 854 页。

多用了半小时时间问那少女，直到相信此话从她的另一只耳朵飞出去后才放心。两年之后，长诗《穿裤子的云》出版。上述这类句子，在诗中都是关键的核心句，或者说是“诗眼”，凝聚着丰厚的含义，因而能够加以充实、扩展，乃至成为一首诗。

诗人布拉德雷认为诗的缘起是“观念”，他说：“写诗并不是一个完全成形的灵魂在寻觅一个躯体；它是一个未完成的灵魂寄寓在未完成的躯体之中，这躯体也许只有两三个模糊的观念，以及一些零散的短语……”

英国文艺理论家罗滕堡也有类似的说法：“进行创造的作家或艺术家几乎都不太了解自己将要创作的东西。创作开始时，既没有细节，也没有对他自己、对他的读者或观众都十分重要的内容，它们只是在创作过程中间才发现的。在文学艺术领域里，推动创作的常常是一个字或一种表达方法、一个开放的结构或大题目、一个比喻、一种视觉形式、一组音响和韵律、一个故事情节的轮廓。女诗人玛丽安娜·莫尔（M. Moore）告诉我说，她的创作是从‘阅读中发现的或报告中听到的一个引人入胜的字’开始的。……她在创作时，自己‘为一只鸟、一只老虎或一个物体所发现’。”①

一个形式、一个句子、一个字、一个形象，不论其重要性程度如何，它都成了诗的原点，也是诗情的突破点，动荡澎湃的情思就从这一个点上倾泻而出，浇铸出一个独立的艺术生命体。

突破点的意义，仅仅认为用作倾泻情感还是不甚全面的。突破点还有一种深化思维的意义。因为诗人最初的思索毕竟还较粗糙、表浅，还不那么成熟。随着突破点的发现，情感在不断流泻的过程中，会不断地自我调整，并不断开拓出新的领域，进一步深化已有的体验和感受。所以雪莱曾说，“流传世间最灿烂的诗恐怕也不过是诗人原来构想的一个微弱的影子而已”。创作过程中，存在诗情诗思的转换变异是肯定的。但如果有了好的突破点，而放弃继续深化的努力，最有价值的诗之珍藏也可能失之交臂。

---

① ［英］阿尔伯特·罗滕堡：《论文学中的创造性》，《文学心理学——理论·方法·成果》，周建明译，黄河文艺出版社1990年版，第94—95页。

诗的突破点还具有梳理秩序、组织意象的功能。一个理想的突破点，常常是诗的核心或灵魂，找到它，意味着从混沌到有序，意味着一个秩序的诞生，它有意无意地对材料进行着一定的调整、分化、梳理和组织，使一个艺术的新生命得以孕育。

二　叙事切入

人与外部世界相遇，产生了关联，需要进一步认知和表达，这就需要解决切入的方式方法等问题。如果把人看作一个系统，把外界的某一事物也看作一个系统，而每个系统都由无数的部分、侧面构成，这两个由无数的部分、侧面构成的系统之间所产生的关系也就无限多样。因此，人对事物切入的方式也应是无限多样的。

反过来说，切入方式则向你提供了看世界的视野。切入方式或立足点、角度不同，所展现在你眼前的视野自然不同。一个立足点就是一个世界，不同的视野组合出一个丰繁绚丽的大千世界。

切入方式不仅提供了观察方式和观察的内容，切入方式本身也具有独特的魅力。卞之琳《断章》："你站在桥上看风景，/看风景的人在楼上看你。//明月装饰了你的窗子，/你装饰了别人的梦。"此诗之所以解释不尽，之所以那么迷人，就是因为在短短的四行诗句中设置了一个个变动不居的视点，编织了复杂的人物"关系之网"，这个网错综复杂，意象之间相互交织，以致使人难探其奥、难尽其妙。

为此，诗人在艺术创造之前，必须首先选择叙事切入方式。如何选择叙事切入？莱辛在《拉奥孔》中提出了一个总体要求：艺术家所选择的那种表现方式应使人看到那"物体的最生动的感性形象"[①]。这话应该是非常正确的。但由于各个诗人审美意识的差异，情感、智性乃至情绪、心境等的不同，即使对于同一个事物，对这"最生动的感性形象"的理解、把握和呈现，都会是不一样的。譬如同是写《雪》，刘大白是从现实生活出发，由"银子也似的白，/米粉也似的白，/棉花也似的白"想到

① 伍蠡甫主编：《西方文论选》（上），上海译文出版社1979年版，第432页。

“盘在库里的，/囤在仓里的，/堆在栈里的，/怎不雪也似地遍地铺着呢?”沈尹默却从美感出发，“不愿可爱的红日，照我眼前”，因为“红日出，白雪消，粉饰仙境不坚牢!”这里面自然也含有一层反讽意味。而闻一多却借以寄托诗人的一种抗争精神，雪将“鱼鳞似的屋顶埋起来了，/却总埋不住那屋顶上的青烟缕”，这青烟缕“仿佛是诗人向上的灵魂，/穿透自身的躯壳，直向天堂迈进”。由此他喊出，这雪“不是冬投降底白旗吗?”三种角度，三种情感，产生了三种不同的雪的意象，“雪”的“最生动的感性形象”在三首诗中的表达意向是不一样的。

再来看关于“门”的三首短诗。这是沈天鸿的《敲门》：

有人敲门，一声声/黄昏因此震响如门环/颜色由黄转黑越转越深/……门依然紧闭/依然打呵欠都不露一点隙缝/那敲门的也不知是谁/不知哪来如此之好精力和毅力/一声声将门敲响将自己敲响/全不管门里有人无人/住着失望还是希望/——这样也就够了/月明在天空如有人在院落/风吹门环乱响

如此执着地敲击的其实是一扇“命运之门”，这扇门很难敲开，却诱惑着每一个人不停地敲下去，别无选择。再看尚仲敏的《门》：

门，靠着墙/直通通站着/墙不动/它动/墙不说话/但它/就是墙的嘴//有人进去，它一声尖叫/有人打这儿/出去，它同样/一声尖叫//但它的牙齿/不在它的嘴里//它不想离开墙/它离不开墙/它压根就/死死地贴着墙。

此诗从门与墙的关系展开，刻画出人类舞台上的某种角色，门成了否定性的存在。与此相反，林焕彰的《门》却具有强烈的主体意识：

我不是爱讲话的，可是/你们这样进进出出，叫我怎能按捺得住?/虽然我咬过嘴唇，也咬过舌头；在最是愤懑的时候。/可是，今天，我要讲话了：请你们/不要这样进进出出，好不?

这“门”具有了人的性格，会表示“愤懑”，并对随便“进进出出”的某种社会现象表示了不满。以上三首诗以各自不同的切入方式，提供了物体的“最生动的感性形象”，确立了不同的表现主题，给读者以不同的启迪和思考。从中也可看出，事物的“最生动的感性形象”不是固定不变的，全在于诗人如何去看，如何去处理，也即全在于诗人的个性化创造。

世界是混沌整一的，事物是发展流动的。叙事切入方式的选择，应当把握三个原则：局部原则、截取原则、关联原则。

局部原则。事物是一个整体，你必须采取局部切入法，获得一个“点”，或具体的一个侧面，进而才能表现它。如“河流”是个整体，你可以取其一段，写河的下游：“河的下游仍是下游/仰视，看河流沿手掌流逝/不必寻找，也不可能找到源头。”（李越：《在河下游》）也可以追随河流的足迹：“生在一条河边，我们/是水族的产儿/……跟随水的足迹，我们/在土地上流浪/水把我们，交给无边无际的庄稼/也交给一块泥土。”（耿翔：《跟随水的足迹》）再如“天空”也是一个整体，大而无当，似乎难以下手描述。你可以从一只鸟身上来看天空：“一只鸟使天空显得更大更空旷。”（李郁葱：《雪落》）也可以从一片小小雪花上写天空，“山中的脚印都死光了/天空还在一片片掉下来”（孙昌建：《雪》）；还可以把天空拉得更近些：“门开合之际/显示一片天空　故乡的天空。”（红尘：《氛围》）经过这种切割、分解，整体事物的那种茫然感逐渐退后，而局部的清晰性、确定性、可感性，则推到了感觉的前列。

截取原则。这是就事物的发展过程而言的。截取其中的一个片段或事物过程中的某个片刻，以此来把握事件的整个来龙去脉。比如，“鲁迅在海轮上”这一事件是一个过程，诗人开愚则截取一个瞬间的画面刻画鲁迅的神采，“鲁迅十分结实/胡须像生铁铸的/海风掠过甲板/呜呜吼叫/鲁迅的长袍纹丝不动//鲁迅的长袍迎风飘荡//传说没有/鲁迅的胡须是铁/闪烁冷光/在朽木枯树里发出金属的声响”（《鲁迅在海轮上》）。从时间方面来说，“秋”这个概念持续性太长，则可以取其一日，写“一个有雨的秋日”（施清泉），艾青则写“秋天的早晨”；一夜太长，则可取“灭灯之后”，一日之中，可写“黄昏”，可写“午后”，有的干脆写“瞬间”，如林莽，“面对无声无息的默契/我们已习惯了彼此间的宽容/一对鸽子在窗台上咕咕地轻啼/它们在许多瞬间属于我们”（《瞬间》）。对事物过程的截取，其美学效果是以片段呈现了事物的整体意义。

关联原则。事物与事物之间有着千丝万缕错综复杂的关联，其中某一对或几对事物之间的关系可能更为紧密；也可能两个事物之间本身关联较一般，但你把它们放置一道，则可能产生独特的效果。比如，河水中有岩石，这很平常，人们却常常忽视，但如果把水与岩石放到一起来，这关系就进一步突出，而且有可能发掘出新的意味。诗人闻欣曾这样写："在布满岩石的山溪/水很会走路/水的走法是/避开石头也不怕石头//石头是水的对手/每向前一步/面对坚硬的高垒/唯一的想法就是通过//水在岩石中间走路/越过坎坷//水中不见了岩石/那些不愿走的岩石上/刻下线条流畅的水痕/水走路的艺术。”（《水在岩石中间》）诗围绕水的“走法”，刻画了水的精神，若不把“岩石”拉入其中的关联域，就不会产生这样的表述效果。又如大海灯标，单独加以述写也可能流于平淡，舒婷把灯标与礁石放到一起，写了《礁石与灯标》，以礁石的口吻鼓励灯标：“假如我的胸口，不能/为你抵挡所有打击/亲爱的，你要勇敢些。”诗的情绪感染力就强多了。又如树，随处可见，到处可以生长，对地理环境似无特别的要求，但曾卓却把树放置于悬崖边，顿生一种“环境压力”：“它弯曲的身体/留下了风的形状/它似乎都将跌进深谷里/却又像是要展翅飞翔……”树在与险恶环境的对抗中显示了不屈服于命运的抗争精神和力量。由上可知，将两个事物抽取出来放置一道，就会产生一个“关系场”，在这个“场”里面，两事事物的关系不论是顺应的（如礁石与灯标），抑或是对抗的（如水与岩石、悬崖与树），这种关系均会得到强化，产生更大的表达效能。

关于叙事切入的方式方法，在诗美创造中涉及面相当广，包括多个层次：主题的确立、感知的方式、情感的表达，结构、段落的安排，句子之间，乃至每一个意象，意象与意象之间，都有一个角度问题，我们将在下文讨论。

三 叙事展开

诗的展开方式，与诗人情绪、意识的流动基本一致，体现了诗人精神的运动过程，既与人的内在世界相对应，同时又与外部世界相对应。与内在世界相对应，诗的展开有意绪型、发抒型、追忆型、设想型等多种叙述思路；与外部世界相对应，诗的展开有动作型、记事型、状物型、绘境型、咏人型等陈述思路。

我们先来看佟石《翻过篱笆》这首诗：

> 不能不回头/看记忆中的你越过那些无形篱笆/留下多少血迹和泪痕/村庄村庄/纯真得连障碍也可见也可爱/翻过篱笆抬眼望望/你的头顶还是原来的太阳/便想到世界上的某些界限/对有的人是界限/对有的人就不是界限/再看篱笆并非假设的布置/你翻过去也没进入什么传奇/平常的日子平常的一笑/也已经够美丽/篱笆没因你翻过而变成另外的样子/你也没因翻过篱笆/再变成另外的人

诗的开头呈现的是“记忆中”的“无形篱笆”，后来又转换成村庄中的篱笆。这“篱笆”的二重性，首先把我们带入现实世界中，给人一些具体感受：村庄纯真得连障碍也很可爱，翻过篱笆头顶还是原来的太阳。而篱笆又把你带入理念世界当中，你翻越无形的篱笆，却留下了多少血迹和泪痕；篱笆对有些人是界限，对有的人则不是，翻这篱笆也没有使你变成另一个人……这是哲思，也是人生的透悟，更有对现实的隐喻。此诗的妙处就在于既提供你具体真切的感受，又提升到了生命理性高度。它不是单纯的哲理诗，透过外形直接抓获意义，也不是纯粹的写景寄情。我们把这种叙述称为**意绪型陈述思路**，因为这种思绪是由意识所控制、支配的，情绪和意识交替着，又融合为一体。诗人在作陈述时，思路在现实世界与精神世界之间摆动，在情绪与理念之间穿行，作这种自由的畅泳后，最终完成诗情的表达。

再看**发抒型陈述**。发抒型陈述是在主体与客体之间进行的。新时期诗歌中，舒婷的《祖国啊，我亲爱的祖国》、《致橡树》及廖亦武的《大盆地》等可算是这方面的代表作。发抒型陈述时情感一般较为外倾，而且这种情感的性质是较为显性的、定向的，相对较易把握。在更现代的诗歌中，这种发抒型陈述转向较为内在的形态，注意讲求情感的自控，并注意开掘较为隐秘的情绪情感。同是表述爱情，舒婷在《致橡树》中极力呼唤女性的自立、爱情双方的平等，诗中写道“我必须是你近旁的一株木棉，/作为树的形象和你站在一起”“我们分担寒潮、风雨、霹雳，/我们共享雾霭、流岚、虹霓，/仿佛永远分离，/却又终身相依”，这里表达的是平等、独立基点上的完美和谐的理想爱情。但在翟永明的《独白》中，这种和谐却被打破，展现了更能体现自我内心真实的女性意识：“我是软得像水的白色羽毛体/你把我捧在手上，我就容纳这个世界/穿着肉体凡胎，在阳光下/我是如此炫目，使你难以置信。”女性的主体地位在这里得到张扬。接着“我想握住你的手/但在你的面前我的姿态就是一种惨败”，又揭示了某种心理真实；再后来，诗人写道：“当你走时，我的痛苦/要把我的心从口中呕出/用爱杀死你……/我只为了你/以最仇恨的柔情蜜意贯注你全身/从脚至顶，我有我的方式。”一种刻骨铭心的爱，以独特的方式表现出来，具有女性意识觉醒后的充分自主性与主动性。在自我抒发之中，注重内心冲突，注重内在体验，这是现代诗抒发性陈述的一个重要特征。

追忆型陈述与**设想型陈述**是以时间为轴心的思路展开方式。在时间角度上，一个是后顾，一个是前瞻。在现在与过往、现在与未来的反弹中推动思维的展开。

咏人型、状物型、动作型、记事型的陈述思路，往往有一个对象作为参照系，或截取人物的一两个片段，或选择某个或几个侧面。但外部对象的参照系不是唯一的，对它进行观照的主体构成了思维的另一极。因此，在咏人型陈述中，思路便在“他”与“我”之间产生了流动。比如柏常青的《修楼的人》在描写修楼人的形象时，常常把视线返回自我，到诗的最后是“修楼的人嵌完最后一块砖/就回到乡下去/安抚他受到创伤的土地/我看完了一座座大楼/就想到如何把自己嵌进你们之中”，摆动着的思路的两个端点最终和谐地融合并重叠。在状物型陈述中，思路则在“人→物”“物→物的背景世界”及物的各个侧面（“物自身”）之间流动，这种流动的最终指向是精神，即“物——精神”是思路展开的始、终两极。这样，物成了精神的容器，因为在诗人眼里，任何存在物都和人的精神相对应，具有物性与超物性的二重意义。“现实只不过是表象，它或者隐藏着一个观念和情绪的世界，或者隐藏着诗人的追求的理想世界”，诗人的创造就是把物的真理“设置入作品”。这种“设置”留下了思维的印痕：在“物→精神”或“实→虚”之间多次照影顾盼。而绘境型陈述则是状物型思路的扩大。

动作型陈述与记事型陈述二者十分相近，因为动作的放大、延长即为事件，事件的缩小分割即为动作。诗在表现它们时，常常采用神圣化、仪式化的虔诚方式。如胡学武的《升帆》，写的就是“升帆”这个动作，在这个动作中注入精神，“帆索/……穿过手掌上的阡陌/升起蔚蓝的渴望/升起银亮的憧憬/升起处在低潮的生命”，“升，产生了许多串珍珠/海与船才赢得动人的神圣/因为升/渔人才网住凄美的鲛人/那人，那船，那人生/才接近恒星/才接近哲理般不朽的天空”。又如吴晓《铁滋润所有的季节》：“锄禾者深入禾的疆域/内心宁静如禾/他挥动的铁/深入泥土/出入于阳光//铁/滋润所有的季节/古老的动作重复多遍/近乎神圣。”这里的“锄禾”也是一个动作。与“升帆”一样，它是那么平凡，那么具有经常性与重复性，但在诗人眼里，这种最单纯的重复，具有“近乎神圣”的宗教礼仪效果。于是，诗人以全部热情注入对这个动作的膜拜和雕塑之中。

除了雕塑化以外，动作的另一种表现是在动作之中嵌入别的内容，这种内容来自追忆或者想象。爱尔兰诗人斯蒂芬斯的《贝壳》写的就是将贝壳“贴近耳际聆听并放下”这个动作，全诗三十行，嵌入动作（聆听）之中的想象性内容就占了二十五行。这样，诗的思路展开就成了动作型陈述与绘境型陈述二者的合一。

任何作品，思路的展开都可能是上述中之一种，也可能是两种或多种陈述的交错与融会。

第二节　空间的叙事功能

时间和空间是物质存在的基本形式。任何一个事物的空间都是特定时间中的空间，任何一个事物的时间也都呈现于一定的空间关系之中。恩格斯指出："一切存在的基本形式是空间和时间，时间以外的存在和空间以外的存在，同样是非常荒诞的事情。"[①] 卡西尔也说："空间和时间是一切实在与之相关联的构架。我们只有在空间和时间的条件下才能设想任何真实的事物。"[②] 物质的空间存在，具有直接的可感性。物质的时间存在，则是凭借记忆的追溯、对比等方式，最终借助事物的空间形态加以呈现的。在时空关系中，时间较之空间要显得"抽象"一些，但时空关系的密切相依性，使得时间因素通过空间呈现而变得可视可感，空间因素则通过时间的流逝呈现变异，而显得幽远深邃。所以时间借助于空间，空间又依附于时间，二者相生相依。但时间因素与空间因素也是可分的，具有各自的相对独立性。特别是创造主体对客体作审美选择定位时，有时会侧重于空间定位，有时则侧重于时间定位。

在人与世界的关系中，空间意识是人类最早产生的意识。空间意识与人类的物质生产、精神生产紧密关联，人类的空间感随着认识世界、改造世界这一活动的深化而得到开拓与加强，客观事物的存在、运动、变异首先呈现于空间关系的变化，人对客观事物的把握往往从空间关系开始。人类的审美创造也同样如此，通过对客体的静默观照，获得美的发现。

在诗的叙述中，物的空间存在更具直观性，所以空间叙述往往占据较大的成分。又由于物的空间存在常常是一种静态，因此诗人为使诗的叙述更为生动，或更能揭示物的内在本质，常常对事物的空间形态进行一定改变和调整，从而产生最佳的叙述效果。

---

① 《马克思恩格斯选集》(二)，人民出版社 1972 年版，第 91 页。

② [德] 恩斯特·卡西尔：《人论》，甘阳译，上海译文出版社 2003 年版，第 54 页。

空间是事物的承载体，也是容器。事物不是单独的存在。大千世界万物杂陈、纷繁无序，人的叙述给了这个世界以秩序，可供把握。这中间，从事物的空间存在切入，应该是一条捷径。诗人通过对某一事物空间形态的描述，既呈现了物自身，同时也呈现了世界。

空间既是艺术表现的对象，又是艺术表达情感的方式。

艺术的空间存在首先是通过对审美对象的存在状况的描摹来实现的。如这首著名的北朝民歌，表现的空间结构十分壮阔："敕勒川，阴山下，天似穹庐，笼盖四野。天苍苍，野茫茫，风吹草低见牛羊。"借助对敕勒川的山、天、地、风、草及草上的牛羊的描述，我们看到了敕勒川的实体存在。

其次，艺术的空间性有时是借助于人的活动行为的再现得以拓展。自然空间与社会空间是人类的基本活动场所，也是艺术表现的根本空间依托。艺术表现空间有其更深刻的目的。《木兰辞》中"东市买骏马，西市买鞍鞯，南市买辔头，北市买长鞭"交代了东、南、西、北四个市场，但并不是说真的是一个市场购买一物。作这样的铺陈，不仅增添了诗的韵味，而且对空间感的开拓有着明显的好处：人物穿梭般奔忙于集市正是紧张急迫的心理活动的投射。当代诗歌对艺术空间的表现更为自由、多样。一些诗人甚至直接将事物的空间结构引入作为诗的结构，空间成了诗人组织材料的手段。如流沙河的长诗《黄河》共六章，每章以黄河流经的省份（平面空间）作标题。第一章：青海—四川—青海；第二章：青海—甘肃—宁夏；第三章：内蒙古；如此等等。车前子的《六层楼》一诗，则把高楼的结构作为诗的结构，诗分六节，每节分别以"一层楼""二层楼"……依次命名。试录前面二节：

一层楼（102室）

郁闷、潮湿、封闭性状态
书页发黏，紧贴在一起
阅读困难，手表出汗
窗上的铁栅，院子，围墙

我写过，爱过，生活过
现在正把自己像行李一样
在这里寄存着
常常受到骚扰，因为离道路最近
打听问讯的人都来敲我的门
我在卫生间洗手
头顶上抽水马桶又一次轰鸣

二层楼（202 室）

在我头上，你们施展着所有的才能
一会儿溜冰
一会儿跳舞
一会儿是乒乒乓乓军阀重开战
洒向人间都是怨了
我在 102 室怨，像颗愤怒的葡萄坐立不安

楼房结构是都市生存的基本空间结构，是模式化、定型化的现代都市生活的象征和概括。诗的结构借用了楼房的结构，似乎信手拈来，毫不费力，这种把物理结构转换为诗的结构的做法虽然现成，但仍不失其新意，以这种空间结构来表达现代都市人的生活状况和心态，也的确达到了事半功倍的效果。

事物的空间存在，其实具有两层含义：一是它自身拥有的空间；二是它在更大空间中的位置，这就构成了一事物与他事物的空间关系。诗人往往借助事物之间纷繁的空间关系，而深入揭示事物的内在意义。

全方位空间聚焦。诗中“我”不直接出现，诗人担任万能叙述者角色，视野的开合较为自由，展示出事物的全方位存在。例如，夏季风的《大泽》：“大泽坦坦荡荡。昼夜点着鬼的灯/鸟们掠过。兽们走过。昆虫的呻吟尚存袅袅一丝/一些兽类、残骸、断枝及石子沉下去/气泡也不曾冒一个/大泽心平气静。万年如斯/大泽就是深山老林里那些禅者道家的

同仁/恢恢大肚如穹庐藏卧着龙蛇焉。”全诗都在作客观陈述，仔细体会，其时间跨度、空间跨度都相当大，也是全方位的：生的、死的，有机体、无机体，物质的、精神的，纠结包容其内。最终这“大泽”构成一个完整的象征体。

主体置身于事物的空间存在之中。这是一种更进一步的关系，主体与客体更为亲近，主体如同其中的一个成员，在客体世界的空间中生存、感知。如闻欣在《在田野与植物交谈》中写道：“坐进田野/四周围满植物/我与植物交谈/听植物们萧萧自言自语/喜悦 难以言传//……与植物交谈/是与植物共同感应/土地对生命的关切//到田野的植物中间去/植物是我们诚实的亲戚。”此种境界令人神往。而在天天的《在荷花叶的下面守望》中，这种亲近关系，进一步使自然物成为人类的生命之依托、精神之依托，“这种袅袅的姿势是云的一种形状/在美丽中压抑自己/在我们的头顶变化无穷/……晶莹在上面滚动/阳光射在其上/使我得以茁壮且饱满”“守望这最后的田野/承受夏天疯狂的气候，我们抑守着/我们抑守着气概和精神”。这种感受是无比真切、无比美好的。荷叶在烈日下亭亭而立，是一种“气概和精神”，这种气概和精神灌溉和滋养着人类，当然还有我们的诗歌。

主体与物共享空间，平等对视。把“我”与物放在一道，物与“我”共同出场，二者的关系是平等均衡的，在静观、对视当中达到深层次的交流。例如，“面对这只瓷盘/我不再企求另一种完美/我把它放在案头远离人群/让它和书在一起/阳光从窗外照进来/把我和书置于盘中/让你品尝一种宁静的滋味”（朱昌法：《瓷盘》），“我”可以和书置于盘中，“盘”可以“品尝”宁静，人与物的界限已经消失，关系是平等的。而只有如此，只有当“我”成了“物”，才能真正品尝到这种“宁静的滋味”。又如，“许多日子过去/桔子最后被我取出/经过手轻轻放置桌上/但桌上没放任何类似桔子的东西/只有一个人在静观/我看不到桔子里面所有结构/正如看不到自己/我面对这样一只桔子/不知所措”（张伞：《桔子与一种颜色》）。这也是一种平等静观，主体企图探索“桔子”的内在世界，其实是在探索自我。有时主体也可以有更积极的反应，如吴晓的《与树对视》，“目光解剖树的每一侧面/清洌的液体向你泼洒/脚下随之长出须根/指间飞出花蕾/甚或蝉声”，客体的固有性质向主体转移，竟至同一。直接把主体置于对象面前，其作用可以调动感觉，并使想象力得到更自由的激发。又如，房华《面对一朵蔷薇花》中由花想到人的命运，并想象“假如当年它正巧阻在/正要投江的屈原脚前/面对一朵蔷薇花/屈原是踩在脚下，还是捧在手心/轻轻吹去它满身的尘埃”。在与物对视的关系中，诗人的感觉、感受愈加丰富，有更多情感在流动，寄托着更多的关怀，并获得更深的感悟。

进入物的内部空间进行透视。这是进入事物内部的方法。进入内部，是因为事物内在特性与外在形态本身与人类就有着某种生理与物理上的关联，当然更多是为了揭示精神上的东西。如“红辣椒热辣辣的目光/注视骄傲的胸肋和胃/从没有篱笆的菜园子出发/红辣椒和最勇敢的人流浪四方”（张伟东：《我歌唱阳光下的红辣椒》）。又如“看到头羊的眼光了么/阴郁的森林占据这面山壁/头羊站得高高/高得能看到五脏六腑”（峰子：《牧羊人》）。以上“红辣椒”“头羊”意象都暗示了一种英雄人格。又如“石头/坚韧无比的心灵/唯一不会凋谢的花朵/风霜雷电中飘然走过的永远的流浪者/……我热爱石头 握着/所有的诗歌到石头里面去/那里不懂得软弱也没有死亡 没人痛哭/而一切反抗坚强有力”（赵晨：《石头》）。通过对“石头”的透视，高扬起人格的与诗歌的“石头精神”。此外，还有另一种透视方式，表现为“潜入”，如佟石的《那一刻我潜入你的身躯》：“那一刻你我是对视的两岸/那一刻有另一个神/潜入你的身躯/听你的血管淙淙动人/……那一刻我潜入你的身躯/最后才发现，你的心/已悄悄生出长长的触须/已向那个坐而未动的我伸去。”写的是特定瞬间的情感状态，表达对被爱者的内心的深切理解。

以大空间为背景，转化大意象。即把普遍性的事物转化为具体的事物，在大意象中产生出更多的小意象。例如，“阳光”本是一个可感性意象，但用得多了又在一定程度上丧失了可感性。而诗人这样写：“阳光，一如我坐过的椅子/喝过茶的杯子/我终生享用它/穿过它途经许多村落与市镇/穿过它跋涉河流，攀登山峰。”（舒航：《一种静态》）“阳光”变成了“椅子”“杯子”，大而无当的“阳光”转化成这些小意象，当然更可感了；“河流”“山峰”虽不是“阳光”的转化物，却是伴随物，同样有助于对阳光的表现。再如，“水”这个意象也较宽泛，诗人把它与另一些具体事物放置一起，或加以转化，也就更为可感："水流淌于山色之间村野之外/鱼在水里柔情如水/水使人成为君子/船在水上/琴声如水一泻千里。"（怀生：《水》）围绕"水"幻化出四个意象："鱼""君子""船""琴声"，互相叠加的结果使画面更加丰富。又如"秋"这个意象也较抽象，诗人写道："是一阵风，吹散渐凉的阳光/是一片落叶，覆盖已闲的日子/母亲说，那边瑟索、凄凉，河水已浅。"（《秋天的歌》）同样取得上面所说的效果。

彼时彼地，进入对方的空间。进入对方的空间，是对空间的一种拓展。这里需要运用想象，把不在眼前的情景显现出来，其直接效果是深化了情感。如陆军的《预感》："有一种感觉/你已上路/那是一个阳光很好的星期天/或者细雨淅沥的春午后//花朵拥向你的车窗/树枝高高地掠过你的头顶/掠过你飘扬的长发/天空，有成群的候鸟为你护航。"诗人心中的思念十分急迫，情之所动，构筑出这个美好的理想境界，特别感人。进入对方的空间，这空间也可以是一种预设，如杜甫的《月夜》"今夜鄜州月，闺中只独看"，柳永的《雨霖铃》"今宵酒醒何处，杨柳岸晓风残月"，即是如此。

借用他物的眼光，展示事物的空间存在。这种角度如果运用得好，可以获得非常新奇的效果。如曾居《一座岩石眼里的一只鹰》，这个诗题即已对诗所要展开的描述作出了极佳的启示和规范。诗中写道："狂傲而不知忧郁的黑色花朵啊，栖息在我的肩吧……你滴血的翅膀和风擦亮我的欲望/你的呼吸灌注入我的肺叶。""岩石"对"鹰"作出这样的吁求、呼唤，更使人受到震撼，"鹰"这个意象所具有的内在力量就可想而知。这种处理方式起到映衬、对照、强化的作用。意象派诗人休姆说过一句很有意思的话："我们必须从动物的地位上来评价这个世界……动物与人在发明象征性语言之前的状态是一样的。"[①] 我们已习惯于用人的眼睛看世界，何不换一双眼睛呢，换一双"物"的眼睛来看，这世界肯定是"面目全非"的。

眼前之景与记忆之景的空间叠合。类似于电影蒙太奇的组接。如王

① ［英］彼得·琼斯编：《意象派诗选·导言》，裘小龙译，漓江出版社1986年版，第29页。

彪的《乐声渐起》，一边在听音乐，一边则忆起“深入秋天”的一次经历，两个场面互相交叠。“堆积的落叶燃起火焰/往事闪烁，而后化为烟缕/……落叶之火窜来窜去”，这是写秋景，又写音乐：“秋天离我们已很远，音乐/是另一阵落叶，另一场火灾/余音过后/我们都是白地，都是裸露的废墟。”两种感受、两幅画面互相说明并互相丰富。又如超日写一头老牛的悲剧结局，一边是“健壮的影子在山那边/田野在绿与黄的变幻中/现在是最黄的季节”，另一边是“老牛卧在晒场的角落里/想不起明天的太阳/将怎样升起”。老牛的结局是可想而知的：“夕阳突然血红血红/有人打酒去了/老农闭目养神/老牛开目养神/健壮的影子在山那边。”（超日《健壮的影子在山那边》）死不闭目的老牛，其灵魂还在“山的那边”跃动，更加强了这种悲剧的氛围。前景与背景的交错叠印，旨在强化视觉空间的表达效果，某种程度上也增加了动态感。

主体的自我物化空间。人的本质对象化，人借对象来看自我，目的是为了看得更真切，以标定人在世界中的位置。这种方式不同于前文所举的“对视式”人物互动，那是一种平等关系。而这里，“我”在主动地与物寻找对应。如陆苏的《渡口》，先是设定这样一个环境：“渡口没有人/没有船 只有一条江/不动声色地游动着”，于是“我只能　想象自己/是别人的一条船/然后把自己撑过去”，“我只能”三个字透露了异化为船的被动意味；最后“很多时候我不能不这样/面对生活”，更表露了这种无奈心境。这也是退一步看人生的观照方式，却有利于验证人在现实生活中的某种存在价值。

物的空间到人的主体空间的对接。从自然界某一事物的形体或现象的变化，立即联想到自我、人生、社会，这也是诗的基本思维方式。如“一树梅花/足以让我在深夜光芒四射”，“光芒四射”的本是“梅花”，现在变成了“我”，这是自然现象向生命现象的转移；又如，雪的融化本是十分平常的事，而诗人却另有所思，“这是本年度的第一场雪/我静静地看着它们/落在眼前这块空地上/它们落下来以后马上就不见了/但我并不因此而感到悲哀/它们不需要别人怀念/它们不像我至今仍被另一些人传诵/被某一间房子/精心地保存”（蒋立波《雪落空地》）。“从平凡的事物中发现不平凡的意义”，这句古老的训诫在此得到了验证。但只有从主体的生命体验出发而不是从观念出发，这种生命意义或价值观的开掘才是真实、深切，而又动人的。

第三节　时间的叙事功能

在诗的叙述中，时间是一个不能或缺的重要因素。时间既是诗歌表现的内容，又是诗歌作品组织内容的艺术表达手段。

在艺术中，时间因素无处不在。时间不仅属于艺术表现的对象范畴，时间还有不容忽视的表达功能及技巧因素，在时间处置上的技巧之优劣，直接关系作品质量之优劣。关于艺术中时间的处置与把握，曹文轩作过如下论述：

> 一个诗句的长短不同，至少产生不同的节奏感。……银幕上出现了一个水滴的情景。如果只两三滴就结束水滴的情景，这几乎就不能引起我们的注意，如果让它继续滴下去，五滴、六滴、七滴、八滴……这时我们就会觉得下面可能要发生什么事情。与剧情联系起来，这水滴的时间长度的力量则显得更神奇了。它可以产生平静感。如果是在表现一个孤独的灵魂，它会有助于增添寂寞感；如果写一场暗杀，则会加强紧张和恐怖感。一些小说或电影中的一些细节由于时间长度没有把握好，而让人感到十分惋惜。如果紧抓这一细节不放，再多写几笔，或者说，在银幕上再多表现一会，其效果就会变得十分理想（电影《红高粱》开头抬轿一段，如果在时间上缩短二分之一，其艺术效果就会变得很一般）。而又有一些细节，如果缩短一下时间长度，就会避免欣赏者产生冗长、拖沓感。一个艺术家的成熟，也表现在对神秘的长度的把握上。他知道让马蹄表的滴答声响多久，让骏马在荒野上飞驰、腾跃多长时间。他准确地掐分计秒，以达到最理想的感觉。①

① 曹文轩：《思维论》，上海文艺出版社1991年版，第68页。

以上所论，足可见出对时间的处理是一门艺术、一种技巧。时间与艺术表现紧密相关。试想，李白的“两岸猿声啼不住，轻舟已过万重山”，若不将时间的长度大大压缩，哪能传达出如此的快意？陈子昂的“前不见古人，后不见来者，念天地之悠悠，独怆然而涕下”，若不在时间的两端作极大的延伸，哪来如此震撼千古的悲凉？

时间不仅是事物的存在形式，也是精神运动的基本形式。哲学家斯泰格在《时间和诗的想象》一书中，把因人而异的时间观，把“由设想、追思、刹那的冲动、深刻的回忆、迷人的预感所决定的时间感设定为人的精神运动的基本形式”①。从生命哲学上看，人生的有限与宇宙的无限构成一对巨大的矛盾。人类的全部努力都在于超越时间，达到永恒。但在日常生活中无法做到，而艺术却提供了这种可能。艺术就在于对时间的自由处置中显示人的精神的广阔自由度，艺术家总是在对时间或是压缩，或是延长，或是定格的处置中，放置入宇宙人生的无限内容，借以反观自身。通过艺术，人类创造了心灵的自由时空即审美时空。

那么，什么是诗中的时间呢，依照诺瓦利斯的说法，诗就是要打破过去、现在、未来的客观性划分，创造出一个梦幻般的诗意世界，在诗的世界中，过去和未来作为回忆和预感而进入了当下的生存之中。现在、过去、未来，三者在诗中是不存在差别的。诗由于时间的这种紧密依赖性，产生了对于时间的处理方式和手段。时间作为诗的叙述艺术，其作用与功能，表现为以下几个方面。

时间作为感知的凭依。任何感知活动都具有时间性，不同时间的感知，可以产生不同的审美效应。“日出而林霏开，云归而岩穴暝，晦明变化者，山间之朝暮也。野芳发而幽香，佳木秀而繁阴，风霜高洁，水落而石出者，山间之四时也。”（欧阳修《醉翁亭记》）欧阳修观察山间之美，凭借的是“朝暮”和“四时”的变动角度。大自然创造了美，大自然的美更要求以特殊的时间节点去观察、捕捉，因为大自然的美，特别是现象之美是瞬息万变、稍纵即逝的。达·芬奇就说过：“请看亮光，并思量它的美吧。眨眨眼睛再看看它，你就会见到本来并不在那里的东西，

① 转引自刘小枫《诗化哲学》，山东文艺出版社1986年版，第177页。

而原来在那里的东西，已不知去向。”① 美的感知需要特定的时间去把握，失去了特定的时间，美就不复存在，就感受不到美。印象派绘画表现的是特定时间的瞬间印象，时间的把握就更为重要。诗要表达原初感觉、瞬时感觉，强调的是时间。例如渭水在《感受一种声音》中就写道：“立于夜晚的旷野之中/感受一种没有声音的声音/感受平静带来的陶醉/你会忘掉一切/随听觉去触摸/每一丝细微的响动//这在白天的许多场合/是无法得到的。”诗人选择“夜晚”对“旷野”进行感知，其所感受到的内容及获得的内心体验，与其他时间相比，的确有所不同。

时间作为构思的线索和组织材料的手段。时间的流动性和思绪的流动性有相似之处，因此时间常常作为构思所凭借的线索，对材料进行组织和安排。但二者又有区别：时间的流动是一维的、不可逆的，人的思维则是多维的、可逆的。因此，诗人可以对时间作切割、平行、逆转等处理以取得最佳的表达效果。

时间视角来自人类的时间意识、时间经验。时间有时刻、时数、时态、时相、时序等不同范畴。这中间，以时序的变化来组织材料最为常见。时序可分为顺序与逆序两类。如陈所巨的组诗《阳光 土地 人》就是按照顺序时间来组合的，这个组诗的四首诗的标题如下：

Ⅰ 六点钟的一个画面
（太阳与地平线相切）
Ⅱ 九点钟的一个画面
（阳光与地面成 45 度夹角）
Ⅲ 十二点钟的一个画面
（阳光几乎与地平面垂直）
Ⅳ 十五点钟的一个画面
（阳光在沙滩上发亮）

再如，马丽华的组诗《我的太阳》也是以“等待日出”“日既出”

① ［意］达·芬奇：《芬奇论绘画》，戴勉译，人民美术出版社 1986 年版，第 92—93 页。

“日午”“日暮”的顺序进行排列的。此外，也有以逆序时间视角来组合材料的，如艾青的《大堰河——我的保姆》等。当然，顺序时间与逆序时间的交错，这种情况就更多。

在时间的背景中透视，更能揭示事物的意义。历史感是诗人的基本素质。把某个物象放置于历史的幽深背景中进行审美观照，有可能把握其更深邃和本真的意义。例如李智江的《陶罐》：“陶罐凭借一种绝妙的造型/穿越历史的隧道/……水流的声音　渗透坚硬的罐壁/响彻悲怆的老屋　覆盖我们/布满盐粒和伤口的全身/使我们得以幸福地临近　祖先的/聪明才智以及精巧而又粗糙的/布满花朵和音乐的掌纹。”陶罐是较易引起历史感的物象，蕴意丰厚，把眼前的陶罐与远古的时代加以对接，陶罐所包含的苦难历程及创造精神等，在这里闪射出了光辉。

施勒格尔认为，在艺术中“所有的时间因素并不是被撕得粉碎，而是被亲密地糅合起来”。诗歌对于时间因素的“亲密地糅合”，创造出了诗的独特时间形态、时间方式。下面我们具体分析一下诗中的具体时间状态。

时间的对比。对比是最基本的时间呈现形式之一。时间的流逝带来人事与景物的变易，在时间的对比中，人的内在情绪情感会受到更多的激荡冲撞，生命意识会得到更充分的表露。对比中的情感特别感人：“今年元夜时，月与灯依旧。不见去年人，泪湿春衫袖。”（欧阳修：《生查子》）；在对比中，诗人感叹华屋丘山的变迁：“旧时王谢堂前燕，飞入寻常百姓家”（刘禹锡：《乌衣巷》）；“君不见梁王池上月，昔照梁王樽酒中。梁王已去明月在，黄鹂愁醉啼春风”。诗人由此表白自我的人生态度：“分明感激眼前事，莫惜醉卧桃园东。”（李白）时间的今昔对比在诗歌中特别震撼人心，其原因就在于在时间的流逝中糅入了更深邃的生命意识、宇宙意识。

时间的取消或无时间。一些纯抒情诗往往不需要表达时间，如奕林的《我的心》：“我的心是洁净的/洁净犹如透明的玻璃/当你用真情将它轻轻拂抹/它会清晰地映出你的心灵/千万别用负情的靴子踩它/因为它又很脆薄/脆薄也如一块玻璃。”这里只是在表达一种情感，看不到明显的时间因素。一些咏物诗也可以取消时间，如秦巴子的《盐》：“在生命的蓓蕾中/舌头创造了盐/智慧灵动的地方/是盐的闪光/汗水、泪水和血水/哺育人民/苦难最晶莹的部分/由盐来构成。”但若描写与时间密切相关的事物则无法取消时间，如风花雪月等。

瞬息时间。瞬息时间对于诗人来说尤为重要。在瞬间当中体现永恒、在有限当中体现无限，这是诗人生命体验的基本方式。谢林说，艺术就是要在一刹那之中来表现本质。生命的短暂性，迫使诗人以艺术的创造寻求对生命本身价值的肯定，用以伸张生命。歌德说：“你想走向无尽么？你要在有限里面往各方面走!”以瞬间换永恒，不仅是人生的方式，也是艺术表现的手段。在诗人笔下，瞬间就意味着永久，就意味着一个自我精神宇宙的诞生。洛夫的《子夜读信》，记录了读友人来信时的瞬间感觉与想象：“子夜的灯/是一条未穿衣裳的/小河//你的信像一尾鱼游来/读水的温暖/读你额上动人的鳞片//读江河如读一面镜/读镜中你的笑/如读泡沫。”灯光下的一封信，在诗人心中幻化成一个多么美好的世界，那是一条小河，信是小河中的一条鱼，友情是“水的温暖”，友人的皱纹是鱼鳞，友人的笑声像鱼儿吐出的“泡沫”（泡沫又暗示着这些都是幻影）。不仅读信可以产生如此美好的联想，一个动作、一个声音、一片树叶的掉落、一只鸟的飞掠等，对于诗人来说都不亚于上帝的启示，可以读出内中无限意味。英国诗人勃莱克写的“一花一世界/一沙一天国/君掌盛无边/刹那含永劫”就是此意，有限当中蕴含无限，瞬息当中包容永恒。诗人的心灵是多层次的折射体，往往在瞬息之间，即能通达古今，诞生一个境界层深的诗美世界。

时间的压缩。李白《将进酒》中“君不见高堂明镜悲白发，朝如青丝暮成雪”，把人生的几十年转换为“朝”与“暮”，时间上大大压缩了。时间的压缩，相应地浓缩、强化了情感，增加了现实时间对心灵的压力。台湾诗人非马的《醉汉》一诗，就是如此：“把短短的巷子/走成/一条曲折/回荡的/万里愁肠/左一脚/十年/右一脚/十年/母亲呵/我正努力向您/走/来。”“十年”竟与一步的时间相等，不就更说明那“一脚”的艰难吗？游子对“母亲”的执着情感通过这意象，不就更真切地得到了体现吗？

时间的自由切割、分解、交织与黏合。现代诗要表达现代人错综神秘的心理变幻，创造繁杂交错的美感效果，不仅在空间上作大规模的分解、调整、组装，而且在时间上作自由的切割、倒置或回转。这种处置，显示了创造主体的精神自由，也源于意识流叙事的需要。这是立人的《芦苇》：

沿水乡的河岸行走/我见到了一种名叫芦苇的植物/芦苇们在一节一节地长高/它们不知道我的到来

芦苇朴素得就像真理/它们身边永远是水/鸭子或者渔歌/芦苇靠阳光生长/在一阵阵风中发出瑟瑟的声响

芦苇最美的时刻要数早晨和黄昏/那时辉煌的太阳在它们的头顶/升起或者沉落/芦苇的剪影始终衔接着波浪的音符

芦苇在秋天往往被斧子吹去/一到春天又爆出预言般的新叶/芦苇用自己的傲骨，几十次几百次/向人们表白着它们的苦难与正直

现在已经是夏天/一片又一片芦苇在我视野里次第成熟/我无论走到那里/都会被它们生命的光芒簇拥着

第一节，时间是春夏之交，芦苇正在“长高”；第二节，是白天，属于不确定的“一般时间”；第三节，写早晨和黄昏，是时间的特写；第四节，从秋到春是时间的循环；第五节，叙述时间由春夏之交悄悄转移到夏天，芦苇“次第成熟”。这首诗在时间的呈现上富于变化，一首诗的时间的叙述起点一般只有一个，但此诗却有两个：第一节的芦苇正在“长高”与第五节的“次第成熟”，第一叙述时间逐渐向第二叙述时间归附合一。第二节是一般时间，显出时间的自由伸展，用的是近景；第三节是时间的特写，借用了太阳的远景作衬托；第四节以时间的转化暗示生命的万劫不灭，苦难与辉煌完整地集合于一身。此诗打破了现实时间的固有模式和叙述时间一通到底的单一化手法，组成了多种时间形式的大合奏，读来流动自然、舒展自如。

感觉时间的延长。艺术能给人以美感，就在于艺术能唤醒人的感觉，在普通的事物当中获得更丰富的审美信息。为了延长感觉时间，一方面诗人采用“陌生化”手段，在语言上设置“障碍”或距离，使读者专注于对物象本身的观照；另一方面诗人往往耗费大量笔墨来直接描写感觉过程，强化感觉过程。前者，语言的陌生化手法为诗人所普遍追求；后

者，在所谓“感觉诗”中表现得较为突出。

此外，时间在诗中的状态，还有逆溯式、前瞻式及交错式等，此处不作详述。

时间与空间既然是物质存在的两个条件，那么，人们在审美静观时，时间观念与空间观念就会同时并用，因而产生时空结合的表达。陈子昂的《登幽州台歌》“前不见古人，后不见来者，念天地之悠悠，独怆然而涕下”所表述的既是空间的，又是时间的。“前”与“后”既是空间位置，也是时间过程，“天地之悠悠”也同样。大量的诗作都是如此，将时空关系融入所描写的对象之中。也有的诗人把空间对象与时间对象并置起来，给人以新奇的审美效果。如瑞典当代诗人托马斯·特朗斯特罗默的《人造卫星的眼睛》中所写的：“地面是粗糙的，不会反射/只有那极其迟钝的幽灵/才能反射自己：月亮/和冰河时代。”这里“月亮”是空间对象，“冰河时代”是时间概念。又如诗人李钢的《东方之月》所写的：

东方之月，升起在东方
滚滚的月潮袭来
浪涛喧哗
　　以暮为源
　　以晨为岸
一时间东方的神秘腾空而起

这里面，“以暮为源”“以晨为岸”也是时空对象的并置。这种组合新颖而又别致。

诗歌对于空间和时间的表达，不仅通过写实方式得来，更多是通过想象活动实现。人由于生存空间与生存时间的限制，由于感官的局囿，所直接领受的时间与空间对象往往被圈于极小的范围之内，因此要表现更为广阔的空间对象与时间对象，就需要借助想象活动，以想象力超越时空的自由驰骋达到“思接千载”“视通万里”之目的。明代诗人杨慎曾对杜牧《江南春》中的诗句“千里莺啼绿映红”有过责问，说：“千里莺啼，千里绿映红，谁能听得？谁能见得?”这是排除了人的想象力对物理时空的驾驭。相反，也有人对如下诗句作了不必要的补充，在“一片清光照姑苏”之后加上“等处”二字，认为只有如此，方才符合真实，这是从另一方面排除了想象活动中对空间范围的选择。同样，想象也可超越时间局限，将开天辟地以来的历史都作为抒写的对象。像张若虚《春江花月夜》、李白《把酒问月》、苏轼《念奴娇·赤壁怀古》等作品，时间跨度都是相当大的，是想象拓宽了诗的时空。

空间与时间既是创作的出发点，是对描述对象的时空关系的再现，也是对题材的处理、组织方式。对时空关系的处置、选择，旨在摆脱视觉的惯常规范，使描写对象以新的状貌进入审美视域。

第七章

视角选择与意象创造

第一节　视角与艺术表现

艺术的观察、感知与表现是艺术创造主体的一致性行为，什么样的观察、感知会导致什么样的表现；反之，任何一种表现手法，都会要求艺术家以某一特定的方式去观察、去感知。所以艺术的观察、感知与艺术的表现有着十分密切的关系。但观察与感知主要是创造主体的感觉行为，靠的是直觉；在表现时，则更需要解决视角问题。而视角问题归根结底属于表现范畴，这是因为在直觉过程中，人是无暇顾及方法问题的，只有在表现时，才会更多地考虑视角这一偏重于技术性的问题。

所谓艺术视角，指的是创造主体把握审美对象时所采取的一种角度，也即诗人在表现某个意象时所凭依的立足点、位置、方向等。它是主体与客体之间关系的反映，也体现了创造主体对审美对象的把握方式。本章所讨论的艺术视角，主要是指诗人呈现意象时采用的角度和方法。

艺术视角是表现范畴内的问题，但并不排除观察的参与。美国著名诗人斯蒂文斯曾写过《观察乌鸫的十三种方式》一诗，采取了十三种不同的视角对诗中意象——乌鸫作审美观照，试录其中四种：

1

周围，二十座雪山，
唯一动弹的
是乌鸫的一双眼睛。

2

我有三种想法，
就像一棵树
上面跳着三只乌鸫。

5

我不知道更爱什么，
是回肠荡气呢
还是藏而不露，
是乌鸫的婉转啼鸣
还是它的袅袅余音。

10

看见乌鸫
在绿光中翻腾
连甜言蜜语的老鸨
也要失声痛哭。

第一节在雪山的背景中表现乌鸫的眼睛，是特写；第二节以“我有三种想法”来比拟三只乌鸫，属于以实写虚；第五节写了乌鸫的声音之美，对乌鸫的鸣叫声作了多侧面描绘，刻画细腻；第十节是在与老鸨的对比中表现乌鸫飞翔的姿态美，以“老鸨”的失落感衬托“乌鸫”的矫健身姿。每一种视角都各有特色，都不同程度地给主意象——乌鸫增加了新的意义，有异于前者的新发现。此诗的成功之处就在于“十三种方式”绝不重复，每一视角各具魅力。

艺术表现的视角还与诗人的认识与感受密切相关。《京本通俗小说》中的《碾玉观音》开头有一段“入话”，先引用了三首写春天的词，然后议论道："这三首词，都不如王荆公看见花瓣儿片片风吹下地来，原来这春归去，是东风断送的。"接着，就春天归去是不是东风断送的问题，引起众多诗人的不同议论。苏东坡认为："不是东风断送春归去，是春雨断送春归去。"秦少游说："也不干风事，也不干雨事，是柳絮飘将春色去。"邵尧夫道："也不干柳絮事，是蝴蝶采将春色去。"曾两府道："也不干蝴蝶事，是黄莺啼得春归去。"朱希真道："也不干黄莺事，是杜鹃啼得春归去。"苏小妹道："都不干这几件，是燕子衔将春色去。"最后王岩叟道："也不干风事，也不干雨事，也不干杜鹃事，也不干柳絮事，也不干蝴蝶事，也不干黄莺事，也不干燕子事。是九十春光已过，春归去。"这种种不同的说法，是认识、感受的不同所致，而这些不同的认识已融进对春光的不同角度的观察，各人观察的喜好、关注点不同，对春天归去的解释也就不同。

这里有两首同是写向日葵的诗，由于诗人感受与认识的出发点不一，因而显示出完全不同的立意。

这是唐祈写的向日葵：

金黄的向日葵/大地上/最早觉醒的眼睛//向日葵追寻/太阳的脚步/它听见太阳辉煌的/呼喊/声//让戈壁上/死去的骆驼站起身/去走完风沙埋葬了的/旅程//……金黄的向日葵/大地的眼睛/它以人类的思想/燃烧自己和别人的心灵

这是芒克笔下的向日葵：

你看到了吗/你看到阳光中的那棵向日葵了吗/你看它，它没有低下头/而是把头转向身后/它把头转了过去/就好像是为了一口咬断/那套在它脖子上的/那牵在太阳手中的绳索//你看到它了吗/你看到那棵昂着头/怒视着太阳的向日葵了吗/它的头几乎已把太阳遮住/它的头即使是在太阳被遮住的时候/也依然在闪耀着光芒//你看到那棵向日葵了吗/你应该走近它去看看/你走近它你便会发现/它的生命是和土地连在一起的/你走近它顿时觉得/它脚下的那片泥土/你每抓

起一把/都一定会攥得出血来

两首诗写向日葵，都把向日葵与太阳放到一起作比照。两首诗角度的不同，主要表现在向日葵与太阳的关系的不同。前者，向日葵是太阳的追随者的形象。它听见太阳的呼喊，具有最早的觉醒者的眼睛，“它以人类的思想/燃烧自己和别人的心灵”，对向日葵这样的表述虽然比较牵强，但不无意义。后者的向日葵，则是太阳的叛逆者的形象。在太阳面前，它没有低头，而是把头转到身后，显示了不屈服的个性，似乎要一口咬断“牵在太阳手中的绳索”，它“怒视着太阳”，“它的头几乎已把太阳遮住”，可见这是一个抗争者的形象，我们可以从它与脚下那片“攥得出血来”的土地的紧密相依的关系，看出它生命的意义、力量与付出的牺牲。不同的立意，不同的情感处理，所创造的审美意象就迥然不同。相比之下，后者的向日葵，境界更高，所传达的情感更深刻，当然其视角也更新颖。

艺术视角对于创作者来说，主要是一个表现问题，它得之于作者的独特观察与理解。而艺术作品一旦形成，对于接受者来说，则是创作者为其提供了一种观察方式，是在“教导人们学会观看”（达·芬奇语）。因此，表现问题与观察问题又在接受者身上统一了起来。

由上可知，意象总是处于一定的表现角度之中。而艺术的特性就是创新。托尔斯泰说：“愈是诗的，就愈是创造的。”艺术家要“在别人司空见惯的东西上，能够发现出美来”（罗丹语），凭的是什么？应该就是新视角的参与。新的意象符号的获得需要借助于新的视角，视角创新是意象创新的必要前提。

事物的构成具有多侧面性。大自然千姿百态，每转换一个角度，都呈现一个不同于前者的新的状貌。攀登黄山，人人都有一步一景、移步换景的新鲜之感。宋代画家郭熙在《山川训》中写道：“山有三远：自山下而仰山巅，谓之高远；自山前而窥山后，谓之深远；自近山而望远山，谓之平远。”三个位置（山下、山前、近山）、三种视线（仰、窥、望），就得到三种不同的效果：高远、深远、平远。达·芬奇在研究了鸟的飞行与人的视角的关系后指出：“当飞鸟沿着水平方向飞行的时候，愈近眼睛的仿佛飞得愈高。”[①] 其实鸟飞行高度未变，只是由于视角变了，所得到鸟的高度的感觉也改变了。艺术视角即是对客观事物观察的多侧面多角度的反映。这种多侧面多角度提供了视角选择的可能。

一视角一世界。每一新领域的发现，都借助于新的方法、新的工具、新的眼光。一种视角只能了解到这个视角范围内的东西，不可能穷尽一切。所以每个视角又有其局限性，需要诗人不断开辟新视角。每一新视角的开辟，又能使我们去了解一个新的世界。诗人于建军写道：

从一只精美的陶罐
音乐家听到了音符和旋律
丹青手看到了色彩和线条
建筑师触到了平面和体积
诗人却以冷酷的一击
把它还原为泥土

——《陶罐》

音乐家、丹青手、建筑师与诗人，这四种人，代表了四种不同的视角。在他们各自的视角里，他们的世界无疑都是最精彩的；但若进入他人的领域，却可能是“盲者”。这首诗带给我们的思考就是视角的局限性和选择性问题。恩斯特·卡西尔说：“艺术家是自然的各种形式的发现者。”[②] 诗人的任务，就在于寻觅新视角，发现艺术表现的一重重全新天地。歌德也曾说过：“人每发现一个新的事物，就意味着在自我中诞生了一个新的器官。”在歌德看来，新视角的发现，有着诞生一个“新器官”的重要意义。

新视角对于意象的创新，具体表现在下面三点：一是全新意象也即他人尚未表现过的意象的发现。当然，这里所说的全新是相对于一定时间范围与地域范围之内的新。同时又需要情感处理的新，假如情感处理

① ［意］达·芬奇：《芬奇论绘画》，戴勉译，人民美术出版社1986年版，第67页。

② ［德］恩斯特·卡西尔：《人论》，甘阳译，上海译文出版社2003年版，第183页。

是陈旧的，不管你写得多么离奇，也不可能成为有审美价值的意象；二是对旧有物象中新的内涵与意义的开掘或赋予，而使意象焕发新姿；三是在意象集合过程中，建立全新的组合关系。

只有新的意象才能提供新的审美信息。俗话说，在同一条道路上找不到好蘑菇。这就需要独辟蹊径。维特根斯坦说得很形象："某人富有创建性，捡起一块又一块的石头，另一人却始终捧着同样的物。"① 新的视角，具有发现新大陆的功能，如扬格所说，它"开拓了文学的疆土，为它的领地添上一个新省区"，"能够从荒漠中唤出灿烂的春天"。② 在作品中，诗人借助新视角给了意象以新的姿态，从这个意义上说，视角问题，也就成了意象的采集、创造问题。

第二节　视角的多维审视

鉴于视角的多侧面多层次性，此处也将从意象表现视角的不同层面进行交错审视：从一个作品的宏观与微观的关系上看，有整体视角与局部视角；从诗所关注的对象：外部存在世界与内部心灵世界的关系上看，有外视角与内视角；从创新与非创新的意义上看，有常规视角与非常规视角；从视角的数量上看，有单一视角与多视角。此外，还有同一作品中的视角转换问题等。

一　整体视角与局部视角

这是宏观与微观的区别。整体视角也即宏观视角，局部视角也即微观视角。宏观视角是对诗歌主旨、材料的总体把握，微观视角指的是诗句中构成成分的具体角度。一般说来，宏观视角决定、制约微观视角，

① ［英］维特根斯坦：《文化与价值》，黄正东等译，清华大学出版社 1987 年版，第 10 页。

② ［英］爱德华·扬格：《试论独创性作品》，袁可嘉译，人民文学出版社 1963 年版，第 102 页。

整体视角包含了局部视角。

整体视角对诗的构思起主要作用。前面所引唐祈的《向日葵》，是以向日葵与太阳的一致性与和谐关系作为整体视角来立意构思的。因此，向日葵就围绕着作为太阳的追随者、大地的早醒者的形象展开描绘。而芒克的向日葵，取向日葵与太阳的矛盾关系为整体视角，诗中出现的是太阳的叛逆者与抗争者的形象。

但另一方面，局部视角有相对自足性，与整体视角可以有既一致又不一致的地方。北岛的《一束》，全诗五节，每节都以“在我和世界之间”起句，这构成诗的总体视角，诗旨在表达“我”与“世界”之间这广阔的领域中，“你”所起的作用。但在局部视角（即每一小节）中，出现的意象互不重复，情感色彩也不尽相同。试抄录其中三节：

> 在我和世界之间/你是海湾，是帆/是缆绳忠实的两端/你是喷泉，是风/是童年清脆的呼喊
>
> 在我和世界之间/你是纱幕，是雾/是映入梦中的灯盏/你是口笛，是无言之歌/是石雕低垂的眼帘
>
> 在我和世界之间/你是鸿沟，是池沼/是正在下陷的深渊/你是栅栏，是墙垣/是盾牌上永久的图案。

这三节诗中出现的意象，所蕴含的情感、意义，没有滞留于一点，这是因为局部视角的变化，导致了意象的系列呈现，并推动了思绪的流动与变换。而这种变化，又是在整体视角不变的情况下出现的，它给情思的变化设置了一定的框架。整体视角与局部视角的一致性与非一致性的统一，丰富了诗的意象，产生了视角错落有致、整一多样的效果，使得情绪的流动与传递变得快速频繁，从而强化了诗内部的情感张力。

二　外视角与内视角

外视角，是从观察、感知的意义上说的；内视角，则是从感受的意义上说的。前者的对象是外部世界，后者的对象是心灵世界。内视角解

决作品的主题、立意方向等问题。外视角则是对意象的外部观照。内外视角之间，起主导作用的是内视角，而外视角对内视角起到引领作用。内视角是经验、知识、修养、情趣与心境的多重复合体。这里面，“心境”又有着极强的随机作用。所谓“心境”，是一种具有渲染性的、比较微弱而又有持续性的情绪状态。其强度虽不大，却影响着人的整个行为表现和情感反应。不同的心境的作用，对相同的景物会产生不同的知觉与感受。如宋末词人蒋捷在《虞美人·听雨》中所写：“少年听雨歌楼上，红烛昏罗帐。壮年听雨客舟中，江阔云低断雁叫西风。而今听雨僧庐下，鬓已星星也。悲欢离合总无情，一任阶前点滴到天明。”这里表现的正是不同的心境唤起的听雨时不同的记忆与心理活动。同是听雨，少年时的欢愉心境，倾向于接受“红烛昏罗帐”的意象，并留存于记忆；壮年时的苍凉心境，接受的是“江阔云低断雁叫西风”的意象；而老年时的悲愁无望的心境，接受的是“一任阶前点滴到天明”的意象。不同的内视角决定了对意象不同的选择。清人施补华曾在《岘傭说诗》中分析说：“同一咏蝉，虞世南‘居高身自远，端不借秋风’，是清华人语；骆宾王‘露重飞难进，风多响易沉’，是患难人语；李商隐‘本以高难饱，徒劳恨费声’，是牢骚人语。”这里说的也是不同的内视角造成对同一物象的不同感受、对意象的不同选择。

由此可知，内视角主导外视角。而内视角又由内在情感所决定。因此内在情感的深度可以带来内视角的深邃与外视角的新颖。请看艾青的《树》：

> 一棵树，一棵树/彼此孤离地兀立着/风与空气/告诉着它们的距离
>
> 但是在泥土的覆盖下/它们的根生长着/在看不见的深处/它们把根须纠缠在一起

树是常见之物，但艾青的目光没有停留在表面的孤立上面，通过树根纠缠在一起的描绘，表达了树与树之间的独立意识与内在的紧密联系。而曾卓《悬崖边的树》更进一步从生命的自我感受出发去进行感知：

它倾听远处森林的喧哗/和深谷中小溪的歌唱/它孤独地站在那里/显得寂寞而又倔强

它弯曲的身体/留下了风的形状/它似乎都将跌进深谷里/却又像是要展翅飞翔……

诗人曲折的人生经历与遭遇，促使诗人从生命意义这一高度来处理眼前的意象，树成了诗人自我的化身，成了诗人内在精神的对应物。而这棵悬崖与深谷之间挺立着的树，完美而充分地体现了生命搏斗的顽强与坚韧的品格，树与人在这点上高度吻合。这也表明诗人创作活动中内视角与外视角的统一。

三　常规视角与非常规视角

美国作家迪·恩·帕金斯曾讲述的这则故事，尽管比较熟悉，不妨再重温一下。他说，一个人的错误，有可能侥幸地成为另一个人的发现。事情是这样的：一天，儿子走上前来，向我报告幼儿园里的新闻，说他又学会了新东西，想在我面前显示显示。他打开抽屉，拿出一把还不该他用的小刀，又从冰箱里取出一个苹果，说："爸爸，我要让您看看里头藏着什么。"

"我知道苹果里面是什么。"我说。

"来，还是让我切给您看看吧。"他说着把苹果一切两半——切错了。我们都知道，正确的切法应该是从茎部切到底部窝凹处。而他呢，却是把苹果横放着，拦腰切下去。然后，他把切好的苹果伸到我面前："爸爸，看呀，里头有颗星星呢。"

真的，从横切面看，苹果核果然显进一个清晰的五角星状。我这一生不知吃过多少苹果，总是规规矩矩地按"正确"的切法把它们一切两半，却从未疑心过还有什么隐藏的图案尚未发现！于是，在那一天，我的孩子把这消息带回家来，彻底改变了冥顽不化的我。

不论是谁，第一次切"错"苹果，大凡都是出于好奇，或由于疏忽所致。使我深深触动的是，这深藏其中不为人知的图案竟然具有如此巨大的魅力，它先从不知什么地方传到我儿子的幼儿园，接着便传给我，现在又传给你们大家。

帕金斯对此总结说，是的，如果你想知道什么叫创造力，往小处说，就是苹果——切“错”的苹果。

这则故事十分形象地解释了什么是常规视角，什么是非常规视角，并告诉人们非常规视角的好处。切苹果是这样，意象的角度选择更是这样：我们要更主动、有意识地切“错”苹果！

常规视角来自思维的习惯势力与心理惰性。福楼拜曾经告诫：“人们用眼睛看事物的时候只习惯于回忆起前人对这事物的想法。”正是对以往经验的依赖造成了感受器官的钝化与意识的凝固。日本女作家高田敏子也曾讲述过这样一件事：她刚开始写诗时，有一个朋友拿起一只玻璃杯问她：“你能看见这是什么吗?”她即刻回答：“那不是玻璃杯吗?”朋友又一次问：“你真认为它只是玻璃杯吗?”她又说：“肯定是玻璃杯!”于是，她的朋友就对她说道：“所以你还不行。你的诗没有价值，其原因就在于此。……所谓玻璃杯，只不过是简单方便的名称而已。用作喝水，则是玻璃杯，反之，如果插上一束花，就变成了花瓶。如果用来放笔，则又成为笔筒。所以不能靠单一的名称来孤立地看一件东西。首先，应看到其本质，想到‘它是用透明玻璃作成这种形状的’。”这则故事说明了什么是人的心理常态——借助现成的观念或单一的名称来看待身边的事物，这种心理常态却具有极大的普遍性。

对人的心理常态，朱光潜先生曾作过这样的论述：一般的事物对人们都有一种常态，所谓“常态”就是糖是甜的，屋子是居住的，女人是生孩子的之类的意义，都是在实用的经验中积累的。这种“常态”完全占据人们的意识，人们对于“常态”以外的形象便视而不见，听而不闻。导致经验日益丰富，视野也就日益狭隘。所以，有人说，我们对于某事物见的次数越多，所见到的也就越少。[①]

为什么人们只能看到事物的常态？这是因为人们总是以常规视角来看待事物的缘故。常规视角构成了所谓的“思维定式”，也即皮亚杰所提

① 参见《朱光潜美学文集》(第一卷)，上海文艺出版社1982年版，第22—23页。

出的心理的“同化”作用所产生的消极效应。这种消极的心理效应形成了对创新意识的围困，使人们的创造力窒息，具有极大的闭锁性。诗歌要创新，就得摆脱这种常规思维与常规视角，敢于犯“错误”，敢于越轨。西班牙作家洛贝·台·维加说：“有时不合规格的东西正因为不合规格而得人喜爱。”诗人应当寻求艺术思维的“不合规格”性，努力寻求反常规视角。

反常规视角的获得，并非是一件十分神秘的事，有时往往是在常规视角的基础上再前进一步得到。如一位作者曾经写过一首表现茶叶在茶杯里变幻的诗，题为《沉浮》：

> 我面前，浓浓的一杯茶/冒着热气/生活在蒸腾//有几片茶叶/在慢慢化开/下沉而又向上漂浮//我思索，默默地/一杯茶是我们时代的缩影/我们每个人是否在生活中沉浮

由茶叶的上升沉落，联想到人生际遇的上升沉落，这样的联想得来比较现成，其立意并不新鲜，应属于常规视角。经过修改，诗成了这样：

> 一杯新沏的茶/冒着热气//有几片茶叶/在慢慢化开/下沉，而又向上漂浮/——上浮的/也沉落了/最后全都沉落了/那茶也开始冷却//我面前一杯冷了的茶/很浓很浓

修改后的诗，并没有回避对茶叶的如实观察，这种观察，也可以说仍是采用常规视角进行的。但关键在于视角的变化：诗人没有停留在习惯思路的“沉浮”上，而是把观察视点落实到“最后全都沉落了”，“一杯冷了的茶/很浓很浓”上。视角的转移，使诗产生了新的意蕴，不仅包括了“沉浮”的内涵，而且又有了“冷了的茶/很浓很浓”的意蕴，这就使全诗有了更多的象征含义：人的生命经过生活的多次沉浮，会变得更为丰富；某一思想经过反复的思索与冷却，也会有更浓郁的韵味……如此等等。而这新视角的开辟，只是诗人在常规视角上的再迈进一步而已。

反常规视角的获得，有待于多种视角的开掘。事物存在着多个侧面，

一个面就是一个视角。例如，对一只蜘蛛经过多次失败仍然由墙根往上爬行这件事，有人认为蜘蛛具有顽强苦干精神，不达目的决不罢休；也有人认为这只蜘蛛只知蛮干一气，不知反省，如改变一个方位，就可以很容易爬上去。这两个视角，哪一个较为新颖呢？相对来说应该是后者。有了多种视角的选择、辨析，才有可能找到较新颖的不同于常规的视角。

反常规视角更多地借助于诗人的逆向思维，即有意与常规的习惯思维背道而驰，与之唱对台戏，从事物的对立方向去思考问题。如顾城的《出海》一诗：

> 我没带渔具/没带沉重的疑虑和枪/我带心去了/我想空旷的海上/只要说，爱你。/鱼群就会跟着我/游向陆地

初读十分出人意料，而且感觉傻得令人可笑，因为鱼就是鱼，它不可能离开大海而存在，而作者却说“鱼群就会跟着我/游向陆地”，这不能不是对常规思维（常规视角）的大胆反拨与离奇超越。细细想去，诗人的这种处理有十分深刻与合理之处：诗人是用他的一颗未泯童心，一颗爱心，对这个社会中尚存的不该有的“疑虑和枪”，提出了谴责和否定。这就是诗的意象层面所蕴含着的诗的深意。而这恰恰是凭借反常规视角得以实现的，因而更能催人思索。

四　单一视角与多视角

这是对视角作量的分析。

单一视角是从一个角度出发并贯穿到底的艺术处理方式。此种方式较为单纯。但单一并不等于简单呆板。单一的视角仍可创作出好的作品，只要这个视角是独创的，所获得的意象是新鲜的，情感的抒发是独到的。北岛的短诗《生活》仅一个字：网。视角只有一个，意象极为单纯。此诗虽争议颇多，但仍可认为是有一定概括力的诗。再如顾城的《一代人》：“黑夜给了我黑色的眼睛/我却用它寻找光明。”视角也很单纯，却表现了特定年代里一代青年人的命运与追求。舒婷的《致大海》《致橡

树》等诗，也是以“我”与“大海”、“橡树”的关系作为视角来抒发的，虽较单纯，但因意象的新奇、情感的饱满、立意的不同凡响而传诵一时。可见问题不在视角多寡，而在于视角是否新颖独特。

单一视角也可称线性视角。如处理较大的题材，视角始终不变，则可能造成呆滞，难以表达出情感的跨越度与振幅。因此，还应运用多视角的透视，使诗情的表述产生更多的节奏与层次、起伏与波澜。

多视角可分为双重视角及多重视角（含两个以上视角）。双重视角是“面”的视角，多重视角是“立体”的视角。立体视角有利于全方位、多侧面地对审美对象进行描述。如叶文福的《拾贝》采用的是双重视角：“我到海边来拾贝/海到岸边来拾我/我拾到半边贝壳/海拾到了半个我。”作者从“我”与“海”这两个角度、两个立足点来写，形成了情感的双向对流，写得别有韵味。再如潞潞的《城市与〈勇敢的野牛之血〉》一诗也是双重视角，第一重是在“上海音乐厅”听音乐时的实况描绘，第二重是由乐曲《勇敢的野牛之血》所引起的对“广阔起伏的高原”“野牛的长鬃风一般飘扬”的“北方”的联想。第一重写实，第二重写虚。诗的最后使二重视角叠合：“年轻的小号冲决了堤坝，/压过来轰轰烈烈的北方……”这种此景与彼景、实与虚的双重视角的结合，使诗的空间得到空前的拓展。

多重视角是更为开放、自由的处理方式，它可以用多种感觉手法、多个立足点对客体作审美静观。如前文所引孟奇的《南方的河谷》，该诗运用了多种感官：视觉、触觉、嗅觉与听觉。第一节以触觉为主，第二节转向嗅觉，第三节转向视觉，最后一节写听觉。如果把一种感官表现看作一种视角，那么此诗就运用了四种视角。这四种感官（视角）的交叠，表现出感觉的丰富性，逼真地呈现了温热、芳香、光明、动听的南方河谷的正午情景。如果仅仅运用其中一种感官，效果必将大为逊色。

随着诗歌情感容量的加大，为了表达现代人更为丰富、有更多节奏的情感内容，多视角的表现也就越来越多地为诗人所运用。

五 视角的转换

在一个作品中，由于多视角的运用，必然存在着视角的转换现象。德国诗人约翰涅斯·贝希尔曾说："从思想上交换位置，这常常是自我认识的最好手段。"视角的转换，也是在心灵上"交换位置"，其目的正是为了更好地完成审美情感的传达。视角的转换大致有以下几种情形。

（一）视角的并列交错

并列交错往往在双重视角中进行。最明显的并列交错是一种对话体形式，如艾青《煤的对话》中一问一答式："你住在哪里？/我住在万年的深山里/我住在万年的岩石里/……你从什么时间沉默的？/从恐龙统治了森林的年代/从地壳第一次震动的年代……"戴望舒《路上的小语》也是如此。这一类是从标题或内文排列就可以见出的。另一种交错则没有这样明白标出，是在所描写的两个对象之间交叉进行着的。如卞之琳的《断章》，视角在两组对象上面跳跃，给人一种哲理的思悟。又如舒婷的《黄昏》："我说我听见背后有轻轻的足音/你说是微飔吻着我走过的小径//我说星星像礼花一样缤纷/你说是我的睫毛沾满了花粉//我说小雏菊都闭上昏昏欲睡的眼睛/你说夜来香又开放了层层迭迭的心//我说这是一个生机勃勃的暮春/你说这是一个诱人沉醉的黄昏。"此处"我"与"你"两个陈述者"说"的其实是同一事物。这种交错描写，把人物的心理、感觉表现得十分细腻，饶有情韵。

（二）视角的层递位移

这是最为广泛运用的视角转换方式。它直接体现在诗的层次结构上面，随着层次的递进而转换。如前文所举孟奇的《南方的河谷》，视角是在四种不同的感官之间层递转换的。舒婷的《投邮》则是地点的转换所包含的情绪的递进："避开好奇的眼睛/再看一遍地址姓名/如此珍重托付邮筒/我诧异它竟无反应。"这是第 节，写的是邮筒前投出信件时的心情。第二节视角转到回家以后："回家不进家门/夜来香花儿落了一身/久望灰雨蒙蒙的天空/计算遥遥来回的路程。"视角追踪诗人的脚步，更为深刻地反映了投邮后的心理体验。舒婷的另一首诗《遗产》则是从情感内涵上进行视角的层递转换的。诗作开头写道："我留下了屈辱，/这变相的种族歧视，/将把你如花童年遮蔽。"这里写张志新烈士即将赴死。在那特定年代里，她作为"罪犯"被处死，因此将给后代带来"屈辱"。第二节写道："我给你留下了仇恨，/并非要你/恨一切东西。"这是告诫后代要恨"皂白不分""为非作歹"的黑暗势力。第三节写道："孩子，不要忘记/我留下了/比恨百倍强烈/千倍珍贵的东西，/那是爱情，不变质的爱情，/而且真诚无比。"表达了对祖国、对理想的爱的忠贞不渝。第四节写道："是的，我还留下了悲伤，但你不要哭泣。"这是英雄对子女的嘱咐，是生离死别前的骨肉依恋。最后则是英雄母亲对子女的战斗嘱托："我在防洪堤上，留下了一个空出来的位置，/让所有冲击过我的波涛，/也冲击你的身体吧。/我不后悔，/你不要回避!"从"屈辱"到"仇恨"，到"爱"，到"悲伤"，直至战斗的呼唤，经过了五种情感的递进与过渡，诗的视角也在这五种情感的递进中转换，表达出情感的流动、起伏与冲撞，如高山溪瀑，一波而五折，回环往复，激荡不已。没有视角的这种转换，丰富复杂的内心情感就难以表现得如此真切深厚，如此撼人心魄。

（三）视角的反向对应

这是同一视角内产生的视角变化，往往根据某一视角叙述下来，然后作反方向的思考，构成反向对应关系。蔡其矫的《祈求》就采用这种结构：

我祈求炎夏有风，冬日少雨
我祈求花开有红有紫；
我祈求爱情不受讥笑，
跌倒有人扶持，
我祈求同情心——

当人悲伤
至少给予安慰
而不是冷眼竖眉；
……

在这样连续六个“我祈求”之后，诗人在反方向位置上作出更高层次的审视：

我祈求
总有一天，再没有人
像我这样的祈求

前面几个“祈求”是正方向上的“祈求”，而最后却作了反方向的否定，这更增强了情感的冲撞力，表明前面几种“祈求”乃是人们生活的基本要求，具有必需性与根本的合理性，只是由于特定的年代与社会条件使这一切从人们身边消失了，按理是不应该、也不需要去作特意的祈求的。这是诗人在人性、人道主义立场上作出的正当呼吁。而当这一切得以回归，“祈求”也就自然不再需要。反向视角的矛盾否定，加强了诗的情感深度与力量。

舒婷《无题》也可看作反向对应的视角转换。前面写道：“我探出阳台，目送/你走过繁花密枝的小路。/等等！你要去很远吗？/我匆匆跑下，在你面前停住。/你怕吗？我默默转动你胸前的钮扣。”接着诗人写道：“是的，我怕。/但我不告诉你为什么。”这也是对前文正向情感描述的一种反拨，细腻地刻画了少女初恋时的特定心理。

由上面两例可知，反向对应的视角转换，是与诗的情感意义的深入推进相一致的。这也可称为异向思维，通过正向与逆向的同步思考，使诗的情感得以深化。

第三节　视角创新

艺术的新视角，必须满足如下要求：它能够提供新的意象，或者在对原有物象进行观察和呈现时，提供这一物象新的面、新的质，从而开拓新的审美视域。

艺术所要处理的是这两类关系：一是人（主体）与物（客体）的关系，二是物与物之间的关系。物存在于人的感知空间之中。人的感知空间是几万年累积的结果，人的感知方式也是这种累积的结果。此种累积产生了传统、习惯，也使视角趋于陈旧。要获得新的视角，就必须对我们面前的这个世界重新“操作”，即对人与物、物与物的关系、存在状况等，进行艺术的改造重置。

物的存在具有哪些关系呢？它有一定的空间定位（位置），由于观察者的参与，它有远与近、上与下、前与后等关系；它有一定的形体：或者是大或者是小；它有一定的形态：或者是动态的，或者是相对静态的；在事物的运动中，它又有主动与被动的关系等。艺术视角的创新，即是对这些关系的调动、改造与重新整合。

丹纳在论述艺术品的各部分关系时指出：“艺术品必须是由许多互相联系的部分组成的一个总体，而各个部分的关系是经过有计划的改变的。”他又具体指出，这些关系即是“比例，大小，形状，位置，总之一切建筑材料的关系，也就是某些大小的关系，加以选择、配合”。[①] 正是这些关系的选择与配合，产生了新的视角，由此获取新的意象符号。

一　物与物之间空间位置的调动

物体的空间位置包括远与近、上与下、前与后等等关系，体现的是事物的客观存在状态。对事物的这些关系的认识，人们采取的往往是常

① ［法］丹纳：《艺术哲学》，傅雷译，人民文学出版社 1981 年版，第 28、29 页。

态，而摆脱常态则可获得新的感觉和印象。曾有一位作者写过这样一句诗："天空，在南方的屋檐上翘起"。对天空，人们在野外看、屋内看，感觉到它就存在于我们的头顶或屋顶，这是常态的认知。而此处诗人把它处理成在"屋檐上翘起"，把天空由远处拉到近处，自上而下的笼盖，变成了自下而上的"翘起"，从而刷新了我们的视觉经验，这就是空间位置改变所产生的效果。

臧克家《洋车夫》中有一句："雨从他的鼻尖上大起来"，把雨拉到"鼻尖上"来观察，调整了观察者与雨的远近关系，使人感到既新颖又真切。这句诗，再现了洋车夫深夜劳作的情景，一盏小灯照不破四周的黑影。洋车夫雨中等客，因而只能看见"鼻尖上"那一小片空间的雨在"大起来"。这是生活细节的再现，给人的感觉又是独特而别致的。又如"潺湲的流水和菜花/捧出一片片鲜嫩的阳光/洁白、金黄"（孟奇《从遥远的山梁》），打破了对阳光的惯常视角，借助"流水""菜花"自下而上来表现阳光，给人以切近感，那阳光的色彩也就显得富丽鲜艳，既有流水的透亮，又有菜花的艳丽。

物与物之间位置的调动，确是破解习惯视角、打破常规思维的有效方法。看下诗：

站在五月的背面，我伸出手来三条掌纹线上挂满桃花

——张远航《重现的时光》

人们习常的说法，桃花是被手掌所握的，但在这里，却说成是被"掌纹线"所挂。这实际上深化了手掌与桃花的关系，表明桃花进入了更深的记忆层次。

自然界的某些事物，有的在空间上显得比较空旷广大，难以把握，如前面提到的"天空"，诗人借助"南方的屋檐"，而变得具体可感。又如大自然的风，也是"无形"之物，如何把握它呢？吴导写道："风是圆柱形的、柳条形的/像山坡一样倾斜的/风可以变成我们眼睛里的一切"（吴导《风是一只大鸟》），也是凭借事物的位置关系，使无形的风的形态得以呈现。

对事物空间位置的改变，有时可能助你发现更广阔的天地。这是荣荣的《水里的阳光》：

不仅在地面 更向水里
我看见了水里的阳光
它更像是一种水草
鱼啄食着 产下透亮的卵
它移动着 有着鱼的心脏
水的肌肤

水里的阳光，就像是柔美的水草，鱼儿啄食着 产下透亮的卵；水里的阳光，移动着，就像是鱼的心脏，水的肌肤……。这水里的阳光，确实美得非同一般，令人迷醉，更富有生命力。

二　形体的改变

事物的形体各有大小，而且一般来说固定不变。形体的改变是运用电影镜头的推拉方式，有意把大的加以缩小，或把小的加以放大，然后进行组接。

如由大缩小的："太阳正在坠落/这颗巨大的火柴头擦了一下地平线/路灯就这样被点燃"（王小龙），把太阳看作"火柴头"，这是缩小，同时又是距离上的拉近。顾城："太阳烘烤着地球/像烤一块面包"，芒克："天空血淋淋的，犹如一块盾牌"，也属此。

也有把小的物体加以放大的。如顾城在《逝者》中："古老的铜烛台上，燃烧着唯一的夕阳"。江河在《填海》中的描述则更独特，蕴含的意义更深。他写精卫鸟："白羽毛，衔着光洁的石头/她飞得很高/像一个黑点儿，一个浮动的字/海平静地等着一个岛溅落"。一块小小的石子变成了一座岛屿，形体的改变，也使古老的传说焕发出了新意。

事物形体的缩小或放大，或者强化了感觉、感受，或者深化了对事物的认知，丰富了意象的内涵。上文精卫鸟所衔的"石头"，被诗人说成是一个“岛”，无论是形体还是重量均得到了增加，其意义就在于对精卫鸟精神的肯定：岛的分量就是精神的分量，岛之重即是精神之重。

事物形体的大与小的改变，也可以采用分割或添加的方式获得。如下诗：

成群的 大起大落的
这些会飞的心脏
将清晨的肺运往树巅
这些干净的肠胃
开始消化第一批露水
这些干净的身子
一路收腰
分开恰如其分的好看雀尾

——荣荣《真实的麻雀》

这里写的是麻雀，但诗人不是从整体上去写，而是说“会飞的心脏”“清晨的肺”“干净的肠胃”“恰如其分的好看雀尾”等，以分割后的身体局部来替代整体。这在形体上是“减”了，意义上则是增了。再看下诗：

一枚落入时间的针
藏得很深
包括自己的眼睛、嘴巴、耳朵
还有鼻子和影子
它到处乱窜 占地为王

——暮槿《一枚落入时间的针》

一枚细小的针，其形体可谓简单之极。诗人偏偏给它添加上“眼睛”“嘴巴”“耳朵”“鼻子”之类只有动物才有的器官，应属于形体的放大了。而这种增加，对于意象的丰满，叙述的推进，意义的创造，均起了不可忽视的作用。

三　形态的改变

形态有动态静态之分。动与静是相对的，也是可以转换的。人们对事物形态的认知取的是其常态，如山是静，河是动，地是静，海是动等。艺术作品为了特定的表达效果，则常常将事物的原本形态加以改变。

一般来说，诗人们习惯于把静态写成动态。如“山峦如龙自峰下的深潭中爬出——向南向北向东……”。（薛卫民《古寺》）把静态的山，写成运动着的“龙”，这样，山的生气和灵动得到了更强烈的表现。

美国诗人托马斯?特朗斯特罗默在一首题为《树》的诗中这样写：

一棵树在雨中走动，匆匆走过/我们的身旁，在这片倾洒着的灰色中/这棵树有急事，它从雨中汲取生命/犹如园里黑色的山雀

诗中把静态的树写成动态，从三个方面加以强化：一是借助风雨“倾洒”，反衬树的“走动”；二是说“这棵树有急事”，使树人格化；三是借助跳跃的“山雀”，进一步加强树的灵动感、生命感。

荣荣的《圆规》一诗，则纯粹是对于静物的生命化表达：

依赖　就是他是她的左脚而/她是他的右脚/就是一个围着另一个/就是想一直前行……

“圆规”的两只脚，就是男人和女人，二者互相“围着”，一直前行，互相支撑，又互相牵制，把其中的关系表现得十分深透。

也有将动态写成静态的：“青弋江流过皖南/有橹声和渔歌/起起伏伏成多情的丘陵”。（殷红《青弋江》）“橹声”和“渔歌”均诉之于听觉，是瞬间的动态之物，此处变成了视觉中“起起伏伏”的“丘陵”，这是一种固化，是形态的凝定，更显大江的恒定和力量。

静态与动态的转换，有时是交织在一起的。如李浔《早晨的鸟》：“早晨，一切都在飞了/鸟也是一滴会飞的露珠”。鸟是动，露是止；鸟亦

露，露亦鸟，露不也在飞？

又如“结束了最后一次航行/一个苍老的渔人/缓缓走上岸来/留恋地向搏斗了一生的大海眺望/晚潮排排涌起/黄昏星落满双肩/他没有离去，渐渐站成/一座礁石的刚劲、粗砺”。（吴晓《老人礁》）将人写成礁石，是动态变静态，由礁石想象出人的活动，又是将静态写成了动态。静与动的互生互映，使得意象的内涵更为丰满。

四 大与小的超常规搭配

大物象与小物象本是自在之物，将二者进行组接，在对比中显现出反差，产生意义的张力，从而让人感觉一新。如北岛：“小草柔软的手臂托起太阳”，太阳何其大，小草何其小，用“托起”二字加以连接，小草追求光明的勇气得以饱满呈现。再如“风，把麻雀最后的余温/朝落日吹去”。（北岛《走向冬天》）观察落日的起点是“麻雀”，而不是远山或地平线；“落日”本是大物象，但此刻已然无热也无力，似乎需要从微小的生命“麻雀”身上获取余温，可见严冬之寒冷。这里的搭配也是新的，给人以思索。

又如：

他躺在自己的掌心里睡去

——张波《生日》

秃鹫们从我腥热的胆囊中飞去
血液弥漫

——微茫《孪生的时间》

前例中，人体当然大于“掌心”，但诗人却说“他躺在自己的掌心里睡去”，可谓是大与小的超常规组合了。这样写当然是有其用意的。“掌心”意象，使人联想到“自我”“掌控”“把握”等等，“躺在自己的掌心里睡去”，即意味着睡得安恬与舒心。后例，“秃鹫”是巨鸟，居然是从小小的

“胆囊中”飞出，并造成“血液弥漫”，这是否象征了生命的重生和力量？

也还有通过小事物的眼睛来看大的物象的，如北岛写的：“云母在泥沙里闪着光芒/又邪恶，又明亮/犹如蝮蛇眼睛中的太阳”。（《同谋》）“用刀子与偶象们/结成亲眷，倒不是为了应付/那从蝇眼中分裂的世界”。（《履历》）这种组合，显示了观察的独到之处，也别有一番寓意。

以部分代替整体也可产生奇特的搭配效果，北岛在《无题》中写道：“把手伸给我/让我那肩头挡住的世界/不再打搅你”。“肩头挡住的世界”其实只是世界的一部分，此处放大为整个世界。他在《祝酒》中的句子“这杯中盛满了夜晚”，也属此类笔法。

五　主被动关系的改变

在相互作用的两个关联事物之间，主被动关系是其重要关系。主被动关系是由事物间的因果关系决定的。如果将人们业已熟悉或习惯的主被动关系加以颠倒、改变，就可望取得新的艺术表达效果。

主被动关系的改变，可以说无处不在。往往是由于感知事物时的次序、立足点的不同，或者是错觉、移情等作用，而有意无意地颠倒了原本的因果关系，用之于艺术，恰恰可以带来一定的新意。如意象派诗人弗莱契描写黄昏风景：“现在，最低的枳枝/已横画在太阳的圆面上”。其实在这幅画中，观察者与“枳枝”基本不动，运动着的是太阳，太阳才是“画”者。但这句诗中，不动的“枳枝”成了画面的施事者，由静变动。这比“太阳落到枳枝上”那种习惯的说法，其叙事效果应该更好。

主被动关系的调整，服从于诗人艺术表现的需要，可产生多方面的效应。

台湾诗人痖弦在《酒吧的午后》中写道：“明天下午/鞋子势必还把我们运到这里”，这是十分典型的主被动关系互换。“鞋子”当然是由穿鞋人带过来的，怎么变成了鞋子把人“运到这里（酒吧）”呢？原来鞋子的主人本不想来，倒是鞋子习惯了这段路，把主人“运”了过来。这种主被动关系的互换，表露出诗人到酒吧间的无奈与被动的心态，表达了生活的无聊、厌烦、空虚。由上例可知，主被动关系既是诗人的设定，也是对生活的发现。

诗人汤养宗在《甲板上裸着五个渔汉》中写道："五个渔汉折磨了海，海也折磨了他们/……海无论如何应该放他们上岸了"。在一般情况下，上不上岸本是渔汉们的事，此处变成大海"放他们上岸"，变主动为被动，更真切地表达出渔汉与海的鱼水交融的依恋关系。

主被动关系的改变，可以强化情感。钟山这样写《纤夫》："当船在险滩落下风帆时/纤绳紧勒着坚忍的心/……于是，江岸峙立的峭岩/慢慢地具有了你们的品质"。通常，大自然亿万年高耸的峭岩石壁被当作坚强的体魄、强大的精神的象征，是人们顶礼的对象。而此处，"江岸峙立的峭岩"反而要向"纤夫"们学习，以获得纤夫的"品质"，可见这些纤夫是何等的万难不屈，何等的坚韧刚强！这种主被动关系的互换，有力地反衬了人的精神和力量，用笔显得十分简省。

主被动关系中隐含的意义，更多时候来自诗人对意象的精心处置、安排。试读王家新的《鱼》：

> 一条鱼，从画师的笔下从深深的静默中……它穿过宋元 龙门和墨绿的荷叶在它突然的凝望下干枯的我被渐渐带进了河流……

这是诗人观画所作。画幅中，有鱼，有荷叶，甚至有"龙门"，由此可以判断"鱼"就在河流之中，这一切都是诗人直接面对的。但诗人把"河流"这一目击之物、想象之物，说成是由"鱼"带来的，自己是被"鱼""渐渐带进了河流"，诗人反而成了被动者。主客换位，"鱼"的地位提升，这就进一步强调了"鱼"的活力和艺术的生命力，表达出在现实世界中，诗人自我内心的"干枯"境况，从而借助审美的对象化，达到了诗人主体性的探寻和复归。这或许是诗人写作此诗的意图。

六　突出形体的某一部位

人们在认识某一物体时通常是从整体观念上进行把握的，这也是一种习惯视角。代之而起的是撇开全局、突出某一部位的处理方式。例如北岛在《呼救信号》中所写的："剧场，灯光转暗/你坐在那些/精工细雕的耳朵之间。"不说"人与人之间"而说"耳朵之间"，以耳朵代替整个人体，这更能说明在剧场灯光转暗时，起主要作用的是听觉。潞潞写《肩的雕塑》，则突出了"肩"的造型："没有别的选择……在绝望和困境前集结了山里小伙子们/力量隆起的肩头和碗口粗的扛棒/为两吨重的电杆组合了一个舒适的乘座/……呵！比山还高的举起苍穹的肩，一个不屈民族的肩。"此处对"肩"这一部位的选择与突出，对于表达一个民族坚韧不拔的精神、意志与力量，无疑是最有意义的。再如蓝色的《中国人的背影》则是从背影出发来写人……不是从笼统的、模糊的整体出发，而是突出某一部位，似更能集中表达特定的意义，强化感觉、深化印象。

也有将某一部位的缺陷加以突现的。如徐卫新写《断尾之牛》："与牛虻作战//犄角坚利此时没有用场/四蹄轮番出击此时没有用场/牛虻在舐不到踢不上的地方/嗡嗡吮吸//……与牛虻作战/拉车千斤拓荒百亩/断尾之牛不怕负重不怕背犁/而牛虻之嗡嗡嗡嗡/使得它每一块肌肉痉挛//终于　断尾之牛/在牛虻的歌唱声中倒/下　唯有那条断尾向上/骄傲而孤独。"牛的精神和悲剧性命运在"断尾"的描述之中，体现得何等深沉有力！这不啻是在写牛，而有着十分深刻的现实象征意义。

七　改变事物的属性

事物的属性，就其物理范畴而言，有固态、气态、液态之分；就其生命意义来说，有生物与无生物之别、动物与植物之异；从感觉属性来说，则有视觉、听觉、触觉等的不同。诗人则常常跨越这些区分和界限，将诗的视角在其间摆动、变换。

如对太阳的描述，就因种种的跨越与变动而异态纷呈。太阳，是以固态实体的形式存在于视觉意识之中的，而廖亦武把它写成流动的液体："奔马般的天空，太阳像黄金的旋涡向你涌来，湍急的光芒咆哮着"。在他的另一首诗里，太阳变成了"土豆"："光秃秃的土地，太阳像一只被烧熟的土豆激发着孩子们饥饿的想象。"在《大盆地》中，太阳成了"一个穿金色藏袍的牧民，挥舞着光芒的鞭子催赶牦牛、马/催赶痛苦抽搐的金沙江"。

江河在《息壤》中则将太阳写成一只狗："他的葬礼就此开始，一步步牵着太阳，像牵着他的狗走向安歇的晚上"。在何小竹的眼中，太阳则是一只蝴蝶："太阳变作吉祥的蝴蝶/伏在我的瓦上"。而多多在《致太阳》中，则说太阳"你不自由，像一枚四海通用的钱"。而诗人李松岳，对太阳的变幻更蕴含生命力感：

而太阳，一颗小小的杏仁，寒冷结实
在乌云深厚的卵巢骚动破裂，在多刺的海岸
点起一支支猩红的巨大灯盏

——《在群岛之间》

事物属性的改变，与跨越度有关，这与比喻中的本体喻体的跨越度相类似，跨越度越大，其所产生的新颖度也就越高。如吴导在《动物世界》中写的：

羚羊是转角的小河
狼是冬天晚上的北风

这里，"羚羊"与"小河"，"狼"与"北风"的连接，其属性跨越、外形改变都是比较大的，的确可以激发读者的想象。

当然，属性的改变，较多的还是从形体的接近性中获得。如："比影子更黑的标点/乌鸦，一滴更冷的泪/穿过落叶时乌鸦也是落叶"（乐清《乌鸦》）。"乌鸦"与"影子""泪滴""落叶"还是存在一定的相似性的，或者说它们在形体上是比较接近的。林新荣的《白菜》一诗，则这样写：

碧绿的白菜
丰腴的白菜
一种光射出来
在说：
其实，我

也是一种鲜美的花啊

日常生活中的“白菜”，本是极其平常之物，“花”也是同样。但，诗人在这里说“白菜”也是“花”，仍然产生了某种变异，乃至意义提升，使“白菜”外形朴实、花般“鲜美”的质素得以显现。

上述这些物象的属性、属类改变，其实都可以找到特定情景中的情感内在依据，当然也来自于诗人感受的敏捷，想象的奇特。

八　实对虚的位移

艺术表现手法中有一种以实写虚、以形象表达抽象观念的手法，如“问君能有几多愁，恰似一江春水向东流”，“春色三分，二分尘土，一分流水”，分别以春水写愁，以尘土与流水写春色，这是同一个概念中的虚实转化。现在我们所说的实对虚的位移，是一个实体、一个虚体两个概念的结合。如丁榕：“柔软的靠椅/母亲端坐在她的生日里”（《母亲的生日》）。生活中，“母亲”只能是端坐在“柔软的靠椅”里。而此诗中，作为实体的“母亲”，却是“端坐在她的生日里”，“生日”是虚体，实体“植入”虚体，别有一番韵味。雁北在《雨中的第四乐章》中写道：“贝多芬时代的雷声隐约/女儿在第三乐章里酣睡”，此亦同。再看：

钢雕
它的反光洒向水果和人口密度

——孙晓刚《中秋节》

我的手在喉咙里挣扎
在吐出的日子上布下爪印

——雪迪《饥饿》

上述诗例中，“钢雕”的“反光”洒向“人口密度”，“爪痕”布在

“日子上”，均为实体移入或植入虚体，自有一种洒脱、轻灵的艺术效果。这种位移，不是实体对实体产生关联，而是对实体的超越，所以它不拘泥、不质实，而是借助虚体的张力，求得在空间或意义上有所越界，有所拓展。

再如宋琳的《视觉的快感》中：“为一杯水预备了情绪的透明度/搂抱的手穿透着伦理”，柏桦的《春天》中：“星星暗示出命运/磷与鹅卵石炸开年华”，也是这种手法。

北岛的诗句“你敲击的火石灼烫着/我习惯了的黑暗”（《习惯》），此处实体并没有“植入”虚体，但“火石”与“黑暗”之间以“灼烫”相连，这关系也是很直接的，可看作是实对虚位移的一种变格。

开辟新的艺术视角是创造意象的重要途径。新的意象的获得，是新的视角、新的认识，和对旧有材料的新感知、新组合、新表现的结果。对新视角的开拓，关键是对习惯角度的排斥与抛弃。习惯是创新最大的障碍，习惯构成对人的感官的蒙蔽与束缚。英国19世纪文艺批评家沃尔特·佩特曾指出习惯的危险，他说：“一旦形成某种习惯，即意味着自己的失败。”这话是很有道理的。因此诗人必须与自己的习惯作斗争，要努力培养自己的创新意识，勇于尝试以各种视角来透视，并选择最佳视角进行表现，从而创造出新的意象符号。

达·芬奇说过，艺术的意义就在于“教导人们学会观看”。视角问题就是观看问题。诗人是通过自己的“观看”，建立艺术的“第二自然”，然后教导人们去观看的。所以观看的方式具有极大的创造意义。正如施太格缪勒所说：“世界并非‘本来’就是按照某一特定方式组织而成，然后把它的结构用语言正确或错误地描述出来的。相反，组成世界的各种可能性首先通过语言表达才产生的。（因而）有多少种描述世界的方法，就有多少种把世界分解为个别事态的方式。”[①] 在这里，“分解”世界、“描述”世界与“组织”世界，这三者之间有着直接的关联，视角的意义也就在这里。

① ［德］施太格缪勒：《当代哲学主流》（上），王炳文等译，商务印书馆1986年版，第555页。

第八章

并置结构与组合

诗的意象组合是一个共时并置结构，是意象的有序化、生命化过程；意象结构由浅层到深层存在着三种状态；意象组合有着以情感为中心与以意象为中心的两种表述方式；意象组合手法千姿百态，但仍有规律可循。

第一节　组合原理：共时并置

意象的组合，产生的是一个艺术的共时并置结构。其组合原理，即是实现共时并置结构中的有序化与生命化。

符号学告诉我们，人类创造了多种形式的符号系统，其最基本的形式有两种：一是直接表征抽象意义的符号，也即“推论性”的符号；二是表征具象意义的符号，也即“表象性”的符号。前者“推论性”的符号是一种“历时性”符号，符号在传播过程中，受传者一旦明白符号所指的意义，符号自身就会消失，受传者只需把握了意义，传播的目的就已实现。表象性符号则是一种“共时性”符号，它将一个完整的意象系统一次性地呈现出来，呈现后面的意象时，前面的意象并不消失，而与后面的意象同时存在，共同构成一个整体意义。这些意象虽然在叙述上有先后之别，但本质上是并列存在并构成一个关系场，这个关系场就是意象的并置结构。比如我们在欣赏杜甫的绝句“两个黄鹂鸣翠柳，一行白鹭上青天。窗含西岭千秋雪，门泊东吴万里船”时，读到后一句时并不会把前一句的意象放弃，而是在眼前同时浮现四句诗的意象，并复合为一，构成了一幅生机跃动的宇宙生命图像。所有的诗都可作如是观。尽管意象组合的方式多种多样，但意象的根本关系是一种并置关系。

每个意象处在这种并置结构中，其意义才能得到确定，诗的整体意义也才能得以显示出来。滕守尧曾以马致远《天净沙》中的句子“枯藤老树昏鸦”为例，分析了这种意象并置使意义显现的过程。他指出，当诗人把一丛枯藤的表象呈现于人们眼前时，他是无法达到其表现目的的，甲看到它，可能会对枯藤的坚韧感兴趣，乙看到它，可能会把它视作好燃料。在此情况下，人们无法看出诗人的意图，把握不到诗人要用它表达什么感情。这时候，诗人在枯藤旁边再加上一棵老树和几只在寒风中绕树盘旋的乌鸦，情况就大不一样了。“老树、寒鸦与枯藤三者尽管有不同的表象，但都具有相同的内在性质：枯败、萎缩、饥寒、破落。再加之三者相互映照，相互加强，就把它们的这些相同性质大大突出出来。在这种情况下，人们就会只看到三者之间这一共同的性质，至于其他方面，如形状的差别、动植物之间的差别、不同植物类别之间的差别，在审美知觉中都完全消失了。”① 从这里，我们可以看出并置意象与单个意象的不同效果，没有并置，意象的内涵就得不到显现。

并置之所以产生这种效果，是因为并置总是指向意义的同一性。即使那些处于情感两极、用来相互对照、映衬的意象，也仍是以同一性表达为目的的。如《诗·小雅·采薇》：“昔我往矣，杨柳依依，今我来思，雨雪霏霏。”这里面的两个意象对立性十分明显，情与景、景与景构成了双重矛盾，但仍然指向最终情感——“今我来思”的欢悦。又如“旧时王谢堂前燕，飞入寻常百姓家”，这里意象的情感色彩也是相对立的：“王谢堂”的热闹、富贵，“百姓家”的冷落、贫穷。虽然如此，它们又指向更深层的意义：在永恒的时间面前，一切所谓繁华富贵都将化为虚

① 滕守尧：《审美心理描述》，中国社会科学出版社 1985 年版，第 279 页。

无。这种并置产生的同一性，其实就是诗的意义所指，是诗人的深层感受与诗的主题所在。

这种并置，同时又是“有序化”的并置。所谓“有序化”，就是讲究层次性、条理性。事物都有一个发生发展的演变过程，层次性、条理性就是这一过程在人们头脑中的反映。要使意象的并置有序化，诗人必须感受深刻、思路清晰。请看下面一诗：

静静的小河下游/水清且浅/能看到每一块石头
我在岸边放牛/喜欢这小小的天地/有一颗童心的自由
爷爷常说/和牛交朋友吧/这是做人的开头
我信的/周围的长辈人/谁不像牛
静静的小河下游/洗白了我的心/像水里的石头

——于耀江《静静的小河下游》

由河水、石头写到放牛，由牛写到爷爷和长辈人，这里的联想十分自然，一个个意象，如同河里排列着的小石墩，把读者引向诗的彼岸；又如同河水一般自然流溢，毫无突兀、牵强之感。而由“石头”到“心”的象征与比拟关系的建立，又经过多个层次的转递：由河水到石头，由岸到放牛，由爷爷的话“和牛交朋友”到“长辈人像牛”，通过这一系列意象的持续展现，才呈现最终意象“我的心/像水里的石头”，这里的转换、延伸的确十分自然，有机有序。

秩序的总体原则是刘勰所说的“杂而不越”。杂，就是材料和内容的丰繁；不越，即不脱离文章的立意所规定的范围。意象组合的条理性、层次性，是使诗的整体结构获得丰富的意义呈现所必需的。孙绍振曾说过，“无层次的结构就是无结构”，“在统一的结构中变化的层次越丰富，结构的功能越强”。[①] 无层次，或层次单一，就表现不出感觉的丰富和情感的冲撞。有了一波三折的层次，情感才能出现起伏与波澜，诗的整体结构的功能才能扩大。

① 孙绍振：《文学创作论》，春风文艺出版社 1987 年版，第 501、502 页。

有序化是人类把握世界的基本方式，有序化也是人类认知本能的体现。从终极意义上说，宇宙本身应是一个有序的宇宙。但在人类未把握之前，这世界看起来让人茫然，无所适从。于是人们设置一些“秩序”加诸其上。的确，许多所谓秩序，皆为人的设定。人为了认识和表述的方便，根据自身的实践活动，把由此及彼、由表及里、由浅入深的认知推进过程所留下的某种轨迹，设定为秩序。特别是人类的精神产品，诗与文学之中。所以秩序的世界，就是人化的世界，它部分地反映了自然规律及人类的认识规律。

文艺理论家恰尔德·奥尔生说：“我们说一首诗有整体性的意思是说任何有连续性的东西是统一的。……但是有些东西比如一捆火柴与其说是整体不如说是总体，因为各部分只需存在而不需要某种特别的安排。”①要做到“杂而不越”，就需经过“某种特别的安排”。经过这种特别安排所实现的秩序，即可能是反映浅层因果关系的条理性、层次性，也可能是体现内在意识活动的那种繁杂性、错综性。所以有序化是条理化与错杂化的统一。在现代派诗歌中，有的诗人甚至有意打破世界原有的秩序性，创造一个混乱无序的结构。这种无序结构，实际上也是一种有序活动的结果。所以无序化也包含某种意义上的有序化。

有序化过程同时又是生命化过程。有序只有达到活跃动荡的艺术生命之诞生，这样的有序才是有价值的。李渔在论述戏剧的结构时说过：

> 至于“结构”二字。则在引商刻羽之先，拈韵抽毫之始，如造物之赋形，当其精血初凝，胞胎未就，先为制定全形，使点血而具五官百骸之势。倘先无成局，而由顶及踵，逐段滋生，则人之一身，当有无数断续之痕，而血气为之中阻矣。

不仅戏剧结构，所有艺术的结构都必须从整体上去考虑，即“当其精血初凝，胞胎未就，先为制定全形，使点血而具五官百骸之势”。只有

① 中国社会科学院文学研究所西方文学组编：《现代英美资产阶级文艺理论文选》（下），作家出版社1962年版，第294页。

从整体上出发，其艺术生命之诞生才是自然而健全的。逐段滋生的东西，很可能造成艺术生命的“血气中阻”。李渔的话值得引以为戒，艺术作品的生命化应当从整体出发去考虑。

艺术生命化在意象组合中实际表现为一种新的结构关系的形成。作家曹文轩曾谈到这样一次经历：一位摄影家曾请他帮助挑选摄影作品以参加一次大奖赛。那些照片放在桌子上，他把中间的一些剔除，而将剩下的几张低调作品靠拢。当他把原先分散在其他照片之中的这五张低调作品排列在一起时，两个人都惊呆了，仿佛诞生了一组新的极其精彩的摄影创作。两个月以后，摄影家打来电话告诉他说作品获奖了。曹文轩深有所悟：“同样的片子，分散与集中，其效果大相径庭。……奥秘就在于位置的变化，位置的变化使原先那五张照片有了一种新的关系，它们实际上已不再是原先那五张分散开来的片子。”① 从以上事例可以发现，艺术生命的获得有如下几个过程：第一，一些照片摊在桌子上，这是一种“分解”，一张照片相当于一个意象；第二，剔除不需要的照片，留下需要的，即为“选择”；第三，五张低调作品排在一起，表明选择找到了一个情感向度；第四，在这样的选择基础上的组合，产生了新的关系、新的意义，艺术的新生命随之诞生。在以上过程中，关键是情感向度，这是产生新的关系的根本。在诗歌意象组合中，要获得新的生命，就须有特定的情感作基调、作灵魂。

艺术的整体生命一旦诞生，艺术各部分的位置和作用也就获得了肯定。这是一个灵动活跃的结构，在这个结构中，“哪怕由于词的位置极小的移动，它们就会获得力量，以及力量的种种微妙的变化。置于它们前面的词，正给它们抹上色彩；而位于它们后面的词，却已经将它们渲染了”(刘易斯语)。在整体中，各部分互相影响、互相衬托、互相呼应，构成“最佳语言的最佳排列”，共同实现作品的最佳意义、最佳效果。

既然诗的整体意义不是意象的简单相加，而是来自意象系统功能的共同作用，所以有必要对意象进入组合结构后，其地位、功能与诗的整

① 曹文轩：《思维论》，上海文艺出版社 1991 年版，第 72 页。

体意义的变化作进一步的探讨。

克莱夫·贝尔说："艺术品中的每一个形式，都得让它有美的意味，而且每一个形式也都得成为一个有意味的整体的一个组成部分，因为，按照一般情况，把各个部分结合成为一个整体的价值要比各部分相加之和的价值大得多。"[①] 因此，意象的组合，不仅是为了意象的作用得到确认，而且是实现"比各部分相加之和的价值"大得多的"整体价值"的最终手段。

在意象系统中，每个意象各得其位，作为有机体的一部分而存在，组成一个意象的网络。单个的意象必须进入系统，才能获得其位置，并确认、发挥它的功能。由于意象本身具有的不确定性，单一的意象很难表达某一特定的情感，也无法表现那种复杂、微妙的情感，更无法将情感产生的前因后果、变化的过程、发展的可能性表达出来。为此，诗人必须对意象进行有机组合，使众多意象形成一个有效的结构，既指向整体意义，又使整体意义实现最大化。

如何使意义最大化？如何才是有机有效的结构？法国文学批评家圣·勃夫曾说："最伟大的诗人并不是创作得最好的人，而是启发得最多的人；他的作品的意义不是一眼就可以看出的，他留下许多东西让你自己去追索，去解释，去研究，他留下许多东西让你自己去完成。"[②] 也即一个好的结构应该是"启发得最多"，留下创造余地让读者去完成的一种结构。在这样的结构里，意象之间互相照耀、互相激发、互相呼应，电光火石般辉耀出一个意义的天空。在这种结构里，诗人往往只提供几个高度特指性的简化的意象，而意义的空间已十分广阔，且能不断再生。例如李白的《静夜思》仅用几个意象就构筑了一幅望月思乡图，"月—人"是上下关系，"人—乡"是横向线性关系，而以人为原点的射线的方向并不固定。此诗的意义空间在于各式各样的离乡人、各种各样的地点、各种各样的月夜、各个人心中的不同故乡，都是适宜的，思乡的情绪都

① ［英］克莱夫·贝尔：《艺术》，周金环等译，中国文联出版公司1984年版，第155—156页。

② 转引自杨匡汉《缪斯的空间》，花城出版社1980年版，第115页。

会被呼唤出来，而思乡的缘由、对象及强烈程度等各不相同，任由读者往里填充。又如陈子昂的《登幽州台歌》，其中的“天—人（台）—地”意象构成了一个倒三角形与一个正三角形上下对接的类似“x”的图形，上下（天地）的空间都是无穷大，而人则处在时空的交会处，收缩至一个极小的点。这样的构形，揭示了人在宇宙中的根本处境，正可以承载“前不见古人，后不见来者，念天地之悠悠”的千古悲凉与孤独感，其中的意味难以言说！这些都是意象结构（包含意象的空间结构）十分有机而使意象功能得以有效发挥的经典例子。

在诗中，单个意象与意象系统是一个互动的关系，互相影响、交流，使整体意义得以显现。意象在系统中的作用和关系有以下几种情形。

（1）单个意象进入系统，加大了系统的整体功能，它自身的地位虽然受到削弱，但在表现性方面却会大大增加。例如，“洗澡”作为动态意象，有其特定的内涵，体现了人与水的亲近关系，它的意义是“清洁”。但臧克家则说：“在土里洗澡。”“土”与“洗澡”的结合，产生了陌生化效果，把“清洁”的意义完全消解。全诗运用了三组意象，并列构成一个整体系统：“孩子/在土里洗澡；/爸爸/在土里流汗；/爷爷/在土里葬埋。”（《三代》）这些意象所显示的生活现象，真是再平常不过了。但如此一排列，却展示出生命的存在状态，表现了生命对泥土的永恒依赖关系。而“洗澡”也就有了人与泥土的亲昵感了。“流汗”所带有的“劳苦”意义、“葬埋”代表的死的恐惧感也均不同程度有所减弱。这些意象在表现性方面比原先大大增强，诗的整体意义也大大深化了。

（2）进入系统后，单个意象有时仍保持一定的独立性，这种独立性不会影响系统的整体效果，反而可以增加系统的丰富性，扩大系统的内涵。大凡原型意象、主题意象等都有上述性质。这些意象都有着民族文化的历史积淀，具有“集体无意识”的心理内容，在进入诗后，就会产生独特的效果。艾青的《青色的池沼》，诗中有对富有少女青春气息的池沼的描绘，清澈的水就像少女的眼睛，透明光亮的水面如少女的肌肤，长满了马鬃草的池沼更是少女的青春……这里，“池沼”意象的所指意义是生机、希望、青春、女性。诗的末尾出现这样的句子：“当心呵——/脚蹄撩动着薄雾/一匹栗红色的马/在向你跳跃来了……”突然出现了

“马”的意象，似乎颇为突兀。马是与人类密切相关之物，也是文学或诗常常表现的对象。从伯乐的千里马，到项羽的乌骓，再到杜甫的“车辚辚，马萧萧”，马的历史文化内涵十分丰富，象征了力量、远征、负重、忠诚、男性、青春、速度等。艾青此诗中出现的这匹栗红马，即有“男性”“青春”的象征含义。这个意象在诗中具有一定的独立性，诗人在处理这个意象时，与前面的“池沼”构成了对应关系，使整个意象系统的意义突然间得到扩大。

(3) 意象系统是一个艺术整体，这个艺术整体具有系统的自我调节功能，它是完整性与可变性的辩证统一。当这个系统的一部分被取消，这个系统仍然是一个系统，而且仍然完整（当然不同于原先的那种完整）；反之，从原先的系统中分离出的部分，有时也可能重新获得生命，最终自成系统。这方面的例子并不少。“满城风雨近重阳”就是一个显例。据《梁溪漫志》记载，谢无逸向诗人潘大临求新作，潘回信说：秋来景物件件是佳句，只可恨被俗气所遮蔽。昨日清卧，听见搅林风雨声，欣然起来在壁上题诗，刚写一句，官吏来催租，败了诗兴无法再写，只好将这一句诗奉寄。此诗虽只一句，实际上等于一首，是一个可以独立的系统，具有内在生命。汉乐府《长歌行》原是十句：“青青园中葵，朝露待日晞。阳春布德泽，万物生光辉。常恐秋节至，焜黄华叶衰。百川东到海，何时复西归。少壮不努力，老大徒伤悲。”但在一些少儿读物中，仅取其最后的四句，也可作一首诗读。白居易的《赋得古原草送别》也是八句，取其前四句也可单独成立：“离离原上草，一岁一枯荣。野火烧不尽，春风吹又生。”这是因为上述两首诗中，“百川”“原上草”分别是其核心意象，处于主导地位，而其他意象则是辅助意象，是次要的。当它们被独立出来以后，它们的地位得到了突出，功能得到了更大发挥，诗的整体意义同样得到了表达。

但是，从整体中分离出来的部分不等于存在于整体之中的部分。分离出来的这个部分，其功能有可能扩大，也有可能减少。诗人卞之琳曾说，《断章》的四行诗原是在一首长诗中的，他觉得整首长诗只有这四行才是满意的，于是就抽出来独立成章，以记录一瞬间的感觉，故名《断章》。此诗发表后，诗界反响强烈，至今传诵。可见这个“部分”获得了超越原先那个整体的功能。分离出来的部分其功能减少的，也不乏其例。有人曾提出杜牧的《清明》可由七言压缩成五言："清明雨纷纷，行人欲断魂。酒家何处有？遥指杏花村。"这虽不无道理，但诗的整体韵味不无削弱。王维的诗句"漠漠水田飞白鹭，阴阴夏木啭黄鹂"在李嘉祐笔下是"水田飞白鹭，夏木啭黄鹂"，后者韵味明显不及前者。

由上可知，意象系统是一个弹性的系统，部分结构即使被改变，它仍然能够自我调节，获得新的生命。而这种改变如能使意象更好地发挥功能，则可以使系统创造出新的意义。

意象系统是一个动态系统，具有限定与非限定相统一的辩证结构。因此其整体意义是不被固定的。在创造主体的眼中，万事万物本是一种象征的存在，艺术的目的就在于给这些存在以符号本义，并同时以符号给予限定。任何艺术都是一种"限定"，艺术是通过这种"限定"，通过限定的诱导，进入特定的图景和境相之中，领略其"诱导"之美与"限定"之美的。因此，艺术的过程就是创造"限定"的过程。艺术正是借助读者的审美感应，通过对"限定"的接受与承认，而达到其审美目的的。但同时艺术又是一种"非限定"或"超限定"，艺术是一种精神活动，可以穿越物质，它总是凭借"限定"进入"非限定""超限定"，凭借"有限"而进入"无限"。对诗也可作如是观。诗的本体即是意象符号系统。在系统中，所呈现出来的意象总是有限的，诗的意义则可以是无限的。而诗人则借助种种艺术手段，如创造描述空白、加大结构张力、调动读者的阅读期待等，凭借意象的呈现，给作品注入生气和意义，使之成为气韵生动、生机无限的艺术生命体。

第二节　意象结构：由浅层到深层

诗歌意象运动的最终目标是创造诗的情境，因此意象的组合也就是造境活动。诗是时空综合的艺术，它所提供给读者的是个现实、历史、情感、意识复合而成的动态结构，这一结构，即为诗境。宗白华说："艺术意境不是一个单层的平面的自然的再现，而是一个境界层深的创构。”[1] 诗的情境结构具有单层与多层、低级次与高级次之别。要实现“境界层深的创构”，必须对意象进行深层组合。

意象的浅层组合，是对客观表象的简单摹写和移置，意象的深层组合，是心灵与视像的深度交融。卡西尔指出，艺术品是一个“纯形象的深层”结构，“不是单纯的仿造品或摹本，而是我们内在生命的真正显现”，因此这种艺术品能充分显示“外观的全部丰富性和多样性”，他告诫说，艺术家如果“只是生活在感觉印象的世界中，那么……就仅仅接触到事物的表面”。[2] 意象的浅层结构只指向事物外部，意象的深层结构才是“内在生命的真正显现”。

我们来看下面这首诗——《万岁，太阳！》：

> 在阴暗潮湿的猫耳洞里，/地上散落着长满铜锈的弹壳。/在雾气深重的山林中，树枝上晾着雾斑点点的军装。/英勇的战士哟，已经三个月没有见过太阳。//一束阳光从云雾里射出，/霎时间金辉洒遍山冈。/在太阳通红的笑脸下，/万岁，太阳！/太阳，万岁！/欢呼声在山谷里久久回响。/为了人民的利益，/甘愿把千辛万苦尝。/为了保卫祖国的神圣领土，/在边疆日日夜夜发着热和光。/可爱的战士啊，/你们是真正的太阳。

这首诗的写作无疑是以生活的真实为依据的：老山前线某部防地，三个月不见太阳，待雨季过去太阳重现，战士们情不自禁高呼“太阳万岁！”这事件本身十分动人，感情也真挚，然而我们能说这是首成功的诗么？为了对照，现将同一作者根据同一题材写成的《太阳万岁——写于南疆雨季中》抄录如下：

> 暴雨，终于/停止/阴云，终于散去/太阳，终于出来——/把千

---

① 宗白华：《美学散步》，上海人民出版社 1987 年版，第 63 页。

② ［德］恩斯特·卡西尔：《人论》，甘阳译，上海译文出版社 2003 年版，第 215 页。

万吨强烈的光芒/洒在寂静的阵地//我们欢呼三声“太阳万岁!”/哽咽了！眼眶/涌出对太阳的感激//士兵是茁壮的绿禾/是钢铁般的庄稼/生长在前沿阵地/阴雨连绵/不会有丰收的秋季/太阳啊，请让我们/抽穗，结实//祖国的报纸/每天都留着一角版面/腾出一块空地/准备收获——/我们胜利的消息!

虽然此诗仍有意象不够统一（报纸与绿禾）的毛病，但诗的进步是存在的，其表现就是意象的组合开始摆脱浅层结构，出现了向深层结构转变的迹象。前一首诗. 基本上停留在“感觉印象的世界中”，也即停留在视觉对象上面。后一首诗，则已开始由外部转入内心，诗所呈现的意象，既有实指的视觉对象：暴雨、阴云、太阳，又呈现了一种虚指的拟喻性意象：“士兵是茁壮的绿禾”“钢铁般的庄稼”等。前者是心灵接收到的意象，后者是心灵幻化出的意象，是经过心灵综合的。这种心灵幻化出的意象才具有深层结构的能力。

克莱夫·贝尔说：“创造有意味的形式决非依赖于鹰一般宽阔的视野，而是依赖于某种奇特的心理上和感情上的力量。”① 这种力量，总是驱迫诗人将内在情感对象化，对象主体化，主体从外部世界中找到对应物，使客体具有情感生命，并一同跃动起来。因此，意象的组合由浅层到深层，存在着如下三种状态。

第一种状态，是停留在纯视觉、纯外观状态的临摹上，如《万岁，太阳!》中所呈现的那种意象浅层组合。第二种状态，主客关系已经有了接近与深入，表现为以我观物、借物寄情，主体“我”直接“深入”客体对象中去，设身处地，以“物”的口吻说话，似乎充当“物”的代言人，其实表现的却是“我”的思想、情绪、意念；同时，这些思想、情绪、意念也能依附着“物”的特性，使得两者互为存在，互为表现。如韩云的《我是帆》，抓住了“帆”的固有特性来表达诗人的情怀：

在波澜和惊涛之间/我是胜利者的旗帜/在浪花唾液的喘息中/我

① ［英］克莱夫·贝尔：《艺术》，周金环等译，中国文联出版公司1984年版，第41页。

> 是探索者清晰的足迹/让狂风巨浪来得更猛烈些吧/我是动荡中的沉思/我是帆//我背负着弹洞/固执地驶向彼岸/……未来的回音壁/回荡着古老的呼唤/历史在我的背后，找到了巨大的能源/我是帆……

这里的描写和抒发都借“帆”这一客体生发开来，既是写“帆”，又是写“我”。诗人对生活与未来的坚定信念，与帆船同风浪搏斗、始终向前这一特征是完全吻合的，意象的主客关系达到一定程度的融合。这类意象结构往往通过“我是××”或“××如是说”之格式加以表达，这里面的宾语或主语可以是物，也可以是人。由于是采用主客关系简单换位，故这类意象结构显得较为单纯。诗中也还带着几许标签化的概念，如“胜利者的旗帜”“探索者的足迹”等，显得有几分空泛，未能把“帆”的形象特征真正刻画出来。

第三种意象结构状态，是主客体完全融合，物我同一，不分彼此，主观生命对象化，客观物象生命化，正如朱光潜先生所说：“我和物的界限完全消灭，我没入大自然，大自然也没入我，我和大自然打成一气，在一块生展，在一块震颤。”[①] 这类意象结构，从字面上看，“我”不直接介入，诗人似乎以旁观者的身份对客体进行描述，而实际上，客观物已不是原先的存在物，有更多主体的、人的因素，获得了“内在生命”。如胡学武在《垦荒》中表现的：

> 烧荒的野火为冬天的骸骨举行葬仪之后/沉雷在充血的天空里不安地躁动/荒原一阵悸动、忍受着分娩前痛苦的宫缩/在苜蓿最早启绽的微笑里/被开垦的处女地赢得了母亲的荣誉/公蛙疯狂的求爱之鼓粉碎了沼泽里虚伪的寂静/太阳吸吮着黄土的芬芳，孤岛的胸膛上已经乳浆迸流/噢 四月的大陆，呈现出旺盛的情欲和顽强的生殖能力……

诗人眼里的荒原，不是静止的、平面的；相反，一切自然物，都有

---

① 《朱光潜美学文集》（第一卷），上海文艺出版社1982年版，第18页。

了生命的躁动，都染上了人的情感：野火为冬天的骸骨举行葬仪，沉雷躁动，天空充血，荒原在作宫缩，苜蓿在微笑，公蛙疯狂求爱，新大陆呈现情欲和生殖能力……这些意象是物我高度交融的，展示了在“为冬天的骸骨举行葬仪”后，荒原上孕育、求爱、生殖的热烈景象，给一块沉静的土地，灌注了沛然生机。这种意象结构，表意较为含蓄、隐蔽，物象浸透情感，有着内在的力量。

以上我们介绍了意象结构由浅入深的三种状况。应该承认，意象的深层结构是一个较难说清的艺术概念，其深浅程度也无明确的尺度可以标明。真正具有深层意象结构的作品，其意味是无法探究穷尽的，这就要求诗人在意象组合过程中，深入万物内心，解放感觉，凝注情感，使意象结构跨越浅层，步入深层。

第三节　意象组合表述

在意象组合过程中，存在着两种基本的表述方式，这就是以意象为中心的表述和以情感流为中心的表述。

让我们来看张烨的这首诗：

静　物

黯蓝色的背景

桌布连同盘子都是黯蓝的

橘子

仿佛是情绪悒郁的大海
在回忆
一叶橙色的帆，一轮

漾着初恋微笑的日出

但更像
冷暗的逆境里，燃起的一片
明亮而饱满的思想

此诗的主导意象是“静物”，即“橘子”，诗在表述过程中呈现一系列意象：背景、盘子、大海、帆、日出等，这些意象均围绕着主导意象而展开，重在对“橘子”作描述和意义的扩张，组成了具有较强的客观实在性成分的结构。这类表述，是以意象为中心的表述。

我们再来看同一作者的另一首诗：

没有回声的山谷

你该不会是一个死谷吧
我一千次一万次的呼唤，撞不出
你的一丝回声。呼唤由热到冷
凝成绿叶上的冰凌

被寒风的阴暗裹着
我想起了一个乞丐，在街头
向一百个行人说了一千次行行好
手中的破碗依旧空空

早知道你这样我不会那么傻
我甚至为自己
曾向你呼唤过而屈辱

如果有一天你突然
回声四起

彻耳不绝
那定是有春风为我鼓掌
阳光护送我浩荡
我该怎样阻止
我的马儿不狠狠踢你呢

此诗与前诗的表述是完全不同的，虽然也有主导意象“没有回声的山谷”，但并不是围绕它来表述的，“山谷”仅仅作为情感借以凭依的对象而出现，诗中的一系列意象随着诗人的“情感流”的涌动而推出。诗人情感流的起点，是呼唤山谷而得不到回声，情绪被置于受到冷遇而产生的困惑尴尬之中；接下去，是对自身境遇的联想，浮现出乞丐街头行乞的意象；再接下去，对自我情感进一步审视：因为曾经呼唤而感到“屈辱”。最后一节，是另一种设想，当“我”获得了“春风”和“阳光”的承诺，获得了彻耳不绝的“回声”，这时一切都将改观，是离去，还是深入山谷，诗人没有说，但这个“我”显然有了更多的主动权，所要做的，仅仅是阻止马儿不致狠狠踢踏。因此这诗的情感流动，是由“困惑”“悲哀”“屈辱”向着“欢愉”的转化过程，情感的力量催动着联想与想象，牵带出一系列的意象：绿叶上的冰凌、寒风中的乞丐、破碗、回声、春风、马蹄等。这就是以情感的流动为线索的意象表述方式。

这两种表述方式的差异，我们从乐府歌辞《江南》与《上邪》二首短章中也可看出。这是《江南》：“江南可采莲，莲叶何田田，鱼戏莲叶间。鱼戏莲叶东，鱼戏莲叶西，鱼戏莲叶南，鱼戏莲叶北。”很明显，它是围绕意象“莲叶”进行表述的。这是《上邪》：“上邪！我欲与君相知，长命无绝衰。山无陵，江水为竭。冬雷震震，夏雨雪。天地合，乃敢与君绝。”此诗以“我欲与君相知，长命无绝衰”的情感流为中心，牵带出“山”“江水”“冬雷”等一系列意象。可见，这两种表述方式自古以来就为人们所使用。

此两类表述方式，各有其艺术上的特质。从情感表述的效果上看，前者是将情感凝注在每个意象之中，以意象体现情感，因此情感传达比较隐蔽、内向；后者，意象固然是情感的对应物，但情感仍然具有一种独立的性质，并驱遣驾驭着这一系列意象，因此这类表述，情感传达相对较直接、外倾。

从意象的外在美感来看，以意象为中心的表述，意象具有静态的绘画美、雕塑美，以情绪流为中心的表述则有着流转的美，错变的美。前者具有单纯性、稳固性，后者则具有繁复性、变异性。

应该指出，这两种不同的表述方式，在不同的诗歌流派中是各有侧重的，如在意象派诗歌中，意象是目的，因此基本采用以意象为中心的表述方式。此后的现代主义诗歌，转向对错变美、流动美的追求，大都采用以“情感流”为中心的表述方式。但这并不绝对，即使在同一作者中，两种表述方式也常常是交错使用的。例如舒婷的《日光岩下的三角梅》《群雕》等诗的表述是围绕意象进行的，而她的《一代人的呼声》《心愿》等是以情绪流为线索进行表述的。周伦佑的《黑色的雕像》属意象为中心的表述，他的《十三级台阶》则属“情感流”为中心的表述。同样，其他诗人也均是这种情况。

第四节　组合举隅

艺术是以独异性展示其整体生命的，因此在艺术大观园里总是呈现为千姿百态、互不重复的蔚然景观。在诗的意象组合上，也同样不应有所谓的范式。我们反对规范化所造成的艺术思维的雷同、僵化，但并不否认一定程度上的相类性，特别是在思维的轨迹或方式上。意象的组合多种多样，如意象叠加、意象群组合、贯串式、枝杈式辐射结构、意象跳跃、对比式、复沓式、扩张式等，对此不同的论者有其不同的解释。下面将常见的几种组合方式试作介绍。

一　意象叠加

意象的叠加，就是在一个意象之上投影着另一个意象，两个意象渗透交融成一体，这个新的意象同具两个意象的功能和特征，并产生更强的表现力。正如意象派理论家赫尔姆所说:“两个视觉意象构成一个视觉和弦,它们结合而暗示一个崭新面貌的意象。”意象叠加的方法,可分为以下两类。

其一,意象的交融。诗中的各个意象自身完整,具有一定的独立性,但当某两个具有相似性质的意象组合起来后,互相交融,就产生了更富生命力与内涵的意象。如顾城《生命幻想曲》里的诗句:

让阳光的瀑布
洗黑我的皮肤……
太阳是我的纤夫
它拉着我
用强光的绳索……

这里“阳光的瀑布”“强光的绳索”就是意象交融的结果,分别是“阳光”与“瀑布”“强光”与“绳索”两个意象的交融。光和瀑、光和绳,是属于不同性状的物体,二者经过交融,就使光更具有立体感、质感和流动感。又如艾青《雪落在中国的土地上》:“躺在时间的河流上/苦难的浪涛/曾经几次把我吞没而又卷起。”这里,“时间的河流”与“苦难的浪涛”的交融,也使“时间”“苦难”有了更强的可感性。不仅如此,这种交融,还可以使意象的外在形态与意义得到加强与扩大,如杨炼在《天葬》中描写雄鹰:

蔚蓝如海的雄鹰,太阳家族的使者
掀起白白的羽毛的浪头,掀起黑暗的森林的浪头

这里将雄鹰的羽毛与海的“浪头”“森林的浪头”交融,在视觉效果上,对雄鹰的矫健形象是一种放大增强,使读者获得更具体的感受;在意义上,海浪的开阔、森林的浓密,又加强了鹰的力量和气势。

意象交融是意象关系中最紧密的一种。它要求两个融合的意象具有某种性质的相似。如阳光与瀑布都有下落感和光亮感,光和绳索都有一

种直线感，时间和河流都有其流动感、绵延感，拍动的雄鹰的翼羽也有海浪与森林的起伏、翻腾的感觉。

其二，意象的叠映。所谓叠映，是指一系列有机联系的意象前后叠现。这种意象组合方式，反映了意识流动的客观规律，意识之流是不断前进的，因而意象也在不断流动中呈现。美国文艺理论家查理·奥森就说过："一个知觉必须立即直接地走向下一个知觉，永远、永远一个知觉必须、必须、必须立即向另一个知觉发展！"① 如辛笛的《冬夜》，就是通过这种意象的层叠涌现，将诗人的意识和情绪的流动过程不断传达出来的：

安坐在红火的炉前/木器的光泽诳我说一个娇羞的脸，/抚摩着褪了色的花缎/黑猫低微地呼唤。//百叶窗放进夜气的清新，/长廊柱下星近，/想念温暖外的风尘，/今夜的更声打着了多少行人。

此诗写的是诗人旅居西山松堂寂寞幽思的情怀，系列性意象叠映而出："红火的炉"是视觉意象，也暗含触觉；接着写"黑猫的低唤"，是听觉；"夜气的清新"是嗅觉，"长廊柱下星近"又转入视觉；最后一行，"今夜的更声"则转入听觉。这样，诗人的感觉由里到外，由近而远，多种感官交替使用，从而叠映出一系列意象，体现出诗人意识的流动过程。而这些意象又浸润着诗人的情绪情感，显示了诗人内心的直接体验，给人的感觉亲和而真切。

又如辛笛的《秋天的下午》，则更讲究意象的自然组合，诗人的情绪不直接说出，而由读者从一系列叠映意象的排列中去领悟、把握：

阳光如一幅幅裂帛/玻璃上映着寒白远江/那纤纤的/昆虫的手昆虫的脚/又该粘起了多少寒冷/——年光之渐去

这里，"阳光""远江""昆虫"三个叠映意象是按照由上而下、由远

① 转引自郑敏《英美诗歌戏剧研究》，北京师范大学出版社1982年版，第13页。

而近、由大而小的顺序排列出来的，如同一帧素描，画面简洁，背景阔远，诗人对季节更替的敏感和时光流逝的惋惜，都融在这三个恬淡素静而略带寒意的意象之中。

二　意象群的组合

所谓意象群的组合，是将丰富、众多的有一定内在联系的意象加以集合，以电影蒙太奇手法进行组接，以表现广阔繁复的生活内容。它可以高度集中地表现诗人的感觉世界，表达内心的复杂情绪，强化感情，简化语言，从而增大诗的内在容量。如朱雷在《棕熊·棕熊之胆》中，就以这一手法，表现棕熊以“沉滤亿万年”的胆汁去把握生活、把握自己命运的那种气概：

……
握虎之利爪
握狼之尖齿
握猎人之陷阱与枪筒
握雷暴握雪崩
握风刀霜剑为生命之栅栏
握春握夏握秋握冬
握数不清之时日为寻常之一日
握饥饿为对食物之不加选择
握饥饿握饥饿为硕大之体魄
握无路握无路为条条路
握无路为条条路握坎坷于无路之足下
握大森林大荒野大苔原苦天寒地之凶险
为气之源力之源勇之源
……

上面这些意象，都有其相对独立性，诗人以棕熊的生存方式为线索把它们集合起来。其中“虎”“狼”“枪筒”“陷阱”“雷”“雪”是它搏斗的对象，“森林”“荒野”“苔原”是其生存的时空范围。这些意象的集合，将棕熊这北国大雪原的雄性胆魄高度概括地呈现出来，具有力度和磅礴的气势。再如王长军《北大荒的女人》也是意象群的组合：“北大荒的女人/是带刺的野玫瑰/是诱人的红辣椒/是蛤蟆头辛辣的烟雾/是甜得发咸的甜菜汁/是插根筷子都发芽的黑土地/是醇香醉人的高粱酒/是烫焦了梦的热炕”。这种意象群是生活的浓缩与提炼，如同提供了意象的大森林，使读者在瞬间领略了丰饶多姿的大千世界，当然更领略了诗所表现的主意象“北大荒的女人”的神采与魅力。

意象群的这种组合，大多是一种同一句式的排列。假如缺乏生活和情感的内容而随意模仿滥用，也可能造成格式的单调、意义的空泛，这是在使用时应注意的。

三 贯串式组合

贯串式组合，是以中心意象为主、次意象为辅，中心意象贯串次意象的组合方式。这种次意象不是对中心意象的直接摹写，往往是诗人通过中心意象的联想派生出来的。如辛笛的《手掌》中写“手掌”：

> 你就是第一个/告诉我什么是沉思的肉/富于情欲而蕴藏有智慧/你更叫我想起/两颊丛髭一脸栗色的水手少年/粗犷勇敢而不失为善良/咸风白雨闯到头/大年夜还是浪子回家//吉卜赛女儿惯于数说你的面相/说那一处代表生命与事业/又那一处代表爱情与旅行/她编造出一套套宿命的故事/和二月百啭的流莺比美

围绕着中心意象“手掌”，是一系列与“手掌”有联系的局部性小意象：“沉思的肉”；由“沉思的肉”想到的“少年水手”“吉卜赛女儿”等。这些意象不同于诗的开头部分对手掌的描绘，“形体丰厚如原野/纹路曲折如河流”，而是由“手掌”联想派生出来的，具有相对独立的意义，又被中心意象“手掌”贯串起来。

再如怀生的《水》：

> 水流淌于山色之间村野之外/鱼在水里柔情如水/水使人成为君子/船在水上/琴声如水一泻千里

这里的每一行诗都有一个次意象，这些意象都与水有着关联。中心意象与辅助意象的关系，一方面是统率与被统率的关系，另一方面，中心意象又凭借辅助意象而趋于更进一层的具象化和丰满化。在人们的经验世界里，具有这种统率能力的中心意象应该不少，而像“水”这样与生命密切相关的意象就更易于担当这一角色。

这种组合方式，小意象不仅是为了表现、丰富大意象，而且小意象之间又有意义上的联系和递进。如台湾诗人心笛的《提筐人》：

> 她提着一筐子的哀愁，到江边去抛丢/江波翻起滚滚旧浪/流不尽的是她的愁
>
> 她提着一筐子的孤寂，到深山去埋弃/山中泥土长满青苔/埋不掉古今人的寂
>
> 她提着一筐子的童心/灯下数着晶莹/碎破的泡苦茶自饮/完整的却不适时景

诗由中心意象“筐”派生出三个次意象：江波、深山、苦茶，这三个次意象的外部联系是人的行动，而内在的情绪含量则在步步递进、加重：“愁”固然是一种悲哀，但“孤寂”更甚，而灯下的“苦茶自饮”又更进了一步，这是童心的彻底“碎破”。这样，几个次意象贯串一体又层层递进，使中心意象的内涵更为丰满，同时又富于变化。

四　枝杈式辐射结构

这是由同一意念或情感，进行联想与想象，产生出的一系列意象。这些意象的关系是并列的，形成枝杈式辐射状结构。请看台湾诗人余光

中的《乡愁》：

小时候/乡愁是一枚小小的邮票/我在这头/母亲在那头
长大后/乡愁是一张窄窄的船票/我在这头/新娘在那头
后来啊/乡愁是一方矮矮的坟墓/我在外头/母亲在里头
而现在/乡愁是一湾浅浅的海峡/我在这头/大陆在那头

诗所表达的情感是“乡愁”，由此产生四个意象：邮票、船票、坟墓、海峡。这四个意象的关系是并行的，如在一棵树干上同时向外长出一些新枝，形成枝杈式辐射结构。这类组合也是诗人所常用的。如北岛《一束》中：“在我和世界之间/你是日历，是罗盘/是暗中滑行的光线//在我和世界之间/你是纱幕，是雾/是映入梦中的灯盏/你是口笛，是无言之歌/是石雕低垂的眼帘。”由“在我和世界之间”起步，辐射出一束并列的意象，但又指向同一个情感中心。舒婷的诗句“我是你河边上破旧的老水车，/数百年来纺着疲惫的歌；/我是你额上熏黑的矿灯，照你在历史的隧洞里蜗行摸索”，也属于这种组合。

这一结构类型，最重要的是找到情感的凝聚点，即情感的“网结”，由这一个网结出发展开想象，以情驭物，以象尽意，意象之间则构成并列关系。

五　意象的跳跃

所谓意象的跳跃，也叫省略法，就是指各组意象之间有意省略中介，抽掉关联词语，一个意象向另一个意象过渡时不作交代性的叙述，表面上看来互相脱节，难以理解，实际上存在着一种内在的联系。省略法使诗句紧凑，更富刺激性，引导读者发挥联想，去体味比句法关系更紧密更深刻的含义。

意象的跳跃与人的思维的跳跃密切关联。跳跃思维被认为是创新思维方法之一，具有发散性、变通性、新颖性等特点。现代诗强调不受形式逻辑束缚的自由联想，强调“心理时间”的逼真，因而趋向于运用

“点式”的跳跃思维。诗的意象跳跃，的确能造成离奇新颖之感，但也会产生突兀变动、扑朔迷离之效。如辛笛的《寂寞所自来》：

两堵矗立的大墙栏成去处
人似在涧中行走
方生未死之间上覆一线青天
果有自由给微风吹动真理的论争
空气随时都可像电子样予以回响
如今你落难的地方却是垃圾的五色海
惊心触目的只有城市的腐臭和死亡
数落着黑暗的时光在走向黎明
宇宙是庞大的灰色象
你站不开就看不清摸不完全
呼喊落在虚空的沙漠里
你像是打了自己一记空拳

诗中是一系列使人“寂寞”的意象的排列，首先是“两堵矗立的大墙栏成去处/人似在涧中行走……”写人的寂寞、绝望的处境；接着“果有自由给微风吹动真理的论争”，可说是以动写静，反衬“寂寞”；接着出现的“垃圾的五色海”“城市的腐臭和死亡”“黑暗的时光”等意象，是写“寂寞”的环境之丑恶、腐朽；最后出现“宇宙是庞大的灰色象”“虚空的沙漠”两个意象，写“寂寞”的广阔无边，写出人的“虚空”感、迷茫感，反抗的无力感。诗中的空间转移自由快速。一系列意象，都省去了中介，跳跃着出现，互不连贯。诗人把这些能产生“寂寞”感的意象排列在一起，不断强化读者的印象，使诗产生了“张力”，自然也增强了诗的意象密度。我们读这诗，可以感受到处在当时社会环境中的诗人，其寂寞之深之广，寂寞之难以排解。

当然，意象的跳跃更多地表现在空间和时间上面。如王寅的《上海的风》，在空间上的跳跃十分明显：

风所吹拂的是星期天打开在草坪上的红色人造革皮箱
风所吹拂的是上周一就扔进邮筒的信
风所吹拂的是我的病房白墙和床头的鲜花
风所吹拂的是最高建筑上的三本诗集三枝叶子三个姑娘
风所吹拂的是我飘扬的旗帜和江上布满海藻和盐粒的油轮
风所吹拂的是远方鬃毛汗湿的灰色马的鼻息

这种空间的跳跃，同时又构成意象群的效果，给人一种洒脱自如的感觉，且在跳跃的同时，增加了情感信息量的传输。这些意象由于都被组织在“风所吹拂的”主题意象中，而使全诗题旨易于把握。表达时间跳跃的，如李钢《古国的春天》：

一夜之间
车前草竟然长到了
《诗经》的书脊上
推开落地窗，啊啊
十五国风吹我

这里，“车前草”代表现在，“《诗经》”代表遥远的往古。时间的跳跃由今到古，又由古到今，跨度颇大。而这种跳跃又十分自然地通过草长与风吹表达出来，不致过分离奇、破碎，因而不会造成读者接受的难度。

跳跃的意象组合，打破了事件的连续性及逻辑的有序性，犹如一个个独立的小岛，组成了情感的岛屿群。它们之间的中断、陷落、游离，没有使它们隔绝，反而增加了承载情感容量的更大可能性，组成了一个具有跨越度、纵深感的情感域，如波浪连天，浩浩荡荡，使海与岛更见丰满，吞吐自如，气象万千。传统诗歌中时间的持续性与空间转换的连贯性在这里不复存在，它所提供给读者的不是事件的起源、发展、结果这一完整过程，而是一个处于跃动状态的感觉、情感、理念的思维空间。

跳跃性，增加了诗思维的自由度，但所有的跳跃都必须指向情感核心，这是确定无疑的。

六 对比式组合

对比是艺术常用的手法。美国艺术理论家库克就曾谈到对比手法在艺术中的运用："如果你想使一个形状看上去柔软而圆润，那么就把它放置在一个坚硬而呈锯齿状的形状旁边。如果你要使一种色彩突出，就在周围放上它的相对色。如果你要使某些东西显得漂亮，就在它周围放上难看的物体。如果你要使某物明亮，就用暗色环绕在它的周围。如果你要使某物显得生动，就在它周围放上死气沉沉的，无生气的物体。"①对比，可以显出特征，找出差异，形成视觉或感觉的落差，从而使情感在两极之间来回往返，获得更深刻的印象，给读者多一层思考。例如何宜陵的《变迁》：

田野上的花/被爱她的人/关进珐琅瓶蓝色的围墙
急流中的船/被嬉戏的浪/搁置在金色的沙滩
在一部人间的喜剧里/在一部人间的悲剧里

花朵生长于田野，它是自由的，被关进花瓶，失去了自由生长的空间，这是自由与不自由的对比；船也一样，前进与搁浅构成了对比。而这种遭遇与结局，只是由于人或浪的无意或有意的"嬉戏"。情感在"悲剧"与"喜剧"的两极中反弹，借助对比进行暗示，它给人的启悟就比一般的陈说更大。

对比组合，更多的是在两个场景或两个对象之间展开。例如张国明的《葡萄的两种吃法》：

孩子的模样无懈可击/老子也曾无懈可击/……孩子吃一颗成熟一颗/一颗比一颗阳光充足/老人成熟一颗吃一颗/一颗比一颗真实/老人日出吃葡萄/是因为老人无法逃避/日落/孩子日落吃葡萄/是因

① ［美］库克：《西洋名画家绘画技法》，杜定宇译，人民美术出版社1981年版，第47页。

为孩子同样无法逃避/日出

老人与孩子不同的吃葡萄方式，构成了比照关系。这种比照关系，也是一种意义交替深化的结构。

对比，当然不应停留在表层现象，而应借助现象，抵达更深层次的思索。这是洛夫的《湖南大雪》：

雪落无声/街衢睡了而路灯醒着/泥土睡了而树根醒着/鸟雀睡了而翅膀醒着/寺庙睡了而钟声醒着/山河睡了而风景醒着/春天睡了而种籽醒着/肢体睡了而血液醒着/书籍睡了而诗句醒着/历史睡了而时间醒着/世界睡了而你我醒着/雪落无声

悄然无声的雪世界，真的是毫无声息吗？诗人体悟到了，这是一个有睡者同时也有醒者的世界。睡着的是什么？睡着的是外部世界。醒着的又是什么？醒着的就是生命！那路灯、树根、翅膀、钟声……都是生命的象征！此诗就是在“睡”和“醒”的矛盾对照中展示生命的存在、生命的脉动、生命的勃发。而在这万籁俱寂的“雪落无声”场景中，诗人对于生命存在的独特发现，却是基于诗人深层的体验。

对比，也可以在情感的同一个方向上进行。如美国黑人诗人休斯写道：

夜是美的，/我民族的肤色也是美的；/星星是美的，我民族的眼睛也是美的；/太阳是美的，/我民族的灵魂也是美的。

这是一种比喻式的对比，情感不构成冲突，而是在同一方向上推进，意义不断深入。这种对比，又是一种烘托手法，前者对后者起到映衬、强化的作用。

意象处于对比状态时，其含义是较为明显外露的，故更要注意表达上的含蓄。上面所引《变迁》一诗，若诗人明确指出“这是一部悲剧”，那么效果就将大为逊色。好就好在诗人用了“在一部人间的喜剧里/在一部人间的悲剧里”这种较客观的并置，这种客观并置提供的是一种情感的模糊状态，诗人未作直接的评断，而让读者自己去思考，去把握内中意味。

七 复沓式组合

意象的复沓式组合，是指某些意象以相类似的句式在诗中反复出现，以达到渲染情感气氛、强调表情的效果。此种手法，《诗经》中已有大量存在。在现代诗人中，追求语言形式美的闻一多、徐志摩等人也多有运用。如闻一多在《忘掉她》中写的：“忘掉她，像一朵忘掉的花，——/那朝霞在花瓣上，/那花心的一缕香，——/忘掉她，像一朵忘掉的花！//忘掉她，像一朵忘掉的花！——/像春风里一出梦，/像梦里的一声钟，/忘掉她，像一朵忘掉的花!”这里反复出现的“一朵忘掉的花”就是一种复沓。复沓，产生了情感的前行、停留、再前行的效果，从而加强了情感力量。但这种复沓由于句式过于整齐，略有呆板、拘谨之感。当代诗人对复沓的运用，要自由得多了。请看台湾诗人纪弦的《你的名字》：

> 用了世界上最轻最轻的声音，/轻轻地唤你的名字每夜每夜。/写你的名字。/画你的名字。/而梦见的是你的发光的名字。
>
> 如日，如星，你的名字。/如灯，如钻石，你的名字。/如缤纷的火花，如闪电，你的名字。/如原始森林的燃烧，你的名字。
>
> 刻你的名字！/刻你的名字在树上。/刻你的名字在不凋的树上。/当这植物长成了参天的古木时，/啊啊，多好，多好，/你的名字也大起来。
>
> 大起来了，你的名字。/亮起来了，你的名字。/于是，轻轻轻轻轻轻地唤你的名字。

此诗的复沓意象主要是“你的名字”，诗人对“名字”进行了多极强化：名字有色彩，名字有光亮，有热度，如日、如星、如电、如钻石，名字刻在树上，随树而长大；从“我”这方面，则是一系列动作的呈现：

对于这名字，是轻轻地、每夜每夜地呼唤，写名字，画名字，并梦见名字，最后又是刻名字。这种多极、多侧面、多感觉的强调，把爱与思念升华到了一个极致。这就是复沓的作用。而这种复沓，却无重复之嫌，已将单调、呆板的句式作了较为彻底的逃避，并有所变化，加入了新的元素。

诗人尚仲敏的《门》，其复沓的手法也是自由不拘的：

> 门，靠着墙/直通通站着/墙不动/它动/墙不说话/但它/就是墙的嘴
> 有人进去，它一声尖叫/有人打这儿/出去，它同样/一声尖叫
> 但它的牙齿/不在它的嘴里
> 它不想离开墙/它离不开墙/它压根就/死死地贴着墙

此处复沓的内容有二：门紧靠着墙、离不开墙，这是视觉内容；有人进去，门发出“一声尖叫”，有人出去，门也同样发出“一声尖叫”，这是听觉内容。这种复沓，使门的单一、刻板、缺少自我独立心灵的本性得到了强调。

复沓，不是字面的简单重复，也不是纯粹的同义反复。它需要诗人向意义深层掘进。在一定长度的句法的反复中，以适当的变化求得意义的拓展。

八　扩张式组合

扩张式组合，是在一定的意象结构中，不断地嵌入新的成分，使原先的结构不断丰富化、具体化，也使意义得到扩张。如在纪弦的《你的名字》中，有这样的句子：“刻你的名字在树上。/刻你的名字在不凋的树上。”这“不凋”二字，是在原先句子中扩张进去的成分。陈东东的《远离》，全诗几乎都是这一格式：

> 远离橙子树林

远离月光下的橙子树林
远离有两个蓝鸟飞过的橙子树林
也远离被一片涛声拍打的橙子树林

远离橙子树林
远离河流分叉的橙子树林
远离夏天的橙子树林
也远离另一片被风掀翻的橙子树林

远离橙子树林
也远离水底的岩石和火焰

“远离橙子树林”，是此诗的基本句式，诗人在这个固定的框架中，不断地嵌入一些新成分，意象内涵不断扩充膨胀，所构成的画面不断地添加上新的内容。这是一种不变中有变，既固定又自由的意象组合，具有单纯错变之美。这种单纯，由于扩张和嵌入，又显得自在自如、不拘一格。

庞壮国的《关东第十二月》，也属此种格式，试录其中四行：

是黑钙土在大雪壳里怀孕的季节
是桦皮船扣在石滩上憋憋屈屈的季节

是房柁子燕窝巴望春翅膀心里总有点空落落的季节
是玻璃窗霜花一会葡萄藤一会芭蕉叶一天十八变的季节

此种组合，重要的是确定其基本句式。基本句式是想象、扩张的起点，也是角度，具有不变中有变，变中有不变的功能。凭借此，大海般广阔的世界便汹涌而至，尽纳其中。

九　矛盾组合

“诗是矛盾语。”新批评派常常这样说。布鲁克斯指出：“诗的语言是悖论语言。”[①] 他给悖论下了一个相当宽泛的定义：诗歌语言（比喻）的“各种平面在不断地倾倒，必然会有重叠、差异、矛盾”[②]。意象的矛盾组合就是悖论的一种表现形式。

诗人郑敏曾对艾略特的《荒原》开首一节艺术魅力的来源作过分析，指出其原因在于它给了读者以“震惊”。《荒原》的开头几行诗是：

四月是最残酷的一月，
从死的土地孕育出丁香，
掺糅着回忆与欲望，
用春雨激唤着迟钝的根须，
冬天为我们保暖，用
遗忘的雪铺盖大地，用
枯干了的细管喂养微细的生命。

郑敏认为这几行诗构成了三次冲击，分别是：“春风飘荡的四月——残酷”，“充满生命的美的丁香——死”，“北风凛冽的冬季——温暖”。郑敏指出冲击造成的“震惊是上面诗行的魅力构成的重要成分”，但她没有进一步讨论这种冲击所产生的原因。其实艾略特这节诗的魅力本质上是由悖论语言或矛盾语式所造成的：春风飘荡的四月，竟然是最残酷的月份；充满生命的美的丁香与“死”联系在一起；北风凛冽的冬季，居然可以为我们保暖。悖论和矛盾是造成冲击力的根本原因。

下面再看几例矛盾组合句式：

① ［英］布鲁克斯：《悖论语言》，赵毅衡编选《“新批评”文集》，中国社会科学出版社1988年版，第314页。

② 同上书，第313页。

那些透明的凉亭
沉浸于声音静寂地响亮

——勃柳索夫《创作》

我醒着入睡了；
我没看东西，是东西在看我；
我没动，是脚下地板在动我；
我没瞅见镜中的我，是镜中的我在瞅我；
我没讲话，是话讲我；
我走向窗户，我被打开了

——彼德·汉德克《颠倒的世界》

鸟飞在浅浅的水洼里
但飞得很高
很深邃

——郭靖《鸟飞在浅浅的水洼里》

第一例，声音既“静寂”又“响亮”，构成矛盾；第二例，主被动关系互换构成了矛盾；第三例，鸟飞在浅浅的水洼里，指鸟飞得很低，与后面的“高”“深”构成矛盾。这种矛盾组合，对于情感的冲撞与意义的建构，作用相当明显。

当然这种矛盾组合的事物，本身并不一定矛盾，而仅仅是一种反差，是同一事物的两个方面所构成的。所以矛盾组合是在反差、区别中求同一。如李剪藕在《往事》中所写：“往事是四月的杨梅；/甜也爽口，/酸也爽口。”“往事是一团乱麻，/喜也缠心头，/愁也缠心头。”构成了差异性，但总体情调、氛围仍然是柔和的。矛盾组合往往有这种情感的包容性。

十　顶真组合

顶真组合是一种特殊的粘附式组合，其特殊性在于它不是以一个中心意象去带动辅助意象，而是下面一个意象紧咬上面一个意象，在部分重复之中求得意象的变化、发展。我们看台湾诗人商禽的思乡诗《凯亚美厦湖》：

比水的清冽/更远的/是林木的肃杀/比林木的肃杀/更远的/是山的凝立/比山的凝立/更远的/是云的苍茫/比云的苍茫/更远的/是天的渺漠/比天的渺漠/更远的/是我的望眼

诗中第二句“林木的肃杀”是前一句“林木的肃杀”的重复，构成顶真格式。每作这样一次重复、顶真，都将诗意向前作了推进。作这样的组合，自有当时特定的情景规定性。诗人站在湖边，视线由近而远层递伸延，思乡之情也由近及远不断延展，前面的意象都为最后的思乡之情的飞扬做了铺垫，使得思乡之情自然而又有层次地起飞、腾空及至抵达遥远。商禽似乎比较喜爱使用顶真组合。他的另一首诗《逃亡的天空》也是，但有所变化：

死者的脸是无人一见的沼泽
荒原的沼泽是部分天空的逃亡
遁走的天空是满溢的玫瑰
溢出的玫瑰是不曾降落的雪片
未降的雪是脉管中的眼泪
升起来的泪是被拨弄中的琴弦
拨弄中的琴弦是燃烧着的心
焚化了的心是沼泽的荒原

此处的顶真没有使用全部重叠，而是部分重叠，如“无人一见的沼泽”→“荒原的沼泽”；“天空的逃亡”→“遁走的天空”；“满溢的玫瑰”→“溢出的玫瑰”，等等，既有重叠，又有变异。这就使顶真格式不至于太过呆板。商禽此诗的结句与开篇相呼应，全篇构成圆环顶真，近乎回文。其用意旨在揭示心灵与外部世界的宿命式的对应轮回。

顶真组合的这种部分内容上下重叠的方式，其作用是加快诗的节奏，推动诗情的发展。诗人叶延滨，参访楼兰古城，昔日繁华的古城，现在却“只剩下一滩散乱的瓦片/手掌一样的瓦片，指甲盖一样的瓦片”，于是诗人面对瓦片进行沉思，借助顶真组合，把自己的历史观、生命观阐发得十分深透：

在城池中，过去和现在的城池中
比瓦片更高贵的是钢刀
比钢刀更高贵的是财富
比财富更高贵的是权力
比权力更高贵的是荣誉
比荣誉更高贵的是生命

这里，“瓦片”象征的是时间、历史、物的世界等，生命比所有的一切都高贵，都有价值，这种生命观无疑是合理的。但诗人的思考没有就此停止：

啊，生命是脆弱的，在沙漠之中
比生命更强大的是荣誉
比荣誉更强大的是权力
比权力更强大的是财富
比财富更强大的是钢刀
比钢刀更强大的是瓦片！

在生命、荣誉、权力、财富、钢刀等等所有这一切当中，原来，“更强大的是瓦片”！诗人对瓦片的赞颂，将生命的思考更加深入地推进了一层。而其中的顶真组合，使得诗思的推进更为严密、有力。

诗人老枪在组诗《我在肖村》第六首中也运用了顶真组合，却是一种变格：

为了路我放弃了门
为了土地我放弃了路
为了天空我放弃了土地
为了空气我放弃了天空
为了诗歌我放弃了空气
为了你我放弃了诗歌
可还要放弃呼吸吗

此处的变格就在于：不是第二句的前半部分与前一句的后半部分重叠，而是相反，第二句的后半部分与前一句的前半部分重叠。以否定形式出现的这种顶真，更有力地加强了意义和情感的递进。

顶真组合的形式感相当外露，可以称之为"强形式"。凡是强形式的东西都可能构成艺术的陷阱，例如所谓"图案诗"等，在追求外部形式时常常容易造成意义的沦丧。顶真组合当然不属于形式游戏，但若能在规范中求变化、求深度，也仍然可以发挥出理想的表达功能。

总之，意象组合的手法多种多样，各有不同，各有特色。以上所举方法，也是你中有我，我中有你，难以严格界分。诗人在进行意象组合时，往往多种手法综合贯通、交互使用，以达到变化多姿、不拘一格的艺术效果。

第九章

诗的过程美：感觉

前文已谈到，艺术创造过程是主体心理能力全面被激活的过程。诗的美首先表现为创造主体在创造活动中的过程美。创造活动既然是主体的一种心理过程，那么诗的过程美，实际上就表现为心理活动过程中每一个心理层次的具体美。

在艺术创造活动中，艺术家的创造能力进一步转化为创造的方式与内容。诗的过程美就落实在不同的心理层次上。诗的过程美，涉及内容较多，包括感觉美（内感觉美）、情感美、思辨美、悟性美等。本章着重讨论感觉美的传达。

大自然原本存在于人的感觉之外。其鸿蒙初辟，本无所谓美丑，也无所谓色香声味，而是一个无美无丑无声无味的世界。它只有“第一物性”——物质的形态、大小、运动速度以及其他一些物理的、化学的初级自然质。人类的出现才有了色、香、声、味等不同特性，洛克把这些叫作“第二物性”。国外还有人把真、善、美叫作“第三物性”。人类的感觉所处理的就是第一物性与第二物性，并使之上升为第三物性。感觉，使人类获得整个世界。

随着物质文明的提高和社会的发展，人的感觉力不仅没有得到强化，反而有了弱化的趋势。哲学家施勒格尔就说过，对于大多数人来说，“根本不是由于缺乏理智，而是缺乏感觉”①。

如何拯救人们的感觉？如何重新恢复人们业已钝化的感觉？对此，我们似乎只能寄希望于艺术。因为艺术来自感觉、始于感觉，艺术还能反过来进一步发展我们的感觉。什克罗夫斯基说过：“艺术的存在帮助我们恢复对生活的感觉；艺术的存在使我们能感觉到事物，使石头变得像石头那么硬。”② 此话是颇有深意的。什么叫“使石头变得像石头那么硬”？其意是说，人类长期与石头接触，由于太熟悉了，对石头的具体感觉反而被丢弃，石头在某种程度上蜕化成了一个概念，仅仅作为一个观念物存在于人们的头脑里。而艺术，却运用具象化手段，重现了感觉中的石头的形态和性质，从而恢复了人们对石头的感觉。艺术不仅能恢复感觉，还能够把感觉强化，提供一种更新颖的方式引领你去感觉外在世界，使你在感觉当中产生愉悦，从而产生了感觉的美。

艺术家与诗人的天职，就在于锻炼自我的感觉能力，使之加倍敏锐。列夫·托尔斯泰就说过：“在一座森林里面，你找不到两片彼此相同的树叶，我们识别这两片树叶的不同点，靠的不是浮光掠影、走马观花，而是要把捉住那些在我们眼前一掠而过、不易把捉的特点。”③ 创造主体的敏锐的感觉能力，是获得感觉美的前提。

感觉美的内涵相当丰富，本章将着重讨论感觉的强化、优化问题以及人的感觉对光与色的捕捉和表现、感觉的变异美问题，并对“感觉诗”——一种颇具特色的感觉形态，作深入分析。

第一节 感觉的优化

艾青曾说：“诗是由诗人对外界所吸引的感觉，注入了思想感情，而凝结为形象，终于被表现出来的一种‘完成’的艺术。”④ 敏锐的感觉素

① 转引自刘小枫《诗化哲学》，山东文艺出版社 1986 年版，第 55 页。

② 转引自［美］罗伯特·司格勒斯《符号学与文学》，谭大立等译，春风文艺出版社 1988 年版，第 73 页。

③ 转引自洛穆诺夫《托尔斯泰传》，李椬译，天津人民出版社 1981 年版，第 58 页。

④ 艾青：《诗论》，人民文学出版社 1980 年版，第 172 页。

来为诗人和作家所重视。朱自清就说过，发现诗意，“第一步得靠敏锐的感觉，诗人的触角得穿过熟悉的表面向未经人到的底里去”[①]。那么什么样的感觉才是敏锐的感觉呢？我们又如何在自己的感觉能力得到强化的同时，进一步加以优化呢？我们不妨从下面几组不同感觉类别的比较中作些探讨，得出有益的结论。

感觉分为**外感觉**和**内感觉**。外感觉即指五官感觉。内感觉，是人对外感觉的初步综合，是内心的一种感受。平时所谓“自我感觉良好”中的“感觉”，即有“感到、觉得”之意。所以感觉要敏锐，既指外感觉，也包含了内感觉。这两类感觉，对于诗人，应是同等重要。

从时间的持续长度看，感觉可分**瞬间感觉、持久感觉**。别林斯基说：“像风飘过琴弦一样震动诗人心灵的瞬间感觉，构成抒情作品的内容。”（别林斯基《诗的分类和分型》）瞬间感觉给人以新鲜感，往往由诗人在特定情景中捕捉到，如：

在江南的雨中
我也是一棵树
始终不清楚雨是什么
只觉得天空中
无端生长许多藤蔓于树间

——闻欣《雨在森林中》

又如：

许多的雨点在门槛外喧哗
那雨声，穿越门槛
犹如许多想生长进门槛的植物
笠帽上充满种植气息
坐在门口，雨水喧哗

① 朱自清：《新诗杂话》，上海作家书店1947年版，第10页。

已在胸口泛滥

——卢凌《穿越雨季》

在前一例中，雨丝如同“藤蔓”，只有亲身进入雨中的森林才会有这种感觉。后一例，由于写的是播种季节的雨，因而感到雨点犹如“种子”，要长成“植物”，又由于雨下得久长，给人以雨水在“胸口泛滥”的感觉。这些感觉都是在瞬间形成的。

相对于瞬间感觉，持久感觉自然没有这种优势，那就得在感觉方式上下功夫。例如，对于“阳光”这一人们十分熟悉的事物，要感受出新意来不无难度，那你就得设法转换角度、改变方式，如注重临场感的描绘、讲究我与物的交流等。这是阿蔚在《某个下午，与阳光相处》中的描述：

选择某个下午/与阳光相处/让它无数只透明的手向我围绕/发出某种叫声以前/我像一条被击中的狗/悄然倒下

与阳光相处/许多冻僵的关节/凝固已久的血脉/发出各种欢愉的声音/我像一叠翻阅的诗稿/对每一丝不同的光线/都有不同的感觉/饥饿的诗篇/露出泛黄的斑迹/并且/瘦骨嶙峋

与阳光相处/看它从上面飘然而下/与我缠绕在一起/阳光使我色彩缤纷/又使我单纯如初/一片云过后/阳光依然照着我

第一节写阳光伸出无数只手“向我围绕”，传递出一种亲近感；第二节重在写享受阳光后的愉悦，以“冻僵的关节”“凝固已久的血脉”，深刻表达出“身体”对阳光的饥渴；最后一节进一步写人与阳光的融洽关系，人被阳光照得色彩缤纷而且单纯如初，阳光与人化而为一，物我纠缠交融。从自我感觉出发，描述与阳光相处的过程，写得十分细腻，是一种“身体的表达”。全诗弥漫着一种温煦氛围，读来真切而自然。

从感觉的性质分，则有**普通感觉与独特感觉**。在通常情况下，人的感觉大同小异，但艺术传达却需要诗人有独特的感觉，只有独特感觉才能给人以新意。“特殊感觉是步入艺术殿堂的敲门砖。”[①] 独特感觉是纯个人的感觉。例如冰块是寒冷的凝结，但在诗人王彪笔下，冰块却是“冰冷的火焰”，这种感觉就具有特殊性，他写道：“见识过冰块的人/也肯定见识过我的孤独/那种冰冷的火焰/独自燃烧时吱吱的叫声，”（《孤独》）这是在矛盾中见出独特。又如下雨躲到树底下避雨，这也是常事，但周志友却这样写：

雨砸在酷热的地上
腾起的热气蒸人
我尽快地朝树下走去
不是躲雨
是想听听雨对树叶说些什么

——《雨》

严格地说，此诗还未具体传达出什么感觉，但却已为读者规定了感觉方向，创造了一个感觉区域，那就是雨点击打树叶的声响。在诗人看来，那不是击打，而是雨与树叶的“交谈”。这种感觉也是常人所没有的。

再从感觉产生的角度看，则有**原初感觉**与**重复感觉**之分。按照科林伍德的说法，人们并没有真正意义上的重复感觉，他说：“感觉的经验是一个永恒之流，其中没有任何东西能够保持同一，而我们看作常在和重现的东西，并不是不同时期感觉之间的同一性，它们只是不同感觉之间程度或大或小的相似而已。”[②] 在他看来，感觉犹如一条河流，不会重复。这确实没错。但人们经常在重复感受同一事物的情形却是真实的。而每一次重复，都会使感觉更快地趋向钝化。所见次数越多，所见就越少。这就要求诗人注重原初感觉。当你在接触新事物时，就应注意捕捉这最初的感觉，这种感觉很可能是朦胧的，不可把握亦不可言传，这时你就

① 曹文轩：《思维论》，上海文艺出版社1991年版，第58页。

② ［英］科林伍德：《艺术原理》，王至元等译，中国社会科学出版社1985年版，第163页。

得注意捕捉它，细加琢磨，反复验证，努力加以放大和强化。事实上，人类生活在语言的世界里，许多感觉都被带上概念化成分，如果不抛弃那些现成的经验，就无法以你新奇的独特感觉给人的业已钝化的感觉以冲击和再次刷新。

诗人薛卫民在《古寺》一诗中有这样的句子：

孤立的一柱峰
要是再长起一棵树么
结出的果子
一定能撞响天堂的钟

在仰望一座高峰时，因为其高，你很可能会感到如果它再高一点就顶着天了。这样的感觉或设想，我们的童年生活里可能都曾有过，但却始终不会去表达。而诗人薛卫民却将这点原初的感觉挖掘出来，加以强化，借助系列意象，使这种重复过多次的感觉得以呈现，而且新鲜感依然。

错觉、幻觉等均有原初感觉的性质。例如舒婷《路遇》中的“凤凰树突然倾斜/自行车的铃声悬浮在空间/地球飞速地倒转/回到十年前的一夜”，这里写的是错觉；又如宋琳《垂钓》中的“我在被安排的时辰悠闲作业/鱼钩从别人的眼睛伸进我的身体探测水深”；又如他的《休息在一棵九叶树下》中的“我听见我的身体像一块木板裂开/在风中四面飘散”；这二例则带有幻觉成分。错觉、幻觉都与潜意识有关联，所以带有原初的感觉痕迹。

感觉转移与**感觉召唤**。为了获得新奇的感觉，诗人们作过多种尝试。有的从客观物身上转移感觉，如闻欣在《江南麦野》中写道：“四月，江南的田野/大片大片没有成熟的麦子/你深入其间/就有麦子的想法/你是它们中青青的一株/整个田野就会颤动起来/走进麦野/你会/有抽穗的感觉/有扬花的感觉/有灌浆时痒酥酥的颤动/有垂穗时的饱满与深沉。”而有的在转移感觉的同时，借助想象来丰富感觉，如姜桦：“麦田金黄过来的时候/一条鱼迅速突破想象的栅栏/纵身扑食月光的姿势/

使平静的水面/更加平静。”（《想起一条鱼》）而有的诗人则通过场景的刻画，不但传达了某种感觉，而且旨在引发感觉、召唤感觉。如梁晓明的《玻璃》：

我把手掌放在玻璃的边刃上
我按下手掌
我把我的手掌顺着这条破边刃
深深往前推
刺骨锥心的疼痛，我咬紧牙关
血，鲜红鲜红的血流下来
顺着破玻璃的边刃
我一直往前推我的手掌
我看着我的手掌在玻璃边刃上
缓缓不停地向前进
狠着心，我把我的手掌一推到底
手掌的肉分开了
白色的肉和白色的骨头
纯洁地向我展开

这是一首可以引起争议的诗。批评者可能认为写的是无意义的现代人的自虐行为，其残忍无法引发美感；肯定者可能认为此诗表达了一种为了把握事物真相而不惜付出代价的牺牲精神。不管如何，此诗激发了读者的感觉，随着诗的描述，读者的感觉同步推进，感觉被步步召唤，给人印象十分真切深刻，这是确定无疑的。

荷兰建筑设计师米兹·万特罗曾说：“上帝在细枝末节处等待。”他讲的是细节的重要意义。而要获得细节，只能凭借敏锐的感觉。在与外在世界的接触中，全身心地激发它，不断地强化、优化自我的感觉力，所面对的世界就会无限丰富。

第二节　光与色的感觉

大自然是光与色组合的世界，人类就生活在光与色彩之中。光与色是自然界最直接的外观。光与色是一组交织的概念，色彩产生于光，或者说，物体对光的反射产生了色彩，所以光与色很难截然分开。艾青说："艺术离开光就没有生命。"（《光的赞歌》）这里所说的光同样也包含了色彩，色彩是特定的光。人类的视网膜对色彩的反应特别敏锐，光与色的感觉是人的最直接最原始的感觉。

色彩美是感觉美的重要内容之一。大自然不仅创造了绚丽缤纷的色彩，而且创造了欣赏色彩美的人类的眼睛。马克思说："色彩的感觉是一般美感中最大众化的形式。"① 因为美都与感性事物有关，而色彩感是纯粹的感性，所以它更容易成为美的一个因素。对色彩的美感作用，古人早就意识到，孟子就说过："目之于色也，有同美焉。"（《孟子·告子上》）狄德罗则认为绘画中的色彩给事物带来了生命，从而引起了美感，他说："素描描出人物的形式；颜色给他们这种生气勃勃的神情，使他们栩栩如生。"因此，画家和诗人都在色彩上下功夫，例如德拉克洛瓦就说过："我的目的是要利用色彩来创造美。"没有色彩，世界就一片黯然；没有色彩，艺术就产生不了美和光辉。

一　色彩美是视觉美的主要内容

视觉美指的是客观物体的固有色彩作用于人的视神经所引起的愉快的感觉。人类对色彩的反应十分敏感。在古诗中，"记得绿罗裙，处处怜芳草"（唐·牛希济），"忽见陌头杨柳色，悔叫夫婿觅封侯"（唐·王昌龄），写的即是由特定的色彩所引发的人的心理反应。对色彩的感觉，是人的视感官的重要功能之一。经验告诉我们，色彩是最易进入记忆的内

---

① 《马克思恩格斯全集》（第13卷），人民出版社1998年版，第145页。

容，“起着一种吸引眼睛注意的诱饵的作用”（普辛语），所以较之线条更易为人所注目、接受。的确，素描赋予本质以形体，色彩赋予本质以生命。色彩有比线条更为重要的意义。

诗，不管其主体意识如何强烈，它总是向人们提供一个情感赖以活动的活生生的客体世界，要表现这个世界，就少不了对色彩的描绘。黑格尔说过：“颜色感应该是艺术家所特有的一种品质，是他们特有的掌握色调和就色调构思的一种能力，所以也是再现的想象力和创造力的一个基本因素。”[①] 这里说的是画家，但对色彩的关注也应该是诗人的基本素质。诗人同样应注意对色彩的观察和辨析，培养对色感的捕捉能力与表现能力，以完成诗歌意象美的创造。

色彩描绘是使意象获得视觉美的首要前提。不过，诗歌的色彩视觉美与绘画的视觉美不同之处在于，绘画的色彩是直观可见，直接呈现于画布等物质材料之上的；而诗歌中的色彩需经过意象符号这一中介，并通过读者的经验与联想再造新的色彩空间，所以诗歌中的色彩是间接的。例如我们读杜甫《绝句》：“两个黄鹂鸣翠柳，一行白鹭上青天。窗含西岭千秋雪，门泊东吴万里船。”这里明写的色彩就有四种，这些色彩，写得富有层次感、纵深感与距离感，具有清新悦目的视觉美。又如范仲淹《苏幕遮》：“碧云天，黄叶地，秋色连波，波上寒烟翠。山映斜阳天接水，芳草无情，更在斜阳外。”这里呈现在读者面前的是一幅壮阔、明丽而略带苍凉的秋景，色彩也甚为丰富。以上诗句中的视觉美感都需要诗人或读者的想象加以复现。诗歌意象的色彩美，是通过复现色彩的记忆而唤醒的一种审美愉悦。

色彩的对比与映衬，是产生视觉的层次美、和谐美的有效手段。色彩的对比包括不同色相之间的对比、同一色相内不同明度的对比以及冷暖色调的对比，以达到色彩之间的和谐及色彩与情感内容的一致。如辛笛在《禾女之歌》中所展现的意境：“金黄色的穗子在风里摇/在雨里生长/如今我来日光下收获/……蓝的天空有白云/是一队队飞腾的马。”蓝天、白云、金穗三种色彩组成一幅境界广远的画面，层次感极强，这是

① ［德］黑格尔：《美学》（第三卷）（上），朱光潜译，商务印书馆1986年版，第282页。

三种不同色相构成的对比，具有色彩与表情的和谐统一。又如艾青《当黎明穿上了白衣》："紫蓝的林子与林子之间/由青灰的山坡到青灰的山坡/绿的草原，/绿的草原，草原上流动着/——新鲜的乳液似的烟……"紫蓝、青灰与绿色，都属冷色调，但也处理得很有层次，与"乳液似的烟"形成了对比关系，和谐的色彩体现了黎明的无限生机。而王家新写雪后的远山，"雪后。雪在对山上/突然呈现出松林的葱茏/且使我/看清崖石之黑色"，雪之白、树之青葱、崖之黑，简直是色块的堆叠，不仅层次鲜明，而且颇具力度。

色彩的对比在画家那里常常用来影响色彩的色相、明度和纯度，形成各种色调，以产生预定的视觉与心理的效果。色彩在诗歌中虽然没有像在绘画中那么直接，然而对比产生的视觉和心理的效果仍然是存在的。例如白居易的《忆江南》"日出江花红胜火，春来江山绿如蓝"句中，红与绿构成互补对比，花色火红，色彩鲜艳，流水有红花的照射而特别清丽，春日那种明丽清新的景象让我们的视觉和心理产生强烈印象。这类对比在现代诗中大量存在，试举几例：

浓得像一锭研不开的墨/一颗贼亮的流星/在锅底上划了一道痕……

——寒风《夜》

顶着雪白花冠/淌下绿水潺潺/流，流……/松花江两岸的高粱/原是你/鲜红的爱恋

——刘畅园《长白山》

首例中，极言夜之黑如"墨"如"锅底"，极言"流星"之亮，产生的色彩对比十分强烈；第二例中以白雪与绿水作对比，中间加以高粱的红色，更加强了对比效果，呈现的世界够令人陶醉了。

色彩的对比可以创造最佳效果的和谐与平衡。"各种颜色……配合得当，既现出它们在绘画上的对立，又现出这种对立的和解与消除，使眼

睛看到，就感觉到一种平静与和解。”[1] 在强烈的对比中，又见出平静与和解，才能产生视觉与心理的美感。

色彩的调和产生美。两种以上的颜色配合时，由于色彩的和谐照应、相得益彰，产生愉快的感觉，称为色彩的调和。色彩的调和包括同色配合的调和与类似色配合的调和等。色彩的互补是指两种光互相调和后变成黑灰色，该两种色即为互补色。朱光潜说：“任何两种补色摆在一块时，视神经可以受最大量的刺激而生极小量的疲倦，所以补色的配合容易引起快感。”[2] 例如王维的诗句：“西岳出浮云，积翠在太清。连天疑黛色，百里遥青冥。”（《华岳》）这就是同类色配合造成的调和。翠是青绿色，黛是青黑色，青是深蓝色，三种颜色明度不同，同属于蓝色，显得十分调和。这种描写与达·芬奇的分析相一致：“远山颜色愈深，显示得愈苍翠壮观。颜色最深的远山，显示最美的蓝色。山愈高，山林愈密，则山色愈深浓，这是因为这种树木很高，显示了不受天光照射的黑暗的底层。”[3] 再如杜甫“紫萼扶千蕊，黄须照万花”；吴伟业的诗句“黄鸡紫蟹堪携酒，红树青山好放船”，这里的黄与紫、红与青都互为补色，对照强烈，给人视觉以鲜明的快感。现代诗人中，艾青是绘画的能手，在他的《当黎明穿上了白衣》中，类似色配合造成的调和相当成功：

> 紫蓝的林子与林子之间/由青灰的山坡到青灰的山坡/绿的草原，/绿的草原，草原上流动着/——新鲜的乳液似的烟……

此处的“紫蓝”“青灰”“绿”都属冷色调，在类似色的调和上，又与“乳液似的烟”构成淡淡的对比，整体画面就显得和谐且有生气。

处理好色彩的搭配与组合，是达到视觉美的前提，如果将色彩作杂乱无章的堆砌，毫无节制地泼洒，则将破坏视觉美感。为此狄德罗指出：“优良的素描师并不缺乏，善于着色的大师却是少有”。可见色彩的描绘

---

① ［德］黑格尔：《美学》（第三卷）（上），朱光潜译，商务印书馆 1986 年版，第 276 页。

② 《朱光潜美学文集》（第一卷），上海文艺出版社 1982 年版，第 296—297 页。

③ ［意］列奥纳多·达·芬奇：《芬奇论绘画》，戴勉译，人民美术出版社 1979 年版，第 224 页。

要达到较好的视觉美效果．并非易事。诗歌意象的色彩表现也是如此。

色彩的变化产生美。变化中的色彩给人的感觉是更美的。因为变化能够呈现色彩美的全部丰富性。比如日出之前，天空和云彩的变化绚丽奇幻，暗红、橘红、绯红，金色、玫瑰色、浅蓝色、磁蓝色、黑蓝色等，满天云锦，壮丽辉煌，目不暇接。在诗歌中，表现色彩变化的例句很多。如"一道残阳铺水中，半江瑟瑟半江红"（白居易）；"日照香炉生紫烟"（李白）；"野径云俱黑，江船火独明。晓看红湿处，花重锦官城"（杜甫）。王维对色彩的观察与把握相当细腻，善于在色彩的似有似无的变幻中显出朦胧的意境美，如"白云回望合，青霭入看无"（《终南山》）；"江流天地外，山色有无中"等。而杜甫的"寒轻市上山烟碧，日满楼前江雾黄"，则是借助背景色把原物的色彩加以改变。元人绝句"夕阳返照桃花渡，柳絮飞来片片红"也运用了此法。在现代诗中，由于条件色的变化而引起色彩变化的就更多。同是"阳光"，在树林里看，阳光就变成"绿色"；在浇沥青路面的工人眼里会变成"黑色"；同是青草，在晚霞中看会变成金色，在月光下看会成为灰色。此外，错觉、幻觉、印象等手法的运用，都会使色彩产生极大的变异。

二　色彩描绘与情感表达

色彩描绘是文学作品表情达意的重要手段。诗人们不仅在色彩的对比、调和、互补及变化中表现色彩的视觉美感，而且更是利用色彩的联想、象征作用，表现色彩的情感美与意义美。

阿恩海姆曾说："色彩能够表现感情，这是一个无可辩驳的事实。"[①] 色彩为什么能表现感情呢？这是人与大自然长期密切相处所产生的同构对应效应，是色彩本身所具有的物理性能对人的生理刺激、心理感应及人的联想、移情等作用的共同结果。根据实验美学的试验结果，肉体能对色彩作出种种反应。在彩色灯光照射下，肌肉的弹力能够增大，血液

① ［美］阿恩海姆：《艺术与视知觉》，滕守尧等译，中国社会科学出版社 1984 年版，第 460 页。

循环加快，其增加的程度，以蓝色、绿色、黄色、橘黄色、红色的排列顺序逐渐增大。实验发现，一个因患大脑疾病而丧失了平衡感觉的病人，当让其穿上一件红衣服时，就会变得头晕目眩，当换上绿色衣服时，这种症状就会消失。

色彩的表情性，更多的是人的联想所得到的。如看见红色，联想到火焰、流血，因此以为红色具有刺激性和令人振奋；看见绿色，联想到草木和大自然的清新景象，因此认为绿色具有“一种人间的、自我满足的宁静，这种宁静具有庄重的、超自然的无穷奥妙”（康定斯基语）。蓝色，可以使人联想到天空和海水，因而蓝色具有爽朗的感觉；黄色，常常用来装饰宫殿，因而黄色象征高贵。此外，人们还根据移情作用，觉得颜色本身具有某种特定性能，认为“红色大半是活跃的、豪爽的，富于同情心的。蓝色大半是冷静的、深沉的，不轻易让旁人知道自己的。黄色是畅快的、轻浮的。青色是古板的、闲逸的”等。诗人闻一多也曾在《色彩》一诗中写道：“红给了我热情，/黄教给我忠义，/蓝教我以高洁，/粉红赐我以希望，/灰白赠我以悲哀。”这也是对色彩的表情性质的诗的表述。

中国古代就注意到色彩与情感的密切关联，如五代时期山水画家荆浩就曾说过：“红间黄，秋叶堕；红间绿，花簇簇；青间紫，不如死；粉笼黄，胜增光。”大智浩原对色彩的情感象征意义作了如下归纳：

白——快乐、清晰、快速、纯真、清洁。

黑——静寂、悲哀、绝望、恐怖、罪恶、严肃、死亡。

灰——平凡、温和、忏悔、中立。

红——欣喜、热情、爱、暴力、火焰、太阳、血、力量、愤怒、积极。

橙——嫉妒、虚伪、活泼、乐天。

黄——金、贵重、智慧、希望、发展。

绿——大地、和平、遥远、健康、生长。

蓝——诚实、阴郁、海洋、悠久、广大、消极、平静、雅致。

紫——高贵、庄重、华丽、神秘、不安。[①]

从上可知，色彩的情感向度并不是一维而是多维的，有时甚至是相互冲突的。这是因为色彩与经验世界的联系呈丰富多样之故。色彩能够表现情感，或是起于联想，或是起于移情。如红色使人联想到火，给人以温暖，而移情作用则更进一步把物理的“暖”移为心理的“暖”，于是红色就“富于同情心”了。朱光潜先生认为移情时人“以整个的心灵去观照颜色，而却不自觉是在观照颜色，以至于我的情绪和色的姿态融合一气，这是真正的美感经验”[②]。

在艺术家手中，色彩更是表现情感的有力武器。列宾就说过：“颜色对于我们乃是表现我们的思想的武器，我们的色彩不是漂亮的色块，它应当表现我们的情绪、心灵，它应当像音乐中的和声一样引起观众的共鸣。”康定斯基认为，色彩应当具体地表现画家内在的感情，每种色彩都应有它自己的表现价值。

鉴于色彩本身所具有的表情性能，诗人表达感情时必然对色彩具有选择性。例如艾青写北方的悲哀，即把北方置于“一片暗淡灰黄/蒙上一层揭不开的沙雾”（《北方》）这一沉重的背景里来描写；为表现劳动者的希望与创造，则选取了明朗的背景，“初夏的晴空，/绮丽而净洁，/晴空下的江水/明亮而柔滑”（《初夏》）。诗人应当根据需要，选择适合特定情感的色彩来进行述写。

色彩还有象征的意义。黄巢的赋菊诗“冲天香阵透长安，满城尽带黄金甲”中的“黄”，既指菊花的颜色，又喻义军的服饰，此外还有一层象征意义：古人天谓之玄，地谓之黄，黄色象征土地，预示着将获得天下。在现代文学中，“黑色幽默”中的“黑色”，象征现实世界的恐怖、压迫、荒诞、滑稽。诗人戈蒂埃曾写有《白色大调交响曲》，描写古老的莱茵河上美人与天鹅在河岸边游边歌的情景，赞美其“白色的脖颈”“白色的流彩”“白色的肌肤”“白色的胸膛”“白色的泪水”“白色肉欲的魅

① 转引自田曼诗《美学》，台湾三民书局1982年版，第128页。

② 《朱光潜美学文集》（第一卷），上海文艺出版社1982年版，第293页。

力”“白色的秘密”，极言其“白”，并说“在这白色的大战中/绸缎和鲜花相形见绌”。在这里，“白色”就象征了生命、纯洁、自由、高贵。中国诗人中，柏桦以“一种白色的情绪/一种无法表达的情绪”象征对生命的超越；唐亚平以“黑色洞穴”“黑色石头”“黑色睡裙”等象征女性的生存状态；阿吾以“蓝色”象征自由的空间，“我透过所谓的窗/远视这蓝天”，“让我的侧面/和我的头顶上空/全部都是这蓝色的眼睛”（《出去》）；他的另一诗《一只黑色的陶罐容积无限》中写道：

诞辰之时注定是纯粹黑夜/那黑夜真正不可想象/在尚可承受的黑色暴雨中/在尚可感应的黑色烈火中/黑色陶罐继承了先人的黑眼睛。

我们怎么也走不出她的视域/有时候我们以为她被抛在山的那边/抬头看时她又出现在山的这边/其实我们早已凝固了/象形的方块字凝固了/火药、指南针凝固了/经史子集凝固了/道与气凝固了/我们只好相信东方黑洞的幽灵。

这里面“黑色”的象征扩大为对整个民族历史文化的思考，这“黑色的陶罐”把历史、文化、哲理融为了一体。

朱光潜先生认为，“联想愈客观愈近于美感”①。因此同一色彩所唤起的情绪和象征，往往彼此所见略同。但诗人为了表达特定的美感经验，却必须打破趋同性，努力追求色彩象征的差异性、独特性。

诗人对色彩的不同喜爱，也形成了诗歌的不同美学风格。如王维素朴淡雅，李贺错杂斑驳。现代诗人中，艾青浓郁浑厚，何其芳清新婉丽，这均与色彩的不同处理密切关联。

对色彩的表现需要有如下三个条件：第一要有观察者的一双敏锐眼睛，第二要有被看的对象即客观实体的存在及表现需要，第三即连接这二者的媒介物——光。意象的色彩表现即是通过这三者关系的交互变化

① 《朱光潜美学文集》（第一卷），上海文艺出版社1982年版，第291页。

来实现的。康定斯基指出：“色彩本身的变化十分丰富，只要与形式结合起来，这变化的可能性更无穷尽。但所有这些，都是内在需要的表现材料。”客观物的色彩无限多样，光源对物体的作用也千变万化，这一切构成了自然界色泽的无限丰富性。而人的情感、“内在需要”又是变动不居的，因此人对色彩的反应也是林林总总，难以尽言的。

艺术的历史是人类观察世界、感知世界、表现世界的历史。对于大自然这一色彩组合而成的世界，诗人们都以自己的生花妙笔给予了激情的描摹与展示。而随着诗人的感知方式的改变，诗歌意象的色彩表现手法也在发展、嬗递。

三　由明晰单一趋向繁杂朦胧的色彩表现

传统诗歌讲究反映生活的真实性，要求如实再现客观物体的形貌色泽。在“反映”论原则要求下，诗歌中出现的色彩描绘，往往是明晰与单一的。诗人创作时，追求明确的主题的制导。主题的确定，带来了色彩的简单划一，有时甚至十分单调。他们写山村“红山寨呀，红山寨，/红花朵朵，满山开；/红色的电站建山崖，/红色的粮仓一排排，/鲜红的喜报像云彩，/火红的山歌扑面来”（《红山寨》）；写钢厂“甩一把热汗炉前跑呵，/一道红光上九霄，/山变了颜色天染红，/摸一把地面都把手烤”（《炼钢谣》）；写西沙姑娘“火热的青春，火热的海浪/西沙的风，吹黑她的面庞；/火热的劳动，火热的阳光/一根竹扁担，磨硬她的肩膀”（《西沙姑娘》）。这些描写不能不说是有着现实依据的，有些句子也可说相当逼真。从手法上看，是对生活现象的被动描摹。由于作者头脑中对主题的一意拔高，对生活（色彩）进行了过度的夸饰渲染，使得描述的对象扁平化，其结果反而失去了生活的丰富性与亲近感，读者多少能感觉到这种色彩描绘的空泛与概念化。同样，如下诗句：“东风！红旗！朝霞似锦……大道！青天！鲜花似云！”这虽然也是一种高度概括和象征，但同样也是主题支配下的色彩的单一抽取，缺乏一种亲切平易的自然之美。

现代诗人在色彩的运用上，抛弃了这种表面、皮相的也是省力的被动摹写，他们的色彩描写更趋向于内在与心灵化，由外部走向了内部，由浅层进入了深层，色彩的描绘努力服从自我心灵表达的需要。

如杨炼在《诺日朗·血祭》中的描写：

殷红的图案簇拥白色颅骨，供奉太阳和战争/用杀婴的血，行割礼的血，滋养我绵绵不绝的生命/一把黑曜岩的刀剖开大地的胸膛，心被高高举起/无数旗帜像角斗士的鼓声，在晚霞间激荡。

这里的色彩同样是十分浓烈的，但却不是前文所举对红山寨、红高炉外部色彩的过度渲染。色彩已深入意象内部，具有强烈的主体意识与心灵印痕。它不是对自然物象的简单描摹和仿造，诗人注重的是内心的审美体验，以自我情感的颤动来把握和传达色彩。诗人对血祭场面的描绘，是更加主体化的，是诗人的情感与审美感受所重造的世界。列宾说过："颜色对于我们乃是表现我们的思想的武器，我们的色彩不是漂亮的色块，它应当表现我们的情绪、心灵。"[①] 对于诗人来说，这色彩也如血液一样，应从内心深处涌流而出，而不应简单地作外部涂抹。

色彩的运用在现代诗人的笔下更显得斑驳杂多。如同是杨炼，在《诺日朗》中写《午夜的庆典》："午夜降临了，斑斓的黑暗展开它的虎皮，金灿灿地闪耀着绿色。遥远。青草的芳香使我们感动，露水打湿天空。"这里面运用了两组矛盾修饰"斑斓的黑夜""金灿灿地闪耀着绿色"。这种独特的色彩组合，是极有表现力的。

现代诗人对诗的朦胧境界的追求，使得色彩的描绘也显得较为朦胧（确切地说，是色彩的朦胧带来诗境的朦胧）。如舒婷《往事二三》中写的："桉树林旋转起来/繁星拼成了万花筒/生锈的铁锚上/眼睛倒映出晕眩的天空"。把诗境置于"旋转""倒映"的动态关系之中，其色彩也就是"晕眩"的、不易捕捉的。

再如北岛《港口的梦》中所写的，"当月光层层流入港口/这夜色仿佛透明/一级级磨损的石阶/通向天空/通向我的梦境"。月光、波浪、石

---

① 转引自周正《绘画色彩学概要》，陕西人民美术出版社1986年版，第20页。

阶合成一个“梦境”，组合成朦胧的色彩的幻境。朦胧诗具有意念的朦胧和意境的朦胧，这意境的朦胧更多的是由色彩的朦胧、恍惚所造成的。

北岛表现色彩，常常把色彩置于流动变化之中，创造一种闪烁不定的诗境。如他在《回答》中写的：“在那镀金的天空中，飘满了死者弯曲的倒影”；在《界限》中写的：“河水涂改着天空的颜色/也涂改着我。”在《陌生的海滩》中写的：“正午的庄严中，/阴影在选择落脚的地方。/所有的角落，/盐粒凝结昔日的寒冷，/和一闪一闪的回忆之光。”这种光与色的流动、变幻、交错，造成一种迷离、恍惚、模糊不清、难以把握的境界，光与色的描绘很好地烘托出诗的情绪氛围。

由色彩的单一、明晰走向色彩的朦胧、杂多，是再现向表现的转化，是光与色的生命化、情感化的结果。这种色彩的生命化、情感化，还表现在由于主休情感的强烈，可以改变客观物象的本原色彩，而趋于印象化。

四　由忠实于原光原色趋于表现色彩印象

毕加索指出：“艺术是一种使我们达到真实的假想。但是真实永远不会在画布上实现，因为它能实现的只是作品和现实之间发生的联系而已。”① 毕加索认为，真正纯客观意义上的“真实”是不可能实现的。这在视觉艺术——绘画上是如此，诗歌——这间接的视觉艺术更是如此。苏珊·朗格也指出：“艺术甚至连一种秘密的或隐蔽的再现都不是。”应该说，世上没有不带主观因素作用的再现，问题在于一些诗人的自我主体意识薄弱，只能停留在事物的外围与表面，在色彩表现上也是如此，始终处于相当被动的地位。

这种被动性无处不在。传统诗歌竭力追求描摹的外部真实性，诗人笔下出现的是“油菜黄，麦苗绿，满眼春光上岭头”的常规镜头，是“水如蓝天，稻像金山，棉似雪海”的俗套搬用。诗的前进，使得诗人们抛弃了这种被动的表浅描摹，打破事物原光原色的制约束缚，对色彩进

① 转引自张华《评杨振声的〈玉君〉及鲁迅对它的批评》，《文史哲》1988年第2期。

行大胆改造。正如19世纪德国文学家路德维希·蒂克所说："我的外感官驾驭着物质世界，我的内感官驾驭着精神世界，一切都服从于我的意志……我就是自然的立法者。"[①] 所谓自然的立法者，即由自然主宰你，变为你主宰自然。

现代诗人敢于作色彩的主宰，他们注重细致、敏锐的观察，从而记录下物体色彩的瞬间印象。例如北岛在《你好，百花山》中所写的："沿着原始森林的小路，/绿色的阳光在缝隙里流窜。"他把"阳光"写成了"绿色"。他在《我走向雨雾》中则把雨写成了蓝色，"蓝色的斜线，/抽打着幽暗的树林，/仿佛在抽打一千支手杖"，这些描写固然有背景（条件色）的衬托之故，但也离不开诗人直觉的感知，是当时瞬间印象的记录。而他诗中多处出现这类描写，"绿色的洪水""蓝幽幽的雪花""绿色的星"等，都没有拘泥于事物的原光原色，而是忠实于自我的独特观察和感受。再如周伦佑在《黑色的雕像——给一个青年养路工》中写的也是如此："黑色的溶液/在你手中喷洒/工作服上涂一层沥青/连阳光也变成黑色的了/雕塑着你的表情/黑色的/像这滚烫的溶液一样严峻。"改造原光原色表现瞬间印象，似已成为现代诗人的共同艺术信条。西川写《鸽子》："在那黑暗的水面上，/鸽影是白色的鱼。"周志友写煤矿工人："脸是黑的/手是黑的/流出的汗也是黑的/全身都是黑的/只有笑/是白的/白得像窗外的雪一样/闪着白色的迷人的光芒。"前者是鸽子飞过水面时的印象联想，后者是煤矿工人刚从井下上来时的即时感知。而廖亦武写太阳，"黑色的太阳在世界外面咆哮不息"，则有更多主观改造的因素。

以印象写色彩，可以给人耳目一新之感。大自然的每一事物都处在色彩的变化之中。例如，人们一般认为草是绿色的，然而若眺望远方的原野，草却不是绿色的，而是青色的；再若受到晚霞的映射，也能成为红色或灰色。由此可知，色彩是随着观察的位置和时间的变化而发生种种不同的变异的。而印象派所描写的大自然，则全是感觉中的大自然。因此，他们能把握到变幻不定的条件色，能看到物体在光与影里隐现出

① 转引自何新《艺术现象的符号——文化学阐释》，人民文学出版社1987年版，第104页。

没与变化。现代诗人正是掌握了这一点，因而不去现成地照抄对象，而是在紧张地寻找、发现与自己心灵相通的东西，进行色彩的个性化表现。

五　由单纯视觉感官表现趋于多感官的交互表现

人的五种感官各司其职，色彩是由人的视觉器官——眼睛感受的，这也是常识。但仅仅以视觉感官来感受色彩，有时也会显得单调乏味。如一首题为《木棉花》的诗：

像旗帜，红得耀眼
像火把，红得灼亮
像朝霞，红得辉煌
木棉花啊，英雄花

三个喻体均属视觉表象，木棉花的红色固然也得到了强调，但给读者的印象仍较一般化、概念化，缺少艺术表现的厚度。

为了更好地表现色彩，现代诗人打破了单纯视觉器官的局限，将五种感官沟通起来，同时以其他感官来表现视觉内容。“色彩在笑，在哭，色彩像银铃的颤动，像青铜器的轰鸣”，这就是一例。此种交感手法古已有之，现代诗人更为经常、广泛地采用了这一手法，以表达丰富的感官内容。如章德益写日出之光之色：

西部，日潮
嘶嘶的黄金汁
潺潺的紫铜液
奔泄的桃花汛
沸滚的太阳血
高原魂与边士心的横流

——《日潮》

这里写日潮，色彩浓重热烈，但没有停留在视觉范围内，还运用了听觉与触觉：“嘶嘶的黄金汁”“潺潺的紫铜液”“沸滚的太阳血”。这些意象，给色彩带来了声响与热度，如同日出时那阵阵喧响，无声中写出有声，寂静中写出了流动与炽烈，这比单纯的视觉表现，色彩更显其纷繁和深入。

其他感官可以用来表现视觉中的色彩，视觉色彩更可以表现别的感官感受的内容，色彩有了更多更广的艺术功能。如日本女作家铃木百合佩就写过：“母亲们刺耳的喊叫有红色、蓝色、黄色和紫色。”希腊诗人卡罗佐斯写过：“我被色彩，被自己的嗓音所烧伤。”现代诗人用色彩表现其他感官的内容，更为广泛。如：

表现听觉：

蓝水兵/你的嗓音纯得发蓝

——李钢《蓝水兵》

高原的天空燃烧得火辣辣的/金红的喧响格外悲壮

——张烨《高原上的向日葵》

表现嗅觉：

太阳辉煌地把生命赐给我们/带着母体的芬芳，绿色的芬芳/吐出第一个呼吸

——林莽《生命的对话》

表现触觉：

日影穿过瓦罐的鱼形指纹
花了一个世纪
终于触摸到她腮边渐次微红微馨的热气

——宋琳《瓦罐》

交感的运用，拓宽了色彩的使用范围与审美功能，同时也使色彩的

表现达到更为丰厚深邃的层次，使色彩更好地发挥表达情感、创造诗境的作用，色彩语言成为多功能的立体语言。

六　由描绘事物的外部形态趋向描述抽象的观念情绪

色彩，本是客观事物的外在表现形态。但由于色彩的主观化，或移情作用，使得人们也用来表达视觉不可见的那些抽象的内容。这是由外到内的深入，是由实到虚的转移，从而使色彩表现更为深化。如用来表达观念上的内容的：

音乐释放的蓝色灵魂/在烟蒂上飘摇

——北岛《白日梦》

我被钉在监狱的墙上/黑色的时间聚拢

——江河《没有写完的诗》

波涛好逞能/却没能冲垮一只小海鸥/凫在海面上的淡蓝色悠闲和深蓝色美丽

——郁建中《失题》

也有用来表现情感方面的内容的：

你爱这一片辽阔无际的红土地/瞧你挥洒金色情感/辉煌又漂亮/鲜红的忧伤流淌在躯茎/沉淀在根须

——张烨《高原上的向日葵》

绯红的激情燃烧殆尽于天际
蔚蓝不再表达悠远和理念

——老河《潮汐》

有一双黑色的眼睛想穿破光的屏障
有一峰黑色欲望想刺毁傲慢的太阳

——张瑞君《爱你》

色彩用来表达观念或情感方面的内容，是建立在人对色彩的联想或移情作用的基础之上，通过以往的经验、记忆或知识而取得的。如北岛的“蓝色灵魂”，是通过烟蒂上飘出的蓝色烟雾与音乐而产生的联想；张烨的“金色情感”来自向日葵的金色，“鲜红的忧伤”则是“鲜红的血液”的移植。

这种根据特定情景与特定事物而产生的色彩自由表达，打破了色彩象征的固定含义，增加了色彩表达诗情的随机性、多义性，留给诗人较大的创造余地。事实也正是如此，每一种颜色所引起的感觉不是一个，而是成双成对的，有时甚至是相反的。譬如：绿色象征着生长和生意盎然，但在西方，绿色也意味着嫉妒；蓝色表示希望，宗教画上作为天国的永恒象征，但蓝色又是绝望的同义语，因此“蓝色的音乐”也是“悲哀的音乐”；黑色既是大礼服的颜色，表示庄重，也是丧服的颜色，表示吊悼；白色既表示纯洁善良也可能是死亡；红色使人感到热情、勇敢、炽烈的生命火花，但红色也可以使人感到愤怒与血腥……如此等等。大自然提供给我们的每一色彩都孕育着无限多样的可能性，可供我们作更为自由的选择。这里，关键是诗人的主观情志，诗人具有强烈的创造精神与自觉的主体意识，色彩就可为你所用，达到艺术创造的目的。

七 以物象色代替色相色的表达

在日常生活中，人们习惯于把黄色说成“金黄”“橘黄”，把黑色说成“乌黑”“墨黑”，这是因为生活中没有纯粹的色相。人们所看到的颜色，都是依附于具象物之上的。所以说起某一色彩，就以某一最具代表性的物象的色彩来表述之。这对于说者，得之方便，对于听者，易于理解。诗歌意象的表现，对色彩的描绘，也沿用了日常语言中的这一造词方式，并更主动、更有目的而为之。这样做，除了可以使人易于理解接受外，还可以增加意象的具象美与可感性，引起读者感官反应的不仅是色相，而且是提供这一色相的自然物本身，使人产生对潜在物象的联想。例如：

> 麦黄色的希望/沿着岸柳的绿茸铺开
>
> ——张德强《春光》

> 海将我们的雕像铸成钢蓝
>
> ——郁建中《失题》

> 南方有红色的山坡，南方有茶色的丛林
>
> ——廖亦武《丛林》

不说“黄色的希望”，而说“麦黄色的希望”，使这里的黄色可见可触，并与诗所描绘的特定景象——岸边麦浪无边的田野相融合一致。不写“蓝”而写“钢蓝”，是把海的蓝色与头盔、军舰之蓝结合起来，透出蓝色的力量。同样，“茶色”，也具体地把丛林的绿色落实到了茶树的青葱浓郁之上，并带上茶树的清香了。

由此，用物象色代替色相色，我们也看到了其在语言上的好处，一个词表现了色彩，同时又表现了色彩所依附的物体，就有了一举两得之妙。如“铅色的朦胧”既写出“朦胧”有如铅的灰白色调，又有铅的不可穿透性；“铁色的岩缝”既写出岩缝的铁的色泽，又表达了岩石的铁般的坚硬。它们在文字上既是简洁的，同时又有一般色相描写所不能具备的表意效能。

以上我们讨论了意象色彩描绘中的一些新的表现手法、新的趋向，这些手法和趋向表明色感描写正在日益走向深化。色彩的内涵在增加，色彩的表意功能在扩大。这种变化体现了审美意识的嬗递与前进，诗人的主体意识在强化，对色彩的把握在深入，审美观照的领域在不断拓展，在此同时艺术的表现手法也在作着更新与拓展。罗丹在评价提香的色彩时说："应该赞赏的不是悦人的和谐，而是色彩所表达的意义。"① 克莱夫·贝尔也指出："色彩只有变成形式之时才有意义。"② 诗的色彩表现也是同样，其本身应当是令人愉悦的、和谐的，具有自在的美感形式，但其主要目的乃是诗的情感意义的表达，只有这样，意象的色彩美才是具有真正价值的，其美感效应才能保持恒久。

第三节　感觉的变异

普通的信息传播是以真实为基础的，艺术传达则与之不同，它传达的常常是一个变异的世界。或者说艺术的传达更多注重于心灵的真实，在此同时，客体却遭到了改造与变异。变异，既是主体表达情感的需要，也是艺术创新的需要。因此，艺术传达是一种变异性传达，它提供了变异之美。

变异，是艺术的基本规律。人对外部世界进行艺术掌握，是通过变异才得以实现的。雨果曾这样说："艺术不能提供原物。"艺术若与原物等同起来，就等于取消了艺术。而事实上，艺术也无法提供原物，从严格意义上说，外部世界是无法复制的。而且人类在感知外部世界时，那种所谓"纯粹的观察"也是不存在的。

人的感知受着"早先的经验和像需要、情绪、态度和价值观念这样一些重要的个人因素"的影响。因此，任何的感知都是特定的个体的感知。个体因素的差异，带来了感知的差异，这一差异，就构成了与原物的距离。歌德曾辩证地论述了人与自然的关系："艺术家对于自然有双重关系：他既是自然的主宰，又是自然的奴隶。他是自然的奴隶，因为他必须用人世的材料来工作，才能使人了解；他也是自然的主宰，因为他使这些人世的材料服从他较高的意旨，为这较高的意旨服务。"③ 所谓

① ［法］罗丹口述：《罗丹艺术论》，沈琪译，人民美术出版社1978年版，第51页。
② ［英］克莱夫·贝尔：《艺术》，周金环等译，中国文联出版公司1984年版，第161页。
③ 伍蠡甫主编：《西方文论选》（上），上海译文出版社1979年版，第474页。

“自然的奴隶”，是因为要利用自然所提供的材料；所谓“主宰自然”，意味着变异自然、改造自然。为此歌德又进一步提出：“每一种艺术的最高任务即在于通过幻觉，产生一种最高真实的假象。”① 英国美学家罗杰·佛莱则从读者接受这个角度谈了艺术与生活的关系，他说：

> 对于艺术，我们感觉的每一个品格是秩序，没有它，我们的感觉就会受到麻烦和困惑；另一个品格是变化，没有这个变化，它就不能完满地刺激感觉。②

人们不断发展的审美需求，呼唤着更多艺术新形式的创造。反之，艺术为了唤起人们更丰富更新颖的审美感觉，常常在变形上下功夫，正如布洛克说：“一件艺术品的表现力量常常是通过其解剖学意义上的不准确性得到的。”③ 在他看来，不准确性，也即变形，是一种实现艺术品的表现力量的重要途径。诗歌作为主体意识高度自由张扬的艺术，这种变形和变异就更强烈、明显，所以雪莱说：“诗使它能触及的一切变形。”④ 变形，能更强烈地表达主体情感，达到更为高级的艺术真实。

波德莱尔说：“不变形，就无法感知。”变形，在人与世界接触的第一步就开始了。感觉引起的变形主要来自感觉的强化及错觉、幻觉、交感等心理状态之中。

一　感觉的强化造成变异

马尔库塞说：“感觉的强化能够达到直至把事物变异的程度，使得不能说的话说出来，使得其他方面看不见的东西成为看得见的。”（《审美之维》）感觉的强化产生于以下几种情形：对象的某种特征特别强烈而吸引

---

① 伍蠡甫主编：《西方文论选》（上），上海译文出版社 1979 年版，第 446 页。

② 转引自［英］克莱夫·贝尔《艺术》，周金环等译，中国文联出版公司 1984 年版，第 33 页。

③ ［美］布洛克：《美学新解》，滕守尧译，辽宁人民出版社 1987 年版，第 18 页。

④ 刘若端编：《十九世纪英国诗人论诗》，人民文学出版社 1984 年版，第 155 页。

了观察者；对象及对象所处的时空背景契合诗人的审美情趣；对象的特定存在与诗人特定的心情十分吻合。在这些情况下，诗人均会全身心投入感知，而使对象的某些特征朝着某个方面扩大、发展，最终发生变异，产生出新的艺术意象。

台湾诗人罗青的《柿子的综合研究》就属于第一种情况："一个柿子/霍然的/落在我水平水平的床上/悲壮的/对我，摆出一幅/长河落日圆的姿态/使激动万分的我/差点成了一点孤鹜/一只盘旋而起的孤鹜/久久久久……/无枝可栖。"柿子被放置于水平的床上，这个特征极像一幅"长河落日圆"的图景，这里已有所变异；接着，"激动万分的我"几乎成了一只"孤鹜"（"差点成"意为实际未成，而诗中仍飞起"孤鹜"这一意象），且久久无枝可栖，由人变为鸟，这是又一次变异。

冯青的《月下水莲》更多属于审美感知强化下的变形："原来/弹着筌的/竟是月亮/把一片屋顶/淹成荷塘//原来/满地的水莲/都是泡沫/让月的镰刀/一朵朵割破。"因为月色如水，所以有"一片屋顶""淹成荷塘"的变异；因为月是弯弯的镰刀形，所以"满地的水莲"似被"一朵朵割破"。诗人在变异当中，将物象关系重新组合，创造了一个美的世界。

余光中的《等你，在雨中》，则是诗人的心理状态与外部世界的契合，而创造了变形意象："等你，在雨中，在造虹的雨中/蝉声沉落，蛙声升起/一池的红莲如红焰，在雨中//你来不来都一样，竟感觉/每朵莲都像你/尤其隔着黄昏，隔着这样的细雨。"特定的美好之物：红莲，特定的美好时刻：黄昏，在"造虹"的雨中，使诗人产生了每朵红莲都像所等待的恋人的变异性感觉。

二　错觉与幻觉造成变异

错觉是对外界事件不准确的知觉。战国时期的荀子就注意到不少错觉现象。如"冥冥而行者，见寝石以为伏虎，见植林以为后人也，冥冥蔽其明也"，"厌目而视者，视一以为两；掩耳而听者，听漠漠而以为汹汹"（《荀子·解蔽篇》）。错觉的产生有多种生理与心理的原因。如通宵失眠的人会感到“度夜如年”，全神贯注于事业的人会感到“光阴似箭”，战败被围的士兵会感到“草木皆兵”等。诗歌中的错觉，是诗人的有意为之，或将经验中的错觉强化后注入诗篇中，造成有意的变形，以增加表现力。这是舒婷《路遇》中的一节：“凤凰树突然倾斜/自行车的铃声悬浮在空中/地球飞速地倒转/回到十年前的那一夜。”写的是与旧友猝然相逢而产生的错觉，其中既有视觉错觉、听觉错觉，又有空间具象错觉、时间错觉等。多种错觉的交汇，强烈地表达了不期而遇对诗人心理的冲撞。

幻觉是在没有直接刺激的条件下产生的一种虚幻知觉，是瞬间感觉的虚幻异变。诗人借助幻觉，创造一种亦真亦幻，似真似幻的境界，以表达特定的情感。比如：“目光自窗沿飞向窗外/顿时之间一根窗棂应声断裂/我走了过去。有一些白墙灰掉在舞鞋上/一下之间挥发出粉红的船片”（郭大逢：《着色断层》）。目光望向窗外，窗棂应声断裂，实际上并未断裂；白墙灰掉在红舞鞋上，红舞鞋一下子变成粉红的船。这都是视觉产生的幻觉，使本来不变的事物发生强烈变异（窗棂的断裂），使本来较小的事物突然变大（鞋→船），这就大大增加了感觉的刺激力。

三　印象造成变形

浪漫主义理论家、诗人赫斯列特曾说过：“如果能传达出事物在激情的影响下在心灵中产生的印象，它是更为忠实和自然的语言了。”① 他所说的“忠实和自然”显然是针对心灵感受而言的。印象是属于“视觉后”的内容，是感觉留在心灵中的最深刻的印痕，具有强烈的主体感受色彩。比如辛笛的《航》中：

风帆吻着暗色的水
有如黑蝶与白蝶
明月照在当头

① 《古典文艺理论译丛》（第1辑），人民文学出版社1961年版，第60—61页。

青色的蛇
弄着银色的明珠

这里的“黑蝶与白蝶”“青色的蛇”“银色的明珠”都是由瞬间印象幻化出的变异意象，从诗人的心理现实来说它是真实的，而对于外部世界来说又是经过改造的，有着较大的变形。

四 通感造成变形

人的五官是相互联系的整体，但又各司其职，它们不同的“职”构成了不同的感知内容：视觉察形色、听觉知音响、嗅觉辨气味、味觉品甘苦、肤觉（触觉）析冷暖等。人的感觉形成后，沿着纵向或横向两个方向发展。所谓纵向即感觉上升为知觉，再上升为情感、智性等；横向发展，则是打通各种感觉，造成感觉旁通。波德莱尔把前者称为“对应垂直线”，把后者称为“对应水平线”。所谓“对应水平线”，是指“同一水平上从一种身体感觉向另一种身体感觉的运动”。他在一首题为《交感》的诗中写道：

香味、色彩、声音都相通相感。
有的香味像孩子的肌肤般新鲜。
像笛音般甜美，像草原般青翠。
有的香味却腐朽，高昂而丰沛。

香味可以有孩子的肌肤的新鲜感（视觉），可以像笛音一般甜美（听觉、味觉），像草原一般青翠（视觉）。这种由一种感觉到另一种感觉的运动就叫作“水平的对应”。波德莱尔还在《浪漫主义艺术》一文中谈到了交感现象：“一切——形体、运动、色彩、薰香——在精神世界里同自然世界一样，都是意味深长、彼此联系，互相转化、感应互通的。”

通感现象，古人早已注意到，如《列子》中就说：“眼如耳，耳如鼻，鼻如口，无不同也，心凝形释。”眼、耳、鼻、口这些感官的内容在心灵里集中起来，外形的区别就不存在了。对通感产生的心理与生理机制，德国美学家费歇尔作过这样的论述："各个感官本不是孤立的，它们是一个感官的分支，多少能够相互代替，一个感官响了，另一感官作为回忆、作为和声、作为看不见的象征，也就起了共鸣，这样，即使是次要的感官，也并没有被排除在外。"① 他在谈到视觉时，又进一步分析道："通过位置推移的变化，视觉便有了运动的知觉；既然运动同时又是音响的原因，所以视觉便与听觉相近，听觉根本上也就被一同安置在视觉之内，即使在没有真实的听闻时，它也在视觉里用心耳听音，起了极其优异的协同作用。……视觉作为一种从声音到形象及其运动的推论，即使在没有真的看见的地方，也伴随着听觉。"②

这种感觉相通的现象，在人类经验世界里是普遍存在的，并反映到日常语言中，比如声音太大，说"刺耳"，是听觉与触觉相通；一种颜色太鲜艳，说"刺眼"，是视觉向触觉挪移；一种声音好听，说"甜美"，是听觉与味觉旁通。对这些现象，钱钟书作了概括："在日常经验里，视觉、听觉、触觉、嗅觉、味觉往往可以彼此打动或交通，眼、耳、舌、鼻、身各个官能的领域可以不分界限。颜色似乎含有温度，声音似乎含有形象，冷暖似乎含有重量，气味似乎含有锋芒。"这种通感现象，也被敏感的诗人移植到诗歌艺术中，成为一种独特的表现手法。在国外，较早运用通感的一例是荷马的《伊利亚特》："像知了坐在森林中一棵树上，/倾泻下百合花似的声音。"国内较早的例子是杜甫的"晨钟云外湿"、贾岛的"促织声尖尖似针"，还有杜牧《阿房宫赋》中的"歌台暖响，春光融融"等。在现代诗歌当中，通感的运用更为普遍：

我看到民歌般的炊烟/自每一座村落的屋顶，袅袅升起

——立人《金黄的麦田》

① 北京大学哲学系美学教研室编：《西方美学家论美和美感》，商务印书馆1980年版，第238页。

② 同上书，第239—240页。

> 吹箫者木立酒肆中/……他欲自长长的管中吹出/山地的橙花香
>
> ——覃子豪《吹箫者》

炊烟不仅有袅袅的姿态，而且发出悠扬的民歌般的声响；吹箫者不仅吹出了动听的曲调，而且吹出了花香。一个意象带到读者面前，读者同时获得了两种感官的内容，这既调动了感觉又丰富了感觉，延长了感觉时间，客观上增强了语言的表现力。有的通感，超出了两个感觉范围，在三个或更多的感觉之间移动，构成更复杂的立体性通感，诉诸读者的感受就更丰富：

> 仰面，一群鸟穿越/湿漉的雨声已在脸上发芽/种子湿漉着
>
> ——卢凌《穿越雨季》

> 被露水打湿的清香/从香子树上走下来/叩打我的玻璃窗
>
> ——易殿选《桐子花开》

“湿漉的雨声”，是听觉到触觉，加上“发芽”便构成三种感觉复合的立体意象；“露水打湿的清香”，是嗅觉到触觉，加上“叩打”发出的声音，也构成上述立体性通感的效果。这种尝试业已把通感手法推上新层面。

通感从它的审美特性上来看，它所提供的是超越的美、变异的美，在变异与超越之中产生了一种惊奇感与新颖感。孙绍振曾说：“变异和超越……是一切艺术形象的普遍规律。”这种变异和超越在通感手法中表现得异常明显。它打破了原来的感觉习惯，用另一种感觉去表现之，因而它是超越原感觉的；同时因为它是在对原生感觉的改变中实现这种超越、突破的，因而产生了变异。通过这种变异和超越，给予读者的感官系统一次全新冲刷，注入了新的方式和内容。读者在经历这样的洗礼后获得新奇独特的美感享受。当洛夫写出如下的诗句“三粒苦松子/沿着路标一直滚到我的脚前/伸手抓起/竟是一把鸟声”时，他抓住的同时还有读者的惊奇与喜悦。

附："感觉诗"中的感觉之美

在20世纪80年代的实验诗探索中，诗人的目光涉及情绪流、深度体验、感觉、潜意识、智力空间等广泛领域。"感觉诗"就是在这一探索诗潮中开出的奇葩。

围绕"感觉"二字，当时曾出现多种理论，如"超感觉派""新感觉派""感觉还原"等。例如"非非主义宣言"中就称："我们要摒除感觉活动中的语义障碍。因为它使诗人与世界按语义的方式隔绝。唯有消除掉这个障碍，诗人才能与世界真正接触和直接接触。此乃我们倡导的感觉还原。"① 而"新感觉派"则指出诗的感觉应该是"超越实体含义"的"一种特殊的效应，与众不同，孤立于事物之外"②。笔者在此所论及的"感觉诗"应该与以上所述无关。这种"感觉诗"的特色不妨结合具体作品加以认识。试看姚振函的《烈日下的房顶》一诗：

> 看烈日下的房顶/你的目光/必须穿透一棵一棵密集的树/看烈日下的房顶/你的眼睛必须眯成一条缝隙//一个房顶挨着一个房顶/都俯卧在烈日上/无数房顶把太阳光反射到/远远的这边来/反射到所有看见它的人的眼睛里//烈日下的房顶/在这个时候/有很多很多的人/从远处或从近处看见了它//烈日下的房顶/也一定感到了人们的观望/别看/它一言不发

诗所写的动作只有一个：看。诗的意义也只有一个：看。除了"看"以外，诗的描述几乎没有再往前跨越一步。但这个"看"却看得异常集中、异常强烈，而且持久。诗的意蕴也就全包含在这个"看"之中了。这正如什克罗夫斯基所说的，艺术的存在使我们感觉到事物，使石头变得像石头那么硬。此处，就使我们感觉到"烈日下的房顶"像"烈日下

---

① 徐敬亚等编：《中国现代主义诗群大观1986—1988》，同济大学出版社1988年版，第33页。

② 同上书，第356页。

的房顶”那么热烈。由此，“感觉诗”的特征，可以一言以蔽之：诗到感觉为止。

当然，强调感觉、凸显感觉，到感觉为止，这只是一种理念上的追求。说“到感觉为止”，不可能绝对只有感觉。因为单纯的感觉只是一堆零零碎碎的东西，只有思维才能将感觉统领起来。仅凭感觉不可能进行艺术构思，产生不了诗歌。在与思维的关系上，“感觉诗”是尽量地把诗的内涵压迫在感觉的范畴之内，努力不向或少向着情感与意义提升，与那种寻找意义的诗明显对立。再看姚振函的另一首诗《走近果园时所想》，就显示了这方面的意向：

> 骄阳走近陌生的果园/远远我听见它时紧/时缓的絮语/就有沁凉的风一阵阵/从每一片叶子底下吹过来/我走近它/说不清为什么我会走近它

“说不清为什么”，其实是诗人故意不说。仔细体会，诗人在这里不是采用“含蓄”笔法，而是诗人有意地排除理性、隔绝理性，以稳住感觉的长度与强度。正如这位作者的另一首诗《听着布谷鸟的叫声》中所写的，“偏偏在这时布谷鸟叫了/一下子把你带到屋子外面//听着那叫声/你忽然决定了什么”，也没有说出“决定”的内容。如果说出了，那一份感觉的氛围就即刻丢失了。

由此可知，突出感觉，给感觉以首要的地位，这就是“感觉诗”的主张。这一艺术主张不无意义。因为“文学感觉本身就是目的，文学的意义就是复活人们的感觉，玩味感觉，使人们在艺术或文学中感觉到在日常生活中习以为常、视而不见的东西”①。凡属美的东西都是诉诸感官的，所以强调感觉，实际上旨在呈现更多的美感。

无疑，“感觉诗”较集中地体现了感觉之美：感觉的真切之美、准确之美、新奇之美、独特之美等。但更重要的是，“感觉诗”是把自我置于

① ［德］姚斯：《接受美学与接受理论·译者前言》，周宁等译，辽宁人民出版社 1987 年版，第 3 页。

对事物的临场体验之中，经历一个感觉从产生到消失、转换的奇妙过程，并在整个过程中呈现出上述美感的。我们还是来看姚振函的诗作，题为《雨声》：

> 雨声自远处发生/在地平线背后某个地带/宽大的声音是事先通知这边的村庄/随即就大面积推过来//在你还没有分辨清的时候/雨声就整整齐齐扫过平原上空/从那一面/到这一面//听着听着那雨声就来到身边了/听着听着那雨滴就打在头顶上了/雨无拘无束地降落/这是很严密很实在的一种雨//但是雨声哪里去了呢/这时，被雨声包围着的人/再也听不到/雨声

这里诗人真切地传达了聆听雨声的体验过程：开始是“宽大的声音是事先通知这边的村庄/随即就大面积推过来”；接着“在你还没有分辨清的时候/雨声就整整齐齐扫过平原上空”，这些感觉相当逼真、临场；最后，雨声哪里去了呢，“被雨声包围着的人/再也听不到/雨声”。雨声真的消失了吗，不是的，而是人的感觉变异了。人的感觉往往有这种情形：在观察的初始阶段，感觉力相当活跃，但时间一久，感觉就会疲倦、钝化，使得本来感觉着的事物变得似乎感觉不到。从雨声的产生、推移，到雨声的消失，诗人非常细腻地传达了一个完整的感觉过程、一个体验过程，使读者感同身受。作者的《对露水的感情》也是如此：“第一滴露水淋向你时/你的神经末梢慌忙警惕了一下/然后就像雨后的枝条/一节一节舒展//接着你的全身披满了露水/就再也感觉不到那露水了。”这里面也有体验，也有变异，感觉鲜活而真切。

欲传达感觉之美，需要诗人敏锐的感觉。小说家赫尔曼·黑塞说：“我有清醒的细致的和温柔的感觉。凭着这些感觉，我得以汲取许多乐趣。即使当我后来受到形而上学的吸引，无可救药地陷入其中时，甚至当我的意识受到抑制和疏忽时，那种细腻的感受能力，也即是和人们的视、听有关的能力，也总能忠实地在我身上保存下来，以致那些看来十

分抽象的东西，也总是生动地活跃在我的思想世界中。”[①] 这种感受能力也称为“心理印象能力”，它负责对视、听、味、嗅、触五觉的内容作出反应，具有很强的内在性。由于它又是处于五官之后的，又称“第六感官”。如段和平《感觉之窗》中写的：“坐在房间里/去想象无数座各异的房子/……尘垢在骤然间生出细小的眼睛/在审视我的言行/冥冥中，有一只鸟/始终悬浮在我的屋顶……”这里所表达的即为第六感官产生的内容。第六感觉是一种内感觉。感觉美的传达基于内感觉与外感觉的健全、敏锐，以及二者的完美交流与融合。

① ［德］赫尔曼·黑塞：《赫尔曼·黑塞小说散文选》，张佩芬译，上海译文出版社1985年版，第464页。

第十章

诗的过程美：情·思·悟

第一节　情之美

情感是艺术的生命。但艺术不仅仅在于情感。黑格尔说：“艺术作品之所以为艺术作品，既不在它一般能引起情感（因为这个目的为艺术作品和雄辩术、历史写作、宗教宣传等所共有，没有什么区别），而在它是美的。”① 艺术是美的，艺术的情感传达也应当是美的。

诗是主情的文学。康白情有一句话谈及诗与情的关系：“诗人就是宇宙底情人。”此语似乎比传统的许多理论都来得精要和全面。例如《毛诗序》说“情动于中而形于言”；刘勰说“情者文之经”；白居易在《与元九书》中说“诗者，根情、苗言、华声、实义”。他们都论及情感的发生与情感的重要，但没有谈到情感传达中的美感问题。而康白情的“宇宙底情人”说，则可理解为既有情，又有美，因为在情人眼中世界一切都是美的。歌德所说的诗人是大自然的主宰或奴仆，是太理性化了。人与自然还有一重情感关系，诗人是“宇宙底情人”，也即诗人在诗中传达了情感之美。

---

① ［德］黑格尔：《美学》（第一卷），朱光潜译，商务印书馆1986年版，第42页。

一　真的含义

情感的丰富与真实是情感美的内在要求。人是情感的动物，情感是人对外部世界的心理反应。人类在长期的发展历史中，逐渐形成了一个相对完整的情感系统。我国古代把人的情感分为“喜、怒、哀、欲、爱、恶、惧”（《礼记·礼运》）七种。这是最基本、最单纯的类型。它们之间的错综交叉又出现极其繁杂的情感复合形式。情感有低级情感、高级情感之分。低级情感指不带社会性质只具生理机能的情感反应，如舒适感、快感、痛感等，也指与人类发展、社会进步相对立的卑下邪恶的情感。高级情感是指以生理机能为条件，与社会发展、人类进步相适应的情感反应，包括理智情感、道德情感、审美情感等。

“人是情感的主体、情感的载体，也是体验情感的个体。”① 凡是有人类有生命的地方，都有情感存在。情感的丰富性与真实性，首先表现在对于同一事件或对象，不同的人会有不同的情感反应；同一种情感又有不同的情感的外部表现。其次还表现在同一个人对同一事件会有多种情感甚至相互矛盾的情感反应。肯帕把情感定义为一种“相对短暂的、评价性的反应，在本质上或积极地或消极地包含着独特身体（及认知）的要素”②。情感反应包含“身体的要素”，也即情感的生理表现。不同的个体对于同一种情感会产生不同的生理表现。比如奥威德对萨比纳女人的“恐惧”情感的各种不同表现就作过如下描述：

她们的恐惧都是相同的，
但她们的表情却大不一样。
有些人在撕扯着自己的头发，
有些人则呆坐在地上一动不动；

① 杜书瀛：《文艺创作美学纲要》，辽宁大学出版社1986年版，第145页。

② 转引自［美］诺尔曼·丹森《情感论》，魏中军等译，辽宁人民出版社1989年版，第43页。

有些人绝望地喊爹叫娘，
有些人却默不言声；
有些人在向上帝祈祷，
有些人则听天由命；
有些人准备逃离险地，
有些人却呆若木鸡，不能行动。①

这里写的人们的“恐惧”表现，各不相同，十分真切。《红楼梦》第四十回对刘姥姥在大观园宴席中引发的众人不同的笑态的描写，也相当精彩。这些不同的情感的外部生理表现，构成了情感表现的整体的丰富性。

情感的丰富性更重要的是指个体对同一事件或对象所产生的情感的多样、复杂的反应。伯格森说，情感有“相互渗透的多样性”。舒婷在《遗产》一诗中，写烈士赴难之前的心理状态就包含如下多种情感内容：“屈辱”“仇恨”“爱情”“悲伤”等。有时人的情感反应甚至是截然对立的一种矛盾组合。杨清说：“肯定性的情感和否定性的情感往往是彼此结合在一起的，人在某些情况之下往往会由于同一事物的刺激作用，同时体验到肯定性的情感和否定性的情感。”② 肯定或否定的两极性情感，并不绝对互相排斥，因为客观事物是复杂的，一件事物对人的意义可以是多方面的，因此处于两极的对立情感可以在同一事件中同时或相继出现。人在犹豫不决、举棋不定之时，往往是这种相对立的情感同时在起作用之故。意大利诗人彼特拉克《爱的矛盾》一诗，即表现出在爱的煎熬中心理的对立躁动：“我发烧又发冷，希望混着恐怖”，“我占有整个世界，却两手空空”，“我并无绳索缠身枷锁套颈，我却仍是个无法脱逃的囚徒”，“不论生和死都一样叫我苦恼，我的欢乐啊，正是愁苦的原因”。这种爱情中的矛盾心理，是大多数人都程度不同地体验过的。

诗的情感要真，情感的真要在情感的丰富性中实现。雷抒雁在《小

① 转引自滕守尧《审美心理描述》，中国社会科学出版社 1985 年版，第 169 页。
② 杨清：《心理学概论》，吉林人民出版社 1981 年版，第 438 页。

草在歌唱》中写张志新烈士就义前的心理："我敢说，她不想死！/她有母亲，风烛残年，/受不了过多悲伤！/她有孩子，花蕾初绽/怎能落上寒霜/她是战士/敌人如此猖狂，/怎能把眼合上！"真实地写出了这位英雄"不想死"的复杂心情。从"不想死"到英勇献身，一个女儿、一个母亲、一个壮志未酬的战士的情感深深震撼着读者的心灵。英雄既是英雄，同时又是平凡的女子，具有与普通人相同的感情。如果为了突出其英雄性格而削去别的性格侧面，那么在失去了情感的丰富性的同时，也就失去了情感的真。葛佳映有首小诗《山的形象》："是阳光照耀出来的/也是阴影描绘出来的/它在完全的黑暗中隐去/也在完全的光明中消失。"山的形象是如此，人的情感也是如此。

二　独异性

诺尔曼·丹森说"情感是一种面向自身、自我阐明自身"[①] 的过程。既然是面向自身的，不同的个体就会有不同于他人的心理反应。譬如同是写爱情，这里就有三位诗人的不同表达方式，显示了情感的独异性。第一首是德国诗人布莱希特的《情女曲》：

> 当我们两情相欢/我总是这样想：/此刻我可以死了/那我就能成为/至死幸福的人//当你衰老之时/当你把我怀念/我容貌丝毫不变/你仍有个爱人/和今天一样年轻

热恋时的情语，大多是海誓山盟、白头偕老式的。而此诗中的女子却为至死保持幸福宁可趁年轻时死去，以使得在爱人心中永远葆有年轻姣美的形象，这就是情感的独异表现。第二首是俄国诗人鲍科夫的《嫉妒》：

> 我站在这里，嫉妒鹳鸟，/它高踞在你的屋顶。//我站在这里，

① ［美］诺尔曼·丹森：《情感论》，魏中军等译，辽宁人民出版社1989年版，第18页。

嫉妒小溪/它灌溉着无数田亩，/它将你那柔美的双肩/常用手轻轻地爱抚//我站在这里，嫉妒明月/它像舟船，像手掌/从苹果树枝头，它竟然/可以潜入你的卧房！

这里的嫉妒之情，并不是指向造成爱的威胁的具体的人，而是指向“鹳鸟”“小溪”“明月”等自然物，可见此嫉妒并非真嫉妒，只是借助自然物之美，衬托女子之美；借用嫉妒的口吻，巧妙地表白热切的爱情。这种表达，曲折委婉，而又独特。第三首是傅天琳的《抗拒》：

啊，第一缕爱的阳光/是那样使她惊悸！/她睁不开眼/而闭着眼/仍然是一片光怪陆离//这对于深埋于，习惯于/在冰雪中生存的种子/是悲，是喜/还是不知所措呢？//她抗拒着/她一直抗拒着/而抗拒/却如此无力……

对于“爱”，不是欣悦，而是“惊悸”；对于阳光，不是举双臂迎迓，而是“抗拒”。它有自身的情感逻辑：一个深埋于冰雪的种子，对于寒冷已经习以为常，对于温暖的到来反而感到不正常了。诗人抓住了这种“不正常”，以“抗拒”的形式表达了爱的心理，显示了独异性。

以上三诗情感独异性都是在情感的强烈状态下产生的。强烈的情感，往往容易造成变形或变意，使情感改变了通道或方式。这种独异性传达也就是美的传达。

三　情感的流动与阻遏

情感之美，美在流动中。诺尔曼·丹森说过，“情感是一个具有自己的经验轨道或趋势的过程”，又说，“情感的内在意识流是由一系列感受和思想的流动所构成”。[①] 情感是一个持续的流动过程，情感传达必须表

① ［美］诺尔曼·丹森：《情感论》，魏中军等译，辽宁人民出版社1989年版，第18、108页。

现出这种流动性。

情感活动与想象活动紧密相伴。霍赫希尔德把情感定义为“身体同意象、思想、记忆的合作——一种个人意识到的合作”[①]。即情感活动伴随着“意象、思想、记忆”活动，也即想象活动。情感与想象的关系是相激相生的关系。杜书瀛认为情感有一种动力作用，“内心情感的驱动，使记忆表象一个个浮上心头，文思泉涌，左右逢源……情感的风把想象的翅膀鼓动起来，高飞远举”。这是一方面。另一方面，想象的发展，又能进一步强化情感，进一步加深对情感的理解，将情感上升到新的高度或强度。席勒就曾说过：“想象越生动活泼，也就更多引起心灵的活动，激起的感情也就更强烈。”[②] 在生活中，所谓“越想越开心”或“越哭越伤心”，即是情感伴随想象活动而发展之现象。情感随着想象的进展而显现一种线性的流动或波动状态，在诗中，就产生了流动之美。例如西蒙诺夫的《等待着我吧》，全诗想象与情感紧密伴随，相互交融，情感的流动自然通畅，并不断得以深化。在此举其前面一段：

> 等待着我吧，我要回来的。/但你要认真地等待着。/等待着吧，当那凄凉的秋雨/勾起你心上的忧愁的时候，/等待着吧，当那雪花飘舞的时分，/等待着吧，当那炎热来临的日子，/等待着吧，当大家在昨天就已经忘记，/不再等待别人的时候。/等待着吧，当从遥遥的远方/再没有书信回来，/等待着吧，当那些一齐等待的人/都已经厌倦了的时候。

“等待”是此诗的情感核心，随着“等待着我吧”的呼唤，推出一幅幅想象连接的镜头：秋雨凄凉、雪花飘舞、炎热来临……意义上也在不断往前推，推到“等待着吧，当那些一齐等待的人/都已经厌倦了的时候”……而叙述语言的反复又更加强了情感的流动、荡漾、扩展。

---

① 转引自［美］诺尔曼·丹森《情感论》，魏中军等译，辽宁人民出版社 1989 年版，第 43 页。

② ［德］席勒：《论悲剧艺术》，《古典文艺理论译丛》第 6 辑，人民文学出版社 1963 年版，第 187 页。

情感美，还美在情感的阻遏中。

美学家特奥多尔·立普斯曾谈到情感的“心理堵塞法则”，称：“一个心理变化，在它的自然发展中，如果受到遏制、障碍、隔断，那么心理运动便被堵塞起来，停滞不前；并且在‘堵塞’之处，提高了它的程度，成为等待着补充或完成，注意力停留和集中的地方，不断干扰着你，对你具有一种超越了原先体验的心理重量和心理容积，而加强了它们自身的价值感。”① 阻遏，就是在情感的自然流动中突然受阻，在受阻处膨胀起来，形成了更大的势能，有如江河的大坝。这要比一泻无余、滔滔而去更有力量与强度，也更值得回味。请看瓦雷里的《脚步》一诗：

> 你的脚步圣洁，缓慢，/是我的寂静孕育而成；/一步步走向我警醒的床边，/脉脉含情，又冷凝如冰。
>
> 纯真的人啊，神圣的影，/你的脚步多么轻柔而拘束！/我能猜想的一切天福/向我走来时，都用这双赤足！
>
> 这样，你的芳唇步步移向，我这一腔思绪里的房客，/准备了一个吻作为食粮/以便平息他的饥渴。

这是描写对情人的热切思念，想象中仿佛看见所爱的人一步步赤足向他的床边走来，而“我”也急切地等待她的到来，“准备了一个吻作为食粮/以便平息他的饥渴”，在此，情感的流动造成进一步向前发展的态势，接下去似乎就应该有狂风暴雨般的亲吻。但诗人却没有这样写，而是相反：

> 不，不必加快这爱的行动——/这生的甜蜜和死的幸福，/因为我只生活在等待之中，/我的心啊，就是你的脚步。

诗人说，不必加快这爱的行动，宁可生活在等待之中。诗情在这里突然受到阻遏、中断。阻遏的结果，是把情感的“容量和体积”蓄得更

---

① ［德］特奥多尔·立普斯：《悲剧性》，刘半九译，《古典文艺理论译丛》（第6辑），人民文学出版社1963年版，第118页。

大，因为等待幸福有时比实现幸福更为幸福，给人的压迫和刺激更强烈，且能保持得更为持久。

诗人林泠的《故事》一诗也是异曲同工，诗写的是一对情人在夜间行走："在黑黝黝的山路上走着/一个故事开始了，开始在塞外草原上的溪边。"两人边走边讲关于天国的美好故事，心里充溢着幸福之感。但写到后面，诗人却说："我多希望你突然沉默，不再继续/（虽然我爱听你的声音）/好让/美丽的故事永远没有结束。"此处也设置了阻遏。阻遏，是为了使美丽的故事不懈地持续下去，永不结束。

流动与阻遏是一对艺术的辩证法。流动与阻遏可以使诗情一波三折，产生波澜层叠、动荡变幻的效果。它最终是导致了诗情的发展、提升，而不是真正的"中断""消失"。因此，高明的诗人总是利用流动与阻遏的巧妙配合，以创造、扩张诗情。这是苏联诗人加姆扎夫的《我常常回想》：

我常常回想遥远的故乡，
那里有祖上的两层小房。
我常常回想峭壁间的那块旷场——
我童年练习骑术的地方。

在出现这样的四个"我常常回想"之后，诗人突然说：

但我从未特意去回想我心上的人儿，

诗情在这里出现了阻遏，似乎对心上人的情感已经淡漠。可接下去还有一句：

因为我一刻也没把她遗忘。

这才使读者恍然大悟，原来是因为"一刻也没把她遗忘"，所以"从未特意去回想"。经过自我否定式的阻遏，"柳暗花明又一村"，情感反而加速流动起来，达到原先未有的强度。

四　情感控制、反抒情、深层情感

情感在表达上还有一个控制的问题。这一问题不少理论家都曾注意到。英国评论家罗斯金说："一个诗人是否伟大首先要看他有没有激情的力量，当我们承认他有这种力量以后，还要看他控制他的力量如何。"①卡西尔也曾谈到情感的控制问题，他说艺术是"互相排斥的两种成分——的综合：我们情感生活的最高度强化被看成同时也能给我们一种恬静感。……悲剧诗人并不是他的情绪的奴隶而是其主人，并且他能把这种对情感的控制传达给观众们"②。情感的控制，与上文论述的情感的阻遏是两回事。阻遏，属于情感本身的内容范畴。控制，是指诗人在表达情感时所作的有限制的释放，是一种处理手段，它旨在避免因无限制地宣泄、赤裸裸地表白情感而造成的一览无余。

情感控制显然与情感美的传达有很大关联。不讲究控制，任其情感喷发、流泻，就无从谈及情感传达的美。卡西尔说："审美的目的并不是不要情感，不是斯多葛式的漠然，而是恰恰相反，它意味着我们的情感生活达到了它的最大强度，而正是在这样的强度中它改变了它的形式。"③这里所说的"改变了形式"，可以作两个方面的理解：一是指情感以意象来表现，情感在向意象的转换过程中，使情感获得某种程度的控制；二是指情感在发展过程中的强弱、疾缓等的节奏和波澜。节奏和波澜的产生就是情感得到控制的表现。节奏和波澜同样也构成了情感美的形式要素。

要控制情感，一个重要的办法是对情感保持一定的时间距离或心理距离。提出"高峰体验"理论的马斯洛，也曾指出高峰体验存在着一定的盲目性，需要"冷静、客观的批判审查"，他说：

---

① ［英］罗斯金：《论感情的误置》，《十九世纪英国文论选》，盛宁译，人民文学出版社1986年版，第212页。

② ［德］恩斯特·卡西尔：《人论》，甘阳译，上海译文出版社1985年版，第189页。

③ 同上。

> 在高峰体验时创作的诗，可能后来由于不满意不得不抛弃。一个经得起检验的创作和一个后来在冷静、客观的批判审查下放弃的创作，在主观上的感受是相同的。经常创作的人对于这一点是很清楚的，他们预见到，只有一半深刻顿悟的时刻还不宜动手创作。

对高峰体验，马斯洛评价很高，认为是人所具有的最高的整合、完善和同一，但他同时又看到其盲目性，提出了在那种时刻“不宜动手创作”的告诫。这是在时间上拉开距离。此外还应当从心理上拉开距离，以便对情感本身进行审视、反思，然后在狂潮过后进行冷制作。小说家契诃夫曾谈到写作时的“冷心肠”问题：“描写苦命人和可怜虫，而不希望引起读者怜悯时，自己要极力冷心肠才行，这会给别人的痛苦一种近似背景的东西，那种痛苦就会在这背景上更鲜明地显露出来。”① 小说中的“冷心肠”是为了引起读者怜悯，诗歌传达中的冷操作，既有更有效地打动读者的问题，又有诗歌形式美感的问题，而且还有情感反思的问题。狄尔泰认为，诗人的生活必须是一种反思着自身的生活。反思，即意味着“出乎其外”，反身透视自己内心的情感。而冷操作，则有助于进行反思。海德格尔对“思”作过这样的描绘：“思，就是使你自己沉浸于专一的思想，它将一朝飞升，有若孤星宁静地在世界的天空闪耀。”② 这种思的境界，没有情感的控制或冷操作，显然是无法达到的。

其实，反思或情感的冷操作，总的目的还是为了取得情感的深度，这又涉及另一个概念：反抒情。

诗人沈天鸿认为“反抒情或思考”，是现代诗截然区别于以往一切诗歌亦即广义的古典诗歌的特质所在。古典诗歌时时处处标举和遵循一个“情”字，这本无不对，关键就在于这个“情”，还只是“现象学”的而非“本体论”的，“只是面部表情的而非真正心灵的”。“上帝赋予人心灵是为了让人思考，而非让人一味一往情深地只知道抒情。”因此诗到了今天，“不再以抒发、保持感情和使读者产生情感为首要目的，而是将感情

① ［俄］契诃夫：《契诃夫论文学》，汝龙译，人民文学出版社1958年版，第212页。

② 转引自刘小枫《诗化哲学》，山东文艺出版社1986年版，第231页。

变成认识（当然这种认识纯属显示而非说教），唤起读者的能动性，迫使读者去观察、判断。这样，反抒情或思考便在诗中取代了抒情的主体地位，现代诗便由此而与前此一切诗歌相区别”①。

以上判断，不见得每一处都确切，但作者在文中把握了诗美发展从外部抒情走向深层思考这一总体趋势是合理的。其中心概念“反抒情”，所反对的只是牧歌式的表浅情感的抒发，而非一概地反对抒写情感，这一点也很明确。

反对表浅情感，追求情感深度，这是自古以来一切优秀诗人所追求的。一些诗人也有过类似反抒情的说法，如艾略特就说过：“诗歌不是感情的放纵，而是感情的逃避；不是个性的表现，而是个性的逃避。当然，也只有有个性、有感情的人才知道逃避它们意味着什么。”② 从这句话中也可以看出，艾略特既承认“有个性、有感情”，又主张“逃避”个性和感情。艾氏在同一篇文章中还说道：“诗人所以能引人注意，能令人感兴趣，并不是为了他个人的感情，为了他生活中特殊事件所激发的感情……他诗中的感情却必须是一种极复杂的东西。”这里，他所反对所主张的已经说得十分明白。

诺尔曼·丹森说：“人的存在有表层和深层的两个层次。”人的感情也有表层和深层两个层次。诗人的每一次创造，都面对这两个层次的抉择。俄国作家爱伦堡说：“诗人的天才——这不仅是一种特殊的语言力量，这还是感情的一种特殊的深度和强度。”③ 可以断言，感情的深度，其实就是感情的理性深度，或者说是感情中包蕴的思想。艺术中的情感，总是“渗透着思想的情感”。正如公木所说的：“凡是有感情的作品，便不可能没有思想。而且只有当思想被深刻的情感浸透了的时候，它在文艺作品中才能获得自己的力量。”（《诗论》）这种思想，当然不应是外部粘贴式的，而是通过生活体验所暗示出来的。我们把这种化合着情感的思想称为“情感理性”。情感理性显然不同于“认知理性”，因为它始终

① 沈天鸿：《总体把握：反抒情或思考》，《诗歌报》1988 年 8 月 6 日。

② ［美］艾略特：《传统与个人才能》，袁可嘉等编《现代主义文学研究》（下），中国社会科学出版社 1989 年版，第 827 页。

③ ［俄］爱伦堡：《人·岁月·生活》，冯南江等译，人民文学出版社 1979 年版，第 178 页。

是一种情感范畴内的东西。情感理性放射着情感的理性之光。

综上所述，情感的控制释放，是一种形式上的反思；从“反抒情”走向深层情感，则是一种内容上的反思。反思，使情感传达产生了美和力量。反思的情感才是美的情感。

于是，情感之美必然走向思之美。

第二节　思之美

一　冥思者的理性之光

诗与思紧密结缘。在海德格尔那里，思与诗有着密切的亲和力，他说：“思就是诗，尽管并不就是诗歌意义的一种诗。存在之思是诗的原初方式。……存在之思是原诗（urdichtung），一切诗歌由它生发……广义和狭义上的所有诗，从其根基来看就是思。思的诗化的本质维护着存在的真理的统辖，因为真理思地诗化。”① 思是海德格尔哲学的基本格调，又是他把握世界、体验生活的方式。通过思，他发现诗的崭新意义。他认为诗的功能就是确立真理、维护真理，诗是真理的存在之家。在诗中，万物被引入敞开的真理的澄明之中，被遮蔽的存在得以进入敞亮之境，显示本真状态。诗是意义和生命的世界，是一种真的语言，让人听到思之声。存在通过诗进入语言，也在思中形成语言。所以在诗中，思无法单独从中剥离出来。在海德格尔那里，诗人与冥思者也是结合为一身的，所谓冥思者，就是哲人、思想者。他认为要成为第一流的诗人，诗人必须去完成一种思，反过来说，第一流的冥思者所必须完成的，也正是这同一种类的思，一种具有诗的一切纯粹、浓郁、强度的思，而这种思的言语，就是诗。所以真正优秀的诗，都是诗与思的完美结合，闪耀着冥思者的理性之光。

① 刘小枫：《诗化哲学》，山东文艺出版社1986年版，第235页。

诗主情，然而又重思。普列汉诺夫说：“艺术既表现人们的感情，也表现人们的思想。”别林斯基也说：“要想诗句成为诗的，不但只有圆熟和铿锵的音调不够，只有感情也是不够的，还必须有思想，正是思想构成了一切诗的起初内容。”他又说：“理性和情感是相反而又相成的两种力量，一个没有另外一个，就会变成僵死而毫无价值。”[①] 情感与理性作为人的心理能力，虽然属于不同的心理层次，但却被统辖于一个活跃的主体生命之中，二者本来就不是水火不相容的。诗作为人的精神产品，在其血液中也就必然带有情感和理性的双重成分。

理性的思在艺术领域有着特殊的地位。曹文轩认为，“理性是一切思维领域的皇后”[②]。与经验、感觉相比，理性是最高力量，经验仅仅获得感性材料，感觉仅仅获得恍惚迷离的印象，只有理性，才能将知识肯定下来，并给定秩序。生活的内容是如此包罗万象，如果没有理性的取舍、选择、整理，又怎能在混乱之中产生出哪怕最普通的艺术品呢？因此瓦雷里承认任何真正的诗人所具备的抽象思维能力大大超过了一般的估量，他认为如果没有这种能力，机遇所具有的一切也只能仍然是一堆等待“加工的宝贵材料”。

理性的思更是一种光芒、一种力量。华兹华斯在其著名的诗篇《颂诗：永生的暗示》中宣称：“我要用哲学的思考/发明自己的力量！”热情可以给人以感染，却往往缺乏更深刻地打动人的力量。只有当思渗入情感，诗才具备某种质感、硬度。艺术的深刻、艺术的持久的震撼力来自一种“理性的激动”（瓦雷里）。卡西尔干脆就把理性的思带给人的心灵的“照亮的程度”作为评价艺术优劣的尺度。

二　思的品位

思作为诗的基本元素，在古今中外的诗歌实践中业已得到了证实。关键的问题不在于有没有思，而在于思的品位。思的品位有浅层次与深

① ［俄］别林斯基：《别林斯基选集》（三），满涛译，上海译文出版社1980年版，第542页。

② 曹文轩：《思维论》，上海文艺出版社1991年版，第187页。

层次之分。浅层次的思，或是现象的简单过渡，或是流行观念的熟练操作，或是牵强附会的物意移置，这种表浅性是功利性写作的直接结果。深层次的思，它所关注的是宇宙、人生、历史、现实，是人的命运、人类的遭遇等的根本性问题。是涉及人的本质、生命的意义和价值、人类的精神家园等的深层思考。浅层次的思其实是伪思，深层的思才是海德格尔所说的诗的思。海德格尔提出了一个令人震惊的见解：人类思索了两千多年，实际上压根儿还没有学会思，“在我们这个激发思的时代的最激发思的东西指明我们尚不会思。尽管世界的状况已变得愈来愈激发思，我们仍然无动于衷”①。这种近乎苛求的说法，表明海德格尔对思有其独特的理解。然而就我国新时期以来的现代主义诗的实践来说，诗的思正在由浅层向深层跨入，这应是有目共睹的。它表现出对前此诗歌思的浅层的全面跨越：

对政治图解诗的跨越。新时期以前，诗沦为政治的附庸，承担了本不应由它承担的任务和功能，因而图解政治也就很自然了。随着新时期以来诗向诗自身的复归、诗美意识的觉醒，诗开始从非诗走向了诗，诗的思也获得了自由的生机勃发的新的指向。

对“思想水平线”的跨越。鲁迅有一句话叫作“水平线以下的思想的平均分数”。流行的观念、肤浅的说教，即体现了这种“平均分数”。诗的本性是发现和创造，诗本应是人类思维的最美花朵，应充当思想先行者的角色。思的孤独是诗的最宝贵的品格。现代诗从流行的观念和说教中走出，找到了思维的新的立足点和高度。

对格言、警句式的写作模式的跨越。格言、警句本也可以关涉到人生、事业、未来、前途等与生命相关的内容，但仍然与“生命的思”有极大差距。其面目虽则高贵，内心却异常轻松，缺乏真正的生命体验和内在底蕴，虽有时可产生“热”效应，但人们在它面前终不会作过多的停留。

对传统哲理诗的超越。传统哲理诗一般采用咏物的方式，仿佛在解剖某一物体，然后拎出一个“意义”供人观赏。哲理诗当然也有不少精品，一些优秀诗人也写过这类作品。现代诗从整体上对思维的深广度提

① 转引自刘小枫《诗化哲学》，山东文艺出版社1986年版，第232页。

出了自己的要求，因此已不能停留于那种精巧而简单易行的意义制作，而转向涵盖度更为深厚的人类生命气象的观照了。

三　思的指向

新时期以来现代诗的思的触角，可以说是在人类思维的全域展开的。

（一）生命意识向度

现代诗人认为，一首诗就是诗人生命过程的一个瞬间展开，所以诗人把思的触角深入生命意识的深层，体验、感悟生命的意义、生命的本质、生命的价值和归趋。生命意识是由生命现象引发的关于人的存在问题的根本性思考。生命为什么而存在？生命的日的是什么？人来自何处，去向何方？人在宇宙中的根本处境是什么？在短暂的生命中为什么有那么多的痛苦、忧患、烦恼和焦虑……生命意识包含生、死、爱、欲、悲悯、孤独等多种内容。现代诗人的大量诗作，表达了对人性、人生、生命意义和价值等的思索。如诗人建青在《体验生活》中写道："全世界的人生活在一场喜怒哀乐里/被幸福和痛苦选择着/谁也不例外/我们一定要/加紧生活创造欢情/一定要忘掉死亡，一定要/把生活进行到底/如此忘掉死亡不知不觉到达死亡。"平淡而朴素的语言道出了生命的真相。有的表达生命的力量、生命的爱恋，如西川的《鸽子》："用一次生命/穿越撒哈拉大沙漠的/只有鸽子"，"如果你已遗忘了/对于世界的爱恋/你请注视它们"；有的表达生命在危机中的拼搏与跃动，如王璞的《悬崖牛》："死前一秒反刍生前沧桑/……继续悬崖吧！悬他个千年万年/俯冲的瞬间便是腾空"；有的借罗丹的《思想者》，表达思想的意义，如卢卫平的《题〈思想者〉》；有的借安格尔的《泉》，礼赞生命的美，如胡兰芳的《黄昏》；有的也写生命的短促，如开愚的《往昔》："早晨，父亲拉着儿子的小手/走进故宫//黄昏，只剩下满脸皱纹的儿子/蹒跚地踱出宫门"，荒诞的蒙太奇组接中寄寓着生命的深切悲哀。总之，正视生命，不回避生命现象中的种种苦难、悲痛、阴影，是现代诗中的思的重要特色，也体现了现代诗的坚强的灵魂。

（二）人类生存状况的追索向度

诗是诗人的一种生存方式，诗人的生存方式与人类的生存方式相一致。诗人作为人类中最敏感的一部分，对人类的生存状况也就最为关切。现代人的灵魂悸动很大一部分表现在与生存环境的对抗上面。丁宗皓的《围困》，就表达了现代生活对生存的某种挤压：“天空以乌云围困我/飞鸟逃尽　雪花/攻陷脚印/没有路的地方/到处都是路　一阵大风/就使我关闭年轻的眼窝//城市以道路围困我/网状的路口上/时装和模特同时流行/掀开衣襟　他们的灵魂/早已出走//屋子以窗户围困我/一根窗棂遮了一角蓝天。”在悖反的意象设置中，勾勒了生活的被动性和困惑感。于是现代人努力去寻找出路，试图开拓新的思维通道。沈健在《怪哉钥匙》中写道：“满天空都是钥匙/满天空小鸟一样/飞着无数钥匙/我随手一抓/就是一把/好了现在/我钥匙中的一把已对准锁孔/并已被插入/并已在旋转/可门却始终未开。”这是诗人通过想象设置的幻象世界。诗人耿建华通过“笼中的猿”表示了类似的感觉：“梦回山峡/每一铁丝网格里/都有山林的喧嚣。”但对生存状态的局限问题，一些诗人表示出了洞彻、超脱的态度：“翻过篱笆抬眼望望/你的头顶还是原来的太阳/……篱笆没因你翻过而变成另外的样子/你也没因翻过篱笆/而变成另外的人。”（佟石：《翻过篱笆》）这种达观姿态实际上已在精神上对生存状况作了某种超越。

（三）文化意识向度

诗是整体文化的现代表达式。现代诗的文化意识表现在对文化的寻根倾向和对文化本身进行反思这两个层面上。对传统文化的寻觅、挖掘，最终仍应落实在对文化的超越和重建上，以达到民族现代文化品格的张扬。诗人余刚的《汉字》一诗，深刻体现了生命中无法抹去的文化元素：

> 我的身上，有着太多的汉字/我竭力消化，在我的/一如迷宫的血液通道里/文字不会死亡/即使它藏在龟甲的背上/或者死在九死一生的河姆渡/它也会在一个早晨醒来/我的肉体全用文字堆成/我知道我已不亚于一座神秘的金字塔/以及一片荒凉酷热的沙漠/我可能会

被淹没/但我始终统领这些字/我可能以精确的目光/击穿每个字背后的字/也可能以这个字去击穿另一个字

以汉字隐喻民族文化，真是再贴切不过了。这“汉字”，不仅在血液里流动，就连整个肉体，“全用文字堆成”，生命被文字“淹没”，但“始终统领这些字”，并以精确的目光，击穿这里面的每一个字，甚至“每个字背后的字”。文化与我，是多么无法分割与舍弃的存在！

在对待文化的态度上，一些诗人提出“反文化”口号，表达了他们内心的现代性焦躁。其实文化从来既有惰性的一面，又有活性的一面，现代人的责任在于对文化的上述性质进行深刻审视。阿吾的《一只黑色陶罐容积无限》，对传统文化的封闭性表示了极大忧虑：“说世界就装在一只黑色陶罐里/真不是什么吹牛皮的话/她以不变的姿态满足你常变的要求。”柳云在《小村的规矩》中描绘的，是一种文化的压迫：“丈夫不在家的时候/女人是不准随便串门的/女人是不许早早熄灯的/很穷很穷的小村养活着许多这样的规矩/村头那棵槐树很古老规矩也很古老/村里那位小脚老婆婆就剩一口气了/规矩却还年轻。”在平淡的叙述中，传达出对文化阴影的深刻否定和鞭笞。较早进入文化寻根的诗人杨炼，在不少诗中都表达了激活古老文化的生命活力的期望：“我在万年青一样层层叠叠的岁月中期待着/眼睛从未离开沉入波涛的祖先的夕阳/又一次梦见那片蔚蓝正从手上徐徐升起。”（《神话》，《半坡》组诗之一）而这种文化更新正在开始，即使在最偏僻的山镇古巷：“门前的两行车辙/从山外飘来/辗出了小窗口透出的惊叹/踩一脚洼地上的雨光/很是新鲜。”（海湛：《古巷》）这种思的结果是：诗人以诗加入了文化，以思照耀着文化，使之重新放射出晶莹的光彩。

（四）对时代、社会、现实的追思向度

诗是时代的产物，诗人的创作是时代、社会、现实的馈赠。越是优秀的诗人，他就越是属于他所出生的土地，他的创作越是能最大限度地表现其所生活的时代，他才能的发展、艺术的倾向，甚至特点，也就越是和历史发展密切地联系在一起，引领社会发展。

诗从政治的附庸地位解放出来回复到本体，并不意味着与时代、社会、现实生活截然相隔。一个具有使命感、责任感的诗人必定同时也是一个具有时代感、现实感的诗人。因此，创造、劳作，以及对土地山河的爱恋仍是诗的重要主题。诗人歌唱，“在植物的季节/在农人的手掌/花朵的力量无坚不摧”，“朴素的花朵/人间最坚韧的泪水/在道路和高坡/支撑着风雨”（刘开东《花朵的力量》）。花朵成了美和理想的象征，成为引导人向前的力量。诗人礼赞有着光辉往日的黄土高坡，“两岩的谷穗和山丹丹/已被健康的农妇/收拾干净”，“静静的河水/因我的劳动，埋头苦干/已从低处流上了高高的山头”（詹永祥：《我的河》），这流向高处的水，是一种精神的水，具有历史的绵延性。在改革开放的今天，诗人的思更多地投注于自己立身的大地。爱它，必须首先看清它的模样，阿吾写道：“东方真的神秘吗？/一个古老大地上的步行者/就能看清我的中国/步行的中国/步行者才能看清”，“着西装的中国和套对襟衫的中国/就在身前或身后/紧伴中国人寻梦”（《看我中国》），在步行中看中国，即与中国同步，甘苦与共；两种不同的着装，表明中国正在发生的变化。这种对现实的关注，这种“步行”式的对现实的参与，正是现代诗强大生命力的内在依据。

（五）宇宙意识向度和乡愁

宇宙意识是诗人将自我置于宇宙背景中进行观照而产生的人的终极意识。宇宙意识强调对现实的超越，强调在更广阔辽远的意义上建立起生命的体验。人是大自然的产物，人与宇宙有着异体同构的关系，认识宇宙，就是认识人类自己。人与宇宙同命运，宇宙感、生命感是人的最根本的两种情感。宇宙是人类的栖息之所，更是人类的精神故乡。但人类对精神故乡的把握，却是从脚下的土地开始的。现代文明的发展既给人类带来了诸多的好处，又把人类带向远离家园的地方，于是“无家可归状态变成了世界命运”（海德格尔）。家在哪里？艾略特曾说：“家是出发的地方。”李震进一步阐释说：“家就在人类生命和世界的深处，就在体内和身边，却又在人类的远方，正如人每日在地球上行走，却感到地球很遥远，甚至没有意识到地球的存在。家园正是这样一个无处不在而又遥不可及的世界。”[①] 家园就在身边，家园就在脚下的土地。“我生本无乡，心安是归处”（白居易），现代人寻找家园最好的方式是诗的思。海德格尔把对家园的眷恋之情称之为“乡愁”，现代人正是怀着这种“乡愁”踏上精神还乡的路途的。“青豌豆走来的方向/是乡愁要去的方向”（冯杰《中原籍豌豆》）；他们常常是“倦怠而归/以一种更贴近大地的感受/穿越麦田/面对一种更纯粹的归宿”（西岩《田园回想》）；这种归宿感，深刻地表现在对于“村庄”的依恋上面。诗人汗漫生动地描绘过村庄的油灯之光，“与油灯相比/城市里的电灯像塑料花一样/缺乏温情和灵性”，“从庄稼地里归来/我们牵着牛羊背着月色和草/远远看见自己的木格格窗和油灯之光/就像鸟投林一样愉快”（《油灯之光》）；而有时候，田野里一种动物的叫声，也能使诗人“如实抵达生命深处的宁馨”（曹宇翔《一种动物的叫声》）。这种“宁馨”，是人与宇宙的根本契合。乡愁更多地体现于对土地的深情，因为土地是“阳光之土，乳房和智慧之土/财富之土、欢乐之土，亦是最后死亡之乡”（聂沛《土》）。精神找到了归宿，死亡也就不值得恐惧，相反却有一种温馨：“如同鸟在水中的倒影/那墓地/是我们的第二村庄/从油灯和爱情/进入墓地/只需跨过那一片高粱和玉米/但要走整整一生。”（新雨：《墓地》）

赵鑫珊认为，人类寻找精神家园的意识是伴随着文明并与之同来的，起源于人类文明的曙光微露之时。所以它是人性的一种深刻自觉，是对心灵宁静的崇高体认。在诗中，乡愁是一种诗性哲学，它不仅无法摆脱，且具有永恒独特的魅力。

四　思的传达

尼采曾提到“芬芳的思想”这一概念。诗的思即为“芬芳的思想”，其意是诗的思必须包容在感觉和情感之中，包容在意象之中。诗中的理性，是以理性的回避的形式出现的，艺术家要“把理性的透明度压到最

① 李震：《诗符号论》，台湾《创世纪》1992年冬季号，第103页。

低限度”，“故意冷淡和排斥理性”。[①] 在诗中，理性是底蕴，可感而不可见，可见的是感觉的内容与情感的内容。所以思之美的传达，就必须通过意象来传达，把思化解于意象中，这是最根本的。这也是如沈德潜所说的“带情韵以行，勿近伧父面目”（《说诗晬语》卷下）。关于诗的传达是意象化传达，前文已有论及，此处不再赘述。思之美的传达，还有如下几个特征。

体验性。思的传达与情感的传达一样，都必须纳入诗人主体对生活的体验中去进行。正如海德格尔所说，在思之中，“思与思之对象面对面相遇”。思要从存在出发，去思存在。思忘却了存在，世界才进入黄昏，沉入黑夜；要使存在澄明，亮光朗照，人的本质决断就应让思挺身站出来，摆脱形而上学，思入存在本身。[②] 从存在出发的思，就是一种体验，在体验中，诗人深入存在的深处，把隐藏在存在中的东西搜寻出来，带到意识的光辉里。这样的思，才枝叶丰满，同时又显示本质，因而是气韵生动，充溢着灵气的。通常的哲理诗之所以缺乏灵性，就是因为那种思不是从体验出发的。

整体性。思的另一特征是整体性。余秋雨在《艺术创造工程》中说：“艺术哲理的本质，在于对世界、人生的内在意蕴的整体性开发。”[③] 所谓整体性的思，即是从宇宙、人类、社会的发展的总趋势去审察、观照。然而，诗对整体的把握，却是通过个体、通过具象的折射来进行的，诗展开的是一个心象的空间，这个空间只存在于诗人个体的生命之内，它聚集辐辏得越是狭小，其张力反而越大，涵盖力越是广阔。每个独立的个体都包含整体的全部信息，它不会因为狭小而失去与宇宙的天然呼应。诗人以部分把握整体，从整体上进行思、体现思，因而亮光朗照，使真理洞明，发现事物的全部丰富性与多样性。

智性或智慧。人类所有的思，都离不开智性或智慧。智性或智慧是把思推进到理想之境的一种能力。柏拉图给智慧下的定义是：“智慧是使

① 曹文轩：《思维论》，上海文艺出版社 1991 年版，第 191 页。

② 参见刘小枫《诗化哲学》，山东文艺出版社 1986 年版，第 234 页。

③ 余秋雨：《艺术创造工程》，上海文艺出版社 1987 年版，第 120—121 页。

人完善化者。”维柯认为智慧是一种功能，他说：“人作为人，在他所特有的存在中是由心灵和精气构成的；或则毋宁说，是由理智和意愿构成的。智慧的功能就在于完成或实现人的这两个部分。”① 智慧使理智成为理智，使思成为思。反之，缺乏智性和智慧，要进行思、完成思，显然是不可能的。

与智慧相近的另一概念是机智。机智是一种机敏的智慧，也即智慧运用得机灵、巧妙。机智同样有助于诗的思，有时可使思寻找到新的出路，产生思维的转借、嫁接、变异等效应。这是朱文蔚的诗《鸟的叫声有多长》，可以看到机智的运用：

鸟的叫声有多长

有多长，请丈量鸟的翅膀/那光明大地上的剪刀

鸟的叫声究竟有多长

比如在春天梳理羽毛/美丽凄凉的影子遗留在下游/下游。比如下游有多长

鸟的叫声有多长

如果鸟羽上藏有无数个十字架/如果是上帝叫鸟儿飞翔/如果停下来即倒头死去/如果。鸟的叫声究竟有多长。

鸟的叫声就是那只鸟/苍茫大地/它的叫声的长度恰好等于/它回转头来一瞥

诗的核心意象是“鸟的叫声”，诗人有意味地提出“鸟的叫声有多长”这个富有哲理与诗意的问题，但避免直接回答。诗中多处运用了化解问题的手法，把鸟的叫声与丈量大地的鸟的翅膀接通；与河流下游接通；与“影子”“十字架”等接通，似乎要去解决开篇的那个设问。其实这种多向拓展和视点转换，不是旨在回答问题，而在于引领审美，目的是使思考的问题以意想不到的方式“解决”，乃至加以提升和发展。诗的最后，诗人对于“鸟的叫声有多长”的回答是：“它的叫声的长度恰好等

① ［意］维柯：《新科学》，朱光潜译，人民文学出版社1987年版，第153页。

于/它回转头来一瞥。”留给读者的是悠长的回味与美感，可以说这就是一种机智。智慧和机智直接创造了诗的惊奇效果，使人领受到独特的美感冲击。意大利文艺复兴时期哲学家马佐尼认为，惊奇感的获得是由于“一种理性的功能”，产生惊奇感是诗的目的之一。此诗的惊奇感即来自这种诗性智慧，同时也呈现出智慧之美。

智性或智慧是思的内在功力，故不宜过分外露。应特别指出的是，机智的方式若强调过分，智性因素超出了诗所能承受的限度，就会抵消思的体验性，使思流于一种机巧的智力制作，那就有违智慧的初衷了。

第三节　悟之美

一　禅悟

禅是一种东方人的智慧方式。习禅的目的在于达到“悟”，也称“开悟”。达到悟是参禅的最高境界，为参禅者所刻意追求。禅又是一种“秘教”，故对于“悟”，人们常常抱有较多的神秘感。东西方禅学家对“悟”作了种种阐述：

铃木大拙说：“在禅的方面得到一种新的观点，通称为‘悟’。没有悟就没有禅，因为禅的生活系以‘开悟’为始。悟也可以界定为一种直观，与知性和逻辑的认识恰好相对。”

艾伦·沃茨说：“悟是一种顿然的经验。”“开悟就是从一个人惯有的紧张状态之中解脱出来，就是从一个人系着于虚幻的执着观念之中解脱出来。人类平常用以诠释生命的整个僵固结构，忽然间，完全粉碎了，故而有了获得无限自由的感觉。”

久松真一说：“禅的觉醒是悟（自觉自悟），因此，禅悟就是认识一个人的真正实体，就是认识他们本来面目”，“禅悟不是一个人对于任何特殊活动所得的悟，而是一个人——不论他是谁——对于他的本来自我所得的悟。”

悟，是一种直观，一种自由的感觉，是对自我本来面目的认识……以上解释仍然模糊。看来，对于“悟”这个概念本身，也只有通过“悟”来把握，而无法用清晰、确凿、一一对应的语言加以表达。有人说悟是对事物本质的有力抓握，有人说是一种“感觉能力”，有人说是一种“灵性”，有人说是一种神秘的“心灵体验”……似乎都对，又似乎都不全对。但有一点可以肯定，禅的悟是以“空”“无”为旨归的。开悟之时，心灵呈现出一种超脱、自由的状态。汉弗莱斯谈到这种状态时说：“不但对于结果不再关心，即连焦虑甚或自豪，也都与我不相干了。我浑身舒畅，十分清明，尤其是十分笃定。……我心里既无情识亦无思绪……到了最后，每一个人都同意了我的要求，但我却没有任何胜利的反应。……直到两个星期之后，当我再度与那一群人会面并尝试解决一些细节时，我才发现我在与他们争论。那种境界已经消失了，那时的笃定也随之而去了。我又回到了矛盾对立的世界。”这里有两种心灵状态：在悟的境界中，心灵毫无挂碍；而在矛盾对立的世界中，心灵的笃定感不复存在。可见悟是对现实世界的功利性的超越和矛盾性的超越。在参禅者那里，禅之悟就表现为这样一种生活状态和心灵状态。

二　诗悟：禅境与诗境的契合

禅境如果是一种生活状态的话，那么，诗境已是一种艺术境界了。它们的区别在于：禅境，是自我置身于一种生活；而诗境，则是主体自我创造一种生活或设定一种精神样式。

禅学的发展，对诗学产生了直接的影响，不少诗人既是诗人，又是佛学的信徒，如称为诗佛的王维；也有的诗人本身是佛门子弟，如贾岛等。精神文化领域的互渗现象自古存在，诗与禅的融会似乎更为显著，故严羽提出：“禅道惟在妙悟，诗道亦在妙悟。”（《沧浪诗话》）诗与禅在“悟”上面统一起来了。而李之仪也深感“得句如得仙，悟笔如悟禅”（《姑溪居士后集》）。的确，禅的悟与诗的悟有许多相似之处。首先禅悟与诗悟都需要有心境上的平和。参禅，是一种静中的思虑，必须将心专注于法境之上，以求得“识自本心，见自本性”。佐佐木夫人说：“中文的‘悟’字，系由‘心’字和‘吾’字构造而成。当‘吾’与‘心’完全合一或统一之时，便有‘悟’的境界出现。”这里说的就是心灵的专注。诗的悟同样需要心境的虚静。古人提出艺术创作必须“虚其心”，“静心求之”。“虚其心者，极物精微，所以入神也”（曾巩《清心亭记》）；“潜神苦志，静以求之”（王翚《清晖画跋》）。虚静是指摆脱功利欲望，排除知性干扰，专注于对象的形式，对对象进行独立观照的一种澄明心境。况周颐曾在《蕙风词话》中生动地描绘过诗人心境的虚静所达到的悟的状态：

> 人静帘垂，灯昏香直。窗外芙蓉，残叶飒飒作秋声，与砌虫相和答。据梧冥坐，湛怀息机。每一念起，辄没理想排遣之。乃至万缘俱寂，吾心忽莹然开朗如满月，肌骨清凉，不知斯世何世也。

在这里，外界的静与心灵的静相统一，诗人湛怀息机，万缘俱寂，乃得以进入“悟”的境界。被苏东坡极力推崇的陶渊明的悟诗“采菊东篱下，悠然见南山”，正是虚静心态下的一种悟境。与山天天相见，但熟视无睹，独独在采菊之际，偶一抬头，发现南山之存在，于是南山成为他的对象，他也成为南山的对象，“悠然之意”溢于心头。而这“悠然”之意是什么，却说不出，说不清，也不消说，只是“此中有真意，欲辩已忘言”，这就是悟境了。

除了心境相同，悟境也有相通之处。禅的悟求的是“无动无静，无生无灭，无去无来，无是无非，无住无往”的空无之境；诗也讲求空、无的妙用。苏东坡说：“欲令诗语妙，无厌空且静。静故了群动，空故纳万境。”（《送参寥师》）在诗中，悟性的表达常常寄寓于空且静的意境中。且看洛夫的《禅味》一诗：

> 禅的味道如何/当然不是咖啡之香/不是辣椒之辛/蜂蜜之甜/也非苦瓜之苦/更不是红烧肉那么艳丽，性感/那么腻人/说是鸟语/它又过分沉默/说是花香/它又带点旧袈裟的腐朽味/或许近乎一杯薄酒/一杯淡茶/或许更像一杯清水/其实，那禅么/经常赤裸裸地藏身

在/我那只/滴水不存的/杯子的/空空里

洛夫创作了大量的“禅诗”，并深有体悟。他认为，“禅诗与抒情诗有一种连体共生的特性，十分相似，难辨彼此”。他深有感触地谈及读王维的《终南别业》中“行到水穷处，坐看云起时”对：“读来不免一怔：由最近的人生体验——一种窘迫的处境，突然把镜头拉得很远，拉开了与现实的距离，随即出现了令人悠然神往的诗境和一片空灵的禅境。”[①]上面《禅味》一诗，是诗人对禅味存在何处的追问，也表达了禅悟的过程。诗中有两个断然的否定：首先是对于咖啡之香、辣椒之辛、蜂蜜之甜等物质化体验的否定；后是对于鸟语、花香相对非功利性体验的否定，然后进入“杯子”与“杯中之物”的禅思把玩。他深知“空”“无”的妙用，更深谙禅思的个中奥秘，所以最后他说，禅就藏身在“那只/滴水不存的/杯子的/空空里”！这是前面的双重否定后再一次对“有”的否定，深藏诗人的机智。由有到无，由实在到对实在的否定，是求得禅悟的基本路径，也是禅的境界。

然而禅悟与诗悟毕竟也有不同。禅悟是一种宗教哲学所追求的境界，在参禅者那里是一种人生理想。一位禅师描写他自已的开悟经验说：“此事难以形容，完全不可传述，因为没有一样东西可以与之相比……我向四周上下看了一眼，整个宇宙及其多种多样的感官对象都显得十分不同了；此前看来可厌的东西，连同无明和痛苦，现在看来，都不是别的，只是我的内在自性的外流而已，它的本身仍然光明，真实而又澄明。”这种境界是每一个参禅者所追求的。而诗的悟，则是从审美角度出发的对外部世界的把握，它本质上是一种审美态度。此外，禅的悟不一定需要传达，它只需要自身的投入与参与，如果进行传达就可能有损于悟境。正如艾伦·沃茨所说：“一个人想要紧紧地抓着悟境，想要弄确实他已掌握悟境，这种欲望，只有伤害悟的经验，就如它可以伤害其他每一种经

① 周岳平编：《水墨微笑——洛夫诗意书法作品集》，浙江人民美术出版社2016年版，第105页。

验一样。”[①] 而诗的悟则需要借助传达才能实现。在诗中，悟直接外化为诗的境界。诗的悟能够包容日常经验中的悟，是日常经验中的悟的审美提升。从这一性质上看，禅悟就有可能转化为诗悟。因此，具有悟性的诗，常常是禅境与诗境的统一。如“人闲桂花落，夜静春山空”（王维）；“若言琴上有琴声，放在匣中何不鸣？若言声在指头上，何不于君指上听？”（苏轼）；“松下问童子，言师采药去。只有此山中，云深不知处”（贾岛）。这些诗既颇具禅的意味，又有极美的诗境，二者契合构成悟境，并诱导着读者去悟。

这样，我们可以进一步探讨诗中的悟的特性。正如上文所说，诗的悟是禅境与诗境的统一，那么诗悟的第一个特性就是具象性。古人说，自然山水皆有性情。这种自然山水的性情既是通过诗人的悟所把握的，同时反过来诗人又借助于自然山水的具象来体现心灵对它的感悟。

第二，诗之悟也表现在情感性上，这与禅的悟大有不同。禅悟的前提是清心寡欲，净除“六根”。禅悟是旨在出世，诗悟则是入世。诗悟的根本出发点是人类的生存处境，是对人类自身的关怀，因此诗之悟总断绝不了情肠。如“人事有代谢，往来成古今。江山留胜迹，我辈复登临”（孟浩然），“人生代代无穷已，江月年年只相似”（张若虚），这种对人生、世事的感悟，都伴随着诗人心灵的深刻悸动，既表悟，又达情。

诗悟的第三个特点是整体性。在整体性上，禅悟与诗悟是相通的。所谓整体性，在禅宗那里就是指“由有与无、生与死、善与恶，以及是与非构成的世界”，或者也指“本来的、无形的、本分的，以及实体的自我”。关于禅悟的整体性，久松真一作过一个相当生动的比喻：

> 对于各种活动所得的悟，犹如一道个别的波浪对于个别的波源所得的悟，因此，尽管那是波源，但那只是个别现象的波源。……禅悟好比所有一切个别的波浪对于水所得的悟，亦即对于波浪的本源所得的悟。水是所有一切个别波浪的本体；水是一切个别波浪的本来面目。水不但生起一切的波浪而又统摄一切的波浪，而且同时

① ［美］萧甫斯坦等：《禅与文化》，徐进夫译，北方文艺出版社1988年版，第81页。

> 生起而又统摄一切的波浪。波浪可有许多不同的种类和不同的形状，但水既无一定的形状又无不同的差异；水既是同种而又无形的，同时又是各种形状的波源……波浪生而又灭，水则常恒不灭，即使是在出现和消失的时候，其性仍然不变。[①]

所谓整体性，在这里说得相当明白，它指的是“波与水”的关系，而不是“波与波”的关系。悟总是面对整个宇宙的，而不是对个别事物的，参禅者一旦开悟，整个宇宙便随之而俱来。同时又由于悟而洞彻一切，整个宇宙又可化为乌有。诗的悟也具有这样的整体性。如曹操《观沧海》、陈子昂《登幽州台歌》的悟，都属于整体性的悟，属于“大悟”。

三　诗悟的传达

悟作为禅学的一种境界，具有较大的神秘感。禅悟向诗悟的转化，某种程度上消除了部分神秘性，因为诗使得悟可以传达可以把握了。从心理学角度来看，悟与直觉较为接近。但心理学上对“直觉”也仍未研究透彻，所以要将悟与直觉进行比较，仍会因为参照系的模糊而造成不精确，因此在这里我们只能大致作几点归纳：第一，直觉与悟，都可以达到对事物本质的把握，但后者倾向于对整体世界的把握，而直觉则可以是对个别对象的；第二，悟可以离开对象，直觉则不可以离开对象进行；第三，直觉在速度上较为快捷，而悟则有渐悟和顿悟之别，只有在顿悟时才有这种快捷和突发性。

消解悟的神秘主义色彩，使人类悟性更多地应用于诗美传达，是现代诗艺术探索的重要内涵。东方民族本是悟性很高的民族，与西方文学的强烈的理性色彩相比较，东方文学有着重悟性的传统。由于现代生活的功利性、实用性的驱迫，文学中的悟性相对减弱。现代主义的实验诗、先锋诗旨在悟性的召唤与复归。“非非主义”的“感觉还原”及“体验诗”等，均显示了这种努力。现代诗所呈现的，是生命的全景。这就既

---

① ［美］萧甫斯坦等：《禅与文化》，徐进夫译，北方文艺出版社1988年版，第85页。

提供了悟性的天地，同时又向诗人提出了悟性的考验。诗的悟性的传达体现出以下两个方面的特色。

其一，直接借助于外部世界表达对宇宙人生的彻悟。对宇宙人生的彻悟，在禅宗理论中属于“大悟”。宋代一位禅宗大师大慧宗杲曾说：“我大悟十八次，小悟无数次。”大悟应是对宇宙及自我的整体性感悟。在诗歌中，李白的“今人不见古时月，今月曾经照古人。古人今人若流水，共看明月皆如此”；苏轼的“大江东去，浪淘尽，千古风流人物”，都是既始之于宇宙，又发之于心灵的一种彻悟。

其二，创造一种超拔的理念境界以寄托诗人的感悟。诗人有感于现实生活的启发，创造一种壮阔高远的境界，传达对社会、人生的洞见、察悟。例如北岛的“从星星的弹孔中/将流出血红的黎明”，这是对苦难与理想的感悟；舒婷的“即使冰雪封住了/每一条道路/仍有向远方出发的人”，这是对事业与未来执着追求的感悟；顾城的“你看我时很远/你看云时很近”，这是对人与人、人与物的关系的一种体悟。

凡是优秀的诗歌，不能不与诗人的悟性相关涉。悟性是诗人感受世界的高级智能，悟性所到之时，既照亮周围世界，又照亮自身。这种高级的智能表现，深入生命的深处、意识的深处，常常使诗人感到此种境界和体验的不可言传。因此，诗人常常只能采取沉默方式，用“无言”或“忘言”来传达这种独特的感受。例如“山气日夕佳，飞鸟相与还。此中有真意，欲辨已忘言”（陶渊明《饮酒》）；“无言独上西楼，月如钩……别是一般滋味在心头”（李煜《相见欢》）。对这种“无言”“忘言”应作何理解呢？

首先，这种“无言”，表明了语言的局限性。正如朱光潜先生所说：“言所以达意，然而意绝不是完全可以言达的。因为言是固定的，有迹象的；意是瞬息万变的，是缥缈无踪的。言是散碎的，意是混整的，言是有限的，意是无限的。以言达意，好像用继续的虚线画实物，只能得其近似。”[①] 正因为言与意的这种巨大反差，诗人在有所悟时，常常苦于无法以语言表达。

① 《朱光潜美学文集》（第二卷），上海文艺出版社1982年版，第473页。

其次，言，在大部分场合虽然可以表达意，但在传达悟境时，常常会歪曲悟的本身内容。本诺瓦在谈到悟时作了这样一个假定：当一个人被问及："你对此一刹那（指悟）的感觉怎样？"这个人也许会反问："从哪一种观点来说？从生理的观点还是从精神的观点来看？"提问者告诉他："从所有的一切的观点来看，你的感觉怎样？"这个人沉默了两秒钟的时间，而后答道（例如）："不坏"，或者"平平"，或者"很好"，或者别的什么……本诺瓦说："在你沉默不语的这两秒钟时间当中，我们对于后一秒钟不感兴趣，因为，当此之时，你正在用它将你对你那时的整个心境所得的觉受置于一种表述的形式之中；因为，那时你已悄悄溜出了我们感兴趣的那个内在显示。对你而言，你一直感到应该真正注意的地方，是第一秒钟所感到的情况，但在习惯上，你对这一秒钟所感到的东西是不知不觉，没有意识的，你所意识知觉到的只是自此无意识知觉而来的形色。"[①] 这就是说，你在寻找语言表达时，那传达出来的感觉已经不是原先的那种感觉，即"第一秒钟"的真实感觉已经不知不觉地转移了。你的言即使表达了意，也只是一个假象。

最后，正因为以上原因，只有"无言"才是真实的；也只有无言，才是最为智慧的。戏剧家梅特林曾对无言的功能和魅力作过充分的肯定，他说："口开则灵魂之门闭，口闭则灵魂之门开。"[②] 孔子对无言之美也大力推崇："天何言哉？四时行焉，百物生焉。天何言哉？"（孔子《论语》）这与老子的"大音希声""大象无形"同出一理。从表现的审美效果来看，无言有着独特的功能。曹文轩说："有些时候，不言的宁静比语言的喧嚣更有价值。语言会给人们创造美以供享受，无言也会创造美以供享受。"[③]

综上所述，诗人对于悟境的无言式表达，既是符合心灵的真实，又是符合艺术审美的真实的。悟性强的作品，大多是寡言或无言的。但它是以深厚的内在底蕴作支撑的。正如海德格尔所说的："对于诗歌语言来

① ［美］萧甫斯坦等：《禅与文化》，徐进夫译，北方文艺出版社 1988 年版，第 84 页。
② 《朱光潜美学文集》（第二卷），上海文艺出版社 1982 年版，第 476 页。
③ 曹文轩：《思维论》，上海文艺出版社 1991 年版，第 152 页。

说，重要的不是表层的结构和法则，而是它下面蕴含的精神能量，这种精神能量是一种‘寂静的钟声’，一种‘无声的宏响’。静之声，即‘言语之言说’。诗歌语言本质上是一种‘言外之言’、‘无言之言’，是诗人心中那棵盘根错节的大树，是诗人心中那片烟波浩茫的大海。”正是这种深厚底蕴构成了悟的内质，并转化为无言之言。当然，这种无言是在“有言”的基础之上的无言，如果彻底无言，那也就取消了悟的传达。

关于悟性，明末清初的学者陆世仪有段话说得相当精彩：“人性中皆有悟，必工夫不断，悟头始出，如石中皆有火，必敲击不已，火光始现，然得火不难，得火之后，须承之以艾，继之以油，然后其可以不灭。得悟亦不难，得悟之后，须继之以躬行，深之以学问，然后悟可以常继。”（陆世仪《思辨录辑要》）这是对于悟的辩证法，也是悟的实践观。先天的聪慧，加上后天生命的不断自我伸张，使诗人的悟性总是高于常人，并如石中之火，“常继”而“不灭”。

第十一章

诗的整体美：情感空间

情感空间——主客体相对应又超越的意象关系场。意象密度与情感空间不相融洽存在有三种类型。建构诗的情感空间，可从以下几方面入手：安排推动情感节奏的意象密度；开辟描述空白留出情感活动的充分天地；虚实交替达到意义扩张；创造艺术“空筐”，扩大意象整体结构的表情功能，以不确定象征产生情感的多重辐射。

第一节　情感空间：意象关系场

如同艺术上许多概念一样，情感空间也未有一个明确统一的定义。归纳起来大体有两种看法：其一是把情感空间理解为承载情感的物象所呈现的可视空间；其二是把它理解为情感本身的内容。前者指诗中描述对象的存在空间，后者指对情感内容和范围的开拓。其实此两种看法均欠准确。笔者认为，对诗的情感空间，应当从意象组合与情感内涵二者的关系上去考察。情感空间是诗歌意象艺术中的一种高级表现形态，是主客体相对应又超越的意象关系场，是意象结构与情感的深度、广度与力度所产生的综合艺术效应。诗是表现情感的，但不是所有的诗都具有这种情感空间。那种只重意象罗列、诗人的情感与主体精神过于滞实、未能飞扬激荡的作品，谈不上情感空间；那种只有激情的直陈表露、与意象相脱离、不能水乳交融的作品也不可能产生情感空间。情感空间是诗人创造的具有充沛生命活力的艺术空间，是情感、主体精神与内外世界相融合的最佳境界，是超越于诗中展现的空间之上的一种“心理的空间”。

情感空间的产生，是情感对世界生机弥满的支配，是诗人创造力自由驰骋的表征。具有情感空间的作品，应当具有如下特征：情感的空旷感、情感的流动感、情感与意象既相对应又相超越的距离感。

情感的空旷感，是指情感具有一定的广度，具有较大的容量，气度恢宏，内涵广阔，在时空上有较大的跨越度，情感对意象集群进行从容的笼罩、弥盖与俯瞰。不仅表现日月星辰、江河湖海的大意象具有这种空旷感，而且描述纤芥之微的小意象也应表现出这种空旷感。空旷感主要表示的，是情感空间的“度”。

在情感空间里，情感表现为一种生生不息的流动状态。情感通过意象的运动呈现出来，随意象的运动而变化，因此情感不是凝滞不变与静止的。如果意象是山峰，情感就是山峰之上的流云走雾，在流动中体现情感空间的无限生命力。流动感还表现为对情感节奏的表现。节奏是情感的运动形式，由强与弱、张与弛、疏与密、离与合、断与续、抑与扬等对应因素组成。诗的情感通过节奏的这些变化得以显现，从而使人感到情感暖流在其间的奔涌、蒸腾、回荡。流动感表示情感空间的“态”。

情感空间还表现为情感与意象既相对应又相超越的距离感。它意味着情感与意象不是简单的一对一的滞实关系，每个意象包含有情感成分，但诗的总体情感又超越了具体意象，形成情感的“终极关系”，并与意象构成具有广阔距离的中空地带。距离感的产生意味着主体精神高度焕发后对意象的自由处置，是情感生命不受制于意象而表现出的自由驰骋与伸展。如果空旷感表示情感空间的“度”，流动感表示情感空间的“态”，那么距离感则表示情感空间的“质”，是优秀诗作有别于一般作品的特有的品性。

情感空间是意义的空间，与诗学的另一重要概念——张力，有着紧密的关联。情感空间就是一个意义不断生成的艺术空间。

一首诗的意义是诗的整体结构所产生、所赋予的。诗的力量来自诗的整体结构的力量。黑格尔认为，艺术的各部分“只有靠整体才有生命，才有价值”[①]。新批评派理论家、提出诗的“张力”理论的艾伦·退特也说：“一首诗突出的性质就是诗的整体效果，而这整体就是意义构造的产物。”[②] 在诗歌中，整体就是目的，整体高于一切。我们讨论诗的张力，首先是整体的张力。

张力，来自物理学名词的借用。拿艾伦·退特的话说：“诗的意义就是指它的张力，即我们在诗中所能发现的全部外展和内包的有机整体。”[③]所谓“外展”和“内包”，即指外延与内涵。在形式逻辑中，外延指“适合于某一概念的一切对象”，而内涵是指“反映于概念中的对象本质属性的总和”。但新批评派对这一意义有所延伸，他们把外延作为指称意义，把内涵理解为暗示意义或感情色彩等。新批评派强调“从最极端的外延意义，到最极端的内涵意义”的统一，认为外延与内涵的对峙或平行形成诗的张力。后来，“张力”这个概念被新批评派其他理论家进一步引申，成为诗歌内部各矛盾因素对立统一现象的总称。潘·沃伦在《纯诗与非纯诗》中说：“诗的韵律和语言的韵律之间存在着张力……张力还存在于韵律的刻板性与语言的随意性之间；存在于特殊与一般之间，存在于具体与抽象之间；存在于即使是最朴素的比喻中的各因素之间；存在于美与丑之间；存在于各概念之间；存在于反讽包含的各种因素之间；存在于散文体与陈腐古老的诗体之间。”[④] 这段话较为具体地阐述了张力在作品中的存在状况。张力既可以表现在词语、句子或具体的表现手法（如反讽）中，也表现于诗的整体结构中。

诗的张力，其实就是诗的意义生成的可能性。意义生成的可能性大，诗的张力就大，可能性小，诗的张力就小或者没有张力。诗的张力是诗的整体结构所必备的。

---

① ［德］黑格尔：《美学》第三卷（上），朱光潜译，商务印书馆1986年版，第138页。

② ［英］艾伦·退特：《论诗的张力》，赵毅衡编选《“新批评”文集》，中国社会科学出版社1988年版，第109页。

③ 同上书，第117页。

④ ［英］潘·沃伦：《纯诗与非纯诗》，赵毅衡编选《“新批评”文集》，中国社会科学出版社1988年版，第182页。

由上面分析可知，有情感空间的诗作，必定是有张力的，但张力又不能等同于情感空间。张力一般偏向于艺术的单方面效果，情感空间则着眼于艺术的整体效应。情感空间是比张力更有意义涵盖力、整体性、完美性的结构状态。

情感空间是诗歌意象所构建的一种高级审美形态。具有情感空间的作品，总是在最终极的意义上给人以情感震撼与审美感应。因此，诗人在进行意象组合时，有必要为创造独特的情感空间作出不懈的努力。

第二节　意象密度与情感空间

所谓意象密度，是指在一定的表述单位中意象数量的多寡。意象多，即密度高，反之则密度低。

情感空间是建立在意象组合关系之上的心理空间，意象密度必须与情感有机对应，才能建立这个空间。在诗中，意象密度的过高过低，都有碍于情感空间的形成。意象过度密集、拥挤，缺少情感间隙与意义空白，缺少从容吞吐的气度，不可能产生情感空间；意象密度过低，意象贫乏、干瘪，也同样难以建立情感的广阔空间。在诗中，意象密度与情感空间不相融洽的状况有以下三种：

其一，恣意堆砌意象，过高的密度掩盖着情感的贫乏与断裂。

堆砌的意象，往往自身表现性不强、纯度不高，缺少内在的情感含量。意象未经情感的直接冲洗，仍然是视觉表象，发挥不了表达情感的功能。这种堆砌，往往又是随意的罗列，未经打碎由心灵重新化合，故意象之间产生不了整体结构效能。这类诗所提供的只是同一平面上的表象，缺少情感的盐分，淡而无味。读者或者是在似是而非的意象中浪费了注意力，或者是在乏味的阅读中消耗了耐心，而得不到情感的冲击与震撼，情感空间自然得不到建立。我国早期象征主义的诗有此弊病，当代写实主义的诗中也有此类现象。如有一首写伐木人的诗，作者以大量的笔墨来写树木的日常功用：

你是脚手架，屋梁，椽子，门窗，衣架，桌椅，板壁，
你是十字镐，锄，锹，耙，耩，风车，木桶和犁，
你是学校，图书馆，美术馆，医院，体育场，国立剧院，
你是百叶箱，丁字尺，大圆规，指挥棒，双簧管和木笛，
你是车辆，你是船舶，你是鹞鹰般展翅长空的滑翔飞机，
你是宣纸，新闻纸，日报，月刊，《雪莱诗选》和脂砚斋本《石头记》，
你是边防战士的枪托，天安门上的国徽，人民大会堂的讲台，最高法院庄严的审判长席……

——赵恺《伐木者、斧头和树的活剧》

从“脚手架”到“审判长席”，诗中的这一大段，全是木材制造品的名称的集合。这有必要吗？如果要作如此介绍，再增加几十行也还是不够的。诗从本质上说，不是导向外在知识，而是更多地导向内在意志与情感。诗不是植物学、物理学的讲解，诗人要关心的也不应是事物的日常功用。诗人王燕生曾说：“排列一千枚相同的钮扣，人们看到的只是一种钮扣。在诗中罗列一万种现象，仍然只是现象。”[①] 此语精辟。这些表象的简单罗列，将诗由审美世界拉回到了实用世界，诗的情感流程在这里突然受挫而中断。诗的意义没有得到深化，相反由于读者对这类事物的过于熟悉而丧失继续阅读的耐心，原有的审美期待不仅未能满足，反而败坏殆尽。也许作者是有意在此作渲染与铺排。但任何事物的价值不在于用途广泛，而在于它的存在意义与审美意义，因此诗人只能在情感的开拓上寻求深入，而不必在同一平面上作过多的停留，以粗制滥造的意象制造情感的空白地带，损害了诗情的表达。

哲学家格塞罗指出：“事实不过是得到知识的手段，否则堆积事实反而会压抑思想。”理性认识是如此，艺术思维也是如此。意象的堆砌，势必有碍情感的奔流与腾跃。为避免意象堆砌，首先须强化情感，深化意义，简化意象，使意象自身具有活跃的情感生命，在诗中不至于互相掩

① 王燕生：《学诗十二忌》，四川文艺出版社1986年版，第21页。

盖、互相抵消、互相损害，使每一位置中的意象发挥应有的表达功能。

其二，意象稀疏与欠缺，情感缺乏载体的同时使诗减少可触可感的具象美。

意象是情感的形式化，是情感的“栖身之所”。诗中若缺少意象，情感就缺少了可供栖身的载体。古人曰“意以象尽”，无象则难以尽意，诗的情感就显得薄弱无力，因而难以建立情感空间。同时由于意象的欠缺，诗也减少了可感可触的具象美。请看下面这诗，写的是农村改革后由穷变富的情形：

违背了祖宗/他不怕富/用遗传的勤劳/推倒了/祖宗遗传的/三间茅屋

三间茅屋/似零乱的文字/参差地记录/穷神与富神的官司/那带有阳台的高屋/那明晃晃的门窗/是对遗传勇敢的叛逆

诗表现的是由对传统“怕富”观念的叛逆而出现了“三间茅屋”向“带有阳台的高屋”的变化这一事件。这里的主要意象是“茅屋”及“带有阳台的高屋”，另有派生意象“零乱的文字”，“门窗”等，全诗意象显得较为稀疏。但却较多地使用了抽象概念：“违背了祖宗”“不怕富”“遗传的勤劳”；“官司”“对遗传勇敢的叛逆”等。农村的变化，在作者笔下成了观念的直白。同时，作者表现农村变化的着眼点，也只停留在表面事象之上（即茅屋变高屋，高屋有阳台及明晃晃的门窗），缺少对当代农民那种敢于打破旧观念、改革致富的精神世界的深层揭示，其意象也就显得表浅，缺少内在蕴含。这样，诗成了现实生活的平面化描述，虽有情而情不足，虽有意而意不深，意象未经心灵的辐射，情感显得十分干涩，又由于意象的稀疏、单调、陈旧，全诗也就失去了可触可感的外在美。

其三，缺乏主体精神张扬的被动描摹，也使情感难以腾跃。

被动性描摹物象，较多地出现在再现性或写实性作品之中，此类作品最根本的弱点即在于诗人的主体意识未作高度焕发，诗人缺少洞察事物内在生命、涵盖万事万物的精神力量。在庞大的客体世界面前，主体显得软弱无力、渺小畏葸，无所适从，因而只能俯身于客观物象之下作肤浅的捡拾。他们的笔墨纯粹是一种工具，他们无力真正自由地驾驭它。只能在事物的表面上徘徊，难以作艺术的生气灌注的表现。虽然也有关于主题的陈述，但却不是在描写中由意象自然透出，而是脱离于具象之外附加上去的。诗中呈现的画面，显得浮泛、表浅，呈单一反射，很难说有诗人真正的情感力量的跃动。如有人写《南台湾的船帆石》："你似船　你不是船/你掀动大海的排浪似船在行走/你似帆　你不是帆/你吹送漫天的云彩似帆在飘闪/你巍然不移/你缄默无语//你升高么　不/是海涛排浪在撤退投降/你下沉么　不/是海涛排浪在汹涌进攻//你直教来犯者脑浆迸散……"诗几乎通篇在作被动的摹写，诗人的笔触只在物象的外部来回滑动，对这些现象材料未能真正进行透视，并作心灵化处理。面对诗的矿山，捡到的仅仅是碎石与草屑，意象毫无新意可言，诗人的创造力，重造自然、主宰自然的主体意识全然不见。再如这首题为《路》的诗，也是如此：

> 淮河岸畔有条路/迷人的色彩/动听的歌/车流人流/流不断//五彩的路/不眠的路/北方的探索/南方的改革/在这里汇合/在这里激荡//啊　路/承担过多少/雷雨/高温/严寒/但它通向胜利/难怪人们称它/胜—利—路

严格地说，诗中真正属于具象性描摹的句子甚为欠缺，"迷人的色彩/动听的歌/车流人流/流不断""路/承担过多少/雷雨/高温/严寒"之类，都不是对现实的真正切入，而是游离于事物外部的远距离的模仿和搬用；不是得之于生活的直觉感受，而是捡拾于现成思路与已有概念，丝毫没有诗人艺术感官的直接把握与表现。诗中虽也夹杂有"北方的探索/南方的改革"等时髦的句子，可又有什么主体力量可言？须知未经情感处理的表象是不可能上升为有价值的意象的。缺少直接感知，缺乏对生活本质的透视力，当然也就不可能有真正意义上的艺术传达与情感空间的腾跃了。

第三节　建构诗的情感空间

一　安排推动情感节奏的意象密度

情感空间是高度主体化的心理空间，要建构这一空间，作为创造主体的诗人，必须做到胸有层云，吐纳自如，以情驭物，高屋建瓴，让心灵在意象上空自由翱翔，并在此基础上根据情感空间的需要来安排意象的密度。一般说来，情感的浓烈处、持久处，意象密度应适当高一些，情感疏淡处，或不是关键的地方，意象密度应相对低一些，但也不是简单的正比例关系。这里重要的是把握情感的节奏，使意象密度随情感的变化而产生疏密有致的变化。

情感的节奏包括情感性质的转换、情感强度的转换及其持续时间的转换，这些转换造成了情感的起伏流动感，故谓之节奏。情感节奏有别于物理学上所说的可见节奏，物理学上的节奏总是导向可把握的规律，而情感节奏则是纯心理的，它通过情感的开放性表现而导向自由，因此它具有开创空间的独特能力。现在我们以舒婷的《祖国啊，我亲爱的祖国》一诗为例，看看诗人是如何根据情感节奏的变化来安排意象密度的。

《祖国啊，我亲爱的祖国》全诗共四节。每一节所表现的情感性质都在转换，情感强度与持续时间也不相同，诗人所安排的意象密度也随之出现疏密变化。我们从诗的饱满情感对意象的从容处置中，可以感觉到有一个广阔情感空间的存在。这是第一节：

我是你河边上破旧的老水车，
数百年来纺着疲惫的歌，
我是你额上熏黑的矿灯，
照你在历史的隧洞里蜗行摸索；
我是干瘪的稻穗，是失修的路基；

是淤滩上的驳船
把纤绳深深
勒进你的肩膊；
——祖国啊！

在这节诗里，作者要表现的是祖国在“历史的隧洞里”漫长摸索前行的历史，情感深沉，强度较大，持续的时间也较长，诗中连续出现五个独立意象，使用了较高的意象密度。接下去第二节：

我是贫困，
我是悲哀。
我是你祖祖辈辈
痛苦的希望啊，
是“飞天”袖间
千百年来落在地面的花朵；
——祖国啊！

这一节，诗人由对沉重的历史的回顾转向写“痛苦的希望”，情感性质作了转换，但这种失望的情感在诗中不是主要的，所以只用了一个独立意象“‘飞天’袖间”的“花朵”来表现。诗人还采用了直接的“呼唤情感”的手法（即前四行），而直接的呼唤情感是不需要耗费时间的，所以总体上这节诗所表现的情感持续时间较短。接下来第三节，写祖国出现新的生机，意象密度又提高了：

我是你簇新的理想
刚从神话的蛛网里挣脱；
我是你雪被下古莲的胚芽；
我是你挂着眼泪的笑涡；
我是新刷出的雪白的起跑线；
是绯红的黎明，

正在喷薄；
——祖国啊！

这是全诗情感最浓烈的段落，由于意象较密集，情感的持续时间也较长。最后一节，情感强度保持在第三节的基线上，从“我”与“祖国”的关系上进一步加以发展：

我是你的十亿分之一，
是你九百六十万平方的总和；
你以伤痕累累的乳房
喂养了
迷惘的我、深思的我、沸腾的我；
那就从我的血肉之躯上
去取得
你的富饶、你的荣光、你的自由；
——祖国啊，
我亲爱的祖国！

这一节由相对较密的意象与情感直接呼唤相结合完成诗的最后抒发。在整首诗中，情感强度起着“强—弱—强—强”的节奏变化，意象密度也随着相应发生“高—低—高—中高”的变化。诗中意象密度的变化与情感节奏的变化保持基本的一致。在这情感空间中，情感的跨越度相对较大，流动感也十分明显，诗人的主体意识凌驾意象，自由地流荡其间。

从上诗的分析中还可以看到，以意象来表现情感，总比以直接呼唤情感有更长的时间感。因读者接受时需要一定的理解力和复现意象的时间，由此产生一定的注意力紧张。意象密度高，注意力紧张的次数多，时间的感觉就长，反之则短。意象的高密度意味着注意力紧张的持续性，过度持久的紧张会使读者的注意力疲倦，而过于持久的松弛也会使读者失去耐心。因此在高密度的意象之后应当间以低密度的组合，使读者的注意力得到调节，同时更是为了在节奏的自控变化与读者的参与中使情感空间得以拓展。

既然情感空间是意象组合的高级形态所产生的一种艺术效应，因此建构情感空间应是诗人努力的方向与目标。而在建构情感空间时，提高意象质量是其前提，意象密度的安排是其关键。除此之外，在具体应用中，我们还可以找到有效的手法与途径，现试作以下几方面的探讨。

二　遵循艺术节省律开辟情感活动的充分天地

诗的意象过分密集堆积只能使情感无法自由流动，产生阻滞与堵塞。为避免意象堆砌、疏通情感通道、建立情感空间，那就得讲究艺术的节省律，有意进行省略，开辟描述的空白与间隙，使情感在从容回荡之中舒展自如，旋流不息。

古人曾云："用意十分，下语三分，可几风雅；下语七分，可追李杜；下语十分，晚唐之作也。"（《漫斋语录》）可见，凡优秀的作品总不是全盘托出的，往往留下充分的描述空白，让读者去补充完成。法国文学批评家圣·勃夫曾说："在我们看来，最伟大的诗人是这样的一种诗人：他的作品最能够刺激读者的想象和思维，他最能够鼓舞读者，使他自己去创造诗的意境。最伟大的诗人并不是创作得最好的诗人，而是启发得最多的诗人；他的作品的意义不是一眼就可以看出的，他留下许多东西让你自己去追索，去解释，去研究，他留下许多东西让你自己去完成。"[①] 真正的艺术，不是百分之百的给予，而是有所保留的给予，从而产生加倍的效果。因此艺术的真谛就是在"保留"上做文章，如何保留得更多，进而达到更多的"给予"。这里所说的"保留"，也即是艺术的空白之处。情感的最大容纳处，不在于已说出的部分，更在于未说出的部分，因为未知部分比已知部分有更大的诱惑力，有更多的可能性，也更能激发读者二度创造的积极性。和盘托出，除了艺术表现力的浅薄外，

① 转引自杨匡汉《缪斯的空间》，花城出版社1980年版，第115页。

就是对读者的不信任。须知任何艺术总是在一览无余中贬值的。

要开辟描述空白，就要处理好“有”与“无”的关系。“有”是作品中表述的部分，“无”是作品中未表述的部分。“无”不是虚无，乃是结构的有机组成部分，它虽“无”，但又可见，它似有，却又缥缈。“有”的断裂地带就是“无”的广阔天地。诗的魅力的要素是神秘，神秘感体现在言语未到之处。因此，“无”才能体现作品的深度。“有”的过度，就是“无”的排斥。“无”借助于作品中已提供的部分而腾飞、超越，因此“有”必须为“无”设置情感的前冲力。元稹的《行宫》写道：“寥落古行宫，宫花寂寞红。白头宫女在，闲坐说玄宗。”仅用了三个意象，建立了无限广阔的情感空间，说尽了人去物在、世事变迁的无限感慨。但它却是通过有限的“有”：“古行宫”“宫花”“白头宫女”三个意象表现的“无”，其感慨之深，甚至连“说”的内容未一字触及，也可使人体会到了，这个“无”可谓大了。但这“无”又可以从以上的可见意象中寻觅到、体味到。当代诗人韩瀚写张志新烈士的《重量》一诗，仅仅五行，同样包容了深厚的内涵：“她把带血的头颅，/放在生命的天平上，/让所有的苟活者，/都失去了/——重量。”以上二诗能传达超重的情感内涵，都与意象的纯度——意象自身质量密切相关。前诗中，寥落的行宫、寂寞红的宫花、白头的宫女三个意象之间的冲撞构成情感的巨大落差；后诗中“带血的头颅”这个现实意象与“生命的天平”这象征意象进行超现实的组接，并与“苟活者”进行强烈的对比，组合成一个奇峻的特写镜头，瞬间突现了这个时代悲剧的意义。高纯度意象的巨大表现力及意象密度的恰当配置，使这两首诗均建立了较好的情感空间。

以上我们从意象纯度、质量角度谈了“有”与“无”的关系，而要开辟意义空白，情感的表达上也有一个“有”与“无”的问题，即情感应当有限制地释放。情感的无限制宣泄，必然走向情感的赤裸表白。艺术从本质上看是人类情感的强化表现，但从表现的角度来看，它又要求对情感作有限制的传达。艾略特曾说：“诗歌不是放纵感情，而是逃避感情，不是表现个性，而是逃避个性。自然，只有有个性和感情的人才会知道要逃避这种东西是什么意义。”[①] 艾略特的“逃避”并不是真的逃避，而是诗人处理情感的独特方式。卡西尔也曾谈到情感的控制问题，提出悲剧诗人应是他的情绪的主人，他要把对情绪的控制传达给观众们。可见强化情感与控制情感并不矛盾。情感的意象化、形式化本身也是情感控制的方式。

要控制情感还需进一步作冷处理。情感的冷处理可以使我们从即兴的狂热中清醒过来，进入凝神静思的宁静状态，使情感进一步得到梳理与沉淀。因此冷处理或冷抒情有助于使诗人抵达情感的深层，在情感的反复冲洗中找到根本意义上的质，获得情感的精度。这种具有一定精度的情感本质，才可望成为“一种构成力量”，即成为具有审美意味的形式。

有节制地释放情感是表现情感节奏的必要手段。情感的一泻无余必然是对情感节奏的破坏。情感节奏的抑扬律，以及回旋、复叠等方式，本身就体现了情感有与无的转换关系。

关于艺术空白，孙绍振指出：“诗的形象魅力主要在意象与意象之间的空白中间……空白，从整体结构来看，恰恰是各个局部之间的一种联系方式。这是一种不相联属的关系，在空白中包含着实写中更活跃的想象的浮动性。”[②] 此话说得十分深刻。以往人们总是着眼于作品中实写部分的研究，而不注重作品中空白的研究，其实创造“空白”具有更高的审美价值。有了空白，情感获得继续发展的广阔天地，并获得较大的跨越度，因而显示出诗的情感空间。

三　虚实互动实现诗的意义扩张

处理好虚实关系，在虚实互动中实现诗歌意义的不断生成和扩张，是建构诗歌情感空间的又一重要法则。

---

① ［美］艾略特：《传统与个人才能》，袁可嘉等编《现代主义文学研究》（下），中国社会科学出版社1989年版，第827页。

② 孙绍振：《文学创作论》，春风文艺出版社1987年版，第50页。

虚与实是诗歌艺术辩证法的一对美学范畴。所谓“实”，是指诗歌意象系统所呈现的可感可触的内容或信息；所谓“虚”，是指这个系统所蕴含的广阔深远的情感、思想、意蕴。实，是具象的，具有直接性。虚，是抽象的，具有间接性。中国古典美学思想强调以虚带实，以实带虚，虚中有实，实中有虚，虚实结合。这一思想又渊源于古典哲学。儒家思想注重从实出发，但又不局限于实，既承认“充实之谓美”，又认为“充实而有光辉之谓大，大而化之之谓圣，圣而不可知之之谓神”。老庄也讲“有无相生”，有来自无，没有虚空存在，万物就不能生长，就无生命的活跃。这种哲学观反映到艺术之中，自然就要求艺术讲求虚实结合，以表现这个活跃着生命的大千世界。

虚与实是一对矛盾性、对应性的概念。虚是精神，实是形体，反映了主体与客体、人与物的关系。在一个作品中，虚实是对立统一体，各自以对方的存在为依据。没有实，虚就无处凭依；没有虚，实就没有生气和价值。袁枚在《续诗品》中说：“钟厚必哑，耳塞必聋，万古不坏，其惟虚空。”钟的“实”是为虚而存在的，虚则从实当中产生，因之有万古不坏的宏响。艺术作品也是这个道理。

虚与实作为诗歌艺术的基本美学范畴，是诗歌作品赖以存在的要素之一。在具体作品中，虚与实总是水乳交融、完美结合且高度统一在一起的。有时虚即为实，实即为虚，难以辨别，更难以割裂。为了便于把握，不妨将诗歌中的虚实关系的呈现作如下梳理：

先实后虚。这是一种最基本的虚实关系形态。人的情感和理性活动是对外界的心理反应，精神依赖于物质，产生于实践，艺术把这个过程反映到作品中来，就有了先实后虚的写法。如收入《古诗源》的开卷之作《击壤歌》，就属于这一类型：“日出而作，日入而息。凿井而饮，耕田而食。帝力于我何有哉。”前面四句描写先民的生活状态，极有概括力，也极具形象感，是“实”；最后是一个议论句，表达了“天高皇帝远”的自在与快活，是精神方面的，属于“虚”。这种先实后虚笔法，与《诗经》中的比兴手法又有所不同。“兴者，先言他物以引起所咏之词也。”兴是先写“他物”后有所咏；而先实后虚笔法是直接落实于写眼前所咏之物的。

实中有虚与虚中有实。实中有虚，是指在具体描写中牵带情感和思绪，虚中有实则是以抒情或议论的笔法带出物象。前者如王维《竹里馆》："独坐幽篁里，弹琴复长啸。深林人不知，明月来相照。"四句均是写实，但那种自在洒脱的人格精神却相当明显地活动在字里行间。再如韩翃的《寒食》："春城无处不飞花，寒食东风御柳斜。日暮汉宫传蜡烛，轻烟散入五侯家。"四句全为实景，却带有明显的反讽意味。"实"中含有"虚"的内容，是因为任何"实"，都是主体眼中的实，不能不带有浓烈的主观情调，而诗歌为了表达作者的情感，更要选择最能体现情感的物象来表达，所以必然就产生强烈的表情功能，"实"当中也就有了更多的"虚"的成分了。

而虚中的"实"是通过议论或抒情带出来的实。如王维《送元二使安西》中的"劝君更尽一杯酒，西出阳关无故人"；朱熹《观书有感》中的"问渠哪得清如许，为有源头活水来"。两诗或是寄情或是议论，但均不是那么空泛和直露，而是把情感与思想穿透在具象当中，通过虚的抒发或议论，带起了一系列具体可感的意象，在"虚"中获得了"实"。

以实写虚。这是一种形象化手段。前文已经论述，凡要写情，均须通过情感客观化方式进行，即诗人通过创造情感的客观对应物，使看不见摸不着的情感或思想转化为可感可触的具象。这类例子相当多，最熟悉的有李煜的"离恨恰如春草，更行更远还生"（《清平乐》）；"问君能有几多愁，恰似一江春水向东流"（《虞美人》）。李煜不愧是写愁与写恨的圣手。这流动而生息不尽的"春水""春草"使得观念世界中的愁与恨被解放出来，在与客观世界的对应中获得了动态感与广延度。春水与春草也因之成了别愁离恨的原型意象。

从以上数例可以看出，虚与实的关系不仅体现在诗的整体结构之中，而且作为艺术具象化的手段，体现在具体的诗句之中，诗人借此创造出一个情景交融、虚实相生、灵气往来、精力弥满的艺术境界。

虚与实的有机交融与灵动处置，体现了诗人在观照对象时的自由、灵敏与舒展的主体意识。虚是对物体的精神揭示，是诗人"灵视"的外达；而实，则是最能体现事物本质的那些特征或现象，二者的交替与结合，如鸟飞在天，鱼游在渊，处处显得生机跃动。下面我们来具体看一下诗人达黄诗中的虚实转换艺术：

杯子的意义

握杯子的手	实
抓住茶叶或酒	实
一如我们的思想	虚
上面是静静的青草	实
下面是深深的清水	实
杯子和我们在一起	实
听我们说话	虚
滋润我们沙哑的声音	实
人一走，茶就凉	实
杯子为知己者热	虚→实
杯子是脆弱的	实→虚
它轻轻的碎裂使我们脆弱	实→虚
在听不见的声音里	虚
我们旷远的心境碎了又碎	虚
裂纹一直到额角停顿	虚→实
杯子置身其间	实
以它的无言使我们平静	实→虚
并使我们也如期抵达平静	虚
当我们走得遥远，渴意围拢	实
一只杯子的意义便甚嚣尘上	虚

此诗虚实变换的两端是：“杯子”与“人”。即从对杯子的形体、功能的实写，指向人对杯子的生理上与心理（精神）上的需要的虚写。我们发现诗的每一小节都存在不止一次的转换，而且句子之间也存在转换。诗人

每一次对“杯子”的形体作观照时，均机敏地将这一形体特点指向了某种意义。如“茶叶或酒”→“思想”；“在一起”→“听说话”；“茶凉”→“为知己者热”；杯子的“脆弱”→“我们”的“脆弱”；“杯子的易碎”→“心境的易碎”；杯子的“无言”→“心情的平静”，等等。实到虚的转换是如此频繁、自如，意义的揭示是如此自然、贴切，丝毫没有牵强之感。在这虚虚实实之间、精神与物质的流动之间，诗人创造了他的“杯子”，给了杯子以生命——一个美的艺术符号，一种具有文化意味的象征体。

作为艺术表现手法的虚实转换，在现代诗中表现为以下几种形态：

其一是**虚实并置**。如“流浪得太久太久了，/琴，剑和贞洁等沾满尘沙”（周梦蝶《冬至》）；“客从远方来/带来南国的飘风拂拂/以及千里的明明月/故人的惆惆怅”（吴望尧《辞歌行》）。“琴”和“剑”是实体，“贞洁”是虚体；“风”“月”是实体，“惆惆怅”是虚体，并置在一个语言形式中，一同带出。

其二是**虚实递进**。如痖弦的《红玉米》：“宣统那年的风吹着/吹着那串红玉米/它就在屋檐下/挂着/好像整个北方/整个北方的忧悒/都挂在那儿。”先写“整个北方”，再写“北方的忧悒”，更进了一层。这就从实的空间（北方）进入虚的空间（北方的忧悒），极大开拓了诗的外在空间与内在空间。仅仅多了“忧悒”二字，就召来了无限灵气。

其三是**实对虚的植入**。如周梦蝶《摆渡船上》：“人在船上，船在水上，水在无尽上/无尽在，无尽在我刹那生灭的悲喜上。”通常情况下，由水的无尽可以联想到悲喜的无限，构成一对并置关系，但周梦蝶放弃了那种省力的做法，巧妙地把水的“无尽”嫁接到“我刹那生灭的悲喜上”，仿佛这水就是从人的悲喜上生成的，反之水的无尽也映衬了悲喜的无尽。这种“植入”法，显然比单纯的并置有更大的表达功能。

在后现代主义的实验诗歌中，虚与实的关系又表现出新的趋向。他们放弃了“虚”，只注重、关心“实”，这个“实”是饱含“虚”的实——一种本真的生命状态。“虚”作为一种诗人意识上对事物理解后获得的精神的表达，在他们的诗作中遭到放逐，他们主张放弃对生活的“透视”，认为“诗意”就是生活本身。这是石玉坤的《麻》：

> 麻浸在清水中/剥麻的女子/割破的手指/血珠鲜红/血滴入水的时候/麻纳入鞋底/你穿鞋出门/抬头望天/秋月弯向瓦顶。

“割破的手指”“血珠鲜红”“血滴入水”……十分严酷的生活，写来却平平淡淡，甚至有些轻松。诗人不做更多的“挖掘”，也不做任何阐发，而是点到为止，采取“不偏不倚”的文化态度，呈现原生命状态的生活。在虚实关系上，打碎了虚对实的依附与被依附，使实直接呈现为虚。换言之，这个“实”具有极大的意义生成能力，是一种召唤意义的结构。这一写法显然要比古典的“以景写情”表现力要更强一些。

这是把深刻的东西直接融化在“实”中。而下面的诗，似乎更彻底地抛弃了诗的“深刻”的东西：

> 太阳下去了/远山确有一种情绪/要是一年前/我会拉出椅子/一支接一支抽烟/直到满天星星垂下来/现在不了/太阳下去了/看看表/一般就进屋
>
> ——阿德《阳台》

> 这首诗是关于你的/写于今夜/快要十二点钟/犬声隐隐约约传来/天黑陡陡自顾蓝着/月亮薄得风中响/他低下头/接连打了几个寒噤/此时你在千里之外/你已睡了
>
> ——直心《情诗》

采取“不言”“无为”的态度，以冷静、客观的方式，展现“生命本相”，表达生活的原生态，不触及内在的精神天地。“情诗”，在现实主义、浪漫主义诗人笔下本是一个热烈的主题，但在这里，情（爱与思恋等）却绝对地隐去，仅有极小的暗示，如“快要十二点钟”，透露思念之久之深。“你已睡了”，则是一种反讽与自嘲。不需要诗人解释生活，而是让读者参与其间体验生活。这里面的“虚”，即精神方面的内容，不是由作者直接给出的，是由读者参与其中才能创造出来的。这又是一种新的虚实关系。

四　创造艺术“空筐”，扩大整体结构的表情功能

艺术的“空筐”是一种比喻的说法，指的是诗人讲求清空、剔除质实的一种艺术结构。在这种结构里，诗人不仅以自身情感的丰富性、普遍性来涵盖读者，而且提供一个开阔的空间接纳读者对情感的填充、替换。这是一种高度概括与简化的意象组合而形成的结构，具有极大再生能力的灵动的情感空间场。①

在不确定象征中，多层次的意义是由诗人所设定的，读者的责任在于发现、破译和挖掘意义。但在空筐式的结构中，意义不仅是诗人设置的，又是读者所补充的。这是一个填入式结构，读者有创造意义的更大主动性、自由度和可能性。根据接受美学理论，文学作品是一个非决定性、非自足性的纯意向性结构，是一个未确定的东西，有待读者的阅读去完成。空筐结构就是这样一种“启发得最多”的结构，具有意义的极大再生能力。

空筐结构是一种艺术的“抽象”结构。艺术的“空筐”一经产生，读者可以将自己的人生体验不断补充进去，填入名目不同的内容，这种结构依然成立，而且不致破坏诗境，相反却能丰富诗的内涵。比如我们读李白的《静夜思》：“床前明月光，疑是地上霜。举头望明月，低头思故乡。”望月思乡的体验人人皆有，思乡的强烈程度却各人不同。这首诗的空筐功能，就在于各种各样的离乡人、各种各样的地点、各种各样的月夜、各个人心中的不同故乡，都是适宜的，思乡的情绪都可以被呼唤出来，浸润于清冷的月色之中。

空筐结构的创造，有情感内容方面的因素。大凡有空筐结构的作品，所表现的大都是人类的普遍情感。苏珊·朗格认为，艺术是表现人类情感的，但它不是直接表达艺术家个人的情感，而是表现他领会的某些人类情感的本质（当然在表现这种普遍情感时并不排除艺术家表现的个性

① 参见赵鑫珊《科学·艺术·哲学断想》，生活·读书·新知三联书店 1985 年版，第 401 页。

化）。越是本质的情感，越具有普遍性，因而能使更广大的人群产生共鸣。应当指出，这种人类普遍情感并不等同于所谓“时代精神”，更不是图解政治观念，乃是人类生命在浩瀚宇宙中的根本性体验。如李商隐在《乐游原》中的表达“夕阳无限好，只是近黄昏”；雪莱“如果冬天到了，春天还会远吗?”的抒发，普希金《假如生活欺骗了你》、舒婷《这也是一切》中的情怀，都具有人类普遍情感的本质深度，因而能从深层的心灵深处触动情感之弦，并将自己的体验加入这种本质情感的空筐中一起颤动：你有你的“夕阳”，我有我的“黄昏”，你有你的“冬天”，我有我的“春天”，如此等等。

而这种共振共鸣，在那些表浅性与偶然性的情感表达中是无法产生的。

此外，从语言学角度看，在空筐结构的作品中，所出现的意象一般都是非“特指性”语词所表达出来的。在日常会话中，为了将一个事物与他事物区别开来，总是在前面加上一系列限定性的修饰成分，如“雾中的灯”“傍晚的太阳”“白色的围巾”等等，以指定其地点、时间、形态等存在状况，使人们对所指的事物有一个具体明确的认识。这些名词的意义是确定的，也是无法替代的，因此具有一定的特指性。非特指性语词则与此相反，在这些语词前并不加任何限定与修饰。以“花”为例，非特指与特指可作如下排列：花，蓝色的花，刚开放的那朵蓝色的花，窗台上刚开放的那朵蓝色的花，等等。可见非特指与特指是由修饰成分的多少来决定的。在具有空筐结构的诗中，意象语词也具有较高程度的非特指性。如李白在《静夜思》中所写的，是什么样的“床”？“明月”是最圆的月还是缺损的月？在中天还是初上还是已经西斜？“霜”是厚还是薄？“故乡”又是指何处？思乡者是诗人自己还是诗人所遇见的某个什么人？这些问题，诗中都未作具体明晰的交代，所以以上意象的非特指性程度是很高的。由于意象的非特指性，读者不会去考虑思乡的是何许人，是在何地、何种心境之下，而是直接进入几个意象所呈现的关系之中，人们所看到的是羁旅之人的一幅典型的望月思乡图：在明朗的月色中，有人独步庭前，清冷如霜的月色漫过脚前、浸入心怀，具有无限的寒意，这时不由抬起头来，遥望天上明月，默数离乡日程，情思涌起，似能从明月上看到什么，然而除了月色照孤影外什么也没有，不由低首无语，陷入思乡的良久惆怅之中……人们读这诗，所注意的就是这幅处于审美关系中的图景，而把与诗的境界无关的现实关系（即特指性语词所包含的那些内容）都排除在外，他完全沉浸并融化在这幅明朗、寂静、清冷的宇宙图景之中，与之融为一体了。这时候，思乡的仿佛就是自己，而自己又有自己的来路、际遇、归而未归的种种羁绊……于是诗的情感内容便得到加倍充实、扩张，读者在这个非特指性语词所保留的无限天地里作充分自由的二度创造，而这个具有空筐结构的作品也就获得了永恒的艺术生命。

艺术离不开具象，但这种具象是非特指性具象。它通过语言的减少限定而使意象“抽象化”，使意象提高纯度，在纯粹的意象关系中呈现出意义的巨大空间。空筐结构就是一种张力结构，与不确定象征相比，所不同的是，不确定象征是在阐释、理解中实现意义的，而空筐结构则是在“填入”中实现意义的。

五　以不确定象征产生情感的多重辐射

象征是获得诗的整体意义的重要手段。

美国人类学家怀特指出，象征是所有人类行为和文明的基本单位。他对人类行为的象征性及其功能作过如下论述：

> 所有人类行为起源于象征的使用。正是象征，它把我们类人猿的祖先转变为人类，并使他们具有人的特点。只是由于使用了象征，所有的文明才被创造出来并得以永存。正是象征，它把人类的一个婴儿变成为一个人；不使用象征而长大的聋哑人算不得人。所有的人类行为都由象征的使用组成。或者赖于象征的使用。人类行为是象征行为；象征行为是人类行为。象征是人类的宇宙。[①]

① ［美］怀特：《象征》，庄锡昌等编《多维视野中的文化理论》，浙江人民出版社 1987 年版，第 241 页。

对象征行为的普遍性的揭示打碎了象征的神秘感，诗的象征正是人类的这一基本行为在艺术上的实践。黑格尔还进一步强调："'象征'无论就它的概念来说，还是就它在历史上出现的次第来说，都是艺术的开始。"[①] 那么什么是象征呢？

怀特说："象征可以定义为一件其价值和意义由使用它的人加诸其上的东西。……一个象征可能具有任何类型的物理形式。它可能具有一种物体的形式，一种颜色，一种声音，一种气味，物体的一种运动，一种滋味。"[②]

歌德说："如果特殊表现了一般，不是把它表现为梦或影子，而是把它表现为奥秘不可测的东西在一瞬间的生动的显现，那里就有了真正的象征。"

黑格尔说："作为象征的形象而表现出来的都是一种由艺术创造出来的作品，一方面见出它自己的特性，另一方面显示出个别事物的更深广的普遍意义而不只是展示这些个别事物本身。因此，这个阶段的象征的形象仿佛是一种课题，要求我们去探索它背后的内在意义。"[③]

劳·坡林说"象征的定义可以粗略地说成是某种东西的含义大于其本身"，"象征意味着既是它所说的同时也是超过它所说的"。[④]

以上说法都表明了一点：一个象征由两个方面的内容构成；象征体与象征义。这个象征体在怀特那里是"物理形式"；在歌德那里是"奥秘不可测的东西在一瞬间的生动的显现"；在黑格尔那里是"个别事物"；在坡林那里是"某种东西"。而象征义则隐蔽在象征体之背后，并"大于其本身"。象征体与象征义的关联并不是天生就有的。怀特说："一个象征的意义和价值，在任何情况下都不是产生于或取决于物理形式固有的性质：与哀悼相应的颜色可能是黄的、绿的或任何其他的颜色；紫色未

---

① ［德］黑格尔：《美学》（第二卷），朱光潜译，商务印书馆1986年版，第93页。

② ［美］怀特：《象征》，庄锡昌等编《多维视野中的文化理论》，浙江人民出版社1987年版，第244页。

③ ［德］黑格尔：《美学》（第二卷），朱光潜译，商务印书馆1986年版，第28页。

④ ［美］劳·坡林：《谈诗的象征》，《世界文学》1981年第2期。

必是皇族之色，在中国的满族统治者那里，皇族之色乃是黄色。”[①] 可见所谓的意义都是人们施加于事物之上的，也即象征“由于人的横加影响而获得意义”（约翰·洛克）。这种“横加”当然包含艺术创造的内在依据。而象征关系的建立（即意义的“横加”），实际上决定了你所设立的象征的质量。

由上可知，象征具有如下特点，即象征体与象征指义既相分离又相联系。分离，是指二者之间在内涵上无根本的因果关联，如在国旗上用天蓝的颜色象征自由，但自由本身并不是一种颜色；红色可以象征喜庆、吉祥，也可以象征鲜血、恐怖，象征体与象征指义没有必然的从属关系。二者的联系，是指象征体隐喻、暗示象征指义的表现能力以及这一象征产生后的巩固程度。这里面，内涵的分离性是根本的，关联性则是附加的。

根据象征体与象征指义既相分离又相联系的二重性，我们可将象征分为三种类型，一是固定象征，二是定向象征，三是不确定象征。

固定象征是众立象征，是历史上约定俗成并为人们广为接受和使用的象征。其产生的原因较为多样，如地域特征及民族文化心理、日常经验等的共同性都可以形成这种公共象征。如金字塔象征埃及文明、长城象征中国历史、杨柳象征离别相思、太阳与花朵象征美好和希望、鸽子象征和平安宁等。固定象征指义十分明确，而且意义单一、稳固不变，可以在较大时空范围中流传使用。固定象征由于意义的局限，在诗歌中只可用在局部的表述中，无法以整体结构存在。固定象征是封闭的自为象征。

定向象征是私立象征，是由诗人在作品中呈现、意义定向的象征。象征体直接地滑向象征意义，其意义指向十分明确。例如下面两首不同作者的《贝壳》同题诗：

其一

经不起海浪的颠簸，/流落到沙滩上停泊。/生活之源一旦枯

① ［美］怀特：《象征》，庄锡昌等编《多维视野中的文化理论》，浙江人民出版社1987年版，第244页。

竭，/方感到腹中如此浅薄。//一个水手远航归来，/拾起贝壳久久思索；/航船若是离开了大海，/也会变成这样的贝壳。

其二

海湾抱着疲倦的船，/沙滩抱着不死的贝壳。/贝壳对船说，请把帆借给我。贝壳对海说：请把歌借给我。//它是说，即使死，也要死在海上，/它是说，死在前进中，并且唱着歌；/珊瑚礁哟，把这话也储进岩层吧，/好让后人了解它勇敢的灵魂/坚强的脉搏！

两首诗同是写贝壳，前者，象征生活的枯竭和浅薄，贝壳成为否定性形象；后者，贝壳成了永远向前、勇敢的灵魂的象征，诗人为之大唱赞歌。这就是所谓的“意义的横加”。在定向象征中，客体失去独立自在的本性，诗人完全可以凭自己的情感需要、主题需要任加褒贬。褒贬的结果，意义只向一个方向开放。定向与明确，导致了意义的失落。因此定向象征虽属私立象征，但缺乏意义的再生能力，难以形成诗的整体结构张力。

与上述两种象征不同的是不确定象征，不确定象征也是私立象征。这是一种意象思维贯穿到底的结构，其意义不外泄、不作任何表白，因而具有产生多义性的较大可能。“因为它什么都不是，所以它意味着一切。”无言比言更具有力量。诗的整体张力就在不确定象征结构中得以产生。

不确定象征是一种意象与情感全包笼性的结构，它不向象征意义单向开放，意象自身构成完整的、独立自足的情感传达系统。象征体是一个独立而完整的世界，情感在象征体中、在意象之间作更长时间的停留，而不是定向象征的固定摆动，因此这是一种包蕴着情感生命力、指义性丰厚、功能复杂的象征结构。

不确定象征较多地出现在事件性象征与体验性象征中。事件性象征是描写事件而设立的象征。与事件性象征相对应的是事物性象征。由于事物本身仅有一个意义点，如种子使人想到发芽与希望，小草使人想到青春与生机等，因此事物性象征极容易被定型，较难突破思维定式。事件性象征则违避了这一陷阱，可以随事件的进展而自由地设立象征结构。如朱凌波的《椅子》：

> 远处/一把椅子/金光闪闪//越过人群/兴奋地坐上//当激动风渐渐平息之后/惊异地发现/手臂 正变成椅子的扶手/腿 正变成椅子腿/不久/除了一颗可以转动的头外/全成了椅子//（多么怀念　椅子前期的自由啊）//头在椅子顶端　尖声高叫/不要上当了　亲爱的人们//那把椅子　依旧　金光闪闪/人流继续涌来

诗写了“坐上一把椅子”而后“觉醒”这一事件，通过人的异化（物化）过程设立了象征，给人的联想是十分丰富的，具有明显的不确定性与多义性。如果写成一首咏物诗《椅子》，意义的生成可能性必然大为削减。

事件性象征不以意义来折射对象，而是从自身体验出发，把情感写足，以整体意象组合来暗示多重意味。事物性象征通过一个物、一个点来完成象征，事件性象征则是通过几个物、几个点，通过物与物之间的关系来完成象征。一个点容易破译，几个点以及它们之间的关系则不易破译，这就是多义性的奥秘之所在。

体验性象征与事件性象征较为接近，所不同的是，体验性象征更加注重情感的内在体验过程，在情绪的微妙变化中建立起象征。这是朱凌波的《空位》：

> 我的身边总有空位//当某天闻到一缕芳馨/垂下眼帘 喃喃低语//突然/一种预感/使我惊恐不安/睁开躯体/原来依然 空位//于是/我也走了/留下一个空位

诗传达了一种体验：你的身边常常会有一个“空位”，在影剧院、公共汽车、火车上，你常常会有某种“空位”的期待。如果真的闻到一缕芳馨，又会惊恐不安。这时候你的意识清醒过来，发现什么也没有，依然是个空位……这种体验诗，读者必须投入其中成为体验者，诗的意义才能领略一二。这与前例《椅子》的事件性象征又大异其趣。

康·巴尔蒙特在论述象征主义诗歌时说："象征主义诗人则用其复杂的感受能力改造物质性，使世界服从于自己的意志，并深入它的奥秘之中。……象征主义诗人在其作品中给予我们的是一只有魔力的戒指，它既是宝贝，能使我们感到喜悦，同时它又召唤我们去做某些事情。"[①] 不确定象征就是这样一个魔力戒指，召唤读者去寻找作品的意义，参与作品意义的生成，使读者从画面上升到它的灵魂，从直接的、因独立存在而显示得十分美好的形象上升到隐藏于其中的精神的理想境界，这种理想境界使得物象产生了加倍的力量，使诗产生了多重的天空。这就是不确定象征的非凡功能。

综上所述，我们可以总结出不确定象征不同于固定象征与定向象征的特征：它有自身完整的意象组合结构；它具有主体直接的情感体验；它具有丰饶、多层的象征意蕴。在这里，意象不是"活的肌体中坏死的东西"（贝尔语），而是生命与情感的凝聚物，具有不同寻常的张力与弹性。由于不确定象征有着这种意象的相对集中性、单纯性，总体情感与意蕴的多重性、宽泛性，在饱蕴情感的意象与意象之间构成了相对应又相超越的关系，诗的情感空间也因之得以确立。

与诗歌艺术的另一范畴——情境相比，情感空间更偏重于艺术的形式范畴，它是由情感与意象的组合所产生的一种关系场。因此情感空间的建立既要求诗人主体精神的自由焕发、俯视万象、超脱自如，同时又要求以高度的表现技巧开拓空间供其活动。这是内涵与形式相统一的艺术化境，来自内在生命对世界的全新建构。同时，这种建构必然是诗人的内在心理结构，即审美需要、审美理想、形式感、表现技巧诸因素的总体外化。要建构情感空间，从主体方面来说，重要的是改造诗人内在心理结构，也即皮亚杰所说的内在"格局"。诗人应努力改变与刷新内在格局，以增强这种建构能力。而从艺术表现上说，上面介绍的种种建构

① ［俄］康·巴尔蒙特：《象征主义诗歌浅谈》，张捷译，袁可嘉等编《现代主义文学研究》（上），中国社会科学出版社 1989 年版，第 359 页。

方式固然可供借鉴，但根本的是在诗中提高意象的纯度，处理好意象的密度，使情感既浸透意象同时又超越意象，造成二者之间广阔的中空地带，产生动态的情感空间结构，从而建构具有现代精神与风范的灿烂的艺术多元宇宙。

第十二章

诗的整体美感效应

艺术作品是一个整体存在。整体性是艺术作品的第一特性。艺术可以被看作由各部分因素构成的一个和谐的“场”。整体性是指艺术各部分之间有机的融贯与统一。

关于艺术的整体性，黑格尔曾用“有机活动”“气韵生动”八个字予以概括。他高度强调艺术的整体性，认为“艺术的统一”，“是一种内在的联系，把各部分联系在一起，成为一个有机的整体，而且没有着意联系的痕迹。只有这样由精神灌注生命的有机的统一体才是真正的诗”。①在艺术作品中，部分有其存在的独立性，但这种独立性是依附于艺术的整体生命的。黑格尔指出：“每一部分既以它的个别特殊身份而独立存在，又通过最丰富的逐渐转变，不仅与此相邻的部分，而且与整体，都有紧密的呼应。”“一切部分都各有自己的差异，独特性和优点，但是仍处在不息的流动中，只有靠整体才有生命，才有价值”，同时又由于整体是活的整体，因此“形象在每一点上都见出生命”。② 黑格尔关于整体与局部的关系的论述，是符合艺术辩证法和艺术作品的实际的，在这点上，不少理论家都有类似看法。如亚里士多德就说过：“要是某一部分的出现

---

① ［德］黑格尔：《美学》第三卷（下），朱光潜译，商务印书馆 1986 年版，第 35 页。

② ［德］黑格尔：《美学》第三卷（上），朱光潜译，商务印书馆 1986 年版，第 138 页。

或缺席，引不起整体的变化，那它就不是这一整体的有机部分。”在艺术创作的实践中，整体性的美总是艺术家所首先需要考虑的。为了使人物雕像获得最佳效果，罗丹宁愿把雕刻得太美的巴尔扎克像的手砍掉，因为那手的美影响了雕像的整体的美。在艺术作品中，整体生命才是至高无上的。

反之，从欣赏的角度来看，整体性也是欣赏者所首先需要考虑的。谢林说：“凡是未曾提高到整体观念的人，便完全没有能力判断任何一件艺术作品。”① 断臂的维纳斯之所以美，是因为她的整体是美的，如果只关注局部的断臂，那就可能认为不美。但如果从整体的观点看待断臂，又可发现断臂有无穷好处，因为它诱发了读者的想象，开辟了美的无限遐想的天地。朱光潜先生也说：“文艺作品都必具有完整性。……凡是文艺作品都不能拆开来看，说某一笔平凡，某一句警辟，因为完整的全体中各部分都是相依为命的。……凡是欣赏和创造文艺作品，都要先注意到总印象，不可离开总印象而细论枝节。”② 他还举了古诗《采莲曲》为例：“采莲复采莲，莲叶何田田！鱼戏莲叶东，鱼戏莲叶南，鱼戏莲叶西，鱼戏莲叶北。”指出，单看起来，每句都无特色，合看起来，全篇却是一幅极幽美的意境。所有的艺术作品都应作如是观。

既然艺术是一个整体，所谓整体美感效应也就是艺术的整体所呈现的美，也即从艺术的整体来考察艺术的各个部分、各个因素融合一体的“场”所产生的审美的效果。任何艺术作品都会给人一个总的审美印象或审美感受，这种印象和感受就是艺术的整体美学效应所传达给读者的。

那么诗的整体美感效应是怎样构成的呢？艺术的美感生成不纯粹属于形式范畴。美感的产生，既来自形式，又来自内容。艺术作品是境与情（意）的融合，是表现与再现的统一。黑格尔把艺术美的要素分为两个方面：一是内在的，即内容；二是外在的，即形式。形式的价值就在于指向内容，显现出内在意蕴。贝尔则把艺术称为“有意味的形式”。因

---

① 北京大学哲学系美学教研室编：《西方美学家论美和美感》，商务印书馆 1980 年版，第 189 页。

② 《朱光潜美学文集》（第一卷），上海文艺出版社 1982 年版，第 510—511 页。

此形式美与内容美的有机结合构成艺术的美。胡经之进一步把艺术美的构成划分为三个层次："艺术美的构成是内容美与形式美的统一，内容本身各要素的统一，形式本身各要素的统一。"[①] 诗的整体审美效应也正是这三个层次和谐统一给予读者的美的投射。

这里，有必要讨论另一个概念：风格。关于风格，杨春时的解释是："风格不单指内容方面的特征，也不单指形式方面的特征，而是内容与形式相统一的、总体上的特征。风格是审美意象的总体性范畴，风格是一定的内容范畴与形式范畴的总和。"[②] 可见风格也是从形式与内容相统一的角度把握艺术作品的一种方式。这就与我们所说的"整体美感效应"有其相似之处。那么，我们为什么要在本书中提出"整体美感效应"的概念，而不采用现成的"风格"理论呢？这是因为传统的风格理论，其内涵的模糊性及外延的无限制的宽泛性，带来了评价艺术作品时的较大的不确定性。具体表现在：

其一，风格虽然是艺术作品的一种特色，但人们总是把风格与人联系在一起考察。杨春时说："风格是审美活动和艺术活动成熟的标志，某一时代的流派，某一个艺术家或艺术品，只有形成了独特的风格，才能显示出与其他流派、艺术家、艺术品的区别，才具有真正的审美价值。"[③] 我国传统的风格理论强调"文如其人"，"文品出于人品"。在西方，布封的"风格即其人"之说广为人们所引用。这种理论造成风格在"作品—作家"之间摆动，这就造成了外延的第一层次的不确定性。

其二，风格理论并未到此为止，从风格理论中，又延伸出"时代风格"、"民族风格"，甚至"阶级风格"等。有人指出："风格主要表现在作家身上，而由作家风格，又可形成时代风格、阶级风格、民族风格以及流派风格。"[④] 这样，风格的外延进一步扩展、泛化，造成了第二层次的不确定性。

由于上述的两个原因，使得"风格"论在评价作品时给自身带来了

---

① 胡经之：《文艺美学》，北京大学出版社1989年版，第192页。

② 杨春时：《系统美学》，中国文联出版公司1987年版，第297页。

③ 同上。

④ 吴功正：《文学风格七讲》，上海文艺出版社1983年版，第6页。

种种困惑。既然风格“是一个作家在全部作品中反映出来的基本特色”，就较难解释何以一个作家可以创作出几乎对立的两种风格的作品的现象。在评价作品时，还可能产生过分关注作品之外的因素，而忽略作品的内在因素的现象。而相反，“整体美感效应”则纯然是只关注作品本身的一种观照方式，它回避某个作家作品的总体的一般性，而进入到特定的、具体的某个作品的考察；它纯粹从艺术美这个角度来把握一个作品，因此避开了作品外在的各种因素的干扰和影响。“整体美感效应”虽然也与“风格”一样带有整体印象的特点，但“整体美感效应”毕竟把评价的眼光确定、落实到了作品本体，而克服了风格的“作品—作家—时代”的较宽泛模糊的摆动状态，这就使艺术鉴赏与评价具有更多的客观性与合理性。

然而，中外关于文学风格的理论，却源远流长，且内容相当丰富。国外自亚里士多德的《诗学》始，国内自曹丕的《典论·论文》始，关于风格的论述卷帙浩繁、异彩纷呈。在中国，风格理论比艺术美学出现得更早，发展得更为成熟。风格理论中的许多内容其实是美学范畴中的内容，如刘勰“八体”中的典雅、远奥、精约、显附、繁缛、壮丽、新奇、轻靡；司空图《诗品二十四则》中的雄浑、冲淡、纤秾、沉着、高古、典雅、洗练、劲健、绮丽、自然、含蓄、豪放、精神、缜密、疏野、清奇、委曲、实境、悲慨、形容、超诣、飘逸、旷达、流动，以上术语完全可以为美学所使用而且已经在美学研究中运用了，美学在一定范围内接纳了风格学，成为一门蓬勃发展的独立学科。历史表明，风格学已为美学所融合，为后者所包容。

本书所论及的整体美感效应的有关术语，有的本身就是美学术语，有的或者与风格理论有着渊源关系，但这无关紧要。本书所着重关注的，是一种特定的美感是如何在一个具体的作品中传达出来并形成整体效应的。

诗美世界，千姿百态，万象纷呈，充分显示了美的丰富性、自由性、多样性。对于诗的整体美感效应，本书将择其最基本的类型，加以讨论。

第一节　空灵与朦胧

一　空灵美效应

空灵是中国古典艺术极高的审美形态。空，指的是虚、无、静；而灵，则是灵气、生命，是“有”。这二者相辅相成，浑然合一，即为空灵。其中“灵”以“空”为前提条件，“空则灵气往来”（周济），不先求空，灵气就无法产生；反之，若没有“灵”，空也就成了“顽空”“死空”，了无生气，根本无以谈美感的产生。宗白华先生曾引“太虚片云，寒塘雁迹”形容艺术的空灵境界：茫茫太空一丝白云缥缥缈缈，空旷的寒塘片片飞雁投影而过。这里“太虚”“寒塘”是空，构成广阔空虚的背景，而“片云”“雁迹”则是灵，是背景中活跃的生命律动。可见空灵是一种无与有、远与近、静与动的神奇而绝妙的艺术组合，背景部分旷、远、静，主体部分则少、简、淡，跃动着永恒不息的气韵与灵性。

空灵美的诞生，首先在于心境的宁静。宗白华说：“精神的淡泊，是艺术空灵化的基本条件。”[①] 他又说；“艺术心灵的诞生，在人生忘我的一刹那，即美学上所谓‘静照’。静照的起点在于空诸一切，心无挂碍，和世务暂时绝缘。这时一点觉心，静观万象，万象如在镜中，光明莹洁，而各得其所，呈现着它们各自的充实的、内在的、自由的生命，所谓静观皆自得。这自得的、自由的各个生命在静默里吐露光辉。”[②] 静照的目的，旨在与大自然达成瞬息的遇合与沟通。中国古典哲学主张人与自然的关系是天人合一，强调人与自然的亲近、和谐。静照、静观之时，方可达到物我两冥的境界，自我不知不觉消融到大自然之中，大自然又不知不觉地吸入自我。因此静观方式成了具有东方哲学意味的独特的艺术

① 宗白华：《美学与意境》，人民出版社1987年版，第229页。

② 同上书，第228页。

感受方式。由审美的静观，而进入艺术的创造，形成的空灵美的艺术境界，就有以下两个特点：一是诗中物境的空旷感；二是物境的静与动的有机化合。

宗白华还说：“中国诗人尤爱把森然万象映射在太空的背景上，境界丰实空灵，像一座灿烂的星空！”① 这诗意的描述道出了空灵美的一个特点：凡空灵美的诗篇，其物境往往空旷博大，以宇宙、太空、大自然为背景，作为心灵驰骛的对象。我们看台湾诗人罗青在其《月琴记》中所写的：

我不知何时
抱着明月走出松林
松林也不知何时
捧着月琴走出了我
只记得音消影灭之际
天地一空，明月万里

以天地和万里明月为境界，于是“空故纳万境”（苏东坡）。有了这广大无边的境界，“万境”就可以跃动自如了。又如台湾另一位诗人杨平在《空山记》中所写的，“此时静默者旷古之静默，/窗前终宵有无音的滴落/倾听宿雨，积尘已洗/坐忘间，不觉升起了一烛淡月”，这同样也把自我生命的存在背景推向了宇宙太空。为了扩展空间，诗人努力从有限走向无限，由此在跨向彼在，如覃子豪描写一棵树，“树，伸向无穷/虽是空的一握/无穷确在它的掌握”“生命在扩张/到至高、至大、至深邃、至宽广”，“树伸向无穷、以生命之钥/探取宇宙的秘密”（覃子豪《树》）。这种物理空间的开拓，与心灵空间的广大相对应，不如此，心灵涵纳则无从栖居。

物境的空不仅来自背景的广大，也来自艺术的“间隔”手法。宗白华说：“美感的养成在于能空，对物象造成距离……从窗户看山水、黑夜

① 宗白华：《美学与意境》，人民出版社1987年版，第232页。

笼罩下的灯火街市、明月下的幽淡小景，都是距离化、间隔化条件下诞生的美景。”① 因此，烟雨蒙蒙或月色溶溶，都可以产生空。除了物质条件造成的“隔”，更重要的是心灵内部的“空”，也即陶渊明所说的“心远地自偏”的“心远”。而古代诗人在寻求“心远”时，常常走向禅的境界。

禅学对宇宙的静观态度，与艺术的静观态度究其实质，一脉相通。禅的忘言境界也是诗的境界。参禅者讲究“心净似海，一空如洗”，这就是心灵的“远”。台湾“新古典主义”诗人杨平在诗作中对禅意的表达颇得“心远”的真谛，他醉心于营构一种疑幻疑真、亦幻亦真的禅的忘我忘言境界，如：

坐看云起时/我不禁痴了/浑然忘记了吟哦/忘记了 赞叹/忘记了此身已非我/……周遭静得像六月的古唐诗 /——竹荫下的岁月疑真疑幻

——《坐看云起时》

歌声戛然断绝。/……风咻咻穿堂而过/你仍自肃容端坐/久久/一如茶不知何时冷雪不知何时止月不知何时升

——《雪日听歌》

山中空寂的岁月已太久/一座古庙里　不知何时/飘来了一片艳红残叶……/不知何时……/天地间已静得十分禅、十分诡秘!

——《寺中》

对于自我的遗忘（“忘记了此身已非我”）、对于时间的遗忘（“雪不知何时止月不知何时升”等）都表明了诗人心灵的“隔”。这种心灵上的距离，再加之疑幻疑真的意境，使得诗的空灵境界注入了某种神秘的意味。

在造境上，静与动的适当配置，也是创造空灵美的重要方式。这种

① 宗白华：《美学与意境》，人民出版社1987年版，第228—229页。

空灵境界，在整体上表现为静，在静的背景中表现出动。它是静为主，动为辅，或是整体上静，局部上动，或是背景是静，前景是动。我们再以杨平的诗为例：

> 黄昏渐渐深了/不知何处传来了一声喟然/我若有所悟的方自扬眉——/琉璃窗外/一朵云/古月僧人般，逸去
>
> ——《坐看云起时》

诗的背景是远山和天空，广远而幽静。“一声喟然”“一朵云”的“逸去”，使全景活跃起来，生出了灵动的神韵。空灵境界中的动景，绝不是暴风骤雨、狂涛怒潮式的，而是如沈灏所说的“太虚片云，寒塘雁迹”式的轻灵之动，正如杨平在诗作《游山》中所写的：

> 悠悠的云宜静。林宜空宜爽
> 溪宜清浅，倒影宜
> 流动曲折的漾荡出
> 一鳞鳞有韵致的梦

空灵境界中的动态，就是这样“悠悠”的，轻柔地“漾荡”着的。就在这轻灵的跃动中，显示着大千世界生生不息的本质，透露着万古不灭的宇宙精神。

空灵境界的诞生，与构图的简约有着极大关系。陶东风认为：“如果一首诗、一幅画中的意象或线条简约而又有无穷的美感发生之力，那么这首诗或画就达到了简约和空灵。”[①] 与简约相对的是丰繁，那是另外一种美。空灵的境界，所容纳之物象总是比较简略、简淡的，是一种以少胜多的手法，具有如宗白华所赞誉的倪云林的画那种“一树一石，千岩万壑不能过之”的效果。所以空灵境界应该是外在形式的简约与丰饶的美感张力这二者的绝妙融合。

---

① 陶东风：《中国古代心理美学六论》，百花文艺出版社1990年版，第46页。

因此，诗人须在“灵”字上下功夫，不断锻炼自己的灵性与悟性。杨平说得好：“此中有禅：当蓓蕾无声的绽放成一枝花/此中有爱：当花朵温柔的接受折枝。”而他自己常常对每一细微的事件展开更广更深的联想，从中体味宇宙的神秘氛围，“一池红莲开了/（不知那象征些什么?）”（《灵雨一束》）；“偶尔传来疏落的钟声/（仿佛别有寓意?）”（《游湖记》）。诗人灵动的诗心，引导着对宇宙“真意”的深邃追索。

诗人的灵性，就是心灵与宇宙打通，二者互相映照，晶莹明澈。灵性又是生命智慧的表征，是生命力的一种运动属性，所以又有“灵动”之说。有灵性的诗人，常常能在无生命的物质界创造出生命。如洛夫的“三粒苦松子/沿着路标一直滚到我的脚前/伸手抓起/竟是一把鸟声”（《随雨声入山而不见雨》）。这类意象的创造，就很需要诗人的超乎常人的灵性和艺术感受力。

空灵境界，严羽称之为“空中之音，相中之色，水中之月，镜中之象”；如冠九称之为“空潭印月，上下一澈”；高日甫称之为“即其笔墨所未到，亦有灵气空中行”。概而言之，空灵美是融空旷美、静态美、生命美的张力结构，在空寂静谧意境中呈现出自然灵性的生命律动。

二　朦胧美效应

朦胧美是诗的基本美学属性之一。所谓朦胧，是与清晰、明白相对的一种混茫、迷离境界。明代谢榛在《四溟诗话》中说：“凡作诗不宜逼真，如朝行远望，青山佳色，隐然可爱，其烟霞变幻，难于名状；及登临非复奇观，惟片石数树而已。远近所见不同，妙在含糊，方见作手。”在此，他把“不宜逼真”“妙在含糊”作为诗歌创作的基本原则来要求。诗人覃子豪相当推崇诗的朦胧美，他认为“诗本身有一种梦的气氛”，“象征派的诗人则特别重视朦胧美的效果，便是诗是富于梦幻的魅力。即是使读者能在朦胧中窥见真实，而诗人则将真实藏于如梦如幻的境界中”。“这梦幻的世界，具有一种神秘、幽玄的情调，这便是朦胧美的特性。"[1] 古往今来，不少诗人写出具有朦胧美的篇章，以其"富于梦幻的魅力"，诱发人们探索把玩的持久兴味：

江流天地外，山色有无中

——王维《汉江临眺》

雾露隐芙蓉，见莲不分明

——（晋）《子夜歌》

疏影横斜水清浅，暗香浮动月黄昏

——林逋《山园小梅》

雾失楼台，月迷津渡。桃源望断无寻处。

——秦观《踏莎行》

似有似无的山色是一种朦胧，雾露遮隐的芙蓉也是一种朦胧，月下的疏影横斜也是一种朦胧……朦胧的诗境，若即若离，似有似无，时现时隐，或为云遮，或为雾隐，或为月迷。在人与物之间，总存有一层阻隔，这阻隔却也是淡淡的、迷蒙的，意味悠长。这就是诗的朦胧之美。

关于诗的朦胧境界，赵鑫珊作过如下阐述：

所谓"朦胧"境界，就是"寒波淡淡起，白鸟悠悠下"这类诗句在你心中留下的想象力的无限空间，亦即"象外之象，景外之景"。美感并不是一个定量概念；美感微妙极致处，往往就是含蓄、混茫、朦胧之境。能说出道道、加以条分缕析的透亮明晰的美，往往是浅显的，短暂的，有穷的；"平林漠漠烟如织，寒山一带伤心

① 转引自古远清《台湾朦胧诗赏析·前言》，花城出版社1989年版，第5页。

> 碧”所包蕴的淡淡哀愁的美，则常常是深沉的，持久的，无穷的。[①]

这段话谈到了朦胧境界的美感特性、朦胧美的品位等问题。朦胧境界由于视觉上隔着一层阻碍而无法全部透视，因而可以产生想象的无限空间；这种含蓄、混茫的朦胧美是美感的“微妙极致”，其效果深沉而持久，甚至无穷。

朦胧美的构成，既有物境因素，又有情感和意念等方面的因素，是物境、情感、意念三方面的朦胧共同交融而产生的美感效应。

首先是物境的朦胧。王宜山认为，物境的朦胧是因为事物的形态不甚确定而产生的。他说：“当事物的形态展现得不够清晰，不够稳定或不够具体，它就能使人产生朦胧、迷离和缥缈虚幻一类的情绪。这可统称为‘朦胧美’。例如，月夜的丛林，潋滟的湖光，幻变的云海，茫茫的草原，都能直接刺激人的情绪，产生一种朦胧缥缈的快感。这主要是由于它们不完全确定的形态能在形体、内容、层次、时间和空间广度各个方面，使人不自觉地处于一种因不完全明了而兴奋的情绪状态之中。”[②] 上文所引诗句“雾露隐芙蓉，见莲不分明”“雾失楼台，月迷津渡”等均是事物的形态不甚确定而造成的物境的朦胧美。而造成事物的形态不确定、不明了，往往是由于雾、雨、月色等自然因素造成的隔离效果。台湾诗人夏菁的《月色散步》表现的也是月色造成隔离而产生的朦胧境界：

> 此刻正像是水底的世界/一切已沉淀，静寂。/那些远近朦胧的树枝，/如珊瑚丛生海里。/……行人看不见彼此的面貌，/只感到浮光掠影，/像鱼儿优游在深绿的水中，/来去仅闪一闪银鳞。

“天上月色能移世界”（张大复语），于是地上的树枝变为水底的珊

---

① 赵鑫珊：《科学·艺术·哲学断想》，生活·读书·新知三联书店1985年版，第427页。

② 王宜山：《试论美的分类》，《齐鲁学刊》1986年第6期，第21页。

瑚，行人也变成了游鱼。这浮光掠影、奇幻神秘的境界，全是月色的“隔”造化出来的。

除了自然因素的隔离造成物境的朦胧外，观察、感知的距离也是造成物境朦胧的因由。诗人覃子豪就认为，美便是距离所造成的，诗的朦胧美便是诗给读者制造一个适当的距离，距离造成了模糊，而使读者感觉到有领略不尽的意味。王维的“江流天地外，山色有无中”等诗句，就是距离造成的物境的朦胧。

其次是情感的朦胧。情感是艺术创造的驱动力。但诗人在进入创作时，那份催动他的情感常常是模糊的，无法把握、无法言传的。英国批评家布莱德雷曾说；“诗不是一个早已想好的清晰确定的事物的装饰品。它产生于一种创造性冲动。一种模糊的想象物在内心躁动，想要获得发展和得到确定。”[①] 科林伍德分析诗人的创造心态时说：“当说起某人要表现情感时，所说的话无非是这个意思：首先，他意识到有某种情感，但是却没有意识到这种情感是什么；他所意识到的一切是一种烦躁不安或兴奋激动，他感到它在内心进行着，但是对于它的性质一无所知。处于此种状态的时候，关于他的情感他只能说；‘我感到……我不知道我感到的是什么。’”[②] 诗人在进入创作之时情感的莫可名状、无法清晰把握的情形是常有的，歌德就曾谈到这方面的体验：“在作诗以前，我没有关于那样的诗的什么印象和预感，它们却突然侵袭我，要求我立时写成，因此我就觉得被强迫把它们当即本能地、做梦似地写下来。在这样的梦游病的状态之中，往往有这样的事，就是：我的前面一张纸完全歪斜地摆着，到了统统写好的时候我才觉察。”正因为创作时情感的朦胧难辨，所以李煜才说“别是一番滋味在心头”；陶渊明才说，“此中有真意，欲辨已忘言”。情感的朦胧性导致了语言无法准确清晰加以表达的困境。

情感的朦胧性，不仅表现于那种复杂微妙的情感难以认知和难以表达，还在于诗人为了表达上的效果考虑而有意采用含蓄、隐蔽手法。这

① 转引自［美］布洛克《美学新解》，滕守尧译，辽宁人民出版社1987年版，第170页。

② ［英］科林伍德：《艺术原理》，王志元等译，中国社会科学出版社1985年版，第112页。

是台湾诗人白荻的《昨夜》：

> 昨夜来去的一个人，昨夜/述说着秋风的凄苦的/那一个人，昨夜/以水波中/的月光向我/微笑的/那人/以落叶/的脚步走过/我心里的那一个人/昨夜用猫的温暖给我愉快的/那人
>
> 唉！昨夜来去的那一个人，昨夜/的云，昨夜来去的那一个人。

诗中“昨夜来去的那一个人”对于诗中的“我”所具有的感情的分量，这在诗中已有了较充分的表露，非如此，不会使“我”如此念念不忘。但对于读者，诗却保持了相当的矜持、含蓄，那个人是男是女，是普通朋友还是情人，都未作表白，那个人与“我”之间存在着什么感情，诗中也没有过多的透露。这就在情感的传达上产生了较大的朦胧，我们只获得那个人内心有着“秋风的凄苦”，其微笑如“水波中的月光”，脚步如同“落叶”般轻盈，给“我”以“猫的温暖”这一大略的印象，而这些意象本身也带有恍惚、飘逸、迷离的色彩，增加了诗情的朦胧效果。

最后是意念或立意的朦胧多义。英国文学批评家燕卜逊指出：“复义的作用是诗歌的基本要素之一。”[①] 刘勰在《文心雕龙·隐秀篇》中谈到诗需要“隐”，“隐也者，文外之重旨者也”，并说“隐以复意为工”。陈廷焯在《白雨斋词话》中，强调诗“终不许一语道破”为佳。以上论者从不同的角度谈到了诗的多义性问题。如果说自然因素的朦胧造成了诗境的外感觉的朦胧，那么情思的朦胧与多义性，则造成了诗的内在意蕴的朦胧。例如李商隐的《无题·相见时难》，以仙言艳语造出一种迷离恍惚的艺术境界，读了使人目眩神迷，如坠云里雾中，难以捉摸其主旨所在。对该诗主题的理解，众说不一，有人认为是与友人的送别之作，有人认为是别有寄托的政治讽喻诗，也有人认为是一首爱情诗等。卞之琳的《断章》，有人认为是写人在社会中的装饰性角色，有人认为是写人与

---

① ［英］燕卜逊：《复义七型》，赵毅衡编选《“新批评”文集》，中国社会科学出版社1988年版，第307页。

物的相对关系，也有人认为是用间接衬托手法描写一个女子之美。这种意义的不确定性，构成了诗的内在境界的深层朦胧。叶芝说："真诚诗歌的形式……有时的确可能是朦胧的，或不合语法规则……然而，它必须具有无从分析的完美性，有每天都会产生新意义的好处。"[①] 真正优秀的朦胧诗作都有这种"无从分析的完美性"。当然，并不能说所有朦胧诗作品都具有多义性，有的作品只是把主旨深深包蕴在晦涩的文字之中，读者一时难以把握作者的用意之所在而已。朦胧诗派的不少作品均属于这种情形。

除了以上三方面因素，在表现手法上，如象征、暗示、错觉、幻觉及模糊语言等的运用，也都有可能造成朦胧的美感效应。

这里再说一下模糊语言与朦胧美的关系问题。大凡朦胧的事物也总是模糊的，但模糊的信息所创造的美不一定就是朦胧的。宋玉在描写"增之一分则太长，减之一分则太短"的"东家之子"的美的时候，所提供的信息是模糊的，但不能说这位"东家之子"的美是朦胧美，只是所提供的信息无法还原其实态的存在而已。文学语言从本质上说是一种非量化的、不精确的模糊语言，其创造美的效能具有宽泛性，朦胧美只是模糊语言所创造的美之一种。

当然，艺术的朦胧不能等同于普通意义上的模糊，它是模糊的美学升华。正如赵鑫珊所说的："朦胧（或含蓄）并不是低级、无知的含糊层次；它是精确的升华，是长期艰苦地向精确化目标挺进之后得到的最高报偿。"[②] 真正的艺术的朦胧境界，绝不是现实物境的朦胧与情感心理状态的朦胧二者的照搬或复现。相反，它是经过精确化的升华而复以模糊形态呈现出来的一种美感效应。其中外部物境的朦胧是基础，内在的情感、意念的朦胧是根本，只有将物境、情感、意念三者的朦胧融为一体，这才是朦胧美的极致。

---

① ［英］叶芝：《诗歌中的象征主义》，袁可嘉等编《现代主义文学研究》，中国社会科学出版社 1989 年版，第 803 页。

② 赵鑫珊：《科学·艺术·哲学断想》，生活·读书·新知三联书店 1985 年版，第 429 页。

第二节　清新与流动

一　清新美效应

杜甫云“诗清立意新”，又云“清新庾开府，俊逸鲍参军”。清新，即清明鲜丽。一首诗既有新颖的立意，又透露出一股清秀鲜活的气息，这就构成清新之美。有人对诗中的清新美作过这样的描述：“清新是朴素的姐妹，它好像一个美丽的姑娘，只家常打扮，不浓妆艳服。清新又是自然的伴侣，它像一个人举止动作，随心所至，不摆架子，不矫揉造作。清新，意味着形象明净，内容单纯，语言圆润。还意味着诗句里蓄着生命的水——汩汩流动的真情实感。”[①] 也就是说，清新是包含有朴素、自然、明净、单纯、真实等意味的一种审美效应。

清新的审美境界，是客体世界的清新与主体内在世界的清醒的融合。它首先来自物境的清新。物境的清新，则往往与清晨、雨、树林、春天、流水等有关联，如：

牧场的星星落下了，
变成无数露珠在闪光；
草原上游荡着一片水汽，
朦胧，湿润，透出一股花香。

这是李瑛《牧场晨光》中的一节。清晨的草原，露珠闪闪，游荡着白色的水汽，潮湿的空气中透出野花的芳香……草原之晨特有的湿润、气息和光泽，直接给人以清新的美感。

清新与雨水有关。雨后的景物特别清爽透明。诗人顾城曾这样写：

① 阿红：《漫谈诗的技巧》，春风文艺出版社 1982 年版，第 272 页。

“一天，是雨后吧，世界新鲜而洁净，塔松忽然闪烁起来，树叶上挂满晶亮的雨滴，我忘记了自己，我看见每粒水滴中，都有无数游动的虹，都有一个精美的蓝空，都有我和世界……我知道了，一滴微小的雨水，也能包容一切，净化一切。在雨滴中闪现的世界，比我们赖以生存的世界，更纯，更美。”顾城所发现的美，就包含有雨后的清新之美。诗人们对雨后的清新似投入了较多的喜爱，陈敬容写道：

雨后黄昏的天空，
静穆如祈祷女肩上的披巾，
树叶的碧意是一个流动的海，
烦热的躯体在那儿沐浴。

闻欣对森林中雨止后的那一瞬间景物作了逼真刻画：

一些雨/在树上歇着/感受叶片脉动的愉快/有圆润的鸟声/随着水珠在阔叶林里/潺潺流淌/纵横的水流/在树与树之间写着象形文字

——《世界仍有童话》

这里有颤动的叶片、圆润的鸟声、流淌的水珠……雨后的清亮鲜丽，写得声色毕现。

春是生命的季节，万物都在春天复苏、萌发，因此清新自然与春天更有关联。20 世纪 30 年代的诗人于一平这样写：“春站在树上/像少女笑眯眯的脸/猫儿互叫着/湖水吹起参差。”一个生动的比喻，就把春天的青春气息烘托出来。大量描写春天的清新之美的作品皆从自然景物的正面落笔，但湖畔诗人应修人的《田野的春》却描绘了一个在田野上边劳作边歌唱的少女形象，同样传达出春的清新之美：

嫩红的风儿微微。/娇香的蝶儿飞飞。蓝布儿头发上；/曼声儿轻唱。/手耙底齿儿在田；/手耙底柄儿靠肩；/双手儿把柄上；/曼声儿轻唱。

花飞蝶舞，是一种清新；水田之上着蓝布儿曼声轻唱的少女，清新之外，更给人以劳作之美、生命之美、青春之美。

在传达外部世界的清新印象的同时，主体的感觉应当保持特有的清醒，诗人必须对外部世界抱着一种永远的新鲜感，仿佛这个世界是“上帝刚刚创造出来”一般。艾青说：“清新是在感觉完全清醒的场合对于世界的一种明晰的反射。”[①] 清新与人的感觉在掌握事物时的明晰度有关。试看李小雨的《夜》：

> 鸟在棕榈树下闪着眼睛/梦中，不安地抖动肩膀，/于是，一个青椰子掉进海里，/静悄悄地，溅起/一片绿色的月光/十片绿色的月光/一百片绿色的月光，/在这样的夜晚，/使所有的心荡漾，荡漾……

此诗的意境优美清新，这与诗人感觉的清醒、意象的明晰直接相关：在夜的背景之中，诗人看到了“鸟在棕榈树下闪着眼睛”，甚至看到了它在“不安地抖动肩膀”；“一个青椰子掉进海里”，既可理解为真的是青椰子掉落海里，也可理解为月亮跳出海面，“溅起鳞鳞月光”。月光从“一片”到“十片”再到“一百片”，量的变化表明了感觉的运动与发展，也表明感觉的清晰程度。在整首诗中，诗人的感觉始终保持着清醒，捕捉着静中的动景、静中的光影和静中的声息，传达出朦胧夜色中的清新奇幻的美感。

在创造清新诗境时，由于受客体环境、情调、氛围的影响，主体的情感和心境与之相对应，也处于放松、自由、愉悦状态。即使有几分忧郁，也是淡淡的、隐隐约约的。清新的情感特征是轻盈、轻松。如果感情过于沉重，获得的美感就不再属于清新这一类型。

清新意境还有如下审美特征：其一，清新的意境与特定的色彩有着关联。清新是大自然生命的表征，所以绿色是构成清新美的基本色调。如杜甫“红入桃花嫩，青归柳叶新”“绿垂风折笋，红绽雨肥梅”等都离

① 艾青：《诗论》，人民文学出版社1982年版，第178页。

不开绿色或青色。再看应修人的《温静的绿情》：

> 也是染着温静的绿情的，/那绿树波荫里流出来的鸟歌声。//鸟儿树里曼吟，//鸭儿水塘边徘徊；/狗儿在门口摸眼睛；小猫儿窗门口打瞌睡。//人呢——还是去锄旱田了，/还是在炊早饭呢？//蒲花架上绿叶里一闪一闪的，/原来是来偷露水吃的//红红的小蜻蜓！

这是一首清新的晨曲，流溢着温和恬静的旋律，在鸟儿、鸭儿、蜻蜓等小动物、小昆虫身上呈现出多色彩的配合，但之所以给人以清新之美，根本的还在于绿色作为场景主旋律的主导作用。如果没有这份“绿情”，没有绿树荫里流出来的清悦的鸟声、绿叶上一闪一闪的露水珠，就很难说此诗还能产生清新之美了。

绿色是清新诗境的基本色，并不能说凡是清新境界都离不开绿色。有时色彩的鲜明、悦目，也能给人以清新之感。请看辛笛的《刈禾女之歌》：

> 金黄的穗子在风里摇/在雨里生长/如今我来日光下收获/……风吹过镰刀下/也吹过我的头巾/……蓝的天空有白云/是一队队飞腾的马

蓝天、白云、金穗，一幅原野的刈禾图，色彩鲜明，赏心悦目。这里没有绿色，但却有明晰的色彩对比，显示出大自然的原初本色，也给人以清新之感。

其二，大凡清新境界，所选择的意象都较轻灵、单纯。清新之美是主体易于透视、驾驭的美，不像崇高雄浑那样对客体需取仰视态度。艾青说：“单纯是诗人对事象的态度的肯定，观察的正确，与在事象全体能取得统一的表现。它能引导读者对于诗得到饱满的感受和集中的理解。”①陈梦家写过“一朵野花在荒原里开了又落了”，“他的欢喜，他的诗，在

① 艾青：《诗论》，人民文学出版社1982年版，第177页。

风里轻摇”（《一朵野花》）；应修人写过“软风吹着，细雾罩着，浅草托着，碧流映着，——春色已上了柳梢了。//村外底小河边，抽出些又纤又弱的柳条儿，满粘着些又小又嫩的柳芽儿”（《新柳》）。又如骆刚：“站在风中/犹如站在初夏的意境里/薰衣草优美地展示着自己的风姿。”（《薰衣草》）。这些轻灵、单纯的意象是极易进入内心的，具有“最内在的亲切”（梁宗岱语）墨西哥诗人奥·帕斯的《枝头》，更是一首意象轻灵、单纯的精妙之作：

一只小鸟/落在松树枝上/啾啾歌唱。//突然挺立/箭一样飞向远方，/歌声中变得渺茫。//小鸟像会唱歌的木片，/木片在火焰中烧光，/小鸟消逝在远方//我抬眼一望：空空荡荡。/只剩下寂静/在摇晃的枝头上。

小鸟是一个单纯性意象，小鸟的突然飞逝，更给人以轻灵之感。在“火焰中烧光”的木片是小鸟的第二形态，这并不妨碍由绿色的松枝、蓝天、小鸟构成的清新图景，相反却强化了全诗的色彩比照和色彩明度。

此外，清新还与语言的自然、不雕琢有关。清新作为大自然的外部形态，必然要求以活泼生动的自然语言来表达。李白诗云：“清水出芙蓉，天然去雕饰。”纯朴本真、不求雕琢的天然语言是创造清新美的语言手段。

二　流动美效应

流动是指飘逸舒展、流转自如的一种美感效应。祖保泉解释司空图的流动风格为：“妙道如水车和圆珠那样不停地流转，它假借万物为形体，显示出来给众人看看。茫茫的大地，悠悠的天空，都在不停地运行；人们如求得了道的端绪，他们的作为便会符合大道流转的途径。大道是神明的、无形的。古往今来，千年万世，它都这么不停地运行。”[①] 所谓

① 祖保泉：《司空图诗品解说》，安徽人民出版社1980年版，第93页。

流动，实际上即为“意脉贯通”之意，即诗的内在联系与外在联系要构成一个生命的有机整体。可以说司空图这一观点，实际上已经指出了流动风格的最核心的内容。

一首诗所表达的生活的每个细节、片段，都必须被组织成一个意脉贯通的相对完整、独立自足的有机体，这个有机体如同水车似的贯通一体，如丸珠似的能转动起来。诗的“意脉”来自诗的内容。内容对诗的意脉起决定作用，只有把握了诗的内容的端绪，才能找到切合内容的意脉。而意脉又必须前后贯通不露痕迹才是上乘。在这个意脉的有机贯通之下，艺术品才是有生命的，才呈现出流动之美。

那么意脉又是如何贯通全诗的呢？所谓意脉，其实就是思维的出发点，同时又是思维的归宿，是诗的主旨、立意之所在。试看钱叶用的《静夜思》：

> 在人间/人们独独常寄托天堂/天知道　天堂之路呢//在人间/人们演许多悲欢事/天知道有哪一只手导演//在人间　一只嘴与另一只嘴/有着无法避开的命运//……在人间/夜晚把美恶之梦/都塞在人们的睡床上//在人间/无法躲避的是这一颗太阳/无法躲避的是那一颗月亮

这首诗的意脉着眼于对人类的命运的思索：人生是悲与欢、苦与乐、美与恶、幸福与痛苦的结合体，人生不会那么单纯，既无法逃避太阳又无法逃避月亮。对人生的这种正视，实际上透露出诗人对于生活的一种执着态度。它构成了全诗的意脉。这一意脉把生活的正反两面的结局辩证贯通起来，使我们见出了生活与生命的真相。

流动美的另一个重要特征是境界的宽大、舒展。这也是流动美得以产生的重要条件。李钢在《东方之月》中写道：“东方之月，升起在东方/荡荡的银须飘下/落地生根/以江为乳/以山为土/一时间东方的神话全都开花/……骑梦而来/骑梦而去/东方之月是骑士/横骑灿烂/纵骑精神。”这广阔的空间任月儿驰骋，并同时产生舒展自如的流动感。反之，假若空间狭小局促，意象拥挤杂乱，就无法进退，也就产生不了流动美。

有了意脉的贯通，又有了舒展的空间，诗的流动就有了内在的与外在的依据。在此基础上，又有多种因素可造成流动之美。

意象的贯通造成流动。在诗中，一个中心意象常常可以带动诗的其他意象，使整体活跃起来。所以“意象贯通”有时候就等同于“意脉贯通”。例如耿翔的《跟随水的足迹》：

> 跟随水的足迹，我们/在土地上流浪/水把我们，交给无边无际的庄稼/也交给一块泥土。活着/和庄稼秆并肩而立/死后，和密集的庄稼之根/抱土而卧/抬起头/我们和草木/在一脉野水走过的地方，竞相/生长……

这里，中心意象是“水”，诗的画面在“水”与“我们”之间展开，“水”的流动，带出了一系列意象。“水”在这里起到连接贯通作用，使整体运转起来。

情思的跳跃也可造成流动。跳跃是流动的一种特殊表现。在跳跃中，流动的速度和节奏相对会加快。人的意识是一个流动的过程，称为“意识流”，但也是跳跃的过程。请看飞林的《信天游》：

> ……信天游和男人一起上山耕耘/信天游与女人一起在土炕上生孩子/……信天游在有风的时候/会让你觉得铺天盖地的风更疯狂/信天游在夏季使你感觉太阳不能忍耐/冬天时信天游让这个季节延长无边/孩子一生下就听上了信天游/老人入土时也听信天游

每一个句子都构成一个完整的意象，意象之间的转换采用“点”式的跳跃方式，所产生的流动相对是快节奏的。

事件的发展、演化、递进，也造成流动。这是斯人的《我在街上走》：

> 我在街上走/其他人也在街上走/起初我走得慢/走快的超过了我/走不快的没超过我/后来我想走快点/走快了就超过了/一些刚才

> 超过我的人/还有一些没超过/停在前面看我/向我挥单臂/我不理他们/我照样走得很快/走过他们身边/他们挥起了双臂/一起叫一个名字/我就一起把他们超越了/我一个人在街上走/没有看到其他人在街上走

这里写的是在街上“走”的过程，从被超越到超越别人，这中间隐含着某种生活哲理。很显然，在“走”的不断进行的过程中，呈示了事件的推移与演变，表现出了运动的状态，也就造成了诗情的流动。

奔放是情感的强化表现。情感奔放之时必呈现为一种外张的流动形态。廖亦武的《大盆地》，以奔放的抒发，展现了大盆地壮阔雄健的自然之美：“岁月诞生自你的腹部，奥秘和希望诞生自你的腹部/你是世界上血管最密集的地方，平原上遍布橘树、血橙、红甘蔗等血液丰富的植物/你翻耕过的泥块像火苗蔓延开去，洋溢着一千种炽热而复杂的感情。”大盆地滋养了一代又一代的人们，激发着人们膨胀的爱情：“先烈们的坟墓耸立在江岸上，裂人心肺的船工号子从峭壁撞向峭壁/一种难以用声音表达的召唤使我们战栗了!”接着诗人转向讴歌创造者的生命之美、力量之美：“我们体内交流着太阳的热力和大地的血/我们放着筏子，像咆哮的水兽在激流中前行，任金矿和浪头在脊梁上闪耀/我们回应着空谷之音，喊叫洞穿地层，让始祖鸟的化石和沦落的远古内海悄悄开放。”诗全方位地展示了大盆地的历史、现实、自然的美与人的雄壮伟岸的搏斗，密集、丰满而生动的意象贯连全诗，这些意象色彩缤纷、活跃奔放地推进着，构成全诗的内在运动骨架，随着奔涌的激情，展示在读者的眼前，在雄奇而凝重的流动中组成一个力度饱满的整体场景。

流动美的外部表现则需借助语言。自然、流畅的语言较易于产生语句的流动感，而复沓、回环等的运用，更能加强流动变换的效果。

复沓有固定式与非固定式两种。固定复沓是句子的某些成分固定地重复出现，如纪弦的《你的名字》：

> 写你的名字，/画你的名字，/而梦见的是你的发光的名字；/如日，如星，你的名字。/如灯，如钻石，你的名字。/如缤纷的火花，

如闪电，你的名字。/如原始森林的燃烧，你的名字。

非固定复沓是诗中某部分内容相同或句式相似，但又有一定的变化。如杨榴红的《白沙岛》：

太阳的梦是红的月亮的梦是白的
太阳神秘地炫耀美丽月亮真诚地袒露美丽
月亮的镜子是白沙岛
白沙岛的镜子是太阳

复沓如果在形式上更进一步走向整齐，就会构成回环句式，如徐志摩的《为要寻一颗明星》：

我骑着一匹拐腿的瞎马
向着黑夜里加鞭；——
向着黑夜里加鞭，
我骑着一匹拐腿的瞎马

我，冲入这黑绵绵的昏夜，
为要寻一颗明星，——
为要寻一颗明星，
我冲入这黑茫茫的荒野。

诗节之中，第三行是第二行的重复，第四行是第一行的重复。固定的句子，逆反地重复出现，产生了循环往复的语言效果，造成一定的动态节奏。

总之，流动美首先表现在诗人意绪、情感的内容上，也表现在语言形式上。当然，如果单纯追求外在语言的形式化，有时又会走向其反面，造成句式的呆板、固定，这是在追求流动美时应注意的。

第三节　平易与荒诞

一　平易美效应

平易一词，最初是指一个人的性情或处世态度。《庄子·刻意》云："夫恬淡寂寞虚无无为，此天地之平而道德之质也。故曰：圣人休焉，休则平易矣，平易则恬淡矣。平易恬淡，则忧患不能入，邪气不能袭，故其德全而神不亏。"平易与恬淡连在一起，指的是与世无争、恬淡无为的人生态度和人生理想。这种人生态度，转移到艺术上，则是指一种平和简易的艺术品格。朱光潜先生说："简易是艺术最后的成就，古今中外最大的艺术作品都是简单而深刻。"① 平易不是平淡无奇、简陋粗俗，而是平中蕴奇、易中蕴深的一种美感效应。

为了理解平易美的内涵，让我们探讨一下相关几个概念之间的关联。

（一）平易与典雅

司空图《诗品》释"典雅"为："玉壶买春，赏雨茆屋，坐中佳士，左右修竹。白云初晴，幽鸟相逐，眠琴绿荫，上有飞瀑。落花无言，人淡如菊。书之岁华，其曰可读。"在这里，司空图着力描绘典雅的情境，借以说明典雅的风格。他认为佳士们在修竹掩映的茅屋里品酒赏雨，是一种"雅"；或者在白云初晴、幽鸟相逐的环境里枕琴而眠，也是一种"雅"。雅士们面对良春美景，淡泊如菊，因而写出来的诗也典雅可读。司空图把典雅与淡泊放在一起考虑，认为典雅必须淡泊，不淡泊，不免浅薄、卑俗。

作为诗歌风格的典雅，有庄重、高雅、文雅之意。清人杨廷芳在《诗品浅解》中说："典则不枯，雅则不俗。"孙联奎在《诗品臆说》中

① 《朱光潜美学文集》（第一卷），上海文艺出版社1982年版，第222—223页。

说："典乃典重，雅，即'风雅'，'雅饬'之雅。"由以上解释可知，典雅含有高贵而不庸俗，优雅而不鄙薄，合乎规范、正统的意思。许自强解释典雅风格的语言特色是："讲文雅，反俚俗；求庄重，忌浮滑；多委婉，戒质直。它同'俚俗'相反，街谈巷议、市井白话，多所排斥，戏谑轻佻的俗语、谚语之类也无所容身。"[①] 所谓典雅的语言是一种高贵化、精致化、规范化的语言。这与平易美的语言特色恰好相反。

20 世纪 80 年代以来，特别是实验诗人，鉴于传统诗歌语言的日益概念化、规范化而窒息诗歌语言更新的倾向，提出了诗歌语言的口语化原则。主张用俗语、民间语、口语来自由地、不受拘束地表现诗人的体验和感受，反对语言的过分变形，反对故作博大、精深和高雅的诗风。他们认为高度规范化的语言，只能麻痹诗人和读者的审美感觉。因此实验诗人旨在对规范典雅的传统语言秩序实行破坏和颠覆，其主要手段就是运用口语。程光炜对诗人于坚的《作品 39 号》中的口语化语言加以肯定，"大街上拥挤的年代/你一个人去了新疆/到开阔地走走也好/在人群中你其貌不扬"，认为"这几句诗的活力即在于，它的语言与日益言语化的生活事实之间不存在人为的意义阻隔，也没有繁复冗赘的意象栅栏。它的心态结构，以一种特殊和个人化的语感和语势，揭示出规范语言无法言及的人的内心真实"。[②] 口语的运用，使诗重新返回语言的原生状态，使语言与生命的真实或生活的本真状态沟通，取消了因为精制、规范而不免产生的隔膜，使语言重新获得了平和与亲近，这是有其意义的，且有助于平易美的生成。平易与典雅表明了动态诗歌语言的两个向度。当然，典雅只要不是凝固的、自我封闭的，则仍然具有生命力，而平易不是走向肤浅、浮华、轻佻，更是一种创造性语言。

（二）平易与平淡、自然、

平淡与平易意义大体相近。作为人的性情的平淡，指的是平和、淡泊、旷达、闲适的一种情态。作为诗歌语言风格，平淡、则与语言中的

① 许自强：《新二十四诗品》，文化艺术出版社 1990 年版，第 146 页。

② 程光炜：《朦胧诗实验诗艺术论》，长江文艺出版社 1990 年版，第 137 页。

色彩有关。苏轼曾说："大凡为文，当使气象峥嵘，五色绚烂，渐老渐熟，乃造平淡。"（《竹坡诗话》）葛立芳在《韵语阳秋》中也说："欲造平淡，当自组丽中来，落其纷华，然后可造平淡之境。"袁枚在《随园诗话》中说："诗宜朴不宜巧，然必须大巧之朴；诗宜淡不宜浓，然必须浓后之淡。""用意要精深，下语要平淡。"平淡语言必然是一种平易语言，但这种平淡更多的是对"组丽""纷华"的淡化，是淡化色彩后的那种平易。

平易或平淡都与语言的自然有关。朱熹评陶渊明的诗为"平淡出于自然"（《朱子语类》）。所谓自然，就是不矫饰，不造作，讲究浑然天成，无人工凿痕。法国作家于勒·列那尔提出，人们应该像呼吸一样写作，和谐的气息，既有舒缓也有快速的音节，永远自然，这就是美的风格的象征。诗歌语言的自然有两种途径取得，一为"师法造化"而得的自然，一为"百炼工纯"而得的自然。前者来自主体与客体的遇合，这种"师法造化"也因主体的艺术素养和"内在图式"的不同，而产生不同水准的自然；后者为诗人惨淡经营后的不留印痕所得，这就更需要诗人独具的艺术匠心。

（三）平易与意义深度

平易的语言必须由不平易的意义深度来支撑，这平易才显出非凡的特质来。如果没有内在的意义深度，平易成为平白、浅易，则毫无价值可言。卡西尔在论及艺术的功能时指出："艺术的最大成就之一就是能使我们看见平凡事物的真面目。"[①] 黑格尔也说过，诗人必须"深入精神内容意蕴的深处，把隐藏在那里的东西搜寻出来，带到意识的光辉里"[②]。平易美，是指在揭示平凡事物的真面目和深层的精神意蕴时采用平易的语言手段。力图用平易语言表达不平易的意义，这在不少诗人那里成为自觉的艺术目标。艾青说："深厚博大的思想，通过最浅显的语言表演出

① ［德］恩斯特·卡西尔：《人论》，甘阳译，上海译文出版社2003年版，第200页。

② ［德］黑格尔：《美学》第二卷（下），朱光潜译，商务印书馆1986年版，第52页。

来，才是最理想的诗。……尽可能地用口语写，尽可能地做到深入浅出。”① 诗人徐敬亚则提出语言的“稀释”：

> 诗人，不应该在语言文字上捉弄读者，不在诗的表面层上设障碍。这就出现了诗的语言的“稀释”，语法结构的“稀释”：词，干净，自然，朴素；……古今中外，外观上，自然、干净、通俗而内涵丰富的诗，总是上品。②

博大精深的内涵，以平易简朴的语言表达，这就是艺术的返璞归真。姜白石宣称：“人所易言，我寡言之；人所难言，我易言之。”（《白石诗说》）以深邃的精神作底蕴的“易言”境界，乃是一种极高的艺术境界。

（四）平易美的语言策略

平易美说起来平易，却是一个较难达到的艺术境界。王介甫说：“看似寻常最奇崛，成如容易却艰辛。”（《题张司业诗》）平易，离不开艺术的艰难磨炼。为了达到平易，诗人们也曾尝试以各种途径和方式去接近。诗人贝岭就提出运用“轻松”的态度表现不轻松的经验，他说：“诗必须有情感表达的随意性，或称之为情感的随意性。……要试着用轻松表现不轻松的经验，用随意的联想表现并不随意的特定经历。”③ 非非主义诗派提出了“语言还原”的主张，认为现行的语言都有僵死的语义，无力承担对直觉体验的表现功能，他们旨在“捣毁语义的板结性”，废除其“确定性”，最大限度地解放语言。不少诗人也提出要达到“剥尽修饰的单纯”，写作一种“不作概括的诗，不精制的诗”。……所有这些努力，都在于摆脱语言的规范化、板结化和僵化，而使诗回到一种新鲜、活泼、平易、本色的语言现实之中。

为此，在语言操作中，诗人们运用了不少具体的策略，有的运用客观陈述揭示生活的本真状态。如韩东的《有关大雁塔》：“有关大雁塔/我

---

① 艾青：《诗论》，人民文学出版社1982年版，第205页。

② 老木编：《青年诗人谈诗》，北京大学五四文学社1985年，第103页。

③ 同上书，第152页。

们又能知道些什么/有很多人从远方赶来/为了爬上去/做一次英雄/……那些不得意的人们/那些发福的人们/统统爬上去/做一做英雄/然后下来/走进这条大街/转眼不见了/也有有种的往下跳/在台阶上开一朵红花/那就真的成了英雄/当代英雄/有关大雁塔/我们又能知道些什么/我们爬上去/看看四周的风景/然后再下来。”诗句仅仅触及某种现象，但这些现象却具有生活的某种普遍性和一定的本质深度，使用的语言也只作客观的陈述，毫无做作，不加雕琢，平易本真。但仔细体会，不难觉察到内中的反讽意味，在平易当中显出了深意。

有的用朴实的意象和口语化语言表达普通人的日常生活，从而显示平易之美。如江健的《麻雀》：“在远方的城市和乡村/那些低矮的瓦檐下/我的朋友就像一群麻雀/他们热爱阳光/空气和草地/而更多的日子/是要穿过暴雨/承受生命的伤痛/他们在远方/麻雀一样，默默地活着/朋友上门/就用身上的羽毛/铺筑温暖的巢穴/一刻的停留/让我永生难忘/想念朋友/我两肋长出了翅膀/这时候我若不是麻雀/还是什么。”诗展示的是普通人的生活、普通人之间的交往和情谊，诗中出现的意象——麻雀，也是极为普通平常之物。麻雀（而不是苍鹰）用来喻人，颇具“反崇高化”意味。朴实的叙述给平常的意象抹上了一层温馨，于平易当中显出了真挚。

还有的用客观对比、暗示、咏此物而言彼物等手法，于平易中揭示深层意蕴。如艾青《在浪尖上》写道：“这个青年工人被捕了，/地点是列宁像的下面。”逮捕人的地点一般来说并无多大意义，但在这里，为了揭露“四人帮”反人民本质，将“青年工人被捕”与“列宁像的下面”并置，构成了强烈的对比和反讽。又如柯平《陈子昂登上幽州台》：“陈子昂胸口发热/便登上那幽州古台/放开嗓子乱喊一气/声音大得一千三百年后都能听见/端的是前无古人后无来者/那台倒也不高沙石垒的却不知因何/这千把年来大大小小诗人也不少/竟没有一人爬得上去。”诗再现了陈子昂登幽州台的情景。“声音大得一千三百年后都能听见”，是指他的诗篇千古流传；千把年来大大小小诗人“竟没有一人爬得上去”，是因为陈子昂的《登幽州台歌》被誉为千古绝唱，无人可以企及与超越。语言浅显、明白，于平易中透出深度、力度和诗趣。

梅圣俞有诗云：“作诗无古今，欲造平淡难。”（《赠杜挺之》）要达到平易，需要从难处入手。朱光潜告诫说："入手便简易，最易流于肤浅俗滥。"[①] 朱光潜评价陶渊明、苏东坡、袁子才的诗均属于"简易"，但品格各有悬殊。陶渊明专在性情上做根本功夫，其诗正如姜白石所说"文以文而工，不以文而妙"，自是圣品；苏东坡是从难处做到平易，所以虽平易而不俗滥；袁子才入手便是平易，便流入下乘了。为此，诗人必须如李长吉之母苛责李长吉"是儿必呕出心乃已"，方能求得真正具有诗美价值的那种平易。

二　荒诞美效应

荒诞，《辞海》的解释为"虚妄不可信"。提起荒诞，自然联想起荒诞派文学。荒诞美与荒诞派文学是两回事，了解一下荒诞派文学有助于理解荒诞美。

荒诞派文学是20世纪50年代初期出现于法国文坛，后得以广泛流传的现代主义文艺流派。当代资本主义社会精神危机的加剧造成的"自我丧失感"，是其产生的社会原因。存在主义哲学是其思想基础，"人类处境的荒诞性和不可靠性"是这一流派艺术的根本出发点。该流派在戏剧艺术形式上的特点是过分夸张，极端怪诞，人物台词语无伦次，大量运用梦呓般的对白或独白，以期收到心灵上震撼观众的艺术效果。

"荒诞"的原意是音乐概念中的"不谐调音"。字典上注明它是"不合道理和常规；不调和的、不可理喻的、不合逻辑的"。美国文学理论家大卫·盖洛威指出，"荒诞派艺术本质上有其实验性和创新性"，"发生着极端新颖的东西"。[②] 由此可知，荒诞并不是可怕的怪兽。同是这位理论家指出："荒诞派的艺术有无数的祖先和后代。当然，在某种意义上来说，所有艺术都与现实'相对立的'，因此是荒诞的；此外，在另一种意义上来说，文学史上最令人难忘的人物也都是'荒诞的'英雄；然而，

---

① 《朱光潜美学文集》（第一卷），上海文艺出版社1982年版，第223页。

② ［美］大卫·盖洛威：《荒诞的艺术》，袁可嘉等编《现代主义文学研究》（下），中国社会科学出版社1989年版，第637、638页。

人们被完全遗弃在一个荒诞世界中的感觉，从来没有像二次大战后几十年的西方社会中那样强烈和普通。”[①] 荒诞的普遍性，足以表明荒诞派艺术的合理性和可接受性。

荒诞美在某些性质上与荒诞文学有所重合，如不合常规、不合逻辑、与现实“相对立”等。但荒诞美作为美的一种形态，是跨越具体流派的。荒诞美是一种不和谐美。古典美学强调“美在于和谐”（赫拉克利特）。荒诞则于不和谐之中显示出美。荒诞美的功能是给人以惊奇感。意大利哲学家马佐尼说：“诗人和诗的目的都在于把话说得能使人充满着惊奇感，惊奇感的产生是在听众相信他们原来不相信会发生的事情的时候。”[②] 惊奇、奇诡所造成的心理冲撞是荒诞美产生的内在依据。

诗的荒诞美，首先表现在意象的超现实变形。艺术的变形包含现实主义的变形与超现实的变形，诗的荒诞变形即属于超现实变形，其变形的幅度较大，往往采取非现实所存在的形式，具有明显的怪诞性、离奇性。超现实的荒诞变形可追溯到上古神话和传说。如希腊神话中的斯芬克斯，是人与狮的变形、复合而成的新形象——人面狮身的怪物。传说中的美女蛇是美女与蛇的变形与组合。此类的变形体现在形象的局部切割分解上，其荒诞性主要表现在组合的效果中。

诗中意象的超现实变形，是意象的直接的整体的变形。例如李钢在《在远方》中所写的“在远方/女人全是菌子变成的，她们酿酒/柳枝儿从她们额前垂下来/不是柳枝垂下来，是女人从柳树上垂下来/菌子变的女人会酿酒，在远方”。这中间由“菌子”变形为“女人”，由“女人”变形为柳树上垂下来的“柳枝”，都具有整体变形性质。虽然“菌子”与“酿酒”，“柳枝”与女性的头发之间可找到内在的关联，但这里变形的跨度已经是比较大的，是现实中不可能有的，具有离奇性、怪诞性，是一种超现实的荒诞变形。

这种变形往往来自人与物的交流，人渐渐物化，因此显示出荒诞性

① ［美］大卫·盖洛威：《荒诞的艺术》，袁可嘉等编《现代主义文学研究》（下），中国社会科学出版社1989年版，第665页。

② 北京大学哲学系美学教研室编：《西方美学家论美和美感》，商务印书馆1980年版，第74页。

来。如微茫在《听蝉》中的“这蝉声在我的手心里/通过全身/和我的呼吸在同一个时间/回到树上/这蝉声浓浓地遮住了我/一遍一遍褪去我身上的颜色/最终透明地映出我来/哦，我已是一个空蝉壳”；又如海子的《妻子和鱼》的“离开妻子我自己是一只装满淡水的口袋，在陆地上行走”。在这里，人的主体性被消解，“空蝉壳”“口袋”，成为人的物化形态，其荒诞和离奇，超过一般人的想象。

诗歌的荒诞性还表现在意象的奇特组接上。这是刑天在《声音》一诗中写的：

> 这天晚上/我的身体刺满了灯光的箭镞/这天晚上/我的伤口伸出了许多的舌头

前一句“我的身体刺满了灯光的箭镞”属拟喻性意象，后一句“我的伤口伸出了许多的舌头”，却有较大的荒诞意味。“舌头”为发声的器官，这一句，是否可以理解为受伤的“我”所作的表白、抗争和呼喊？

再如柏桦《春天》一诗中写的“一声清脆的枪响/掌心长出白杨”，这简直是在变魔术了。蓝马《茶道》：“彗星的一只腿在音乐树前越吹越响/一排孔雀旋即回复到路灯上/……我的左脸和右脸漂浮打旋。”脸本是一个定形的整体，居然会左右“漂浮打旋”。又如雪迪《饥饿》中写的“我最大的伤口，在牙齿间生长/我听见那种声音/我听见死去的人在我脸上/一次又一次胜利地歌唱/我把手伸进喉咙里/开辟一条无声地嚎叫的航线”。诗的意象奇特、诡怪、矛盾，肉体的饥饿里表达的是精神的深刻饥饿。

荒诞，就其内容来看，它既有理性的一面，又有非理性的一面，而不应说凡是荒诞皆属反理性、非理性。荒诞有两种，一种是在理性的光芒照射下对生活中的荒诞性的冷静透视，另一种是潜意识深处发出的瞬间感觉，由于其尚未进入理性梳理的轨道，而显出奇诡、荒谬，但却真实而深刻。请看卓美辉的《真相》中之一节：

> 大白天回家的我
> 摘了眼镜就是瞎子

甩了皮鞋就是瘫子
洗了头发就是秃子
脱了外套就是棍子
我的房间不认识我它只认识
我的钥匙

诗借用“瞎子”“瘫子”“秃子”“棍子”等系列意象描写了现代社会里人的异化，人的脆弱与局限性，人的主体地位的不被确认，揭示出现代社会中人的某种“真相”。这种荒诞性其实是生活中积累的感受，进行理性观照后的一种升华。又如封新成的《犯罪心理学》：

你设想你走过楼角
一定会有什么事情发生
你走过去了
却什么事情也没有发生
于是你蹲在楼角
你在想
这回准有什么事情就要发生

设想两种不同的行为，却得到相反的结局，这也揭示出生活本身的荒诞性，具有极强的反讽效果。

诗的荒诞美的第二种情形是潜意识内容的充分展示。现代主义艺术家更相信，“艺术创造是在心理的、深邃的、无意识的层次上获取营养的”①。认为艺术的真正创造，在于心理的、深邃的、无意识的层次上的深层掘进。因此，诗人们主张跨越语言障碍，回复到“前文化思维”状态，达到“感觉还原”。也正如刑天所说：“我认为诗向我们提供的全部内涵就是体验，一种神秘，接近于不可知的嵌在文字中的感受，一种暗

① ［奥］埃伦茨韦格：《艺术的潜在次序》，李普曼《当代美学》，邓鹏译，光明日报出版社1986年版，第420页。

合人类心灵中某种秩序的东西，一种莫名的震颤。”[①] 这种主张，使得他们着意去表现更深刻的人类心理底层的无意识、“前感觉”的内容，这种追求，就给诗歌的意象带来一种怪诞离奇、复杂多变、漂移不定的荒诞效果。现实中的具象被大大变形、扭曲，秩序感逐渐丧失，原先井然有序、平衡稳定、清晰明了的意象组合也随之被放弃，变得难以把握与费解。难怪有人惊呼新生代诗人的诗作比“朦胧诗”更朦胧。诗的这种费解性，当然也可以在朦胧诗人中找到发端，如顾城的《远和近》中“我觉得/你看我时很远/你看云时很近”，这里已有一定的潜意识内容。但朦胧诗从总体上看，尚可以从社会存在中寻找到阐释的秘匙。而新生代诗人的作品，似已向人类生命和心灵世界作更深层的开掘，涉及潜意识、非理性、前感觉等更为深广的领域，其难解的程度似乎更甚。例如宋琳《兀鹰飞过城市》中所写的：“我从耳朵里探出半个脑袋/听说有关坠机的谣言已经证实。”“耳朵”中可以探出“半个脑袋”，这属于怪诞，但怪诞中可以看出对坠机事件的关注。再如“我被咬伤/回了家/每日躲在膀胱里洗一次手”（《城市之二：疯狂的病兆》）；“打开肚脐/可以拉出一个抽屉/那里有家族的全部病史”（《给青年人的忠告》）；“我从杯底里看见了沉船/巨大的钢铁的断裂声/震颤着我的锁骨/在我的胸前留下了最值得纪念的签名”（《跨越一座美好的三角形桥》），以上诗句都留下了潜意识的痕迹。潜意识的心理反应具有快速变换与跳跃的特点。诗人的心灵将两个或两个以上原本不相关联的事物（如“杯底”与“沉船”）相接合，并不需要清醒的意识支配，只是凭借潜意识，大幅度地突破惯常的逻辑秩序就可获得。这种理智上看来是怪诞的东西，却有着潜意识的合理性。潜意识的加入，从另一方面拓展了诗歌荒诞美的深度与力度。

荒诞组合，或对荒诞美的追求，作为一种艺术原则或表现手法，是需要加以肯定的，而这种艺术的“实验”精神、探险精神，则更应当得到张扬。但荒诞并不必然走向深刻，无意识的深层心理的揭示，有待于理性思索的加入。正如阿恩海姆所说，“无意识的推理往往能够解决意识苦心思考而不能解决的问题……然而如果没有意识和理性预先进行的那

① 唐晓渡编：《中国当代实验诗选》，春风文艺出版社 1987 年版，第 17 页。

一番苦心煎熬，无意识推理就无法达到自由的相互作用”，“只有在意识最大限度地完成了自身的任务的情况下，无意识才能达到令人十分满意的作用”。[①] 意象的荒诞处理、荒诞组合也同样，只有真正表现人类的生命体验与存在状态，才有其审美意义。因此，诗人应当避免那种故作高深、矫揉造作、哗众取宠，用以掩饰思想苍白的伪现代派做法，要使意象的荒诞组合真正具有荒诞之美，具有力量。

李泽厚在论及古代诸氏族的野蛮的神话传说、残暴的战争故事和艺术作品，包括荷马的史诗、非洲的面具、中国的青铜饕餮时说，它们“尽管非常粗野，甚至狞厉可怖，却仍然保持着巨大的美学魅力……在那看来狞厉可畏的威吓神秘中，积淀着一股深沉的历史力量”[②]。许自强在论及诡怪美时说：“诡怪同雄奇、奇丽等虽属邻近风格，却有区别。后者的奇是蕴含在雄壮、艳丽之中，奇中有美，美中带奇，给人一种心胸开阔、耳目一新的美感。而诡怪，往往既奇且怪，惊世骇俗，荒诞可怖，使人震魂慑魄、提心吊胆。它的美感常同恐惧感、痛感交织。”[③] 上述论述对于深化拓宽荒诞美的理解不无助益。荒诞美与狞厉美、诡怪美一样，同属“不和谐美”，它给人以惊奇、新颖的美感冲击，又常常同时伴随以沉重感、痛感甚至恐惧感等，在领略其美的同时又给人以某种压力，而不全部是愉悦和轻松。

第四节 静穆与沉雄

一 静穆美效应

静与虚、空一样，都是中国古典艺术追求的一种审美境界。宗白华先生这段话说的是绘画，但实际上概括了中国的整个文学艺术：“中国绘

① ［美］阿恩海姆：《论文艺心理学》，加利福尼亚大学出版社 1966 年版，第 288、269 页。
② 李泽厚：《美的历程》，中国社会科学出版社 1984 年版，第 46 页。
③ 许自强：《新二十四诗品》，文化艺术出版社 1990 年版，第 159 页。

画里所表现的最深心灵究竟是什么？答曰，它既不是以世界为有限的圆满的现实而崇拜模仿，也不是向一无尽的世界作无尽的追求，烦闷苦恼，彷徨不安。它所表现的精神是一种‘深沉静默地与这无限的自然，无限的太空浑然融化，体合为一’。它所启示的境界是静的，因为顺着自然法则运行的宇宙是虽动而静的，与自然精神合一的人生也是虽动而静的。它所描写的对象，山川、人物、花鸟、虫鱼，都充满着生命的动——气韵生动。但因为自然是顺法则的（老、庄所谓道），画家是默契自然的，所以画幅中潜存着一层深深的静寂。就是尺幅里的花鸟、虫鱼，也都像是沉落遗忘于宇宙悠渺的太空中，意境旷邈幽深。……它表现着无限的寂静，也同时表示着自然最深最后的结构。”① 在中国古典诗歌中，静的境界随处可遇。写月：“暮云收尽溢清寒，银汉无声转玉盘”（苏轼《中秋月》）；写日；“芳草有情，夕阳无语，雁横南浦，人倚西楼”（张耒《风流子》）；写江：“余霞散成绮，澄江静如练”（谢朓《晚登三山还望京邑》）；写山；“蝉噪林逾静，鸟鸣山更幽”（王籍《入若耶溪》）；写草木：“蕙兰有恨枝尤绿，桃李无言花自红”（欧阳修《舞春风》）；写人：“寂寥天地暮，心与广川闲”（王维《登河北城楼作》）。静既是自然的本性，那么与自然默契合一的艺术，自然潜存着深深的静寂。

穆，有严肃美好之意，与“默”相通。《诗·周颂·清庙》“于穆清庙”中的“穆”，即有严肃美好之意。静穆，或可理解为“庄严的静”“肃穆的静”，静寂中透出庄严肃穆。试读余光中的《西螺大桥》，可以体会到这种静穆之美：

> 矗然，钢的灵魂醒着。/严肃的静铿锵着。
>
> 西螺平原的海风猛撼着这座/力的图案，美的网，猛撼着这座/意志之塔的每一根神经，/猛撼着，而且绝望地啸着。/而铁钉的齿紧紧咬着，铁臂的手紧紧握着/严肃的静。
>
> 于是，我的灵魂也醒了，我知道/既渡的我将异于/未渡的我，我知道/彼岸的我不能复原为/此岸的我/但命运自神秘的一点伸过

① 宗白华：《美学散步》，上海人民出版社1981年版，第123页。

来/一千条欢迎的臂，我必须渡河。

面临通向另一个世界的/走廊，我微微地颤抖。/但西螺平原的壮阔的风/迎面扑来，告我以海在彼端，/我微微地颤抖，但是我/必须渡河！

矗立着，庞大的沉默。/醒着，钢的灵魂。

诗中反复出现的“醒着”的“钢的灵魂”“严肃的静”“庞大的沉默”，渲染出一种寂静的肃穆氛围；而“西螺平原的风”“力的图案”“美的网”“意志之塔的每一根神经”“彼岸”“此岸”“海”等颇有力度的意象则构成了一幅前景与背景交汇的磅礴壮阔的图画。这“严肃的静”“庞大的沉默”氛围中展示的“力的图案”所呈现给我们的不正是一种静穆之美吗?

诗人江河在《射日》中写道：

山巅的青崖　天空的极顶
太阳慢慢旋转
——饱满彤弓
永祭英雄辉煌的沉静

这“辉煌的沉静”也可以理解为静穆的另一种表述。

静穆美具有如下美感特征：

静穆之静是一种“大静”，其物象和背景必须是“大”的，大山、大漠、落日、荒原、长河等，正如“大漠孤烟直，长河落日圆”（王维）、“千嶂里，长烟落日孤城闭”（范仲淹）中所展现的，而不是小花小草小景构成的优雅宁静。宁静只能引起优美的情绪，而大，则给人以力度和刚性。吴晓的《黄河，冬日的河道》中表达的也是这样一种“大静”：

流入冬日/把汹涌不羁收藏/向季节学会含蓄/但不失去激情/激情与力藏在水流深处/每一道波纹/都那么从容、凝重/从容中/跃动奔泻千里的意志/一种静穆无声的豪迈冬日，黄河处于枯水期，那河水不像是水，而是泥浆；不是在流.而是在凝滞着缓慢推移。就是这样一条朴实无比的河流，孕育了一个辉煌的文明，哺育了伟大古老的民族，并继续启示着今天与未来。黄河的伟大，正是以一种“静穆无声的豪迈”而存在于世的。它不是喧嚣的溪瀑，不是飞湍的急流，绝不浅薄、短暂、一泻即过。它在静穆中有激情、有冲动；在豪迈中有执着、有自信。“静穆无声的豪迈”包含了对黄河精神、民族精神和诗歌艺术精神的多重理解。

静穆之美在空间上广而大，在时间上则悠而远。古希腊神庙、金字塔、古城废墟、半坡遗址，由于其时间的积淀、凝注，而使人在精神上产生庄严、肃穆之感。石流的《黄河落日》把“黄河”“落日”置于幽远的时间的源头，寄托对于永恒的宇宙精神的崇敬与迷茫：“古黄河/落日与流水都那么浑黄/圆与不圆/悬无数个灿烂于黄昏/悬无数个迷茫于黄昏//黄河水从天上流来/落日从天上流来/宇宙硕大庄严的心/只有黄河的胸怀可以承接/以万古不朽的滔滔/以永恒/托住永恒。”这是对历史精神、民族精神的诗意感悟与表达。然而在对永恒静穆的宇宙的崇拜中，那种由人类的局限性而生发的迷茫感、惆怅感，却同样渗透于字里行间。

在静穆境界中，人的心态不是恬静或闲静，主体深深地被客体的氛围所笼罩，被统摄、被感应着。余光中在《西螺大桥》中写的“面临通向另一个世界的/走廊，我微微地颤抖”，正是其中的一种情绪状态。此时，主体唯一可做的是沉思，“于是，我的灵魂也醒了，我知道/既渡的我将异于未渡的我，我知道/彼岸的我不能复原为/此岸的我”，一种命运感支配着他作这种庄严的生命哲学的探求。而只有这种深沉的思考，才能与西螺大桥这特定的对象相匹配、相适应。舍此，则只能损毁这份静穆的美、静穆的力量。静穆中的沉思，使主体的情感引向庄严与崇高。

在古希腊人眼里，日神阿波罗的基本精神是静穆。它凭高普照，世界一切事物凭借它的光辉而显现形象，它“怡然泰然地像做甜梦似的在那里静观自得”（朱光潜语）。黑格尔也曾高度肯定这种“静穆的美”，他说：“我们可以把那种和悦的静穆和福气，那种对自己的自足自乐情况的自欣赏，作为理想的基本特征而摆在最高峰。理想的艺术形象就像一个有福气的神一样站在我们的面前。”[①] 静穆的事物当然不一定在于自足自乐自欣赏，这种状态只适合伟大的日神阿波罗。但静穆的事物像“神一样站在我们的面前”，这一表述却极有意义，可见其具有从容、大度、神圣的气质。这也是静穆境界的又一美学特征。

二　沉雄美效应

沉雄是指深沉雄伟，是深沉厚积的思想情感与雄伟劲健的物象融合而成的艺术审美效应。

沉雄与雄伟有关。康德在《论秀美与雄伟的感觉》一文中指出，“雄伟”的特征为“绝对大”，一切东西和它相比都显得渺小的就是“雄伟”。“雄伟”有两种，一种是“数量的”，其大在体积，例如高山；一种是“精力的”，其大在精神气魄，在不受外物阻挠，在能胜过一切障碍，例如狂风暴雨。雄伟的事物都是“不可测量的”或“未经测量的”[②]。但沉雄又不同于一般的雄伟或雄壮，不是一般的数量上的大。请看下诗：

> 向往地平线/向往那条/一千匹漠风一千匹云霞一千匹蓝天/纺出的绵长的纱线/去那里，去作这条绵绵长线的一截/捻出的线头/理清这大漠一万年风云的紊乱/理清这大漠八千里交缠的迷烟/从你不断开拓着的生命里/理出一个清澄的明天

这是章德益《开拓者谈地平线》中的一节，其中意象雄大壮阔，但清晰而不够深沉，故还不属于沉雄之列。

沉雄也不同于雄奇、雄丽。雄奇、雄丽是雄大中见出奇丽，具有明显的外在美感特点。如杨牧《雪崩》中描绘的：

> 无数的雪花/以每一片的些微寒气/和微不足道的分量/构成了一

① ［德］黑格尔：《美学》（第一卷），朱光潜译，商务印书馆1986年版，第202页。

② 《朱光潜美学文集》（第一卷），上海文艺出版社1982年版，第231—235页。

扇雪崖的失重/恰恰就多了那么一片/（一定会有那一片）/就注定了一个必然的分崩

“轰！！！——”/崩裂了……万吨冰雪劈空而来/千年的积攒，波涛汹涌/谁也说不清到底是多了哪一片/（或者并不多那一片）只见雪浪沿山谷涌去——绿洲多了一片葱绿，——雪山少了一片繁冗

把雪崩时的景象写得奇险而有气势，也极有力量，但又欠缺点凝重深厚，故也不属沉雄。

沉雄与“雄浑”相类。司空图称雄浑为“大用外腓，真体内充，返虚入浑，积健为雄”（《二十四诗品》）。祖保泉解释为：“诗的震撼人的力量向外伸张，是由于雄浑之气充满着诗人的胸膛。诗人如能返归至道，便可不断地积蓄着壮健的力量。”[①] 浑，有混沌、混茫，不知其涯之意，具有朦胧性，显得浑厚深邃。许自强认为：“雄浑的妙处在于其气势、力量的积而未发，它犹如千斤重弓已经拉开，引而未发，一旦飞箭离弦，蓄积的气势、能量，全部爆发，往往便雄而不浑。”[②] 如孟浩然笔下的洞庭湖：“八月湖水平，涵虚混太清。气蒸云梦泽，波撼岳阳城。”（《望洞庭湖赠张丞相》）既写出浩瀚的气势，又呈现出混茫迷蒙之感，就属于雄浑；同样是写洞庭湖，白居易的“春岸绿时连梦泽，夕波红处近长安”（《题岳阳楼》），虽也宽阔，但只能称为清丽秀雅。苏轼写大江的“乱石穿空，惊涛拍岸，卷起千堆雪”（《念奴娇》）虽甚壮丽，但因力量外泄，也不能称为雄浑，更不属沉雄。

沉雄与雄浑一样，讲求力量的“积而未发”，而沉雄似更能显出力量的内在性。这种内在性，有时表现为雄伟意象自身的意志力、“思力”。赵翼《瓯北诗话》论及杜甫诗时曾有“思力沉厚”之语。思力即思考之力。试看周涛的《博格达峰峦所塑的雕像》：

天空暗灰色的衬幕上/积雪的线条/以起伏、丰满的笔调/轻松地

① 祖保泉：《司空图诗品解说》，安徽人民出版社1980年版，第26页。

② 许自强：《新二十四诗品》，文化艺术出版社1990年版，第133页。

勾勒出/真实与虚幻的界限

白的积雪/钢蓝色的山岩/交织得奇妙深沉/仅有的两种颜色/描绘了最高的凝重

阳光的刻刀/雕镂着这座突兀的/巨大的形体/劈出山峦隆起的肌肉上/强犷雄健的线条/每一层沟壑细微的纹脉/所产生的变幻和阴影/隐隐显示那看不见的骨架/一个伟大的支撑透出的魄力

光的层次/旋律的起伏/肢体的延伸与组合/什么都没描摹/却含有万物的神韵/由一个崇高的形象/凝铸成艺术品

披满白发的头颅伸进高空/在严寒统治的领域里思索/把身躯焊接在大地上/以金字塔般宽大的底座/保证着思想的高度

博格达峰以其巨大巍峨的形体，横空出世，给人以雄伟之感。在诗人的笔下，这座峰峦又是一位具有伟大的“魄力”、万物的“神韵”的思考着的巨人，它把披满白发的头颅伸向高空，在严寒统治的领域里“思索”，因为底座宽大，也就保证了思想的特有的高度。这种人化的意志力、“思力”，使得雄伟的物象走向了深沉，而不是徒有高大形体的空架子。意象获得了沉雄的美感和力感。

在博大崇高的形体中，营造出凝重、浑厚、深沉的情感氛围，也可以造成沉雄之美。这是魏志远《拉萨远郊，一座名叫甘丹寺的废墟》中的一节：

金碧辉煌的骄傲坍塌了/比石林更为嶙峋阴森的残壁/起伏在苍黄汹涌的山群/线条的盲目尖刻/色彩的压抑呆笨/陪衬出太阳的浑圆/雪峰的晶莹/长空的宁静的幽蓝/展示着亘古未有的悲愤

甘丹寺为拉萨著名三大寺庙之一，被毁于“文革”的疯狂与愚蠢，诗人的激愤之情可想而知。但作者没有将这种情感作直接的宣泄，而是通过着意刻画废墟的荒凉沉寂，渲染出一种严峻、沉重的悲剧氛围，来展示内心的“悲愤”：那残壁“嶙峋阴森”，起伏在“苍黄”的山体中，它的线条是“盲目尖刻”，它的色彩是“压抑呆笨”。所有这一切，又与太阳的浑圆、雪峰的晶莹、长空的宁静的幽蓝相映衬，显示出强烈的不谐和感，又仿佛太阳、雪峰、长空都在痛悼这一灿烂的文化建筑的毁灭。

这种雄浑意象的深沉力量，似乎与负向的情感：悲壮感、悲剧感更能结合在一起，产生沉雄的巨大美感。而这种深沉的力量，常常又表现在人与不可驯服的大自然伟力的拼搏过程之中。原始大森林，是伐木者生活、搏斗乃至献身的场所，在那里，“油锯嘶哑的悲壮的歌声/永远拍打着/森林的神秘的海岸/索道上呼啸而下的原木/永远撼动着/森林的幽深的苍穹”（魏志远《森林》）。诗人把伐木者置于与险恶的大自然的抗争中，展示出人的磅礴的精神力量：

> 即便当熊掌的愤怒/毫无节制地/捣毁他们的窝棚/当疟疾的土黄/像森林的瘴气/吞噬了他们的活力/当放倒的树干旋转着/带着森林的血腥/切断他们的呼吸/他们——/也以豪爽的微笑/深沉的微笑/决无惧色地/闭上他们的黑色的眼睛

朱光潜曾说：“‘雄伟’不惟在体积方面可以见出，在精神方面也可以见出，有时体积愈弱小，愈足衬出精神魄力的伟大。”[①] 森林的体积是大而雄伟的，人在与险恶的大森林对峙中，又不可避免地遭遇悲剧结局，这就愈显出了精神的雄伟昂奋，因而诗的整个情调也就呈现出沉雄悲壮的美感效应。

总之，沉雄之美，来自对象的雄伟，又来自思想与情感情绪的深沉，是外在的博大与内在的深邃的结合。又由于这种雄大的不可知、不可测、不可征服，从而诱发神秘感、幽深感、惆怅感、悲壮感，因而具有深沉持久的震撼力量。

① 《朱光潜美学文集》（第一卷），上海文艺出版社1982年版，第233页。

第十三章

诗美接受

第一节　诗美的实现

一　接受与接受者

诗是文学中的文学。诗的美是最高层次的美。但这种美的实现，还须依赖读者的参与。

接受美学把文学看作一个完整的过程，这个过程分为两个部分：其一是“作者—作品”，即创作过程；其二是“作品—读者”，即接受过程。两个过程合在一起构成一个完整的文学过程：作者—作品—读者。为此，文学作品的概念在接受美学那里与我们通常所理解的就有所不同。通常我们说的“文学作品”，就是指“文学本文”，文学作品与文学本文二者的含义是一致的。但在接受美学中，两个概念却须严加区分，“文学作品”的概念大于“文学本文”。正如罗伯特·司格勒斯所说：“‘书页上的词’，并不构成一个完整和自足的诗歌‘作品’，而只构成了一个‘本文’，一个必须要有掌握合适信息的读者，进行积极参与才能完成的草稿或提纲。”[①] 因此，文学作品的概念，包括以下两极：一极是“具有未定性的文学本文”；另一极是“读者阅读过程中的具体化”，实际上指读者的审美反应、审美活动。这两极的合璧才构成完整的文学作品。也就是说，没有读者的阅读，没有读者将文学本文具体化，本文只能是一个未完成的文学作品。因此，文学作品就等于“文学本文加读者”。一个作品的生命力，若没有读者的参与是不可想象的。在接受过程中，读者具体地现实地参与创作，读者是作品的真正完成者。“作品的意义是读者从本文中发掘出来的，作品未经阅读前，有许多‘空白’或‘未定点’，只有读者阅读这一‘具体化’活动中，这些‘空白’才能得到填补，作品的意义不是文本中固有的，而是从阅读具体化活动中生成的。”[②] 读者参与了意义的生成，于是也成了“创造意义的主体”，并由被动接受转变为主动接受。在审美活动中，读者处在了第一性的位置。

文学接受也是一种信息交流。这种交流与一般的信息交流又有所不同。接受理论认为，文学交流是一种“非对称性”交流。信息发出者与接受者并不同时出场，所以交流过程中信息发出者的意图语境已经消失。文学本文作为信息载体，留下的仅仅是一些暗示，即空白结构（或称“召唤结构”），期待读者去填补。读者不断地参与信息的产生过程，自己也成了信息的发生者。与一般的信息交流所不同的是，日常的信息交流往往能获得直接的反馈，而文学的信息交流不一定构成直接反馈。对那些产生的时间距离较远的作品来说更是如此。

阅读，既是一个再创造的过程，也是读者变革自身的过程。读者在“实现作品”的同时，也必然受到作品潜在功能的影响。因此文学接受的全过程，应当包括两个方面：接受与影响。接受是从读者方面说的（包含创造），影响是从文学本文方面说的。所以接受美学又称“接受—影响美学”。仅仅强调接受活动中读者的中心地位而不看到本文对读者的影响，同样是片面的。保罗·瓦雷里曾经说过，有的作品是被读者创造的，

① ［美］罗伯特·司格勒斯：《符号学与文学》，谭大立等译，春风文艺出版社 1988 年版，第 55 页。

② ［德］姚斯：《接受美学与接受理论（译者前言）》，周宁等译，辽宁人民出版社 1987 年版，第 2 页。

另一种却创造了它的读者。实际情况是：这种创造和被创造对于每个作品都是如此。

二 “期待视野”与阅读技巧

文学作品是作者与读者共同创造的，这并不意味着任何读者都能够进行创造。这里面有一个“期待视野”的问题，只有当读者的期待视野与文学本文相融合时才能谈得上接受和理解，才能有所创造。

“期待视野”是接受美学的重要概念，为姚斯所提出。这个概念在海德格尔那里是“先在结构”，“理解视野”；在伽达默尔那里是“成见”；在伊瑟尔那里是“流动视点”。“期待视野”也可译为“期待水准”，是指阅读作品时读者的文学阅读经验构成的思维定向或先在结构，也类似于皮亚杰的“内在图式”。一个内在空白、没有期待视野的人无法进行艺术接受，因为主体空洞无物，就不可能对艺术产生感应。这种主体的期待视野是靠读者自己创造出来的。有什么样的期待就有什么样的接受和创造。在读者到本文、本文到读者这样一个循环不息的过程中，读者的阅读期待也在实践中不断改变、提高和增强。姚斯认为，读者阅读一部文学作品，必须与他以前读过的作品相比较，调节现时的接受。每一次具体的阅读，都是对历史与现时的有意识的调节，所以期待视野包含了历史视野与现时视野。两种视野相互渗透相互融合，历时性消失在共时性中，并通过共时实现其阅读功能。

当一个本文产生以后，它的意义的生成，取决于每一个特定的现时理解者和理解活动。当一部作品从一种文化或历史背景转到另一种文化或历史背景时，意义在发生变化。因此，一个作品的意义，永远是该作品的特定理解活动中对特定的理解者来说所生成的意义，即读者不同所生成的意义也不同。西方所谓“一千个读者就有一千个哈姆雷特”也正是这个意思。

特雷·伊格尔顿曾论述过这样一篇小说，小说的内容是：一个男孩与父亲吵架后离开了家。在中午时分，那男孩步行穿过一片树林，结果掉进一个深坑。父亲出去寻找儿子，他向深坑底下细看，由于黑暗，他看不见底下有什么。这时候太阳刚好升到正当头，照亮了坑底，使父亲救出了儿子，自然他们高兴地达成了和解一起回家。对这篇小说，特雷·伊格尔顿作了如下分析：

> 一个精神分析派批评家可以察觉这篇小说中有关俄狄浦斯情结的明确暗示，并且证明，孩子落入坑内正是他的潜意识中希望的一个为了他与父亲的不和而对他自己的惩罚。这个惩罚也许是一种象征性的阉割，或者是象征性地求助于母亲的子宫。一个人道主义批评家可能认为它是内在于人类关系中的困境的强烈戏剧化。另一类批评家也许将其视为“儿子/太阳”（SON/SUN）这两个词的扩大了的、然而没有什么意义的文字游戏。一个结构主义批评家则会以图表的形式把这篇小说程式化。意义的第一单元“孩子与父亲吵架”，可以被写作“低反叛高”。与垂直轴“低”/“高”相对，男孩穿行树林是一个沿着水平轴的运动，可以被看作“中”。落入坑内——一个低于地面的地方——再次意味“低”。而达到顶点的太阳则意味“高”。阳光射入坑内在某种意义上是太阳屈尊于“低”，这样就把故事的第一单元倒转过了，在那里是“低”反对“高”。父亲与儿子之间的和解恢复了“低”与“高”之间的平衡。一起步行回家意味着“中”，它标志着一种适合的中间状态的完成。[①]

这里不同的批评家对小说本文的不同解释，源于他们各自不同的期待视野，这个期待视野已融入他们各自的批评范式，使得各自生成的意义大相径庭。

对小说的阅读是这样，对诗的阅读就更是这样。艾略特就曾经说过：“一首作为整体的诗的含义，却并不是任何解释可以穷尽的，因为诗的含义就是诗对于不同的、敏感的读者所表达的含义。”[②] 诗本身所具有的象

① ［英］特雷·伊格尔顿：《二十世纪西方文学理论》，伍晓明译，陕西师范大学出版社1987年版，第104—105页。

② ［英］艾略特：《艾略特诗学文集》，王恩衷编译，国际文化出版公司1989年版，第296页。

征、暗示、朦胧、模糊等功能，使得整体意义的生成在不同的读者那里呈现更多的趋向与可能。

一个读者的期待视野的深广度决定了艺术接受的深广度。因此克罗齐说："要了解但丁，我们就必须把自己提高到但丁的水平。"卡西尔也说："对艺术的欣赏并不发生于一种软化或放松的过程中，而是在我们全部活力的强化中。"① 夏夫兹博里也强调："他要欣赏的……所有的美，都要通过一种更高尚的途径，借助于最高尚的东西，这就是他的心灵和他的理性。"② 卡西尔所说的"全部活力"，夏夫兹博里所说的"心灵"和"理性"，指的是一个人的文化修养、艺术修养、审美趣味、审美经验的总和。符号学家罗伯特·司格勒斯也谈到了阅读一首诗时对读者的要求，他说："（1）阅读一首诗时，我们必须了解其一般传统以及那一传统中的一些本文；（2）由于诗歌表达省略性质所造成的一些因素（叙述性的、戏剧性的、演说性的、个人性的因素）的缺乏，我们必须掌握一些技巧以提供这些欠缺的因素。这两者结合起来，表明任何诗歌符号学研究的大前提：一首诗是同其他本文相联系的一个本文，对它的解释，需要有一个掌握技巧的读者的积极参与。"③ 作为一种解释技巧的运用，他曾为我们分析过这样两首小诗。一首是威廉·卡洛斯·威廉斯的《楠塔基特》：

花透过墙
淡紫、浅黄
让白窗帘改变了——
清洁的气味——
接近黄昏的阳光——
在玻璃盘子上
一只玻璃水罐，平底无脚酒杯

① ［德］恩斯特·卡西尔：《人论》，甘阳译，上海译文出版社 2003 年版，第 210 页。

② 转引自［德］恩斯特·卡西尔《人论》，甘阳译，上海译文出版社 2003 年版，第 206—207 页。

③ ［美］罗伯特·司格勒斯：《符号学与文学》，谭大立等译，春风文艺出版社 1988 年版，第 59 页。

扣了过来，近旁
摆着一把钥匙——还有一张
洁白的床

诗的标题是一个真实地点：马萨诸塞州的楠塔基特岛。这是美国传统中的一个文学之地，诗人通过诗的标题来唤起这种文化遗产，但诗歌本文却没有提供任何这类事物，因此它所要表现的当是楠塔基特的另一种形象。罗伯特·司格勒斯首先从语用学角度分析了诗所展现的这个环境：这是什么地方？诗中的线索暗示得很清楚，是在室内，在一个房间里。透过窗户可看见花在外面，那些花，“让白窗帘改变了”。“清洁的气味”是一种室内的气味，是人工的产物。房间里除了窗帘还有一张床和一个玻璃盘子，表明这是间卧室。水罐和平底无脚酒杯暗示这是间客房。眼睛从窗到床的整个运动过程以及眼睛所注意到的那些细节，暗示这是一间生疏的房间。最后，钥匙暗示这是一间供出租的房间，是岛上旅店里的一个房间。因为只有在这样的房间中，才有水罐、玻璃杯、床和钥匙的器物组合。这是根据诗中的线索，依赖文化知识和经验，对诗中描写的人类环境的认识。接着，论者在此基础上进一步分析了诗的语义结构：诗的开头几行，提供了三种颜色：淡紫、浅黄和白色。其中白色占主导地位，因为在本文的最后一行中得到了重复。白色还通过概念和价值的联想，同诗中的两个关键的相互补偿的词连接——“清洁”和“纯洁”。罗伯特·司格勒斯进而肯定：“这些内涵意义和这些价值统治着整首诗。这不是亚哈和艾什米尔那使人联想起巨头鲸的血和鲸油的楠塔基特。这是待在家里的震颤派[①]妇女教徒们的楠塔基特。床和钥匙，宁静的个人小天地；白色的窗帘布、白色床、玻璃水罐和平底无脚酒杯，纯洁。这就是这首诗的内涵的语义结构：用一间平等地向所有人开放的客房中的具体细节来赞赏震颤派传统的简单过程。钥匙使这个圣殿变成任何住在这里的人的（他或她的）城堡。”

① 原译注：震颤派是基督教新教的一个派别，从英国公谊会分出，流传于北美，特别是纽约地区。

经过这样一分析，这首看来“漫不经心和印象式”的小诗，就有了平等、宁静、纯洁——用来表达一种生活理想或宗教理想的意义，“在很高程度上具有……‘永久性’的特点”。在这种分析中，罗伯特·司格勒斯充分展示了他对特定地域文化传统的了解、丰富的生活经验、“特殊的知识”及分析技巧——这种技巧明显地带着符号学特色。

罗伯特·司格勒斯解释的另一首诗是诗人加里·斯耐德的一首无标题的诗：

一直在雨中
那匹母马站在田间——
一棵高大的松树和一个小棚
可她却待在外面
屁股冲着风，雨水飞溅。
四月我曾试图抓住她
不用马鞍骑她一圈，
她又踢又窜
后来又吃倒下桉树
那鲜嫩的树枝
在小山上那棵桉树的阴影里

这一本文第一眼看上去完全是散文式的，很像日记中的一则，记录的几乎完全是诗人独一无二的一次真实的经历。而事实上它正是斯耐德20世纪50年代一次远东之行的诗体日记的一首。因此，司格勒斯的阐释是把这首诗放在整个系统之中，与前后的诗作进行对比分析，得出结论：“它们只要了解到，在斯耐德为他自己创立、发展起来的诗歌代码中，人类和动物之间暗含的对比或对照，是一种最主要的叙述话语特征，我们就掌握了解释的主要线索。”司格勒斯进而分析：本文提供了两个场景：大雨滂沱的三月和阳光灿烂的四月。第一个场景中，母马不理会人类提供的避雨处（小棚）和自然提供的避雨处（松树），而是屁股冲着风，一任雨淋个透湿。第二个场景中，当代表诗人的那个人靠近那匹马，试着想骑她一会儿，她也是那么故意作对。她同等地抵制自然（如雨）和文化（想把她当作一个“驯化了的”马去骑的人）。在雨中，她待在外面，在阳光下（不是夏天的烈日，只不过是北海岸四月的太阳），她躲在阴暗处。故意作对、抵制的坏脾气随处可见。

那么究竟什么是这“倒下的桉树”呢？本文中没有告诉桉树的任何本性，司格勒斯根据自己对桉树的历史和特点的了解，解释说：“它们在美洲大陆上并非土生土长，而是从太平洋彼岸引进来作木材的。然而，实际证明，它们除了作铁路枕木之外毫无价值，因为它们的主干和枝杈都是歪歪扭扭的，很难锯成木料。与其他一切有枝有叶的树不一样，桉树留下的是叶，落下的是枝，始终放出一股独特、刺鼻的气味。这真是一种最为故意作对的树。”司格勒斯对这首诗的整体意义做了这样的阐释：“那匹不愿被人骑的母马，和那不愿被加工成料、移植来的树，在这首诗的结尾处，结合到一起来了，那棵‘倒下的’树是在一座小山的高处，仍旧还支撑着那些叶子，此时，我们就可以得出这样的结论，这首诗命中注定是一首诗，因为它把‘一个巨大的抽象概念’带到我们的面前。作为一名潜在骑手的斯耐德，不能没有马鞍就骑到那匹母马背上，但他并不试图给它套上笼头。作为诗人的斯耐德，看到母马和桉树的关联具有丰富的本文可能性，对他本人也充满意义；在这个‘理论，失败以及更糟的成功，/学校、姑娘、交易’的世界上，他自己也被套上了笼头的受钳制状况，在这些‘不自然的’自然事物里得到了反映。”也就是说，这首诗的意义在于，以大自然中某种特定的动物或植物（均是生命体）的受钳制状况，表达人类社会中的受钳制状况。换言之，斯耐德的这首日记性的诗作，向我们展示了生命存在的一种本真状态。

上述的诗作实例分析，充分证明诗的意义是由读者创造的，读者会因为同诗人一起，共同从诗歌本文中创造了诗而产生巨大的愉悦感。司格勒斯在上述的解释活动中，使用的是其符号学的研究方法与技巧，这种方法、技巧当然不一定百分之百的合理、准确，但却给我们提供了一种有益的思路。正如司格勒斯自己所说：“诗歌的符号学研究方法既不是与其他有效的研究方法有巨大的不同，也不是一种十分简单明了的方法。它所能提供的是一种明确、一致的方法，因为这一方法……对于发展……解释灵活性和敏感性，是很有用处的。”[①]

当然这仅仅是技巧之一种。阐释一个作品的技巧是多方面的，正如通向真理的道路是多方面的一样。而且这种技巧又不是纯粹的技巧，它仅仅是深入诗歌本文的一种角度。真正的诗的奥秘的发现，仍然在于读者的内心，即期待视野。巴尔扎克说过，真正懂诗的人会把作者诗句中的只透露一星半点的东西拿到自己心中去发展。朱光潜也说：“无论是欣赏风景还是读诗，各人在对象（object）中，取得（take）多少，就看他在自我（subjectege）中能付与（give）多少，无所付与，他便不能取得。”[②] 这里的“付与”也可理解为就是期待，心中的期待越丰盈，可供付出的也就越多。读者在这种“付与”与“取得”的周而复始的循环中，阅读能力自然得到了加强，期待视野也随之得到了开拓与提升。

三　灵境中的默契

一个作品是由作者的创造和读者的再创造共同完成的。后者的创造当然不能离开前者创造的本文基础而作随心所欲的猜想，或作盲目粗暴的意义横加。读者的创造与作者的创造不能截然割裂开来，相反，读者的创造总是以对于作者的精心创构的本文的理解作为标志或出发点的。在对真正优秀的本文的接受中，读者和作者是对话关系，他们在作品中互相见面、互相交流、互相启发、互相推动，共同把作品推向一个至高至美的境界，并达到“灵境中的默契”。这正如胡经之所说：“真正的文艺欣赏，绝非肤浅地寻绎出作品的主题思想（所谓主题只不过是作品之一维），而是需要深深地为作品通体光辉和总体的意境氛围感动与陶冶，甚至更进而为对于作者匠心的参化与了悟——在一片恬然澄明之中，作者与读者的灵魂在宇宙生生不息律动中对话，在一片灵境中达至心灵间的默契。”[③]

---

① 以上的分析及司格勒斯的引文均见［美］罗伯特·司格勒斯《符号学与文学》第三章，谭大立等译，春风文艺出版社 1988 年版。

② 《朱光潜美学文集》第二卷，上海文艺出版社 1982 年版，第 56 页。

③ 胡经之：《文艺美学》，北京大学出版社 1989 年版，第 279—280 页。

艺术欣赏活动中的这种默契，一方面是作者召唤着读者、期待着读者，另一方面更多的是读者呼应着作者，努力走向作者的心灵，向作者接近，乃至达到心灵的真正碰撞与交融。

当然这种接近与碰撞，只有当读者进入本文、深入本文才能进行。本文是作者与读者灵魂的“存在之家”。对于艺术活动中作者与读者的不同心理状态，被鲁迅称为“对于文艺即多有独到的见地和深切的会心”的厨川白村曾作过如下表述：“诗人和作家产出底表现底创作，和读者那边的共鸣底创作——鉴赏、那心理状态的经过，是取着正相反的次序的……从生命的内容突出，向意识心理的表面出去的是作家的产出底创作；从意识心理的表面进去，向生命的内容突入的是共鸣底创作即鉴赏。所以作家和读者两方面，只要帖然无间底反复了这一点同一的心底过程作品的全鉴赏就成立。”[①] 作者是从生命出发走向意识表面，读者正好相反，从意识表面突入生命深层。二者“帖然无间”，全鉴赏就算成立。达到“帖然无间”，就是默契，就有理解和创造。

在创作过程中，诗人总是把情感和思想凝铸为意象，意象的组合排列显现成一个系统，产生出诗的情境，这就是诗人的劳作；从读者方面说，诗“要理解它，必须从感觉开始”（别林斯基语）。读者阅读一个本文，总是先从意象的把握开始，想象出整个诗境，从而体味作者的情感，在体味中达到交流、共鸣。

一个阅读者要进入诗歌，必须“把诗当作诗”来阅读，也即具备一定的文化修养，懂得诗歌这一文学类型的基本特性，具有诗歌的“文体感”。在这样的前提下，才能开始一个阅读过程。读者必须揣摩每个词语，逐个把握诗的意象，根据诗歌提供的内在关系，运用想象，将意象系统还原成一个整体画面，并充分感受其内在结构及外观形式。

在此基础上，第一步：对这个画面所提供的全部信息进行聚合、提升、梳理，产生出“主题”——可能是比较外部的或直接的意义。

第二步：深入诗的内在结构，更进一步体悟诗人给出这种结构的依据和用心，探寻它与内在生命的深层契合之点。诗的精华、生命的最深

① 《鲁迅全集》第13卷，人民文学出版社1981年版，第92—93页。

邃的意义就在其间闪烁跃动。

在阅读活动中，要达到第一步，一般说来并不难，难的是第二步。而这，却需要主体的深层体验——全身心、全灵魂、全人格的投入，方能获得。姚斯说："一首诗的意义只有在周而复始的不断阅读中才能展示自己。"① 阅读中伴随着灵魂的体验，诗的最深邃意义才能得以展示。

柳宗元的《江雪》，是大家熟悉的绝句之一，全诗仅二十个字："千山鸟飞绝，万径人踪灭。孤舟蓑笠翁，独钓寒江雪。"胡经之对此诗作过一番精彩独到的阐释。他指出，如果仅仅了解到"一个老渔翁坐在小船上冒雪钓鱼"，那么这不是审美，而是非审美，准确地说是审美上的"感受谬误"。

如果体味到在一片"一尘不染"万籁无声的境界中，诗人借隐居在山水之间的不怕寒冷、专心钓鱼的渔翁来抒发自己在政治上失意的抑郁苦闷，那么，这可以说对作品有了表层审美体验。

进一步，体味到这片接近死寂的画面上，渔翁精神世界之光扩展着、浮动着，活跃起来，传达出作者在自己理想不为世俗之人所理解时，只能摆脱世俗一往独前，坚定地去求索的那种执着精神。达到这一层，也仅仅是中层的审美体验。而最高的审美体验则应该是：

> 如果再深一层去体味，我们就会顿然发现，《江雪》一诗的视角是一个由大到小、由面到点的倒三角形：千山→万径→孤舟→渔翁→钓丝。这里，诗人以宇宙空间万象的广袤，来映衬自己饮吸无穷时空于自我的襟抱。这山川漠漠空间正是可以把诗人全身心安放进去的恒寂世界。……
>
> 诗的首二句目击道存，目的在写出空无，但又不直写空无，而先将我们带向茫茫"千山"、幽幽"万径"这"有"的世界，而突兀地用"绝""灭"二字对"有"加以断然否定，于是从有到无只是瞬间的把弄，"无"的存在异常明白，体悟和暗示了无、混茫、太虚这

① ［德］姚斯：《接受美学与接受理论（译者前言）》，周宁等译，辽宁人民出版社 1987 年版，第 179 页。

> 创造万物的永恒运行的道。但诗人没有向无边空间作无限制的神游，而从无边世界回到万物和执着的自身，从而表明诗人当时所深切体验到的极高境界：在求索之途中，自己已经达到人迹罕至之境。不再希冀能得到别人的携助。这是诗人当初所真切体验过的从而传达出来的一切人生经验和知识所构成的终极大彻大悟之化境。[①]

由意象的倒三角形空间结构，联系到诗人涵纳宇宙万物的胸怀；由外部世界的绝灭沉寂，体悟到永恒的“道”；由求索的人迹罕至之境到诗人的大彻大悟，这样的分析可谓精妙独到，不同凡响！这是研究者（读者）以自己的再度体验去追溯诗人的原初体验，但同时又是研究者放弃“摹仿角色”，将自我身心投入那个特定境界进行的精神式体验——这种精神体验有着深厚的人生体验作底蕴，因而能够抵达其化境：接受者与作者在艺术灵境中的默契。

而这才是创造性的接受，是每一个接受者所应追求的境界。

第二节　面对现代诗

一　从“解释的诗”到“体验的诗”

对新时期以来现代诗的变异更新，有过多种方式的表达，“解释的诗”与“体验的诗”就是其中之一种。

这应该是从诗的意义的可解释性这一角度出发的一种归纳。从新诗潮到后新诗潮，诗歌从传统到现代的二元对立走向更为多元的分化、竞争之中，原先诗歌的定向的、逻辑的、有规则的价值选择，变成了五光十色、千奇百怪的展现与奔涌。呈现在人们面前的诗歌视野空前开阔又十分混乱嘈杂，难以规范、难以把握。诗歌本身也发生了一个明显的变

① 胡经之：《文艺美学》，北京大学出版社1989年版，第65—66页。

化：由“解释的诗”走向了“体验的诗”。

对“解释的诗”与“体验的诗”，有论者作过如下分析：所谓“解释的诗”，“是指新诗潮诗人的作品，无论那些诗怎样难懂，它仍有坚固的意义和指向，它仍在肯定或否定、赞美或批判，它仍然可以在一个二元的框架中得到确定的意义。它的表层指向了更深的含义”。北岛的《回答》、舒婷的《致橡树》、江河的《太阳和他的反光》等都属于这一类。而所谓“体验的诗”，则完全不同，“我们发现诗不再可以解释了，一切都浮向表面，诗人只急促地在体验世界的纷乱，用笔抓住和留下这体验。它不给我们更深的意义，它不显得意味深长，它也不打算微言大义，只是把各种文化的、历史的、日常生活的符号随手拈来，如万花筒般变幻地将它们拼在一起。诗不再关心世界的意义和深度，因为它认为那一切都无法抓住，它只把握住‘即刻’的感觉，在这感觉中纵笔而作。……在他对日常生活、对人和物的体验之中，他消融了自我，他把自我沉入了对世界的无穷无尽的体验之中”①。

当年朦胧诗出现伊始，曾使一部分人大呼“难懂”。但即使难懂，也仍可以在人的尊严、人的权利、人的自由的复归中找到意义的掩蔽之所，因此它仍然可以“解释”。“体验的诗”则不同，它几乎抛弃了对“意义”“深度”的追求，置之不顾，仅仅注重瞬间和自我的体验。自我的体验应该是一种生命体验，由此产生伽达默尔所说的“体验艺术”。伽达默尔对体验的艺术作过高度的评价，他从生命哲学的高度对这种艺术加以肯定，认为只有体验的艺术才是真正的艺术。艺术的本质应该是体验，“体验概念对确定艺术的立足点来说就成了决定性的东西。由此，艺术作品就被理解为生命之完美的象征性再现，每一种体验似乎正走向这种再现，因此，艺术作品本身就被表明为审美经历的对象，这便得出了一个美学结论：所谓的体验艺术则是真正的艺术。”② 对体验艺术的性质，他作过这样的论述：“每一种体验都是从生命的延续性中产生的，而且同时是与其

① 见《诗歌报》总第82期第1版。

② ［德］伽达默尔：《真理与方法》，王才明译，辽宁人民出版社1987年版，第100页。

自身生命的整体相联系的"[①]。"在艺术的体验中，就存在着一种意义的充满……代表了生命的意义整体。某个审美的体验，总是含有着对某个无限整体的经验……直接再现了整体，这种体验的意义就成了一种无限的意义。"[②] 在他看来，体验的艺术，是意义充满的艺术。而且体验结构与审美特性的存在方式之间有一种"亲和势"，也即有什么样的审美体验就有什么样的审美表现，"体验结构"与艺术作品的存在方式相对应。有深度的体验结构，就会有深度的审美结构。"审美体验不仅是一种与其他体验有所不同的体验，而且它根本地体现了体验的本质类型，就像作为这样的体验的艺术作品是一个自为的世界一样。"[③]

伽达默尔对"体验艺术"的高度肯定，是极有道理的。艺术本身是深层生命的外化，只有从生命深处出发，才能抵达生命的至高处。联系"解释的诗"与"体验的诗"，当然不能说凡是"解释的诗"均无生命体验，凡是"体验的诗"均含深层的生命意义。这两类诗的不同之处，可能主要在于二者体验的立足点不同，前者更注重"社会—个人"模式，后者更贴近内在生命，可称之为"存在—生命"模式。前者表现为在与社会对抗中人的人格力量的肯定，后者则更多地转向自我，表现为潜意识、本能、瞬间感觉的突现。

诗的这种转变，同时召唤着阅读的转变，"这诗是什么意思"这类解释的要求似乎在迅速地过时。"诗人在诗中并没有留下可供解释的路标和踪迹。诗人只表达自己的体验，读者就只需要自己去体验诗，他可以从解释的艰难中解放自己，保持着新鲜的、活跃的感觉去接触诗。他对诗的接触大致是感觉的而非逻辑的，是对符号的阅读而非对整体结构的理解，他的阅读是视觉对'文字'的观察而非听觉对意义的感知。"[④] 上述的分析大体是准确的，但能否在"解释的艰难中解放自己"却仍是个疑问。体验的诗虽然带来了感觉的解放，但又带来了另一个更大的困惑。因为对于"解释的诗"，读者只需进入"主题"，而对于"体验的诗"，读

---

① ［德］伽达默尔：《真理与方法》，王才明译，辽宁人民出版社1987年版，第99页。

② 同上书，第100页。

③ 同上书，第99—100页。

④ 见《诗歌报》总第82期第1版。

者则被要求进入“生命”。这对于读者无疑是一个更大的考验。因为人的生命深处是一个巨大的黑洞，生命体验具有极大的隐秘性、随机性、不可把握性。关于内在生命，苏珊·朗格曾作过这样的表述：“这样一些东西在我们的感受中就像森林中的灯火那样变化不定，互相交叉和重迭；当它们没有相互抵消和掩盖时，便又聚集成一定的形状，但这种形状又在时时地分解着，或是在激烈的冲突中爆发为激情，或是在这种冲突中变得面目全非。所有这些交融为一体不可分割的主观现实就组成了我们称之为‘内在生命’的东西。”① 每个生命的内在形态是如此不可捉摸，那么要求读者的生命进入诗的生命，就有更大的难度。两个生命不可能重叠，体验既是随机的，也就必然是瞬间即逝的，另一个生命无法再去重复体验一次，你没有体验过的东西，在没有意识到之前要求去“同化”“顺应”，那简直是不可能的。这自然给阅读带来了巨大的阻碍。

二 评价：“视角交融”模式

面对诗的这一态势，解读态度与方法的调整，是必要的，也是明智的。

如何阅读和评价一首诗？本书在这里提出一个“视角交融”模式，以对诗歌作品进行终极的又是灵活的艺术接受。这一“视角交融”模式，即将终极视角与具体视角相结合，对作品进行交融式审视。所谓终极，是从宏观上、本质上看问题。凡是艺术，都有一个终极目的，以审美形式呈现人类生存的本真状态，换言之，艺术必须关怀人类的处境、遭遇、命运、苦难、欢乐、未来等根本性问题。总之，艺术摆脱不了功利价值，艺术必须对人类有益。从这一方面的评判，就是终极评判。但同时，艺术又有其不同的个性，由于创作方法、表现方式的不同，呈现出不同的审美品性和风貌。这就要求从微观的角度出发、以具体的标尺去评判。比如说，对于传统诗，仍然可以用传统的方式去衡量，看它现实主义内

---

① ［美］苏珊·朗格：《情感与形式·前言》，刘大基等译，中国社会科学出版社1986年版，第6页。

容的深广度如何，并提供了何种新的审美信息；对于文化诗，则以文化诗的方式去衡量，看其文化表达的深厚度如何；对于感觉诗，看它是以何种感觉加以呈现的，并提供了多少新颖独特的审美感觉；对于新乡土诗，看它如何以现代目光来处理古老的乡土题材，使之与现代审美意识相遇合；对于生命体验诗，则应以生命体验的深度去衡量。生命过程包括本能、潜意识、感觉、情感、理性等，生命体验诗要看它在每一个阶段上的揭示、呈现如何。总之，这种微观的具体角度，避免了混淆和强求一律，避免了张冠李戴，有利于不同流派不同表现手法在各自的艺术轨道上自由地生展。

此外，对于“读懂”二字的理解，也应采取更为宽容的姿态。可以设想，若以传统的方式，在每一首诗中寻找出确定的“主题”和“思想”，那既是徒劳的，也是冒险的。所以，对于这个“懂”应该有更宽泛的外延与内涵。比如说，对于传统诗，主题思想的准确领会，可算得上“懂”。而对于实验诗歌，大可不必如此强求。对于情绪诗，你体会到那一丝情绪流，就是一种懂；对于感觉诗，你捕捉了诗人的那种独特感觉，也就懂了；对于体验的诗，你感受到一种意味、一种倾向、一种情调，这也就懂了。总之，你应当从“懂与不懂”的“情结”中解脱出来，以一种宁静而放松的目光面对这个变幻多姿的诗坛。

对于朦胧诗，懂与不懂的困惑随着时间的推移而成为历史，对于“体验的诗”，这种困惑也同样将成为过去。马克思说：“消费对于对象所感到的需要，是对于对象的知觉所创造的。艺术对象创造出懂得艺术和能够欣赏美的大众。”[①] 中国现代新诗将创造更多的能够欣赏它的读者，这也是中国现代新诗的辉煌之一。

三　接受与批评　原生命批评

艺术接受是一种欣赏活动，在欣赏中伴随着创造，因此接受者的思维与作者一样，更多地带有感性的特点。

① 《马克思恩格斯选集》第二卷，人民出版社1972年版，第95页。

艺术批评是建立在艺术接受和欣赏的基础之上，按照一定的审美标准对艺术作品的科学论析。批评更多的是理性的活动。批评离不开接受和欣赏，但其概念范畴又大于艺术接受和欣赏。批评的对象包括一切的文艺现象，诸如文艺作品、文艺活动、文艺思潮、文艺流派、作家的创作及文艺批评本身等。批评的中心则是文学作品。

新时期以来，诗歌批评与诗歌创作相比较，前者落后于后者，这是显而易见的事实。但诗歌批评自身也在激烈地调整、变异。这种变化的最大标志是诗歌批评逐步由外部批评走向了内部批评。

由外部批评走向内部批评，这是与诗歌回归本体的审美潮流相一致的。批评更多地关注于诗的创作机制和内在审美规律的探求，在此基础上产生了文化批评、心理批评、形式批评等不同侧重的批评方式和批评手段，较之以往更深入了诗的内部和本体。其中“形式意识”的自觉和强化，无疑展示出又一个新的研究视角和研究领域。同时诗歌意象的研究也达到了全新的理论深度。不夸张地说，这种形式意识的觉醒和强化，这种“回到诗本身”的“语言本体论”和“意象本体论”的探讨，不但有可能使诗歌创作摆脱和冲出困境，而且预兆了整个诗学理论体系从方法论始，到本体论终，涉及并包括创作论、鉴赏论、主体论等各个理论环节或层次之变构创新的深远意向的全面开拓。

对于新时期以来的诗歌批评，不满的呼声仍然很高。其原因当然是多方面的，不能单方面责怪批评家。这种不满也表现在诗评中缺少严格认真的艺术分析和艺术评判。批评远离了文本，放弃了批评者自身的第一手的感觉、体验与审美把握，以致在批评活动中，或大搞新名词轰炸，或哗众取宠、自我标榜，或生搬硬套、食洋不化，对于诗坛的种种急功近利的做法盲目趋从，丧失了独立的批评意识。谁都不愿承担责任，谁都不愿承担风险。这种主体批评意识的失落，自然不仅使批评无法完成其肩负的任务，也使其自身未能作为一门独立学科而成长和发展。

在诗歌批评中，仍然存在着这两种倾向：一是纯粹的感悟、点评，以一己之感觉和印象对作品进行总体印象式的评价，缺乏更高的理性与科学的思维烛照；二是借助西方某种理论体系作为价值尺码，来度量当代中国诗歌，一定程度上使诗评沦为某种理论的阐释。应当建立什么样的更为合理的批评方式呢？这是每一个严肃的批评家应当加以思考的。

笔者认为，真正的诗歌批评，应当采取的是这样一种态度：它必须在对诗歌作品的精辟独到的体悟、理解和把握中呈现作品的审美价值，并阐释体现这一价值的艺术构成之规律性认识。它是感性与理性、情感与智慧、审美性与科学性相结合的一种高级精神活动。它必须能深入作品的内核，同时还得揭示生活的深层，并超越出来，抵达审美理性烛照的高处。它必须能够追寻诗人的足迹，穷究诗人心灵活动的整个奥秘。因此，批评所涉及的，包含生命冲动、欲望、潜意识、感觉、情感、理性的全部内容，也即创造活动的心理全过程。笔者称此种批评为“原生命批评”，它要求从生命现象、生命本原出发，对诗有终极性的把握，要求批评者应当具备诗人的灵性，具有诗人对于生存的敏感以及对于艺术表现的深切理解。这样就把对诗的批评转变为对诗的生展过程的动态批评，批评与诗相依相长，批评的目光始终伴随着诗的呼吸，于是批评变得更为敏锐、更切近诗的本身，更具有灵性和生气，因而能够理解诗的生命和力量，以及它对艺术和人类的价值。在这一过程中，批评自身也变得更加敞亮、充实而完美，使之作为一个独立的学科获得健全的发展。

原生命批评作为一种理想的批评方式，同时也是现代诗歌对于批评的最终要求。现代诗歌对于人的存在、生存的关怀，使得它更注重于深层的生命原动力、生命意识的开掘。这种开掘和体察具有个性的隐秘性与感受的独特性，批评者若没有这种深邃的体察，或不懂得这种体察及表达的独异性，就根本无法接近诗，也就无法进入批评。批评是一种选择。但对于现代诗，毋宁说更应该是诗在选择批评者。诗的前进，使得传统批评陷于空前的被动与困惑。批评不再是一种操作，绝非那么省力。它不是现成价值尺度的简单搬用，而是价值尺度的不断摧毁、探寻与重建。横亘于一代批评者面前的现代诗歌批评，乃是一个异常严峻的课题。

也许我们时代的特点就是混沌无序。我们期待评坛有巨人产生，但时代却未必向你提供巨人。对这混沌纷乱的世界，我们并非一筹莫展。我们觉得有必要提出“诗评的纯粹”这一命题。诗需要纯粹，诗评似乎更为需要。诗歌批评跟诗歌创作一样，需要坚韧、忘我、非功利，需要全身心地投入诗歌状态。纯粹还要与职责、使命感相联结，使批评向着艺术与科学的健全轨道前行。诗评界应着手建立这一高级精神活动的独立学科——诗歌批评学。不论是为了总结、反思，还是为了以后的批评，这都是十分必需的。这是一项理想的工程，非一日之功可以成就。

诗评虽然仍将疲弱，但它将在其本质规定性中获得亢奋，在无序动荡中寻回生机和希望。

诗歌创作和诗歌批评已在过往的百年阳光中矗起了自己的额头，并将其巨大的影子投向第二个百年之风……

余　论

在传统与现代之间

美是诗的灵魂。现代诗，应当在传统与现代之间铸造诗美之魂。

人类生活在传统之中。我们来自传统，正如树叶萌之于树枝，瓜果结之于藤蔓。现代是传统中的现代，传统是现代转化而成的传统。对今天来说，昨天是传统，对明天来说，今天已是传统。当然，传统不等于历史，不等于时间的简单延伸，传统取决于事物的内核及其高度。

关于传统与现代的关系问题，艾略特的这段话说得相当精辟：

> 如果传统的方式仅限于追随前一代，或仅限于盲目的或胆怯的墨守前一代成功的方法，“传统”自然是不足称道了。……传统的意义实在要广大得多。它不是承继得到的，你如要得到它，你必须用很大的劳力。第一，它含有历史的意识，我们可以说这对于任何人想在二十五岁以上还要继续作诗人的差不多是不可缺少的；历史的意识又含有一种领悟，不但要理解过去的过去性，而且还要理解过去的现存性；历史的意识不但使人写作时有他自己那一代的背景，而且还要感到从荷马以来欧洲整个的文学及其本国整个的文学有一个同时的存在，组成一个同时的局面。这个历史的意识是对于永久的意识，也是对于暂时的意识，也是对于永远和暂时的合起来的意

识。就是这个意识使一个作家成为传统性的。同时也就是这个意识使一个作家最敏锐地意识到自己在时间中的地位，自己和当代的关系。[①]

艾略特的这段话至少包含以下几层意思。（1）传统不应理解为单纯追随前一代。（2）历史意识是诗人不可缺少的。不仅要理解传统的“过去性”，还要理解传统的“现存性”；不仅要有自己这一代的背景，而且还要有本国乃至整个欧洲自荷马以来的整个文学的背景。（3）作家要意识到自己在时间中的地位，认识到自己和当代的关系，目的是站在历史的高度，进而超越它，“成为”传统，获得未来的承认。

对于传统与现代的关系问题，早在朦胧诗时代诗人们就已思考过并思考得较为成熟。顾城说：“传统不是一个单向的过程，一个对象，而是一种关系，一种能动的结构，不仅古人使今人存在，而且今人也使古人存在，他们相互吸引、排斥印证，如同化学中的可逆式反应或天宇旋转双星。”指明了传统与现代是一种互动的关系。江河说：“如果以河流来比喻，传统是河流的自身或整体”；“传统是运动的整体。不是一个序列，也不是朝一个方向运动，而是运动着的自身”；“传统的过去、现在和未来同时并存”。[②] 强调了传统与现代的整体性和不可分割性。传统并不是要对未来作出某种规定或规范，它只在说明什么是优秀的，什么值得肯定和保留，什么才是最具生命力的。

看来，问题的关键不在于对待传统的态度，而在于如何理解传统。要认识传统，关键是要提升自我站立的高度。正如尼采所说：“我们只有站在现在的顶峰才能解释过去。”[③]

任何对传统的浅薄与功利化、庸俗化解释都是对传统的最大轻蔑，也是对现代的背离。

肯定传统，其前提是发现传统。传统中有许多现代无法企及的东西，

---

① ［美］托·艾略特：《传统与个人才能》，袁可嘉等编《现代主义文学研究》（下），中国社会科学出版社 1989 年版，第 820—821 页。

② 老木编：《青年诗人谈诗》，北京大学五四文学社 1985 年，第 65、25 页。

③ 转引自［德］恩斯特·卡西尔《人论》，甘阳译，上海译文出版社 2003 年版，第 226 页。

也有许多与现代相通的东西，这相通的东西，正是艾略特所说的“过去的现存性”。试想，曹孟德的“日月之行，若出其中。星汉灿烂，若出其里”，不正是科学理性精神与宇宙意识的交汇？陶渊明的“采菊东篱下，悠然见南山”，不正是现代诗歌中常说的生命本真的敞亮？陈子昂的“前不见古人，后不见来者。念天地之悠悠，独怆然而涕下”的孤独，不正是涵盖古今使灵魂悸动的人类最根本的终极境遇？凡是与人性相通的地方，必定会拥有其永久性，也必拥有“现存性”与现代性。这就是传统的最深邃之处。优秀的古典诗歌就这样指向了生命本真，从而获得了“现存性”；那么，把艺术触角指向生命本体，对现代人的深层心理作深入探索也必定是现代诗的任务和命运。

是的，现代诗的发展有着其自身的逻辑，更有其自身的动力。现代诗与古典诗确属两个不同的表述系统，但它们却拥有共同的文化基因。精神的东西互相纠缠，如何截然区分？从根本上说，诗与文学，都是人类灵魂的栖息方式，是生命与世界交汇的表达，要把现代和传统完全切割既无可能也无意义。

物质世界的生命现象是相通的，新陈代谢是大自然的根本规律。为什么说银杏树的传统不是仙人掌的传统？蜡梅的传统不是郁金香的传统？人类世界也是同样，为什么说尼罗河不仅仅是埃及的也是世界的，黄河不仅仅是中国的同时也是世界的？我们不仅应该有“本国的心灵”，而且应有世界的心灵、全人类的心灵。这就是观照传统的现代立足点。当然，发现传统重建传统还是为了现代，使现代人建立起踽踽独行的自信。因为没有传统的现代，必定是浅薄的，而现代如不能进入传统，则说明现代还未建立起历史所需要的那种高度。

所以，关键是你立足点的高度。站在历史的高点看诗的传统，才有可能瞭望到真实而有价值的景象。站在山顶看传统，看到的是高度与高度的接力；站在山脚看传统，则是局限与压迫，更有诸多的遮蔽。

要与历史平视，诗人就必须建立起自我的诗学空间。诗人洛夫说：“一个重要诗人（或所谓的大诗人）必须具备三个层次的境界，一是美学层次，二是哲学层次，三是宗教层次。美学层次是基础，哲学层次是思

想内核，宗教层次是峰顶，是对前二者的超越。”[①] 并主张：“超现实主义与禅的结合，而形成一种具有超现实主义特色和中国哲学内涵的美学。”[②] 洛夫毕生的创作就是这一美学主张的成功实践，也是处理传统与现代关系的优秀范例。可见一个诗人是否成功，很大程度上取决于自身的诗学自觉。这既是美学的高度，也是生命的高度。

在传统与现代之间、历史与今天之间，有着广袤无垠的空间。我们在这里确立位置，铸造现代诗的诗美之魂。

---

① 洛夫：《洛夫谈诗》，江苏凤凰文艺出版社2015年版，第224页。

② 洛夫：《超现实主义的诗与禅》，《江西社会科学》1993年第10期，第70页。

参考文献

谢　冕：《谢冕论诗歌》，江西高校出版社 2002 年版。

孙绍振：《文学创作论》，春风文艺出版社 1987 年版。

杨匡汉：《中国新诗学》，人民出版社 2005 年版。

吴思敬：《诗歌基本原理》，工人出版社 1987 年版。

吴思敬：《心理诗学》，首都师范大学出版社 1996 年版。

洪子诚：《中国当代文学史》，北京大学出版社 1999 年版。

郑　敏：《英美诗歌戏剧研究》，北京师范大学出版社 1982 年版。

郑　敏：《诗与哲学是近邻——结构—解构诗论》，北京大学出版社 1999 年版。

金开诚：《文艺心理学概论》，北京大学出版社 1999 年版。

滕守尧：《审美心理描述》，中国社会科学出版社 1985 年版。

朱光潜：《朱光潜美学文集》，上海文艺出版社 1982 年版。

宗白华：《美学与意境》，人民出版社 1987 年版。

宗白华：《美学散步》，上海人民出版社 1987 年版。

李泽厚：《美的历程》，中国社会科学出版社 1984 年版。

胡经之：《文艺美学》，北京大学出版社 1989 年版。

曹文轩：《思维论》，上海文艺出版社 1991 年版。

童庆炳：《文学理论要略》，人民文学出版社 1995 年版。

余秋雨：《艺术创造工程》，上海文艺出版社 1987 年版。

刘小枫：《诗化哲学》，山东文艺出版社 1986 年版。

陈仲义：《诗的哗变》，鹭江出版社 1994 年版。

程光炜：《朦胧诗实验诗艺术论》，长江文艺出版社 1990 年版。

陈良运：《诗学·诗观·诗美》，江西高校出版社 1991 年版。

王　立：《中国文学主题学——意象的主题史研究》，中州古籍出版社 1995 年版。

杜书瀛：《文艺创作美学纲要》，辽宁大学出版社 1986 年版。

徐书城：《走向现代艺术的四步》，中国文联出版公司 1987 年版。

钟　文：《诗美艺术》，四川人民出版社 1984 年版。

杨春时：《系统美学》，中国文联出版公司 1987 年版。

朱　狄：《当代西方美学》，人民出版社 1984 年版。

陶东风：《中国古代心理美学六论》，百花文艺出版社 1990 年版。

赵鑫珊：《科学·艺术·哲学断想》，生活·读书·新知三联书店 1985 年版。

艾　青：《诗论》，人民文学出版社 1982 年版。

许自强：《新二十四诗品》，文化艺术出版社 1990 年版。

祖保泉：《司空图诗品解说》，安徽人民出版社 1980 年版。

赵沛霖：《兴的源起》，中国社会科学出版社 1987 年版。

林　岗：《符号·心理·文学》，花城出版社 1986 年版。

黄海澄：《系统论控制论信息论美学原理》，湖南人民出版社 1986 年版。

杨　清：《心理学概论》，吉林人民出版社 1981 年版。

骆寒超：《中国现代诗歌论》，江苏人民出版社 1984 年版。

冯国荣：《当代中国诗歌发展走向窥探》，山东文艺出版社 1986 年版。

辛　笛：《辛笛诗稿》，人民文学出版社 1983 年版。

叶维廉：《中国诗学》，生活·读书·新知三联书店 1992 年版。

周　正：《绘画色彩学概要》，陕西人民美术出版社 1986 年版。

曹日昌：《普通心理学》，人民教育出版社 1980 年版。

鲁枢元：《创作心理研究》，黄河文艺出版社 1984 年版。

肖　驰：《中国诗歌美学》，北京大学出版社 1986 年版。

洛　夫：《洛夫谈诗》，江苏凤凰文艺出版社 2015 年版。

毛　峰：《神秘主义诗学》，生活·读书·新知三联书店1998年版。

老木编：《青年诗人谈诗》，北京大学五四文学社，1985年。

李　震：《诗符号论》，（台湾）《创世纪》1992年冬季号。

［美］苏珊·朗格：《情感与形式》，刘大基等译，中国社会科学出版社1986年版。

［美］苏珊·朗格：《艺术问题》，滕守尧等译，中国社会科学出版社1983年版。

［美］阿恩海姆：《艺术与视知觉》，滕守尧等译，中国社会科学出版社1984年版。

［美］布洛克：《美学新解》，滕守尧译，辽宁人民出版社1987年版。

［德］黑格尔：《美学》，朱光潜译，商务印书馆1986年版。

［德］恩斯特·卡西尔：《人论》，甘阳译，上海译文出版社2003年版。

［德］海德格尔：《诗·语言·思》，张月等译，黄河文艺出版社1989年版。

［俄］鲍列夫：《美学》，冯申等译，上海译文出版社1988年版。

［法］罗兰·巴特：《符号学美学》，董学文等译，辽宁人民出版社1987年版。

［日］池上嘉彦：《符号学入门》，张晓云译，国际文化出版公司1985年版。

［德］鲍姆嘉腾：《美学》，简明等译，文化艺术出版社1987年版。

［英］彼得·琼斯编：《意象派诗选》，裘小龙译，漓江出版社1986年版。

［英］克莱夫·贝尔：《艺术》，周金环等译，中国文联出版公司1984年版。

［日］滨田正秀：《文艺学概论》，陈秋峰等译，中国戏剧出版社1985年版。

［法］罗丹：《罗丹艺术论》，傅雷译，中国社会科学出版社2001年版。

[美] 诺尔曼·丹森：《情感论》，魏中军等译，辽宁人民出版社 1989 年版。

[美] 萧甫斯坦等：《禅与文化》，徐进夫译，北方文艺出版社 1988 年版。

[德] 拉尔夫·朗格纳编著：《文学心理学——理论·方法·成果》，周建明译，黄河文艺出版社 1990 年版。

[英] 科林伍德：《艺术原理》，王至元等译，中国社会科学出版社 1985 年版。

[美] 阿瑞提：《创造的秘密》，钱岗南译，辽宁人民出版社 1987 年版。

[德] 伽达默尔：《真理与方法》，王才明译，辽宁人民出版社 1987 年版。

[美] 罗伯特·司格勒斯：《符号学与文学》，谭大立等译，春风文艺出版社 1988 年版。

[德] 姚斯：《接受美学与接受理论》，周宁等译，辽宁人民出版社 1987 年版。

[意] 克罗齐：《美学原理·美学纲要》，朱光潜译，人民文学出版社 1983 年版。

[意] 达·芬奇：《芬奇论绘画》，戴勉译，人民美术出版社 1986 年版。

[英] 赫兹利特等：《十九世纪英国文论选》，盛宁译，人民文学出版社 1986 年版。

伍蠡甫主编：《西方文论选》，上海译文出版社 1979 年版。

刘若端编：《十九世纪英国诗人论诗》，人民文学出版社 1984 年版。

赵毅衡编：《“新批评”文集》，中国社会科学出版社 1988 年版。

袁可嘉等编：《现代主义文学研究》，中国社会科学出版社 1989 年版。

北京大学哲学系美学教研室编：《西方美学家论美和美感》，商务印书馆 1980 年版。

庄锡昌等编：《多维视野中的文化理论》，浙江人民出版社 1987 年版。

徐敬亚等编：《中国现代主义诗群大观 1986—1988》，同济大学出版社 1988 年版。

《文学评论》《人民文学》《诗刊》《诗探索》《诗歌报》等。

后　记

诗是宇宙的独语。

之所以这样看待诗，那是出于对诗的神圣的顶礼，对诗的神秘的体认，对诗的神性的崇仰。数十年的诗学跋涉，我即是怀着如是信念，一步步走过来的。

在进入诗研究之前，我专注于诗创作十多年，其间对理论的关注相对较少。大学毕业后进入高校工作，教学的需要才迫使我转入写作理论的研究。我信奉“创作之树常青”，也相信“理论之树常绿”。诗学理论既植根于古今中外诗人的创作实践，也植根于人类的审美心理。真正有价值的研究，既是直面诗的，更是直面生命和人类的审美心理结构的，因此有其自身相对独立的土壤和空间。理论的严谨性、体系的完备性应该追求，但个性化的表达更应该得到鼓励。创造性仍是诗学研究者首先应该具备的品格。

是的，创作使我体味个中甘苦，使我初步明白其中玄奥。现在回头看起来，诗的创作实践，对此后的诗学研究不无裨益。创作中获得的诗的直接感性经验，和对诗的内在机理的体悟，为进入诗学领域作了一定铺垫，这同样也是理论研究的必要准备。但在诗学领域，更需要理性光芒的烛照。诗学理论应该是诗美感悟的理性提升、哲学的观照。正如杨匡汉先生所说：“诗学所寻求的，应是以感性为前导的感性与理性的美学上的统一。”这应该是每个诗学探索者遵循的学术信条。

当然，诗学涉及的范畴太广，需要探索的问题很多，一个研究者，有你选择、驰骋的随意和自由。在这中间，你若能说出部分的诗学真谛或接近真谛也就可以了。每个人只能做其所能做的。每个人只能在诗的原野上开辟一小块，营造芳草地。或许不那么丰美、缤纷，但只要有生命在生长，这就足够，因为它是属于你自己的。

这部书稿，也是借助系里出版文丛的机会，在以往的著作与论文的基础上加以整合而成。在书稿付梓之际，梳理一下自己的思路，并强调一下我对诗学方面特别的关切，似乎也在情理之中，尽管其中有的问题我已有所探讨，有的问题还有待来日继续探讨。

其一，关于“诗是一个意象符号系统”的命题。与大多数诗爱者一样，进入诗学领域，我首先所关注的也是“诗是什么”这个话题。这其实是诗学的理论原点，它的解决，关乎论述的展开。我的“诗是一个独立自足的意象符号系统”的观点，是在20世纪80年代诗学理论界普遍关注诗的意象这一理论氛围中提出的，它有十分厚实的理论根基。但中西方的意象理论，只是把它作为情景交融的艺术表现手法，或作为情感的客观对应物以规避情感直接宣泄所采用的手段。而我则是从本体论意义上对诗下的定义，从根本上对诗的存在状态进行的一种界定。这个定义也成了我诗学理论的出发点，给论述的生长提供了一条思维链，得以步步探究诗美堂奥。

其二，关于“诗的最高境界是宇宙形式”的命题。我始终认为，生命现象是宇宙精神、宇宙意志的直接体现。反过来，人类这种高级智慧生命，也必定会以自身的方式寻觅宇宙精神、宇宙意志，进而表达宇宙的存在形式。科学、哲学与诗，均是人类探索宇宙形式的方式途径。但是，后者即诗的方式探索宇宙形式，往往被人们所忽略。而这却是最不应该的。因为这既不符合诗发展的历史事实，又使人们忽视了诗的最高职责，也丢弃了对诗的极为有效的评价尺度。诗的宇宙形式，由于其“简洁的形式”而达成“意义的无限丰富”，因而堪称诗的最高境界，应该合乎其理。这里涉及另一个概念：“纯诗”。关于纯诗，尽管存在多种阐释与理解，我倾向于指的就是诗的纯粹性与唯美。真正的纯诗，我觉得也应该是以形式的极简达到意义的无限丰沛。纯诗被称为诗的理想境界，仍然是诸多诗人的追求，这跟我说的宇宙形式、生命形式走到了一起。优秀的纯诗，必定是宇宙形式与生命形式；反之，宇宙形式、生命形式是最高的纯诗。

其三，关于“诗与歌的分离”的命题。诗与歌的合一构成了一部诗歌的既往史。诗与歌的分离，则是发生在现代新诗诞生之后，其决定因素不是因为白话文的进入，而是新诗的本质规定性使然。

深层的情感是无法歌的，可以歌的东西，是表演而不是表现。在沉雄劲健的情感律动面前，整齐的韵脚、工巧的节奏，恰恰成了滑稽可笑的东西。所谓的“音乐性”只能使诗意加速流失。比起歌来，诗要高贵、纯粹得多，它无须语言外壳的过分修饰，它只能靠读者的默读并伴随紧张的思索把握其“言外之旨”。诗与歌的分离，是对平庸、甜腻、媚俗、猥琐、圆熟及所有诗匠流弊的脱离。诗人与歌手是两种品格完全不同的人。歌手的内心平静自得，诗人的灵魂则永远处于悸动之中无法安宁，他的背景是涵盖一切的孤独，他以整个心灵体味人类的苦难，攀登诗性人生的终极高度。诗的前进总表现为对诗的质的规定性的推进，诗对歌的摆脱，证明了诗对建构自己的完全自觉。诗在更高级次上实现了自己。

以上三点，一是关于诗的定义，二是关于诗的审美评价尺度，三是关于诗的文体自觉。无疑都属于诗学的基础范畴，但更是意义重大的诗学话题。中国新诗才走过了近百年历程，新诗体的构建任重而道远。关于诗与歌的分离，本书中其实没有谈及。此话题涉及诗的高度与纯度。尽管当下诗写得滥俗却自以为得计的大有人在，但诗的纯粹不应改变，诗的高贵更需有人维护。

值此机会，谨向给了我诗学滋养的诗学家和诗人致以由衷的敬意与谢忱！

诗是阐释不尽的，诗学的探索永无止境。唯有继续前行。

诗神在远方徘徊。在求索的道路上，无法抵达，只能接近。

而接近，也就是幸运。

吴　晓

2017 年 5 月

于杭州名仕家园